JN277448

コレクション
戦争と文学

1

断

朝鮮戦争

編集委員
浅田次郎 奥泉 光 川村 湊 高橋敏夫 成田龍一

編集協力／北上次郎

戦争×文学
Nova Bibliotheca de bello litterarum–Saeculi XXI

集英社

1　キム・ジョンホン「雑草と朝鮮戦争の記憶」2003年

2　パブロ・ピカソ「朝鮮の虐殺」1951年

4

3　エド・ホフマン　洛東江流域　1950年
4　ヴェルナー・ビショフ　前線の村　1951年

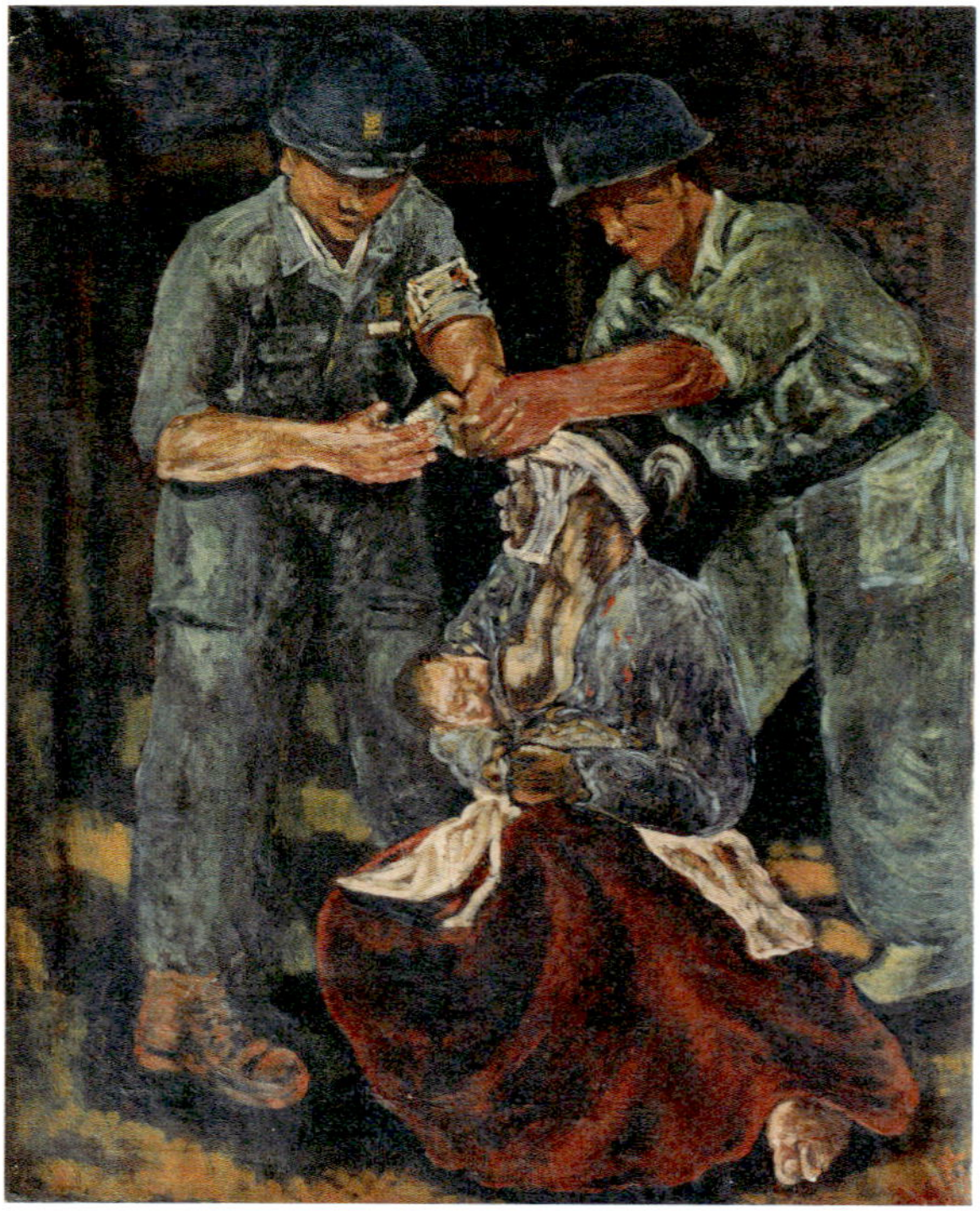

5

6

5　キム・ドゥファン「野戦病院」1953年
6　イ・スオク「廃墟のソウル」1952年

7　マックス・デスフォー　平壌　大同江鉄橋　1950年

目次

I

II

III

IV

コレクション　戦争と文学　1

朝鮮戦争

装幀　吉田篤弘・吉田浩美［クラフト・エヴィング商會］
書字　華雪

凡例

本全集は、日本語で書かれた中・短編作品を中心に収録し、原則として各作品の底本の表記を尊重した。

一、漢字の字体は、原則として、常用漢字表および戸籍法施行規則別表第二（人名用漢字別表）にある漢字についてはその字体を採用し、それ以外の漢字は正字体とされている字体を使用した。

一、仮名遣いは、小説・随筆については、底本が歴史的仮名遣いで書かれている場合は、振り仮名も含め、原則として現代仮名遣いに改めた。詩・短歌・俳句・川柳の仮名遣いは、振り仮名も含め、原則として底本を尊重した。

一、送り仮名は、原則として底本を尊重した。

一、振り仮名は、底本にあるものを尊重したが、読みやすさを考慮し、追加等を適宜行った。

一、明らかな誤字・脱字・衍字と認められるものは、諸刊本・諸資料に照らし改めた。

本巻の文字

断

ダン

たつ

I

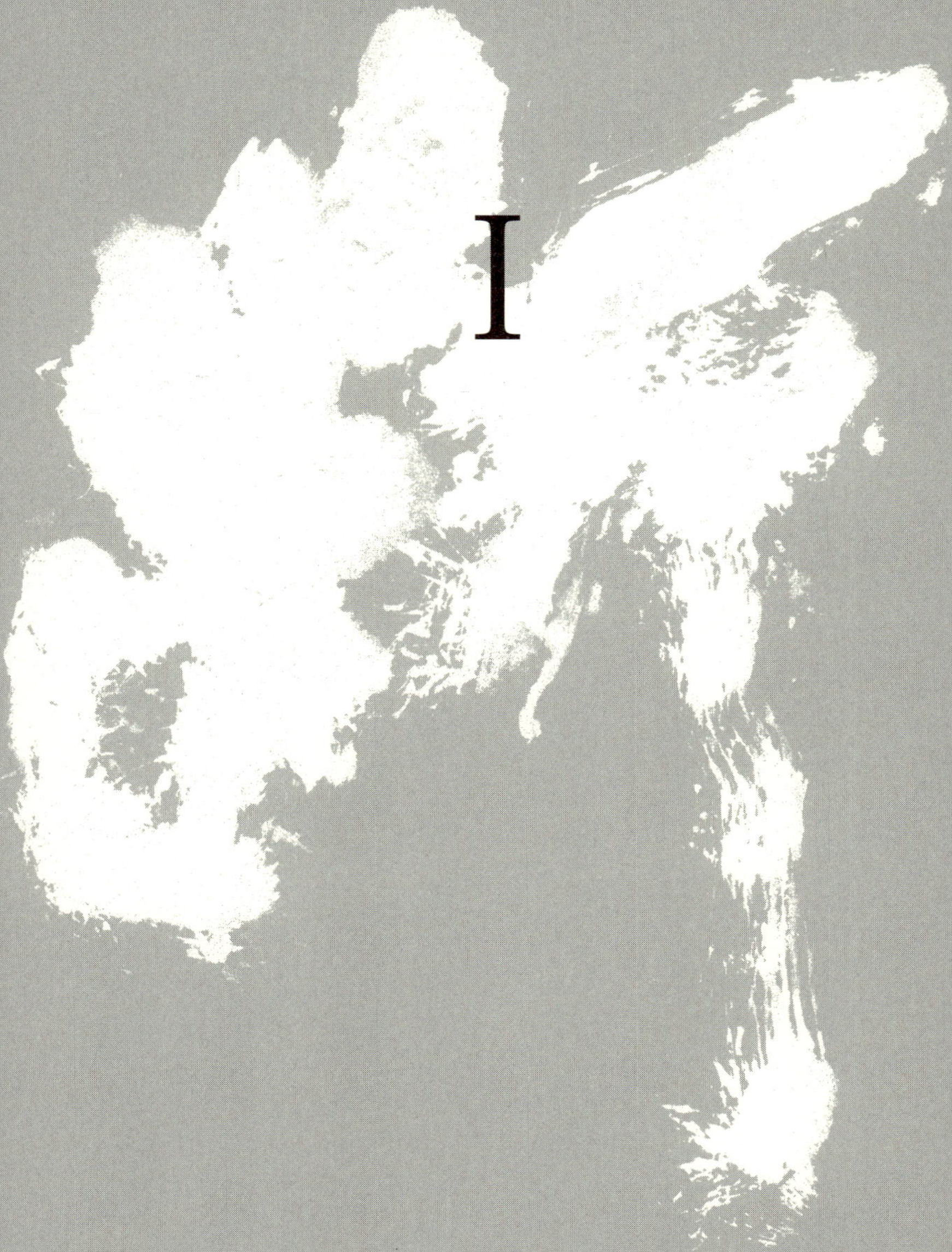

鴉の死

金石範

一

雨はあがっていた。無数の轍《わだち》に地面を深くしわよせられたまま新作路《シンジャンノ》は凍《い》てついていた。トラックやおびただしい軍靴が踏みにじったままの無残な恰好《かっこう》で道路はかたくなに横たわっていた。新作路が東西に貫通している城内（町）までひびくほど海は荒れていた。雲はずしりと重たくそれは人びとの額にのしかかったようだった。しかしときどきぶ厚い雲の裂目から白銀のような陽《ひ》射《ざ》しがもれた。風はやわらいできたようだ。底冷えのする日だった。

「ええや、ほうい、ええや、ほうい――」

はるかこの忌《いま》わしいふれ廻りの声をきいたのは、丁基俊《ジョンキジュン》が警察の玄関の石の踏段に立ったときだった。声の主は昨夜基俊がパルチザンとの秘密会合への途上であったでんぼう爺いだった。彼は瞬間ぎくりとした自分がおかしかった。

基俊《キジュン》は軍政庁(1)から警察によったのだが、遠縁にあたる署長はどうしたのかまだみえていなかった。時計は十一時をすぎていた。建物と石塀にかこまれた警察の構内は広かった。石塀や木造の建物は冷気に乾きをうばわれて重たい色をにじませていた。彼は、石の踏段からまっすぐに桜の並木にはさまれて砂利道が通じている警察の門をしばらくじっとみた。そして構内の並木のもとにひろがっている枯れた芝生に視線を転じた。かつて海を渡り、「皇民化」政策の一端として植えられた苗木が、いまは節くれだって古樹の面影さえみせ寒気の中に枯枝を突きさしていた。朝は芝生につまり桜の木の下に監房から放りだされたたくさんの死体がよくそのまま転がっていたが、きょうは片づけられたあとらしく筵《むしろ》もなかった。それらの死体によくでくわした基俊は警察の構内を通り抜けるのがいやであった。それに桜の並木の間を砂利を軋《きし》ませて通るのがまたいやであった。それまでは——と自分にいいきかせながらも、春、構内を雲のように埋めつくす美しい桜の花に彼は素直な目を向けることができなかった。彼はその感傷性を知らぬのではない。しかしその気持は自分の意志ではどうともならず、暗い肉体の深部からうめきだす生理的なうずきにさえなった。そんなとき彼は急に少年のように目尻が熱くなった。——遠い祖国喪失の暗い日々の連続の痕《あと》がいまもその意識のひだひだに密着していたのである。桜がまさしく桜ではなく、銃剣の同伴者となっていたその日々の中にそのうずきは連なっていたのである。

芝生から目をそらせた基俊は太い息を吐いて石の踏段を下りた。

「ほういや、ほい、ほういや、ほいッ」

ちょうど基俊が門をでて新作路に面したときに、その声は観徳亭の建物のあたりからかなり大きくきこえてきた。彼は立止った。〈きょうは誰なんだろう?〉ふと確めたい誘惑を感じた。傍のバリケードに肘《ひじ》をつくでもなくさりげなく立止った。でんぼう(腫れ物)爺いと呼ばれるその老人は近づいてきた。基俊は老人の進む方向へ大股に歩きだした。つと立止りかけたが、そのまま歩度をゆるめて歩きだした。

「ええや、ほうい、ほいッ、ええ、賞金づきの首はどうじゃ。めっぽう男前だぞう……ええ町の奥さん、姐《ねえ》さんがた、色男はどうじゃね、……いっひひひ……もろもろの町や村のおかた、この首をお知りじゃねえかね。この野郎の首をお見知りのかたはいらっしゃらねえかね」その声は寒さでふるえていた。しかし卑猥《ひわい》なかすれ声で女を呼ぶあたりそれは変にうるみをおびていた。

でんぼう爺いは肩から竹かごをぶら下げていた。支えを失った片足が曲らないまま地面に届くたびに腰がぐらつき、全身がぎくしゃくと揺れた。轍や軍靴のあとの泥濘のまま凍ってしまった道路は、陽ににぶい刃のように光った。小柄な老人は歩くとき裸足《はだし》の裏をひょうきんにくねらせた。跛《びっこ》でなくとも跛になるような道であった。老人が軀《からだ》を傾けるたびに、かごの中で首がごろりごろり揺れた。老人はよれよれの中折帽をすっぽりかぶっていた。老人は急に背を丸めてかごの中へ両手もろとも顔を突っこんで、にたりと笑う。湯気のように白い息がそこから立ちのぼった——きょろきょろする首、踊るようにひょいっとつまさきで跳んでみせる動作、それにもまして抑揚をつけた大胆な声からして、爺いはいま酔っていると基俊は思った。もう六十を越したと思われるが彼の素姓を知るものはいない。ただ彼がこの「官庁」の仕事にありついたときに、その本職ともいうべき腫れ物の治癒法を無料でサービスして廻ったが（ここではだれもその相手にならなかったが）、それは人びとの笑いぐさにもなったのだった。

彼の生命の維持は人間の皮膚に生ずる腫れ物と不可分の関係にあった。熱でごわごわに熟れた紫の皮膚に唇をぴったりあてて、彼は人間の膿《うみ》を吸った。ときには歯を立てた。彼は口腔にどろっとしたものを溜めて、口ごもりながら銭《ぜに》を要求した。そして老人は居酒屋へ喜悦満面で歩いた。人が笑えば笑うほど彼の気持ははずんだ。のれんが彼の中折のつばに触れるや否や、やおら跛の足を踏まえて来着を告げる大きな咳払いをする。やがて汚物は地面に吐きだされる。彼は焼酎でごろごろうがいをしてそのまま飲みこむのだ。

基俊は煙草に火をつけた。そしてふと考えこむ風だったが、そのままゆっくり歩きだした。警察の並びの郵便局のあたりからはかなり雑踏していた。かごを背負ったり、かかえたりした女たちが黙々と雑踏の中心部へ吸いこまれていった。基俊は今日が定例の市日であるのを思いだした。でんぼう爺いもこの雑踏に魅力があるらしくこちらに向いてやってくるようだ。基俊はそれを自然なかたちでくいとめたくなった。露天市場は巨大なかたまりになった人のうごめきでごったがえしていた。渦のような喧噪《けんそう》の中で囃《はや》したてる魚売りのだみ声や、さらに近く行商の櫛《くし》や髪油売りのかぼそい声が流れた。そしてズボンや靴下などの米軍の放出物資や、一、二年まえまでも中学生が先頭に立った猛烈な洋菓子ボイコット運動によって完全に姿を消したと思われたチョコレートやガム、ドロップなどの品物が売買されていた。基俊はそれらをみるともなくきくともなく茫然《ぼうぜん》と群衆に目をやっている自分に気づいた。と目前を少女がポストへ封書を投げこんで逃げるように立ち去ったからだ。少女は市場へ通ずる四ツ角を曲るとき、雑踏にもまれながらこちらをふり向いて立ち止った。肩越しに胸に垂れた編髪のリボンを握って、基俊の方、その後方に視線を投げた。少女が恐れた老人は雑踏のちかくまできた。老人にとって市日は人びとを自分の周囲に集めるにはまたとない日であった。それに警察は遠くなかったし、カーキ色の米軍服の男——丁基俊《ジョンキジュン》が歩いていくのをみた。老人は早速かごを傾けて二、三の婦人に笑いかけた。

「……あれ、あれ、そんなに裳《チマ》をまくりあげてとんで逃げることあねえんだよ……おら、人殺しじゃねえんだからなあ」

　老人はちらと基俊の方をみた。爺いが近づくと人びとは潮が引くように遠ざかった。同じことがくりかえされた。ただでんぼう爺いと一定の距離をくずさないだけだった。その距離には半ば嘲弄《ちょうろう》があった。雨後の凍った道路が老人の裸足の裏で刃を立てた。老人はふと途方にくれたように、ぼんやり遠くをみた。と気がふれたように足を互いに踏みならしはじめたが、突然基俊の方へ軀をねじ向けた。冷然と煙草をふかしていた基俊が何気なく老人に笑いかけたからだ。老人は肩を大きく波打たせながら全身を跛にして走ってきた。まるで主人をみつけて駆けよる病身の犬のように。彼はかごを両手でさすりながら、小さい目をすがめて基俊をみあげた。

「いっひひひ、わっしは先生をようく存じておりますだ。ゆうべは、へえ、どうも御馳走さまで……いっひひひ、先生がいつも洋服をつけて、いつも紳士さまでいらっしゃるのも……」

「もういい」

思わずゆうべという言葉にぶつかった基俊は老人をにらみつけた。老人はあわてて帽子をとった。それを両手でもみしだいたが、彼は息といっしょに次の言葉までのんでしまって口がうごかなかった。苔《こけ》むしたような頭――それに酒の臭いが混って異様な臭気がした。老人はかごをしかと抱きしめ口をもぐもぐさせながら、うしろをふり向いた。そこにも――家いえの軒下に冷たい笑いの群衆がいた。それは牙をむいて笑っているようだ。老人は哀願するようにまた基俊の方を向いた。一瞬老人とこの冷淡な若者の間を、老人と群衆の間を冷たい風が音をたてて吹き抜けていった。そのあとには群衆はもはや一人一人の集りではなく、幾百幾千の目をもつ怪物になって老人を拒んでいた。米軍服の丁基俊さえもが老人を遮《さえぎ》るようにして立ちふさがっていた。でんぼう爺いは危うく悲鳴をあげるところだった。

基俊は老人が自分に声援を請うつもりであったこと――そしていま自分を恐れているのを知った。老人はとりつくしまのない悲しげな表情で警察の方と基俊をしきりに見交《みかわ》した。彼はカーキ色の制服のまえで自分の持場をはなれたことを後悔しているのだ。その汚れた白衣ににじんだ膿血の痕をみたとき基俊は不潔よりも憐《あわ》れを感じた。老人に煙草を一本やろうかと思い、ポケットに手を入れた。そのとき鷗《かもめ》が数羽頭上をかげらすようにして飛んでいった。彼は目でそれを追ったが、雲層に閉ざされた冷たい空の下で、夏を意識させられることに耐えがたいものを感じた。彼は自分のために煙草に火をつけた。ちらっと老人の物ほしげなやにだらけの目をみたとき、彼はそのまま歩きだした。老人が追っかけるようにして基俊の袖を引いた。基俊はしかし黙って引かれるままになった。老人はかごから一茎の椿の花をとりだして、恐る恐る基俊の手につかませた。そして腰をかがめたまま黙って相手の口もとをうかがった。

「――おまえは花屋であるまい」こういって基俊はさっき自分が老人に笑いかけたのだなと思った。

「と、とんでもねえです！」老人はやっと基俊の言葉をつかまえた。老人の顔は急に生気をおびた。自分にはこの通りれっきとした仕事がある。ただあなたみたいな親切な若いかたにこの花をあげようと思っていた。あなたはきっと極楽へいくおかたにちがいないと、畏怖と狡猾《こうかつ》を混じえた目でしゃべった。

人びとの視線は四方からじりじり丁基俊に集中していた。それは物見だかい野次馬の目にみえるがそうではない。それは済州米軍政庁の通訳をしてきたこの何年間、基俊がその中に敵意の白い牙をみつづけてきた視線であった。彼がもっとも苦しみつづけてきた――いまは一人二人と減っていきその数は少なくなったがそれでも昔から知っている人びとの視線なのである。そしてそれは結局は米軍の手先に対して向けられるこの島の人びとの視線になってひろがってきたものなのである。さっき彼は軍政庁の事務所で転任を知らされた。本土、光州への転任——それは人びとの累積した敵意の包囲からの解放を意味した。換言すればもっとも多難な激化したこの島の情勢から逃がれる一つの機会でもあった。同時にまたそれはその中により鋭くくみとってきた味方の意思を放棄することにもなったのである。理由はわからぬが何《いず》れにしても転任は唐突であった。それに昨夜パルチザンの張龍石《ジャンヨンソク》と会ったばかりではないか——。

「ふふん、また飲んでるな、きょうの頭はなんだ」と基俊はいって笑った。それは群衆の視線に対する通訳丁基俊としての笑いだったろう。「花をそえるようじゃ、よっぽどすばらしいか、よっぽどつまらんのだろ」基俊は椿の花を投げこむようにかごの中へぽんと入れた。

老人はきょとんとしたが、かごを大きくゆすぶってみせた。首が転がった。きょうは一つしかねえんで——こういって老人はかごに手を突っこんだ。そしてその出歯がのぞいたひび割れしたぶ厚い唇をなんどもなめ廻した。彼は奴隷に対する主人の如《ごと》く断乎《だんこ》として、俯《うつむ》いた首を太陽に向けた。がらになく基俊はつばをのんでいた。冬陽に浮かんだ瞑目《めいもく》した若者のそれは水中の顔のようであった。顎《あご》のすぐ下から斬首されたそれは頸《くび》がなかった。——なぜ目をむき鼻腔をふくらませ、大口を開けて舌をだらりと垂れないのか。なぜ生命の苦悶《くもん》が、腐敗した意志の不貞がその顔にないのか、一種の高貴に達したその死相に基俊は余りに生に課せられた緊張をみ、残酷を感じた。

「うむ、どうもみたような顔だが……」基俊はなぜかいま自分に逆らってみたかった。老人はひ

いッと奇声をあげてバネにあたったように数歩とびのいた。髪の毛を束につかんで首をひきだすと、

「先生、そ、それはほんとだすか！」と声をおし殺した。基俊は人間の首を提灯《ちょうちん》のようにさげて猫背にかまえた老人の跛の姿勢に思わず圧倒された。老人は足をひきつらすようにして迫ってきた。基俊は吐気《はきけ》をおぼえた。腹が立った。もう少しでどなりつけるところだった。いや、そのような気がしたのだ、と基俊はおだやかにいった。怒りを――凡《あら》ゆる衝動を自分の中で殺すことは、彼の習性――彼がその仕事に耐えうるために自分で形成していかねばならない習性であり、少なくとも彼の義務であった。彼はふとこんなところで足踏みした自分が恥かしくなった。とっとと署長に会いにいけばいいのだ。首かごが市場の雑踏に投げこまれようが、講演会場にさらけだされようが、それは彼の任務に関係はないわけだった。つねに、「誤りを犯すことが難しい」はずの彼の立場にまたもや隙を与えたものは何だろう。

彼ははっきり自分の奥で、「転任」に解放感に似たあるものを感じている自分を認めた。そしてそれはある卑しい心情を伴なっていることも自分の中に認めた。それが露骨にこの罪のない老人に憎しみをいだき、そして人びとの視線に露骨に味方を意識しようとしたのだ。おまえは卑《ひ》怯《きょう》にもおまえの立場から逃げようとしているのだ、おまえは組織に忠実ではない――自己に、自己の可能性におまえは忠実ではないのだ。彼はぶるっと身がひきしまるものを感じた。彼は自分にある忌まわしいものをふり捨てるように大きく頭をふると、手でいけと老人に命じた。

そのときはすでに町の人びとは壁のように二人をとりまいていた。思わぬ収穫に老人は俄然《がぜん》力をみいだした。彼は円陣を張った群衆をその憐れな足で背のびして見廻しながら煙管《キセル》に煙草をつめた。基俊はふと笑いをもらした。

「おのおのがた、この首をお知りじゃねえかね、この赤《(2)パルゲンイ》の首をご存じのかたはちょっと声をかけて下され、いや、いまじゃなくてもけっこう、あとで警察の方へ知らせて下され」老人は後髪をつかんだままそれを高くかざした。蓬髪《ほうはつ》が風をふくんでぶよぶよなびいた。

「ええ、こいつを知ってるかたはいらっしゃらねえかね……十万、十万ですぞう！　それがまた国家のためですぞ」

　群衆には密告の欲望にかられているものがたしかにいた。彼らは尻を浮かし蛙のような恰好で坐《すわ》りながら膝で煙草をふかしたりした。――ついに、あれはよく似ているがなあ、と横の人間の顔をのぞきこみながら口にだすものがあらわれる。人は去りまた集った。密告に関心をもった者たちが思い思いの姿勢で首の周辺をはなれなかった。それは卑しい瞬間だった。同時に基俊は彼らの視線が自分に媚《こび》の光を呈しているのをみた。

　ふれ廻りはそもそもが密告を前提とするものであった。そうでなければいくらふれ廻ったところで何の役にもたたないのだ。戦死した身元のわからないパルチザンや捕虜になったが拷問にも口を割らなかったパルチザンの背後関係、そして家族関係を洗うためにはその首の正体をつきとめる必要がある。その結果、禍《わざわ》いは家族や親戚にまで及んでいき、それは根こそぎ検挙をするだけではなく、その部落に火をつけ焼払いもするのであった。

「おおっ、知っとるぞ、このおれがよく知っとるぞ、はっはは……おしえてやってもいいぞ、いまここで、大っぴらにおしえてやってもいいぞ、おれは金はいらん」

基俊が群衆の壁からはずれようとしたとき、突然大胆な声をきいた。人びとはおどろいてうしろをふり向いた。基俊と余り遠くないところに、背の高いがっちりした軀つきの若者がいた。酔っているようだ。人びとの肩越しにその顔はみえがくれしていたが、それが李尚根《イーサングン》であることを確かめたとき基俊はぎくりと冷たいものをのんだ。すると亮順《ヤンスニ》を思いだした。何らかの拍子にぎくりとしさえすればそれはきまってその感情に刻まれていたかのように、基俊はパルチザンの張龍石の妹の亮順を思いだすのだった。

　李尚根はその頑丈な肩で強引に人垣をかき分けた。基俊はふたたび足をとめた。老人は首をかかげていることでようやく自分を支えたぎごちない恰好のまま、えびのように背を曲げはじめた。後ずさりをはじめた。彼はこの若者をよくみかけたことがあったのだ。李尚根は少しふらつきながら老人をまともに見下して近づいた。老人は一歩一歩退きながらおじけた愛嬌笑いをした。背後には人垣が迫っていた。人垣がうしろへひいた。老人の笑顔は飴のように曲がりはじめた。突然、老人は跛の足を片手ですくい上げたかと思うと、道化のように片足で踊りはじめた。首をもってぴょんこぴょんこはねるような踊り方が群衆の爆笑をさそった。彼はふれ廻りの文句をふるえる声で歌った。群衆の爆笑が爺いを夢中にした。李尚根は泳ぐように両手をひろげると、かっと痰《たん》を地面に吐いてやにわに老人をつかまえ、その死首をひったくった。もつれた髪に指をしっかり突っこむと、ぐるりと群衆を見廻した。その目は充血し額は乱れた前髪にかくれていた。基俊ははっとした。視線が合ったのだ。李尚根は基俊をじっとみつめた。

「いいか……いっておくが、これはおれのシンセキなんだ」彼は目をぎょろりと廻し、唇をゆがめてにたりと道化じみた仕草をしてみせた。「だから、このおれも、おれの家族もみんな罪になる……しかし、いいか、こんな死んじまった奴の首は人間じゃないんだ。人間はちゃんと生きているもんだ。はっははは、このおれみたいにな、人間の死んだ奴とわが済州の海でどっさりとれる鰯の一匹とどっちがうまいと思う？　うん、皆の衆、こんなのは人間の頭じゃないぞ、腐った肉だよ、こんなのは人間さまの相手にならんのだ、だからおれのシンセキじゃないんだ」最後の声にどよめくような笑いがおこった。若旦那いいぞ、いいぞ、十万！　十万円だぞ！　と野次がとんだ。彼は笑わなかった。急に肩を落とした彼は苦しそうに大きく吐息して目を閉じた。飲めば青くなるたちなのかふやけたようなその顔と前を開いたままのオーバの恰好は、だいぶアルコールが入っているにちがいなかった。彼は上半身をふらふらさせながら悪びれる様子もなくぼうっと立っていた。そしてじろりとうごかした充血した目を一点にすえると基俊の方をさがそうとした。基俊は人のうしろにそれをさけた。

　基俊は彼の行動の意味するものをすぐにはつかめなかった。死んだ人間の首に憐《れん》びんの情をもっているものなのか、憎悪を感じているものなのか、それともそれらを含んだ自虐的なものであるのか――いずれにしてもそれは飲んでいるとはいえ金持の、したがってこの社会では権勢家の息子の青臭い行動だと思ったのである。

突然老人が悲鳴をあげて彼の足にしがみついた。若者が急にからんできた老人を蹴り倒したのだ。老人は彼の足をとらえ片方の手を宙に突きだし若者から首を奪いとろうとした。しばし呆《あき》れた恰好で老人を見下して笑った若者は、首を自分の目に近づけるや否や嘔吐《おうと》をもよおすかのようにその顔をしかめた。そして老人の軀をおしのけると地面に転がったかごの中へ首を投げこんでまっすぐ歩きだした。基俊をみつけてあんがいしっかりした足どりで大きな軀を近づけてきた。基俊は人垣の外へ歩きだした。うしろから呼びとめられそうな気配を感じながら大股で歩いたが、思いがけなく昨夜の張龍石の姿が鮮明に浮かんだ。あの崖をよじ登って山へ帰っていく弱い月光にほんのり白く照らされた百姓服のその背中が、目にはっきりと浮かんだ。

二

それは転任の話についてまだ何も知らなかった昨日であったが、丁基俊は軍政庁法務局の机のまえで終日空模様ばかり気にしていた。彼は警察から朝鮮語のままあがってきた「犯罪者」たちの起訴文献や、病死、事故死――拷問や非公開の処刑によって死んだ者をそういう名目で処理した――に関する文書に手をつけていたが、雨が気がかりであった。風は強かった。すさまじい雨が窓ガラスに叩きつけられて正体なく流れ落ちた。漢拏山《ハルラサン》がいつも望めたその窓の外は雨煙でかきけされていた。部屋の中も男たちのやたらにふかす煙草や逆流してくるストーブの臭いで息苦しく煙ったようだった。この分だと張龍石は山から下りてこれぬのではないかと基俊は危ぶんだ。彼は変りやすい雪に蔽《おお》われた山岳の天候に心を痛めた。

夕方になって風雨はようやく衰えをみせたが、夜の下弦の月は望むべくもなかった。満月でもなく暗闇でもない薄光の月下での会合が、いまの彼らの秘密連絡には適していた。これが彼らに残されたもう最後といってもいい、考えようによっては非常に危険な連絡の方法であった。この方法につまればそのときは基俊もパルチザンとなって山へ逃亡する他ないだろう。逃亡するまえに彼はつかまって一命を落とすかもまた知れないのである。パルチザン幹部の張龍石が城内に潜伏しているということで、それが官憲よりもまず巷間《こうかん》の噂にのぼったのは半年ばかしまえである。それまではその目的と全然関係のないようにみえる郵便物を利用するとか、一定の時間に一定の場所を例えば本屋の古ぼけた本棚の隅にメモをはさむとかいう方法もとられていた。しかし皮肉にも丁基俊自身が、いきつけの居酒屋のおやじからひそひそと赤がスパイになってどうも町の中に潜《ひそ》んでいるようだ、と耳うちされもしたのだ。龍石は潜伏していたのではなかった。彼は大胆に単身、城内の真中へ変装をして丁基俊との連絡のために下りてきていたのだ。しかし一、二度ならともかくとしていかに巧妙に変装はなされていても、この田舎町の人びとの嗅覚をまぎらわすことは難しかった。それに城内は張龍石が漢拏山に上るまで何年か住みついた土地だったのだ。

マカオ地の黒のダブルの背広に着替えた基俊は、七時すぎに家をでた。八時に城内から南、つまり山の方へ約一キロ半たらずのU丘で龍石と会わねばならなかった。彼はすでに半月まえに予定されたとおりに予定の行動をおこすことができたわけであるが、基俊はその間の報告に偶然にも昼間入った緊急情報を加えた。それはS里に駐屯中の一個小隊の警備隊が、明日東方のK里へ増援のために移動するのだった。したがってS里警察支署の守備は手うすになる。基俊は昨夜から山のあたりを注目していたが何のサインもなかった。ずうっとはずれて東や西の方にところどころ烽火《のろし》のあがるのがみえたが基俊との約束のもとにあげられる合図のものはなかった。つまり山の方で予定の行動がとれないときは中腹あたりで、一日まえから当日の宵の口にかけ、他のパルチザン隊員にもその意味がわからない烽火があがるのである。……基俊は小瓶ウイスキーをオーバのポケットにおしこんだ。家をでるとき下宿の娘が、廊下の端に立ったまままちょっと心配そうに、「あまり、夜遊びしてはいけませんわ……」といって笑った。「気になるんだったら……そうだなあ、まあついてくるんだなあ」といって基俊も笑った。

幸い雨はやんだが、低い這《は》うような家いえにはさまれたあちこちの露地を寒風はようしゃなく吹きまくっていた。新作路にでると家いえの弱燭光の電灯がまばらであったが、人通りはほとんどなかった。観徳亭の建物の巨大な影が、反《そ》りかえった瓦屋根を黒ぐろと闇に浮かせてずんぐりと迫ってきた。基俊はくったくない恰好でポケットに手を突っこんだまま歩いていった。彼はもちろん後頭部に神経を集中しながらも、首を廻《めぐ》らせてあたりをうかがうような不要領な挙動はしなかった。

新作路を南へなだらかな坂を上っていくと、家いえの灯が少しばかり賑《にぎ》やかになった。雨あがりの道路は閑散であったが、紅灯の影が点々と冷たく反射していた。ペンキも塗っていない掘立小屋まがいの飲屋の閉めきった内部ではひときわ女の嬌声が高かった。磨滅したレコードのスウスウと軋む地音を交えてジャズ音楽がなっている。ガラスに大写しに揺れる女の影からその音は流れでるように思えたが、不釣合いなそれがひどく哀れっぽく映った。通りには女の姿はなかった。酔漢がもうところどころによろめいていた。オーバーのはだけた胸を拳《こぶし》で叩くようにして、何かを悲壮な声でわめく者もいた。と一組の、それは道路の真中を歩いてきたがその中の背の高いのが、突拍子に「おれは日本へいってみたくなった！」とどなって何やら日本の歌をうたいだした。とりまきと思われる二、三の連中がいっせいに彼の顔をのぞいた。そしていいぞ、いいぞと調子を合わせだした。基俊は露地のかげに身をよせた。別に危険を感じたわけではなかったが、彼と顔を合わせればうるさいと思った。まだ親しく話合ったことはなかったが、それは李尚根であった。ただ顔を知っているというだけで、彼は基俊を強引にさそうだろう。

基俊はたしかに李尚根に関心をもっていた。彼の父は殖産銀行の重役をしており、本土の全羅道に広大な土地をもっている地主であるばかりでなく当然のことながら権力機関にも一定の影響力を持っていたのである。その父と李尚根とはどこでも息子が一人前になればそういうことはありうるが余りしっくりいっていないようであった。その彼が最近はソウルでの学業を放擲《ほうてき》して済州島に帰り、無頼にちかい日々を過し、どっちつかずの八つあたりのような生活を送って父を悩ましていた。もちろん金持の息子としてのその七光りの恩恵をこうむっての生活であるが、その酒乱は町の噂の種でもあった。酒のみといえば上《かみ》は李尚根、下《しも》はでんぼう爺いなのである。基俊は彼の父を知っており、もっと内部まで深く近づく必要があったが、同時にそれとは別個のことではあるが、例えば泥酔した李尚根がMPとわたりあっていた姿を心にとめてもいたのだった。——しかしいまはそのときではない。基俊はそのまま露地を折れて姿を消した。薬局のまえまできて彼は思いだして薬を、それは感冒薬でもなんでもよかったが一応薬屋によることにした。

基俊が薬局の戸を開けかけた途端、誰かが闇の中からとびだしてきた。瞬間のことにぎくりとしたが、それはでんぼう爺いであった。ひどく酔っているようだった。老人は地面に膝をついたまま基俊にすがりついて、ぜひ自分の薬を買ってくれと哀願した。基俊はガラス戸の中の人の気配に横の石垣のかげに避けた。

「へえ、旦那さま、わっしは酔っぱらっておりますだ。全くその通りで……へえ、でもわっしゃ全くこの通り気はしゃんとしてますだ」老人は基俊の手をしかと握りしめた。「へえ、全く、旦那さま、わっしゃこれでも昔はな、人さまのでんぼう（腫れもの）をたちどころになおしてやってな、それゃ大事にもされやしたぞ、昔ゃなあ……へえ、酔っぱらうとわっしゃ真暗闇でも星の光がみえますだ……わっしの目は天で、わっしの涙は星くずでさあ、へへへえ、全く、へえ、死首のおもり役だけじゃ、めしのたねにゃならねえんでさあ……」

老人は上唇をなめ廻しながら「吸わせてくんなせえ、旦那さま吸わせてくんなせえ」と基俊の袖をまくりあげようとした。でんぼうはうまいのだ、うまいのだと吃りながら、呆然《ぼうぜん》としている相手を、腕か、脚の方か、それとも尻かと血眼《ちまなこ》になって手探りはじめた。冷たい枯枝のような指が袖口に這いこんだとき、基俊は全身がゾッとわななくのをおぼえた。基俊はじゃけんに老人の手をもぎとった。老人はまつわりついてはなれなかった。

基俊はいくばくかの金を相手におしつけた。「おお、金はいらねえ、すじの通らぬ金はいらねえ……」と手に金を握って老人は半ば泣きながら基俊の足もとに軀を埋めるようにしてうめいた。基俊は手きびしく老人の軀を突きかえして逃げるようにその場をはなれた。

丁基俊は露地を抜けて通りにでた。そこは新作路と同じようにさびれていた。酔漢どももはいない。この南門通りを上っていけば三姓穴に近いのだが、彼は途中まできて橋の手前を左へ折れた。彼は曲るときちらっといまきた道をふり返った。彼はしずかに胸がときめいてくるのをおぼえた。気のせいかも知れなかったが、誰かがつけてくるようでならなかったのだ。通りは暗かった。それが両側の家いえの黒い石垣にはさまれて枯れた川底のように向うへ流れていた。基俊はいま岸に遮られて、暗い河床に立っているような気がした。と、その石垣に人影がふくらんでたしかに自分をうかがっていると基俊は思った。こんなことははじめてであった。その影が胸の中にへばりついたようで、基俊は急にこれは大変な仕事だとあらためて感じた。しかし恐れる必要は何もないのだ。——おれはただ、いま道を歩いているだけではないか。道みちポケットのウイスキーをちょびりちょびりやろうが、飲屋へいこうが、祭祀（法事）へいこうが、おれの勝手ではないか。それにおれは特権をもっているのだ。しかしふがいなく冷汗が吹きだしそうな皮膚のよじれを感じながら、彼はわざと軀を少し通りへはみださせながら小便をたれた。幸い排泄物はたくさんあった。そのとき二、三人の影が向うから橋を渡ってきた。女の声がした。橋の向うにいきつけの居酒屋があった。基俊はなぜかほっとして二、三回咳いでみせていき違いに橋を渡った。「なんだ、折角《せっかく》きたのに休みかと思った」と基俊は腰を下していった。「きょうは冷えこむなあ」「なあに」とおやじは火をもってきた。「わしが生きてる限りは休みはねえですよ」

基俊は話好きのおやじを相手に杯を傾けた。どうしようかと迷った。——ここから何気ない風にでて橋をもどっていくより方法がないと思った。だめならもう一度明日やるより仕方がないと思った（当日指定の場所で会えない場合は自動的に一日だけのびた）。風はひどく、古い板戸は音をたててがたがた揺れた。と板戸に何かそれは風ではなくものがあたるような固い音がした。それはたしかに人の気配がする——。

おやじが板戸を開けて叱声をあびせかけたと同時に、転がりこんできたのはでんぼう爺いだった。老人は飲屋のあるじの機先を制すべく、旦那さま、旦那さまと基俊を呼んだ。そして基俊に近づくと突然立ち上って、自分は丁《ジョン》先生に用事があるのだ、とあるじに開きなおった。老人はさっきから基俊のあとを恐る恐るつけてきたと話し、というのも自分はすじの通らぬ金はいらぬとくたびれた声で弁明をした。「へえ、全く……金はお返ししますだ……へえ、旦那さま、それで、このかわいそうな爺いを思ってだ、申しわけねえが、焼酎を一杯きり、めぐんで下せえ」

老人にもうそれ以上酒をすすめたくもなかったが、といって基俊は彼にかかわっていられなかった。彼はその金は返して貰ったことにしてここへあずけておくから、飲みたいときにきて飲むがいいだろうといって表へでた。表へでて彼はぷうっと大きな息を吐いた。三姓穴の鬱蒼《うっそう》とした松林を抜けるとU丘にちかかった。すでに高台になっていて人家はなく、闇の中になお黒ぐろと樹々が茂っていた。高い松の枝えだがからみ合い、風にたわみながらまるで天上の悲鳴のように執拗《しつよう》に鳴りつづけた。三姓穴の祠《ほこら》らしき影をみとめたが、それは闇に輪郭をとかされてしまっているのに、しずかに妙にどっしりと坐っていた。城内の点滅する灯がたわいなく、基俊はずいぶん遠くへ、もうそこへは戻れないようなところへ自分がきてしまったような錯覚におちた。考えれば危険な仕事であった。軍政庁内部の緊張はともかく、かりにいま張龍石以外のパルチザンにでくわしたとしても（最近情勢が悪化し、それはこのあたりまでくることはなかったが）、基俊はその仕事の性質上自分の身分を明かすわけにはいかなかった。つまり自分が犬死しないためには、味方をも殺さざるをえないのである。

松林をでると夜目にも視野が開けてきて、荒涼とした気が基俊の胸を急におそった。それはなぜかひきつった悲しみに似ていた。風は冷たい刃をたてて基俊の頬を叩いた。無限な空に雲は自由自在に乱れていた。渦巻くように斑《むら》をなして光をかすめながらそれはひきちぎれて飛んでいった。月が迫っているのがはっきりわかった。急に雲間が月の反射で硬質の瑠璃色《るりいろ》に冴えはじめ、それが底知れぬ深淵を思わせて基俊の魂をひきこんだ。まもなく向う側に青白い月光にその岩肌を浮きだしてけわしい丘陵が模糊《もこ》として横たわり、松林の端に連なる古城壁の残骸と対峙した。荒涼とした風が渡っていく中で、基俊はしばらくじっと動かずに立ったままでいた。彼はいつもここで、この寂寞の中で充実を感じた。

U丘はその荒れ果てた小高い丘陵の一つだった。そこには崖に囲まれた深い淵があった。淵の水際に洞窟があった。奇怪な恰好の岩石がいくつも突出していて昼間は面白くもあったが、夜は青白い液体のような月光に流されて、はっと死人の顔を思い浮かべるときなどそれは無気味であった。

洞窟の上の崖には灌木が密生していた。それは小さな森を思わせるが、昼間などは少年たちのその夢をみたすには恰好の遊び場所でもあった。基俊は木かげに軀をよせてあたりをうかがった。耳をすませた。荒野を渡る風が頭上ではたと止ったかと思うと、そうではなく灌木は以前から荒あらしく風に騒いでいた。時計の夜光針は八時ちかくを指していた。しばらくすると灌木のざわめきをぬって向うの方で、ブーフォン、ブーフォンと梟《ふくろう》の啼声《なきごえ》がした。龍石の声にまちがいなかった。基俊は軀を乗りだした。三度それに答えて基俊も梟になった。相手が龍石とわかってしまうと、基俊は少しこっけいになってこんなときよく人間の地声がでてしまうのだった。またしばらく梟の啼声がした。基俊は少年のように心がはずんだ。彼は土を一握りつかむと狂喜して灌木の森の中へ投げつけた。

二人は洞窟に下りるまでに、その場で抱き合っていた。しばらく何もいわず互いの手をとり合って抱擁した。痛くないほどに龍石のひげはのびすぎていて、冷たい頬にふれるその感触が悲しいほどくすぐったかった。龍石はそのたくましい軀を綿入れの百姓服で包んでいた。防寒帽をかぶったそれはしかし基俊に比べてひどい薄着だった。この沈黙の抱擁には互いの無事をよろこび互いの労苦に対する無言のいたわりがあった。ときにはどちらからとなく泣きじゃくるようなこともあったのだ。ある意味では彼は洞窟までいく必要はなかった。緊急の場合はこの崖のかげで情報を交換すればこと足りた。しかし恋人同士にその逢瀬《おうせ》の場所が必要であるように、洞窟は幼な友達の彼らにはそのような安らぎを与えたのだ。二人は今日の天候には気が気ではなかったなどとささやき合いながら崖下へ下りた。洞窟は奥深かった。龍石が豆ライトを照らして二人は奥まった岩のかげに腰を下した。ここでは少々の明りは外部にもれない。

「おい基俊、おまえ一杯のんだな、臭いぞ」

「心配するな、ほんの一杯口にしただけだ。仕方がなかったんだ」といって基俊は笑った。

「まあ、こいつでももって帰れよ。途中で凍えそうにでもなったらちょっと口につけるんだ、少しぐらいはな。元気がでるぞ。瓶《びん》の仕末は注意しろよ」

基俊はオーバーでライターを蔽い、二人の煙草をつけた。そしてゆらゆらっとゆらぐ赤い光の中にのぞいた互いの顔をじっとみつめ合った。どちらからともなく子供のようににっと笑う。二十三歳の青年とは思えないそのひげの中に相変らず精悍《せいかん》な童顔を基俊はみた。心なしかこのまえよりいくぶん痩せているようだった。濃い眉毛の下に光る山間の冷気にきたえられた目が狼火のようにめらめらっと燃えあがるのだ。基俊はその目をそらせるようにして、

「寒くないのか」といった。

「そんなことはいわんことにしてるぞ、自分の寒さぐらい自分で処理するさ。それにおれはちっとも寒くない」

「雪はどうなんだ」

「深い。いまは腿《もも》まで入るぞ、いつもみているとあきるんだがな、しかし心がひきしまってそれにやっぱり美しい」

不平を知らず強靭《きようじん》な楽天性をもっている龍石の性格に基俊は素直に尊敬したい気持になるのだった。単純といえば単純であるし、余り必要以外のことは深刻に考えようとしない面もあるが、それはそれなりでまたいいのであった。基俊には不平が多かった。それは無理もないことではあったが、彼はいくたび通訳をやめて漢拏山へ上ろうと思ったかも知れない。彼は秘密党員の仕事に耐えがたいものをもっていたのだ。しかしあの無言の抱擁の瞬間や、そしていま彼の雪焼けした顔にじかにでくわすと、嘘のようにその気持は散り果てるのがふしぎであった。

彼らは極端ないい方をすればいま道草をくっているのだ。最大三十分に限られた道草の中で、彼らの思いはまさしく天を駆けた。しかしいざ口にだすとなると、それらしきものはなくなるのだった。話しの合間、克明に乱れ合う二つの時計の小さな木音《こだま》を岩壁にききながら二人はしばし

沈黙に沈んだ。こんなとき基俊は龍石からある言葉がでるのを期待していた。それは龍石の妹の亮順のことだったが、こんども龍石はそれだけでなく両親のことについてもふれようとしなかった。互いにそのことに思いがいっているのだが、急にその沈黙が一致して重たくなりはじめるのである。

「――今日は君に渡すものはない」と龍石がいった。「ただ、それでだ……T面収容所を解放するのが、目下の急務だけど、山の事情が緊迫してるんだ。それで作戦がおくれている。次の会合は一週間後にもちたいんだが、そういうわけで情報はできるだけT面収容所に集中してほしい。それからぼくがこられない場合は山で三つつづけてのろしを上げる。もし君の予定が狂えばそのまま翌日にのばそう。それ以外は予定どおりだ」

「わかった」基俊はうなずいた。「それから急なことだが、戦略価値は山できめてくれ。明日一晩S里支署はほとんどるすになる。今日入った情報だ。それに書いてある……誰がいくか？　S里は君がくわしいが……」

「なに！」龍石はおどろいたようにいった。そしてしばらく考えこんでいたが、できるだけ自分がいけるようにしたいといった。そして何よりもT面収容所を制圧するためにもその両翼の位置にあるS里支署とK里支署の攻撃は大きな戦略価値があると強調した。基俊はうなずいた。そして妹のことをききだすのをあきらめた。

時間はどこをどう廻ってくるのかすでに八時半にちかかった。時計をみて顔を見合せると、互いにはじめて深い吐息をした。基俊はもう亮順のことで龍石から何も期待していなかったが、まだ何かそのために打ちとけぬしこりが漂っているように感じられてならなかった。基俊は煙草の吸殻を空箱にまとめて立上った。二人は淵のほとりまできた。水が足もとにひたよせていた。恐らく水は土砂を流しこまれて濁っているだろう。崖の上は風が荒れているのに淵はしずかだった。荒れた薄光の夜景がそこに投影していたが、それはさざなみにあとからあとからくだけていった。夏の夜など、ぴしっと魚がよく跳びはねた。それはその音の加減から同じ魚だと思われた。二人はそのけなげな音をきいて、魚に自分たちの秘密を分ち与えたいとよく思ったものである。基俊は洞窟をでるまでくわえていた煙草をもみ消して空箱に入れズボンのポケットにおしこんだ。彼らはそれを水に捨てることを警戒した。龍石は急にしんみりした口調で、

「軀には気をつけろよ――」といって、「妹のやつは元気らしいんだ」とつけ加えた。

「うむ」基俊は心に反して気のないような返事をしていた。基俊は一瞬ひやりとしたが、やはり亮順のことはきかない方がいいのではないかと思った。彼は龍石の父母の安否をたずねた。

「D里からは青年たちが遊撃隊員としてよく上ってくるんだ……家族はみな達者らしいよ」D里とは基俊をも含めて彼らの村であった。龍石は妹も山へ上りたがっているらしいが、両親がいるから駄目だともつけ加えた。

「いまさら変な話だが、君の妹はおれを怨《うら》んでいるだろうな、いや、怨んでいるわけだ」

「馬鹿なことをいうな、君のせいじゃないよ。いくら妹でも……はっはは、妹には君がいたわけ

か。いくら君らが親しかったにせよ、いってならんことをおれはいえんさ。君のつらさも知ってる。しかし、おれはな、もうおれで割り切ってしまってるんだ」

「——おれも割り切ることは割り切ってるよ。ただ、亮順がかわいそうでね」

「仕方がない。あいつが君を裏切り者とみなしてみきりをつけるとすれば、君は正真正銘の裏切者の資格があるんだ。一つの功徳だよ、はくができてなあ」こう冗談めいた口調でいって龍石は笑った。その笑いは痛烈に龍石自身の胸を切りつけているようだった。基俊も笑ったが、咽喉《のど》もとにかかったような空《むな》しさをどうしようもなかった。

「さあ、頑張るか！」二人は固い握手をした。それから龍石は基俊の顔をいたずらっぽくみつめて「まだ、酒臭いなあ、軀には気をつけろよ」といって微笑した。基俊は酒を飲んだことを弁解する気は全然なかったが、この場合は龍石にいってやるのがいいと思われた。龍石のそれは一種の批判でもあったし、それはまた友情からくるものだったからだ。基俊は昔から酒をよく飲んだのだ。基俊はここへくる途中居酒屋によったこと、そしてそれがでんぼう爺いであったことを簡単にいってやってから笑ったが、龍石は笑わなかった。笑えなかったのである。

　龍石はでんぼう爺いでよかった、よかったとつぶやきながらようやく笑いをみせたが、急におれも一杯のんでやろうかといってウイスキー瓶の蓋《ふた》をとった。そして一気に口にくわえて流しこむや否や、猛烈な咳をして吐きだしてしまった。「これは全く、火じゃないか！」基俊は笑いながらそれをごくりごくり二、三回ゆっくり飲んだ。そしていったん口にふくめてから飲むようにいった。

「おいッ基俊、これャ案外とうまいなあ」

もう時間はすぎていた。次の会合の日時をきめてまた会おうといいながら、それはつねに永遠の別れのような空虚を二人の胸におしひろげた。

「おい、気をつけろよ」龍石がふり向いていった。

「野郎、早くいけ、おれは半時間もかからん――」二人は洞窟の水際で別れた。龍石がさきに崖を上っていった。まもなくその姿もその足音も風に消えた。基俊はしばらく立っていた。そして岩に腰かけた。夜の淵の水際で彼は自分もその自然の一部のように思われ深い寂寞に呑まれそうになった。このときになってあらためて、基俊は通行禁止[3]になる十一時までまだ遠いなあ、と思うのだった。

三

その日は朝から空は高く晴れわたっていた。軍政庁へでた丁基俊は法務局の事務所のまえで財務局のホーク少尉に会った。軍政庁は以前は島庁でありいま道庁になっている建物の中にあってほとんどその内部を占領していた。そういうわけで道庁の屋根にはいつも星条旗が立っていた。

彼は空路けさ帰ったばかりだといった。そして開口第一声、ソウルの漬物《キムチ》は済州島のよりうまかったといって笑った。妓生《キーセン》[4]は抱いたかと問うと、ふふっと基俊の肩を叩いた。そしてポケットから女の写真をだしてみせながら、すごい、すごいと基俊を抱きかばうようにして大股で歩いていった。

済州GHQは法務、財務の二局があり、その上に長官《ガヴァナー》がいた。基俊は法務局に属し、通訳以外に米軍側の法規とか道行政機関に対する軍政指示などを朝鮮語にかえ、また朝鮮側からときに朝鮮語のまま上ってくる文書の翻訳の仕事、それも主として警察関係を受けもっていた。彼は明日から五日間、T面T里で執行される公開死刑視察の書類をまとめておいて、亮順と会うつもりだった。この視察レポートを提出するのが十日間の転任の期間までに残された唯一の仕事であった。しかも「公開死刑」の執行も転任と同様、昨日になってわかったのだ。何《いず》れも張龍石との会合には一日おくれてしまった。一日のずれで連絡は間に合わずパルチザンの戦術にもある程度齟齬《そご》をきたすことになる。――東部出身のこの少尉とは財務局にいた時分から、数回ソウルへ飛行機で同行したことがあった。彼は基俊の転任を知って大まじめにおどろいた。それは淋しいとくりかえした。留任のためには力を惜しまぬといった。別に彼の力を借りずとも、基俊はこんどの不合理な転任をくいとめるだけの自信はあった。あとでわかったが、昨日署長は出張中だった。基俊は署長に会えず要領をえなかったが、彼の本土への更迭――一般的には栄転になるのだが――とからみ合せた裏面工作があったのだ。済州島の擾乱《じょうらん》に処するに土着の署長では事態が緊迫しすぎるというので、釜山から西北出身の旧将校が赴任することになっていた。（西北とは地理的には北朝鮮の平安道あたりをさすが南朝鮮では一般に《西北青年会》[5]の代名詞となった。それは八・一五朝鮮の解放後、北朝鮮の新しい政治体制建設に反対した旧支配階級に属する者たちが南下して徹底した反共組織をつくりあげ、その名をつけたからである。それはさらに李承晩[6]のもっとも忠実な手足となって強大な権力を背景に専横を極めるだけではなく片っぱしから赤《パルゲンイ》のレッテルをはりつけて前近代的なテロ行為を極め、それが人びとの恐怖の対象になっていたため《西《ソ》北《ブク》》が代名詞ともなった）。しかし署長は「左遷」されるその不なれな土地での栄達を夢みていて、日頃その力量をみこんでいる基俊を力にしようとしていたのだ。それには多分に李尚根の父の力ぞえもあるのではないかと基俊は感じた。基俊は自分の意思は軍政庁の政策によって決められると笑った。ホークは青い目をちょっと曇らせたが、君は市民《シヴィリアン》らしくないと、好感をこめていった。

　基俊は病院へよった。感冒ぎみなのか熱があり、軀がだるかった。それに昨夜またつづけて酒を飲んだのだ。ふしぎに張龍石と会った晩は飲まないことにしていたが、必ずその翌日の夜はそれもほとんど一人で飲むのである。

　白堊《はくあ》の道立病院の建物のあるその小高い丘からは海がみえた。空は碧《あお》かった。しかし海は陰鬱に黒ずんでたえず白い牙をみせながらうごめいていた。病院の庭のけやきの枯枝に鴉《からす》がとまっていた。病院の暗い入口をおとなしくみつめていたそれは基俊のでてくるときなにか会釈するように首をふった。城内の低い町の上を鷗が群れて飛んできた。ずっと右手に沙羅峯《サラボン》が真黒い断崖を海に突き落として、波をあしらいながら屹立《きつりつ》していた。その断崖のくぼみに白く西洋の古城のように灯台があった。その白と鷗の白は同じであった。そしてその下に冬の海は荒れていた。亮順に会ってどうするのか、ともかく会いにいけばいいのだ。基俊自身にわからなかった。基俊は沙羅峯の麓《ふもと》をとぎれとぎれに走る白い新作路をみながら、ためらう心を叱咤《しった》してアクセルを踏んだ。ジープは彼の衝動のままにまるで玩具のように、突拍子もなく走りだした。この一、二年会わなかった過去の女をいま急に求めるのは、自分でもふしぎであった。

新作路の曲り角で李尚根にであった。さすがの李尚根も今日は基俊をさそうわけにはいかなかった。手錠はなかったが、警官が二人李尚根をはさむようにしてその両脇に立っていた。警官は基俊にあいさつしたが、李尚根は歯をみせないで軽く笑った。それが基俊には不快だった。昨日もそんな笑い方をした。そのとき基俊は人びとの無数の視線を背で受けとめながら人垣をでた。あんのじょうまもなく人の気配をうしろに感じた。肩をやさしく指先で叩かれてふり返ると李尚根であった。彼は唇をひきつらせたまま酒の臭いを発散させながら会釈するように笑った。それがふてくされたような印象を基俊に与えた。李尚根は顔が青白く、奥歯を嚙んでいるようだったが、基俊をさそった。基俊はいま勤務中だからとていねいに断った。李尚根の大きな軀の下でもつれそうになる足もとをみると、冷ややかに結わえた口もとが余計にふてくされてみえたのだ。

李尚根は警官に意地悪い一瞥《いちべつ》をくれてやってから、「ははっ、私もえらい人間になった。寝こみをおそわれましたよ、きのうの件でね、ははっ、つまりあのおいぼれ爺いのかごの件でね、公務執行妨害とでもいうやつですかね」といって煙草をとりだした。そして運転台に近づいてきて金属製のケースを開くとまず基俊にすすめた。基俊はライターで火をつけた。

「しかし、あなたに入って貰ったら、警察は光栄ですよ」と基俊はあくまで冗談でいったつもりだった。警官たちは卑屈な苦笑を浮かべた。

「それじゃ、私も光栄と思ってるから、お互いですね」といって李尚根はじっと基俊をのぞきこむようにみた。「……もしですね、あなたが入ればどうなるだろう。監房の壁が根負けして口をききだすかもしれない。丁さんの表情はね、そういうすばらしいところがありますよ。私はいい意味でいうんですが、仮面に似てますよ――」

何ということをいうやつだ。基俊はわけもなくぎくりとした。「いや、どうも……これからはせいぜい、私も顔に自信をもたなければいけないなあ」こうでもいわざるをえなかった。少なくともいい終ってそう思った。彼は李尚根のいったことがはっきりわかったわけではなかったが、かすかに鼓動が高まったのをおぼえた。李尚根の逮捕はどうせ名目だけのものにすぎない。夕方かおそくとも明朝は帰れるだろう。そのとき風にのってでんぼう爺いのふれ廻りの声がきこえてきた。基俊は瞬間、とまどった。ジープから軀を乗りだして声のする方へふり向いた。老人がかごを大事そうにかかえ、軀をたいぎにゆすぶってやってくるのがみえた。彼は地面に唾をかっと吐きすてると、李尚根をみて笑いながら、

「ああ、またわれらの名医がやってくる。じゃ、気をつけて」と煙草をくわえたまま、大きくハ

ンドルを切った。車は新作路を一目散に走っていった。

十一時まえだった。昼すぎにはその村へ着くだろう。橋がみえ、川があっというまに過ぎた。あの椿の花は明らかにかごの中の若者のために供えたものだ。基俊は碧く澄んだ淵を花を手折るために独りさまよう跛の老人を想像した。人の笑い者になることに生きがいを感ずる——それによってのみの関心を自己につなぎえたと思うはかない確信——。

峠を上りきると視野がいちどにひろがった。山、海、道——これらのものが一望のもとにあった。前面のそれらのうしろに立った半透明の空はいま車で走っていく基俊の心をさそいこんでいた。S里を通過し、さらに隣村を抜け、車はなお東へT面に入った。そこから亮順がいるD里までは一時間足らずでいけるだろう。

新作路に面したS里警察支署は昨夜のパルチザンの奇襲で、ほとんど破壊されていた。基俊は徐行しながら窓越しにそれをみたが、別の光景がその心を痛めた。一隊の武装警官の指揮下に、狩りだされた部落民たちが海から砂を運びあげてバリケードをつくっていたのだ。彼は支署の連中に会釈しただけで車はとめなかった。

基俊は数日後に予定された張龍石との会合が急に重要だと思われだした。いまは収容所の問題、それにもまして自分の転任の問題の討議のためにもなにか臨機の方法があれば明日にでも、いや今晩にでも会う必要があるのであった。昨日からそう思いながら、なぜかどこかで彼を避けはじめている後ろめたい自分を彼は感じていた。一九四八年春、それは正確には四月三日であるが済州島民が武装蜂起をして島の中央にそびえたつ漢拏山《ハルラサン》（一九五〇メートル）に立てこもってから半年余り、その後半はほとんどU丘で龍石とのみ基俊は会ったのである。しかも戦いが激しくなるにつれてそれは予定どおり連絡をとりえない方が多かったのだ。パルチザン第一連隊（それは島の北側の中央部を中心に受けもった）の幹部でもあり、親友である張龍石こそは丁基俊と漢拏山とをつなぐただ一つの絆《きずな》であった。城内にあるいは村里に地下組織があっても、それらは基俊と何の関係もなかった。龍石はいわば透明な瓶の狭い口のような存在であった。それを通じてのみ辛《かろ》うじて基俊はその瓶の中から大気の世界にふれ合うことができた。そうでなかったらそれが基俊の任務であるとはいえ、栓をつめた瓶の真空の中に棲息する機械にすぎなかったのである。

基俊はその激戦の跡に、敏捷《びんしょう》な龍石の体臭を嗅いだ。支署の向うに新作路に沿うて田畑を囲んだ黒い石垣《ダム》が連なっていた。高さはゆうに少年の背丈《せた》けを越すだろう。石垣はこの島に多い火山弾や火山岩の断片を拾い集めてつみ重ねたものである。田畑の境界、あるいは家いえの外郭、はては土饅頭《どまんじゆう》ようの墓場の周囲まで到るところ、それは蜿蜒《えんえん》とのびていた。恐らく石垣におけるこれらの岩石の累積がなかったら、済州島中はみるみる石だらけになって歩く道をも見失ってしまうだろう。――龍石はこの石垣をあっと思うまに軽がると跳び越えることができた。基俊はその激しい鍛錬を思いだした。それらは地形の悪い土地でのパルチザン闘争のためには必要だったのだ。龍石はバヂ（モンペ風の朝鮮のズボン）の裾に砂や小石をいっぱいつめこんで、それを踝《くるぶし》の上部で紐で結わえつけた。立ち上るとバヂの中の砂が脛に埋まって、まるで泥の中を歩くようで重たく自由に足も開かれない。龍石はまずその足で歩行の練習をした。そして石垣を跳躍することをはじめた。徐々に砂の量を増した。そうして低い石垣を跳び越えることができる頃になって、バヂから砂を落としたのだ。「おれの足には羽が生えてるよ」といっていた龍石の言葉が実感こめて思いだされた。「ああ、おれもこの啞のような存在から解放されて、あいつのように銃をもって思いきりたたかってみたい!」基俊は窓外をうしろへうしろへ飛び去りながらなお連綿としてつづく新作路の石垣に視線を送りながら、独り言をいった。そして彼は龍石に後ろめたい気持を重たく感じているのを、亮順のせいだと認めた。亮順と会う理由がないのだ。済州島を去る口実のもとで亮順と会う。それがせめての口実であった。しかし龍石との会合がその間に介在すればそれは成立しないだろう。龍石は明らかに転任の問題を一蹴《いっしゅう》し、祖国と党のために断乎として留任への道を迫るはずだったのだ。そしてそのような方向のもとに上部機関へかけるだろう。しかしいま、あの一昨夜の心もち痩せた龍石の童顔を思うと、基俊は気おくれがした。龍石がいうであろうように、留任の運動をしようと思うのだ。

T里の町に入ると、何よりもそこかしこに人の群がっているのが目に入った。面《めん》事務所や警察支署、郵便局、小学校の校門にまで「公開死刑」の掲示が大きくはられていた。『……無断の見学忌避者は厳罰に処す』けさはじめて掲示されたらしく、そのまえは人びとで埋まっていた。

新作路の漢拏山に面した方に高台があった。そこに鉄条網を張り廻らされた収容所の建物が北からの海風を真正面にうけて建っていた。高い監視台に自動銃をさげた人影がみえた。煙草を吸いだしたらしく、窓わくに両腕をもたせてこちらを眺めたようすだったが、そのとき鉄帽が陽に冷たく光った。この生活の垢《あか》ににじんだわら葺《ぶ》きの家いえの頭上にその建物があること、明日自分がそこに死刑執行側の一人として臨むこと——基俊は何か霧を透かしてみるようなぼんやりとした気持になった。たしかにそれは現実の建物として目の前にあるのだ——たしかにあるのであった。ガソリンの熱気と車体の動揺が熱っぽい軀にひどくこたえた。車は酩酊《めいてい》したように走った。

その部落はY里の外れを上った二百戸足らずの孤村であった。海から遠く、漢拏山の広大な東にゆったり流れた山麓にちかかった。夏、そこからは燃えるような緑の草原の鹿山牧場が望まれて、放牧の牛馬たちの草をはむ姿が何か黒い花のように点々とゆれてみえた。そのかげろうの薄絹の中にゆらいでみえる光景が、その昔、腕白の基俊や龍石、その妹の亮順たちの幼い夢をさそった。なぜか亮順は小さいときから靴をはくのをいやがった。靴といってもそれは草鞋《わらじ》か黒いゴム靴しかなかったが、村のちょっとした家の娘《こ》がズックの運動靴を買って貰ってから、途端に素足になりだしたのだ。その目にしみるような濃紺のズックの真新しい感触が、貧しい亮順には輝かしい夢のように思われたのだ。亮順にはそのようなかたくななところが幼時からあった。

昔日の面影を追うすべもなかったが、それにしても基俊が自分の村で発見したものは余りにあっけなかった。同時に、彼が懸念した村人の態度や、亮順との不安な対面の予測も杞憂《きゆう》に終った。そこは完全に無人部落だったからだ。Y里からようやく海を背にして、ジープは石だらけのでこぼこの傾斜をかなり上っていった。しかし村に入っても人の気配がなかった。物珍しいエンジンの音に子供らがとびだしてくるものと思ったが、その気配もなかった。石垣の隙間から変な車をみつけて親たちが警戒しているのかも知れない。村に近づくにつれて路傍でのその劇的な邂逅《かいこう》に重たい期待をもった亮順の姿もなおさらなかった。それにしても余りにしんと静かすぎた。

二時間余り車にゆられとおした基俊はようやく車外の人になった。ひどく疲れ、めまいと耳鳴りがした。エンジンの音がやむとあたりの家の石垣や樹々のたたずまいが急に鋭角的なものにみえてきた。

人気《ひとけ》のない路上を自分の靴音を確かめるようにいったとき、不安は適中した。家いえの板戸はどれも閉められていたが中はがらんとして重たい空気だけがよどんでおり庭の平面がよそよそしかった。ふとそれにおどろいて苦笑したが、一匹の豚が家の中をのさばり歩き、板間でぶふっぶふっと鼻をこすりつけていた。もしこの部落の人びとが集団移動をしたとするならば迷子になったのかも知れないし、この豚一匹のために人はそれを連れもどしにくるだろう。

ともかく白昼の村落に一人の人間もいないというこのふしぎな現象は、死にたえたように無気味であった。廃墟ではない。廃墟には乾燥した明朗さもあるが、これはまだどこかに血が生きていて陰湿で陰険であった。海底に沈んだ村のようにここには何かがこもっていた。家いえは無傷のまま空洞のように無数に存在していた。しかもその冷たく暗い空洞にまだ生温かい人間の息吹きが漂っていて、なおさら無気味な印象を与えた。

死の直後の人間にまだ体温があるように、この部落がもし死にたえたとするならば、それはまだ間がないだろう。基俊はあとになってさとったが、この部落の人びとは朝、未明に山へ上ったばかりだった。多くのパルチザンをだしたこの部落が早晩官憲から焼打ちをくらうのは、その子供たちまでがそう感づいていた。それが一昨日、それは龍石と会ったその日であるが、龍石の家族つまり亮順や父母が逮捕されたことによってその機を早めたのだ。早暁《そうぎょう》、部落民は部落出身のパルチザンの先導によって、家いえを捨て、家畜を伴ない、急遽《きゅうきょ》山へ上った。子供を含めての新しいパルチザンの苦難の生活がはじまるのである。

基俊は亮順の家の黒い石垣にもたれ、放心したように煙草を吸った。空腹を感じた。その露地をはさんだ斜向《はすむか》いの家が基俊の生家であるが、それは一昔前母が死んだとき売払われたものだった。よくその上によじ登った老いた柿の木がまだ立っていた。母のような気がした。しかしいつも幼い基俊をその枝にのせていたずらをされた木は老いてはいたが、母のように死にはせずしっかり立っていた。父の顔を基俊は知らない。幼時に死んだのだ。写真もなかった。父の傍に埋めてくれと母は遺言したが、その二つの墓が村外れにいまもあるはずであった。

時計の秒針の刻む音が——最初はそれとはわからず、あたりに首をかしげてみたが——克明にきこえた。一時だった。生物とて一匹の豚しかおらぬ部落の中に立って、彼はせめて自分がいまその石垣に軀をもたせている亮順の家の中をのぞいてみようかと思った。そうしてまっすぐに立った彼はそのとき急に悪寒《おかん》をおぼえた。冷たい風が外套《がいとう》のない軀にあたった。彼は上衣の襟《えり》をたてて少し歩いたが煙草のせいか頭がひどくふらついて目を閉じた。無数の火花が瞼《まぶた》の裏で散った。

アルコールともガソリンともつかぬ臭いが甦《よみがえ》り、胃袋をこづきあげた。空をみると太陽が小さくしぼりとられた白玉のように薄い雲の向うにみえた。彼はふたたび石垣に軀をもたせて額に手をあてがった。一瞬掌が目にかぶさって、眼前が夜のようになった。たしかに熱がある。耳鳴りがした。それはひどく、耳の内側で歯ぎしりをするように暗い痛みで鼓膜をならしつづけた。

そのときである。「おや？……なにかきこえる！」と思った。——きこえた。それは時計の音のように克明にきこえ、こちらへ迫ってくるようだった。それはたしかに皮底の靴の音だった。コト、コトと小刻みにひびく女の明るい靴音——それははりつめた冷気の中に透明なひびきをたてた。はっとして目をあけると、露地のずうっと向うの楠《くす》の古木のかげから、白い朝鮮服の外出着に白いハイヒールの若い女が歩いてきていた。たしかに女の人であった。

「これは、どうしたんだろう、無人部落に女一人でくるなんて……白装束にハイヒールとは変った人だなあ、こんな田舎で……？」その女《ひと》は基俊をみとめているはずであるのに、黙って会釈もせず近づいてきた。克明にハイヒールのかかとをならしながら。じっとみつめていた基俊は思わず石垣から身をおこして乗りだした。頭は幻をみているようでふらついたが、現にその女《ひと》は足音をたてながら歩いてくるのである。突然彼は叫んだ。「あッ、亮順《ヤンスニ》——亮順《ヤンスニ》！　おれだ、基俊だよ！」基俊は駆けだした。と、その白衣の女は手前の露地をすうっと左へ折れた。まるで白い風のようにふわりとよぎって靴音もなかった。基俊は息せきながら駆けていき、後を追った。亮順が折れて入った露地はまっすぐにのびていたが、だれもいなかった。どこか家の中にかくれたのかも知れなかった。と、路傍の木の下に鴉が一羽打ちひしゃがれたように死んでいた。彼は家いえの板戸を開いてのぞきこみ、大声で亮順を呼んだ。家いえは空洞のように暗い口をいっぱいあけ深い穴の中で、基俊の声はうつろに木音《こだま》した。基俊は全身びっしょり汗をかいていた。「おかしいなあ、どこへいきやがったんだろう?」基俊はまだそれが幻覚であるとは知らなかった。

まもなくそれが決して実在の人間ではなかったとさとったとき、基俊は全身水を浴びたようにゾッとした。全身の皮膚がいちどに縮んだと思われた。そしてぶるっぶるっと寒気が波のように無数の粟立《あわだ》ちになってくり返され、全身を蔽《おお》った。基俊は嘔吐をもよおした。彼は煙草をそのままかじると、唾をふくんだまままそれをかっと地面に吐き捨てた。その毒薬のように苦い味を口中にたたえたまま、アクセルを踏んだ。なにかあてられたように悪寒で背中がぞくぞくした。走る車の前方に光り輝く海をながめ、背後に痛み入るような闇を背負い、基俊は夜と昼とがいちどに自分の肩へおりたのを感じた。

四

早朝、一個小隊の武装警官がT面にある死刑場へ発《た》った。基俊は十時に出動する第二隊に同乗するはずであった。彼は背広に着替えてオーバーはつけずに軍政庁へでた。それは四日まえ龍石と会ったときの服装であった。その黒のダブルは内ポケットへしまう拳銃のために余裕をもたしたものであった。上衣の裾が開いているせいか、それはだれるように重たくいまは感じられた。ボタンをしめた。不眠がつづき、それを紛らわすために昨夜も酒を飲んだが、脳髄に厚い膜が密着したようで、頭は割れるように重たかった。「おい、どうした、君の顔は紙みたいに色がないぞ」と同僚の通訳が意味ありげに淫《みだ》らに笑った。基俊はこぶしで自分の額をこづきながら、うなずいて微笑《ほほえ》んでみせた。

建物をでた。そのストーブの臭いと煙草のけむり——のしかかった建物の抑圧から解放されると思ったが、外は陰鬱なぶ厚い雲がたれこめていて、その隠微な光で基俊の額をなやました。新作路にでると、ちょうど向うからでんぼう爺いがやってくるのにでくわした。いやであった。基俊は急に渇きをおぼえた。彼は反射的にポケットを手探った。しわくちゃになった煙草の空箱がでてきたのでそれを捨てた。それはポールモールの赤い箱であった。基俊はなぜともなく普通よりそれが長いというだけで、そのキングサイズの煙草を愛した。たしかに煙草は入れたはずだが、——それは上衣からでてきた。一本火をつけたがぐっと吐気をおぼえてやめた。彼はぷいっとそれを捨てて大股に歩いていった。〈胃が荒れている——〉こう思いながらも、彼はビールを一本どんぶり鉢にあけて、ぐいぐいっと一気に飲みほそうとしたのだ。

でんぼう爺いは、基俊の姿が消えるとその場へけんめいに走りよった。その空箱が落ちるとき、老人にはそれが赤い花のようにみえたのだ。老人は猿のように素早く、すんなりした煙草の吸いさしとその箱を拾った。物珍しそうにその箱をあけると、中からへし折れた吸殻が多くでてきた。ようやくそれが煙草の箱だと理解した老人は、朝からの収穫に気をよくした。彼は吸いさしは折れないように大事にかくしにしまった。それから吸殻を煙管につめて恍惚とした面持ちでくゆらせた。ふと太陽を仰いだがあいにく雲ばかりであった。

「へへへっ、おてんとさんもちと情《じょう》がねえな、たまにあおらでも洋煙草《ヤンタムベー》をふかすんでさあ……いっひひひ」

「ははっ、令監《ヨンガム》（爺い）――」老人は跳びあがった。かくさなくともよいものを、彼は狼狽《ろうばい》してそれをかくしにおしこもうとした。李尚根が立っていたのだ。老人にとっては恐ろしい若者だった。彼は髪にちゃんと櫛まで入れてあったが、一晩警察に泊っていまその門をでたところだった。

李尚根はそれを意地悪くとりださせたが、洋モクの空箱だとわかると苦笑した。どうせそこいらの通訳かGIが捨てたものだ。若者におびえてしまった老人はなおも弁解がましく、自分は決して盗人《ぬすっと》ではない、いまここで拾ったばかりだ。それはあの方にきいて貰えばはっきりするはずだとつけ加えた。それは丁基俊をさしていた。李尚根はなぜかはっとして基俊が歩いていく黒い後ろ姿を目で追った。基俊が捨てたというただそれだけのことで、ふうっと関心をおぼえた。しかし李尚根はふと、その吸殻の火をもみ消した先に何か土に混って苔か、藻屑《もくず》のようなものがくっついているのを発見したのだ。

「丁基俊、――丁基俊か」と李尚根はつぶやいた。

「へえ、その丁先生で……」

「うるさい」李尚根は少し考えこんだ。妙に吸殻にひかれた。それはそれに仮面のようなものをみた基俊の表情にひかれるものと同質かもしれない。彼は代りに金をやって、誰にも他言してはならぬと老人にいいつけた。老人はなんども叩頭《こうとう》し有頂天になって駆け去った。

李尚根はまっすぐ家に向けて歩いていった。彼は急に丁基俊が自分を意識的に避けているんではないかとかんぐりだした。昨日も彼はジープで逃げるように去った。一昨日も自分のさそいを彼は断わった。城内では誰もがおれに関心をもっているのではないか。おれの酒乱をどっかそこいらの呑んべえといっしょに思っているのか。この野蛮な原色の社会でおれの魂が悩みもがき真二つに裂けていることなんかわかりもすまい。彼は煙草に火をつけながら、しかし眼前にほうふつと冷ややかな丁基俊の顔が浮かんでくるのをどうしようもなかった。基俊が他の通訳たちとちがってどことなく落着いているのが李尚根の関心をさそった。それはある意味では癪《しゃく》でもある。そのつねに遠くをみるような目に何かを感ずるのだ。そうして李尚根は他の通訳連中に対するように心から丁基俊を軽蔑することができなかった。〈あいつには、何かおれ以上のものがある――〉彼はそれを認めたくない心のうごきをもった。しかしこの変な吸殻がその彼の心に関連をもとうとしてうごめいているようだった。

第二隊が二台のトラックに分乗して出動した。基俊は金警備部長とジープで同行した。西北出身の部長は先輩であるまもなく赴任してくるだろう新署長を歓迎するとのべつしゃべった。基俊は同調した。雲は漢拏山をその山麓の村落まですっかり蔽いつぶして、それは天が地についたように思われた。窓外には目の端に不動の海の断片があった。基俊は部長の言葉を適当にあしらいながら、心に迫る漢拏山の姿を避けた。雲と雪に閉ざされた中で、いまごろ兄と会っているだろう亮順を考えまいとした。亮順にとっては基俊は裏切者であった。そしてまた彼女を捨てた男であった。部長は酒から女へ話題を移し、基俊の酒の臭いと昨夜の女関係をかってに想像してやに下るように冗談をはじめた。それが女の声のようにきんきん基俊の耳をなやました。二日酔の重圧を払いのけるように、基俊はなんども頭をふってフロントガラスいっぱいにはりついてくる白い影を払った。するとたちまち白い影は素足のままその裳《チマ》の裾を風に吹きあげられながらボンネットの先にとまった。——基俊は突然白い影もろとも自分をも覆《くつがえ》すような衝動をおぼえた。胸が熱し、ふるえるハンドルをそのまま山の方へ向けてぶっとばしたい自分を、車体の動揺の中にもて余した。彼は部長に合槌《あいづち》を打った。「女の味は酔いざめがいいですな」いましなやかに道は限りなく車体の下へ吸いこまれていった。「ほほッそうかな、丁さん、わしはやっぱり酔いはじめがいいですな……それゃあ」

一行がT面へ着いたとき雪が降っていた。道路は銃をすえた警官で埋まっていた。人びとがぞろぞろ主婦は子供を背負い、老人は手をひかれて死刑場のある小高い丘へ上っていった。警察支署のバリケードの上にすえつけられた拡声器が、死刑執行の意義を強調し人びとを丘へ丘へかりたてていた。人びとの白衣の背に降りそそぐ雪がそのまま消えて、それが暗鬱な背景の中に何か非人間的な美しさをたたえていた。基俊は遠くからそれをながめた。そしてあの中にもし自分がいたならば、その不調和がたちまちあの冷冽《れいれつ》な美しさをくずしてしまうだろうとぼんやり考えた。

『××集団生活収容所』とアーチに掲げた門をそのままジープでくぐった。それは小学校を改造したものだった。運動場の外部のアカシヤの樹々が、四隅の機関銃を備えた監視台のあたりから頭の方だけ伐《き》りとられていた。基俊は所長室で書類をくって知ったが全収容者は八百名にちかく、その三分の二が女子で占められていた。その半数をこの公開死刑で五日間に処分するとすれば、一日約八十名の人間が殺されることになる。よく肥えた短身の所長は栗のような顔恰好をしていたが、目がいやに平たくみえた。彼はそれが癖であるのか、始終警服の襟に指をやって、この米軍の唯一人《ただひとり》の代弁者である背広の若者に気圧《けお》されまいと気を張っていた。彼は制服こそ人間の着るべきものだと思っている種類の人間の一人である。しかしいま落ちついた黒の私服の丁基俊をみると何か虚をつかれたようで、なおさら彼は制服の威厳を誇示したくなったのだ。

「はッはは、なんですな、これらに実弾を使用するのはもったいないですな。海へ放り投げるか生埋めにでもすれゃ、もっともなんですがな、それは文明の国米軍部の指令によりましてな……」彼は金警備部長の方をちらっとみて「金君とは釜山時代からの親友でしてな……彼はなかなかの紳士なんでしてな、その紳士というところが実はわたしの気に入らんところでしてな、いや、実はわたしは死刑執行の直前に、赤《パルゲンイ》どもに一言、おまえたちは米軍政庁のおかげで銃殺というもったいない死方ができるんだと、布告してやりたいんですがな、そこが……それ、絶対米軍のことは口にだせなくなっておる次第というわけなんですな」

「いや、どうも……ありがとうございます」と基俊は磊落《らいらく》に笑った。「われわれ米軍は何よりも機械的な能率を愛します。能率によってなくなるものは怠惰な心だけです。銃弾は思う存分使って下さい。足らなかったらソウルから、なお足らねばトルーマン大統領閣下が補給するでしょう」基俊は李承晩大統領にならって米大統領に閣下を呈上した。所長は腕時計を気ぜわしくみたが、まるで樽のように無恰好《ぶかっこう》に立上って「さあ、いきましょうかな、何よりも機敏と、能率が第一でありますからな……」と機敏という言葉に熱を入れた。その新しい言葉の挿入に彼は至極満足したらしかった。

部屋をでた。暗い廊下の表に雪がとびかう広場がみえた。沈黙のかたまりのように白い群衆があった。基俊はことさらにさっさと大股で歩いた。背後の方で二人が、おまえの時計はいつ手に入れたんだ、それは金無垢《きんむく》か金張《きんば》りか、スイスかアメリカか、おれのは一日に二十秒は狂わぬなどとよくきこえる声で話合っていた。と所長が廊下を軋ませながら追いかけてきた。収容所の中を見物してみるかとたずねた。基俊は心すすまなかった。彼は警察での拷問に立会ったことがあった。その拷問にかつての友人たちが多く斃《たお》れた。彼らは基俊に走狗《いぬ》、豚と罵《のの》しり唾を吐いた。彼らの上にさらに暴力が加えられ基俊は冷徹な笑いをもってそれに耐えた。——基俊は所長の語調に積極的な意思の若干あるのを察して応じた。

廊下を逆にもどってこの衛舎の海側にある男子収容所へ向った。中庭を横切った。雪が風に混ってすくい上げるように飛んできた。所長はじゃけんに襟の雪を払い落しながら、この雪は殺《ごく》つぶしだ、銃弾が余計にいるとぐちをこぼした。無帽の基俊の顔に虫のようにへばりついた雪はたちまち水滴に化した。彼はひんやりとしたその感覚にしばし気持をあずけた。ぶるっと悪寒がしないでもなかったが、それが重たい頭をいくらか爽快にした。

扉が中から開かれて看守が挙手をした。「ああ、臭《くさ》い臭い、いつもこれじゃな」と所長が基俊にきいてくれといった調子の独白をした。「わしは豚を飼うたことがないのでわからんが、全くこれゃ豚小屋の臭《にお》いというやつじゃな」急に建物の中のざわめきがうずくまったように萎《しお》れた。反射的に板の廊下に軋む靴音が急にひろがった。何が愉快なのか所長はたえず笑声をたてた。この一棟の建物の内部は十二に仕切られ、廊下に面した正面はみな金網になっていた。そして三方は全部盲壁にしてあった。基俊は内部をみるのは今日はじめてであったが、それは警察の監房と大差なかった。四坪たらずの一部屋の中に数十人の人間がぎっしりと、将棋の駒を立てて詰めこんだようにうずくまったまま膝を抱いてきゅうくつに坐っていた。いったん立上るとたちまち席が埋まってしまい、ふたたび尻をはめこむのが大変である。

金部長は腕をうしろに組んで「これは、ちと手間がかかるね」と、何か倉庫整理をひかえた主人のようにいった。いや、大したものじゃないと所長はいって急に腰をかがめた。そして指を金網から突っこんで、そこに哀願するように顔をおしあてていた老人の鼻をつついた。

「うむ、どうじゃ……ふふん、死にとうないか、ウン？　死にとうはない？　おまえは正直な奴じゃな、極楽へいくぞ、はっははっ」

基俊はのぞく程度にして大股で歩いていった。どういう罵声が金網の中からとびだしてくるかもしれない。これらをみるのもいやであったが、それ以上にその声をききたくなかった。ほとんど一行が廊下の端に達し、扉をでようとした瞬間だった。突然叫び声をきいた。

「ああッ、ちょっと、ま、まって下され！——お、おまえ、あなたは基、基俊じゃねえのか？」

基俊はぎょっとして立ちすくんだ。その声はどこかで、いや遠いところできいたことのある声だった。

彼をたしかに基俊とみとめた老人は、吃りながら人をかき分けて金網にしがみついた。基俊は疑う余地もなくそれが張龍石の父だとみとめた。偶然であるとはいえ、それは不幸な邂逅であった。二、三年会わなかった間にぐっと老いこんだ友の父の姿が二重に基俊の胸をしめつけた。それはまさしく夢のようであり、その傍でうごめく人びとも、老人の大写しの顔のまえで基俊の目には入らなかった。かすかに足がふるえ、その関節が一つ抜けたようにそこから力がひいていくのが感じられた。

しかしこのとき老人ではなくある別の想念が、霹靂《へきれき》のように音をたてて基俊の頭上を打ちのめしたのである。〈亮順がいる！　収容所の中に亮順がいるのだ！〉世界が目のまえで白い閃光《せんこう》を発したかと思われた。その灼熱《しゃくねつ》の限りない光の頂上に白い影が踊った。彼はようやく、金網を握りしめようとしている自分に気づいた。彼は、はっははと意味のない笑いを浮かべてけんめいに自分を支えた。老人は懐しさと急に生命を彩りながら輝きだした希望にしばし声がでなかった。洋服をつけていて、しかも制服の官憲と対等にみえる基俊に救いの手を求めようとしたのも無理ではなかった。

「アイゴ……おまえは、どこへいくんじゃ」と老人はたどたどしく叫んだ。「おまえは、丁万泰《ジョンマンテ》のせがれじゃないのか？……いや、そうじゃ、おまえは、あの丁万泰のせがれめじゃ、ああ、おまえじゃ、おまえはあの基俊じゃ！　わっしはな、龍石、張龍石の父じゃよ、あれのおやじじゃよ！」

躯を金網に猿のようにへばりつけたそれは哀願していた。金網が揺れた。所長は大声でどなったが、基俊の方を向いて知人かとたずねた。基俊はうなずいた。ずっと昔の知り合いだが、いちいちそんなのを気にしては済州島に住めまい、いまは昔とはちがうと、きっぱり微笑をもっていった。少し手をのばせば老人の金網から突きだした指に触れる距離にあった。所長は部長をふり返って、それはもっともだがなと合槌を打った。そして衛舎の若い連中にもこんな知り合いが随分いるが、やはり少しは辛いらしいんだと同情的に笑った。明らかに所長は年齢《とし》をもって彼の権威を支えようともしているのだ。基俊は相手の柄になくいったその辛いらしいという言葉に救いを感じた。少なくともそれは自分の心中の動揺を隠蔽《いんぺい》する殻になってくれたからである。

老人の哀願は失望から怒りに化した。老人はそれでもしばらく、隙間を求めて逃げまどう鼠のように金網のへりでもがいていた。そして基俊を責めた。しかしいまは老人のいかなる言葉も亮順の存在を通じてしか基俊の耳に達しなかった。二人の間に亮順が立ちはだかっていた。うるさいとさえ感じた。基俊が煙草に火をつけてゆっくり吸いだしたとき、はじめてその本質に気づいたように老人は、おまえはいったい誰のまえで煙草をふかすんだと罵りはじめた。そうしてまた、おまえはわしのいうことがわからないのかと哀願し、そうじゃ、おまえも腐った奴なんじゃと結局それは絶望的な罵りになった。檻《おり》の中の動物でも見物するように金網の中をみ廻していた他の二人は基俊に何か話しかけた。基俊はそれにわかったような返事をしただけで何をきいたのかわからなかった。ただ彼らのまえで呵々《かか》大笑《たいしよう》して「昔の時代はすぎ去ったんだぞ」と老人に向っていわねばならぬ強い欲求を感じていた。しかしなんども舌端がそれでふるえもつれながらついにでてこなかった。彼はさりげない風に立っていたのだが、洋服に包まれたその肉体は生木《なまき》のように硬直していたのだ。〈おれはなぜぼうっと立ってるんだ!〉そのとき白い影が目をよぎった。扉のガラスに雪が吹きあたってつもっていた。白い影が雪にとまった。彼はむしょうに突きあげてくる腹立たしさを感じた。老人のせいではなかった。しかしいまは老人さえもが腹立たしかった。

「狂ってる、狂ってるんですよ、無理もない」所長と並んだ基俊は冷やかにつぶやいた。そして雪のつもったガラス扉を開けた。

五

死刑広場をどうして横切ったか基俊はわからなかった。ただ大股で雪を踏んで歩いた記憶があるだけだった。またどうして自分が亮順のまえに現われたのかもわからなかった。ただそこには冷たい金網を隔てて亮順と自分があったのだ。それは模糊として現実感がなかった。もしあったとすればそれは彼の任務に対する自覚の上に築かれたものにちがいない。却《かえ》って、遠くからみた女子収容所の建物——その中にこそまださだかでないはずの亮順の実在を、息づく亮順の軀を戦《せん》慄《りつ》とともに確信したのだった。その建物は徐々に迫りそして近づくにつれ、それは遠のいていくように思われた。

「うむ、顔色がよくないですな……見物はこれくらいにしますかな」

その女子収容所の建物の方を指さしながら所長がいったとき、基俊は自分が笑ったことに満足した。彼には珍しい人を射るような目で所長の方を向き、そんなことじゃ済州島には住めんですよと笑った。たとえそこに自分の軀を吹っとばすような軀を叩きのめすようなはかり知れぬ力があるにしても基俊はその建物の中に、亮順のまえにいきたかった。雪の中にもうその白い影はとまらなかった。

日本が破れて、米軍が本土の仁川上陸よりも約一週間おくれ九月のなかばごろこの島に上陸したとき、それは一時的なものであったにせよたしかに解放軍のような感激を青年たちに与えた。島の人びとはけげんな目つきで日本軍の占領に代るこのふしぎな異国の兵隊を見上げたものである。戦争が終り、解放された民族としての歓《よろこ》びと希望を祖国の土に託して日本から帰った基俊は、それは当時の中学卒業程度のそしてYMCA英語学校の上級班でつけた程度の英語の力であったが、島民の通訳が必要であったので、それになった。その時分は基俊にとって幸福な頃だったともいえる。張亮順が兄といっしょに城内に移って就職をしたからだ。——しかし時勢は推移し、やがて基俊は通訳になったことを後悔するときがきた。米軍の政策と朝鮮人民との利害が一致するものでないことがまもなくはっきりと、それはまた島民と済州米軍政庁の対立の形ではっきりと目のまえに現われたのである。米軍はつねに背後にかくれ、その代弁者たちを、たとえば警察権力とか右翼政党の突撃隊である《西北青年会》や《大同青年団》また、《漢拏《ハルラ》団》などという地元のテロ団体を前面におしだした。こうして青年たちのほとんどがそうであったように張龍石は組織に属し妹の亮順もそれにしたがった。丁基俊もいまは通訳をやめ、それにつづこうとしたのだが……。一九四七年の三・一記念日の少年虐殺事件を契機にして全島は米軍当局と真正面から敵対した。亮順は基俊に対していだきはじめたその愛情と、そして兄の親友であるというその感情からしても彼の立場を黙過することができなかった。そればかりではない。基俊に対する人びとの目は敵に対するそれに露骨に変った。しかしそのときの基俊はすでに張龍石を通じて極秘の任務を組織から課せられていたのである。——こうして基俊の内界と外界の断絶による苦悶がはじまった。基俊は自ら忠実な米軍の使徒となり、悲嘆する亮順を斥《しりぞ》けた。彼は高官の、あるいは有力者の娘を娶《めと》ることによってさらに自分の足場を鞏固《きょうこ》にする、組織すなわち自己の欲求に従おうとした。しかしそれにしてはなぜ、斥けた女に手をつけたのか。斥けたが故《ゆえ》に女を犯したのか。彼はつねにそれを後悔した。しかしこの後悔の重みによってのみ彼はつねに亮順を感じ、自分を感ずることができた。

彼女は久しぶりに二、三度つづけて基俊をその下宿に訪ねた。そのひたむきな表情をみるたびに、基俊は胸がうずき、告白の衝動にかられたが、反面皮肉な英雄的な気持を味わったものだった。男には妻にもいえぬことがあるはずだ、こう思って彼は危険を乗りこえた瞬間の自分の気持に慰みと満足を与えた。彼は外ではほとんどこの島特産の甘藷《かんしょ》からとった焼酎を口にしたが、このとき彼女のまえで米軍用のウィスキーを飲んだ。その間にも彼女は自分はどうしたらよいかわからぬといい、基俊に通訳をやめるよう哀願さえした。彼女は全身を白い絹の衣でまとうていた。うずくまるように片膝を抱いてその上に顎をのせた姿に初夏の暮色がとまっていた。薄暗い部屋でそこだけが明るかった。何を考えているか知れない不動の彼女の姿に、基俊は凝縮した美しさをみた。それは自分のやさしい手さえそれにふれてやれば花の蕾《つぼみ》のように無限に開かれる美しさであった。

部屋の隅に坐った彼女は彼に近よろうとしなかった。基俊は机にもたれてひとり酒を飲んでいたが、つと立上って杯を亮順にすすめた。——彼女はたしかに受けとったと思われた。しかしその瞬間グラスは音をたてて壁で割れた。彼女が投げつけたのだ。壁にはエスクワイア誌から切抜いた女の半裸像が思い思いの姿態を誇示して二、三張られてあった。

「下劣だ！」亮順は男のように叫んだ。やにわに立上って基俊の傍を抜け、壁の女を引裂いた。彼女の裳《チマ》が翻えるとき、鼻をついた風に女を嗅いだ。基俊はそのにおいを悲しいと思った。彼にとっては彼女は所詮《しょせん》女であったが、彼女にとっては彼は所詮ＧＩまがいの通訳であったのだ。基俊はふつふつとあぶくを立てる悲しみの中に、ふっと突きあげる何か本能のようなものを感じた。彼女はなおそれを破り、捨てた。部屋をでようとした。基俊はその腕をつかんだ。亮順はひきむしったような顔でふり向くとけがらわしいと叫んで、彼の頬を打った。基俊はなぜか女をひどく二、三度なぐりかえした。そして女の腕を曳《ひ》きずり、部屋の中へ引き倒した。女はおびえた。彼女は泣きながら帰るといったが、帰らなかった。

基俊は黙って酒を飲んだ。それは悲しいことである。――そしてこの冷たい柔かい無垢の肌に永遠の爪痕を残したのだ。二つの肉体の上にひろがったもの――それはすべての曠野《こうや》にみなぎった洪水のような充足感であった。そこには太陽もなく月もない、夜と昼とにはさまれた模糊とした光、その光すらかげった大きな灰色の空、その下に延びきったままの放心した濁った洪水――それを基俊は感じた。そして洪水が揺れうごくにつれてその下から空虚がうめいた。亮順がうめくように泣いた――。

女子収容所は広い広場の端の男子のそれと向い合って建っていた。丁基俊がその玄関に足をかけたのはいまは亮順に会う目的の他に何もなかった。ただ会うこと——会えばよかったのだ。行くべきか否か——選択の感情すら暗い情熱のようなもので焼きつくされていた。しかし軀の奥に何かどっしりと氷のようにかまえたものがあった。——彼はその部屋の金網のまえに立って、冷然としかしようやく肩の雪を払った。彼をおどろかせたのは亮順の母がいっしょだったことだ。ふしぎではない。ふしぎなのは基俊の脳裡《のうり》にその断片すら浮かばなかったことだ。

老婆はその夫と同じように驚き、狂喜した。ただ違っていたのは、老婆はしきりに観世音菩薩をつまり仏を呼び、涙を流し、そして結局この唐突な邂逅の意味を解《げ》せなかったことだ。亮順はおどろいてがばっとはね起きたが、すぐその驚きを恥ずべきもののようにかくして、唇を嚙んだ。老母の背のかげでひとしきり大きく波打った彼女の柔かい左肩がみえた。部屋は暗く汚ならしかった。長い廊下にいくつも吊されたランプ(村には電灯がなかった)が揺れていた。それが床を埋めた人びとの肩や頭の上で酩酊した光と、金網の格子縞の影を泳がせた。揺れるそれに基俊は眩暈《めまい》のようなものを感じた。白の上衣《チョゴリ》と黒の裳《チマ》に包まれた亮順の軀がその陰の中で小刻みにふるえた。

「太い女だ、死ぬまえから寝こんでやがる」と所長はいってこれがさっきの老人の妻であり、その娘だと部長に説明した。そして基俊の方に向き直り「済州島には住めんからな」と笑った。別嬪《べっぴん》だな……と部長がつぶやくのを基俊はきいた。やがて、人びとの間から亮順のつぶらな黒い目が二、三度またたき、まばゆいばかりに徐々に大きくいっぱいみひらかれた。そのときの波打った肩を基俊は抱きしめたいと思った。彼女はつと、腰を上げかけたがそのまま乱れかかった前髪を両手でかき上げて、きっと基俊をみすえた。それは氷のような目であった。情感的なものがいっさい排除されたそれは物質をみつめる目にひとしかった。その底に憎悪が坐っているのか怒りが坐っているのか、基俊にはわからない。彼には彼女の一切が裏切者に対する告発としてしか映らなかっただろう。ただこのとき彼がたじろいだのは、その目の中で自分が人間ではなく一つの石ころにされてしまい、注ぎこもうとする感情があっけなくすべり落とされたためだった。基俊は少なくとも腕のかげからその凍てついた瞳の中にかっと炎が燃えあがり刃がたったのをみたとき、彼女のはじめてうごく感情を自分のそれとともにとらえ、冷酷な無視から脱した自身を感ずることができたのである。

しかし、彼女の沈黙を斥け、その罵倒と叫びの炎を欲した彼であったが、彼女のなめらかな眉《み》間《けん》が小じわで迫り、顔がひきつって歪《ゆが》んだとき、基俊はつと金網に近づいた。そして基俊は、それをたしかに欲した彼であったが、なにか自分に向ったおそろしい炎の力が彼女の肉体を内部から突き破ろうとするのをみたと思った。それが耐えられなかった。亮順！　亮順！　と叫ぶ心を彼は殺した。傍で二人が年輩らしい寛容をみせて、小指をうごかしてみせて彼女だったらしいとか、彼は純情だとか話し合っていた。そしてこの人の不幸の中に彼らはその信ずる政策の執行の意義をみとめ、それに同情という美徳の殻をかぶせて満足していたのだ。後日までも基俊は彼らの話しっぷりを忘れずにおぼえていたが、それが濾過《ろか》されたように明瞭にそのときききとれたのはふしぎであった。

老母は基俊の視線にこの子は何を黙りこくっているんだと、娘の肩をじゃけんにゆすぶった。そして横の女の胸ぐらをつかむや、あれをみろと基俊を指さした。ふたたび娘の肩を揺りうごかした。人形のように肩が揺れた。基俊にはそれがひどくこたえた。それが母のように思えなかった。自分の傍に立った部長の手にもみえた。それは亮順の中に埋れているだろう愛情を呼びさますというよりも娘に身売りを促がす手にみえた。「もういい！」基俊が自分の耳にとまって消えないはっきりした声でいった。所長が声をあげて笑った。このとき亮順の顔にはじめて表情になるくらいの深い軽蔑と悲しみの色がくっきり浮かびあがった。ランプの光や人びとの上に揺動する金網の縞模様の中に湖のようにひときわ光るその深い目は、やがてもむように耐えがたい苦悶の波をおこした。そしてそれは無念に握りしめられた上衣《チョゴリ》の胸紐の緊張に波及していった。基俊は正視できなかった。彼は長い廊下を見渡した。廊下をはさんで向い合った部屋々の金網が斜めにみえた。まるで無数の虫がぶら下っているように金網を握りしめた人びとの指がその表面でうごめいた。廊下の突きあたりの明るいガラス扉をかげらせ、看守がじっとこちらを向いて立っていた。これらのものがぐらぐら船のように揺れだした。するとそれが徐々に遠いところへ自分の足もとからはなれ去っていくようだった。基俊ははげしい耳鳴りをきいた。目を閉じて金網によりかかった。瞬間、亮順がすうっとあの白い影のように果てしない向うへ遠のいていって、茫漠とした遠景の中に突っ立った。そしてまたあの白い影がその上に舞いおりて重なり合った。基俊は頭の中でしきりに油のはじくような音をきいた。

あの暗澹《あんたん》とした心の中に氷山のように坐っていたもの――これがなかったら、彼は耐え抜くことができなかったかも知れない。彼は金網にしがみついた瞬間、彼の目には何ものも入らなかったが大声をはりあげて廊下にひれ伏し、すべてを告白したい大きな衝動に突きあげられた。その一瞬のためにはすべてを放擲《ほうてき》し金網を打破り、彼女の足もとにとびこんでいきたかった。

――亮順は、永遠に死んでいく。同時に自分も死なねばならぬ。彼女の中で死なねばならぬ。犬のように死なねばならぬ。彼は頭上で一つの真理が真二つに音をたてて裂けるのをきいた。これで彼女に証しをたてる機会は永遠に死んだ。しかし彼女は人を呪咀《じゅそ》しておれを乗りこえて死んでいく。じっさい自分が裏切者であった方がどれだけ幸福であろう。裏切者でない裏切者――ついにその生命の極点に立った彼女が、いま自分にそのとどめを刺すのだ。基俊は後から後から潮のように逆巻いてくる悔恨の中でおぼれそうになった。多くの機会に、それは組織の規律への違反であっても、なぜ一言彼女に洩らしえなかったのか。なぜ洩らしてはならないのか。しかもその悔恨すらいまは毒されていた。彼はその悔恨に自分を傷つけなかっただろう。党のために祖国のために！　これがこの一瞬の彼をなお不幸にし、おのれを空《むな》しゅうできなかったのだ。恐るべき良心の安泰のために、彼は自分の人間を殺し、亮順の良心を殺した。すればその間に介在するものはいったい何であるか――。その名において亮順の心を殺した党も祖国も彼女の涙の一滴に価するものさえつぐないえないのだ。基俊は張龍石を憎み、党を憎んだ。そして祖国を憎んだ。

そして笑声をたてる傍の二人をいますぐにも刺し殺したかった。

「いやあ、これは全く……丁さんもだいぶお苦しみのようですな……まずは、能率ですからな、ははは」所長の声に基俊は、自分がやっと耐えぬいたことをさとった。――すべては終ったのだ。そして自分を耐えぬかせたもの、自分の暗い心の奥に氷のように坐っていたものをあらためて力強く感じた。

「まったくですな、つまらんことですよ」と基俊はようやくいった。もう金網をまともにみることはできなかった。彼ははじめて澎湃《ほうはい》としておしよせる大きな悲しみを自分の中にみた。そして亮順の心からの憎悪と侮蔑の声をききたかった。その怒りの炎の中に軀を焼きつくしたかったのである。〈おれはいまさら、もう取りかえしのつかぬ悔恨の波におしよせられている愚かな男なのだ。おれこそ彼女の涙の一滴にも価しない人間なのだ。おれは意気地のない肩をはりすぎた男にすぎなかったのだ〉

しかし基俊は踵《くびす》を返した。そしてはじめて煙草を一本深く吸いこむと、それをそのまま落とし下をみながら靴でもんだ。彼はすでにない雪を払うかのように自分の肩をはたいた。老婆は泣きわめいた。それにつれて絶えていた人びとのざわめきがした。亮順は不動のままそこにあった。亮順は金網をへだてて基俊のきらっと光った目に、不幸な男の姿を入れていた。彼女は立ち上り、去っていく基俊をじっと見送った。金網に顔をおしあて、はては首をねじ曲げ、ひきつって歪んだ微笑を浮かべてじっと動かずに立っていた。そのときはじめてかすかに白い歯が光った。基俊はそれを目の端で深くとらえた。彼女はついに一言も口にしなかった。廊下は基俊の靴の下で軋んだ。——すべては終ったのだ。意識の遠くでつぶやく声がした。

死刑の執行は午後の中《うち》に終了した。雪が激しかったので予定より一時間おくれた。龍石の妹と両親は三人いっしょに刑場の雪の上に消えた。そして彼らの死は最後の場面まで基俊の胸を引き裂いた。

執行とその終了を告げたサイレンの高らかなひびきももはや基俊からは何ものの感慨をも引きだすことはできなかった。刑場の石塀に一列に杭《くい》が打ちこまれていた。雪は風に吹きちぎられながらも広場の全体を埋めた。雪景色の中に点々と黒を染めたのは二、三羽の鴉らしかった。ここには大仰《おおぎょう》な悲しみと憤怒《ふんぬ》のどよめきも、また血に飢えた野獣の咆哮《ほうこう》もなかった。深々と積る雪に似たその死刑を見守る群衆の沈黙に基俊はやりばのない苛立《いらだ》たしさを感じた。

基俊は衛舎の窓から雪に埋もれながらじっと立っている群衆をみていた。そして何人目かに行われた三人の処刑もそこからみたのである。

彼はすすめられた茶にウイスキーを割って飲んだ。亮順とその母は衛舎の左手のその建物から後手に縛られて転げるようにでてきた。老婆はなんどもつまずいたが警官の怒声に必死に立ち上った。やがて先に建物をでていた老人と合してそれは広場を横切った。三人がいっしょになったとき、亮順は首を廻らせて誰かを探している様子だった。しかし衛舎のまえの警官の垣に遮《さえ》ぎられて、基俊をみつけることはできなかった。基俊はそれをみた。

二人が並行してそのうしろに亮順がつづいた。亮順の左右に一人ずつ警官が立った。亮順は暗い空を仰いだ。そしていまはなにもみえない山の方の空を仰いだ。その頭は恰好のいい雪のヴェールを被ったかと思われた。ちょうど広場の真中あたりにきたとき、突然老夫婦の間に激しい口論がおこった。互いに首を嘴《くちばし》のようにつつき合って争った。「死にとうない！」とわめきたてる老婆の声が這うようにして広場の隅まできこえた。

「ああ、せがれめのためじゃ、おまえの腐りたるんだ道具がこしらえたせがれめのためわしは殺されるんじゃ、このくそ爺いのくそ道具のためじゃ、わしは死にとうないわ！　いやじゃッ、わしはいやじゃ！」

老人も老人であった。彼は縄の中でけんめいにもがきながら、罵声をあびせてその妻を蹴った。

「このあまが！　おまえの腐りたるんだ穴はなんじゃ、そっから生みやがったやつじゃねえか、そいつのためにわっしは殺されるんじゃ、わっしも死にとうないわ、くそ婆あ！」

老婆はのめった。若い警官がこの子供じみたけんかを、寛大な大人の態度でしばし呆然とながめた。警官は笑わなかったが、広場の一角で笑いがおこった。それは幹部たちを含めた警官の群れであった。突然、二人の若い警官は叱声をあげて銃を逆手に打ちおろした。重たい雪空の下を老婆の泣声が風のように渡った。亮順は唇を噛んでうなだれ、静かに雪の上を歩いていった。

——基俊はそれをつぶさにみた。龍石を思った。なぜ運命はわざわざ彼らに、この死にざまをあてがわねばならなかったのか。——しかし、幾十挺《ちよう》のカービン銃が雪を吹っとばして轟然と火を吐く直前だった。死刑台から「アイゴッうちのせがれめやあ！　かわいい龍石やあ」と息子を呼ぶ老夫婦の悲愴《ひそう》な声をとぎれとぎれに基俊はきいた。基俊は瞬間、何者かに感謝した。そして亮順も呼んだであろうその龍石の名のかげにこめられた自分への限りない呪咀の声をきいた。それでいいのだ、と彼は思った。

基俊は処刑の最後まで見届けた。無数の屍の山が警官を運んできたトラックでちかくの畑に捨てられた。村の人びとの手でそれが一箇所に無造作に大きな穴の中に雪とともに埋められた。基俊は所長の言葉を思いだした。そしてそのときの所長の妙にひきつった平たい顔を思い浮かべた。——人間の血を吸った畑は、穀物がよく成長する。農夫たちはそれをよろこんでいるのだ、と——。

明日からもまたこれはつづく。重たい精神の跛を引きずって自分は高所へ高所へ登らねばならない。基俊は耐えがたかった。こういうこともあるのだ、仕方がないのだ、と彼はつぶやいた。人間の行為を可能にするがためにはわれわれは諦めねばならぬものをもっている——。

基俊はその日、自分が亮順を殺したような錯覚になんども落ちた。処刑されたあと、亮順の幻を求めたがなぜかまえのように現われなかった。ジープのクリーナが絶えず新しくつくっていくそのガラスの透明な空間にも、白い影はもう映らなかった。

六

基俊は軍政庁へよらずまっすぐ帰った。いや、帰るつもりだった。家に近づいたとき彼は目に映った寒い姿ののれんをくぐった。そこは飲屋というより、わら葺きの薄汚ない中華料理屋まがいの店だった。基俊は急に暗く冷えきった自分の部屋が恐ろしくなったのだ。それに咽喉もとに何か石ころがつまったようで、呼吸のたびにそれが動き、大そう疲れた。

奥の方に衝立《ついたて》があったがその向う側の卓子に一人場所をとった。油の臭いのこもる陰気な壁々からにじみでるように暮色が店内に漂いはじめた。客は戸口ちかく二、三人いるきりだった。基俊は卓子に両肘をついて頭をかかえたまま、しばらくぼんやりしていた。老婆がやってきて無愛想にそばに立ったのも気づかなかった。その声をきいて、彼は頭をもちあげると、「焼酎——」と静かにいった。「ほかに何をしますだ?」基俊は何でもいいと答えた。老婆はけげんな顔をしたが結局酒しかもってこなかった。基俊は軽く飲んで帰るつもりでいた。女を抱きにいこうかと思ったが、どうしても欲望としてそれが湧きたってこなかった。彼は衝立のかげにかくれたような恰好で杯を重ねた。

ふと人の影に頭を擡《もた》げたとき、そこに李尚根が立っていたのに基俊はなぜかぎくりとした。

「いやあ! こ、これは失礼しました。私はまたどなたかと……」

李尚根はオーバーをぬぎながらいった。そして同席してもいいかとたずねた。基俊はどうぞと機械的にいった。李尚根は微笑を浮かべて椅子をひき、基俊に向い合って坐った。しかしオーバーをぬいだのは彼が少なからず狼狽しての所作だったのだ。

無数の人間の手脂と息吹きを吸いこんで黒光りする卓子が、李尚根というあたらしい人間を迎えると急に生物のように表情をもちだした。基俊は黙っていた。

黒光りする卓上の空気が沈黙を欲しなかった。――李尚根が自分はこの店の薄汚ならしい陰鬱さや油のにじんだ壁の雰囲気が好きだけれど、あなたもこんなところへくるとは知らなかったといって笑ってみせた。基俊はそれを受けておうように笑った。そうだろうか、自分は陰気なところとは全然思わないし、かえって油のはじく音などをきくとドライにさえ感じられるといった。そういいながら、今日の李尚根は変にあのふてくされた笑いがないと思った。

老婆が酒をもってきたとき、李尚根はそのオーバーを彼女にあずけた。基俊はふと気づいたのだが、李尚根の服装がマフラーまで全部黒ずんだ色調をしていた。オーバーをとった李尚根はちょうど基俊と同じような黒い姿になったが、基俊はなぜかそれにさっきまでの死刑場における自分を思いだした。――〈ああ、早く帰っておれは眠るんだ〉

「あなたは、よくこんな奥にいる私をみかけましたね」

「いや、私はこの店ではいつもここに坐る癖がついてしまってるんですよ」

「すると、私がお邪魔してることになるなあ……」と笑いながら基俊は立ち上りかけた。李尚根の言葉にはほっとするものを感じはしたが、きょうの出合いがまた偶然のような気もしなかったのだ。「私は疲れたし、もうだいぶ飲んだんですよ」

そのとき急に李尚根は相手の腕をつかむようにして引きとめたのだ。それが少しあわて気味だったので、卓子が揺れてその脚が軋んだほどだった。李尚根はいま基俊をはなしたくなかった。いま基俊とでくわしたのは全く偶然であったが、李尚根がその思惑を試すには最初に訪れた機会だった。それにこの男とは一ど酒をいっしょに飲んでみようという関心があったのである。

彼はきょうある一つのことを考えた。それは眼前の丁基俊に対するものだった。彼は朝でんぼう爺いから入手した煙草の吸殻に変な執着をもった。吸殻は十本足らずであったが、これは二十本入りポールモール一箱の半数を費やした勘定になる。丁基俊が灰皿代りに使用したとしても、ではなぜ土と苔がついているのか。李尚根は帰宅してからであったが、それに小さい枯草のようなものを一つ発見した。戸外で吸ったのは明らかだ。しかもこの数日空は荒れていた。「ははあ、いわゆる公衆道徳をわきまえたという次第かな……しかもどっか野原の真中で……」李尚根は寝台に足を投げだしてげらげら笑った。この暇な人間はへし折れた煙草の跛《びっこ》どもを一つ一つのばして卓子の上に順序よく並べた。やがてその一つをつまみあげ短い煙管につめて火をつけた。くゆらせた。このけむりの向うから何かがでてくるだろう。彼は女にでも対するように、まだみたこともない痩せた丁基俊の裸身を想像したりした。そうするとその上にくっついたあの仮面のような表情が裸とはどうも釣合わない。彼は鏡に映った自分の顔をみたが、けむりの向うからでてきたものはその李尚根なのである。この変な吸殻の想像に現実的な解答を与えることはつまり、あの男の仮面のそばまで近づくことになるかもしれない。李尚根は、偶然に丁基俊と会い、黙ってそれを彼に手渡し、すばやくその反応を探る——まずこれが手がかりをうる最良の道だと考えたのだ。

一方、基俊は自分の失策に気づかずにいた。それはU丘で龍石と吸った煙草の吸殻であった。彼はその晩、帰りにそれは城内に入ってからであったが、人と会ってつき合った。かなり酔った。そして翌朝忘れたまま服を着替えたのである。

李尚根はいま基俊が席を立った瞬間、その計画が急に外の方から意識の表面に重たくおっかぶさってくるのを感じた。彼は変に軀がこわばった。

「何だったら」と李尚根がいった。「場所を変えたらどうでしょう、少しにぎやかなところへ……」基俊は自分はもうすぐ帰るからと断わった。二人はしばし黙って杯を空け、煙草を吸った。基俊は思ったよりこの男は愛想がいいなと、唇に走る煙草のにがみをかみしめながら李尚根の形の整った指をみつめた。李尚根にはその視線が重たく、はっきりそれが手の甲に触れる思いをしながら手をしりぞけなかった。

李尚根のポケットには例の煙草があった。どうしたのか、それを相手に示そうと努めながら彼はなかなかできないでいた。彼はこの躊躇《ちゅうちょ》の時間に、明らかに相手に気圧されている自分を感じた。その柔和な全体の物腰にも拘《かかわ》らず、きょうの基俊の表情はたしかに険悪だった。それはどこからとなく顔全体ににじみでていて、一つの雰囲気ともいうべきものだった。薄い皮膚に表情がはりついてしまったようないつもの顔の高い頬骨の削げたかげが、尖《とが》った鼻先と妙に鋭く生きていた。その奥で眼光は静かにゆったりたたえられていた。それがちらっとうごくと急に一種の毒をおびてきて相手の胸を刺したのだ。それにも拘らずその顔は憔悴《しょうすい》していてひどく疲れた印象を与えた。李尚根はとりとめのないことを二、三いって間をつなぎながら、明日という日もあるのだと自分のひるむ心を後続の機会に委《ゆだ》ねようとした。あなたの顔はいつものようではないと、彼は基俊に向っていおうとしたのだがなぜかその言葉がでなかった。そして突然「私はスパイをやってみたいと思ったことがあるんです」といった。しかしそれは何も基俊をスパイと思ってのことではなかった。もしそうであれば彼は簡単にそれを口にだすことはできなかっただろう。彼は計画どおり、躊躇する心を踏みこえて黙って空箱を基俊の目のまえにさしだしたに違いない。現に基俊を眼前にすると実在の人間が放つ生なましさに、空想と基俊とを一直線につなぐはずの李尚根の空想の糸が途中でぷつりと切れたのだ。彼は彼の言葉どおり正直に自分のもっている日頃の考えを告白したにすぎない。そしてそれを触発したのもまた当の基俊だったのである。しかしこの言葉はさすがに基俊に大きな衝撃を与えた。

「ほう！」基俊は何かをいわねばならなかった。「うむ、それは面白い考えだなあ――」基俊はなぜかこのとき自分が急にこの場所からずっと遠く、しぼったように小さく坐っている別の自分を感じた。彼の頭の中では電火をあびたように軍政庁の法務局長の顔やその他のアメリカ人の顔、そして張龍石の顔までがなんども閃《ひら》めいた。椅子の背を腋《わき》にはさんで頬杖をついた李尚根の顔がふてぶてしくみえ、その視線に何かのぞきこまれているようで恐怖にちかい圧迫をおぼえた。幸いあたりは暗かった。そして基俊の指には火をつけたばかりの煙草があった。彼は自然にそしてそれに重たい意識をこめて煙草をふかした。口もとをはなれた煙草の先がかすかに震え灰が落ちそうになった。でようとする大きな息を殺した彼は黙っているのは危険なことに思えた。

「私などははっきりわからないが、スパイにもいろいろあるでしょうね」と、いいながら基俊はいかにも関心があるように軀を乗りだした。それに平然となるべくあたりさわりのない笑顔をつくる必要がある。「たとえば新聞社どうしのそれとか、会社どうしのそれとかね……もっともあなたのおっしゃるのは政治的なそれでしょうけど――いずれにしてもソウルなんかの大都会でのことであって、済州島なんかには向きませんがね」

「そうです。しかし私のいいたいのは実際の政治上のことではない。私はまずその観念的な面を問題にしたいんです」李尚根は至極まじめくさい表情になっていった。「……それは浣腸をやったあとの空腸みたいなもので、つまり人間が解体するのを皮膚でようやくべらんべらんにつないでいるようなもんですね。悪くいえば――」

基俊はその口調に少なくとも安心した。相手はいま何か一くさり理屈をしゃべろうとしているのだと思った。「私にはどうもはっきりわからんですなあ」ともっともらしくいった基俊の言葉はたしかに効果があった。李尚根はぐいっと杯をあおりながら身を乗りだした。「つまりそれは、いや、あなたがですね」李尚根は自分の言葉に酔ったようにいった。「私のいうスパイをどう考えておられるか知りたい。しかし政治の問題ではないんだ。だいたい私は政治というものをそれをやってる人間を信じないんですよ。それはそうとしてですね、たとえば私はいま、赤から……ははっ、赤のルートを知りたいですか、ははっ、私はだいたいそういうものに興味もなければ関心もないんですがね、その赤からいろいろ工作されてるんですよ。びっくりなさるでしょう、警察では虱《しらみ》つぶしに朝晩探し廻ってるときにですよ。しかしそれはどこにでも、この城内にもうようよしてますよ、何くわぬ顔をしてるだけでね、小学生だって赤だからね。ところで、いいですか。私は私の意思一つで――というのはつまり私はやろうと思いさえすればどちらでもスパイできる状況にあるということなんです。この微妙な人間の位置をどうお考えです？　それを知りたい、あなたなら、あなたの立場なら考えたに違いない。いったい人間を信ずるとはどういうことなんでしょう。私は二つの組織体を、あるいは二つの世界を人形操りのように手玉にとれるわけです」

基俊は帰らなければと思った。誰はばかりのない大ぴらないい方ではあったが、くりかえされるスパイという言葉が基俊を極度に疲労させた。それに衝立の向うには客がようやくたてこんできたのだ。片隅に塑像《そぞう》のように腰かけた老婆に目をやりながら、基俊は非常にけだるい緊張に見舞われた。

「あなたの話は疲れる。むつかしいんですね。それに私はそんな深いところまで興味がないんだ」と基俊はいって、いま席を立つのは不自然な行為だと思われた。

「いや、ちょっとまって下さい。あなたはもてるはずだ」李尚根はハンカチをだして額を拭《ぬぐ》うしぐさをした。「私にはまずあなたのような魂がほしい、いや失礼——私はあなたがそうだといってるんではないんです。私はあなたをみると仮面を思いだすんだ。その中に何かがありそうな気がする。それがほしい……」

じっさい李尚根は昼間、丁基俊のことを考えながら部屋の鏡に映った自分の顔をみつめたものである。彼は自分の顔の中に、丁基俊の表情の無表情というか（ほんとうはこれが基俊のその仮面的な表情の本質であったかもしれない）、無表情の表情ともいうのかそれを、彼はその後者を欲したがそれを探した。そして顔からいっさいの表情をぬいてみるが、結局残るのは李尚根の自分の顔であった。つまり行動の世界から自分を閉めだして観念をはんで生きている李尚根にはそれなりの表情をもった顔があるわけだが、彼はそれを仮面的なもので否定したいのだ。あるいはその中に自分の出路を見出そうとしたのかわからない。激動する現実の中に行動する足場をもちえないものが往々にして自分の内部に没入していくように李尚根もそれに近かった。李尚根の周囲の現実は激動するだけではなく、すでに爆発し、そして激動をつづけているのだ。その現実はつねに、たとえば一人の虐殺された少年をまえに突きだして李尚根に返答を求めた。彼は何らかの返答をせねばならぬ自分をみとめていた。しかし彼は自分の中に何ものをも行動の支柱としてもちえないのである。

突然、基俊が李尚根の言葉を遮ぎって立上った。「私も酔ってるが、人を冷やかさんでほしい」老婆がそれをうさん臭い顔でじっとみていた。基俊は煙草をつかんで一本ひきだし、火をつけた。そのとき鬼火のようにもの憂いその光の中に映えた李尚根の顔が、急に掌に入りこんでしまいそうに小さくみえた。少くともこの現象は基俊をとまどわせた。これは反対ではないのか——妙だった。彼は白い歯をみせてそれは君のことではないのかねと笑った。笑いながらなお背筋に粒をなして群がった冷たい汗を意識した。

しかし李尚根はこのとき重大な考えにぶつかっていたのだ。その突然おそいかかった考えは充分に彼自身を驚かすに足りた。そんなことは現実にありえまい。単なる思いつきではないのか——。丁基俊が、この眼前の男がスパイだとは——。彼が基俊を怒らせた仮面という言葉をいったとき、李尚根の脳裡にはあの煙草の吸殻の数々が明確な像を描いて現われたのだ。彼はその考えを自分で否定しながらそれに圧倒された。胸が痛むかのようにじっとそれを手でおさえた。相手にその音が届きはしまいかと思うほど急に胸が高鳴ったのだ。

彼は立ち上ってじっと李尚根を見下した基俊の手首をやさしくつかんで、「いや、そういうつもりではなかった。私はあなたを冷やかそうなんて、そういう気持は毛頭ないんですから」と、いった。李尚根は謝った。謝りながら、もしもこの男がそうなら——きょうは駄目だ。あくまではじめの計画どおりに何のまえぶれもなしに対決する如くそれをさし示さねばならない、と思った。

基俊は黙って坐った。彼は杯を傾けながらすまなかったといい、話をつづけてほしいといった。彼は自分が酔ったのだと思った。なぜ黙って終りまで全部しゃべらせなかったのか……。李尚根は照れくさそうに笑って首を横にふった。基俊は自分はつい酔いが廻っていたのだが、その考えは非常に興味がある、是非つづけるべきだと思うと、たのむようにしていった。

「そうですかな……」と李尚根は老婆の手からオーバーを受取ってそれを着込みながらいった。「あなたは寒くないですか?」「いや大丈夫ですよ」と基俊がいった。「たとえばですね」と李尚根がつづけた。「私があの首をかごからひきだしたとき人はどう思ったでしょう。人は私をでんぼう爺いと同じような人間と思ったかもしれない。しかし私にはそれは、その行為は無意味なんです。あるいは酔ったついでのわがままだったんでしょう。警察に一晩とまってそう思いましたがね。警察は公務執行妨害——ははっ、あれが公務ですよ……ひいてはわが大韓民国への反逆とみなす。人びとは——革命を冒瀆《ぼうとく》した卑劣漢……人民への反逆者とみなす、そしてまた私を権力に対する抵抗者ともみたてることができるんですからね……」

李尚根の語調はまもなく熱をおびてきた。彼は「私はどちらでもないんですよ」と話をきった。そしてどんぶり鉢の水を渇したように一気に飲みほした。基俊は豚のあぶら肉をつまみながら、うなずいてみせた。〈ぜいたくな男だ〉自分の言葉に酔うやつはまだ善良なんだ、こう思いながら基俊は危険が遠ざかっていくのを感じた。するとぐったりするほど疲労がぶりかえしてきた。

「私はどちらでもない」と李尚根はくりかえしまた話をつづけた。「私の行為は彼らのどれからも疎外されたところにあったし、その意味で自由なんだ。スパイにしてもこういうものでなければならない。そうすれば、私はピラミッドの頂点になりえましょう。つまり扉のない塔のように風は私の体内を前後左右に吹き抜けるが、私はそこにそのまま屹立している。私の自由はそこにある。そのかけひきのない真空に私は自分を横たえてみたい……あるいは、ははっ、さっきもいったように解体された人間が皮膚でべらんべらんにぶら下ってるかもしれないけど……それには――」

――それには、仮面の表情のもつ強さ……とでもいおうとして李尚根は言葉をきり酒を一息に飲んだ。そして遠くを、戸を透かして外の方をみようとするように彼はじっとそれに瞳をすえた。しかし彼はこうして基俊の視線をさけながら、彼の脳裡には別の自分――計画を実行している姿が描かれていた。基俊は大きな疲れとともに緊張がほぐれるのを感じた。李尚根にスパイのあの薄暗い世界がわかるはずがないのだ。ピラミッドの頂点どころかその底辺の穴の中で人知れぬ緊張感を味わいながら小さな英雄のような自意識とそして小悪魔のようにたえず戦慄にこづきあげられる、あの心の暗い部分を知るはずもないのだ。「しかしだ、――実際のスパイというやつは、そんなものではないんだ」と、甘ったるく咽喉もとまででかかった声を基俊は危うく抑えた。

七

部屋に入るや否や、基俊は精根つきて寝台に軀を投げた。全身が何の抵抗もなく寝台の中に吸いこまれていくようだった。涙がとめどなくでた。明日から四日間——また、またあの嶮《けわ》しい丘を登っていかねばならない。基俊はあの単純な龍石のやつに自分の苦しみがわかるだろうかと思った。いまは耐えがたい自分の一切をさらけだし、こんどこそは山へ上るかそうでなければ転任を遂行しようと思った。——しかしその任務からはなれることを決意すればするほど、自分から一切のものが失われていくのを感じた。自分を支えていたものが音をたてて崩壊し、無限の奈落へ墜落していくような恐怖におそわれた。かなり酔っており、軀が飴のように疲れきっているのに基俊はなかなか寝つかれなかった。「ああ、なぜおれは酔うとこう悲しくなるんだろう」——。

誰かの執拗な声に基俊ははねおきた。下宿の娘だった。ふしぎではなかった。すでに夜は明けていたのだ。七時半だった。どうしてきょうは叩きおこしたりなんかするんだろうと思いながら、ふと雪は降っているかとたずねた。遠慮がちに扉を叩いていた彼女は急にあらたまった声で、大丈夫だけど大雨がきそうだとくすくす笑った。扉で隔てられた笑声の主がなぜかいつものその娘のようではなかった。彼女は来客を告げた。基俊は、ああ、とわずらわしいような返事をした。それよりも笑声の主をじっさいに確めたいというたわいない気持にかられた。

もちろんそれは亮順でないことはわかっていた。しかし基俊は縁側の廊下を歩きながら亮順を思った。感冒をひいたらしく、咽喉が熱く頭痛がした。中庭の雪は半ばくずれてぬかるみ、小雨が落ちていた。庭の隅にひとり高くそびえたポプラの樹の下に雪が円《まる》く残っていたが、それも枝から落ちる水滴で無数に黒い穴があいていた。彼はそれに自分の胸の空洞を感じ亮順を思った。しかしいま亮順がいるとしてもそれは拷問で斃《たお》れた多くの同志たちに囲まれて、亡者《もうじゃ》の群れの一人になって、ポプラの樹の下の雪の上に立ち基俊の方をそ知らぬ顔でながめているだけの亮順なのだ。そしてちらっと目をかすめたその亡者どもはすでに同志でもなく、亮順でもなかった。基俊はむらむらと起る反撥の心を悲しんだ。つねに相手の中に入り、相手から拒まれつづけねばならぬ存在、亮順の最後のきらりと歯の光った悲しい微笑――基俊は自分の感傷を笑った。宙をよぎった亡者どもの氷のような眼《まな》ざしも亮順も所詮同じではないか。彼らは敵なんだ！　基俊は大きく息を吐いた。

大門のわきの納屋の軒下に警察の老小使が立っていた。基俊をみつけた老小使はうつ向いてふいん！　と手洟《てばな》をかみ、中庭を横切って廊下の方へ走ってきた。頭を上げず基俊の足もとをおどおどみながら、ふところから警察の封筒をだした。そしてなんどもお休みのところ早くから申しわけないと頭を下げた。老小使はもう何十年もまえに「日本人署長《ウェーノム》」らににらまれながら警察の庭に桜の苗木を植えた人びとの中の一人だった。基俊は帰る老人を呼びとめて、部屋から煙草を一箱とってきてやった。

基俊はすぐ警察へでた。文面は簡単であった。会議あり緊急出署されたし——それだけだった。基俊は胸騒ぎをおぼえた。こういうことはなかったのだ。基俊はレインコートをひっかけたまま、直接警察へ向った。

新作路にでて、ふと左手南門通りのカソリック教会の方をみたとき、李尚根の黒い姿が目に映った。けげんに思ったが、その界隈《かいわい》に何かがあったのを思いだした。昨夜帰っていないのだろう。向うで基俊をみとめていつになく愛想のよい会釈をしたようにみえた。基俊はそれが非常に不愉快だった。いかがわしいところからでてきた彼がはじめて他人《ひと》にするあいさつだろう。基俊は会釈を返しそのまま四つ辻を横切った。警察はその歩哨を立てたバリケードがみえた。

署長室に入った。署長、警備部長、警察警備隊の副隊長の三人が卓子を真中にして坐っていた。それぞれ安楽椅子に深く上半身を埋めていたが、基俊が入るのをみてもこくりと会釈をしただけであった。署長は黙ったまま署長机の背面の李承晩の写真をみた。警備部長は歯のあいだに何かはさまっているのかようじを使っていた。三人とも沈黙をまもっていたが、中でもそれが芝居じみてみえたのは若い副隊長であった。ゆうに二十貫を越す軀をきゅうくつそうに腹を張って安楽椅子いっぱいにひろげ、瞑目したまま煙草をくわえていた彼が、たしかに薄目をしきりにあけて、鼻先の煙草の灰を気にしていたからだ。

会議は重要だった。半時間ほどしてやってきた米軍将校一人をまじえて、会議ははじまった。十時に軍政庁で警察、警備隊を合しての秘密会議がもたれるが、その警察としての打合せであった。まもなく、基俊はこの会議の怖るべき性質を感じとった。李承晩大統領と中性模国防長官が入島すると知ったとき、彼は自分の声がかすかにかすれるのを感じた。いまはそれ以上知りえなかったが、充分であった。まもなくある程度のことはつかめるだろう。彼は署長の口から吐きだされるこの黄金のような情報をその掌で握ったのだ。基俊の中では早鐘がなり、その軀は無限に膨脹していくようだった。昂奮《こうふん》を抑えるにはこの部屋は余りにも狭いとさえ感じた。彼は先刻から の沈黙の中にもなごやいだ署長の表情を理解した。彼はこの急激な情勢の変化に伴なって、自分の更迭が免がれるものと思っているのだ。それは必然的に丁基俊にも影響する。署長は自ら立ち上って窓を少し開いた。風にカーテンがまくれ上って窓の外がみえた。それはすぐ塀であった。その石塀に雨がきつくあたっていた。土着の署長はなおもこの土地に居坐って島民の虐殺される光景をその目でみようというのだ。——基俊は最悪の事態においては転任をくいとめようと決心した。

一九四九年初、ソウルで二回にわたり大統領、国防長官その他の韓国首脳、そして米軍首脳が済州島鎮圧のための秘密会議をもった。そして済州島が重要な戦略地点であること。その鎮圧は北朝鮮討伐のための必須条件であること。日本との結合のためにもこの島は必ず手中に納めるべきこと——これらの意義がその席上、米軍側から強硬に主張された。その結果、両国首脳が現地に渡った。W・L・ロバート准将(南朝鮮派遣米軍事使節団長)の直接指揮のもとに中性模国防長官などが現地作戦を指導した。数千の本土からの増兵とテロ団体の動員、米海軍と数台の米軍飛行機の参加によって未曾有《みぞう》の済州島パルチザン殲滅《せんめつ》作戦が、〝降伏せざれば三十万島民の《没殺《みなごろし》》〟の布告のもとに展開されたのである。

基俊はむし風呂をでるような気持で室をでた。彼はびっしょり背に汗をかいていた。彼らの一切を拒みえ、彼らの隅ずみまで浸透していく自分の毒のような膨脹感に彼は耐えられなかった。署長がいった如く、それはまさしく「済州島に新しい歴史が始まる」のだ。カウンターの内側に並んだ机にはすでに七、八名の警官が緊張した面持ちで坐っていた。彼らは半ば書類に目を落し、半ば何かを嗅ぎだそうとするように基俊に視線を注いだ。基俊はカウンターにもたれわざわざ火をかりて煙草をふかした。基俊はなぜかこの瞬間、彼ら警官の一人々々に対して憐憫《れんびん》の情を感じた。一切のものがいまはひたひたと自分におしよせ足もとで固まっていく充足感に見舞われた。基俊は冗談をいいたかった。しかし、彼に火をさしだした若い警官に近い中に一杯おごるよと笑っただけで、基俊はその場をはなれた。

玄関の扉を開けて石の踏段に立ったとき、不意に鴉がないた。雨の中でその濁った声が妙にしつこい感じがした。構内の雪はほとんどとけて、あたりは泥と水溜りになっていた。桜の並木の下に死体が五、六体投げだされていた。それはさっき基俊が通ったときにはたしかになかったものだ。するとその間に監房から放りだされて、それはトラックの運搬をまっているに違いなかった。泥まみれになって水につかった死体はがらくたとしかみえなかった。杓子《しゃくし》のように硬ばった手足、藻のように水にひろがった髪、それらの軀は萎《しお》れてひどく小さくみえた。二、三死体が積み重なったところでは、その腕が相手の胸ぐらをつかんだあとのようにのびていて、相討ちをした恰好にみえた。凝固した血が雨にとけて衣服や地面に錆《さ》びた色をして沁《し》んでいくのを基俊はじっとみた。——急に基俊は気持がぐっと絞るように沈んだ。彼はふうっと大きな息をして濡れた石の踏段を下りた。鴉が頭上でうるさくないた。ふと見上げると、大きいやつが一羽桜の枯枝高くとまっていた。うなずくように首をがくがくさせながら、脚を踏まえて地面を探るような目つきをしていた。その木の下には少女の屍骸が横たわっていたのである。まだ十七、八と思われる彼女は首をこちらに向けて仰向けに股をひらき胸を反《そ》らせていた。半開きのその腫れあがった口からは血がふいていた。ちょうどそのねじれた顎が肩先にあたっていたため、吐血したようにそのあたりが染まっていた。まだ死んで間がないのだろう。そのはだけた乳房は雨に光り固く生きていた。

鴉が急に羽ばたいて屍骸のちかくに舞い下りようとした。しかし羽音を宙に残しただけであった。その雌と思われる鴉は済州島の鴉がみなそうであるように、鋭い目つきと潤沢な羽毛で包まれた張りのある大きな軀をしていた。明らかに鴉は少女の上に飛び下りようとしたのだ。基俊は思わず足をひいて鴉を見上げた。鴉は彼を見下していた。鴉は落着いてこつこつ枯枝をつついていたが、またなきだした。執拗になきつづけて闖入者《ちんにゅうしゃ》に対する敵意を露骨に示した。突然、基俊はあの無人部落の路傍に転がっていた死んだ鴉を思いだした。こつこつと枯枝をつついた嘴《くちばし》の音が、あの冴えた靴音を甦らせた。亮順の白い影が少女の上にひるがえった。基俊は背にゾッと無気味なものが走った。

基俊の手は無意識に内ポケットの拳銃にふれていた。その手の動作に鴉は肩を怒らせた。一瞬鴉があくびでもするように羽をゆっくり伸ばしたとたん、轟然と銃声がした。硝煙の臭いが鼻をつき鴉が落ちた。鴉は少女の胸の上で黒い翼をねじ曲げるように大きく拡げてひきつらせ、瞬間ばたばたもがいた。そしてそこから滑り落ちてそばの水溜りに転がった。人間のような鮮血が黒い軀からふきでた。

「ああ、鴉が死んだ、鴉が死んだ!」基俊はうわごとのようにつぶやいていた。驚いた歩哨の警官が門の中にとびこんだ。と、基俊はその横にぼうっと李尚根の姿をみたと思った。

「はっはッ、これはこれはワンダプルですな」と金部長が基俊の肩をうしろから叩いていった。さらに扉の軋む音がしてがやがやと人の気配がした。基俊ははっとして我にかえった。そしていま自分が犯した恐ろしい誤謬《ごびゅう》が電火のように彼の頭を叩いた。

「なかなか素晴らしい腕前ですな、一発でね……たしかに朝から鴉とは縁起が悪い。はっは、わしはね、鴉が大嫌いですよ。第一に色が悪い。それにあのわめきようがたまらん……墓場近い婆さんのかすれた声みたいでね……うむ、なんですよ、わしのお袋は死ぬとき、鴉を恐れてね、カアカアと声にだしたもんだ……」部長は石の踏段で煙草に火をつけた。そして自分の口からでてしまったカアカアという声が急におかしく思われだしたのかいびつな声をたてて笑った。

基俊は部長の声に、ただ本能的に危機を乗りこえたとさとった。つねに鏡のまえで生き、鏡の中で眠らねばならぬ自分の立場を、部長に見破られたかどうかを考える暇をもたなかった。ただ危機を乗りこえたと直感したその瞬間、拳銃の引金の指が無気味にわなないていた。大きな憤怒が澎湃《ほうはい》として全身にみなぎった。一度血をみた拳銃は持主の掌の中で動物のように従順であった。無帽の額にかかる雨が瞼に流れこんで、濡れたガラスが目にはりついたと思われた。そのぶ厚いヴェールの向うに、ふやけた死体が海に浮かんだように漂った。基俊は遠くで海鳴りの音をきいた。激しい頭痛を伴なった耳鳴りがしだし、それが轟《とどろ》く海の音に化した。悪寒が全身をこわばらせ、額で踊るように血管が一時に脈打っていた。彼はふと自分はひどい熱だと思ったが、瞬間身震いがして軀がふわりと浮いた。雨はなおも目をひたした。屍骸の群れが波に揺られて迫ってきた。背後にはざわめきがあり、その中に部長の笑声が輝やいた。基俊は弾丸を彼の腹の中にぶちこみたい衝動にかられていた。部長をふり返った。灰色の濡れたヴェールの向うにその顔が白光を発し仮面のように白じらしく揺れた。重苦しい大気が頭上で一気に引き裂け、一面に鉛粉がきらめいたと思ったとき、基俊は「ああ、弾丸はいまきさまの腹をぶち抜けるんだ――」とうめいていた。

轟然耳を聾《ろう》する火花が閃めいた。

基俊は一歩まえに踏みだして、なお静かに三発つづけていたいけな少女の胸に撃ちこんだ。基俊はどうして部長に向ったはずの弾丸が少女の上に火をふいたかわからなかった。よかった！と本能的に感じとっただけであった。わが胸に撃ちこんだようなその不幸な弾丸は、少女の乳房の肉深く喰い入って血をほとばしらせた。

放心した彼は拳銃をぶら下げたまま歩いていった。雨はきつくなり彼の額にかかった髪をようしゃなく洗った。すべてが終り、すべてが始まったのだ。――突然、基俊は豪快に笑った。悲哀が後から後からそのあとを埋めるように突きあげてきた。彼はしかと足を踏まえ、しかしよろめいて門をでた。空は広かった。その空の下、新作路の道路には町の息吹きがあった。荷車が通り、子供が走り、主婦が雨の中をかごを背負って濡れていった。その光景は自分と遠くもなく近くもなくガラスを隔てて、そこにあると思えた。しかも抱擁しようと思えばいつでもできる距離にあった。この充実の中で彼は孤独をおしのけた。彼は煙草を濡れるのもかまわずゆっくり取りだした。拳銃はたしかにしまわれていた。観徳亭のあたりからでんぼう爺いのふれ廻りの声がふるえてきた。すべては終り、すべては始まったのだ――彼は生きねばならぬと思った。そしてこの土地こそは自分が義務を果し、その命を埋めるにもっともふさわしい土地だと思った。でんぼう爺いの悲しい声をききながら彼は歯をくいしばった――おれは泣いてはならぬ、と。

李尚根は新作路をいく丁基俊の雨に煙った後ろ姿をじっとみていた。四発の轟音の中に何が秘められているか彼にはわからなかったが、はからずも李尚根は丁基俊の複雑な残虐をみたのだ。雨の中に突っ立った李尚根は濡れ、雨を吸いこんでいくバリケードにもたれて丁基俊の後ろ姿を消えるまでじっと見送っていた。

註

1【軍政庁】 一九四五（昭和二〇）年九月から四八年八月の大韓民国（韓国）建国までの間、北緯三八度線以南の朝鮮を統治した進駐アメリカ軍の行政機関。アメリカは朝鮮を解放国ではなく、敗戦国日本の一部＝占領地とみなして、その軍政開始以前から南部で朝鮮建国準備委員会（建準）が樹立を宣言して民衆の支持を得ていた朝鮮人民共和国を否認し、解体させた。

2【赤《パルゲンイ》】「パルゲンイ」は朝鮮語で「赤い人」を意味し、転じて共産主義者を指す。特に済州島においては、アメリカ軍政庁によって島へ送り込まれた警察や右翼集団が、南朝鮮労働党のゲリラと島民に対して「共産分子」を意味するレッテルとし、無差別的な暴力行為を正当化するために利用した。

3【通行禁止】 夜間に一般人の通行を禁止した制度で、時間帯は時期によって変動したが、主に午前〇時から四時。一九四五（昭和二〇）年九月八日にアメリカ軍司令官によって夜間通行禁止令が発令され、八二年一月に解除されるまで、三六年四か月のあいだ実施された。当初はソウルと仁川に限定されていたが、朝鮮戦争勃発後は全国に拡大した。

4【妓生《キーセン》】 昔の朝鮮で、宴席にはべり踊りや歌を提供した女性。日本語ではキーサンとも表記。巷間の妓生は通俗的な芸妓を指すが、伝統的な教養を身につけた国家管理の妓生（官妓）も存在した。

5【西北青年会】 一九四六（昭和二一）年一一月三〇日にソウルで結成された右翼集団。アメリカ軍政庁や李承晩政権、右翼勢力の後押しで、同じく四七年に結成された「大同青年団」などとともに反共の第一線に立ち、済州島でも左翼や島民への無差別的な暴力行為を繰り返すなど、非道の限りを尽くした。

6【李承晩】 一八七五年生まれ。大韓民国初代大統領（在任一九四八～六〇）。アメリカに留学後、朝鮮独立運動に従事した。一九四五年に帰国し、大韓民国建国とともに初代大統領に就任。アメリカの支援を受けて反共独裁体制を築く。六五年没。

7【済州島民が武装蜂起】 四・三事件、四・三蜂起とも呼ばれる、一九四八年四月三日に起こった武装蜂起。済州島では、南朝鮮労働党などの左翼勢力を封じ込めるために、アメリカ軍政庁によって本土から警察や右翼集団が送り込まれ、島民への無差別的な暴力行為が行われていた。これが原因となり、左翼勢力の率いる三〇〇人あまりの武装隊が、警察支署や右翼集団の宿舎などを一斉に襲撃した。

8【一九四七年の三・一記念日の少年虐殺事件】日本統治下の朝鮮で一九一九（大正八）年三月一日に始まった三・一独立運動の、二八周年にあたる日に起きた事件。済州島で南北統一独立を訴えるデモを行っていた島民に対して警察が発砲し、一五歳の少年を含む六名が殺害された。

II

短歌

近藤芳美

若き一人の友に

冷然と敵と味方を分つ声今やなべての上にのぞめり

くりかへし地上の軍を掃射する画面のあひだつづく沈黙

はしけの声

潰走をつづくる軍を告ぐる声船のラヂオの終り行くとき

ともしび

銃剣の前に裸となる俘虜らみにくきものは憎悪されつつ

海に低き日

陰惨なゲリラとなりて散り行くかありありと彼の凍る野の上

病みやすき日に

勝敗に追はれさまよふ飢餓の民吾らならずとたれが知り得む

血を流し奪ひうばはれ行く邑《むら》に古き水原を今日は悲しむ

歴史

何故に空襲のごと鳴りつづく夜明けの遠きサイレンを聞く

凍土

飛行基地見ゆる詰所を一人守る君を朝鮮人と今日吾は知る

埃雲野にくらく立つ今日も又君の朝鮮に飛ぶ重爆ら

あるかぎり重火器を集め攻めよとぞ今戦場の仮借なき声

吾らより希望なき語にまどひ読む米国出陣学生らの手記

平安

ああ吾に京城は美しき記憶にて無人の街に入り行く部隊

「歴史」より

眼

張赫宙

十月の末頃、私は京城（1）の従軍記者宿舎《ワー・コレスポンデント・ビレット》にいた。そこの四階は日本の五大新聞社のほかにK通信社や放送、ニュース映画関係の各社の特派員に割当てられ、隅の方の一室だけ中国人記者が居り、私とA社の中村君の部屋の向い側の室に、MGMの雇傭《こよう》カメラマン金君が居り、という風に、日本人記者を中心に、顔色の黄いろい人種ばかりが泊り合せていた。この方が吾々《われわれ》にも都合がよく、日本人記者は中国人記者の室で麻雀を娯《たの》しみ、日本のカメラマンはMGMの金君の部屋でカメラ談義に花を咲かせるという具合であった。私は最初の日、外人ばかりの部屋に押し込められたが、言葉は不如意《ふにょい》だし、お互いに習慣の違いから不快な思いを与えてはならないのだと気を使ったりして、窮屈な思いであったが、翌《あく》る朝P（2）・I・Oの係りに申込んで、この四階に移してもらい、A社の中村君の隣室に泊ることになったのである。

ここへは一般韓国人は立入禁止になっていたが、金カメラマンは米国の映画会社の雇い人なのだから、外人待遇をされているらしく、長期宿泊の一人であった。

市街に出ると反日空気は相当なものであったが、金カメラマンと日本人記者とは殆《ほとん》ど民族感情はなく、日本人カメラマンから「こんな下手くそなフィルムは見たことがねえ！　お前えこれでもカメラで飯がくえるのかよ」とくさされても、金君は厭《いや》な顔もしないで受け流している、という具合で、金君は私に対しても少しも悪感情を持っていなかった。というのは、日本政府発行の旅券や、国連軍の従軍証には、国籍日本、戸籍名野口某、婦人雑誌F倶楽部特派記者、という事が記載されて居り、釜山でも巨済島でも私の前身が一眼でわかる筆名は明かさないで過した、にも拘《かかわ》らず、何処《どこ》からとなく私が韓国に来ていることが洩れて、釜山では韓国の記者団が内務部長官との面会の席上、張赫宙が来ているらしいが韓国として何《ど》う処置をとるか、つまり逮捕する意志はないか、という質問をしたのに対して、長官が、彼は日本国籍であり、国連従軍記者の資格で来ている、国連軍行動区域内に居る限り韓国としては何うすることも出来ない、そういう意味のことを答えたのだと、新聞に報導されたりしたが、この一事でわかるように、私という人間が祖国に受入れられない立場を余儀なくされ、それ程反日的政治情勢であったが、それにも拘らず金カメラマンが私によくしてくれたこと、次に紹介する物語も、彼との交際の間に生れたことを云っておかねばならない。

或る日の深夜。私は布張りの組立ベッドの上で、毛布をお腹の上にのっけて寝ていた。スチームがよく通って暖房は気持よく出来ていたが、ベッドが狭く、寝返りを打つ度《たび》にギイギイ鳴って、快的とは云えなかった。私はその日、ジープで漢江の向う側永登浦へ二往復し、京城市内の廃墟を隅々まで見て歩いたので、疲れきって、昏々《こんこん》と眠っていたが、夜を徹して仕事をしている中村君のタイプの音で、眼が覚めた。ちょうどそんな時、私は起こされた。長身の金カメラマンがベッドの傍に立って、一寸《ちょっと》紹介したい人がいるから自分の部屋まで来てくれまいかという。私は起きてベッドの端に腰を下ろして、一寸不安になった。つい昨日、韓国警察官が私を訪ねて来たのを日本の記者諸君が皆んなして私をかばい、そんな者は来て居ないと追い返した事件があったので、猜疑心《さいぎしん》が出たからである。が、私は金君を信じない自分を叱って、彼のあとへついていった。

金の部屋に入ると、窓際にいた二人の若い男が立って、私に近づいた。紹介されて、私達は握手した。お互いに名乗りを上げたと思ったが、私はその二人の名を記憶に残していない。私がその二人に会った瞬間に、どきりとして何か不吉な予告を受けるのではないかと危懼《きく》したからである。地獄の使者に出あったような不快な感じであった。とに角その場では何う表現しようもない厭な気持がして、握手が終ると同時に自分の部屋に逃げて帰りたい発作を覚えたし、金君が何のために、私をこの二人に紹介するのか肚《はら》が立った。金君を囮《おと》りに私を逮捕に来たのかも知れないという不安が、その二人の正体をほぼつかむまでつづいた。それで、私は非常に警戒しながら話をすすめ、二人も自分が何者であるか打明けるつもりでなかったので、私達の会話はじぐざぐにつづいた。

「ぼくは日本で生れました。広島に住んでいたんです。あの原爆の時、ぼくは機関車の釜炊きでした」と、黒いサージのズボンに、カーキー色の作業服を着た男が云った。

「じゃ、あなたも原爆の洗礼を受けた訳ですな」私はなぜか彼が日本で生れたということに気休めを感じて、ずっと気楽になった。

「いや、あの日ぼくは下関にいたんですよ。もちろんあの惨状は見ましたな」と彼は答えた。

私は彼の細長い顔をちらと見たが、うっとうしいような少し腫《は》れぼたい瞼《まぶた》の下から、眼光が射るように私を見返すので私はまた何となくぎょッとして、

「そうすると、あなたは戦後朝鮮に引揚げたわけですね」

「そうです。郷里の巨昌《コチャン》に帰りましたが……」

巨昌《コチャン》と云えば、南鮮(4)でも南の端である。それにしては、彼は京畿訛《なま》りなので、

「そうですか。わたしはあなたが京城の方かと思いました」

「ぼくは方々を廻っていますのでねえ、自然に各地の言葉を覚えるんですよ。京 辞《きょうことば》がうまいじゃありませんか」

「しまった」という顔を、ほんの一寸した。彼の眼に狼狽《ろうばい》が現れたのである。私はここでこれまでの猜疑をゆるめて、この二人が私を逮捕に来たのでも危害を加えるつもりでもないことを確めた。

私は去年の最初の訪韓の時にも、この二人と同じように、市民の服装をした若い男に、京城駅の構内で取調べられ、スパイ扱いされて、非常に困った経験がある。その直後、CIC(5)だかEだ

かの職員だと称する中年の男にとっつかまって、これまた酷《ひど》く油をしぼられてやっと放免された。韓国には、警察官や憲兵の他に、そういう幾つもの度ぎつい役目の人間が大勢いることがわかり、気安く何処へでもほっつき歩いた軽率が身にしみたので、今度は極力気をつけ、P・I・Oが差し向けたジープの行動圏内にとどまることにした。

それで私はこの二人もそうした部類に属するのであろうと考えたが、この広島生れの男の傍に、黙り勝ちに控えていた小柄な男が、「ぼくは京城大学に在学中に先生の作品を読みました」といい、「もし前線へ行かれるのでしたら、何かお役に立ちます」と、一寸小学校の教員といった物柔いタイプなので、ああそうだったのかと、気を許したのである。

それで、二人の身分職業が知りたいので、一般韓国人立入禁止のこのビレットに今夜泊ることや、前線へ出入りする者の服装にしては、至極怪しい点もあるので、遠廻わしに水を向ける、という勇気がそろそろ出てきた。

「前線じゃいろんな異常な経験がありましょうな」と私は話しかけた。

「ありますね。あの時の捕虜のことは忘れないね」と広島生れの男が、突飛に叫び出した。激情タイプで、話すはなから昂奮《こうふん》して、音声が高く、熱ぽく、手ぶり身ぶりを加えて「そうですね、年の頃、十七か八、どっち途《みち》まだほんの子供だったね、そやつが黍畑《きびばたけ》に潜《ひそ》んでいるのをとっつかまえたんだ。うしろ手に縛って、憲兵詰所にひいていって、ぼくは言った——『おい、温順《おとな》しく自白しろ。降伏すれば命が助かるぞ』ところが、奴は唇をこう結んで、歯をくいしばっている

『どうしても口を割らなけりゃ割ってみせるぞ』と奴が『お前らアメリカ帝国奴《め》の手先《てさき》き共《ども》とは口をきくのもいやだ』とぬかす、と傍にいた憲兵が嚇《かっ》となって、カーボン銃で、パーンと一発喰らわせたところ、弾《たま》が奴の唇の間を割って抜ける拍子に、白い歯がガリガリッと崩れ落ちてね、ぼくが憲兵に一寸こうしなをつくって、『まあ、その位にしたまえ。この人だって面子《めんつ》があるからすぐには自白せんだろうから……』と奴は半分も聞かないで、『朝鮮人民共和国万ざーい！(6)金日成将軍万歳』と度偉い声で万ざいを唱え始めたよ、憲兵がうぬッとばかりに、弾をその口へぶちこんだら、うッと息がつまりながら、両腕を勢いよく振上げて、万歳をやる恰好《かっこう》をしたままどさりと崩れたよ。いや、あんな強情な奴は見たことがなかったね。時々奴のことが思い出されて、いけないね」云い終ると、彼は右肱《みぎひじ》をおいていた金の机の上のウィスキーの瓶をひきよせ、そこのコップに注いで、ぐっぐっと飲んだ。「何うですか一杯？」と彼はもう一つのコップに注いで私にもくれる。

私は彼の話に度肝《どぎも》を抜かれていた。赤軍の少年兵士の口にぶちこまれる弾丸や、ガリッとくずれた白い歯が見えそうであり、ぱっと吹出した鮮血も、口がきけなくなって、両手だけで万歳を唱える姿が眼に映った。あの白い歯がいけなかった。私はその少年兵の勇気に感銘した。一寸前には、この未知の二人がいきなり私へピストルをぶちこむのではないかと猜疑した私とは天と地の違い以上のものがあると思った。

「何処の事ですか？」私は自分を紛らすようにきいた。

「元山の一寸南方の地点です」さすがに彼は地名までは明かさなかった。

「三十八度線[7]の北ですね？」私は確めた。

「まあそうです」彼ははっきり答えるのを避けて「奴は探索隊員だったろうと思いますね、人民軍の兵隊服を裏返しに着て、多発銃《タパルチヨン》を持っていました。いきなりうしろから誰何《すいか》されて、手を上げちゃったわけですよ」

「韓国軍のずっと後方ですね？」

「ええ。ぼくなんかも、敵地へ入っていく時は、もっと大胆にふるまいます」

「そんな時はやはり人眼につかないようにして歩くわけですか？」

「いや、村にも町にも入りこみますよ。向うの人と一しょに暮すんです」

「身分証明書や、お金は？」ときいたが、前の年京城駅の構内で、私がスパイ嫌疑を受けた時、従軍証や身分証明書を見せても、その若い情報員は、『こんなものが何だ！ いくらでも偽造出来るじゃないか。本物だって所持しているんだぞ』と怒鳴られたことを想い出して愚問だったと思った。そういうものはお互いにいくつでも手に入るのであろう。

「あなたのような人には想像も出来ない世界がありますよ」彼は酔って赤い顔をして、私を多少蔑《さげす》む風に「たとえばこんな話はどうですか！ 今年の夏だったかな？ 鉄の三角地帯[8]の一つの鉄原《てつげん》の近くだった。ぼくはスパイを捕えた。年の頃二十二か三。ぼくより三つほど若かった。奴は空家の中で負傷してねていた。ぼくは奴を裸にして調べたが、証明書のようなものも金も何も持ってない。奴は哀れな顔で、『おらア百姓ですだ。父《とっ》つあんは北鮮(9)に徴発されて北へつれていかれただ。おっ母《か》アと妹は国連軍がトラックに乗せて南へいっただ。おらア人民軍の奴らが徴兵に来るだで、洞穴《ほらあな》にかくれていただよ。まる二年も洞穴《ほらあな》でくらしていただ。こないだやっと匍《は》い出して、家に帰って来ただが、流れ弾に当ってよ、こんな身体になっちまっただ。国軍《こくぐん》の方《かた》、お願えだ、おらに一発くらわせてくんろ。おらはあ生きていとうねえだ。くだばっちまったほうが、何んねに楽《らく》か知れねえ。な、慈悲心があったら、おらをぶち殺してくんろ……』なんて云いやがって、わんわんと泣き出した。よくよく見ると、なるほど眼が真赤に爛《ただ》れている。洞穴の生活者の唯一の徴候がある、手足も赭土《あかつち》にまみれている。着ているものは白い百姓着でこれも泥で煮しめたよう。もしかしたら、こ奴が云ったことはほんとうかも知れないとぼくは考えた。過ぐる日、あやまった判断で、無実の百姓を殺したこともあり、それを想い出すと、自分が厭になる時だってある。ぼくは、しきりに哀れみを乞《こ》うているそ奴に、一発ぶちこもうか、どうしようかと迷った。ピストルを手にとって、差し金に指をくわえて、さて、やっちゃおう、面倒くせえ。えいッと肚を決めた途端に、野郎が云いやがった『もしも、あなたがおらを殺すのがいやんなったら、おらを京城に送ってくんろ。一目、たった一目、おっ母アの顔が見てえだ。どこか避難民収容所にいけば会えべえから』といって、何やらむにゃむにゃ唱えてやがる、『おい、何をぶっこいてるんだ』『念仏ですだ』『念仏?』ぼくは少し気がゆるんだ、赤と念仏は縁がないと素直に考えたのがいけなかったな、『何の念仏だ、やってみろ』すると、奴は何やら訳のわからない呪文を唱える、何とか持是観世音菩薩名者なんていうのはぼくにもわかった。何うやら本もののお経らしいので、つい仏心が起きてね、『よし、奴はいつでも殺せる、今少し様子を見てやろう』とぼくは急な用を想い出して、丘一つ越えた山蔭の連絡場所へいった。ほんの十分間そこで用をすませて、ぼくは奴のところへ戻って来た、と、丘を越えて、その民家が見えるところへ来た途端に、ぱっと閃光《せんこう》がきらめき、大音響が聞える、しまったと思って、駈けつけると、民家から二十メートルほど離れた畑の中に、ばらばらになった屍体があった。奴でした。手榴弾で自爆したんです。ぼくは奴が芝居上手なのに感心しましたが、一寸忘れられませんな」

一気に語り終った彼は咽喉《のど》が涸《か》れて声がかすれた。彼はまたウィスキーを注ぎぐっとあおる。ちらと私へ眼を向けたが、小さい瞳が猜疑に光って射るように私を見る。なぜかぞくっとして私は彼の眼を避けた。

「いや疲れた。一寸休もう」彼はコップを抛《ほう》り出すようにして、金のベッドにいって体を投げた。私達は三人で顔を見合わせて笑った。そのそぶりが如何《いか》にも野性的で、人を喰って居り、金君と教員風の男は私に一寸気兼ねして、それを紛《まぎら》して笑ったのである。

と教員風の男が云いわけがましく、

「何しろ疲れますんでね。今日も第一線でいやな思いをしてきたばかりでして……吾々は体の疲れよりも精神の疲労の方が酷いんです」

さっきの男に比べるとずっとインテリで（それはその筈《はず》である。金カメラマンにしても、この教員風の男にしても、また前年私にスパイ嫌疑をかけた青年も、大学を卒《お》えたり、在学中に戦乱に捲《ま》きこまれて今の仕事をせざるを得ない破目になったのだ）同僚の粗野が気になったと見える。

「自分らは……」と教員風の男が低い落着いた声でつづけた「第一線で働いている時、さっきの話のように、割切れた事件だけでしたら助かるんですが、そうでない場合の時にはほんとに困ります。去年の冬でした。自分らは江原道の中部の或るところで、山の中にある大きな部落で、ゲリラを二人捕えたんです。この部落は山岳地帯の中の高原に位置していましてね、泉水が豊富で水田もあり、戸数も百戸に近く、浮世を離れた別天地といった感じのところでした。ですから下界の戦争もここでは傍観していられたんですね。ただ人民軍の遊撃隊が来て食糧を徴発するので困る、という程度でした。三十八度と九度の中間でしたから、それまでは北鮮地域でしたが、国軍の進攻で占領地域——吾々は解放地区と呼びます——に入ったわけです。自分らが行きますと、部落民が部落の後方に聳《そび》えている山岳にゲリラがいると告げました。部落には若者が人民軍の徴発を逃れていましたが、ぞろぞろ帰ってくるので、自分らは一人々々調べました。一人に長い時間はかけられませんので、勘で選りわけます。列の中に、初めから自分の眼をひいた青年がいました。野良着姿だし、頭巾などかぶっていましたが、これは怪しいと睨《にら》んでいました。愈々《いよいよ》彼の番になって、氏名と親の名を訊《き》きますと、この部落の方言を真似て、さもこの附近の住民らしく装いましたが、明かに慶尚道訛でしたので、自分はいきなり郷里の訛りで話しかけました。自分は慶尚道も北部の尚州の出ですが、その男も確かに尚州の訛りがあったんです。すると、さっと顔が曇って、ぼくはあなたを知っていますと叫び、彼の兄の名を云って、あなたはその人の友人でしょう？　と来たんです。自分は驚いて、友人の弟だというその男の顔を睨んでいる中《うち》に、痩せこけて、日に灼《や》けて真黒い顔が段々と少年時代の彼に戻りました。自分は、や、お前は、誰それさんだろう？　というわけでしたが、さてこの男をどう処分したものか迷いました。云ってはならんことかも知れませんが、一々捕虜にも出来ませんから、現場で処分することがあります。自分の意志一つで、この男の生命はふッとぶんだと悩みが出てきました。しかし、自分らも村落でゲリラに襲撃されて、命を落しそこねたことがいく度あったか知れません。ゲリラは正規の兵隊よりも憎悪を感じます。けれども、このゲリラには参ってしまいました。彼の兄とは親友の仲だし、学資が切れた時、彼の兄に助けてもらったこともありました。また、あの動乱(10)の年の夏の三ヶ月間、自分は人民軍占領下で、彼の兄と二人して、逃げ廻り、遂《つい》に彼の兄は人民軍に逮捕されましてから生死不明なのです。その日彼の兄が逮捕されたお蔭《かげ》で、同じ屋根裏にいた自分は助かりましたから、自分の命の恩人ではありませんか。いろいろ問いつめても彼はぼろを出さず、親友の舎弟であることに間違いはなし、さて、どうしたものか迷いました。自分の指令一つで、彼は刑場へ引張っていかれます。

『お願いです、ほんの五分間、待って下さい。ぼくが何うしてゲリラに入ったか、わけを申します。』と彼は、その場の空気を感じて叫びました。列のうしろにはまだ二十数名順番を待っています。日没までにはこの仕事をすまして、夜になると攻撃してくるゲリラに備えなければなりません。うっかり慈悲心を起こして、裏切られたのではたまったものではありません。そういう苦い経験は一度や二度ではありませんからね。

そこで、自分は厳しい調子で、

『よし、三分間猶予《ゆうよ》する。話してみろ』と命じました。

『はい！　申します。ぼくは……』彼は命にかけて力み始めます。ですが、慌てて、うろたえて、却《かえ》って話に要領がなくなります。自分は困ったことだと思って、彼よりも慌てて、『もっとかいつまんで話して見ろ』と少しやさしくいいました。

『はい、そうします。うちの部落にいた人民軍が、米軍の攻撃で破れました。敗退する時に、鬼畜米軍につくか、人民軍について後退するか二つに一つと返事を迫りまして、ぼくは何としても生き延びようと、人民軍について行くと云いました。それから一年余り、遊撃隊生活をして、とうとうここまで追われてきました。遊撃隊には食糧も着るものもありません。逃亡者が出ますので、隊長は猜疑心を起して、一寸したことで、部下を殺します。ぼくは今日ここへ潜入して、夜になったら、山へ信号を送るように命令されました。さっき見たら、あなただったので、突嗟《とっさ》に降伏することに決めたんです。家《うち》に帰りたくて、帰りたくてなりません。ぼくのお母さんは生きていますか。ぼくの兄はどうなりましたでしょうか』

『うるさいぞ』自分は一喝して、『こ奴を囮りに山の奴らを一網打尽にしよう。そっちへつれていって監禁しておけ』と部下に命じました。

彼は列からひき出されて、古い時代に築いたという石の砦《とりで》の方へつれていかれましたが、その時、

『お願いです。もう一人仲間がいます。やっぱりうちの部落の女学生です』と嘆きました。

自分はびっくりして、

『何処にいる?』と喚《わめ》きました。

すると、列のうしろの方にいた少年が、

『ここにいるよ』と手を上げます。

カーキー色のズボンと詰襟《つめえり》。何う見ても男の子でした。作業帽をとって、じっとこちらを見ている彼、いや彼女の頭はざんぎりで、

『おい、ここへ来るんだ』

とも角、自分は命令しました。

と、歩調をとるようにして、近づいた彼は、やはり女でした。

取調べが進むにつれて、彼女もさっきの彼と全く同じ筋書でゲリラにさせられたことがわかりましたが、

『今話したことは全部ほんとうです。でも、わたしは降伏しません』というのです。

自分は意外に思って、『どうして?』とききました。

『降伏したって同じことですもの。どうせ殺されるなら、潔《いさぎよ》く死にます』と凜《りん》としていいます。

自分は、ヘエーと思いました。しかし、それが逆に不憫《ふびん》になりました。教え込まれた忠誠だという考え、もしも彼女が自分の郷里のものでなかったら、自分は憎悪をもって、『やっちまう』ところでした。

『こら！　お前が女性だからって、同情はしないぞ』自分は遠廻わしに撫《なだ》めました。

『同情してくれなくても結構！　ほら、あの銃声！』

その時、石垣の向う側で、処刑する銃声がしました。

『四人目だわ』と彼女はつづけて、『お前らのこの惨虐！　いつにか思いしらせてやるぞ』

自分はその時、郷里の部落に残してある妹を想い出しました。妹も教えられればこんな風になるであろうか、と考えたんです。その時ふと、立場を変えて、向う側から自分らがしたことを見ていれば、ああいう憎悪も出てくるのだと理解出来ました。

しかし、彼女に特別の関心を払ってやったら自分の立つ瀬がなくなります。傍で見ている部下たちの眼が可恐くなりました。それかと云って、彼女を殺す気持は何うしても起きません。自分は突嗟に、

『この女も囮りだ』と叫びました。

彼女は連れ去られながら、

『あんたがどの顔して郷里に帰ってくるのか見たいものだ』とうそぶくのです。彼女は自分らの郷里がすっかり人民政府の下に統轄《とうかつ》されているものと信ずる風でした。いつにかそうなるのでは

ないか、この少女がいう通りになれば、郷里の人々は或《あるい》は自分に白い眼を向けるのではなかろうか、いやその前に自分は自殺をしていることであろう、などと思い、非常にいやな思いをしました。そして、自分をか、他人をか、赤か、南韓か、自分にもわからない相手を嫌悪しました。

その夜、親友の弟からきいて知りましたが、その少女ゲリラは、半年ほど前に国軍に降伏にきてつかまったことがあったのです。彼女はその時国軍の兵隊に輪姦されました。それで、彼女は折を見てまた山へ逃げ、その怨《うら》みを晴らしたい気持になったのでした。自分はふとこの国に生れ合わせた者の悲哀を感じて、何とかして彼女を助けてやりたいと考えました。郷里に帰れば彼女だって、ただの少女に過ぎないではありませんか。

さて、深夜、自分は親友の弟を、砦のところへつれていき、発火信号をさせました。その時まで一言も口をきかないでいた彼女が、

『裏切り！　気違い！　止《や》めな』などと激しく彼を罵《ののし》りました。

ぽッ、と信号が上りました。と、十メートル先きに来ていたゲリラ達が射撃を開始、戦闘が始まりました。おびきよせて、殲滅《せんめつ》してやろうとしましたが、敵の数は意外に多かったんです。自分は戦闘の合間をみて、彼をきつく叱りました。つい激昂して『覚えてろ』と怒鳴ったんです。戦いは味方に不利で、押され気味でした。砦のすぐ下に敵が迫ってきました。自分は味方を叱咤《しった》して、敵の猛撃を支えました。と、誰れか、さっと砦を乗越えて、敵の中へころぶようにして去っていきます。みるとそれまでここにいた彼女が見えません。と同時に、親友の弟が倒れて呻《うな》っ

ているじゃありませんか。自分は彼に少女ゲリラをしっかりつかまえているように言いつけてあったんです。彼はかけつけた自分に、『やられました』といい、刃物で突きさされて鮮血を吹いている胸を見せました。

戦闘は夜が明けるまでつづきました。東の方の山上が白々と明け初める頃、敵は退却しました。敵は七つほど屍体を残して退きましたが、その中にあの少女も見つかりました。歯をくいしばって、恐しい形相《ぎょうそう》でした。その顔にはいろんな怨嗟《えんさ》がこもっています。瓜実《うりざね》の可憐《かれん》な顔立なのに、黒く焦げて執念深く、醜く、歪《ゆが》んでいました。

今こうやっていても、あの時のいやな気持が思い出されます。いつ戦争が止みますことか！　止んでも、自分らの心に蟠《わだかま》っているいろいろな怨嗟や悲哀は消えないことでしょうね。この瞬間、自分は幸せな気がします。ほんとうの自分になったからでしょう。しかし、また恐しい人間にもどらねばなりません……」

私はそこに居たたまれない気がした。重苦しく、あまりにも重苦しく、私は脳天に釘をうち込んだように苦しくなって、鼾《いびき》をかいている広島生れの男をちらと見て、「あなたも疲れているでしょう。ではおやすみなさい」といいのこして、逃げるようにして自分の部屋に引返した。

窓には厚い戸板を立て、灯火管制をしている。中村君は毛布をかぶって眠っている。二部屋に入口が一つしかなく、間仕切りの壁も半分しかないので、中村君は私と相部屋したような恰好である。私は彼の眼を覚まさないように気をつけて、自分のベッドに横になったが、今きいてきた話が耳に蘇返《よみがえ》って、何うにも寝つかれなかった。あの二人にとっては、ほんの一つの経験話であり、似たような事件は数多くあるであろう。私の神経の弱さは異常で、骨折っても昂奮はおさまらなかった。二十台の若さで、普通ならば、私のような気の弱いインテリで終るであろうあの二人が異常な体験を重ねてゆく、ということが、悲哀になった。

×

眼が覚めると、十一時をとっくに過ぎていた。宿舎《ビレット》の食堂では、少し待てば昼食が始まる時間であった。食事の時間がきちんきちんして居り、凡《すべ》てアメリカ風の、そして戦場食一点ばりで、スープまでがアメリカ製の缶詰である。栄養にはこと欠かないにしても、ここの食事ばかりでは飽きてしまう。私は街へ出て北京料理や、日本風の料理を食べさせる店へ食べにいくことにしていた。その店は、日本時代の街の名でいうと、黄金町通りというところや、元の三越の脇の細路を入ったあたりにあったが、一昨日の夕方、鐘路の裏に一軒朝鮮食堂を見つけて、そこで肉と臓《も》物《つ》の煮込みを食べた。この煮込《コムタン》みという栄養本位の食べものは私の幼年の頃から好物である。

宿舎《ビレット》からは歩いて十数分で行けるところだが、私はやはり自分を警護するつもりから、ジープを呼んでもらって、そこの路次の入口まで行き、食事がすんでから、タクシーを買い切って調査をした。昨日の朝は、ラジオの石沢君とSK新聞社の田中君と、この食堂の調理場で録音をした。

板前さんが大根をきざむそのきざみ方が一風変って居り、その音がリズミカルな話しをしたところ、石沢君が録音をしたいと云い出したからである。六十位の主人は、自分のところの俎板《まないた》と庖丁《ほうちょう》の音が全世界に放送されるのだと歓《よろこ》び、給仕をする三十位の女は、自分の歌も吹込めといい出して、賑《にぎや》かなひと時を過した。

私が入っていくと、きのうの朝歌を録音してもらった女がよってきて、注文をきき、煮込みや漬物やを荒木造りの食卓に運んできた。私が箸をとっても、彼女は立ち去り難い風情《ふぜい》なので、「貴女《あなた》は歌が上手なところを見ると、素人《しろうと》ではなさそうですね」と水を向けた。「朝鮮に帰って一寸の間水商売をしましたから」と彼女ははっきり日本語で答えた。昨日の朝も、彼女は石沢君と日本語で話し合っていたから、彼女が日本語を使うことには別段驚かなかったが、「朝鮮に帰った？　というと……」「あたし広島に居ました」「広島？」私は昨夜のあの広島生れの男をすぐに想い出した。「ええ、終戦になったので、母や弟たちと郷里に帰りました」広島の訛りを知らないので、ここに彼女の言葉の調子を上手に書けないが、教科書的日本語ながら何処となく妙な訛りがある。「それでずっと京城に？」「ええ、郷里にいっても親戚も居ないし、京城に来て住んだんです。」「動乱後はどうしたの？」「六、二五の時には京城にいましたが、十二月後退の時に、南へ逃げて、最近ここの主人と一しょに、来ました」戦災した建物を応急修理して、商いを始めた人が既に九十万いるという。その多くが密入市をしたもので、この女も何うやら闇入市の組らしいのであったが、そんなことをせん索するほど野暮ったくはないし、私にはその必要もなかった。

「動乱が起きた年の夏に、主人は人民軍に徴発されていったまま行方不明です。弟は義勇軍を忌避したために政治保衛局にひっぱられてゆきこれも行方不明になりましてね、わたし達はもうさんざんな目にあったんです」と彼女は私と向い合って床几《しょうぎ》に腰を下ろして語り出した。私は昨日《きのう》も一昨日《おととい》も市内や漢江の向う方の永登浦周辺で、大勢の夜の女たちを調べたが、話が動乱の年のこの夏の九十日間の苦労に及ぶと、どれもが立板に水を流すように喋《しゃべ》り出し、昂奮して、人民軍を咀呪《そじゅ》するのに出会って居るので、この女が勝手に話に熱してきてもあたり前な気がした。「弟の話はあとから申すとしましてね、十二月後退の時の苦難たらありませんでした……」十二月後退というのは、国連軍の先鋒《せんぽう》が鴨緑江岸に達して、半島の統一が成るかのように見えた折、突如[11]中共義勇軍が越江して攻撃をかける、そのために国連軍は総崩れとなり、作戦史上稀《ま》れに見る大失策を演じる、まさか二度までも首都を抛棄《ほうき》すまいと信じていた市民に、暮れも迫った二十八日に退去命令が出て、市民は大雪の中を南へ南へと落延びる。道路は軍隊が潰走《かいそう》し、山や野から市民が逃げるので、その混乱ぶりは二百万市民の誰れもが肝に銘じているという。「雪は深いし、食べるものはなく、母が先《ま》ず行倒れ、つづいて赤ん坊が死に、わたしは心を鬼にして大邱まで行ったんです」といいながら、彼女は涙ぐみ、前掛けで眼をこすった。

私は、あの当時の国連軍の潰走の迅速さに呆《あき》れて辞職した元日本軍の金錫源少将が如何に憤慨したか金カメラマンに聞いて知っている。金少将は日本軍の戦法で最後の一兵まで陣地を死守する。すぐ近くに米軍がいて援護すれば潰走は避けられる状態なのに、米軍が友軍を見捨てて退いてゆく。その迅速過ぎる退却戦法と金少将戦術とは到底そりが合う筈がなく、金少将や旧日系将軍はぞくぞく戦列から離脱した、という話は、私には理解出来た。だから、首都の死守を命じた政府は、その舌の根も乾かない中に、退却を命じる、市民こそ迷惑な話である。避難途中の犠牲者は何十万にものぼるということで、この責任は国連軍に在る、などと私はこんな話をきく度に想うのである。

「あんたの弟さんは何うなりましたか？」と、私はまた昨夜のあの青年を想い出した。

「それなんですよ。あれからずっと生死もわからなかった弟に、今朝、鐘路でひょっこり出会いましてねえ……」

「それはよかったじゃないですか」

「ええ——あたしは弟の幽霊に出あったようでびっくりしたんですよ。立話で、くわしくは聞けませんでしたけれど、何でも監獄で銃殺されそうになった時に、同志と牢破りをして逃げたそうです。人民軍を非常に憎んでいました。あれからずっと軍の仕事を手伝っているとかで、何か忙しそうにしてて、あとでゆっくり会う約束なんですよ。あたしは嬉しくて、もう……」と彼女はまた眼頭《めがしら》をおさえる。

私はもう一寸詳しい話が知りたかったが、ちょうどその時、お客が来たので、彼女はそちらへ注文をききにゆき、お客がたてこんだので、とうとうこの朝は話をきかずじまいになった。

×

私は南大門から西へ二丁ほど横丁を入ったところにある避難民収容所へ行った。鐘路通りの表てに面した建物は殆どが戦災を受けて、屋根が吹飛んだり、前面の赤煉瓦《あかれんが》の壁だけが残ったり、コンクリートの柱が折れて、そこへ電線がからまったり、焼夷弾攻撃が多かった東京の焼跡と違って、何か陰惨な光景であった。元黄金町通りのビルも概《おおむ》ね爆撃されて居り、むかし日本人市民の本拠地であった本町通りは全くの灰燼《かいじん》である。そこの広小路から斜《はす》に太平通りへ出ると廂《ひさし》に穴のあいた南大門がある。ぶらぶら歩いて行きたいところだが、さきに書いたような次第で、身辺警護の必要から（それほど自分の祖国を恐れたと云えば、却って祖国を冒瀆《ぼうとく》することになるし、私自身がいやらしく思われるが、実際がそうなのだから致方《いたしかた》ない）タクシーを雇い、そこへ走らせた。

そこは旧日本人小学校で、稀《ま》れな例だが、爆撃を免れている。鈎手《かぎて》に建った大きな建物に、避難民が一ぱい詰めてあったが、これは国連軍が再反撃に転じて、三十八度線を突破し、北へ進んでいる中に、そこの住民が作戦上邪魔になるところから、手当り次第に狩り集めて、ちょうど塵《ゴ》埃箱《ミばこ》を積んできてあけるように、京城に運んできて捨てていくのである。それを韓国側が整理して、救護する、という手順であるが、それが事務的に円滑にはゆかず、餓死、病死その他で、難民の半数は死終えた、ということであった。

　私は門を入って、校舎の入口の受付で来意を告げた。許可が下りたので、庭へ入った。と、そこの物蔭で、難民達が、石ころを三つならべた上へ鍋をおいて、日本のおこのみ焼きのようなものをやいているのを見た。中年の女が朝鮮さじの柄で焦げつきそうになった粉を下から突っついてひっくり返すと、ジージーと音がして、水がはじける。鍋の下へ棒切れをくべているのはお婆さん、その傍にうずくまっている年寄りはお婆さんの連れ添いであろう、焼けるのがまだるっこそうに、じっと鍋の中の白い粉を睨んでいる。枯木のように痩せた手を顎《あご》の下まで届いたこれも組木細工のような膝の上においている。婦《おんな》たちは黒染の木綿の裳衣《チマ》に白い上衣、お爺さんは白い下袴《バチ》に作業服まがいの詰襟を着ている。口髭《くちひげ》がところ疎《まば》らに白い針金のように突っ立ち、脳天が禿げて、雑巾のように汚れて皺《しわ》だらけな首に無駄毛がのびている。

　私が、「その粉は配給ですか」と言葉をかけると、鍋から眼をはなさないで「救済物資ですだ」とお爺さんがはっきり答えた。江原道訛りであった。そして、私に話しかけられるのが面倒臭そうなので、私は校舎の中に入り、教室をのぞいて歩いた。生徒の机を無雑作に寄せて、その上へ茣蓙《ござ》が敷いてある、お婆さんが立膝で坐《すわ》って私にうさん臭い眼を向ける。若い婦が教室の端に細紐を渡して、洗濯物をつるしている。襤褸《ぼろ》布れ同様な裳衣や内衣《したぎ》を後生大事になでて、掌でのばしている。白や焦茶《こげちゃ》の壺がいくつか教室の隅においてあり、ブリキの空缶でつくったかまどの上に小さい釜がのっけてあり、廊下には、拾い集めた焼《や》け杭《くい》や棒切れが丁寧に束ねてあった。「ここにも生活がある」当然のことなのに、私は感慨をこめてそれらを見た。

十いくつか教室を見て廻ったが、似たりよったりの様子で、突き当りの教室で、六十過ぎのお婆さんが、私を役人と間違えて、盛んに哀願しつづける。どこの訛りだか、言葉が通じないで始めの中はよくわからなかったが、お婆さんには孫があり、その孫娘だけ分離されて孤児院につれていかれている、お婆さんは足腰が自由でなく眼も悪い、孫が面倒を見てくれていたのに、よそへつれていかれた、たとえ老いぼれでも祖母が健在なのに孤児院に入れるとは酷い、孫がどんなに自分に会いたがっているのかわからない、ということであった。お婆さんは真赤に爛れた眼をこすって泣いた。

私はお婆さんを慰めようがなかった。どういう理由で、孫娘をお婆さんから取上げたかわからない。北朝鮮の何処かの寒村の、小さい藁家《わらや》を私は想像する。とそこの狭い縁側で日向《ひなた》ぽっこをしているお婆さんが見える、七つか八つの女の子がお婆さんにもたれて、遊んでいる。そんな風に空想して、今何処かにいるであろうその女の子や、でこぼこの机の上に坐っているこのお婆さんが、非常に不憫になり、胸がつまった。私は自分の感傷に耐えられなくなって、廊下をひっ返そうとした。すると、お婆さんが「強盗奴《め》！　わしの息子を返せ。返さないと雷に打たれて死ぬぞ」と喚いた。私ははっと足がすくみ、お婆さんを振返って、

「息子さん？　孫じゃなかったですか」ときいた。

「孫も息子もみんなつれていったのじゃ」

お婆さんは深刻な顔をして唸《うな》った。怨恨がその皺だらけの顔にめらめらと燃えている。

私がぼんやりしていると、となりにいた中年の女が、

「このお婆さんの末っ子が、きのうつれていかれました。三十位の青年です」という。

「どうして?」私はその中年の女にきいた。

「スパイ嫌疑ですよ。あたしと同じ部落ですからよく知っていますので申上げますが、その人は人民軍から脱走してきて、洞穴の中にかくれていたんですよ。国連軍のトラックが来たので、とても喜んで、穴から出てきて、ここへつれて来られたんですけどねえ、その人はクリスチャンですから、心から李承晩派なんですよ」(12)

事情がわかったので、

「その人の名は?」と私はきいた。

「李清用と書きます」女はそう答えて、所番地まで教えてくれた。

私は全く無駄なことだと思いながら、それを書きとめ、それを潮にそこをひき上げた。

入口に出かかると、事務室から、軍のズボンに軍隊シャツを着た青年がとび出してきて、誰何した。私は従軍証を見せて来意を告げた。

「誰れの許しで入った?」と青年はじろじろと私を見ながらきいた。私は国連軍服を着て居り、左肩に従軍章が縫いつけて、証明書の写真にはローマ字で戸籍名が焼きつけてある。私は朝鮮語で返事しようとしたのをはっと止めて、受付で許可をとった旨《むね》、日本語で答えた。「フーン?」

と彼は尚《なお》も訝《いぶか》しそうに私を見、写真と比べて、「日本人は入れないのに、受付の奴何をしやがる」と朝鮮語でぶつぶつ云って、受付の方へ駈けて行った。

その騒ぎで、事務室の戸口にもう一人青年が現れて、こちらを見た。と、

「や！　あんた、どうしたんです？」と出てくる。教員風のあの青年であった。

「あ！」と私は、彼を見て叫んだ。地獄に仏であった。私はわけを話した。

「まずいですな。困りましたな」彼は冷たそうにいった。

私はもう一度いきさつを語った。

「フーン。とに角出ましょう」

彼は先きに立って、受付へ行き、私の従軍証を持っている青年と二言三言云い合ったのちに、それを取戻してきて、私に返した。

彼と肩をならべて門へ出て行く私を、怪訝《けげん》そうに見つめているさっきの青年の眼を背中に感じながら、

「ちょうどいいところで出会いましたな」と私は心安く云って、さっきのお婆さんの息子のことを訊いた。と、彼は「え？　李清用？」と驚いた。その眼には狼狽があり、懺悔《ざんげ》があった。彼は怒って、

「そんなことに立入るものではありませんよ」と厳しく云った。

私はまたおやと思った。彼の眼はぎらぎら光り、冷酷で、とりつくしまもない。昨夜の心安さ

など微塵《みじん》もなかった。私ははっと口を、つぐみ、私が事務室には無断で難民と話し合ったことを怒っているんだな、と考えた。しかし、そんな内規を私は知らなかったし、私は受付で許可をとったのではないか、と自分に云ったりした。

門を出て、横丁を右に曲ったが、彼はゆっくり足を運び、別れを告げる様子は見えなかった。彼はむっつりして言葉もなく、何か考え事をしている。ちらとその横顔を見て、昨夜見た時は気がつかなかった赤い傷痕《きずあと》が彼の左首から耳たぶの下の辺まで、長い切り傷のようについているのを見た。うしろ首や耳のわきが思ったより黒く陽《ひ》に灼《や》けて居り、教員のような感じのあの物柔かさは何処にもなかった。私は彼が何を考え迷っているのか、ふと不安になった。彼は私を取調べたいような気持を起しているのかも知れなかった。が、軍にしろ警察にしろ、またはその他の機関にしろ彼ら韓国側の手で私を調べることは出来ないのだという自信があった。が、ふと難民収容所が韓国側の領分かどうかわからなかった。私の不安は新たな形でぶり返した。何《いず》れにしても、彼が私をあるところへ連行すれば、少くとも数時間は私を彼らの手元に止めておくことが出来るであろう。実は、私は雑誌社の原稿〆切りのぎりぎりのところまでここに滞在して居り、明晩の中に原稿を工場に廻わさないと新年号には間に合わないのである。関係者一同ははらはらして私の帰日を待っているのだ。私は明日の午後の二時発の立川《ジエー・ワン》行きの輸送機に乗る手筈を整えている。この男が万一悪意を起こして私を何処へか連行し取調べれば、その時間まで私を彼の手元にひき止めておくことが出来る、と思い、私の不安は増大した。

横丁を出て、太平通りの歩道を私達は歩いていたが、私はすぐそこに廂が砲弾で穴をあけられた南大門を見て、はっと気が立った。

ふいに彼が立止った。やっと決心がついたように、彼は足を止めた。そして、黙って、手を出した。私は黙って、その手を握った。意外にゴツゴツした手であった。私達は振った。

「明日帰るのだそうですね？」彼がきいた。小さい眼が射るように私を見た。その眼を外して、

「そうです」と私は答えた。

「明日はきっと帰りますね」

「そうです。必ず帰ります」

「それじゃ、必ず帰って下さい」命令であった。

「今夜また会えますか」

「いや、会えません」

「ではお大事に」

私達はまた手を振り直した。彼は手を放してちらと私を見た。その眼がぎろりと光った。私がまた視線を外すと、彼は来た方へ歩きさった。私はじっと彼を見ていたが、なんとなくほっとして、「よかった」と思った。彼の心の中で悪意と善意が闘っている姿が見えるようであった。彼は昨夜のあの打明話も後悔しているのだ。「明日はきっと帰りますね？」そうきいてから彼は彼の善意に従うことにしたのだろうか？

私は彼が善意をひっくり返す前に、遠くに去らなければならないと焦った。そこに屋根がぺしゃんこになった地下道の入口があった。穴は完全に塞《ふさ》がれていて、地下道を通って、南大門の向う側に出ることは不可能であった。私はタクシーが向う側ばかり通っていて、手をふっても見えなそうなのがもどかしかった。ここから見る市街は、もっとも酷く荒されたところであった。陰惨で、残酷で、醜い廃墟である。この陰惨な地の上に私はこうして立っている。何うして動乱が起きたか、私には関係がないように、これまでの私には思われた。この国の政治の混乱も、私には他人の争いであった。動乱が起きてからのこの地上の人民の流血も私には他人の血であった。私がどのように、まことしやかに祖国のこの事態を悲しみ、心を傷めていると言ったり叫んだりしても、それは概念上の同苦共感に止《とど》まり、実際にはやっぱり他家の火事である。が、今私は眼の前に映るもの凡てが生きて話しかけるようであった。腰から上がない赤煉瓦の建物も、崩れ落ちたビルも、焼け爛れた民家も、見ていると、「痛い」と叫んでいるようであった。私はさっきの嫌疑で私が動乱に一歩踏みこんだような気がしている。あの教員風の青年の心の中で生殺がくり返えされた。私も動乱に捲きこまれたのだ。大げさであり、妙な詭弁《きべん》かも知れないが、そういう風の考えが私の心に芽生え、見る眼が違って来たのは確かであった。

私には、多くの人が、ほんの一寸したことから、殺されたり、命が助かったりした情景を描くことが出来た。見た眼は荒立っていないが、この土地には、凄惨《せいさん》な事件が連続して起っていることも知ることが出来る。

私はふと鐘路の裏の例の食堂の女給仕を想い出した。なぜか急に会いたくなった。彼女の弟のことがもっと知りたかったたし、今なら彼女の苦難話が、もっと身近かに感じることが出来るのだと考えた。ちょうどその時、四〇年以前の古フォードがガタガタと通りがかった。手を上げると、五六歩さきへいってよたよたと止った。酷い車体であった。シートは破れてスプリングが私の尻を噛んだ。運転手が着ている上衣にふと眼を止めて、私は、ああと思った。白い木綿の作業服風のものであったが、継いだりはいだりして、元の生地は殆ど残っていなかった。私は百姓達の野良着が念入りについであるのを見て驚いたことがあるが、この運転手の上衣には遠く及ばない。ぼろ車、ぼろ着れ、運転手達は生存を保っている。それでいて追剝《おいは》ぎも、たかりもしない彼等を私は尊敬したくなる。相場外れの料金を私はとられたことがなかった（もっともその相場は日本とは桁違《けたちが》いであるが）が、ふと一見穏かそうな運転手のうしろに、さっきの男が控えていることを考えて、私は不安になった。この国では異常な体験を持たない人は非常に少い。それは人間の本性を醜いものに変えないではやまないであろうから、この国の民族性の崩壊が考えられて、心が曇った。

食堂の見える路地の入口で車を捨てて、私は真すぐに食堂へ行き、天井が低く、採光の悪い土間に入った。どの食卓も空いていて、箸立てや唐がらし壺や醬油さしが人待顔にしている。私は左手の窓際にいって静かに腰を下ろして、となりの家の赤煉瓦の塀を見ていた。給仕女が出てくるのを待つ間、その赤煉瓦の塀の煉瓦と煉瓦の隙間をめじした黒っぽい線を見つめていた。その線はいくつもの矩形《くけい》になり、大きい矩形のとなりに小さい矩形がはさまって、妙な紋様に変化して、かげろうのようにちらちらした。私は神経の疲れを感じた。脳が疲労すると、障子の桟《さん》や天井板の木目が生きもののように踊り出すのである。煉瓦の紋様がふと教員風の男の眼になった。私ははっと眼をつぶった。が、その眼は私の眼の中に闖入《ちんにゅう》して、ふわりふわりと浮いて、離れなかった。私は食卓にうつ伏して、その眼を消そうと懸命になった。意識されない時間が流れた。

ふと人の気配を感じた。その時、あの眼は消えていた。私はそっと顔を上げて、あたりを見廻わした。土間の向う側の、二階への階段の下に、入ってきた時には気がつかなかったが一対の男女がいた。暗い土間の中でも一そう光りの射さないところである。女がハンカチで顔を覆い、肩をふるわして泣いている。男は食卓の板をじっと見つめている。ずっと前から語り合い、悲しんでいたことが、二人の姿勢から感じられた。私は「あの給仕女だ」と気がつき、男の顔をよく検《あらた》めて「あッ!」と驚いた。広島生れのあの青年であった。「やっぱりそうだった」と、私は思った。

私は姉弟《きょうだい》に話しかけたい衝動を感じた。が、ふと他人が口を挿《はさ》む場合でないと察した。ひきつれたような雰囲気が二人の間に立てこめていた。

「姉さん! もういい! 泣かんでくれよ」弟が囁《ささや》くように云った。やさしい、きれいな声であった。昨夜のあのどら声とは似てもつかないと、私は考えた。そう云っても泣き止まないので、青年は手をのばして、姉の肩を軽くゆすぶった。姉の方は一そう激しく泣いた。と、彼はたまらなくなって、わーと叫びたそうな顔をして、泣き出した。泪《なみだ》がだっとこぼれて、頰を流れた。その拍子に、彼の顔が十《と》うも若く見え童顔になった。

私はその童顔を娯しむように眺めた。そして、いいものを見たと思った。昨夜の悪魔の面相は跡方もなかった。私の心から恐怖が消え、清々《すがすが》しくなった。私はそっと席を立った。音を立てないように気をつけて、入口へ来た。姉弟《きようだい》は気がつかないで、泣き合っていた。何を語り、何で悲しむのか、それはどうでもよいのだ。私は晴々しい心で鐘路を歩いた。軍服の人や市民たちが壊《こ》われたビルの前をゆっくり歩いている。黒く焼け爛れた和信百貨店の角に警官が四五人固まって、こちらを見ていた。とりようによっては私を待ち伏せているようであった。が、私は屈托《くつたく》のない顔でそこへ近づき、通り抜けた。警官達は同じ方を見ていた。私は幸せそうな気持で宿舎《ビレツト》まで歩いて帰った。

註

1【京城】 大韓帝国の首都であった漢城を、韓国併合により日本が支配していた一九一〇（明治四三）年から四五（昭和二〇）年の間は京城と呼称した。日本の敗戦後、この呼称は用いられなくなり、京城があったあたりは新たにソウルと定められた。しかし、五〇年六月の朝鮮戦争勃発を伝える日本の新聞記事に「京城」の表記が使用された例があることから、戦後も日本人の間に京城という呼称が残っており、文学作品に反映される場合があったと思われる。

2【P・I・O】 Public Information Office の略。GHQの広報を担当する渉外局。報道機関への窓口として情報や写真の提供を行った。

3【国連軍】 一九五〇年七月七日の国連安全保障理事会決議を受け、朝鮮戦争のために編成された国際連合軍。韓国、アメリカの他、イギリス、オーストラリアなど全一七か国が参加した。

4【南鮮】 もともとは朝鮮半島南部を指して使われた言葉。「鮮」は韓国併合後、朝鮮を略して差別的に使われることが多く、朝鮮半島北部を指して「北鮮」、中部を指して「中鮮」などとも言った。日本では敗戦後も、「北鮮」「南鮮」がそれぞれ「朝鮮民主主義人民共和国」(北朝鮮)「大韓民国」を指して使われることがあり、実際に一九五〇年六月の朝鮮戦争勃発を伝える日本の新聞記事に「北鮮」の表記が使用された例がある。現在では、屈辱の歴史を想起させる言葉として使用が控えられることが多い。

5【CIC】 Counterintelligence Corps の略。アメリカ陸軍防諜部隊。占領下で逮捕令状がなくとも直接住民を取り調べたり逮捕できる権限を持ち、共産主義者、組合指導者、進歩的文化人、反米派の住民や団体などに対して情報収集やスパイ工作を行った。

6【金日成】 一九一二年生まれ。朝鮮の政治家。本名は金成柱。満洲(現・中国東北部)で抗日ゲリラ運動に参加。ソ連の支援を得て四八年に朝鮮民主主義人民共和国を建国し、首相に就任した。七二年、国家主席。九四年没。

7【三十八度線】 朝鮮半島のほぼ中央部を横断する北緯三八度の緯線を言い、第二次大戦後、この北側をソ連が、南側をアメリカが軍事占領した。

8【鉄の三角地帯】 三八度線以北に位置する鉄原・金化・平康を結ぶ三角地帯を指す。朝鮮戦争では中部戦線の戦略的要衝で、激戦地となった。

9【北鮮】 註4参照。

10【動乱の年】 朝鮮戦争が始まった一九五〇年を指す。六月二五日の開戦後、南下した北朝鮮軍は国連軍を駆逐して釜山まで追いつめた。しかし、九月一五日、国連軍による仁川上陸作戦で形勢は一気に逆転し、二六日には国連軍がソウルを奪回した。

11【中共義勇軍】 朝鮮戦争に参戦した中国人民義勇軍のこと。「義勇軍」は名目で、実質的には正規軍であった。北朝鮮が劣勢となった戦況を脅威ととらえた中国は一九五〇年一〇月に参戦を決定。二五日、総兵力二〇万が第一次攻勢を開始し、中朝国境の鴨緑江まで北進した国連軍を攻撃。一二月五日、国連軍は平壌を放棄した。休戦までに参戦した中国軍の総数は約三五〇万に上る。

12【李承晩】 九四ページの註6参照。

浮漂

北　杜夫

金浦《きんぽ》飛行場には活気が張っていた。というより、殺気立っていた。

俺にとって、長いこと無縁であった空気であり光景である。すぐ目前にF84戦闘機がずらりと並び、ヘルメットをつけた操縦士が座席についたなり待機している。尾部からジェット気流がヒョーッという音を立てて噴射されだすと、あたりの大気が流動した。

この張りつめた空気は、確かに俺の胸を緊《し》めつけるものを持っていた。快感なのか、不快感なのかも定かではない。

黄色っぽい砂埃《すなぼこり》をあげて、ひっきりなしにジープや軍用トラックが往復する。彼方にはカマボコ兵舎が並び、爆撃でできた大穴には銃座があり、網で偽装した高射砲陣地も見えた。草色の戦闘服をつけた兵士たちが、今しがた飛行機から降りたったばかりの俺たち一行をじろじろ見ながら過ぎる。ガムを噛み噛み歩いてゆく彼らの顔つきにも怒ったような緊張だけがあった。異様な色彩と音響の世界であった。なんだかカラー・フィルムを見ているとしか思えない気分である。しかしこれは現実で、ここは朝鮮の金浦であり、時は一九五一年の初夏の筈《はず》だ。

俺はさっきから耳鳴りを覚えていた。一種の心理的な耳鳴りといってよく、地と空にとどろいている爆音のためばかりではなさそうであった。

「あれは何です?」

一行の中の一人が言ったが、その日本語は妙な具合に耳を擽《くすぐ》った。この雰囲気、そして俺たち自身米軍の服装をしていることからくる錯覚だったかも知れない。

「F80とF84ですね」

「ムスタングが結構いるじゃないですか。谷間の銃撃に使うんでしょうな」

「艦載機も来てますね。あれはF4Uだ」

私語しているのはいずれも元陸海軍の連中で、どことなくなじみ深い古巣に帰ったような表情を見せているのだった。俺はずっと昔、東京の上空に現われたP51やF4Uの姿を思いだしてみた。ずっと昔? いや、それはわずか数年前のことなのだ。しかし随分と過去の事柄のように思われ、目の前に並んでいるそいつらは、なんだか奇怪な亡霊のようにも見えた。

「木山君」と、外語の先輩の桜井が低い声で話しかけてきた。専門学校の講師をしていた男で、むろん俺よりずっと年配である。しかし見るからに気が弱そうで、痩せて顔色もわるく、こんな場所に立っていること自体いかにも不似合だった。「なんだか変じゃない？　こう、とても変な気がするな」

「そりゃそうですよ」と俺は言った。

「いやね、別にどうっていうんじゃないけどね」と桜井は口早に言った。「ただ変なんですね。こいつは確かに戦場だな」

俺は近眼鏡の奥の、相手の臆病げな目の色を見た。すると俺自身堅くなって突っ立っていたくせに、唐突な笑いがこみあげてきた。俺は声に出して笑ったが、そのとき滑走路を動きだしたジェット機の金属音が、その声を打消してしまった。

我々はジープに分乗して出発した。日本人八名と世話係の二世の一行である。附近の水田の中には金属の破片が堆《うずたか》く積みあげられており、骨組ばかりになった飛行機の残骸もあった。それから京城(1)までの一時間、徹底して荒廃した土地ばかりを俺は見た。通過する部落々々はどこもかも滅茶苦茶に叩きつぶされ、道路を難民がぞろぞろ移動している。汚れた、むさくるしい、疲れきった人間たちだった。それでも白い朝鮮服が目立っていた。荷車に家財を山のように積みあげている。老人もいる。女もいる。よちよち歩きの小児がいる。道端に坐《すわ》りこんでいるのもある。大抵は首をたれて歩き、車が通過しても顔をあげようとしない。京城に近づくにつれ破壊の跡は更に際立ってくる。

漢江の大鉄橋は穴だらけになり、車輌がひしめいていた。橋の袂《たもと》に腕章をつけた米兵と韓国兵がいて懸命に交通整理に当っているが、車輛の群は遅々として進まない。ここを一発爆撃すればいいわけだな、と俺は思った。なにがいいのかわからなかった。見なれぬ服を着た国連軍[2]の兵士を満載したトラックが前方にいて、そいつがなかなか動かない。

「あれはどこの国の軍隊かな」と、おし黙っていた桜井がぼそぼそと言った。

俺はかぶりを振った。助手席に坐っている元陸軍の男に訊《き》いてみたが、彼もむっつりして頭を振った。

「ともかく変ですな」と、桜井がぼそぼそと言った。

ジープは徐行しながらようやく橋を渡った。そこにも難民が群れている。そうした光景はどこか非現実的で、影絵のようで、そのくせ鋭く俺の心を突つくのだった。

京城はまったくの廃墟といってよかった。瓦礫《がれき》と木炭の街なのだ。泥造りの家がくずれ、ビルががらん洞になって外壁のみを残している。穴だらけの路上に切れた電線がたれさがり、樹木という樹木は丸裸で葉一つ見られない。それでも一部の市電が動いていて、国連軍の兵士が鈴なりになっていた。乗り損ねた黒人兵が一人大股で走り、器用に満員の電車につかまると、白い歯をむきだして笑った。

「あれが南大門」助手席に坐った元陸軍の小太りした男が言った。

「え?」物思いにふけっていた俺は思わず問い返した。

「南大門」――相手はぶすりとして繰返した。自分が貴重に扱っていたものを蔑《ないがし》ろにされたといったふうな顔つきだった。

荒廃した市街を轟々と音を立てて戦車や牽引車《けんいんしゃ》に曳《ひ》かれた砲が通る。俺は再び、さきほど金浦飛行場で感じたような耳鳴りを覚えた。

ロバート・木山。俺はまるで癖のように呟《つぶや》いてみる。これが現在の俺の名前なのだ。身分証明書にはそう記されてあるし、ハワイ生れの二世ということになっている。滑稽か、いや、俺にはむしろそれが自分にふさわしいように感じられてくるのだった。

ロバート・木山。これは一つの記号にすぎぬ。俺は記号なのだ。そして今、砲火に焼かれた京城の街を、米軍の服装をしてジープに乗って走っているのだ。桜井の言葉によらなくても、確かに変で奇妙なことだ。一週間前までこんなことは夢にも考えていなかったのだから。といって、俺にはあまり感慨もない。或いは俺の感覚が鈍いので、一人の人間にとってこれは大変なことかも知れぬ。だが俺には、自分を一人の人間と呼ぶだけの自信がなかった。記号で沢山だ。

生々しい感情が湧きあがってこないことが、かえって俺を不安にした。不安、これも感情にはちがいないが、はっきりと名指すことのできぬ対象の不明瞭な或る物である。俺という実体が稀薄なのであろうか。俺は戦火に壊滅した街に羨望《せんぼう》に似たものさえ感じた。とにもかくにも、そこには破壊されるだけの明らかな実体があるのだ。

俺は記憶をたどってみた。半日前までは確かに日本にいたのだった。真夜中に集合して服を着かえ、私服を梱包《こんぽう》し、それから車一つ出会わぬ京浜国道を羽田までジープで突っ走った。恐ろしいスピードだった。暗黒と速度と沈黙の中で、俺は子供のころ遠足に出かける前のような感動が湧いてこないものかと期待していた。そんなものは遂《つい》にやってこなかった。離陸してしばらくすると、下界は闇に閉ざされているくせに空だけが白んできた。地球を取囲む大気層が含んでいるといったような、ごく微《かす》かな、一種柔かな光であった。黒い海上に大島があり、波打際に寄せる波だけが白く望まれた。最後に島根県の半島が見え、それが日本の見収めだった。空は荒れ、俺は何遍もビニールの袋に吐いた。まわってきたサンドイッチを見るのも嫌だった。飛行機に慣れている筈の元陸海軍の連中まで青い顔をして吐いていたのだから、よほどの悪気流だったのだろう。輸送機ではなくDC3型の旅客機だったが、窓外を見るどころではなかった。ただ一度、金浦に近づいた頃、荒模様の雲間からだしぬけにジェット戦闘機が現われ、猛烈な速度で近づき、同じように猛烈な速度で雲間に消えた。そいつは、まるで貪婪《どんらん》な、意欲に溢れた生物のように見えた。激しい、切迫したものを報知する使者のように見えたのだ。確かそのとき、俺の心は疼《うず》きはしなかったか。それともあれは単なる胃液の苦味だったろうか。……

ジープが急停車し、みんなが降りたった。

「ひどくやられたものですな」

「東京よりひどいでしょう、空襲のときの」

「同じですよ」と誰かがぶっきら棒に言った。「みんな似たようなものですよ、戦争というものはね」

学校の跡であろう。石造りの校舎で、半分は破壊され、半分だけほぼ完全な形で残っていた。俺たちは合切袋《がっさいぶくろ》を肩に、カービン銃を手に下げて中にはいった。がらんとした教室に折畳式のベッドが並べてある。

元軍人たちはてきぱきと荷物を片づけた。いそいそと動いているといったほうが当っていたかも知れぬ。おそらく敗戦後は、昔の縁故の会社などに辛《かろ》うじて首を突っこんで暮していた連中なのだろうから無理はなかった。

「外に受信機がきていますよ。案外チャチなものだな」

「アメリカさんのことだから、機械だけはいい筈だが。どれ、見てきますか」

俺も尾《つ》いて行った。校庭に大型トラックがとまり、上方にアンテナがはりめぐらしてある。受信機はR・C・Aの小型のもので、トラックの後部に据えつけられている。レシーバーをかけ、ダイヤルをまわして声を捜すだけのことで、操作は簡単なものだ。

「こんなもので傍受できますかね」

「感度はいいですよ。しかしここじゃね。どうせ近いうちに移動でしょう」

「お若いの」と一人が俺に言った。「日本の放送がはいってますよ。聞いてみますか」

遠くで砲声らしいものが聞えた。前の道路をひっきりなしに大型トラックが通る。レシーバーの中では日本語で子供の時間か何かをやっていた。懐しいというより、ひどく間の抜けたものだった。

夜、俺はすっかり遮蔽《しやへい》のほどこされた薄暗い室内に目ざめた。それまで昔の空襲の夢を見ていたらしい。そんなものはこれまで見たこともなかったものだ。夜目にもあざやかにサーチライトに浮きだされたB29が幾つも幾つも飛んでくる。きらきらと焼夷弾が降りしきり、ひどく豪華な火焔《かえん》が周囲に立ちのぼる。その夢には、なにやら快感に通じるものが含まれているようだった。

目ざめてから、夢の中で覚えたいくらかの感情の動きを俺はじっくりと反芻《はんすう》した。なぜなら、ここ数年の俺の生活は機械仕掛の人形と大差なかったからだ。なにか目に見えぬ壁で人生から遮断されているとしか思えなかった。どうしてそのようになったかは知らぬ。何年か前、俺にはもっといきいきとした体験や感情の起伏があった筈だ。なるほど終戦後も俺は人並に勉強をし、いくらかは働き、とりとめもない情事もしてきた。しかしそれらすべてが漠とした影なら、自分自身まるで実体のない架空物のように感じられるのは何としたことだろう。

俺が朝鮮なんぞにやってきたのは丸っきりの無思慮からである。或いは刺戟《しげき》を感じたのかも知れない。或いは転地療養のつもりだったかも知れない。何かを求めていたのには違いないが、何よりも俺の存在自体が稀薄だったからであろう。

大体が予想もしていないことであった。朝鮮戦争もそろそろ一周年を迎えようとする五月、新聞に『大論争展開されん。マ元帥証言』などという見出しが載った頃のこと、突然妙な電報がきた。『アイタシ　一四ヒシヨウゴ　シンジユクニコウマエニテマツ　イトウ』。伊藤という名にも心当りはなかったが、友人の悪戯《いたずら》くらいのことだろうと俺は考えたものだ。ところがその日、俺が二幸の入口に着くか着かぬうちに、開襟シャツにグレーのズボンの見知らぬ男が近寄ってきたのだ。齢は五十歳前後だった。

「木山さんですね」

俺はややあっけにとられて頷《うなず》いた。

そんな具合にして物事が始まったのだ。その男にしても、ごく単純なありふれた人間のように見えたし、また実際それに違いなかったのだろう。ただ俺にはそいつがひどく栄養がよさそうに見えただけだった。附近の喫茶店に入ると、彼はすぐに用件を切りだしてきた。

「実は貴方《あなた》の身元を調べさせて貰ったのですがね。ぜひやってもらいたい仕事があるので……」

俺は黙って、そいつの栄養のよさそうな手の皮膚を見つめた。すると突然、そいつが人間なんかではなく、なにかにあやつられているロボットみたいに感じられてきた。その感じはすぐに消えた。彼は一種だるそうな声でつづけた。

「貴方の学校の先輩の方も二人……桜井、島田という人ですが、ご存じですか?」

俺は知らない旨《むね》を答え、なにか中国語に関することかなとも考えた。俺は外語を出てからしばらく小さな商社に勤めたが、その頃はそこをやめ、研究生のような形で学校に出入りしていたのだ。いずれは教師の口を世話してもらうつもりであった。

「その人たちにも承諾を得てあるのですが、貴方にもぜひお願いしたいので」

「仕事っていいますと?」

「中国語の仕事です。実は朝鮮へ行ってもらいたいのです」

「すると……米軍関係ですね」

相手はうなずいた。俺は多少の混乱を覚え、ついで無感覚と無思考の状態にとりのこされた。今まであまりに無縁な世界だったからである。

男が説明をした。中国語の専門家がいま米軍にはいない。急にそれを必要とする事態が生じたので、自分が頼まれて日本人を集めることになった。このことは機密を要するので、承諾するにしてもしないにしても絶対口外しないで頂きたい。待遇としては駐留軍関係の日本人として取得る最高のものを支給するし、万一起り得る危険に対しては家族の生活をも保証する。期間は今のところはっきりしないが、それほど長いものではない筈だ。自分は元軍人で、昔の特務機関の人たちにも頼んであるが、人数を要するので貴方にもぜひやって頂きたいのだ……。

「いかがでしょうかな」と男はやっと思いだしたようにコーヒーをすすった。「むろん貴方にしたって今すぐ返事もできますまいから、まあ考えてみて下さい。ただ三日以内に決めてほしい。決まったらここに連絡してもらいましょう」

男の出した名刺を自動的に受取りながら、俺は自分でも訳のわからぬうちに口を開いていた。

「いいです。行きましょう」

男は、日焼けした丸顔をほころばせ、おだやかに笑った。それが何というか、極めて人間的な感じを与えたのを憶《おぼ》えている。
「そんなに急がなくてもいいですよ。家の人と相談してからで」
相談とてすることもなかったし、する相手もいなかった。母は昔からなかったし、父は戦争中疎開した群馬の伯父の家で中風になり、ずっと寝こんだきりだった。姉とはちょっとしたことから絶縁状態となっており、俺は東京に一人きりで下宿していたのである。

帰るとすぐ、俺はへんにだるい気持に襲われながら、それでもまるで入社試験の通知を受けとったときのように、一応朝鮮の戦局を調べてみた。それにおよそ三十分かかった。昨年の冬、中共軍[3]の介入と共に米軍の撤退が始まり、今年の正月には再度京城が放棄されている。その後押したり押されたりで、四月には両軍が三十八度線[4]を越え、マッカーサーが解任されたのはつい先頃のことだ。とにかく戦闘は又ふりだしに戻り、米空軍は大挙して新義州の飛行場を襲っているし、北鮮側[5]は第二次春季攻勢を企てているといった現状のようだ。そんなことさえろくろく俺は知らなかったのだ。なんとまあのんきなものだな、と俺は独語した。それから相変らずだるい気持で自分に言ってみた。まあ行ってみるより仕方ないな。

五日後、俺はもうエア・ポリスがいかめしく立番している建物の中で指示を受けていた。集った連中は皆かなりの年配だったし、いずれも一癖ありげな面《つら》がまえをしている。一人だけ、外語出の島田という男は俺とあまり年齢が違わなそうに見えたが、こいつは三癖くらいありそうな様子であった。なにしろ米軍将校が話をしている間、間断なく欠伸《あくび》ばかりしているのである。

通訳つきで巨大漠の空軍大佐が説明をした。簡略なザックバランのものだった。国連軍はずっと制空権を握ってはいるが、相手方にＭＩＧ15[6]戦闘機が出現してから事態が変った。有体《ありてい》にいえば我々はミグのためにひどい目に会っているので、諸君に航空情報をとってもらうことに非常な期待をかけている。具体的なことは現地でラジオ関係の者と打合せてもらいたい。出発の日時はまだ未定、その間諸君は東京で、不慮の事態に際しての一通りのことをやってもらう、という意であった。

それから、和英両文でタイプされた機密保持の誓約書に署名させられた。技術員、将校待遇の身分証明書ももらったが、それには先に書いたように二世の名前がつけられていた。ついで衣服や靴、パンツなどを支給された。合切袋の中にはフォーク、スプーンのついた飯盒《はんごう》から靴下に至るまで一切がはいっている。最後に短剣と弾薬、黒光りするカービン銃を渡された。のんびりかまえていた俺も、ずっしりした鉄の感触を掌に感じたときはさすがに考えた。おやおや、なるほどな。

二日間、俺たちは戸山ヶ原で射撃訓練をやらされた。機密保持には神経がくばられていて、集合して米軍の服に着かえてからジープで目的地へ運ばれる。服が変ると、みな不思議なほど印象が変って見えた。街を通る俺たちを見ても、誰だって二世部隊だなと思ったことだろう。日本人の門衛の前では固く日本語の使用を禁じられた。

最初の日、痩せて近眼鏡をかけた、三十五、六の神経質そうな男が話しかけてきた。これが桜井であった。俺よりも一まわりも年上のくせに、馬鹿に丁寧な教えを乞《こ》うような口調で話すのだった。

「射撃練習っていって」と彼は小声で言った。「実際あっちで射ったりしなけりゃならない羽目になるのですか」

「さあ」

「国連軍が負けてきたら危いですな。北鮮は大部隊らしいですよ」

「まあ、それが不慮の事態っていうんでしょう」

「君、そのときは鉄砲射ちますか」

「そりゃ銃捨てて逃げますよ」

「そうしましょう」と桜井は声をひそめて大真面目に呟いた。「いや、銃はやはり持って逃げたほうが利口だな」

俺は笑いをこらえるのに一苦労した挙句《あげく》、待てよ、こいつはわざとこんなことを言っているので、案外どんな経歴を持った男かわかったものじゃないとも考えた。実際集った連中にはそんな感じのする男が多かったのである。

カービン銃の操作は簡単なものであった。装塡《そうてん》の仕方によって三十発の連射まで利く。反動もごく少ない。これに比べるとむかし習志野の教練で握ったことのある三八式歩兵銃は実に不器用な兵器といえる。元軍人連中は熱心に言葉少なく射撃をした。俺も射った。弾丸がつづけざまに空気をひきさく音を聞くと、まんざら悪い気持でもなかった。訓練が済むと、一同は元の場所に運ばれ、私服に着かえてから帰宅を許された。

三日目に今後は自宅で待機するよう指示があり、この様子では出発はいつになるのかわからないなと思っていると、次の日にもう電報がきた。そしてその翌日の深更、俺たちは行先も知らぬまま、無人の京浜国道を落下するような速度で運ばれて行ったのだった。……

そして今、俺は廃墟と化した京城の一隅で、薄闇の中に目を開けている。二度三度、北の方角に砲声を聞いた。前線がどの辺りなのか、果してどのような情勢なのか俺は知らぬ。俺は寝返りをうち、眠ろうと努めた。

いつの間にか、また夢を見ていた。さいぜんの夢の続きらしかった。薄墨色の焼野原の中を大勢の人間がうごめいている光景である。多くは裸体で、なめらかな腹をした女も幾人かいた。焼跡にはまだ煙が燻《くすぶ》っていて、焦げた木切れが路に散乱している。そのあと俺は一度目ざめたが、まるで性交の後のような虚《むな》しいけだるさばかりが残っていた。

俺たちに課せられた仕事というのは、北鮮機と基地とが交す無線電話を傍受することであった。彼らのパイロットは中国人であり、従って中国語のわかる日本人が集められたのだ。

二時間交替で、レシーバーを耳に、周波数のダイヤルを静かに回しながら求める声を捜す。俺にはわからぬ韓国放送と、ときどき日本の放送もはいってくる。それから米軍機からの無電もよく聴取できた。「This is Tiger, nothing special, over」こちらはタイガー編隊だが異常なし、というのである。「Come in, come in, over」と基地からしきりと飛行機を呼んでいることもある。しかし肝腎の中国語はついに一度も聞かれはしなかった。

そのためかどうか、一週間ほど京城にいたのち移動命令が出た。行先は漢江と金浦の中間にある山上である。山というより丘陵と呼んだほうが当っているだろう。樹木の少ない、親しみにくい、赤っぽい土の色であった。道らしい道もない斜面を四輪運転のジープで乗り越して行くと、松林の中にちらほらテントが見えた。二百名ほどの米軍レーダー部隊がいて、俺たちにも大型のテントが与えられた。受信機を積んだトラックがすでに到着していた。

食事は向こうの将校たちと一緒に食べる。テントの中に粗末な造りつけの長細いテーブルが幾つか並び、俺たちは世話役の二世大尉と共に端のほうのテーブルにつく。最初の昼食の折、俺たちがぞろぞろはいって行くと、いぶかしげな視線が集り、それでも親しみのある、あけすけな声が幾つかかかった。

「お前たち、どこから来た?」

「特別なゲストなんだ」と二世の大尉が言った。「ちょっと秘密な仕事なんだ。あんまり訊くな」

そのとき、真向いの卓にいた一人の大男がいきなりフォークを投出した。安物のソーセージみたいな肌色、おしつぶしたように歪《ゆが》んだ鼻、確かにたっぷり六尺四寸はあった。そいつは俺たちを睨《にら》みつけ、吐き捨てるように怒鳴った。「俺はジャップは嫌いだ!」ついで荒々しく立上ると、後をも見ずに大股にテントの外へ出て行った。

一瞬、気まずい空気が流れた。他の将校たちもおし黙り、それから騒々しく食事を再開した。「気にするな」と二世の大尉が日本語で言ったが、彼も困惑した表情をしていた。と、隣りのテーブルにいた茶毛の男が、端にかけていた俺に何やら早口に話しかけてきた。早すぎてとんと理解できない。俺は一度合点してやり、パンにバターを塗っていた。するとそいつは手をのばしジャムを手渡してくれた。俺は仕方なくジャムも塗った。しばらくすると、またその男はうるさく話しかけてくる。やはり皆目わからない。最後にその将校は片目をつぶりウィンクして見せニヤリと笑ったので、俺もニヤリと笑った。相手はもう一度ウィンクし、「判ったか?」と訊いた。俺が「丸きりわからない」と答えると、彼はヒョッヒョッヒョウというような声をあげて笑いだした。上向いて大口を開けひろげて笑うのである。喉仏《のどぼとけ》が上下にうごき、その辺からヒョッヒョッヒョウという声が洩れてくる。俺は思わずその喉仏に見とれた。しかしこの奇妙な笑声で空気が和《やわ》らいだ。

食事を終え自分らのテントに引上げて間もなく、レーダー部隊の隊長というのが謝罪に現われた。さきほどの事件のことを聞いたがまことに遺憾である。あの男は兵隊あがりの大尉だが、本人も後悔しているから今日のところは気にかけないで欲しい、というのだった。我々の長――品のよい老人といった感じの元陸軍中将だった――は、愛想よく応対した。ところが、傍にいた桜井がだしぬけにいきりたってしまった。見るからに神経質な痩せた顔面が昂奮《こうふん》のため青ざめてしまって、遺憾どころの騒ぎでない、ああいう侮辱を受けるなら少なくとも私はすぐに帰らして貰う、という意味のことを唾をとばさんばかりに述べはじめた。彼はこれらを英語で言ったが、何ともいかめしい、明治時代のリードル式の発音であったから、相手の少佐には何一つ理解できなかったと思う。

するとと島田が間にはいった。俺よりせいぜい二つ三つ年上の筈のこの若造は、ずんぐりした小男で、黄疸《おうだん》ではないかと思うほど黄色い顔をしていたが、実に横柄な人を喰った態度を示した。「まあまあ桜井さん」と彼は言ったのだ。「あんな人間はどこにだっていらあね。それからあんたみたいなのもね。そんなに癪《しゃく》にさわるなら決闘をしますか。僕が立会人になってあげますよ」

桜井はこめかみに静脈を立てたままおし黙った。その他の連中はあっけにとられてしまったので、その場はそのまま収《おさま》った。

あとで我々のチーフの元陸軍中将は、弱ったわいという顔で一場の訓示をした。彼は一同のことを「皆さんは……」と言ったが、それはまるで小会社の人情社長が部下に説くような懇願の口調であった。俺はこの好人物らしい、どこか諦めのため老いこんだという感じのする元中将が気の毒にさえなった。

山上まで登ってみると、一見平和そのものの平野が望まれる。初夏の陽光がさんさんと降りしきり、空の色は確かに日本よりも澄みきっていた。しかし光線の加減か、埃の多いためか、下の平野はなんとなく黄色っぽく見えるのだった。仔細《しさい》に眺めると、水田の間を白くのびている街道を、多くの車輛が移動していた。そして空にはひっきりなしに爆音がとどろいた。三機ずつの密集編隊を組んだF84が、頭蓋骨をつらぬくような金属音を立てて過ぎる。つい何日か前、中東部戦線では共産軍最大の攻撃があり、同じ日、鴨緑江《おうりょっこう》に出撃した米空軍はミグ五十機の邀撃《ようげき》を受けたそうで、前線では連日はげしい戦闘が行われている筈であった。

夜、かなり遅くなってから、俺はもう一度外へ出てみた。灯火管制のため驚くほど暗い。いつの間にか空が曇っているらしく、星一つ見えない。下界を見下ろせる場所まで来てみたが、そこもすっかり暗黒が支配していた。ときどき、にぶい砲声が伝わってき、北東の方角に当って閃光《せんこう》がきらめくのが見えた。京城ではもっと近くに砲声を聞いた。しかしこのときは、闇と閃光と、夜の山上を閉ざす重苦しい静寂のため、多少の感慨が起らないではなかった。気がつくと、金浦飛行場に到着したときに覚えたような、一種特有な耳鳴りが俺にまつわりついていた。そいつは俺の皮膚を伝い、全身にひろがり、俺の神経を緊張させた。ここ何年かの惰性的な眠りから、俺は目ざめつつあるのかも知れなかった。

闇の中から誰かがやってくる。米兵にしては背が低いなと思っていると、近づいてきたのは桜井であった。

「今まで勤務だったんですよ」と彼はなんだか弁解するみたいに言い、暗い下界を眺めた。

「何かはいりましたか」と俺はご愛想に尋ねてみた。

「相変らずですよ」と桜井は言った。「途中からは日本の放送を聞いてた。落語をやってたのでね。一体あんな機械で、向こうの無電を捕えられるのですかね」

「さあ、あちらさんが与えたものだから、聞えなくても僕らのせいじゃないですよ」

「アメ公といえば」と相手は急に昼間のことを思いだしたようだった。「君はどんな気がした、ジャップといわれて？」

「別に何とも思いませんね」

「全然？」

「さあ、僕には興味ないですよ」

遙か遠方で閃光が断続的にきらめき、ずいぶん時間が立ってからにぶい音響が伝わってきた。

「木山君」と、また桜井が言いだした。「君、どうしてこんな所に来たんです？　まだ独身でしょう？」

俺がうなずくと、彼は思いきった告白をするかのように顔を寄せてきた。「僕は金のためですがね。妻子を養わなくちゃならんから」

「みんな似たようなものでしょう」

「そう言っちゃえばそうだが」と、桜井はやや不機嫌な声をだした。「軍人連中は、やっぱりこうした仕事をやるようにできあがってるからな、あの連中はみんな錚々《そうそう》たる連中ですよ、昔はね」

「相当お偉方らしいですね」と俺も相槌《あいづち》を打った。

「連中はここの水が似あうが、僕はやはり肌に合わないな。朝鮮に行くと言われたときは三日三晩考えましたよ。君はどうでした?」

「僕は化物には逆わないことにしているのです」

「なんだって?」

「言うままになる主義ですよ」

「じゃあもし、人殺しをしろと言われたら?」

「今だって一応人殺しの手伝いをしているのじゃないですか」

相手はおし黙った。俺はなんだか悪いような気になったので言いそえた。

「いいえね、僕はどうもいい加減に生きてるんですよ」

「そういう言い方はいけないな」と、向こうは急に、いかにも教師をしていた男らしい口ぶりになった。「君は確かにいい加減にしゃべってるよ。もっと自分を大切にしなけりゃね」

「どうも」と俺は言った。

「いや、別にどうってことはないですがね」と桜井は、また以前のように気の弱そうな声になり、それから独りごとみたいに呟いた。

「I hate Jap! か。僕は腹が立つな」

俺は俺で、一時にもせよこんな男を、ひょっとすると故意に気の弱そうな芝居をしている人物ではないか、などと考えたことに腹が立った。俺はそれ以上相手にしなかった。

いささかの緊張、いささかの惰性と共に日数が経っていった。米軍機が群をなして頭上をかすめるのは相変らずだったが、砲声や閃光はもう見られなくなった。前線が移動したのであろう。灯火管制だけは厳重に守られているものの、むしろのんびりした日常で、もの足りぬくらいである。二、三度警報がレーダー部隊から口頭で伝えられてきて、同じようにすぐ解除され、実際の空襲は一度もない。

食事は主として缶詰料理で、まずいものではないが、一週間目には同じ献立が戻ってきて、いささか飽きる。食後には缶詰の果物やアイスクリームなどがつくが、米の飯が欲しかった。それよりも困惑したのは用便である。便所は野外に穴を掘り、尻の当る部分に穴の開いた木の台が背中合せに二列に並んでいる。米兵たちはガムを嚙みながら至極のんびりと用を足し、人前で平気でズボンを下げ一物を丸出しにしてさらに羞恥《しゅうち》など覚えないらしい。大抵は日本にいた連中で、あやしげな日本語をしゃべった。気易く話しかけてくるのだが、苦労して聞いてやると、大半が女の話であった。判で押したように写真を見せ、そのいずれもが鼻の低い顔の平べったい日本の女なので俺はうんざりした。

煙草は切符と引きかえに豊富な配給があり、アルコールは禁じられているが、稀《まれ》に缶詰のビールがくばられる。二、三日おきに広いテントの中で映画があり、俺たちもミッキーマウスや短い西部劇などを見に行った。狭いスクリーンに女が一人登場しただけで、兵隊たちは口笛を吹き靴を踏み鳴らす。裸の腿《もも》などが映れば騒音で会話はまったく聞きとれない。

受信機と過ごす当番は二時間交替で日に一度か二度まわってくる。そのほかは大抵眠ったり『星条旗』[7]を拾読《ひろいよ》みしたりしていた。日本との文通は検閲もなしに許されていた。俺は別に出すところもないのと、半分は面倒なので一度も手紙を書かなかったが、桜井なんぞはのべつ手紙ばかり書いていた。彼はやがて日本の新聞をまとめて送ってもらい、克明に広告欄まで読みあさった。大山升田の名人戦の結果とか、白井対マリノのタイトル・マッチが引分に終ったとかをその都度報告するのだったが、そういうニュースを述べるときはいかにも嬉しそうで、害もなければ益もない男らしかった。

　一方、島田となると、ちょっと正体が掴みかねた。年齢にしても俺とそう離れていないように見えたが、時に爺むさく、時に丸きり子供で、時には頭がおかしいのではないかとまで疑われた。彼の亡父は満鉄関係というよりいわゆる中国浪人といったタイプの男らしく、島田はその父を崇拝し、俺も中国に骨を埋めるのだと言った。朝鮮に来たのも中国にいくらかでも近いからなのだと言った。支那で生れ、少年時代を満洲で過ごした男であった。なお後になって俺に話したところによると、戦争中は、中野のスパイ学校に入り、戸籍まで消されたことがあるという。「俺という人間は死んだことになっていて地上に存在しなかったのだぜ。終戦になったら区役所が丸焼けで書類なんぞないんだ。それで俺はまた復活したわけだ。そんじょそこらの人間と違うよ」しかしなにしろ口から出まかせをいう男なので、どこまでが本当なのか信用できなかった。大抵は一聞して法螺《ほら》とわかる法螺を悠然と吹きまわっていた。満洲ゴロといわれると、眉をしかめ、中国浪人と呼べと要求した。「大陸じゃあな、百や二百の生命なんぞスッと消えて風ひとつ動かない」というのと、「なにしろ俺は赤子のときからたっぷり血を吸わした饅頭《マントウ》で育ったのでな」というのが得意の台詞《せりふ》であった。

岩佐元陸軍中将は仕事の成果が少しもあがらぬことについて日夜心労していた。皆から岩佐さんと呼ばれるこの年齢以上に老けた男を、俺ははじめ軍人だとは思わなかったほどだ。彼の人生は日本の敗戦と共に完全に終っていたのだろう。後に残ったのは、人の好い、やや心配性な、白い頰髭《ほおひげ》にやつれのこびりついた小柄な老人である。口先では「あちらさんのいうことは、ただなんとなく聞いていればいいんで」とか、至極のんびりしたことを言っていたが、些細《ささい》な事にもあれこれと気を使い、日と共にやつれてゆくように見えた。そのくせ他の者の健康の心配ばかりしていた。それでも機嫌のよいときは、俺とか桜井なんぞを相手に講釈することもないではなかった。「海軍の連中はああ言うとるが、そもそも近代戦というものはだね……」

「岩佐さんは航空戦略の大家だったそうですよ。岡田さんが言ってたが、やはり、なるほどな、と思うときがあるな」と桜井が民間人同士の中で感心したりすると、島田がいつもの調子で一言の下に片づけた。「ありゃあもう骨董品さ」そして更につづけて、「いいかね、爺さんはあんた達を副官に見たてているんですよ。爺さん、寂しいんだな」

岡田元陸軍大佐は、小太りした体軀《たいく》と口髭からアザラシを連想させる男である。戦争末期にはどこか南方の小島の守備隊長で、長いこと補給も絶え、敵が進攻してくるのが唯一の希《のぞ》みだったという。しかし敵はその島を素通りしてしまい、死ぬこともならず骨ばかりに痩せこけた。終戦になって米軍に収容されると、急に栄養をとったためか河馬みたいに膨《ふく》れあがり、内地に戻ってから二年かかってやっと人並の身体になった。嘗《かつ》ては陸軍内の支那語の権威、〇〇機関とやらで、南洋の小島にやられたのも上司と意見が対立したためという。こちらに来てからも支那語のブランクを取戻そうと一人でこつこつ勉強していたし、仕事にも熱心だった。「私が中国時代にはあらゆる機会に蔣介石と和平工作をしたものですが……」と述懐したが、島田はこれを「アザラシのぼやき」と称した。

東元陸軍少佐。粗野でむさ苦しい男である。終戦時は士官学校の教官をしていたというが、こんな男に一体教官が勤まるのかと疑われるほどである。米兵は毎朝几帳面《きちょうめん》に髭をそるし、俺たちもそれに習っていたが、この男は滅多に髭をそらず、歯だってなかなか磨かなかった。ベッドは乱雑を極め、酒が飲めないことをこぼしてばかりいた。何かにつけ、「こんな待遇を受けようとは」と慨嘆し、缶詰のビールが配給されるときは酒を飲まぬ桜井の分をまきあげ、それだけで無精髭の生えた汚ない頬をほてらして、ひときわ米軍の悪口を言った。「奴らまるで戦争を知らん。一体何しちょるんだ。ビールだって実にまずい。いやはや、こんな待遇を受けようとは！」

彼は中国語も下手だったし、といって英語に堪能というのでもなかったから、どうしても海軍側の陰口の材料にされた。

「あいつ、何のために来たんだ」

「中将のひきでしょうよ」

「あれで陸大出の秀才だそうだからな。支那語ができねえから訊いたら、俺は英語屋だとぬかしおった」

「あの英語じゃホッテントットにしか通じませんよ」

当の東は一向平気で、酒のないことをこぼし、たまにビールを飲めば、日本があそこでああやっておれば負けなかったとか、日本の軍隊は絶対解散すべきでなかったとか、もし国連軍が海に追い落されていたら日本はどうなるなどと憤慨しだすのだった。うす汚ない髭は恐らくわざと剃らず、歯だってなかなか磨こうとしなかった。

遠藤元海軍中佐と白石元海軍少佐は、これにひきかえ端然としていた。艦内生活の習慣かどうか、折畳式のベッドをきちんと操作し、毛布を実に素早く整然と折り畳み、銃器の手入れにも怠りがない。髭を剃るのはもとより、身だしなみに関しては紳士然としているし、遠藤は和歌をたしなみ、白石はシェイクスピアなどをよく引用したものだが、いったん猥談《わいだん》を始めるとなると急速に非紳士的になるのだった。「候補生時代にな、シスコに上陸して……」と始めるのだったが、それを聞いていると、候補生というものはまるで女と寝るためにのみ存在するものだとしか思えなかった。

一方、俺たちに課せられた仕事は一向はかどっていなかった。たまに中国語らしいものを捕えても、北京放送だったり、増幅しているうちに聞えなくなってしまうのだ。受信機そのものが駄目なのだとか、いやアンテナの張り方がわるい、操作技術のせいだとか、軍人たちの間では議論が絶えなかった。

「おそらくナマではしゃべってきませんよ」と陸軍側の一人が言う。「隠語を使うでしょうな。うまくキャッチできたとしてもまず判らんでしょう。アメさんの考えちがいですよ」

海軍側は黙って聞いていて、相手がいなくなってから嘲笑した。

「陸さんはああいうが、俺の経験では……」

どうも自分のほうが戦争にかけては専門家なのだとお互いに信じているのが困ったことであった。

収穫は皆無でも、報告書は英訳をそえて毎日提出する。

「なんだこりゃ。未《いま》だ傍受に成功せざるは、受信機の感度悪《あ》しきためにあらざるやと思考せらる……。陸式のは一々くだらん註釈つきだからな。あいつら役立たずの報告書を書くのには慣れていやがる」などと白石が呟いているのを聞くことができた。その報告書を書いた当の本人の東元陸軍少佐は、莫迦《ばか》げたことだ、米軍は俺たちの使いようも知らんとぶつぶつ言いながらも、勤務のときは神妙にダイヤルをいじくっていた。何とかして実績をあげようと願う熱意が、その不精髭だらけの浅黒い顔に窺《うかが》われた。「首になるのがこわいのさ」と島田が評したことだったが。

前線のほうもおおむね落着いている模様であった。『星条旗』の報道によれば、連日激闘が行われている模様なのだが、対峙線の大きな変化は見られない。

「長びきますな、これは」

「アメさんも観念を変えなくちゃなるまいな。制空権をとっていてこれだからな」

「それにしても北鮮軍の輸送能力は莫迦にならんですなあ、岡田さん。昼間はぜんぜん動けんでしょうにね」

　夜のテントの中で、連中は将棋をやりながら無駄話をしたり、『星条旗』や日本の日のずれた新聞を丹念に読む。重油発電のトラックが自家発電しているので、厳重に遮蔽はされているがテントの内部は相当に明るい。そうして勝手な臆測やら戦略の話ばっかし聞かされていると、ともすると戦争というものが血腥《ちなまぐさ》い悲惨なものというより、将棋の駒を移動させるような、案外さっぱりした、しかも壮大な遊戯のように錯覚されてもくる。なかなかやめられん筈だ、と俺は思った。

　他方において休戦の交渉が進んでいた。共産側が交渉を受諾したという北京放送をキャッチした夜は、どこのテントもざわついた。アメリカの兵士達は、もとより一日も早く戦争の終るのを望んでいるのだった。彼らは人なつこく俺たちに話しかけ、笑いあい、あげくの果ては本国や日本にいる恋人たちの写真をとりだした。といって、すぐさま休戦が実現するとは誰も考えていないようだった。

「終りゃしませんよ、君」と岡田も俺に言った。「そう簡単にゆくものじゃない。しかしこれ以上大きな戦争にはならんでしょう。マッカーサーならやっただろうがね」

一日、俺は許可を得て島田と一緒に裏山伝いに丘陵をたどってみた。彼とは、二人だけ日本人仲間の中でずっと年齢が若い関係上、自然とあけすけな話をしあうようになっていたのである。

「あまり遠くへ行くと危いですよ」出かけるとき、笑いながら二世の大尉が言った。

「ゲリラですか」

「とにかくあんた達は将校なんだからね」と、相手はいくらか鼻にかかる日本語で言った。

荒れはてた谷間を降りると、行手にはいくらか山らしい丘陵が続いていた。無駄話をしながら一時間ほども歩いた。粘土をまじえたような赤土で、細い松が生え、カヤの茂りがあった。初夏の日光が赤茶けた山肌に熱気をこもらしている。そこには小さな黒い蜂が無数にいた。地面を嗅ぐように低く飛び、地上に降りるとせかせかと歩き廻る。なにか知らぬが彼らの本能による営みを続けているのだろう。

「赤トンボがいるぜ」

「そうだ。赤トンボだ。早いな」と俺も言った。

やがて爆音がして、頭上を編隊が飛びすぎたが、昆虫たちはそうした音響にも反応を示さなかった。カマキリの仔虫もいた。まだ翅《はね》も生えておらず、それでも一人前の顔をして前肢をかまえていた。爆音にもぴくりともしない。

丘陵の頂上まで登りつめると視界が開けていた。そこからだらだら降りになるが、いくら行っても同じような風景である。麓《ふもと》一帯は貧弱な田畠で、そこにぽつんと白い人影が見えた。借りてきた双眼鏡で覗《のぞ》くと、白い朝鮮服を着た老人である。映像は鮮明ではなかったが、それでも日焼けした、縦横に皺《しわ》の刻まれた顔立ちが窺いとれた。老人は別に働いているのではないらしい。ただ呆《ほう》けたように自分の田に立ちつくしているばかりなのである。

「白服ってのは目立つな」

「わざと着てるんだ。避難民もそうだったろ。非戦闘員だってことを示しているのだ」

「そういえば、ここらも二、三度は戦場になったのだろうね」

「往復ローラーさ。それでもあの爺さんはちゃんとあそこに立ってるんだ。俺もああなりたいよ」と、島田が心の底からのような声を出した。

俺は双眼鏡をまわして、黄色っぽい平野の上に点在する村落を見た。貧弱な家々である。人影はまったくなかった。日が暑く射すので、木蔭《こかげ》を捜して腰を下ろした。いくらか眠気さえもよおしながら、なじみの薄い赤茶けた山と、何回も戦火に荒らされたにちがいない土地とを眺めていた。

「何を考えている?」と島田が訊いた。

「日本の山さ。つまり、あの盛りあがる緑がここにはないね」

「懐しいのか」

「べつに」

「じゃあ、なんだ?」

「好きなんだよ、ああいう色が」

「似たようなものさ、そりゃ」と島田は言った。「俺もなんだか憶《おも》いだしてきたぞ。奉天から大連へ行く汽車の沿線にな、こうずーっと高粱《コウリヤン》や南京豆の畠《はたけ》が続いているんだ。それから綿の実る頃な……」

島田がこんな調子でものをいうのを聞いたのは初めてだったので、俺はちらと相手の顔を見た。「土地に関する感情は俺にもあるんだな」と島田は首をかしげた。「あんた、愛国心なんてものがあるか?」

「わからないな」と俺は言った。「あまりなさそうだ」

「駄目な男だな」

「どうもそうらしい」

「まあ日本を離れてみるんだな」

「離れているよ」

「なるほど」と島田は思いだしたようにうなずいてみせた。「あんた、手紙もこんし書かんようだな。家がないのか」

「まあないね。親父がいるよ」

「達者か」

「じきに死ぬだろう。もう廃人だ」

「一緒にいたのか」

「伯父のところで寝こんでる。今度来るときも行かなかった。会っても仕方がないんだ」

「そうか」と相手はため息をついてから、こう言った。「なるたけ早く天涯孤独となるといいな。俺は戸籍はあるが、まだ世間からは消滅してることになってるんだ。もし俺が生きてることがわかったら、それこそ日本という国家が……」

そろそろ話があやしくなったので、俺は聞いているふりをした。ふり仰ぐと、初夏の陽光が目にちかちかする。眼下には一見平和な黄色っぽい平野がひろがり、ともすると眠けが襲ってきたりもする。

「土地の次に家だな。俺は日本に来たとき縁側なんてなんの為《ため》にあるのかと思ったぜ」という島田の声が聞えてきたとき、俺は一体どういう話のつづきだったのか戸惑った。「……それからようやく人間だ。あんたにはわからんだろうが、こいつがなかなかいいぞ。爺いなんてのは大抵いいな。一輪車を押して飴を売りにくる爺さんがいたっけ。白い顋髭《あごひげ》をたらして、一口もしゃべりゃあしないんだ。俺たちが五毛銭を出すとな、黙ったまま筮竹《ぜいちく》をくってさ、それに応じて飴を棒につけてくれるんだ。そういう大地から生れたような人間を好きになると、やっぱり愛国心みたいなものも生れてくるな。だから俺はべつに日本を……」

突然、爆音がしてすぐ頭上を銀色の機体がかすめて過ぎた。鼓膜にひびく金属音が、もう視界から消えた機影を追って遠のいてゆく。俺は苦笑した。島田も、話の腰を折られたように黙ってしまった。

思いついて、さっきの白服を着た老人を捜すと、彼はまだ同じ場所にいた。首の傾き具合からして、おそらくジェット機が通っても空を見上げることもしなかったのだろう。昆虫たちに似てるな、と俺は思った。

島田が俺の双眼鏡をとり、同じ方角に向けてから胴間声《どうまごえ》で言いだした。

「なるほど、あの爺さんもいいぞ。なかなか立派だぞ。おい、いいって言えよ！」

俺たちが狙撃されたのはそのときである。空気をひきさく音響がして、いくらか離れた斜面に乾いた土煙が立った。パッと島田が身を伏せ、反射的に俺もそれを見習った。身体をずらし、窪地へはいってから、なお数分を息を殺した。それきりもう射ってこない。

「どっちで音がした？」しばらくして、島田が顔をあげた。

「え？」

「どっちから銃声が聞えた？」

「わからん」

「可怪《おか》しいな、どうも」島田は独りごとのように言い、そろそろと身体を起した。「とにかく逃げよう」

「ああ」と、俺はむしろぼんやり呟いた。妙に身体がだるかった。

「もう大丈夫だ。相手は一人だ。それに遠すぎる。しかし、こっち側を通ろう」

帰途も、恐怖はふしぎなほどなかった。さすがにあまり口はきかなかったが、至極当り前のなんでもない事柄のようにも思えた。しかし、何らかの衝撃は俺の身体の奥までつき通っていたらしく、それからかなり経ってからも、夜半に目ざめた折など往々にしてよみがえってくることがあった。恐怖といっては当らないだろう、ただその瞬間を思いだすたびに、俺はなんとも嫌あな気持がしたのである。

山中にはいって一ヵ月後、岩佐元中将が連絡のため帰国した。北京放送が休戦会談を提案したのが七月一日のことで、その後の予備会談、とびかわす各国のメッセージや帰国を願う兵士たちの噂のうちに、十日になって開城会談(8)が開かれた。同時に三たび移動命令が出、俺たちは元中将がまだ帰らぬまま、荷物をまとめジープとトラックで出発した。

京城を通った。漢江対岸には避難民のキャンプができていて、秩序はいくらか回復しているものの、相変らぬ瓦礫の街である。ずらりと並んだ闇市には蛆《うじ》のように薄汚ない人間たちがたかり、終戦直後の日本を憶いださせる。壊れかかったまま料理店が開いているので覗いてみたが、いちばん安い冷麵が千五百韓国円であった。街を歩いていると、何度か米兵に敬礼されていささか照れた。真面目に敬礼する者もあれば、冗談半分に大げさな敬礼をしてゆく奴もある。

移動先は京城郊外の、松林の連《つら》なる丘陵の麓にある元専門学校であった。花崗岩《かこうがん》の石造りの建物で、附近は眺めがよく、ポプラ並木と落着いた田畠が見られた。

「やっとテント生活とおさらばか」と、荷物をほどきながら桜井が言った。

「ただやっぱしこのベッドじゃねえ。ここも暑いな」

「まあ蠅《はえ》や蚊がいないだけいいですよ」

米軍の大がかりなＤＤＴ噴霧により、山中でも蠅や蚊には悩まされずに済んでいた。三人に一つの部屋も与えられ、食事はジープで五分ほどの建物にある将校食堂に食べに行く。そこには数人の若い女が働いていて、島田は御満悦だった。なんでも韓国政府の役人の娘たちとのことで、とりどりのワンピースを着、食器を運んだり片づけたりしていた。

翌朝、間近で機銃の連射の音がした。窓硝子《まどガラス》がびりびり震え、なおそれが続くので、桜井などは、すわゲリラと青くなったが、裏山で射撃演習をしているのだった。休戦会談が始まっても戦闘は行われているので、遙か高空をきらきら光りながら飛んでゆく大型機の編隊も望見された。

昼すぎに岩佐元中将が戻ってきた。十日ばかり見ないうちに、急速に老けてやつれてしまったようである。彼が東京に呼ばれたのは、前から進言していた受信機械や受信位置に関する事項の他に、機密漏洩について注意をうながされてきたのだった。なんでも俺たちの仕事と渡鮮が洩れた気配があり、向こうの高官が或る方面から質問を受けたという。なにぶん我々の立場は微妙であり、政治問題につながっているから、皆さんは（彼は常にこういう言葉を使った）今後とも一層注意して欲しい、と元中将は小会社の苦境を訴える老社長のように話した。

俺はそれまでそのような問題についてほとんど考えてもみなかったので、そのことを島田に言ってみた。

「気に病むこたあないよ」と、彼は伝法《でんぽう》な口調で片づけた。「この世の中はもっともっと出鱈目《でたらめ》に動いていているんだぜ」

間もなく新しい大型の受信機が別室に据えつけられた。ペダルを踏むとテープに録音できるようになっていて、アンテナも今度は裏山に大仰《おおぎょう》にはりめぐらされている。米軍はいざやるとなると、てきぱきと事が早かった。

その後も元中将の顔色があまり悪いので、俺は二人きりになったときに訊いてみた。「いいや、ちっと疲れただけですよ」と彼は笑ってみせた。笑うと目がつぶるように細くなり、皺だらけの赤ん坊みたいな印象をも受けるのである。「ただ、近頃、どうもここがときどき痛んでね」

彼は言いながら脇腹を押したが、突然の苦痛を覚えたのか顔が歪み、ついでそれを誤魔化《ごまか》そうとするような気のない笑いが刻まれた。

「押すと、どうも痛い」

「一度診て貰ったらどうですか」

「なに、回虫《むし》じゃよ、君」

それから彼は自分の荷物をごそごそやっていたが、やがて大きな浅草海苔の缶を取出してきた。蓋《ふた》をあけ、何枚か摑むと俺に差出した。「食べたまえ」元中将は自分でもパリパリ音を立てながら焼海苔を嚙み、「山の中にいるときから、こいつを持って来ようと考えていたんでな。どうもこういうものが懐しくってね。日本じゃ海苔ばっかり食べていましたよ」

「僕も好きです」

「齢をとるともっと好きになる」彼はまた一摑み取出して俺にも与え、「しかし、いつもはやらないよ。これはわしの専用で、ときどきこっそり食べる。老人の贅沢《ぜいたく》でな」

しかし元中将は俺が部屋を出るときも、片手で脇腹をそっとおさえていたようだった。

ここに移ってから数日は気づかなかったのだが、別の建物に韓国人の一隊がいた。最初は俺たちのような日本人かと思ったが、彼らがジョージとかフレッドとか呼びあっているので、てっきり二世人部隊と思っていた。しかし十名ほどのその連中は朝鮮人で、俺たちと同じように無電傍受の仕事についていていたのだった。大抵はアメリカにいたとか、太平洋戦争中は重慶にいたとかいう連中らしかった。

「わしもちっとも聞いておらんかった」と元中将が言った。

「奴ら、いつ頃からいるんでしょうか。どうせ同じ仕事なら連絡をとってやりますか」

「いや、米軍が知らさんところをみると、両方の仕事を比較するつもりかも知れん。まあ、あまり交渉をもたんほうがよいでしょう」

後で聞いたことだが、彼らには中国語班が八名、ロシヤ語班が三名いた。そしてまだ北鮮機の無電傍受に成功していないのも俺たちと似たようなものだった。それでも知らず知らずのうちに俺たちが彼らに負けまいと努めだしたのは争えないことである。

ある暑い午後だった。俺は一人で受信機に向い、機械的にダイヤルを調整していた。突然、レシーバーに声がはいった。明瞭な支那語である。

「在《ツアイ》三《サン》十《シ》一《イ》運動場《ユントンチヤン》　上空《シヤンクン》有《イオウ》四《ス》個《コ》小狼《シヤオラン》　高度《カオトウ》八千《パチエン》　方向《ファンシヤン》十二《シアル》　燈罩《トンチヤオ》四《ス》個《コ》……」

全部は聞きとれなかった。しかし、とっさにペダルを踏んで録音しておいたから、後でテープを調べればよい。しばらくダイヤルをそのままに耳をすましていたが、それきり何もはいってこなかった。確かに中共機から基地への連絡無電である。

なお俺は全神経を緊張させ、ついで自分の胸の鼓動に気づいて苦笑した。何のための緊張、何のための動悸であろうか。いやいや、俺たちはみんなこんなことに餓《う》えているのだ、なにかわからぬものを追っかけているのだ。そうでないと自分が追われる。

俺は聞きとった言葉をメモしてから、元中将を呼ぶと、居合せた連中がみんなやってきた。

「なるほど、これは確かだ。木山さん、お手柄ですよ」

「小狼《シヤオラン》というのはこっちの戦闘機でしょうな、奴らの使いそうな隠語だ。燈罩《トンチヤオ》（電灯の笠）というのは何かな」

「テープを聞いてみましょう」

「ダイヤルをそのままにしておけよ。一回当てりゃしめたものだ。よし、俺が代ろう」

そんなふうに皆が元気づくのを見ると、俺は一時の酔が覚め、かえって索漠とした気持になった。しかし老顔をほころばしている岩佐元中将の顔を見ると、また少し気分が変った。海苔のお礼だな、と俺は思った。

一度傍受に成功してからは、続けざまに受信できるようになった。相手方は時々周波数を変えてはいたが、またすぐ捕えることができた。レーダー基地から飛行場へのもの、飛行機から基地へのもの、飛行機同士のものなどがはいってくる。声が聞えだすと録音しながらメモをとり、あとでテープを聞いて修正する。慣れてくるにつれ、すぐに時間と周波数を記入し、ぶっつけにメモをとって殆《ほとん》ど間違いがないようになった。相手方の使う用語もその頃にはおおよそ判明していた。

運動場《ユントンチャン》というのは或る区域を指している。北鮮側は朝鮮の地図を細かく区分し、それぞれ番号を付して呼んでいるのである。燈罩《トンチャオ》は雲量を意味する隠語、小狼《シャオラン》はジェット戦闘機のことだが、これは後になるとF八十四《エフパシス》、F八十六《エフパシリユウ》とはっきり機種を言うようになった。ムスタング戦闘機は小狗《シャオコウ》と呼ばれたが、これも後にはF五十一《エフウシイ》と呼ばれていた。

『在《ツアイ》七十七《チシチ》運動場《ユントンチャン》東北《トンペイ》十五《シウ》公里《クンリイ》有《オウ》一個《イコ》死了的《スラタ》小狼《シャオラン》』

第七十七地区の東北十五キロに小狼の墜落機一機あり、というので、空中戦後の米機の損害を俺たちは或る程度推量することができた。なお味方の損害のことは相手は絶対に言ってこなかった。

『在《ツアイ》十五《シ ウ》学校《シユエシヤオ》上空《シャンクン》有《イオウ》四個《スコ》飛機《フエイチ》　機種《チチヨン》不明《プウミン》　好々児《ハオハオル》注意《チユウイ》』

第十五学校の上空に飛行機四機あり、機種不明、十分注意せよ。学校《シユエシヤオ》というのは運動場と同じく学校ではなく、おそらく軍事上の施設なのであろう。

ともあれ、仕事が軌道に乗りだすと共に、今までの平板な時間が、急に慌《あわただ》しい活気づいたものに変っていったのは事実である。陸軍側も海軍側もあまりぶつぶつ言いあわなくなったし、桜井の顔にさえ満足に似たかげが窺われた。そして俺にしてもほとんど疑いもなくレシーバーに耳を傾けた。考えてみれば、俺はこうしたことに慣らされているのかも知れなかった。戦争中、中学に入るか入らないうちに俺たちはよく勤労奉仕に駆りだされ、上級生の頃には完全に工員の生活を送らされていたものだったが、当時の俺たちに疑いなんぞ起りようはずがなかった。半分は勉強せずに済むことを喜びながら、油にまみれて旋盤を動かしていたものだった。……

毎日がひどく暑く、シャツ一枚で仕事をしていても汗が滲《にじ》んでくる。外の赤土には熱気がこもり、ポプラ並木は車輛の埃をあびて疲れたように葉をたらしている。

こうした中に、休戦会談は進んでいた。進んでいるというより、停滞したり、曲折したり、徒《いたず》らに日を重ねていた。七月十日に始まった会議が、十二日にはもう北鮮側の記者団開城入り阻止とかにより中絶した。国連側の発表と、北京放送とがまるで食い違っているので、事の真相を見極めるのは不可能といってよかった。その後、双方で、提案とか、承認とか、打切りとか、再開とか、基本条件明示とか、中立侵犯とか、回答とか、受諾とか、要望とか言いあっていた。リッジウェイ(9)が、『現在の対峙線がほぼ停戦境界線となるだろう。その線は軍事的に防衛しやすい線である』と述べれば、南日将軍は『三十八度線を分割線にしたい』と主張したが、その後に附言して『非武装地帯の地形と双方の防衛的地位を基礎にして、この分割線を調整することも可能である』と至極まだるっこい表現で放送した。

「俺の知ったこっちゃないさ」と島田が評した。「だが、今日の鶏肉は固かったなあ」

前線では流言が乱れとんでいるらしかった。それが俺たちの食事にゆく将校食堂にまで波及してきて、それを材料に賭をやっている連中までいた。パーキンスという名の若い米軍将校は平和主義者で、よく俺たちのテーブルに来て説いてきかせた。一日も早く戦争が終るように神に祈れと言い、必ず聖書の文句を引用したが俺は少しもわからなかった。「これこそ地獄、地獄、地獄です」と彼は言い、愁《うれ》いにみちた綺麗なほそい眉をしかめるのだが、あまり同じことを繰返すので、周囲の者はニヤニヤしていた。パーキンスは俺たちに早く日本に帰れと言い、日本は実によい国だと讃《ほ》めるので、また女の写真でも見せるのかと思ったら、日本は虫が豊富だと言うのであった。彼は昆虫のアマチュア研究家で、専門の雑誌にも報告したりしているという。あるとき俺に小さな硝子管に入った蟻の死骸を示し、これは汶川《ぶんせん》で採ったのだが南方系の種類の北方限界だと説明した。「蟻ナラ殺シテモグッドデス」と、彼はたどたどしい日本語でつけ加えた。

食堂の裏手の建物には、何の部隊かわからぬ兵士たちがいた。講堂のような板の間の上に、彼らはみんなシャツとパンツだけでごろごろしていた。それでも毛むくじゃらの腕にねばっこい汗が滲んでいるのである。仰向けに寝た一人がなにかぶつぶつという。隣りの男がだるそうに首をねじむけて肩をすくめる。アメリカ人特有の快活さは、ここでは泥沼のようなものの中に囚《とら》われてしまっていた。一隅ではトランプをやっているが、笑声ひとつ起らない。のろのろと無気力に、カードがくばられ、拾われ、そして捨てられる。この汗の滲む倦怠《けんたい》の中には、かえって一種の鬼気さえ感じられるほどだった。

しかし八月十九日の早朝、国連軍は『朝鮮戦争はじまって以来の猛烈な砲撃』の下に攻撃を開始し、また開城の中立地帯では殺傷事件をひき起した。ところで、この前線における血腥《ちなまぐさ》い死闘よりも、休戦交渉に関連する些細の事件のほうが大きく報道され論議されたのである。

八月二十五日には沖縄を基地とする一群のB29が久方ぶりに羅津《らしん》附近の操車場を攻撃したが、たまたま俺は、北鮮機の無電を捜しているうち、B29が地上と連絡している無電を傍受することができた。そして俺の目には、まだ日本にいるときに見たニュース映画の映像がありありと蘇《よみがえ》った。黒い爆弾が群をなし、後から後から糸をひくように落下してゆき、忽《たちま》ち地上にわきたつ黒煙に包まれてゆく光景である。爆破された建物の破片がかなりゆっくりと四散するのがわかる。そこでは地上の人間は完全に蟻以下であった。

「どうなるんだろうね」

「知るものか」と島田は言った。「どうなろうたって、あんた、かまわんのじゃないのか。俺たちは無責任な雇われ者さ」

ある日、所用で京城まで出たとき、俺は傷病兵を満載したトラックに行きあった。重傷者はいないらしく、彼らは一様にうつむいて膝をかかえていたが、一人だけ錯乱状態の若い兵士がいた。彼は立上り、のびあがり、自由なほうの片手をふりまわし——片腕は繃帯でつるされていた——

道行く人に車上から怒鳴っていた。「なんで戦争をやめないんだ!」わきにいる仲間が彼を抑えつけようとしたが、彼はその手をはらいのけ、ちょうどすれ違った俺たちのジープに向って同じことをわめきたてた。闇市にたかっている韓国人があっけにとられたようにそれを見送っていた。帰ってくると、桜井が至極嬉しそうな顔をして言った。「日本もいよいよ、独立ですよ。吉田さんがアメリカへ行きます」

「独立? それはそれは。いやあ、めでたい」と、島田が皮肉以上のぶっきら棒の声で言った。

「いやね、本当はね」と、桜井もさすがに渋い顔をして話題を変えた。「女房から手紙がきましてね。女房の奴、相談もしないで株なんか買っちまってね。おまけに損もしていないらしいんですよ」

いつの間にか秋になり、そしてそれが深まっていった。空の色は濃く澄明で、日本にいるのと同じような赤トンボが飛び、遙か高空に飛行雲が縞をなして描かれた。岩佐元中将は仕事が軌道に乗って以来、米軍との連絡や報告書をまとめるのに人一倍せいを出していたが、その後も顔色はすぐれなかった。聞いてみると疼痛《とうつう》はもうとれたというのだが、ときどき疲れきったように沈黙しているのが目に立った。

「岩佐さんは確かにどこかが悪いよ」と皆が話しあうのは毎度のことだった。「一度医者に診てもらったほうがいいのだがなあ」

「強情ですよ、なかなか」

「もう齢だから大体こんな生活は無理なんだな」

「訊けば何でもないと言われるんだ。逆に、遠藤さん、あなたも少し痩せましたよ、なんて言われる始末でね」


しかし元中将は、毎日熱心に皆の仕事に目を通したり、俺たちが交替に休暇がとれるよう米軍と折衝したりしていた。


「君ら若者を見ていると」と、或る日、彼は俺にむかって唐突に話しかけたことがある。「君や島田君なんかね。若いのはいいなとつくづく思いますよ。君は死ぬのがこわくないかね?」

「そりゃ怖ろしいでしょう。ただあまり実感がありません」

「齢をとると」と、元中将は左掌にある小さな疣《いぼ》をいじくりながら続けた。「死ぬのが厭《いや》になりますよ。夢なんか見たりしてな。それからひょっと何でもないことだと思われたり、またこわくなったりしてな。どういうんだろうね、これは」


俺は返答につまり、彼のしょぼしょぼした目の下のたるみと、血色のまるでない皮膚の色から目をそむけた。しかし彼はすぐに破顔して、幾つか持参した浅草海苔の最後の缶をひき寄せた。

「もうお終《しま》いだから、思いきって食べてしまおうか」


缶底からつまみ出した海苔は、形がくずれ、濡《しめ》っていた。俺は元中将に習ってそれを噛みながら、ひょっとするともう死んでしまっているかも知れぬ父のことをふと思った。自分の存在そのものに、嫌悪が感じられた。しかし俺にできることといえば、日本へ帰ったときに、口もきけない廃人同様の父を眺め、益々《ますます》自分が嫌になり、口実をもうけて早々に伯父の家を引上げるくらいのことであろう。いま目の前にいるこの老いこんだ元中将に、俺の帰国の番がまわってきたときに海苔の缶を買って帰るほうがずっと気が楽であろう。

岡田と桜井は毎日ボール紙の盤で将棋をさし、遠藤は自分ではやらずにそれを批評した。白石は驚くべき註釈を要する俳句をひねくった。そのほか閑《ひま》のときには、みんなで裏の空地で射撃をする。缶詰の空缶をころがしておいて勝手気ままに射抜くのである。カービン銃を使うこともあったが、主に借物の口径十一・五ミリのコルト拳銃を使用した。なにか西部劇もどきの味があるが、映画のように当るものではない。しかし当っても当らなくても、腕にひびく反動と弾丸が空気をひきさく音響は俺の心を爽快にした。本能の深みに響くようなこの感覚は、何といっても精神の衛生にはよいのではないか。可怪《おか》しなことに桜井が拳銃がうまかった。岡田や東にひけをとらぬくらい空缶を吹っとばした。すると彼は上気し、昂奮し、緊張にぴりぴりするような表情で次の狙いを定めるのであった。俺はあれこれの桜井の言動と思いあわせ、こういう男が或る状況においてはもっとも残虐にふるまう人間になるのではないかとも想像した。

ときたま、先に述べた朝鮮人の一隊が見物し、この競技に参加することもあったが、彼らとの交渉はほとんど行われなかった。殊《こと》に無電傍受の仕事に関しては、なにかタブーがあるかのように話に出ることはなかった。彼らはいずれも祖国に縁遠かった人たちで、無関心と深刻さの入りまじったような、一種独特の、多少暗い、多少疲れた顔つきをしていた。俺はジョージ・李という中年の背の高い男と話をするようになったが、ジョージというのは俺たちと同じように米軍から与えられた名前なのであった。

李は、重慶やニューヨークに長く暮し、日本の高等学校を出ているというのに日本語はあまり上手ではなかった。もう忘れてしまったのだという。語尾に矢鱈《やたら》に「ね」をつける、アクセントの妙な日本語に、北京語と英語をまじえながら話した。私たちはみな南鮮系(10)で、朝鮮に帰ってこられたことはむろん嬉しい。しかしお互いに殺しあうような国はもう祖国ではない。仮りに韓国軍にはいれば僕たちはもっと高い階級につけるのだが、誰もそんな気を起さない。みんな一応米軍のために働いて、いずれはアメリカの市民権を取るのが希望だと話した。

といって、彼の心の奥はもっと複雑にちがいなく、次第に気がねない話をするようになると、ちらちらとそれが窺えることがあった。彼の言うことは一貫していず、それが内心の混乱と分裂を示していた。しかし長い間、祖国を離れて漂泊していた体験というか智慧《ちえ》というか、俺に柄になく真面目に耳を傾けさせるものを有していた。

「僕らは今、祖国の土に住んでいます」と、或る夜、校庭で行きあったとき彼はこう話した。彼のチャンポンの会話そのものを伝えるのはかえってその味を壊すと思われるので、ここではわざと固い調子に意訳しておく。「しかし、祖国というものほど曖昧《あいまい》なものもないのです、僕らにとってはですよ。木山さん、その意味であなたがうらやましい。なぜって、日本はしっかりした国だからです」

「さあ」と俺は言った。「それは結局その人間にとってでしょう。僕なんかは……ちょっとうまく言えないんですが、やっぱり曖昧なんです。祖国も、その他なにもかも、なんていったらいいか……」

「わかりますよ」と李はうなずいて、わずかに微笑したようだった。周囲は暗く、辛うじて相手の表情が見わけられるくらいなのである。「それはあなたが若いからです。僕にも経験があります。十年外国で暮してごらんなさい。きっとあなたにとって日本はどっしりした存在になる筈です。僕だってそう思いました。僕がどんな具合に朝鮮《コリア》という国を感じるようになったか。きっと木山さんは笑うでしょう。しかし帰ってみればこの通りです。有るのは……。いや、あなたにはわからない。僕はユダヤ人を何人も知っています。彼らは学問したり、金を儲《もう》けたり、なかなかしっかりした人が多い。だが彼らの気持は僕には理解できる。木山さん、僕らの……今の僕らの気持は白痴みたいなものです。人間らしい豊かな感情なんてないといっていい。ごく単純な原始的な感情があるのみです」

「…………」

「それは憎しみです」と、李は無表情に続けた。「しかし誤解しないで下さい。僕の母親は今度の戦争で北鮮軍に殺されました。僕はこっちに来て初めて知ったのです。だがこれは偶然です。腹立たしい偶然です。僕は北鮮軍も米軍も怨《うら》んじゃいない。だがこの世に、この地球上の現在の空気に、どうしようもない憎悪を感じるのです。

「しかし個人の感情などというものを、この世界の空気は受けつけません」しばらく無言でいてから彼はつづけた。「僕は嫌になるほどそれを知っています。祖国のない者は何倍もそれを知らされるのです。

「あなた、アメリカ人という国民を知っていますか。彼らは若くって快活で、そして相当にセンチメンタルです。はっきりいって人好きのする国民です。しかしこの感傷性は裏返すと恐ろしい冷酷さにもなります。いや、人間が集団となり、それに名がつくとそうならざるを得ない。僕は長いこと母国を離れて、無感動という態度を覚えました。これは一種の防禦術《ぼうぎよじゆつ》なのです。しかしこれも善良な姿勢とはいえません。わざとらしい、感傷性などと同じ欠陥を有する態度です。僕のいうことは混乱しているかも知れない。真面目に聞いてくださらなくって結構です。しかしこの言葉を憶えていて下さい。非常に言いにくい事ですが、僕は金属みたいな憎悪にひたりながら、同時にやっぱり人間を愛しているらしいのです。僕は自分をもこの頃かなり好いています、こんな浮草みたいな自分をも。

「僕らの祖国を他の国が滅茶々々にしたのは事実です。ひたすら他の国ばかりを憎んでいる朝鮮人は僕の仲間にも多いんです。ですが僕はそれだけとは思いません。やはり僕らの民族には欠点もある。木山さん、僕くらいの年齢になって、他国の人に、自分の国を誇れないのはとても苦しいことなのですよ。

「僕はいずれアメリカ人になって、アメリカで暮すでしょう。なるたけ世界のことも、祖国のことも考えずに、庭に花でも作っていたい。僕は本当によくそう考えます。だが、これは口先のことです。僕にはわかっています。僕は一生安らかな気持になれるときはないでしょう。木山さん、寒いのですか。そろそろ別れましょう。これからこの辺はもっと寒くなります。日本よりずっと寒いです。身体に気をつけて下さい。では又」

「さよなら」と俺も言った。そして「再見《ツァイチエン》」と呟くように言ったまま、背を向けて彼方の建物に歩いてゆく李の黒い影を見送った。

秋が深まるにつれ、夜は冷えた。裏山の灌木や低い闊葉樹《かつようじゅ》の葉が黄ばみ、乾いた白っぽい土の上に落ちた。季節はそうして移ってゆくものの、俺たちの仕事にも日常にもさしたる変化はなかった。目に見えぬ黐《もち》のような倦怠感が、いつということなしにべったりと掩《おお》いかぶさっていた。なるほど勤務は決して閑でもなかったし、些細なぐさみごとも少なくはなかったが、俺の内部に住みついている妖しい何者からか見れば、俺はやはりあやつり人形のように暮しているのだった。そして、俺の内部にいる奴は日ましにしこりみたいに重くにぶくなっていった。ときにそいつはだるそうな声で俺に尋ねた。お前は一体何をしているのだ？　何のためにこんな場所にいるのだ？　といって、そいつだって同じ質問をうければだるそうに首をふるだけであろう。それでも、ときに外部からの刺戟が俺にそいつの存在を忘れさせてくれた。

一九五一年十月二十三日、この日は米空軍にとって記憶すべき悪日であった。戦闘機百機に護衛されて南市飛行場を攻撃したB29の一隊は、ミグ戦闘機およそ百五十機の迎撃を受け、予想外の打撃を蒙《こう》むったのである。発表がある前に、俺たちは無電を傍受してこのことを知った。

「おい、大空中戦があったらしいぞ」と、いつになく昂奮した島田が駈けこんでくるなり言った。

「北鮮西北部だ。かなりの機数だよ。とてもキャッチしきれねえほどだ」

「今やってるのか」

「もう終ったらしい。こちらには敵機なし、というのばかりだ。何しろ凄かったぞ。張飛《チャンフェイ》！　在《ツアイ》　你後辺児有《ニーホオウペエルイオウ》　小狼《シヤオラン》！（張飛、君の後ろに小狼がいるぞ）とか、危険《ウエイシエン》！（あぶないぞ）なんて怒鳴っているのだからな。みんな凄い早口だ。殺気立ってたぞ」

「どっちが勝ったらしい？」

「わからんな。とにかく相当の大編隊同士がぶつかったにちがいない」

俺は受信室に行って、レシーバーを耳にしている白石のメモを覗いてみた。彼の鉛筆はなおも後から後からメモをとってゆく。

我現在《ウオシエンツアイ》鴨緑江《ヤールーチヤン》　上空《シヤンクン》這児《チオル》没有《メイイオウ》　小狼《シヤオラン》　没有雲彩《メイイオウユンツアイ》視界很好《シチエヘンハアオ》（我いま鴨緑江上空にあり、小狼なく雲もなし、視界良好）

在二十三《ツアイアルシサン》運動場《ユントンチヤン》一共有《イクンイオウ》十六個《シリユウコ》小狼《シヤオラン》　向南跑了《シヤンナンパオラ》（第二十三地区に合計十六機の小狼ありたるも南方へ逃走せり）

やがて白石は顔をあげ、片手で自分の肩を叩きながら言った。

「いやいや相当の機数だ。中共機がこれだけ現われたのは戦争が始まって以来のことじゃないかな」

翌日米軍はB29三機の損失を認めたが、事実は八機中の八機という文字通りの惨敗であった。秋の初め、米軍は朝鮮の北西部に三つの飛行場が拡大されつつあるのを探知していた。いずれも長い滑走路を持ち、明らかにジェット機用の飛行場で、もしその使用が開始されれば、ミグ戦闘機はおそらく対峙線上空にまで行動を伸ばすことができる。十月中旬から米空軍はこの飛行場に対し連続的な攻撃を加え、そして二十三日、『殆ど一夜にして中国は世界の大空軍国になった』と告白せずにいられないほどの打撃を蒙ったのである。その日から一週間、出撃する飛行機と交錯する電波で北鮮の空は満たされた。連日、俺たちの受信機は猛烈な空中戦の行われていることをキャッチした。結果は米空軍が昼間の出撃を中止し、夜間爆撃にきりかえたことで終った。明らかにB29の損失が多すぎたのである。

「アメリカは根本的に作戦方針を変えなければね」と遠藤元海軍中佐が俺に解説してくれた。「これは大変なことですよ。彼らの戦略爆撃機がもう使いものにならないんだからね。音速以上のジェット戦闘機に対してね」

ソ聯《れん》製のミグ戦闘機は迎撃に飛立つとまず非常な高度をとり、ついで地上のレーダーから指示された方角に向ってまっしぐらに急降下する。これは回避しようのない恐ろしい高速の攻撃であるらしかった。こちらの護衛戦闘機が発見しても、迎撃態勢に移るか移らぬうちに、ミグは突っこんできて攻撃し離脱してゆく。こうして次々に爆撃機は餌食《えじき》となり、群をなすF86セーバー・ジェットも護衛の役を果し得なかった。一方、戦闘機同士の戦いにおいては、互いのあまりの高速のため、一合を交すのがせい一杯というところらしかった。このことは毎度二百機三百機というジェット機の空中戦に、戦闘機の損失はあまりないことからも推量された。

「味もそっけもないでしょうな。源田サーカス時代は良かったですな」と、元海軍少佐の白石が巻煙草を煙管《キセル》の口にさしこみながら言った。(11)彼は京城の闇市で非常に長い煙管を買い、巻煙草もそれで吸っていた。

「中共は強い」と、陸軍の東が相変らずの髭面《ひげづら》でうなるように言った。「日本は何をしているんだ。日本の軍部は解散すべきじゃなかった」

白石は軽蔑したように横を向き、莫迦長い煙管でゆっくりとチェスターフィールドを吸いはじめた。

ミグの大量出現、その性能、更にパイロットの技術が、米軍に甚大な衝撃を与えたことは確かであった。朝鮮戦争の見通しということより、対ソ戦略においてB29はもとよりB36もB48でさえも時代遅れになったという事実が彼らを狼狽《ろうばい》させたのである。相手方のパイロットに米人がいるのではないかなどと愚かしい臆測までとんだ。食堂の隅の会話にも、ミグ、ミグと、この短い言葉がひっきりなしに囁《ささや》かれていた。

勢い俺たちは多忙になった。勤務時間以外にも録音したテープをまわして二、三人で聞き、完全を期さなければならない。こうした最中に岩佐元中将のやむを得ぬ帰国が決まったのである。

彼は急速に痩せていた。口だけは元気だったが、長く仕事をつづける気力がなくなっていた。食欲が目立って衰えていたし、一時なかったらしい疼痛が再び始まっていた。それは誰の目にも隠しようのないほどのものだったが、それでも元中将は頑強に医者に診《み》せることを拒んだ。しかし或る朝、だしぬけに結膜も皮膚も黄疸のため真黄色になったので、遂に米軍の軍医が呼ばれてき、そのまま彼は京城へレントゲン検査に運ばれていった。

「癌《がん》だと思います。転移だと思うが、肝臓がこんなに腫れています」若い米軍の金髪の軍医はジープを見送りながら俺たちにそう話した。

「もう手遅れだと私は考えます。しかし癌だということは決してミスタ・イワサに話さないように」

俺たちは顔を見合せた。常々、元中将は血圧が高いと洩らしていたので中風の心配はしたが、素人《しろうと》でも考えてよい筈のこの病気に誰もが思い至らなかったのである。

結果はやはり癌であった。翌日、送還と決まった。元中将は元気に岡田や遠藤を相手に冗談口を叩いていた。恐らくモルヒネの注射を受けて痛みが消えていたのだろう。病気はヴィールスによる肝炎だということになっていた。しかし本人が前々から自分で癌だと承知していたことを、米軍の好意で金浦まで送りに行った岡田から聞かされた。

出発のときも、元中将は笑顔を絶やさなかった。「こうなったら仕方がないから、入院して癒《なお》して早く帰ってきますよ」

彼は、この離別を大仰にならぬように努めている一同に、自分から一々握手をした。

「どうもわしが第一に病気になるとは弱った。皆さんにしょっちゅう注意していたこのわしがね。なに、日本に戻って米の飯を食えばすぐ癒る」

「そして焼海苔ですか」と誰かが言った。

元中将は破顔し、一同の笑声の中をジープは動きだした。相当なスピードで見る見る遠ざかって行く。いつまでも手を振っている桜井に、「もうよさんか」と東元陸軍少佐が怒ったような口調で言い、自分からくるりと背を向けて門の中へずんずんはいって行った。そのむさくるしいうす汚れた顔に、涙が伝わっているのを俺は認めた。

一ヵ月後、岩佐元陸軍中将は東京の米軍病院の中で死亡した。


いよいよ冬が訪れていた。部屋には重油ストーヴが設けられ、厚いオーバーが支給された。しょぼしょぼした雨が降り、車輛にほじくり返された泥濘《でいねい》のたまり水に冷え冷えとした空が映った。まだ雪はこなかった。大根が引抜かれて穴だらけの畠に高い霜柱が立った。

「雪はそう積もりません」と韓国人部隊の李が俺に言った。「ただかちかちに凍るのです」

「いつごろ降りだしますか」

「さあ、早く降ったほうがいいでしょう。戦闘はとまるでしょうから」

「休戦のこと、何か聞いていますか」

「特に新しいことは聞いていません。結局はまとまるでしょうがね」と、李は表情を動かさずに言った。「しかしもう遅すぎます。朝鮮は廃土です。名のある都市で満足なのは一つもありません」

俺はいうべき言葉がなかったから、湿って凍りかけている地面に視線をやった。

「木山さん、裏山へ行ったことありますか」と、ふいに李が口をひらいた。

「いいえ、なにか？」

「なに」相手は言葉をとぎらし、明らかに話題を変えたようだった。「あなた方の隊長さんはその後いかがです？」

「岩佐さんですね。手術を受けたと聞いてはいますが、それからはまだ……」

「お元気になられるといいですね」と李はしんみりと言った。「僕も祈っています。では再見《ツァイチエン》」

裏山の附近は、かつての戦場だったとのことだった。擱坐《かくざ》した戦車だの破壊された砲だのがまだ野ざらしになっているという話を聞いている。李の言葉が気になったためばかりでなく、雪がくれば散歩も億劫《おっくう》になると考えたので、それから何日か経って俺は、一人でそっちの方角に足をのばしてみた。晴れた午後だったが、かなりうそ寒かった。

松林の裏山をのぼりきると、樹木の少ない丘陵がつづく。わずかばかりの灌木も葉を落し、寒そうに地面に這《は》いつくばっている。もうここらは古戦場で、あちこちに塹壕《ざんごう》の跡がある。戦場は見られなかったが、加農砲《カノンほう》の残骸が銹《さ》びついていた。ところどころ地面がえぐりとられている。

ぶらぶらと歩いたり、周囲を見まわしたり、土にめりこんでいる銃丸を拾いだしたりしているうちに、いつしか俺はかなり遠くまで来ていた。広大な裸の丘陵がゆるやかな傾斜をなして眼前に現われた。激烈な戦闘で噂の的になってきた『傷心の岡』とはこんな地形かも知れないなと俺は漠然と思った。ここいらの土は丸きり水分を含んでいない。黄色っぽく、乾いて、なんの潤いもなく広がっているだけなのだ。草さえも生えていなかった。或いは生えていても死滅してしまったのかも知れない。砲弾が集中されたらしい跡があった。そこを越えて俺は斜面を辿《たど》っていった。なんらかの予感があって、俺は殊さらにのろのろと足を運んだ。乾いて固い土の感触が足裏に伝わった。

そこで俺は足をとめた。

深い広い壕がぱっくりと口を開き、曲りくねりながらずっと彼方まで続いている。かなり以前に掘られたにちがいない粗末な壕で、ところどころ崩れかかったりしていた。乾ききった白茶けた土に、わずかばかりのひょろひょろした枯草が生えていた。

なんとも荒涼とした風景であった。空気は異常に澄み、そして冷たく、この乾いて凍《い》てついた土壌の起伏の上をおおっていた。二、三歩壕に沿って歩き、また立止り、それから俺は深く呼吸した。

ここには生物の気配がまるきりなかった。この荒れはてた大地はすべての生気を化石させる力を有しているのかとさえ思われた。風もなく、枯れた草も動かなかった。周囲を見まわすと、遠方にぽつりぽつりと生えている見すぼらしいほそい松さえ、生命のない物質としか映らなかった。世界からすべての音が跡絶《とだ》え、かすかな耳鳴りだけがさっきから俺の感覚を支配していた。

俺はのろのろと目的もなく歩き、次には壕の中に降りてそこを辿った。壕の底の土も乾いて固かった。上を見ると白茶けた土の壁に区切られて青く澄んだ空があり、あまりに澄んでいるので、かえって不気味なほどだった。

ひとところに薬莢《やっきょう》が散乱していた。半ば土に埋って銹びつくしている。砲弾がほじくりかえした跡には金属の破片があり、一面に焦げた跡もあった。

俺はその場に腰を下ろし、煙草を吸った。手袋をはずすと、寒気が煙草をもつ指をふるわせた。しばらくを人間たちから離れたこと、なにがなしの孤独の心情、そして音を失った非生命の世界が、かえって俺の感覚を鋭くした。いわば生きていることの実感を、俺はこの瞬間に感じとったような気さえした。

断片的な追憶が訪れて、かすかな耳鳴りと共に、俺の内部に沁《し》みとおっていった。俺はゲートルを巻いた中学生で、カーキ色の作業服を着、六尺旋盤に向かっていた。切削油がとび、バイトの先から虹色に光る切粉が渦をまきながら削りとれてきた。工場の天井にある拡声器から、ちょうど台湾沖の(12)厖大《ぼうだい》な戦果が――それは現在俺たちが聞いている米軍発表による共産軍の損害のように誇大なものであったが――流れていて、俺はたわいない昂奮のうちにバイトをあやつったものだ。また空襲を告げるにぶいサイレンの響きも耳に蘇ってきた。ふいと跡絶えるたびに、その間隔に重苦しい空気が淀《よど》むようなあの響きが。高射砲の音が聞えだすと、やがて遙かな高空を幾筋もの飛行雲を描いてB29の編隊がよぎって行った。こちらの戦闘機がケシ粒のように追いすがってゆくのが見え、俺たちは怒鳴ったり拍手したりした。が、敵機はなかなか落ちなかった。悠々と編隊をくずさず視界から消えていった。

「それが今、蠅みたいに叩き落されているのだ」と、我に帰って俺は独語した。「よくわからないが、とにかく莫迦げたことだ」

夜には、曳光弾《えいこうだん》が花火のように打ちあげられた。一機、二機と低空を侵入してくるB29は、サーチライトに照らされながら無数の焼夷弾をばらまいて行った。黒い家並が背後の火焔に浮きだし、夜空が一面に赤く染まった。蒸気機関が噴射するような焼夷弾の落下音の合間に、俺たちは防空壕から首を出してこの凄《すさ》まじい夜景を眺めていた。それから艦載機の来襲、翼に特徴のあるF4Uの群が、さっと編隊をとくと矢継早《やつぎばや》に銃撃をあびせかけてきた。空一面が狂ったような叫びをあげ、俺は本能的に地面に這いつくばっていたものだ。

あの頃、果して生命の危険、恐怖を感じていたろうか、と俺は考えた。いや、あんがい平穏な麻痺の中にいたような気がする。今だったら恐らく叫び声をあげ、毛穴のひらくような日常の中で、昆虫みたいに無感覚に暮していたような気もする。してみると、俺の一種病的な眠りは、既にあの頃から始まっていたのだろうか。

靴の踵《かかと》でマッチをすり、もう一本煙草に火をつけた。吸いこむと喉にしみ、はじめて煙草を手にしたときのように俺は噎《む》せた。

空気は冷たく張りつめていた。そうしていると自分の体温が意識され、神経は冴えかかり、じっとしていられぬほどの衝動がきた。してみると、俺はいま覚醒《かくせい》したのだろうか。いや、俺たち人間は皆、生涯にほんの何度か目ざめるだけなのかも知れない。

俺は立上り、吸いさしを指先でもみつぶし、それから再び歩きだした。横穴が幾つかある。壕が次第に浅くなり、地上に出た。しばらく行くと、また壕があった。盛土にひょろひょろした短い枯草が立ち、銹びついた銃が一つ遺棄されていた。

一度手にとろうとしてやめ、それから俺はなにげなく壕の底を覗きこんでみた。するとそこに、土に埋れかかった人間の白骨があった。周囲には薬莢が散らばり、ぼろぼろに裂けた服地が上半身にかぶせられている。数メートル向こうに、もう一つ服を着た白骨があった。頭の部分はのせてある古い革のカバンにさえぎられて見えない。さらに横穴の奥のほうには、そういった白骨が重なりあっているようだった。上にかぶせてある布からはみでた腕の骨が見え、五本の指の骨が折れ曲っていた。かなり古いもので、肉片のようなものは少しもついていない。おそらく最初北鮮軍が三十八度線を越えた頃のもので、後退のとき収容しきれなかったものであろう。一年半ほどを野ざらしになっていたにちがいない白骨は、やがて凍ろうとする土の上ににぶい光を放っていた。

俺はそのまま元来たほうへ引返した。歩きながら、かすかに膝頭が震えるのを覚えた。

二、三分歩いてふりむくと、荒涼とした大地の起伏だけが見えた。
「どうしたんだ」と俺は自分にむかって呟いた。「おい、どうしたんだ?」

嘗《かつ》て俺は白骨どころか、もっと生々しい死体をいくらも見ている。動員されていた工場が焼けたとき、附近の空地にころがっていた焼死体は凄かった。真黒に炭化して頭髪はなく、男女の区別さえつかず、焼棒杭《やけぼつくい》と変りがなかった。そういうのが三つあったが、一つは腹部が割れて内臓がはみでていた。「うえっ、飯が食えないや」と俺たちは言いあって、死体が見えない場所まで行き、平気で弁当を食べた。

しかし今、俺の膝頭はふるえ、かすかな吐気《はきけ》さえした。いつか山中で狙撃されたときもこんなことはなかった。俺は頭をふり、砲撃にほじくり返された土の上を強《し》いて大股に歩いた。そのくせどうしたわけか、俺は空腹を意識しだしていた。またたしぬけに、喉の乾きにも似た性欲をも覚えた。こんなことも今までにないことだった。うっかり女にでも出会ったなら犯しかねないような気さえした。俺はわけもなく大股に歩いた。空気がひどく冷たかった。専門学校の建物が見えるところまで来たとき、向こうからやってきた長身の男が挨拶をした。外套《がいとう》と防寒帽のため瞬間わからなかったが、それは平和主義者のパーキンスで、いつになく嬉しそうに血色のよい顔をほころばしていた。

「コレ採リマシタ。コレ、珍シイデス」と彼は硝子管を示して、たどたどしい日本語で言った。中には何匹かの甲虫が肢《あし》をちぢめて死んでいた。

「冬にもいるんですか？」と、俺はまだ混乱したまま、反射的にそう訊いた。

冬には越冬する、土の中にもぐる、そこを見つけると何匹も捕えることができるという意味を、パーキンスは手ぶりをまぜながらチャンポンの言葉で言った。

「それ、毒ですか？」俺はようやく落着いてきて硝子管の底につめてある薬品を指さした。

「ドク？　ドク？　アア poison？　ソウ、コレ KCN。虫、ミンナ苦シマズ死ニマス」

それからこの平和主義者はすっかり上機嫌で、今日は聖書の文句を引用することもなく去っていった。

帰ってみると、皆は北鮮側の捕虜虐殺問題のことを話題にしていた。二世の大尉が来ていて、なんだかはげしい口調で話していた。俺は話に加わる気にもなれず、凍《こご》えた身体を重油ストーヴにかざした。しかし、暖かい室内、いつもの調子で与太をとばす島田の顔などを眺めていると、さきほどの不思議な心情——そのときはすでにそう思えたのだが——は次第に薄らいでゆき、俺はやっぱり記号で呼んで差支えないような存在に戻ってゆくようだった。


日ましに寒さがきびしくなった。ときどき雪が降り、大して積らなかったが、かちかちに凍てついてそのまま溶けなかった。物資を積んだトラックがタイヤを空転させていた。晴れた日には畠に積った雪が美しく、曇天に北風が吹きすさぶ日には食堂に通うのも大儀だった。

前線でも大した戦闘は行われていなかった。十一月末に西部戦線において第八軍が攻撃停止命令を受けたという情報がはいったが、あとでこれは否定された。しかし事実上戦争はもう行きづまりで、そう長く続く筈がないという空気がどこへ行っても漲《みなぎ》っていた。京城で会った前線帰りの兵士たちは、クリスマスまでの帰省を合言葉のようにしていた。彼らの顔には、疲労と恐怖と倦怠がこびりついていた。

休戦会議のほうは、相も変らず監視機構で『対立』したり、兵力制限を『受諾』したり、中立国による監視を『提案』したりしていた。しかし十二月にはいって米政府が行詰りの打開を指令したことから、遅かれ早かれどうにかなることは自明のことだった。だがさていつまとまるかということになると皆目見当がつきかねた。パーキンスは雪が降って昆虫採集ができなくなってからこの方、やたらと聖書の文句を並べたてるようになった。十二月中旬に国連側は捕虜問題で譲歩し、朝鮮に来ていたダレスは『停戦後も韓国を見捨てず』と声明を発表した。ジョージ・李が俺に言った。「こんな声明で喜ぶ韓国人はいやしません。べつに腹も立ちませんが、しかしこれはすこし淫風です」

その間も米国空軍は殆ど連日出動していた。大型機は見られなかったが、三機くらいの編隊をくんだF86が灰色の空を突きやぶって一瞬の間に消えていった。

こまかい雪の降る或る夕刻、トラックとジープが門をはいってきて、数名の米人将校が降りたった。一人がちょうど建物の入口にいた俺のところに歩み寄ってき、いきなり中国語で話しかけた。俺はかなりびっくりした。

彼は、俺たちの仕事のこと、ミグのこと、朝鮮の住心地のことなどを訊いた。多少妙なアクセントだが、それでも立派な北京語であった。

「支那にいたのですか」と俺は尋ねた。

いいや、と相手は首をふり、カリフォルニアで勉強したのだと答えた。そして、カリフォルニアには軍の中国語の教育機関があり、かなり多数の者が教育を受けている、あなた方がとってくれた録音テープも教育に使っている、と話した。

やがて彼は「いずれいろいろ教えてもらう」と言い残して、他の連中と共に朝鮮人班のいる建物にはいって行った。

「交替部隊がきたのか」と、そのことを訊いた元陸軍の東がうなった。「それにしても俺たちに一言の連絡もないとはけしからん」

「すると僕らはこれで役済みってわけですか」と桜井がいくらか心配げに言った。

「まあいずれはそうなるでしょうね。アメさんはなかなか用意周到ですよ」と元海軍の白石が言った。「なるほど、あのテープまで教育に使っていたのか」

「三十八度線附近で停戦になれば」と元陸軍の岡田が言った。「我々の任務もまずまずです。決して満足すべき状態とは言えないが」

彼は彼で純粋に日本の国防のことを言っているのだった。

米軍の中国語班は別個に仕事を始めた様子であった。俺たちはそのまま勤務を続けていたが、彼らの仕事が軌道に乗ればいずれは解任ということになるのかも知れない。

休戦会談は停滞しながら進み、前線は凍結していた。重油ストーヴをかこみながら、俺たちは死んだ岩佐元中将の思い出話などをした。

秋頃から交替でぼつぼつととれるようになっていた休暇の順番が俺にまわってきた。期間は一週間で、ちょうどその年の暮れようとするときだった。

ただ一人まだ帰国していない島田が、いっこうに帰りたくないという顔をして言った。「女と寝てくるかね。間違ってもなじみの女なんぞと寝るなよ。見知らぬ女を買え。これがコツだよ。これが俺たちみたいな人間の生き方というもんだ。忠告してやるがね。それより餅を食ってくるんだな」

十二月三十日の朝、俺は金浦の空港を発《た》った。

どうせC46の輸送機だと思っていたが、B17を旅客機に改造したもので、乗心地は悪くない。視界がきいたので白と灰色と黒の下界を眺め、海上に出てからうとうとしているとゆり起された。とうに日本で、エンジンの調子がわるいから横田基地に降りるかも知れないという。窓から見ると、なるほど一番右端のエンジンがとまりかけていて、プロペラが見わけられるほどにのろのろと回転している。下界はと覗くと雲にさえぎられて何も見えない。だが案ずるほどのこともなく、やがてエンジンの調子が回復し、機は予定通り羽田に着陸した。往路に比べて平穏な飛行といってよかった。東京までジープで送ってもらった。

俺が司令部の建物を出、七カ月ぶりに故国の土に解放されたのはもう夕刻であった。街には灯《ひ》がともりだしていた。ネオンがひどく印象的で、反面莫迦々々しくも思われた。人々はとりどりのオーバーを着て歩いていた。随分いろんな色彩があるな、と思った。女も沢山いて、それぞれに美しかった。俺は油絵を眺めるように、一定の距離をとり、顔なんぞあまり見ないようにして歩いた。

俺は私服に着かえていた。トレンチコートなので少し寒かった。最初日本を発つとき、指示通り夏物と冬物の服を包みにして伯父の家へ送っておいたのだが、前もってそれが届けられていたのである。俺は明日、汽車に乗ってその後の様子も知らない父を見にゆくつもりであった。会ったとて満足に口もきけない父である。一様に多忙げな顔をして街を行きかう人々に交って歩いてゆくうちに、俺はかなり感傷的になっていた。下宿に戻る前に一杯飲みたかった。

俺は新宿へ出て焼鳥を食べ、ついで鮨をいくらかつまんだ。いずれも朝鮮で想像していたほどにはうまくなかった。それから群衆にまじって街を歩いた。どこにも人が群れていて、店々は明るくきらびやかで活気に満ちていた。映画の立看板が立ち、大売出しの幟《のぼり》がひるがえっている。これが平和で、生活力で、景気もわるくないということらしかった。しかし幾分の酔の力を借りても、俺はまだその中に溶けこんでゆけなかった。なにかがそぐわなかった。なにかしら異様で、むしろ反発さえ感じられた。

何年か前、この辺りは廃墟と化したビルディングの外壁がぽつぽつと立ち、見わたすかぎり鉄《てつ》錆色《さびいろ》に焼けはらわれた土地だった筈である。朝鮮の都会が現在そうなのだ。うす汚ない闇市と華麗なショウウインドウ、兵士や難民の群と整った服装をした群衆、崩れおちた土塀と照明に浮きでた近代的な建物、この対象は極端でありすぎた。わずかな時間と空間の推移でこうした対象を見ること、ほんの偶然の運命からこうしたことを見させられること、それが異様で不気味なことであった。

以前ちょいちょい寄ったことのあるバーは店名が変り、覗いてみたが見知った顔はなかった。それから俺はあてもなく歩き、三光町から花園神社のほうへ行ってみた。路地の入口に何人かの商売女が立っていて、うるさくつきまとい、振りきるのに骨が折れた。

非常にうす汚ない、文字通り軒が歪んでしまっている飲屋を見つけて中にはいった。割合に綺麗な二十五、六の女がいるだけで、他に客はない。俺は日本酒をつけてもらい、狭い店内の隅においてあった新聞をめくった。『学生バイト師走で大張切り　隅田川飛込みもＯＫ』とか『ラジオ東京店開き』とかいう記事がある。

「それ、今日のじゃないわよ」と女が言った。

「なるほど、クリスマスのか。クリスマスはどうだった？」

「盛大ね、まず。お客さん東京じゃないの？」

「ちょっと九州のほうへ行っていたんだ」と俺は言った。「そっちの新聞見せてくれないか」

「これも古いわ。今日のはどっかそこらにあったっけ」

「いや、いつのでもいいんだ」

「お兄さん、まるで今しがた、牢屋から出てきたみたいね」と女が笑った。

俺は朝鮮戦争の記事を捜した。いずれも簡単に扱われている。『休戦会議十五日延長か』とか、『会議きょうも続行戦闘激化の兆候なし』などという見出しも小さく、もうあまり関心が払われていないように思われた。

戸があき、さきほど路地の入口にいた若い女がはいってきて、土間に靴をぬぎ、横手にある狭い階段を二階へ登っていった。まだ十六、七歳にしか見えない。すぐ後から黒いオーバーを着た四十がらみの男がついてきて、ちらとこちらを見、そそくさと靴をぬいで階段をぎしぎし登っていった。

二十分も経った頃、男だけが降りてきて無言で外へ出ていった。しばらくすると女もオーバーを羽織りながら降りてきて、「マダム、水一杯」と言った。そばで見てもどうしても十六、七で、平たい顔に狆《ちん》みたいな鼻をしている。彼女はおいしそうに水を一息に飲み、そのまま戸外へ出ていった。

「君はマダムなの」と、俺は店の女に尋ねた。

「まあそうね。あたし一人だから」

「あの子たちの上前をはねるのか」

「ちがうわよ、人聞きのわるい」と女は笑った。「うちはちゃんとした飲屋よ。あの人たちはただ二階の部屋を使うだけ」

十分もすると、今度は白粉《おしろい》だらけの中年女が、男と一緒に二階へ消えていった。その頃から、下の店も混んできて、競馬の話、会社の話、軍需景気の動向についての話などが大声で言い交された。わめいたり、盃《さかずき》をひっくりかえしたり、唄ったりする客もきた。狭い店で四人はいると腰かける場所がなくなってしまうのである。さきほどの十六、七の娘がまた別の客を連れてきて二階へあがり、ごく短時間で降りてきて、水を一杯おいしそうに飲み、けろりとして出ていった。野卑な冗談がそれを送った。みんなそれぞれに、なにかそぐわないこの空気を意識もせずに酔っぱらっているらしかった。

やがて客が跡絶え、狭い店には俺だけがとり残された。俺はけだるい酔の中で、ふとした偶然によって、東京からぽいと朝鮮に連れて行かれ、今また同じように日本に戻ってきている自分の運命を考えてみた。俺の知らぬところでうごいている世界は化物じみて巨大で、俺という存在はまたあまりにも微細だった。たとえ戦場にいても、抑圧された平和の中にいても、ややもすると俺はやっぱり無感覚に眠りこんでしまうのかも知れなかった。わけもない焦慮ともの悲しさが俺をとりかこみ、そしてかすかな耳鳴りがした。

俺は茶を入れてもらいながら、もう一度そこらにある新聞を手にとってみた。『休戦の後にくるもの』という論説も、今は徒《いたず》らに遠い世界の事柄のようにしか思えない。一週間後、俺は再びそこへ戻って行くだろう。しかしそう長い期間ではなかろうし、俺にとってももう用済みの世界に違いなかった。そして、そのあとにはたして何が残るのか？

俺は朦朧《もうろう》と頭をふって立上り、「勘定」と言った。

「また来てね」と、マダムがとってつけた笑顔を作って言った。「名前くらい教えていってよ」

「ロバート・木山」

「え？」

「渾名《あだな》だよ、昔の」また急速に索漠とした気持になりながら俺は言った。

「へんな渾名ね」

「なにぶん浮浪児みたいに見えるんでね」

「そんなことないわ」と、釣銭を渡しながら女が、まるでなぐさめるみたいな調子で言った。

「べつにあんた、ちっとも変っちゃいないわ」

註

1 【京城】 一三二ページの註1参照。
2 【国連軍】 一三三ページの註3参照。
3 【中共軍】 一三四ページの註11参照。
4 【三十八度線】 一三三ページの註7参照。

5【北鮮】　一三三ページの註4参照。

6【MIG15戦闘機】　一九四七年一二月に初飛行したソ連製ジェット戦闘機。五〇年一一月一日に、中国空軍の主力としてはじめて朝鮮戦争に登場。それまで国連軍が握っていた制空権を揺るがし、アメリカのジェット戦闘機F86セイバーと壮絶な空中戦を繰り広げた。ソ連空軍のパイロットも多数参戦。

7【『星条旗』】　アメリカ国防総省公認の、軍の準機関紙。読者は全世界に派遣されているアメリカ軍関係者やその家族。太平洋版とヨーロッパ版、二〇〇三年のイラク戦争以降は中東地域版も発行している。独立採算制で軍の検閲を受けない。民間人も購読できる。

8【開城会談】　一九五一年七月一〇日から、板門店北西の開城で開催された、朝鮮戦争の休戦会談。南側は国連軍と韓国、北側は北朝鮮と中国。国連安全保障理事会でのソ連代表マリクによる停戦提案を受けて始まったが、交渉は難航し中断。一〇月に板門店で再開し、五三年七月二七日に休戦協定が成立したが、韓国だけは調印しなかった。

9【リッジウェイ】　一八九五年生まれ。アメリカ陸軍の軍人。一九五〇年一二月にアメリカ第八軍司令官に就任。朝鮮戦争では、中国軍の攻勢により窮地に陥った国連軍を立て直す。五一年四月にマッカーサーがGHQおよび韓国派遣国連軍最高司令官を解任されたあと、後任として日本の占領統治、在韓国連軍の総指揮に当たった。九三年没。

10【南鮮】　一三三ページの註4参照。

11【源田サーカス】　日本軍の海軍参謀で、第二次大戦後は自衛隊の航空幕僚長などを歴任した源田實が率いた、編隊による曲芸飛行。一九三一（昭和六）年の満洲事変後、各地で軍への飛行機の献納式が盛んに行われ、その際に曲芸飛行が披露された。

12【台湾沖の厖大《ぼうだい》な戦果】　一九四四（昭和一九）年一〇月、台湾沖航空戦でアメリカ海軍空母機動部隊を攻撃した日本軍航空部隊は大敗北を喫した。しかし大本営は幻の「大勝利」を発表し、戦局の悪化を吹き飛ばす報は日本中を狂喜させた。

無人地帯

日野啓三

1

「どうして、そんなところに行きたいのか」ときかれた。

どこにも属さない土地というのは大変魅力的だからだ、と答えかけたが、思い直して「大変珍しいところだからだ」とだけ答えた。

その答えで納得したのかどうかはわからなかったが、米軍情報将校は手にしたわたしの身分証明書の写真と実物の顔とを幾度も見比べてから、黙って一枚の書類を手渡した。

受け取った英文の書類には、タイプ印刷らしいかすれた字がぎっしりと並んでいた。「万一取材中に負傷、行方不明あるいは死亡した場合も、一切の損害賠償請求の権利を放棄し……」という一節も目についたが、ひと通り眼を走らせただけで、所定の箇所に手早くサインして書類を返した。

受け取った書類を机の上に置くと、将校は電話で次々に数ヵ所と連絡をとった。受話器をつかんだ将校の大きな手の甲から手首にかけて密生したこまかな毛が、窓越しの明るい秋の陽射《ひざし》に金色に光るのを、わたしは眺めていた。隣室でタイプを打ちつづける正確で単調な音が、切れ目なく聞えた。

ようやく電話を終えた将校は、机越しにわたしの眼を真直《まつすぐ》に見つめて言った。

「きみの行きたいという村は、二つの国境の間の立入り禁止地帯[1]にあって、正式にはわれわれの管轄地域の外になる。われわれ自身も勝手には行けない。まして外国人のきみの出入ということは微妙な問題だ。いま電話で問い合わせた他のセクションの見解も様々で一致しなかった」

そこで一たん将校は言葉を切ったが、わたしがうなずいただけだったので、さらに説明を続けた。

「ただ実際には、北朝鮮側との暗黙の了解事項として、時々軍のトラック便をその村に出している。他に外部との交通手段がないからだが、幸い明日その便があるそうで、それに乗せてもらえるかもしれない。とにかく明日午前八時までに、前線司令部の方に来てみてくれということだ」

必ずしも満足すべき回答ではなかったが、おそらく断わられるだろうと予期していたので、丁重に礼を述べた。将校も立ち上って片手を差し出しながら「それだけしか助力できなくて残念だが」と言い、それからやや声の調子を落してこうつけ加えた。

「つまらない小さな村がぽつんとあるだけで、他には何もないところだ。わざわざ無理に出かけるようなところではないと思うがね」

わたしは将校の毛深い大きな手からそっと自分の手をひきぬいて、そのまま情報部の部屋を出た。廊下までタイプの音が聞え、人影のない広い赤土の営庭と、それを囲んで並ぶ煉瓦《れんが》建《だ》ての兵営の壁が、昼過ぎの透き通った陽を受けて同じように鮮やかな赤褐色に輝いているのが見えた。かつて、これらの建物が日本軍の兵営だったことを思い出し、血を流して戦い合った二つの国の兵士たちが同じ兵営に起居するということが、妙に滑稽に思われた。


風の強い野外でも焰《ほのお》の消えないジッポーのライターに煙草三個、身分証明書入れを兼ねた札入れ、メモ帳二冊とボールペン二本——前夜用意しておいた簡単な所持品をひとつずつ手にとって確かめてから、洋服の内と外のポケットに分けておさめた。

いたまないように窓の外に出しておいたサンドウィッチの包みを取り入れようとして窓をあけると、意外に冷たい夜明け前の風が室内に流れこんだ。

ホテルの下の広場にはまだ街灯がついていて、その緑がかった淡い光に照らされた薄暗い広場の表面が、濡れた爬虫類の肌のように青黒く光っている。遠くで市内電車の、恐らくは始発電車の走るらしい音がかすかにひびいていたが、広場には動くものの気配はなかった。

こんな時刻に広場を眺め下ろしたことはなかったので、わたしはしばらく半開きのままの窓のそばに立っていた。昼間は連日のように学生や失業者たちのデモや集会が荒れ、夕方は通勤者たちの列で雑踏する広場とは、別の場所のようだった。剝《む》き出しのアスファルトの沈黙のひろがり、夜でも朝でもないあいまいな暗さが、荒涼と心に沁《し》みた。

「何もないつまらないところだ」と忠告してくれたときの情報将校の表情がふと浮んだ。その顔に向って「何もないから行きたいのさ」と心の中で答え返しながら「うまくトラックに乗りこめるといいのだが」と呟《つぶや》いた。

サンドウィッチの包みを注意してトレンチコートのポケットに押しこみ、カメラを肩にひっかけて部屋を出た。

廊下はまだ夜だった。厚い橙色《だいだいいろ》のじゅうたんが、明るい電灯の光を吸いこみつづけていた。かなり夜遅くまでどこかで必ず部屋を歩きまわる足音や便器かバスの水を落す音が聞えるのだが、さすがにこの時間は一切の物音が跡絶《とだ》えて、ひとつの部屋の扉の前にきちんとそろえて出してある一足の黒靴だけが、なまなましく人の気配を感じさせた。

昼過ぎの安静時間の病院の廊下や夜更けの地下鉄の連絡通路など、明るく人気《ひとけ》のないからっぽの場所で、いつも眩暈《めまい》に似た軽い興奮をおぼえるのだが、いまもがらんと筒抜けの明るいホテルの廊下を歩きながら、浮き浮きした気分になっている自分を感じた。じゅうたんの真中をわざと爪先立って忍び足で歩いてみたり、不意に背後を振り返ったり、曲り角では壁に背中を貼りつけるようにして片手でカメラをおさえながら、そっと首を突き出して角の向うをうかがってみたりした。

そうした自分でも理由のよくわからない上機嫌は、ひとりエレベーターに乗りこんでからも続いた。磨きあげられた中間色の四囲の壁面が頭上のすりガラス越しの照明をむらなく照り返し、清潔でおだやかな光が固く閉ざされたわたしだけの空間を、少しの翳《かげ》りもなく照らし出していた。扉の左脇に取りつけられた操作盤のステンレススチールの銀色の輝きが、とくに快くわたしの眼をひいた。各階の数字を鋭く白く彫り刻んだ真黒なボタンが、正確に二列に並んでいた。

何気なくそのボタンの列を眺めているうちに、4のボタンのないことに気づいた。3の次が5になっている。この国の言葉でも多分4の発音が死という字の発音に通ずるからなのだろう、と一応は納得しながら、同時に、〃存在しない階〃という想念はわたしの心の内側を楽しく刺激した。

「いや、四階は存在しないのではなく行けないだけかもしれない」と声を出して言ってみた。「そしていつか全く偶然に間違ってエレベーターがそこに着くことだってありうるんじゃないのか」

わざとめちゃくちゃに、二列のボタンを次々と不規則に押した。エレベーターは降りては上り、上っては降りながら、停《とま》る毎《ごと》にゆっくりと扉を開いた。その度《たび》、上体を乗り出して廊下をのぞいてみたが、同じように両側に固く扉を閉ざした部屋の並ぶ静まりかえった廊下が見えただけだった。

自分の思いつきに本気になったわけではもちろんないのに、軽い失望をおぼえながら、結局一階のボタンを強く押した。よりかかった側壁から、降下の滑らかな震動を肩に感じながら、もしその実在しない階に着いたとしても、見たところは他の階とほとんど変らないのではないか——と考えた。同じ橙色のじゅうたん、同じ部屋のつくり、同じような宿泊人とボーイ、女中たち。だが何かが、どこかが、ごく僅《わず》かに微妙にちがっているはずだ。壁の硬さ？　窓から見える空の深さ？　人たちの言葉づかい？　影の輪郭？

確かなイメージの浮ばないままに、エレベーターは一階に着いた。いつの間にか薄青く色づき始めた夜明けの最初の光が、まだ締め切ったままの玄関のガラス扉をとおして、広いホールの床に斜めにさしこんでいた。だがホールの壁に沿って置かれた幾つもの鉢植えの樹の広く厚い葉の蔭《かげ》には、濃い夜の気配が残っていて、フロントデスクも灯だけが明るく係員の姿は見えない。

舌打ちしながら、交換手に係員を呼んでもらおうとして、デスクの電話に手をのばした。するとキーボックスの蔭から、眼をこすりながら若い係員が姿を現し、「ああ、あなたでしたか」と照れくさそうに笑った。

恐らく勤務規定に違反して、仮眠していたのだろう。日頃からわたしが通りかかると、何かと話しかけてくる気のいい青年だったが、普段より一そうなれなれしい調子で肩をすくめてみせた。

「もうお出かけですか。こんなに早く。お互いつらい仕事ですねえ。まだ夜ですよ」

「もう朝だよ」

わたしはわざと陽気に言った。

「玄関をあけてほしいな」

「わかってます。いまあけますが、そんなに急いだって、まだタクシーは通っちゃいませんよ」

鍵束を手にしてデスクをまわってくると、並んで玄関へと歩いていった。

「タクシーなら、きのうの夜、頼んでおいた。もう来てるはずだが」

「本当だ。あそこに一台待ってる。そんなに前の晩からタクシーを頼んだりして何かあったんですか」

「いや、別に」

「じゃ一体どこまで」

「誰も行けないところ」

かがみこんで鍵穴に鍵をさし入れていた係員は、手の動きを止めて振り返った。

「そんなところはありませんよ。この国には」

「この国じゃない。といって北側でもない。どこでもないところだ」

「冗談でしょう」

そう言って彼はまた鍵穴にかがみこんで、二度三度重そうに鍵をまわした。急に水中を浮び上ってゆくように、厚いガラス戸の一面が見る間に、藍色《あいいろ》から青、青から空色へと色を変えていった。ホテル前の通りの向う側に黒塗りの小型タクシーが一台停車しているのを眼で確かめながら、わたしは言った。

「冗談ではない。非武装地帯のなかの村にいくのさ」

ちょうど鍵をあけ終って上体を起こしかけていた係員が、振り向いて言った。

「あそこは行けません。誰も」

「だから、そう言ったじゃないか」

「それはそうですが」と口ごもりながら、係員もきのうの情報将校と同じように、急に眼を細めてひどく遠くのものを眺めるような眼つきで、わたしの顔を見つめて言った。

「どうしてまた、そんなところまで行かねばならないんです」

わたしは軽く肩をすくめただけで、開いたばかりのホテルの玄関を出た。

市を囲む岩肌の山越しにかすかに射しはじめた夜明けの光から逃げ出すように、車は一気に市の中心街から北西の国境地帯へと向った。

街灯はすでに消えて、アスファルトの肌は夜のぬめりを失い、白けて粗い舗道の端に、落葉と紙屑《かみくず》の吹き寄せられているのが見え始めた。人たちはまだ起き出していない。動くものは、市内電車の軌道の敷石を埋めて一面に群がった雀たちと、歩道に持ち出された塵芥の容器に首を突っこんでいる野良犬だけだ。野良犬たちは前足を容器の縁にかけて口を動かしつづけたまま、首だけ振り向いて車を見送った。雀の群は車が近づくと、一せいに騒ぎたてながら、電車の架線と葉の散りかけた街路樹の梢をかすめて、次々と舞い上った。時々、逃げ遅れた雀がフロントガラスにぶつかりそうになる。

真直な通りの彼方に、まだ暗褐色の未明の色を残した山肌を背にして中央政庁の石造のドームが白く浮き出してきた。かつての総督府の建物で、十年前の内戦で内部を焼きつくしたままだ。車が近づくにつれて、かつて窓だった空洞の列が見え、ちょうど朝陽の最初の光に照らし出された花崗岩《かこうがん》の壁に、窓から吹き出した炎の痕《あと》が、いまも黒々とねじれ歪《ゆが》んで染みついている。いきなり、自分の過去かあるいはいまの自分自身の形を眼の前にしたような、戸惑いと奇妙な親しみとを感じた。

車はその真下を左に道を曲り、両側の山腹までバラック建ての家々のたてこんだ山あいの切り通しを抜けて、市外に出た。

すでに刈り入れを終え切り株だけを残してひび割れた畠《はたけ》の中を、黄葉したポプラ並木の道路がほぼ真直に北に向かっている。軍用道路を兼ねた国道というより、実情は国道を兼ねた軍用幹線道路のため、路面の舗装は厚い。ジープを改造したタクシーは、外見は不格好でスプリングは固いがエンジンは強力で、頑丈なタイアが市内より平坦な路面に吸いつくように疾走した。

朝陽が両側の褐色に乾いた畠の表面のひび割れから、遠くなだらかに起伏する山肌の疎《まば》らな松林のくすんだ緑の斑点まで、隈《くま》なく照らし出している。時計を見た。指定された時刻より三十分早く前線司令部に着けそうだった。運転手が前夜の約束どおりの時間にホテルまで来てくれたおかげだ。新しい煙草の封を切って背後から黙って運転手に差し出した。

もう若くない運転手はバックミラーに向って目礼してから、片手で落ちついて煙草を抜き取った。それから片手だけで器用にマッチをすって煙草に火をつけながら「この国は初めてですか」と声をかける。

「ああ、初めてだ」

簡単に答えた。

そう答えておく方が話は単純に済むことを、この一ヵ月ほどの経験で知っていた。「実は戦争が終るまでこの土地で育ったんだよ」と答えたりすると、「どこに住んでたか」とか「ではこの国の言葉を話せますね」とか、時には「昔の方が暮し良かったですよ」とこちらがかえって戸惑いするような会話がかえってきたりして、結局は植民者が陽当りも見晴しもいい高級住宅地に租界のようにして住み、土地の言葉を全然知らなくても少しの不便もなかったという互いに気まずい過去を改めて思い起こす結果になり、視野の奥を白々とした亀裂が鋭く走るのを意識することになるのだった。

反対に「初めてだ」と答えておけば、あとは「印象はどうですか」というぐらいの質問しかありえない。その場合は「空が実にきれいだ」と答えればいい。

だが運転手はそのまま二度と話しかけてはこなかったので、わたしも黙って、急速に透明な光の満ちてくるこの土地のこの季節に特有の〝実にきれいな空〟と、異様なほどなまなましく鮮やかな黄褐色の野面《のづら》と、わらぶきの農家の低い屋根と、丘の斜面の土葬の墓地と、樹の少い山肌とを、眺めつづけた。幾つか通りすぎた農村は、少年の日の記憶のとおりに貧しそうだったが、どういうわけか、まるで光の中に眼に見えぬ微細なワニスの粉でもまじっているように、陽射が強まるにつれて、陽を照り返す地表のすべてが濃い黄色ないし明るすぎる褐色に輝いて見えた。

その奇妙な光沢について、遠い記憶の印象をさぐってみたが、明らかな記憶はなかった。とすると、引揚げてから再びこの土地を訪れるまでの十五年間の日本での生活が、わたしの視覚を、それも心の視覚を変えていたということか。剝きだしの地肌と明るい光に対するこの敏感さは、わたしが大地と光に飢えていながら、心の底ではそれを意識しないように努めてきたことを、意味するのか。

大学時代の三年間をほとんど閉じこもって暮した古い雑木林のかげの、北向きの三畳の下宿部屋のイメージ、薄暗い冷気と苛立《いらだ》ちの日々とを、身震いするような思いで思い浮べ、そして事実頭を振ってその記憶を振り落した。

どうにか卒業だけはしたが他にとくにしたい仕事もないままに新聞社に入ってから、急にここに来るまでの数年間の記憶は、強《し》いて振り落すまでもなく、他人のことのように稀薄でしかなかった。

〈何てことだ〉

ひとり座席の隅で肩をすくめて、声を立てずに笑った。

〈この土地での過去は口にできず、あの土地での過去は影のようでしかない〉

谷間の前線司令部の一室で、わたしははっきりと言った。

「ぜひそこに行きたい。リポーターとしての職業的興味より、むしろ個人的な関心の方が強いかもしれませんが」

情報将校は、かすかに薄笑いを浮べながら答えた。

「われわれは個人的な問題には全然興味がない。きみの証明書《ペーパー》が完全かどうかそれだけが問題だ。実際上の問題については、きょうは肥料を五トン積みこんで行くのだが、体重はどのくらいかね」

「五十四キロ、百二十ポンド」

「ではきみをひとり乗せても、パンクすることはないだろう」

そう言って片眼を軽くつぶってみせた。ぴったりと身に合ったオリーブ色の制服を着ていた首都の司令部の将校とちがって、ここの情報将校はつやのない暗緑色の戦闘服を着け、短い皮ゲートルのついた軍靴には赤土の泥が付着している。

「では一応ペーパーを見せてもらおうか」

幾枚もの身分証明書、記者証を手渡すと、将校はろくに見もしないで傍のデスクに坐《すわ》っていた下士官の前にほうり出して「番号を控えておいてくれ」と言った。それからわたしが片手にぶら下げていたカメラに鋭く眼をとめると、かまぼこ型兵舎の天井の低く狭い室内を、せかせかと歩きまわりながら言った。

「非武装地帯に入ってからはいくら写したって勝手だが、国境手前の防衛地帯ではレンズにふたをしておいてほしいな。地雷原があるし、それに驚くべき新兵器が丘のかげにすえつけられてるかもしれん。注意はそれだけだ。いや、もうひとつ、武器は持っていないね。つまらない質問だとは承知してるが、一応決まりなんでね」

　わたしは両腕をひろげてみせた。

「ＯＫ。これで面倒なことは全部終りだ。トラックの出るときは知らせる。コーヒーでも飲んで待っててくれ」

　下士官が黙って部屋を出てゆき、すぐに紙コップに入れたコーヒーを持ってきて手渡してくれた。コーヒーの味は薄かったが、起きてから何も食べていないわたしは、ひと口ずつ噛むようにして熱いコーヒーを飲みこんだ。

　半開きの窓から、山あいに点在する幾つものかまぼこ型兵舎、その間をつないで谷間を屈折する道路、ＰＸ[2]の帰りらしく茶色の紙包みを抱きかかえてその道をのぼってくる薄桃色の顔色の若い兵士の姿が見え、さらに谷間の下手には平坦な野と畠がいよいよ明るい光に輝いてひろがっているのが見渡せた。静かだった。

「何か見えるかね」

いつの間にか将校が傍に立っていた。

「実におだやかな景色ですね。ここが前線地区とは思えない」

空《から》になった紙コップを手にしたまま答えた。

「このあたりまではね」

将校はそう言いながら机に戻っていった。


将校の言ったとおり、トラックが谷間を出てさらに北方へとしばらく走ると、両側の眺めが目に見えて違ってきた。

路面だけは同じように完全に舗装されていたが、道路は起伏する丘の斜面を、蔭を、稜線上を、幾度も上ったり下ったりした。いつの間にかポプラの並木が消え、樹らしい樹は全く目につかなくなった。地表はもはや畠でも野原でさえもなく、しばらく乾ききった粗い赤土の地肌が剝き出しにつづいたかと思うと、急にひとかかえもある石や泥の塊《かたまり》の一面に転がる荒地になった。

低いわら屋根に土壁の農家も、土まんじゅう型の墓も、牛の姿も消えた。枯草の茂みさえ見当らなくなった。人の住む気配は完全に失われた。

代りに、荒れ切った地面の至るところに砲弾の痕らしい窪みが次第にふえてきた。そして小高い丘の頂きには必ずといってよいほど、石碑の立っているのが見えた。多分、「某中隊激戦の地」とか、「死闘の丘」とか刻みこんであるのだろう。地面に下りて探せば、薬莢《やっきょう》や骨の破片が容易に探し出せそうな感じだった。

石碑は立派そうなものほど不快だったが、樹も草も鳥の影さえも見えない荒れた丘の感触は、ひりひりと心の肌に沁みとおって快かった。無数の透明な針のような陽射が灰白色の石塊の連《つらな》りにはね返り、赤土の地肌を鋭く刺し貫いている。

「このあたり、大分激しくやったようだね」

と、隣でわたしの知らない曲を軽くハミングしながら運転する黒人の兵士に言った。

「いや、本当に激しかったのは、もっと中央部の山岳地帯の方だったというよ。おれは去年来たんで、その頃のことは実は知らないし、別に知りたくもないがね」

兵士は屈託ない表情で答えた。

「あそこもこんなかい」

「いや、見たところは全然ちがう。だがやはり妙なところだな」

「どういう意味だ」

「行けばわかるよ」

大きな川を渡った。急造されたらしい新しい自動車用の橋と並行して、かつて鉄橋だったと思われる別の橋の支えの石台だけが残っていた。その頑丈そうな石台の表面も、砲弾の削りとった痕が白々と見えた。

水辺の砂が夏の増水時の水位のあとをそのままに残して一面陽にきらめいていた。ここしばらく雨ひとつ降っていないはずなのに、豊かな水が渦巻いて流れ、山の迫った対岸の川岸は岩肌の崖がほとんど垂直だった。崖下の水は黒くよどんでいるように見えた。

荷の重いトラックは速度を落とし、時間をかけて仮設橋を渡った。渡り切ったところに、検問所の小屋があり、完全武装の憲兵に、運転手も私も証明書《ペーパー》の提示を求められた。わたしたちがトラックの窓から差しだした証明書をもって憲兵は小屋に入ったが、すぐに出てきて証明書を返すと、白い手袋をはめた腕を大きく振って「通れ」と合図した。アクセルを踏みこみながら、黒人兵は悪態をついた。

「いつだってペーパーだ。ペーパーさえ持ってれば、スパイだって悪魔だって通してやる気だぜ」

人間の方が確かだとも思わないな、と言いかけたが黙っていた。

不意に陽が翳った。片側に岩山が迫っていた。岩の肌は錆《さ》びた鉄板を少しずつずらして幾枚も貼り合わせた形で、ところどころにいじけた松がしがみついていた。それほど高い山ではなさそうなのに、岩肌が暗く急斜面なため、空が不自然に遠く白けて見えた。

片方は、葉の枯れた蔓草《つるくさ》が巻きついた灌木の連るなだらかな斜面で、その果てにいま渡ってきた川がゆるく彎曲《わんきょく》しながら、赤茶けた灰色の荒地の中を流れ下っているのが見渡せた。

道は岩山の下をまわりながら次第に急な上り坂になり、黒人兵士は幾度もギアを入れかえた。きらめく川の彎曲と荒野の起伏が岩蔭にかくれてはまた現れ、そのたびに川は細く長くなり、野は一そう荒々しくひろがった。蔓草の這《は》いまわる乾いて粗い斜面の土の至るところに、「地雷」と赤字で書かれた小さな標示板が押しこまれていた。

「ここを転がり落ちたら完全に終りだな」

と話しかけたが、黒人兵は振り向きもしなかった。ハンドルの上におしかぶさるようにして前方をにらみながら、はげしく右へ左へと急な曲り道のハンドルをきった。わたしも次第に息苦しい感じをおぼえた。いよいよ国境に近づいたらしい。

積み重なる暗灰色の岩山、その蔭に押しつぶされるようにかたまるバラック、乾いた風と啼《な》きさわぐカラスの群――そんな村のイメージが急に濃い陰影をもって浮んできた。

そしてついに境界の外へ出るという畏《おそ》れに似た気分と、何か別の世界に迷いこんでゆくような興奮とを、わたしは覚えた。

樹がふえてきた。岩山の鋭さが崩れてきた。蔓草しか這いまわっていなかった地面に、草むらが目につき始めた。陽射もやわらかくなり、何よりもあたりが一そう静まりかえってきた。単に物音がしないというのではなく、静けさそのものとでもいうような不思議にしんとした気配が漲《みなぎ》ってくるのが感じられた。

エンジンの音もほとんど聞えない。それなのに車体の震動がはげしくなっている。腰を浮して前方をみると、いつの間にか道路の舗装がなくなっていた。たっぷりとタールを滲《し》みこませた黒光りする舗装のかわりに、白茶けて乾ききった長い坂道が、ほぼ真直に黄葉した林の中へと下っていた。

「まだ遠いのかい」

わたしは隣の黒人兵士に声をかけた。

いつの間にか彼は普通の姿勢にもどって、上体でかすかにリズムをとりながら、低くハミングを始めていた。爪だけが黄色い濃い褐色の両手は、軽くハンドルの上に置かれているだけだ。

「もう十分、いや五分かな」

「じゃここはもう非武装地帯なのか」

「気がつかなかったのか。さっき境界線を通り過ぎたじゃないか。白いテープが張ってあっただろ」

何となく樹がふえてきたように感じられたあたりで、約二十メートルほどの間隔に簡単な棒杭《ぼうぐい》が打ちこまれていて、それを伝って一本の細い白テープが、山腹から谷間を下りまた丘を横切って続いていた。わたしは地雷原のしるしかあるいは何か防衛線のめじるしだろうと思った。

「あれが境界線、つまり事実上の国境だったのか」

あんな子供でも押し倒せそうな杭と、手でも引きちぎれそうな一本のテープが、本来はひとつの国、ひとつの民族を引き裂き、引き離す境界なのか。

「道路わきに標識板が立っているんだが、そちら側からは見えなかったわけだ」

「その標識板には何て書いてある」

「ここから先は非武装地帯。特別の許可のない人間と、武器弾薬の持ちこみは禁じられている」

幾度もこの道を通ったらしく、黒人兵はすらすらと答えた。

「それだけ？」

「そう、それだけ」

内戦の最中に、親子兄弟離れ離れになってこの境界を越えて来た人たち、あるいは向う側へと越えて行った人たちの話を、わたしは首都で幾度も聞いていた。また逮捕を覚悟で、この境界線をなくし本来ひとつであるものがひとつになるべきだと公然と主張しはじめた学生たちの幾人もと、わたしは親しくなっていた。私服の秘密警察を警戒しながら喫茶店の隅で、あるいは隠し盗聴マイクを気にしながらホテルの部屋で、この分断線こそあらゆる悲劇の根源だと、くりかえし声をおさえて語る学生たちのつきつめた暗い目の色と、たった一本の布テープとを思い比べて、わたしは奇妙な気がした。

「どうかしたのか」

黒人兵がわたしの顔を見た。

「いや、何でもない。国境というのは、刑務所のような高い厚い塀か、頑丈な鉄条網ででもつくってあるものだ、と思ってたので、ちょっとおかしかっただけだ」

坂道を下りきると、川の手前の地域に似た丘の起伏がひろがっていた。人家と畠の見えないことは同じだったが、ここは樹と草が茂り放題に伸び茂っている。

樹は明るすぎる静寂の中に存分に枝をのばし、枯れた草の茂みが両側から道路の内側まで覆いかぶさっていた。時折、かつて畠だったらしく区画された平坦な地面を見かけたが、熊笹の群が四方から畦道《あぜみち》を乗り越えて白い地下茎の触手をなまなましく伸ばしている。

破壊されたまま放置された軍用トラックの残骸にも蔓草が隙間なくからみつき、地下壕陣地跡の入口では、木枠の木が崩れ風化して折れ重なり、破れた土のうからひょろ長い草が密生していた。枯れ切った草むらの蔭に、赤錆びた砲弾の薬莢がごろごろと転がっているのも見かけた。

不意に視界の端をよぎる影があった。道路わきの樹の茂みから一羽の雉《きじ》が飛び立って、ゆっくりと滑空すると、道路の前方に着地した。運転手は急ブレーキをかけ、重いトラックの車体はきしみながら速度をゆるめた。だが雉は道路の真中に立ったまま、燃えるような羽の金色の斑点をきらめかせて、近づいてくるトラックを眺めている。

「畜生」と黒人兵はうめいた。「人間を見たことがないので、車も人間も全然こわがらないんだ。この道を通るといつもこうで、この間などは鹿が道の真中に寝そべってやがって、車を下りて尻を押してやっとどいていただいた始末さ」

逞《たくま》しい黒人兵がひとりで悪態をつきながら鹿の尻を押している光景を想像して、わたしは笑った。

雉はやっとはねるように歩いて道を横切った。

「天国みたいだな」

とわたしは言った。

「動物たちにはな」

黒人兵はアクセルを踏みながら答えた。

「人間には？」

「人間のいないところなんて、おれは絶対にごめんだ。こんな広くてからっぽで明るすぎるところなんて、頭が変になっちまうさ」

「でもこの中に住んでいる人たちもいるんだろ」

「それは自分たちの生まれたところだからだ」

「このあたりで生まれた人間が全部残ってるわけではあるまい」

「多分、頭が変になっちまった連中だけが残ってるんだ」

それからひとり言のように呟いた。

「とにかく気味の悪いところだ」

道は丘を幾つかのぼって下りた。林はますます厚くなり、黄から褐色までの様々の種類の木々の葉が、夕焼の海面のように無気味なほど鮮やかに輝きながら、うねりつづいていた。その涯《はて》に向う側の国境の山脈が、水平線の暗い波頭のように見えた。

乾いた赤土の一本の道、金色に燃える林、黒ずんで見えるほど冴えた空、時折ゆっくりと舞い上がる鳥の群——すべてが単純で明瞭だった。そしてその明るさには、確かに黒人兵の言ったように、狂気を誘うような異様にしんとした気配が漲っていた。

少しずつ自分自身も透き通ってゆくような麻痺感がひろがってくるのを感じた。車の震動に酔ったのかと思ったが、吐気《はきけ》はなかった。軽く目を閉じた。瞼《まぶた》の裏でも、黄色の濃淡の縞《しま》がゆっくりとうねり、小さな光の点が陽射の中の羽虫たちのようにきらめきながら、明滅した。

ホテルのからっぽの廊下を思い出した。ひどく遠い感じだった。つづいてやはりよく晴れた朝早く、海峡を越える旅客機に乗りこむため、空港の長い廊下を歩いたことも思い浮んだが、そのとき何を考えながら歩いたのかは全然思い返せない。二度と行けまいと諦めていた生まれ育った土地を、急に再び訪れることになった心の弾みを感じながらだったろうか。わずか一ヵ月前のことが全くあいまいでしかなかったが、そのことに別に不安も不自然な感じもおぼえない自分に、わたしは満足した。

道が大きく曲ったらしく、車が傾いて上体が揺れた。目を開けた。林が切れて、そこに村があった。

2

林に覆われた台地の端が、かなりの急角度で枯草の広野へと傾いている。

斜面には、薄《すすき》に似て穂の長く丈の高い秋草が、一面に生い茂っていた。その間を真直に村へと下る道を、エンジンをとめたトラックがブレーキをきしませながら一気に走り下りると、そのあおりの風で、枯れきった穂の連りが一せいに波打って、眩《まぶ》しいほど白く光った。

白い穂波の彼方で、わらぶきの農家の屋根が同じようにおだやかに陽を照り返しているのが見えた。

「いいところじゃないか」

と思わず声を出して呟いた。

「見たところはな」と黒人兵士は幾分皮肉な口ぶりで答えた。「だが、正確には何百キロの長さがあるのか知らないが、この半島を長々と横切る非武装地帯の中で、人間の住みついているのがここだけだと考えると、おれはいつも何となく気味が悪くなるね」

そう言われてみると、急な斜面の一角にほとんど重なり合うようにしてかたまった村は、何かに――背後の台地を覆いつくす深い林の沈黙か、あるいは野の果ての薄青い空虚の気配かに怯《おび》えて、息をひそめて肩を寄せ合っているようにも見えた。

本当にどんな思いで暮してるのだろう――という関心が息苦しくなるほどの身近さで、心の底にうずいた。目に見えない心の枠が、あたり一面の明るすぎる静けさの中にすっと溶け消えてゆくようだ。

前かがみにフロントガラスの奥をのぞきこむと、急速に近づいてくる村の中心らしい小さな広場が見えた。広場の隅に数人の男たちが立っているのも目についた。速度を落したトラックが広場の周囲をまわる間、その男たちの顔を熱心に眺めおろしたが、重い眼つきで黙ってトラックの動きを追ういかにも農夫風の男たちの顔には、何も特別の表情はなかった。

黒人兵は黙ってエンジンを切った。カメラを手にしてドアをあけ、外に出ようとすると、黒人兵が言った。

「三十分もあれば、荷物はおろせるだろう」

「それは困る」とわたしは振り返った。

「三十分じゃわたしの仕事ができない。村の中を歩いて少し話もききたい。出発は一時間後にしてくれ」

黒人兵は薄笑いを浮べて言った。

「わかった。一時間待とう。ただ、こんなところを三十分余計に歩いてみたって、同じことだと思うがね」

トラックをおりると、わたしの手にしたカメラに目をつけて、小さな子供たちが何人か寄ってきた。振り向くと立ち止まり、歩き出すと忍び足で近づいてしきりにささやき交しながら、レンズをのぞきこもうとする。追い払うわけにもゆかなかったが、機嫌をとる気もなかった。気づかないふりをして、カメラを肩にかけコートのポケットに両手を突っこんだまま、幾分うつむき加減に広場を横切っていった。

粗い赤っぽい地肌のところどころに石英の細片が小さくきらめいていて、大型トラックの荷台の影が切ったように鋭い輪郭で、その上に覆いかぶさっていた。村の中にいるということが、まだ自然には実感できない。立ち止まって振り返ると、子供たちの背後で男たちがじっと見つめている。

広場からは幾本かの小道が、村の中へと出ている。そのうち上りになっている道を見定めて、わたしは入りこんでいった。まず高い場所にのぼって全景を見渡しでもすれば、村の実感が湧くだろうと思ったからだ。

上りの小道には、流れ下ってくる雨水が深く表面をえぐりとった痕が幾つもすじを刻みつけていた。その底に乾ききった落葉やわらくずが埃《ほこり》にまみれてへばりついているのを、両側の農家の庭の樹の枝を洩れてくる昼下りの陽が突き刺すように照らし出している。落葉の葉脈が正確に透けて見え、少しずつ落ちついてきた。

近くで眺めると農家は意外に立派だった。何となく、首都の郊外の山腹にひしめいていたようなバラック小屋の陰気な集落を思い描いていたのだが、撫で肩の低いわら屋根、窓の小さい厚い土壁、煙がかまどから床下を通るようになっている炊事と暖房兼用の煙突など、平地の村々と同じ立派な農家だった。軒に接するほど積みあげられている薪の束、必ずといってよいほど牛小屋のあること、庭の広いことなどは、首都から谷間の司令部までの国道沿いに遠望したどの村よりも豊かそうに思われた。何しろ村の外には、薪も飼料の草も土地も無尽蔵にあるわけだ。

わら屋根の斜面に、中身をくりぬいて水汲み用に使う冬瓜《とうがん》に似た植物の丸く大きな実が、ずっしりと熟し切っていた。庭先では、唐辛子の実が濃い炎の色に燃えている。生垣の上から牛がぬっと顔を出して、少しの翳《かげ》りもなく透き通った茶色のおだやかな目で、わたしを見送った。

〈光と雨と土——それだけで十分じゃないか〉

わたしは生まれ育ったのではない自分の国、もはや外国になってしまった生まれ育った土地と、自然には心を開くことのできない二つの国のことを考えた。

戦争のときは学校から駆り立てて兵器工場にぶちこみ、負けると貨車に詰めこんで見も知らない本土に送りつけ、そして食う物もない焼跡の中をうろつかせて……国はおれたちに一体何をしてくれたというんだ——小道の凹凸《おうとつ》に伸びたり歪んだりする自分の影を見つめながら、うつむいて一歩ずつ、次第に急になる坂道をのぼった。

のぼるにつれて両側の樹が疎《まば》らになって、じかにさしこむ陽の下で、小道の地肌は一そう剥き出しになり、わたしの影はますます濃くなった。のっぺらぼうの黒い小さな影だけが、土の上をひょこひょこと動いてゆく。

透き通るような現実感が、不意に心の中を照らした。それは遠近法のあいまいな溶暗の地面を、誰かに追われて逃げているのか、何かを探して歩きまわっているのかも不明なままに、とにかく懸命にどこへともなく歩きつづけている自分を夢にみるときの、場面全体に漲る不思議に生々しい感じに似ている。

ただ地面というだけの地面——ざらつく粗い地肌の感触が、心の中にまでそのままに感じとれるような気がした。日頃、どこに立ってもどこを歩いても、無意識のうちに心を翳るさまざまの怯えや反発の影が、まるで明るすぎる静寂の中に気化したようだ。

いまどこにも属さない土地を歩いている、という事実が自然に実感できた。

だが間もなく、農家の並びが切れて見晴しがきくようになると、先程越えてきた国境の岩山の連りが意外に近くにあった。それに少し視線を移すだけで、反対側の国境地帯の山脈の一部も見えた。向き合った二つの山脈は同じように青黒く無表情に、澄んだ秋の陽を硬くはね返しながら、野の果ての地平で触れ合うほどに近づき、ほとんど一点に重なり合うようにさえ見えた。

どちらの側でもない土地は、改めて眺め渡してみると、位置だけあって幅はないという幾何学の線の定義のように狭かった。

そう意識すると、たちまちにがい影が心をかすめた。思わず足を止めて、向き合う山脈のきつい稜線をにらんだ。


やがて丘の斜面を掘り崩したかなりの広さの平地と、その中に棟が高く窓の大きい木造建築のたった場所に出た。それが学校だとは、しばらく気付かなかった。というのも、この村をバラック小屋の集落程度にしか想像していなかったわたしの頭の中に、学校などというイメージは全然存在しなかったからだ。何かまぶしいような思いで、しばらく柵のない校庭の隅に立っていた。

教室が二つに職員室風の小さな室、それにやや離れた小使い部屋らしい小屋。それだけの校舎だった。校庭にも、体操の時に教師が上る台らしい木箱がひとつ小さく濃い影を落している以外、国旗掲揚台とか銅像といった余計なものもない代りに、鉄棒やブランコなどの必要なものもなかった。

教室の中にも校庭にも子供たちの姿は見当らなかったが、教員室の窓があいていた。すでに授業は終って子供たちは帰り、教師だけが残っているようだった。

一体どんな教師だろう、とぼんやり考えながら、下の広場と同じように粗い赤土の校庭の真中を通って、教員室の方へ歩いていった。こういう特殊な場所の学校にどういう教師がいるのか見当もつかなかったが、とにかく教師なら何とか言葉も通じるだろうし、要領よく村の事情も説明してくれるかもしれないな、という気がした。

しめきった教室の窓の下の花壇に、葉のすっかり枯れ落ちた鶏頭《けいとう》の花がほとんど色あせて傾いているのが目についた。ここよりずっと南方の海峡に近い小さな町の、わたしが通ったやはり粗末な木造一棟だけの小学校でも、教室の窓の下が花壇になっていて、秋になっても百日草や鶏頭のような乾いた赤い花が枯れ残っていたことを、思い出した。

四年生の時から卒業までの担任だったひとりの教師のことも、遠い記憶の彼方から甦《よみがえ》ってきた。わたしが二年生のとき大陸で戦争が始まり、旗行列とか廃品回収とか神社の境内掃除とか、勉強以外のことが次第にふえていったのだが、その教師だけはそういうことを少しも強制しなかったし、幾らサボっても決して本気には怒らなかった。もしかすると、あの教師は戦争で息苦しくなった本土を逃れて、比較的統制のゆるかった朝鮮の田舎の小学校へと進んで赴任してきたのではなかったのか……

頭上で人の声がした。女の声だった。視線をあげると、若い女が教員室の窓ぎわに立ってわたしを見おろしていた。

見なれぬ人影を見つけて驚いて外をのぞいたというより、何となく外を眺めているところに、わたしが通りかかったので何気なく声をかけたという感じだった。呼びかけられた言葉の意味は聞きとれなかったが、咎《とが》めだてた語調ではない。

女は直射日光を避けて、ちょうど光と影の境のあいまいな薄明りの中に立っていた。そのため顔つきも表情も見定めにくかったが、片手で開け放した窓枠をにぎって心もち上体を傾けたその姿勢は、教師というイメージとは何かがずれていた。

焦点の定まらない気持のまま、わたしも花壇の縁に立って黙って窓を見上げていた。長い間、日向《ひなた》に居つづけた目のせいか、女の背後の室内がひどく暗く見え、陽を照り返す窓ガラスの反射がまぶしかった。女の姿は背後の暗がりから浮き出すように見えたかと思うと、また陽射に押し戻されるようでもあった。

そうしてしばらく黙って向き合っていたが、不思議に気づまりではなかった。昼すぎのけだるいような静けさが、心の中まで沁みとおっては、半透明の雫《しずく》になって一滴ずつ意識の表面に滴《したた》り落ちてゆく音が、聞えるような気がした。

視野の隅で、赤茶けて傾いた鶏頭の花の輪郭が少しずつぼやけていった。そこだけ開け放しになっている教員室の窓が、遠く筒抜けの穴があいたように見えてくる。その薄暗がりの中に女の白い顔だけがじっと動かない。

ふと女の顔が揺れた。短く何か言った。やはり意味がわからないまま、声の調子だけが耳に残る。落ちついた低い声で、わざとのように語尾をひきのばす発音の仕方に、しなやかな陰影が感じられた。

わたしは何となく微笑しながら、首を横に振ってみせた。

「外国のひとね」

英語だったので、ようやく理解できた。わたしはうなずいてから、日本語を話せるかときいた。

やや間をおいてから、一語ずつ区切るように、だが意外にも正確な発音で、女は日本語で答えた。

「話す方はだめです。長い間使っていないから。でも聞く方は大体わかります」

別に恥かしがってもいなければ、わたしに後めたい思いをさせる調子でもない自然な態度だった。

「では日本語で話してもいいですね」

彼女はうなずいてから、窓の横枠に両肘《りょうひじ》をついて上体を乗り出した。長目の首と形のいい顎《あご》の線が陽射の中に現れた。この国の青磁の肌に似て、透き通るようにきめ細かく滑らかな表面の奥に、冷たい翳りを沈めたように見える皮膚の感じが、印象に残った。

「あなたはこの村のひとではありませんね」

と思わず尋ねた。女はうなずく。

「では首都の生まれ?」

また女はうなずいてみせる。

「どうしてこんなところへ来たんです?」

質問の意味が通じたようだが、簡単には答えられないのか、あるいは答えたくないのか、微笑しながらそっと首を横に振った。

おそらく複雑な事情があるにちがいない。ちょうどわたしの世代が戦争で多くのことが狂ったように、この国ではわたしより幾つか下のこの年頃の人たちが、内戦で最もつらい影響を受けている。それを話そうと思ったが、そういう多少とも微妙な事柄は説明できないと考えて、コートのポケットに両手を入れたまま女の眼を見上げるしかなかった。

女も何か言いかけたようだったが、指先で口のところにそっとさわって、うまく言えない、と身振りで示した。幾分もどかしい気がしないでもなかったが、こうした不自然な仕方がもしかすると最も正しい会話の形かもしれない、という気も強くした。言葉の通じない部分は想像で補わなければならない。想像が当っているかどうかは不確かだとしても、言葉の上だけで通じるということも、果してどこまで確かなのか。

言葉は完全に通じるはずの自分の国で、他人と自然に通じ合えたと実感できた記憶のほとんどないことに、改めて気付いた。「一体どういう思いで、こんなところで暮しているのです？」という一番尋ねたいことも、よく考えてみれば、「わたし自身がどういう思いで戦争後の十何年かをあそこで生きてきたのか」という質問と同じことだろう。わたしが完全に彼女の言葉を聞きとることができ、あるいは彼女が自由に話すことができるとしても、それは言葉で伝え合うことはできない。

結局、言葉の上ではごく簡単なことを話し合っただけだった。女はここにきて二年になる、と言った。わたしはいま黄葉した林と褐色の枯草に覆われた台地と野が、一面に雪にとざされる二度の冬を想像した。

また国籍はないと女は答えたが、首都から来たはずの彼女がどうして国籍をなくしたのか、ここにくると自動的に国籍を喪失するのか、国籍を捨てるためにここに来たのか、といった入り組んだ事柄は説明できなかった。ただ「ここに満足しているわけではないが、戻りたいとは思わない」と言った彼女の言葉を聞きながら、本当に帰りたいと思う場所のない自分自身に改めて気付いたりした。

彼女に質問することは結局、わたし自身の不安を改めて意識し直す形になった。そして落ちついた低い声の彼女の単純な答えは、そのわたしの不安に不思議な鎮静作用を及ぼすように思われた。こんなに自然に、自分の心を開いたことはなかったような気もした。

この広すぎる無人の野の明るさがそのまま闇に変る夜の深さを思い描きながら「夜はどうして過ごすのか」ともきいた。彼女は「ひとりで音楽をきいてる」と答え、わたしの国で作られる有名なトランジスター・ラジオの名前をあげて「いいラジオだ」といって笑った。

気がつくと、黒人兵士と約束した一時間をすでに過ぎていた。

「まだいろんな話をしたいのだけれど、もう行かなくてはならない。実はわたしはこの村の取材に来たのに、あなたと話しているうちにそんなことは忘れてしまった。どうしてだかわからないけれど」

と語尾まではっきりと発音しながら、ひとつひとつの言葉にできる限りの感情をこめて言った。彼女は「わたしも楽しかった」と言い「今度はいつここに来ますか」と尋ねた。

手続きが面倒でいつこられるかわからない、と答えかけたが、簡単に「必ずまた来る」とだけ言い、急いで窓の下を離れた。

校庭の真中で振り返ると、彼女が手を振っていた。急に思いついて、遠すぎるとは思ったが、あわててカメラをセットして続けざまに何枚もシャッターを切った。そしてわたしも手を振ってから、小走りに校庭を横切って坂道を一気にかけ下りていった。

広場ではトラックがもうエンジンをかけて発車するばかりになっていた。黒人兵は「遅いな」と言い、それから目で横を見ろと合図した。助手席には目をとじたままの子供を抱いた母親が、緊張した顔つきで坐りこんでいた。

「子供が急病だそうだ。うしろで我慢してくれ」

黒人兵は真剣な表情で言った。

「わかった」とだけ答えて、トラックのうしろにまわった。積んできた肥料の包みは、すでに広場の一角にきれいに積み上げられ、幌をかけた荷台の中はからっぽだった。

荷台の枠に両手をかけてよじのぼりながら、結局取材らしい取材はひとつもしなかったことに思いついたが、そのまま荷台に乗りこんだ。幌のカゲから首を出して丘の上の学校の方角をのぞいてみたが見えなかったので、荷台の一番奥の運転席との仕切り壁に、背をもたせて坐りこんだ。話してる間は、あいまいだった彼女の顔が浮んできた。写真を送ると約束しながら、名前さえきいてこなかったことに気づいて、ひとり苦笑した。

間もなくトラックはゆっくりと発進し、広場に沿ってまわり始めた。子供たちが車のあとについて走り出した。鉄板がむき出しの荷台は想像以上に苦痛だった。この低速でもこんなに揺れるのなら、全速で山道をとばし始めたら、どうなるのかと恐れた。積み荷のないトラックは、来たときとは別の車のように軽々と加速していった。と、突然、ブレーキがかかって急停車した。車について走りまわっていた子供が転びでもしたのだろうと思って、幌の端を押しあけて外を見た。

中年の男が助手席の窓ガラスを叩いて叫んでいた。それから女がドアをあけて、二人でしきりに言い合いを始めた。早口の言葉は全然聞きとれなかったが、何か大事なものを忘れているらしかった。こういう特殊な村から国境の向うの病院に入るには、多分いろいろと面倒な書類やら証明書が必要なのだろう。間もなく男は助手席を下りて姿を消したが、トラックは発車しない。忘れ物を家まで取りに行ったにちがいない。

広場の隅に数人の男たちが立っているのが目についた。何か聞き出せるかもしれない。わたしはカメラを隅に置いたまま、荷台からとび下りて真直に、その方に歩いていった。

男たちはおし黙ったまま暗い目つきで近づいてゆくわたしを見た。同じように陽にやけた顔の奥の目つきの暗さが一瞬わたしをひるませた。普通だったらわたしは多分躊躇《ちゅうちょ》しただろう。だがいまは時間がなかった。小さな村だ。忘れ物を取りに行った男も、五分もすれば戻ってくるだろう。

わたしは踏みこむようにして、米軍の古い作業服を着た背の高い中年の男の前に立って、英語で「あなたたちの言葉はうまく話せないのだが、答えてもらえるだろうか」と尋ねた。

男は不機嫌にうなずいてから、意外に巧みな英語で言った。

「われわれはあまり自分たちのことを書きたててもらいたくない。そっとしておいてもらいたいんだ。何しろわれわれの立場はよそとちがうんだから」

「そのことなら理解しているつもりだ。だが誤ったことを書いてもらいたくなければ、わたしの質問に答えてくれないか」

わたしは早口に言った。男は左右の人々の顔をうかがった。わたしはメモ帳とボールペンを取り出した。男たちが少しずつわたしを取り囲むように輪になった。中にはメモ帳をのぞきこもうとする者もあった。

先程男が走り去った方角とトラックの動きとを注意しながら、次々と質問し、メモ帳に書きこんでいった。「国籍――なし」「税金――なし」「警察――なし」

「警察がないと困るだろう」

「われわれの中に悪いことをする者はないから、そういうものは必要ない」

「最後にもうひとつ。どうしてこんな不便で危険なところにあなたたちだけ残ったのか」

「他に行っては食えないからだ」と男は薄笑いを浮べて答え、その答えを周りの者たちにくり返したらしく、人々がいっせいに笑い声をあげた。押しつけられたような感じで、うしろを振り返った。

トラックが動き出していた。あわててメモ帳をつかんで走った。だが黒人兵はわたしが荷台から下りていたのを知らなかったらしい。トラックは余分の遅れを取り戻すようにみるみる速度をあげ、たちまち村を囲む丘を越えて見えなくなった。風はなく、トラックがまきたてた土埃だけがいつまでも丘の斜面を漂っていた。

肩で息をつきながら、しばらく広場の端にぼんやりと立っていた。それから「まずいことになったな」と口に出して呟いてみた。川の岸の検問所で憲兵が黒人兵士に「新聞記者はどうした」ときくだろう。黒人兵士はうしろの荷台を指さす。憲兵がのぞく。カメラがひとつ転がっているだけだ。人のいい黒人兵はさぞびっくりするだろう。

走った時に何か落しはしなかったか、ポケットを調べて、身分証明書も金も無事だったことを確かめた。それさえあれば、あとはどこだってたいていどうにかなるだろう、と自分に言いきかせながら、広場に引き返した。陽はまだ高かったが、かすかに色づき始めている。広場の土が一そうよそよそしく赤っぽく見えた。

作業服の男の他に数人の男たちが、積みあげられた肥料の包みの傍に立ってわたしを眺めていた。その方を真直に見てゆっくりと歩いた。

あたりも静かだったし、わたしの内側もしんとしてうつろだった。自分でも意外なほど不安はなかったし、予期しなかった事態に興奮しているわけでもなかった。どこか宙の一点から、自分自身を黙って見下している感じだった。

〈おれはこんなところで、一体何をしてるのだろう〉

そんな声のない言葉が頭の中を流れてゆく気がした。視野の端に、土埃をかぶって白茶けた自分の靴の先が見えた。わたしの意志とは無関係に、汚れた靴がひとりでに赤土の地面を踏んでゆくようだった。

男たちは重苦しい沈黙で、わたしを迎えた。彼らもこの思いがけない事態に当惑しているように見えた。

「困ったことをしてくれたな」

と作業服の男がやがて口を切ったが、強く非難する口調ではなかった。他の男たちも、暗い目でわたしを見つめていたが、視線が合うとそれとなく目をそらした。先程ごく短時間の質問にさえあれだけ警戒したのだから、わたしが滞在するということは本能的に避けたいことにちがいない。

「すまなかった。わたしがもっと注意すればよかったんだ」

率直に謝ってから、電話はないのか、と尋ねた。男は首を振った。

「他に何か連絡の方法は？」

「あんたの乗ってきたトラックしかない。二、三日中に肥料の残りを運んできてくれることにはなっているが」

「ではそれまでどこかに泊めてもらえないだろうか。迷惑はかけないつもりだ」

と言いながら、女教師のことを思い浮べている自分に気付いた。そしてしばらく前から無意識のうちにもう一度彼女と会うことを考えていたような気がした。少くとも彼女だけは、この男たちのように〝よそ者〟を見る暗い目でわたしを見ないだろう。

顔を寄せ合って相談を始めた男たちに向って、さり気ない調子で言った。

「実はさっき学校の先生と知り合いになったのだが、学校に泊まれないだろうか。あそこなら広いし、夜はあいている」

「あんなところまで行ったのか」

男は本気に驚いた様子だった。他の男たちが、何を言い出したのだ、という表情で一せいに長身の男の顔を見た。男たちはまたしばらく相談をつづけたが、やがて相談がまとまったらしく、男はわたしの方に向き直って言った。

「ごらんの通りの貧しい村だ。外国人を泊められるような家はない。先生さえいいといえば、われわれとしては異存はない。早速使いを出して先生に来てもらうことにした。それでいいかね」

あの教師自身はどこに住んでるのか、と聞《き》こうとしたが、何となく遠慮して止《や》めた。多分、学校の近くの家に下宿してるのだろう。わたしはうなずいた。早速、子供がひとり呼ばれて坂道をかけ上っていった。

わたしたちは申し合わせたように押し黙って立っていた。ほんの一、二時間取材するつもりだったこの村に、二、三日も過さねばならないということが、まだ実感できない。いつの間にかめっきりと長くなった足もとの自分の影を眺めながら、妙なところで妙なことになったな、という皮肉な思いが、また心をかすめた。

まず使いの子供が走り戻ってきて、男たちに何か言い、それから小道の方を指さした。やがて小道に沿ったポプラの樹の並びの蔭を下りてくる彼女の姿が見えた。

斜めに傾き始めた夕陽に照らされて黄葉したポプラのとがった枝の先が、ゆらめき燃える金色の焔のように見えた。小道にも小形の葉が一面に散りしいて陽に輝いていた。広場の剥き出しの地面は赤黒く翳り始めている。

黒いスラックスに白いセーターを着た彼女は、まるでわざとのようにゆっくりした足取りで道を下りてきた。髪を無造作に横分けにしてとめた留め金が、樹の影を抜けるたびにきらりと光った。

思ったより長身の体つきはしなやかだが、体全体の輪郭にどこかあいまいで消えそうな感じがあった。広場に出て顔を真直に起こして男たちの方に近づいてきながらも、わたしたちのうしろを眺めているような目つきだった。わたしはそっと背後を振り返ったが、すでに土埃も消えた道路が真直に丘の斜面に続いているだけだった。

男たちの前に足を止めたとき、確かにわたしを認めたようだったが、表情は変らなかった。男たちが丁寧な口のきき方をしたので、やや意外な感じがした。首都には学校を出ても職のない若い人たちが多かったが、こういう特殊な場所に住みつく者は、滅多にいないからなのだろう。

男たちが多くしゃべり、女は軽く二、三度うなずいただけだった。それから女はわたしに向かって「行きましょう」と言った。わたしは男たちに何か言うべきだと思ったが、すでに彼女は背を向けて、近づいてきたときと同じ自然な足取りで歩き始めていたので、軽く頭を下げただけで彼女のあとを追った。男たちがじっとわたしたちを背後から眺めている感じだったが、彼女は二度と振り向かなかった。

ポプラの落葉の黄色い小さな三角形を踏んで、わたしたちは黙って歩いた。ポプラの葉がこんなに形のそろった正確な形をしているのを、初めて見たような気がした。少しまくれ上った葉の縁がはっきりと見えた。道のくぼみの蔭に、夕方の気配がひっそりと沈み始めている。

「何となくまた会えるような気がしてた」

という言葉が自然に出た。彼女は答えなかったが、わたしの感情が伝っている手ごたえを何となく感じることができた。

「二、三日あとでないとトラックは来ないそうだ。時間はたっぷりある。いろんな話ができるよ」

考えてみれば、具体的にいろんなことがあるはずだった。果たしてあの小さな学校に宿直室のようなものがあるのだろうか。夜はもう冷えこむ季節だが寝具はどうするか。食事は？　質問しなければならぬことは次々と浮んだが、落ちついて歩きつづける彼女の態度をみると、わたしまで「どうにかなるさ」という気分になるのだった。ただ前から気になっていたひとつのことだけをきいてみた。

「あなたはどこに住んでるんです」

「学校」

彼女が簡単にそう答えたので、思わず足を止めて問い返した。

「ではあなたのところに泊まるわけ」

「そう」

「あの男は説明してくれなかった。知ってたらぼくから学校にとめてくれとは言い出さなかった。きっと、あの男たちは変に思っただろうな」

「他のひとは他のひとです」

別に意地を張る調子ではなく言う。

「でもあなたは学校の先生だ。迷惑じゃないの」

彼女は黙って首を振った。

前方に学校が見え始めた。丘の稜線と校舎の屋根の頂きが、赤黄色い炎の列のように輝いている。

並んで校庭の端に立って、暮れてゆく野を眺めた。眼下の村はすでに薄青い黄昏《たそがれ》の色に沈み始め、高い樹々の梢だけが丘の斜面に沿ってさしこむ夕陽に照らされて、ローソクの火をともしたように点々と光っていた。広場だけはかろうじて認められたが、いまのぼってきた道はすでに見分けられなかった。

昼間はっきりと見えた国境の山脈も、すでに夕靄《ゆうもや》に溶けこんでいる。襞《ひだ》のなくなった野と丘の起伏だけが、一面に濃い橙色に染まって果てもなくうねりつづき、空は一そう空虚の気配を濃くしていた。目のとどく限りの空間に人間のいるのは、この眼の下の哀れなほど小さく頼りない村だけだということが、余計荒涼とした気分を強める。黒人兵士が言ったように、こんなところに住みつづけられるのは、まともでない人間だけなのかもしれない……

「よくひとりでこんなところに、いられると思うよ」

と声をかけたが、すでに彼女は校庭を横切って歩き出していた。粗い地面の小さな凹凸のために輪郭の線が絶えずかすかに震えながら、細長く伸びた彼女の影はからっぽの校庭を動いていった。

3

やっと本格的に火が燃えついたらしい。焚き口《たぐち》にかがみこんだ彼女のうつむき加減の顔が、はっきりと見えるようになった。

といっても、炎がゆらめくたびに、その表情は様々に変った。まるでわたしなど存在しないかのように、深く自分にだけ閉じこもった面《めん》のような固い無表情に見えたかと思うと、新しい薪が燃えあがったらしく、激しい火の色の移り変りが、ややまくれ気味のふくれた下唇から、心もち眼尻の吊り上った両眼のまわりまで、生き生きと色づかせたりした。あるいはどういう炎の加減か、それほどきつくは見えなかった顎の線が急に鋭くなって、濃い影が首すじのあたりをひどく頼りなく見せたり、形のいい額の髪の生えぎわの線がくっきりと浮き出して見えたりもした。

平たい石を敷きつめた上を幾枚もの厚い油紙で貼った温突《(3)オンドル》の床下を、炎と煙がまわり通ってゆくにつれて、徐々に部屋は暖まってくる。わたしは机にもたれて、そうした彼女の表情の変化を眺めていた。というより、どれが一体本当の彼女の顔なのだろう、といぶかりながら、昼の光の下で見たはずの顔を思い浮べようとした。多少とも確かに浮んでくるのは最初に教員室の窓ぎわの陽射のかげに、あいまいな表情で立っていたときの姿だけだ。

あのときわたしが立っていた花壇の右手の方に、小使部屋と思われた粗末な離れの小屋が、彼女の住まいだった。入口を入り、土間の真中に立って、あたりを見まわしたとき、眼に見えぬ大きな黒い手がすっと空をかすめでもしたように、暮れ残っていた光が不意に消えて、夜がこの小屋を包んだ。

一瞬わたしは闇の中にひとり剝き出しにされたような心許《こころもと》ない気分になって、その場に立ちつくしてしまった。たしか先に中に入ったはずの彼女の姿ももちろんかき消えてしまい、名前を呼ぼうにもまだ名前も聞いていない。身動きするにも勝手はわからず、じっと息をひそめて彼女の気配をうかがったが、どういうわけか彼女の動く気配も、息づかいさえも感じられなかった。

そして国境の外に何の保証もなくひとり取り残されてしまったことが、初めて取り返しのつかない厳然たる事実として実感された。あのときもっと大声をあげ、もっと本気でトラックのあとを追うべきだったと後悔めいた気持さえ滲《にじ》み出してきた。万一ここでわたしが消されるようなことになっても、村の人たちが全部「そんな人間など全然知りませんね」とか「あっちの林か野原の方へ行きましたよ」とでも言えば、それでわたしの痕跡は全く跡絶《とだ》えてしまうわけだ——といった極端な想像さえ、ちらりと頭をかすめ、きのう首都の情報部で簡単にサインした書類の中に、たしか「行方不明」といった文字のあったことも思い出したりした。

もちろんそんな想像はわずか一瞬思い浮んだだけでたちまちかき消えはしたものの、普通では考えられぬあらゆる事が起こって不思議ではない場所に、いま自分がいるということが、改めて奇妙な現実感をもって感じられた。それは濃い夢から不意に醒《さ》めてぼんやりあたりを見まわしたとき、見なれている自分の部屋の天井や窓枠や道具類や、きょうが何日の何曜日だということなどより、むしろ醒めたばかりの夢の中の事態の方がはるかに濃密な現実のように感じられるのに似ていた。

こうして取り残されたのは偶然だとしても、ここに来たのはわたしにとって決して偶然でも気まぐれでもない、こういうからっぽの地帯にひき寄せられる空洞のようなものが、もともとわたしの中にあったのだ、と思った。

そのとき、ほっと音をたてるようにして、灯がついて、急に石油のにおいが鼻に感じられ、ランプを手にした彼女の影が、土間を上った部屋の壁を大きくゆっくりと動くのが見えた。何となくいまに電灯がつくものとばかり思っていた自分のうかつさが、おかしかった。

彼女は土間から一間だけの部屋にあがる上り口のところを、照らした。わたしも黙って上り口に腰かけて靴の紐を解くと、部屋にあがった。わたしが坐りこむのを待ってから、彼女はランプをそっと机の上におき、机の向う側に横坐りの姿勢で坐った。

沈黙の儀式めいた雰囲気と、形式ぬきの身近な感じとが、重なり合って妙な感じがした。昼間のときは教員室の窓の上と下という適度の隔たりのためにかえって気楽に話が出来たのに、こうしてひとつの部屋の中で向かい合って坐ってみると、取材のための訪問者という態度をとることもできず、男と女がじかに同じ平面で向き合った形で、何となく言葉を切り出しにくい。と同時に、いきなり黙って手をとってもいいような感じでもあった。

そんな姿勢の決まらぬ気持のままに、わたしは煙草をすい続けた。白っぽい煙はゆっくりと流れて、ランプの火屋《ほや》の真上にくると急に激しく渦を巻いて舞い上っては、意外に高い天井の薄暗がりに見えなくなる。その煙の動きを追いながら、二人の視線がふと出会うと、彼女の眼の中に小さな黄色い炎がうつっているのが見えた。

「夜になると、寒くなります」

とひどく遠くから聞えてくるような声で彼女は言った。わたしが無意識のうちにトレンチコートを着たまま坐りこんでいたのを、彼女は見ていたのだろうと思う。ランプを残したまま、彼女は立ち上って暗い土間におりてゆき、間もなく温突《オンドル》の焚き口がぼっと明るくなった。

時折、薪の小枝を彼女が手折るらしいぴしっと鋭く乾いた音がする。吸いこまれるように消えてゆくその音の行方を無意識のうちに追いながら、わたしは、斜面の村を越えて無人の野と台地へと連なる沈黙のひろがりと、自分自身の内部の手ごたえのなさとが、ひとつに溶け合うような、しんと冴えた感覚をおぼえた。

とまた一本、新しく枝が折られてほうりこまれ、燃え上った炎で彼女の顔の隈取《くまど》りが一段と濃くなり、彼女の背後の闇も一段と深くなる。闇に浮んだ彼女の顔が、その微妙に変化するあいまいな表情のままに、次第に身近く、そこに、手をのばせばとどくようにさえ感じられだす。

彼女は葱を卵で包みたっぷりと胡麻油でいためた料理を、わたしのためにとくにつくってくれた。辛い料理は食べられないんだ、と遠慮がちにわたしが言ったためだが、彼女は簡単に「そう」と答えて、別に気にする様子もみせなかったので快かった。

無理に自分の国の料理をすすめて、仕方なくこちらが水やビールでのどに流しこむようにして食べてみせると、本気にうれしそうな顔をする単純な人たちが、わたしは嫌いだった。食物の好き嫌いにまでどうして国が関係してこなければならないんだ――と、ふと別の世界のことを思い出すような感じで考えている自分に気づいて、笑いかけた。

不審そうに、彼女が長い銀色の匙《さじ》を手にしたままわたしの顔を見つめたので

「半日車に乗っただけなのに、とても遠くまで来たような気がしておかしいと思っただけさ」

と説明する。彼女はまた滑らかに匙を動かし、匙の肌をランプの灯が揺れた。

「静かだなあ」

と思わず呟く。

意味をとりちがえたらしく、急に彼女が立ち上って壁ぎわに置いた低い簞笥《たんす》の上のトランジスター・ラジオのスウィッチを入れようとしたので、あわてて止めさせた。

「静かでいいというつもりだったんだ。でもひとりだと、この静けさはたまらないだろうと思うよ」

村も一番高いところにあるここでは台地の林がすぐ頭上のはずだが、と思い出して耳をすましたが、少しのざわめきも聞えなかった。

「もっと寒くなると、ヌクテの声がします」

と彼女が言う。この土地の山岳地帯に残っている狼の一種のことだ。

「どうしてこんなところに来る気になったんです?」

昼間たしか一度聞いた質問をもう一度くり返してみた。昼間のときは幾分の取材的興味もまじっていたが、今度はそうではなかった。情報将校やホテルの係員からわたし自身、同じような質問をされたことを思い出す。

「あちらはね。たくさん面倒なことがあります。いや、ありました」

と言いながら、強く眉をしかめてみせた。

多分言いたくて言えない様々のことがあるのだろうと想像しながら、わたしも心をこめてうなずく。

「戦争に関係があるんだね」

彼女がうなずく。

「前にも学校の先生をしてたの?」

首をふる。

「何をしてたの?」

「何もしてません」

きっといい家の育ちなのだな、と思う。わたしなどの想像できないいろんなことがあったのだろう。驚いたことにそのわたしの考えが伝ったように、いきなりランプのそばに両手の甲をそろえてさし出して、彼女はつきつめた口調で言った。

「前はみながわたしの手をきれいと、そう言いました。でもこのとおりです」

指の長い美しい手ではない。顔の輪郭に似て卵形のふっくらとした感じの手だが、別に荒れているようには見えなかった。

「いまでもきれいな手だよ」

この国の金持の女たちはすべてを女中まかせで、生まれてからハンカチ一枚自分で洗濯をしたことはないと別に自慢するのでもなく言った女も知っていた。

「いいえ、ちがいます。前は指を動かしてもひとつのしわもありませんでした」

そう言ってゆっくりとくり返し両手の指を屈伸した。眼が慣れてきたとはいえ、薄暗いランプの光で指のしわまで見えるはずはなかった。だが言われたとおりに、黄色い光の輪の中に差し出された手を、じっと見つめつづけるうちに、その手が体とは別にひとりでに動く物哀しい生物のように見えてきた。

「もういい。たしかにしわが見えたよ」

そう言って、押し戻すように、その手の甲を上から両掌でにぎった。吸いつくように肌理《きめ》のこまかくしなやかな、それでいて磁器の肌のように乾いて冷たい手だった。そのまま掌に力をこめながら、彼女の手を包みこんでいった。彼女はことさら力をこめるのでもなく抜くのでもなく、そのまま腕を差しのばしている。

女の手というより、ひとつの気配の手ごたえのようなものを、わたしは感じた。トラックが無人地帯に入ってから全身に感じた荒涼としてしかもあたり一面金色に燃えているようななまめいた気配を、思い出したのだった。

わたしが掌をゆるめたのか、彼女がそっと引きぬいたのか、いつの間にか、ランプの光の輪の外に坐り直していた彼女が、つと立ち上って、机の上の食器を土間の方へと運んでゆく影が、箪笥の角で折れ曲りながら移動していった。

わたしは自分の魂が抜け出して歩いてゆく影を見るような思いで、その影の動きを見守りながら、彼女と会って以来彼女と話をしていたというより、ほとんどわたしが彼女になって自分自身と話してきたような感じがした。

床が暖まってから部屋の隅に脱いでおいたトレンチコートを肩の上にひっかけると、わたしは靴をつっかけたまま、外に出た。

ここに入る前、一応校舎の中を彼女が見せてくれたとき、便所の場所も教えておいてくれたのだが、校庭を横切って野を見渡す崖の端まで行った。

昼間、透明な秋の陽射の奥に空は無限に遠かったのに、いま同じように晴れ渡った夜空は、紙の星のきらめくサーカスの天幕ほどの近さに見えた。星というものがこんなに多かったのか。それは美しいというより、むしろ無気味なほどなまなましかった。ずっと横の方の、台地のはずれを斜めに切る星座の連りは、じかに黒い林の中に溶けこんでいるのではないか、とさえ見えた。

星と星との間の黒い隙間をのぞきこもうとしたが、そうして眼をこらして見上げつづけると、かえって闇に慣れてゆく眼が新しい星の瞬《またた》きを捉《とら》えてしまうのだった。そうした一面の星空がのしかかるように覆いかぶさって、昼間はあんなにも妖しく輝いて見えた野のひろがりが、ひどく冷え冷えと見えた。

肩をすくめて引き返す。急に寒さが身にしみて、羽織ったコートの下で腕を組み合わせ、右手で左腕を、左手で右腕をにぎりしめる。自分自身のかすかな体温が、かろうじて感じられた。校舎の影は背後の黒い崖の肌に溶けこんで見分けられない。近づくにつれて、彼女の部屋の窓の灯がやっと認められ、その黄色い光に吸いよせられたように、まわりの闇がとくに濃く深かった。

後ろ手にそっと戸をしめて土間に入ると、彼女は部屋の中を片付けていた。わたしは何となく土間に立って待った。眼が闇に慣れたせいか、土間に積み上げられた道具類の輪郭がぼんやりと見える。土間は学校の道具置場にもなっているらしい。木箱のようなもの、棒のようなもの、籠《かご》のようなもの、それにおそらくテントの幕にちがいない厚い布地のものが丸められているのも眼についた。

彼女が時折ランプの位置を変えるらしく、部屋の入口から流れ出てくるかすかな光が不規則に移り動くにつれて、それらの道具類も様々に陰影を変えながら、ただそこに放り出され積み上げられているというわびしい感じを強めた。正確な形も使途も不明なままに、それらの黒い物体は、ひっそりと闇と溶け合っている。星のきらめきは押しつけがましかったが、それらのがらくたはそっと自分たちのささやかな存在を守り通しているように思われた。

わたしは心に沁《し》み徹《とお》るような頼りない気分と、彼女へのうずくような身近な感じとを同時に覚えた。

振り向くと、ちょうど彼女は布団をしき終ったところだった。多少無理すれば二人分の布団をしくだけの広さはあるはずなのに、布団はひとり分だけのようだ。部屋の真中にあった机は窓ぎわに移され、ランプの芯を下げているらしく、天井にうつった彼女の影の輪郭が、少しずつ確実に薄れていった。

彼女が何を考えているのか一向にわからないが、そのことが別に気にならない。すべてが自然で濃密だ。おだやかにゆらめく炎、暖まった部屋の空気、土間にこもる闇、積み上げられた道具たちのひっそりとした気配、そして星明りの校庭の彼方につづく黒い野の沈黙の連り。星の回転。

わたしのコートと上衣を部屋の隅にかけてくれると、彼女は黙って部屋を出ていった。わたしはズボンとワイシャツをたたんで机の下に入れ、靴下をぬいで布団に入った。薄目の敷布団をとおして、温突《オンドル》の暖かさが徐々にしみこんでくる。手足をのばして、地熱を思わせるそのおだやかな暖かさを感じとる。

大地にじかに横たわっているようだ、と思う。
渡り廊下を戻ってくる彼女の足音がゆっくりと近づいてきた。

4

谷間の司令部への道路と国道との分岐点のやや手前の道端に、わたしは車を止めさせていた。一度ジープが車の横に止まって憲兵が「何をしているんだ」と尋ねたが「非武装地帯の村から戻るトラックで知人がくるのを待っている」と説明して、軍司令部発行の身分証明書をみせると、黙って走り去った。

一ヵ月前の自分自身の経験からも、あの村から帰ってくるトラックの時間が必ずしも正確ではないことを知っていたので、わたしは司令部で聞いた予定時間の一時間近く前から来て待っていた。だが予定の時間を三十分過ぎても、地平線と直交する道路上にトラックの姿は現れなかった。

数日前に降ったことし最初の雪も、首都ではもう消えていたが、この北寄りの荒野はまだほとんど一面雪に覆われている。わずかに幾つかの小高い丘の南向きの斜面に褐色の地面が露出し、あとは地平線へとほぼ真直に続く道路がひとすじアスファルトの肌をみせているだけだった。

一度だけ雲が切れて陽がさし、雪の野面が一面にきらめいたが、またいつの間にか低い暗灰色の雲が、谷間から野の果てまでを閉ざしてしまった。運転手は眠りこんでいる。わたしは後部座席の端に軽く腰をかけ両腕を助手席のバックシートの上にもたせて、フロントガラス越しに道路の先を見つめ続けていた。午後もまだ早い時間なのに、視野の全体が夕暮のように不透明だった。

学用品や教材を買うために首都に行く、という彼女からの簡単な手紙の届いたのがきのうの朝だった。軍のトラック便で運ばれたらしい検閲済みの印のついた封筒を、しばらく両掌の間にじっとはさんでから、封をあけた。もしわたしが少し遠くへ取材にでも出ていたら、間に合わないところだったからだ。だが彼女の来るという日が翌日なのを読んで、思わず大きく息をした。だがこうした現実的には間抜けたやり方こそ彼女らしいとも思えた。

戻ってからも、原生林に近い無人地帯の林の明るすぎる静けさを、赤土の校庭を斜めに照らし出す夕陽の色を、ランプの灯の輪のまわりによどんだ闇の気配を、わたしはしばしば思い出した。

だが雪もよいの街の歩道をコートのえりを立ててうつむいて歩きながら、あるいはホテルの白々と高い漆喰《しっくい》の天井をぼんやりと眺めあげながら、絶えず思い浮べるそれらの情景は、同じ土地の遠い一角の記憶というよりもっとはるかな、夢の記憶に近い感じだった。とくに彼女自身のイメージは、記憶の奥を意識してのぞきこめばこむほどあいまいにぼやけてゆき、結局、ランプの灯も吹き消した闇の底に並んで横たわっていたときの、夜空の無限の静寂が頭の芯にまでじかに浸みとおってくるようだった異様な感覚だけが甦《よみがえ》ってくる。

演習に出るらしい重戦車の列が不意に谷間のかげから次々と現れては、ディーゼル・エンジンの重苦しい音と、キャタピラーが路面の舗装を打つ硬いひびきを残して国道を遠ざかってゆく。

手ごたえがないといえば、あれほど手ごたえのない感覚はない。だがあのときほど、夜のひろがりと物たちのひそやかなたたずまいに対し、透き通るように開かれた自分を感じたこともない。それが彼女のためなのか、あの土地のせいなのかはわからないが、わたしの心は、その感覚を、あの土地を、彼女を、求めつづけている——

わたしは一そう身を乗り出して前方を眺めた。地平線にはさらに低く雲が重なり合い、雪の野は暗い灰色に沈んでいる。国境地帯はもっと雪がつもっているのだろう。雪に降りこめられた村の中の坂道を下りてくる彼女の姿がぼんやりと浮び、真白な林の中の道をのろのろと進むトラックの形も見えるような気がした。だが現実の視界の中には、動くものの影は一向に現れなかった。最初にトラックを見つけたのは、いつの間にか目をさましたタクシーの運転手だった。

「やっときましたよ」

とフロントガラスに顔をつけるようにして地平線をのぞきながら、運転手は言った。自分が乗っているときはかなりの速度を出しているように感じたのに、遠くから眺めると、雪の中の一本道を進んでくる暗緑色の軍用トラックは一匹の昆虫のようにのろかった。

トラックは谷間の入口にある衛兵所の前で一たん停車して検査される。そこで彼女をおろしてもらおうと考え、わたしは車を出て国道を進み、谷間への分かれ道を曲った。道路には戦車のキャタピラーから落ちた泥まじりの雪のかたまりが溶けかけていた。両側の雪の表面には稲の切り株がわずかだけ顔を出し、その間に鳥の足跡が点々とついていたが、鳥の姿はどこにもなかった。

かまぼこ兵舎の煙突から薄青い煙が流れ出して、谷間を這いおりていく。

近づくにつれてトラックの動きは早まり、国道を折れてから再びのろくなった。きょうは運転手は黒人兵ではなかった。助手席にも人影が見えたが、男の顔だった。停車すると、後尾に走り寄って幌の中をのぞいた。太いロープが丁寧に巻かれて薄暗い床に転がっているだけだった。

トラックが再び走り出し、わたしは車に戻った。内側からドアをあけてくれた運転手に、短く「帰ろう」とだけ言って、深く座席に坐りこんだ。

車が急角度に路上でUターンすると、灰色の地平線が眼球に切りこむように真横に流れた。


その夜、わたしは酒に酔った。必ずしも彼女が現れなかったことに関係はない。かねてからその夜に会合があることに決まっていて、彼女が現れて夜も一緒に過すことができるようなら断ることにしていたのを、出席したためだった。

だが普段なら相手が「わたしの盃《さかずき》を受けられないというのですか」と怒れば怒るほど、かえって意地悪く断っては、コカコーラをとくに持ってこさせて飲むところを、その夜は断らなかった。ビールのコップになみなみと薬缶《やかん》からつがれる清酒を、たてつづけに幾杯も受けた。そうすると本気になってよろこぶ人たちの顔を眺めては、同じ液体を同じ容器で飲み合うというような単純な行為が人間同士の距離を縮めるかのように思われていることが、改めて嫌悪をそそった。

「ここに来てどのくらいになりますか。もう二ヵ月ですって？　ではとっくに可愛いひとができてるでしょうな」

髪を短く刈りあげた首のふとく赤い男が、そう言ってはまたわたしのコップに黄色い液体をつぐ。隣では少しもおかしくもない話をしては、自分で高笑いしている男があり、向うでは音階のはずれた声で一時代前の流行歌をどなっている者もある。

「ひとついい娘《こ》を紹介しましょうか」

首のふとい男が顔を近づけて小声で言う。

「実は、もういいひとがいますから」

「それは失礼、この店ですか。それとも……」と男は一流の料亭の名前を次々とあげる。わたしは次々と首を振る。

「そのどこでもありません」

「かくすこともないでしょう」

「国境の向うで」

「あなたの国のことですな。でもそれはそれとして……」

この土地にくる半年ほど前に軽い胃潰瘍を患《わずら》って、それ以来アルコールをとっていないわたしの体には、急速に酔いがまわり出している。弛緩《しかん》する思考の流れの中を「あなたの国」という言葉がむなしく漂った。

わたしは送りの車を断って、そう遠くないホテルまでの夜道をひとり歩いた。

冬の夜気に触れると頬は平手打ちをくったように痛く熱かった。急に冷えこみが強くなったせいか、深夜の(4)通行禁止時間までまだかなり間があるはずなのに、すでに人通りは跡絶えがちだった。

至るところの建物の壁や塀で、ちぎれかけた様々な決議文や宣言文の貼り紙の端が風に鳴り、歩道を落葉とアジビラが吹き飛んでゆく。焼跡の東京の街で同じようなポスターを壁や電柱に貼ったり、人ごみでアジビラを配った記憶が、切れ切れに浮んでは同じように吹き飛んでいった。

このあたりの道筋と建物は昔のままのはずだ。百貨店も父が勤めていた銀行のとがった屋根も見える。だがすでにわたしの記憶が細部を失って風化しかけているように、建物も、壁の色に、窓枠の錆びに、石段の角の減り具合に、十五年の時間の痕が微妙に読みとれる。いっそ街全体が新しく変っていれば、ここの土地もただ近いというだけのひとつの外国として突き放したうえで受け入れられるにちがいないのに。

「何となく昔の通りで、何となくちがっている、それがいけないんだ」

と声に出して言ってみる。

到着して間もなく、昔住んでいた住宅街の一角を訪れたことがある。市電の終点も、電車通りを曲る角の散髪屋も、文房具屋も、記憶通りの場所にあった。銀行の社宅の列もめっきりと古び汚れながら残っていた。その前を幾度も行ったり来たりしているうちに、路地で遊んでいた子供が、かつて三年間わたしの暮した家にかけこんでゆき、間もなく中年の婦人が門の扉の中から顔を出して、わたしをにらみつけた。「変な男が家の前をうろついてるよ」と子供は母親に警告したにちがいない。婦人のきつく眉をひそめた視線を背中に感じながら、急ぎ足で立ち去った……

そのときの思わず笑い出したくなるような自分に対する皮肉な気分が急に甦り、葉を落ちつくした街路樹に、両手を突き両脚をひらいて、根もとのところに苦く酸っぱい液を吐いた。

吹きさらしの街路樹の樹皮の冷たさが、刺すように指先にしみる。苦い液体はあとからあとからと幾らでもこみあげてきてのどを焼き、自分自身が内側から溶《と》け爛《ただ》れて、黄色くねじくれた奇妙な形に変ってゆくような気がした。

ようやくホテルの前まで辿《たど》りついたが、このまま部屋に上る気がしなかった。しばらく玄関わきの車寄せの隅に立っていた。吐いたせいでやや気分はよくなっていたが、風が舞いこむ度に上体がふらつくような気がした。耳と鼻と手足の指先とが麻痺して感覚がなく、口とのどに残る胃液の苦味だけがまだ宙に浮いて漂っている感じだった。

帽子のひさしに金の飾りのついた高級将校が、ミンクの半コートを羽織った背の高い銀髪の婦人の肘を片手で軽く支えながら玄関を出てきて、駐車してあった大型の乗用車に乗りこんだ。車が走り出してからも女の方がくぼんだ眼窩《がんか》の奥から不審そうな鋭い視線を、わたしに注ぎつづけていた。彼女はこなかったのだな、という事実が初めて辛く意識の底を走った。

ふらつく足の無感覚な指先に努力して力をこめて、狭く曲りくねった路地を抜け、ホテルの裏手の通りの一角にある行きつけの喫茶店に入った。閉店間近の時刻で、隅の座席で若い兵士と女友達が低い声で話し合ってるほかに客はなく、店内の灯は半分消されてストーブも残り火だけになっていた。

この喫茶店はちょうどわたしが到着した日の夕方、ホテルのまわりを見物しながら偶然「新装開店」のささやかな飾りつけを目にして入ったのがきっかけで、昼食のあとや夕食後にタイプに打った記事を電報局にとどけに行った帰りに、しばしば立ち寄る店だった。

紅茶を運んできた女主人が、そのままストーブをはさんで向いのいすに坐りながら「顔色が悪いようね」と声をかけた。

この市では喫茶店の経営者は女性が多い。この店の主人もわたしの助手がどこかから聞いてきたところだと、一時は詩と政治運動で一部に名を知られた女だという。わたしの想像を越える暗い体験を耐えぬいてきたような陰影のある落ちついた人柄が好きで、客のないこうした夜遅くなどは話し合うことが多かった。多弁ではないが日本語を巧みに話した。

「会合でかなりのんだ」

とわたしはストーブにかがみこんで答えたが、わたしより二、三歳年上の女主人は、たしなめるような口調で言った。

「それだけじゃないようね」

酔っていなかったら、しゃべりはしなかったはずだ。これまでも純然たる個人的な事柄については話したことはなかった。だがこのときのわたしは酔いのために気持の制御がゆるんでいたにちがいない。

一ヵ月前の無人地帯での出来事を、手短に話した。

しばらく女主人はひとり考えていたが「その女教師の名前は何ていうの」ときいた。わたしは名前を告げた。

「話をきいてるうちに、そうじゃないかなとは思ったのだけれど、どうやらわたしの知ってる人らしい。ただその名前はよくある名前で、同名異人の可能性もかなりあるけど、もしわたしの推測どおりだとすると……そのひとは姉さんのことを話さなかった？」

「いや、自分の家族や過去のことはほとんどしゃべらなかった」

「そうかもしれない。実はそのひとの姉さんとわたしが同じ学校の出身で、一時は同じ組織に属していたことがある。頭がよくて意志の強いひとだった。もちろんきれいだったし、有名だったわ。ところが、そのひとは内戦のとき撤退する軍隊と一緒に国境を越えて向う側へ行ってしまった。その後はどうなったか知らないけれど、そのために他の家族が大変な苦労をしたのよ。あなたがたにはわからないでしょうがね。内戦というのは戦闘そのものより、そのあとが大変なのよ。占領したあと、あるいは反対側が再占領したあと、前の側についていた人たちの徹底的な粛清と追及が行なわれる。家族の中にひとりでも敵側についた者がいると、残りの家族はいつまでも監視され意地悪く差別されて、生活できないような状態になるのよ。あなたの出会った女教師がそんなところに行ったのも、多分そのためだと思う」

「そういえば、面倒なことがいやだったと言ってた」

「そう。本当に面倒なこと、いやなことがたくさんあった」

しばらく二人とも黙って消えかけてゆくストーブの炎を見つめていた。戦争とか政治とか国などというものは――とわたしは突っかかるような気持で考えようとしたが、酔いのまわった頭のなかはただ吐気に似た不快な気分が渦巻くだけだった。

そのとき剝き出しのコンクリートの床を近づいてくる重い足音がした。何気なく顔をあげると、黒い皮のジャンパーに黒いソフトをあみだにかぶった体格のいい男が、わたしをにらみつけているぎらつくような視線に出会った。

「おい、おまえは日本人か」

「そうだが」

とわたしも立ち上ったが、背も肩幅もわたしのひとまわりは大きかった。

「やっと追い出したと思ったら、またいつの間にか戻ってきやがって、女を相手に自分の国の言葉を図々《ずうずう》しく大声でしゃべりまくっている」

そういう男の言葉は正確な日本語だった。酒くさいにおいがした。酒の入っているわたしにさえこれだけにおうのだから相当のんでるな、と思った。

「一体今度は何を取りにまた戻ってきたんだ」

わたしはここの政府発行の記者証を出してみせた。

「ニュースを取りにさ。形のあるものは何も取りはしない」

「生意気いうな。おれはおまえたちの顔も言葉も、絶対に見たくもないし聞きたくもない」

そう言いながら、男はそれまでジャンパーのポケットに突っこんでいた両手を出して、一歩前に進んだ。わたしは思わず後にさがろうとする体の動きを、かろうじて押えた。

「おれの父は関東大震災のとき、日本人になぐり殺されたんだ。わかるか。犬のようになぐり殺されたんだぞ。だからおれもおまえをなぐり殺してやる」

男の体から強い腋臭《わきが》のような濃密な気配が急に放射してくる感じがした。これが殺気というものらしいと思ったが、酔いのせいか、意外に恐怖はなかったし、それに何か現実感がなかった。自分の外側で自分とは無関係な事柄がひとりでに進行している感じだった。

「その大震災のとき、わたしは生まれてもいなかった。生まれる前のことで仕返しを受けるわけか」

「おまえの国の奴らのやったことじゃないか」

十何年か前にやはりこの市の中学校で、放課後、柔道場の裏に呼び出され「おまえはどうして陸士も海兵も受けないんだ。非国民！」と同級生たちからなぐられたことを思い出し、不意にひどく滑稽な気分がこみあげてきた。事実わたしは少し笑いかけたらしい。

「何がおかしい。馬鹿にするのか」

男の体の気配が一瞬鋭く張りつめた。それまで黙っていた女主人がわたしたちの間に割って入った。彼女は男の顔を正面から見上げて、この国の言葉で鋭く何か言った。男の緊張感が一瞬ゆるんだように見えた。

その隙にわたしの方を振り向いて、女主人は「早くホテルに帰んなさい。あとはわたしが始末するから」と早口にささやいた。男のわきをまわって急ぎ足で店を出た。男は追ってこなかった。一そう冷えて鋭くなった風の吹き抜ける通りの端を歩いた。通行禁止時間が迫って、通りのどこにも人影はなかった。時折、タクシーが猛スピードで走り過ぎてゆき、後尾灯の赤い灯がはげしく揺れた。

どこの国でもないあの地帯が、懐しく思い浮んだ。だがあそこでも男たちの眼は暗くきびしかった。また嘔気がしきりにした。が、もう出てくるものはなかった。

5

雪は街を囲む山の頂きから降り始める。冬に入って一そう無気味に黒ずんできた頂きの岩の表面が、急に刷毛《はけ》で掃いたように細かな筋をひいてかすみ始めたかと思うと、見る間に白い薄幕が山肌に沿って垂れ下ってくる。雪だな、と思ったときには、すでに街はゆっくりと舞い下りてくる無数の白い斜めの線の向うに消えだしている。

乾いた土地のはずなのに、雪の粒は意外に大きくたっぷりと水気を含んでいて、窓ガラスに当るとたちまち溶け崩れ、水滴はしばらく懸命に自分の重さを持ちこたえてから、次々とガラスの表面を一気に滑り落ちてゆく。その水滴の簾越《すだれご》しに、ホテルの下の広場をあわただしく行き交う人たちと自動車の動きが見えかくれするが、それもやがて不透明の白い水底に沈んでゆく。あとには、市の中心の高台に聳《そび》えるカトリック教会の黒い尖塔《せんとう》だけが、濃霧にとじこめられて沈んでゆく船のマストの先端のように身をよじって震えつづけながら、白い視界の中に残った。

一、二度、偶然に、そうして街がかき消されてゆく光景を眼にしてから、窓ぎわに置いたテーブルの前に坐りこんだまま、外を眺めていることが多くなった。壁ぎわのソファーの上には、もう何日分もの土地の新聞がそのまま積み重なっている。テーブルの上の携帯用タイプライターには電報用紙がはさみこまれたままだ。

初めの頃は不快な義務として一日に最低三人の人に会って話をきくことにしていたのだが、いまはもう滅多に外にも出ない。いわゆる事実の組み合わせと動きというのは、初めに恐れたほど複雑でもなく、期待したほど陰影深くもなかった。起りそうなことが起り、作用には正確に反作用が伴った。知り合いの学生たちの何人もが逮捕されては、一そう眼に暗い光を加えて出てきて、また逮捕されていった。

時折、裏町の喫茶店の隅で彼らとだけは会うことがあったが、彼らはすでにわたしの助言の範囲を越えていたし、わたしも彼らがあたりをしきりに見まわしながら、低いつきつめた声でしゃべる考え方や行動の計画よりも、彼らのひとりがかけている眼鏡の片方のつるが折れてなくなっていて、かわりに白紐を耳のうしろにまわして補っているのや、学生服の上衣の肘が破れてしわくちゃになった下着が内臓のようにはみだしているのが目についた。また、ちょうど店の窓を洩れてくる夕陽が彼らの背後の、剝《は》げかけた壁紙の隅に、どういう具合か三角形の赤い輝きをうつし出しているのが、妙に強く心に焼きついたりした。

物が見えるようになったともいえるし、見えなくなったともいえた。雪がとければポプラ並木の国道を行進して北上し、あの無人地帯で向う側の国の学生たちと直接話し合う計画をたて始めている、と学生たちは教えてくれた。そういう計画を、もし彼らが公表するか実現の準備でも始めれば、たちまち強烈な反作用を受けることは目に見えるようだったが、次第に狭い店内に濃くなる黄昏の色の中に並んでわたしを見つめる幾個もの彼らの眼は、同じように暗く不透明で、わたしの視線を通さない。

疲れているのではなかった。わたしはよく眠り、よく食べた。むしろ疲れているとき、すでに慣れてきたホテルの部屋の壁の色、テーブルの形、電灯の明るさ、窓から見える岩山の屈曲する稜線などが、それぞれの遠近と自然な組み合わせの中にわたしを組みこんでくれるように思われた。だが十分に眠って自然に目をさましたときとか、気に入った食事がちょうど消化し終って煙草がひどくうまく感じられるとき、ふと目についた物が前面をせり出すようにして膨らみを帯び、内部が急に充実してゆくように見えた。そしてそこまでの距離の空白がはっきりと見え、何かにつかまらないとその空白に落ちこみそうな感じになる。そっと寝台のヘッドボードの端とか、ソファーの背をつかむ。一瞬身を支えた気分になるが、すぐその手自体が木や布の手ごたえとともに遠のいてゆき、わたしだけが宙に浮いたような不安をおぼえる。

といってその不安は必ずしも不快ではなかった。次々と視線を移すにつれて、道具や壁紙のしみの形や岩山の頂きが、静かに殻をとじる貝のように、それぞれの沈黙の重心を内に包みこんでかっちりと輪郭をとざしてゆき、海の底を思わせる濃い静寂がどこからか滲みだしてきて、広くはない部屋をみたしていった。

とくに雪のあとの夜は、実際にほとんどの物音が吸いとられて、わたしの部屋の中だけでなく、山に囲まれたこの街の全体の空間が、本来の姿を取り戻す。ビルとビルの間、街路樹の裸の梢の隙間、風に鳴る電線のまわり、路地の蔭、家々の軒下、オーバーのえりを立て前かがみになって広場を横切ってゆく人の影に、目に見えぬ巨大で鋭利な刃物がたったいま、剜《えぐ》りとっていった痕のような、黒い静けさの傷口が深々と口を開いているのが見えた。

わざと思い切り引きあけた窓から身をのり出して街を眺めつづけていると、冷えきって冴えた夜気の底で、建物が、電柱が、車のタイアの跡が、岩山の影絵が、次第に凍りついて凝縮し、代って日頃は街の単なる余白か隙間としか見えない広場や通りや路地や、ビルとビルとの間のからっぽの空間が、透き通った厚みとひろがりを増してゆき、形ある物たちの方が、逆に空虚の気まぐれな影のようにさえ感じられてくる。

そうして鼻の先や耳たぶがちぎれそうに痛くなって、ようやく顔を窓からひっこめながら、あの境界の向うの地帯からこちら側を眺め返しているような気になるのだった。彼女からその後何の連絡もなく、こちらからも連絡の仕様もないまま、直接にあそこのこと、彼女のことを思い出す日は次第に減ってきたにもかかわらず、むしろそのためにかえって、あそこはわたしの意識の裏側でひそかに確実に増殖しているような具合だった。

時折、下におりてフロントデスクの前を通りかかると、若い係員が声をかける。

「この頃、あまり出かけませんね」

「実はこの間、喫茶店でこわいおじさんからなぐり殺すと言われてから、すっかり外がこわくなったのさ」

「それはどうも。でもそんなひとは滅多にいませんよ。気にしないで下さい」

気のいい若者があまり真剣な表情をみせるので

「冗談だよ」

とわたしは笑ってみせた。

「それならいいけど。どこか体の具合でも悪いのかと思った」

「そう、ここの具合が悪いんだ」

と自分の頭を指さしながら言うと、今度は若者が声をあげて笑いながら

「冗談でしょう」

と言う。

「いや、これは本当だ」

そう言ってわたしはデスクの前を離れて、玄関を出てゆく。

車道の雪が溶けかけて、泥と油で汚れていた。少し速度をあげた車が走りすぎると、びしょびしょの飛沫が街路樹の根もとにとび散って、薄黒いしみをつける。歩道の陽のあたる部分の表面は乾ききって敷石の隙間に乾ききらない泥が踏みつけられているだけだったが、建物のかげでは昼間表面だけ溶けかけた雪が夜中に凍り、凍った上に新しい雪が降り積もり、さらにその表面をこまかな煤《すす》の層が覆っていた。

直接の陽射にはかすかな暖かみが感じられたが、陽かげの雪と氷の堆積がそのわずかな暖かみも容赦なく吸いとって、空気は薄青く色づいて感じられるほど冴えて冷たい。人たちは厚い防寒着の中に身を縮めて、(老人と子供たちは耳まで隠れる毛布の深い帽子か、ウサギの毛でつくった白や灰色のドーナツ型の耳覆いをつけている)足早に通り過ぎてゆく。陽かげの部分でとくに足を早めようとするのだが、凍りついた路面が滑るのでかえって歩みは遅くなる。

わたしは安全カミソリの刃とライターの油を百貨店のわきの闇屋の屋台店に買いに出ただけなのだが、久しぶりの晴れ間のせいか、いつもより人出の多い街の、せわしげに浮き立った感じが、わたしの気持を固くした。

街は余白を失って建物と色とりどりの看板が重なり合い、人群のあわただしい流れと電線の交錯が隙間を埋めている。歩道の人波をかき分けながら、できるだけあたりを眺めないようにして歩いた。

泥のかたまりをかかとにつけた靴や、すその濡れたズボンが、まるで一匹の巨大な生物の活発にうごめく無数の足のように、うつむいたわたしの視野を埋めてざわめいた。通りの曲り角で夕刊売りの少年が、わざと哀調を帯びた声で叫んでいる。

ビルとビルの間のせまい路地が薄暗くしずまり返っているのに気づいて、ほっとしてのぞきこもうとすると、独得の嗅覚で外国人とわかるらしく、ドル買いの老婆がそっときょうの闇相場の数字を記した紙切れを目の前につきつけたので、急いでまた人波にまぎれこんだ。

顔面を刺す寒気にもかかわらず、生温かい瘴気《しょうき》が一面に立ちこめているようだ。瘴気は人波だけでなく、窓、壁、看板、ショーウィンドー、屋台店に並んだ商品、街路樹の梢、電柱の貼紙からも絶え間なく滲み出してきては、建物の輪郭と空の奥行を崩し、わたしは耐えがたい息苦しさをおぼえる。耳許で視野の奥で、絶えず何かがざわめいている感じだ。

かつて父の勤めていた銀行と中央郵便局と百貨店とが取り囲む小さなロータリーに出たが、すでに見慣れたせいか、昔の記憶はかすかな気配だけで明らかな形をとって甦ってはこなかった。赤い点と青黒い色のかたまりがぼんやりと意識をかすめ、それがかつて戦争の終った直後の真夏の日に、このロータリーの花壇に咲き乱れていたカンナの花の遠い残像と、中央郵便局前にとまっていた装甲車の記憶の余韻らしいとは思われたが、すでに何の感慨も誘い出さない。いまはとにかく早く買物をすませて、日毎に無関心の表情を深めてゆく壁や道具類の中で、落ちついて放心できるホテルの部屋に戻りたいと思い、最初に眼についた屋台店で闇商人の言いなりの値段でカミソリの刃とライター油を買って、ロータリーをまわる歩道の端を急いだ。

また白い花壇が眼につき、赤い斑点が意識の底で浮んだり消えたりした。ふと、それが真紅の鮮やかなカンナの色ではなく茶色がかって枯れかけた鶏頭の花の記憶だと気付いた。つづいて赤土の校庭にきらめいていた雲母《うんも》か石英の破片の小さなきらめきと、しめきった校舎の窓ガラスに反射していた明るい陽射の記憶が、重苦しく閉ざされていた心を内側から照らした。足をとめてあたりを見まわした。

肉眼がうつしだすものは何も変ってはいない。花壇の雪にうつる中央郵便局の影が先程よりわずか移っているくらいで、自動車は雪どけの泥水をはねとばしてロータリーをまわり、人群は歩道を流れてゆく。だがわたしの心の中は、不思議な明るさに静まり返っていた。記憶の中身がわたしの心を明るくしたというのでは必ずしもなく、ひとつの鮮やかな空間が、わたし自身の意志と予感に反して、わたしの中を不意に一瞬通りすぎていったその不意ということ自体の輝きのように思われた。

わたしは意識して、自分の内側を眺めた。すると肉眼にうつっていた冬の都会の姿が、次第に色あせて厚みを失い、急に雪でも降りこめてきたように視野一面がかすんでくるのが感じられた。〈人間は本当は閉じこめられてはいないのだ〉という想念が鋭くひらめいた。国境などという枠はもちろん、現在という枠、それに対応する意識の形にさえ縛られてはいない。だからその枠を何かが不意に通り抜けて過ぎるとき、このような開かれた気分になり、手ごたえらしいものが還《かえ》ってくるような気分になるにちがいない。

ともすると眼前の冬の午後の陽にかき消されそうになる内部のほのかな明るさを、心の中にそっと守るように、わたしは一そう視線を落し背をかがめて、陽かげの汚れた雪の凍りついた路地を伝って裏通りからホテルへ戻った。

「コノゴロ　キジヲオクッテコナイガ　ドウシタノカ　ビョウキナラ　ビョウジョウヲ　シラセロ　デスク」

ボーイがドアを叩いて手渡していった電報の封を切ると、ローマ字でそう書いてあった。別に驚きもしなかった。落ちついて二度繰り返して読み、どちらかの国の電報局のオペレーターのタイプのミスを二個所見つけた。

「カゼヲコジラセタダケ　シンパイスルナ」

タイプに巻きこんだまま埃のついた電報用紙に、それだけ一気に打った。しばらくぶりに打ったタイプのこつこつと固く乾いた音と正確な自分の指の動きが快かった。

打ち終った用紙を抜き取ると、何となく机のひき出しから新しい用紙をとり出してシリンダーに巻きこんだ。そしてキー盤に両手の指をそっと置くと、やがて指がひとりでに動き出すように、ローマ字を打ち始めた。

ペンや鉛筆で書くのとちがって、タイプは自分の字が気になることもなく、文章を書いているという感じもほとんどない。指によってキーを打つ強さの差はあったが、非個性的な文字が正確に並んでゆく機械的な感じは、大洋の真中で沈みかけている船から不特定の相手に向って無電信号を送ってでもいるような気持にする。

「マタ　ユキガハゲシク　フッテヤンダ　ソラモ　マチモ　ワタシモ　シズカスギル」

これまで、新聞の文章を打ってきたときはそれほど感じなかったのだが、いま自分自身のことを偶然タイプに打ってみると、自分の心の動きや状態を一種抽象的な事象のように眺められることがわかった。

電話でボーイを呼び、最初に打った本社あて電報をチップと一緒に電報局に届けるよう頼むと、そのまままた机の前に戻り、思いつくままの言葉を思いつくままに並べる作業に熱中した。

「モウイチド　ココニキテヨカッタ　ソウデナカッタラ　カイキョウノムコウニ　コキョーガアルヨウナキモチカラ　イツマデモ　ヌケラレナカッタダローー」

故郷という言葉もKOKYOOと打つと、完全に湿り気が抜けて、抵抗なく打てる。

「イワヤマカラ　フキオロスカゼガ　ヒロバノユキヲ　マキアゲテユク　ドコニモ　ヒトノケハイハナイ」

そうやって打っていると、もはや窓から顔をのぞき出さなくても、外の冷気と空虚をそのままに感じられた。あそこのことも、彼女のことも、素直に考えられた。

「〝ナニヲ　カンガエテイルノカ〟ト　ワタシガヨコニネテイルカノジョニ　キクト〝ナニモ〟トイッタ　シバラクシテ　コンドハ　カノジョガオナジシツモンヲシタ　ワタシモオナジヨウニ　コタエタ　ホントウニ　ナニモカンガエテイナカッタノダ」

そこで紙が終ったので、新しい紙を巻きこんで急いで打ち足した。

「ナニモカンガエナイトイウコトハ　スバラシイコトダ」

何日か、わたしはこの新しい発見に夢中になった。打つという作業自体が楽しみだったから、一度打った文章を二度と読み返すことはなかった（ローマ字は普通の文章のように斜め読みするわけにはゆかない）。

打ち終るはしから、通し番号もつけていない紙が背後のソファーの上にほうり投げられて積み上り、それがやがて床に落ちて散乱した。掃除係の女中は初め一枚ずつ拾い上げてソファーに戻していたが、そのうち諦めて拾わなくなった。

食事もルーム・サービスに頼んで部屋に運ばせた。ベッドに入ってからも何か思いつくとまた起きてタイプに向い、目がさめると急いで夢の記憶を辿り、記憶が切れると、勝手に（といっても自分のそのときの気持あるいは指の動きに自然に、という意味だ）想像の夢を打ちつづける。するとその想像の夢のつづきが本当の夢に現れてきたりもした。

一度、フロントの若い係員が室料の請求書を届けにきたことがある。ドアを開けると、彼はタイプした紙の散乱した室内を見まわしてから、驚いてわたしの顔を見つめた。

「閉じこもって仕事してらっしゃったのですね。さぞ素晴らしい仕事でしょうねえ」

「仕事じゃないよ」

「わたしには隠すんですか。それとも秘密の仕事ですか」

彼は床とわたしの顔との間に、忙しく視線を移しながら、幾分恨みがましい表情になった。わたしはわざと真剣な口調で言った。

「そうだ。秘密の仕事だよ。誰にも言わないでくれ」

「わかりました。どうぞ頑張って下さい」

若者は眼を輝かせてそう言い、それからやや声を低めてつけ加えた。

「部屋代の方は、仕事が終ってからでいいですよ」

「いつ終るか、わからんぞ」

「結構です。マネージャーにはわたしが何とかうまく説明しておきます。病気だとか」

「そう、ここの病気だ」

頭を指さすと、若者は片目をつぶってみせて部屋を出ていった。

わたしは、部屋の中と窓から見える物たちの時間と天候による変化、比較的近い過去の記憶をほぼ打ちつくしてから、少しずつ想念の視界を遠い過去や見えないものにまでひろげていった。

そうして肉眼で見えるものと見えないものとの区別、時間的に遠いものと近いものとの差を、次第に越えてゆくにつれて、無人地帯の夜にぼんやりと予感し、何日か前にロータリーのそばでかなり明確に実感した内部の明るさ——意識の枠や境界が不意に消え去る瞬間の不思議な充実感が、かすかながら持続するように思えてきた。

寝台に横になるとちょうど顔の上にあたる天井のひび割れの線の記述のあとに、すでに三ヵ月近くも前、この市の郊外の空港に旅客機が着地する寸前にかなり急角度で旋回したとき、大きく斜めに傾きながら鮮やかな黄褐色に輝いて見えた大地の色がタイプされ、つづいて予科練に行って死んだ中学時代の同級生の家の犬の顔が描写されては、ソファーの下に滑りこんだ。

それらは決して連想されたものではないが、といって完全に切れ切れの思いつきでもないようだ。そのところの微妙な関係は不明だったし、また不意に思いがけない遠くから甦った情景でも、強く心を明るくするものと、それほどでもないものとがあり、その質の相違についてもあいまいだったが、そうして思い浮ぶイメージや想念を片端から、非個性的な異国の字形に凝縮しては椅子のうしろに投げ捨てて、自分の内部を空っぽにしてゆけばゆくほど、より思いがけないイメージが浮んできて、世界がより異様にしんと静まり返る感じだった。

そう気付くとき、わたしはよく、トラックを運転してくれた黒人兵が無人地帯の林の中で「こんなところに住んでいるのは、頭のおかしい連中だけだ」と言った言葉を思い出してはひとり微笑した。

そうしていわば、心のなかの無人地帯に踏みこむような状態、少くともそうしようと試みつづけることが、わたしを幸福にしたのか、より孤独にしたのかはわからないが、それなりに犠牲を伴ったことは確かだった。

というのは、この作業を始めてから、わたしは電話のベルが鳴っても取らないことにしていた。たいていの場合、三度鳴ってもほうっておけばベルは鳴り止むのだが、その夜は五度鳴ってさらに鳴りつづけた。

腹を立てたわたしは、わざと机から最も遠い隅の床に置いた電話機のところまで幾枚もの紙を踏みつけて歩いてゆき、受話器をとるといきなりきつい声で交換手に文句を言った。

「ちょうど寝かかったところなのに、目をさましてしまったじゃないか。こんなに夜おそく。眠ってるらしいといって断ってくれよ」

ところが交換手は何も答えない。線のつながっている音が確かにするのに、向う側は黙っている。わたしは同じ言葉を、一そう苛立った口調でくり返した。

すると、かろうじて聞きとれる女の声が伝ってきた。

「すいません、わたしです」

彼女の声だった。

わたしはあわてて、どこでかけているのか、いつ来たのか、いつ帰るのか、と次々に質問した。初めて電話を通して聞くと、彼女の声はわたしの記憶よりさらに低く翳りがあった。

「三日前に、来ました。何回も、電話しましたが、いつも、あなたは、居ませんでしたね。わたしは、明日の朝、帰ります」

「すまなかった。仕事が忙しくて。のばせないのか。ぜひ会いたい。いまどこだ」

「だめですね。あなたのようにトラックに遅れることは、できません。ここは、学校の友達の家です」

「じゃこれからすぐ行くよ。場所を教えてくれ」

「それも、だめです。もう、通行禁止時間を、過ぎています」

「…………」

「では、さようなら」

そして電話は切れた。

受話器を置きながら、夜明けにタクシーで追いかければいいと考えた。予約しておかないで、朝早くタクシーがつかまるかどうか心もとなかったが、つかまり次第、全速力で追いかければ途中で追いつけるだろう。

検問所のある大きな川のこちら岸までは、特別の手続きなしにも一応行けることになっている。うまく追いつけても言葉を交す余裕もないかもしれないが、顔だけでも、もう一度見られればいいのだ。

確実な保証もなしに、雪の広野の国道を全速力で追いかけるという不意に思い浮んだ想像は、思いがけない記憶が過去の地平線の彼方から甦ってきたように、わたしの心を開いた。みるみる遠ざかってゆくわたしを乗せたタクシー、雪に覆われた丘の起伏、すでに固く凍りついている大きな川が見えてくるようだった。

いまこの同じ市のどこかに彼女がいる、という事実の奇妙さに驚きながら、わたしは窓際に立って外を眺めた。

彼女の友達の家が、この暗い街のどのあたりにあってどういう家なのかは見当もつかなかったが、川岸の検問所の小屋の形、壊れた橋の石台の砲弾の痕ははっきりと思い浮び、それにつれて凍りついた川面の透き通った氷の層の厚みが、陽射の加減で青いような緑色のような複雑な色に変化するきらめきまでが、浮んできた。

わたしはその氷の層を眼の前にのぞきこむような気持で、動くものの気配ひとつない通行禁止時間の街の、黒々と冴えた夜の奥をいつまでも眺めつづけた。

註

1【立入り禁止地帯】朝鮮半島における軍事境界線（三八度線）の、南北二キロメートルずつに設けられた非武装地帯（demilitarized zone＝DMZ）を指す。

2【PX】post exchange の略。アメリカ陸軍基地内の売店。無税で格安の生活必需品や嗜好品を購入できる。

3 【温突《オンドル》】 朝鮮や中国東北地方の家屋に多く見られる暖房装置で、焚き口で火を燃やし、床下に暖気を通して室内を温める。中国語では炕《カン》。

4 【通行禁止】 九四ページの註3参照。

短歌

吉田　漱

停戦

圧力に抗する示威はつづけりと海越えて幾日か伝う
南北に離れて国土の挽歌とも潮騒のごと濁り歌う譜
地の上の担架に輸血さるる兵停戦に旬日の画面と思う
おどり出て笛吹きしという黒人兵を伝えて停戦のニュースを終る

「青い壁画」より

III

詩

丸太の天国

谷川　雁

祖国につづく塩水をせき
木浦のなみだという歌をうたい
そのかみ王妃の耳に似た貝を埋め
ここふるさとに一足近く　おれたちは建てた
金日成の肖像がゆがんで懸る丸太小屋

おれたちの東支那海におでこを突きだし
工場の燃えかす煙る荒地にはや
どぶろく白く泡ふいて　夕暮は
舶来の雑草のとげを嗅ぐ

豚小屋の豚の鼻に下り立った

家々の夢魔にただれた残飯は
しらみ色の光をまいてゆらゆら右左
大桶にしたたかぶちこんで
さてもおれたちは豚の縁者
髪の毛の黒いばかりに横腹へらす異国人

とみるまに走りむかえる
警察の鞭で熟れはじめた桃の頰
朝夕の胡椒に鞣《なめ》された舌の
遠くまで清んだK音にまじる
にんにくの濃い郷愁にけつまずきながら

ニッポンテンノウヘイカ
ワタシノクニ　ミンナミンナ　トツテシモータ
ワタシノクニ　ハンプンモトツテキタ

ハンプン　マタ　カエラナイ

きこえる兄弟《とむ》　平壌の雨
北京の雨にぬれる幸福な豚どもの鳴声が
地獄がほろぶ日に天国もまた消えるのだ
海のへどがくちずける
この有難い丸太小屋の天国も

司書の死

中野重治

「出世するやつは、ちがってたな……」

そんなことを、子供時分からのことを考えて思うことがある。それならば、だれが、思いあたる当の出世がしらだろう。かしらとは行かなくとも、出世した誰がいるか。それがいないのだから、「出世するやつは、ちがってたな……」とはいっても、そんな感想がどこから出たか、自分でもわからなくなる。それにしても、高木武夫が出世しようとは、思ってみたこともなかった。そのとおり、高木は出世しなかった。ばかりか、死んでしまった。日本に片手ほどある大きな図書館、その一つの司書として、一九五〇年の六月なかばに死んだのだ。

もともとおれは、図書館というものにあまり縁がない。小学校では、図書館というものをまるで知らなかった。中学校へはいると、そこの市に市の図書館があった。中学三年くらいのとき、おれは初めてそこへ行ってみた。そして『餅と甘酒との研究』という本を借りだして読んだ。館員が、カードを見て、にやりとしたのを覚えている。おれとしては、とにかく何か借りなければ具合わるく、目録を見ても、目移りして恰好《かっこう》なものが選べなかったのでそれを選んだまでだったが、館員のほうは、中学三年くらいの子供がそんなものを借りだすのを見て、くすぐったかったのだろう。それ以来、その館員が何となくおれに目をかけてくれたらしかった。餅は、いったん搗《つ》いてあるのだから、元来は飯よりもこなれがいい。ただうまくて食いすぎるので、胸にもたれたりする。これだけのことを、いまでも、その『餅と甘酒との研究』から覚えている。蘆花の『寄生木《やどりぎ》』は、この市立図書館で初めて読んだ。明治の自由民権運動者が、鬼三島の手でひどく迫害された様子、監獄で、木の葉のゆれるのにあわして、こっそりからだを揺すって運動する様子などをやはり今に覚えている。

高等学校へはいると、学校自身にいい図書館があった。閲読禁止本という制度がなかったから——だろうと思う。おれは珍しいものを探しては読んだ。昔のものがあったから、みみずののたくったような文字もここで読めるようになった。初めおそれをなしていたが、豆男《まめおとこ》諸国めぐりといったものを読んでるうちに見当つくようになった。読みさえすれば読めるようになるものだ。ここの館員が、やはりおかしなものを探して読むおれに目をかけてくれたようだった。

この町には、古い、いい公園があった。その木立のなかに、やはりいい、古い図書館があった。一回五銭出すと、テーブルを独占できる特別閲覧室がある。いやな見まわりも、ここではそうつっけんどんにしない。五銭はひねり出せたから、おれはよく特別閲覧室へしけこんで、焼物、刀、根付《ねつけ》の本なんかを読んだ。そういう少年を、やはり館員がひいきして見てくれたようだった。

中学校、高等学校を通じて、図書館で試験勉強をするものがたくさんいた。図書館へ行って試験勉強をする。別にまちがったことではない。しかしおれは、それを、すこし誇張していうと、図書館をけがす仕方のように思った。図書館というものは、そんなことのためにあるのじゃないように感じていたのだ。そんなのに朝から詰めかけられては、館員も生き甲斐がないだろう、ものはそのものの用途において使われねばならない……図書館の人間が、いったいに、物欲のうすい人たちに見えただけにおれはそう思った。

実際は知っていない。しかしそうだろうと思う。いったい彼らは、なんとなくおとなしい人びとだった。少年の給仕、本のことをあまり知らぬ娘の事務員、眼鏡をかけた昔風の老人、長崎図書館の黒いガウンを羽織ったような人たちも入れて、それぞれに違いはあってもみなおとなしい。本というこのものを愛している。出世ということが概念として頭にない。菊池寛に「出世」という短篇があって、図書館のことを書いていたがやはりこのことに関係があった。

一九三五－六年ころ、朝鮮・満洲の境の日本警察屯所から立派な報告書が郵便でとどいたことがあった。役所の朱の判が捺《お》してある。最初おれはわからなかった。おれは警戒もした。なかをあけると、そういうところの、軍人、司法官、警察官を兼ねたような人びとの日常生活が描かれている。「妻も銃とり応戦す」といった生活がそこにあった。彼らは、貧しい日本農村のいっそう貧しい二、三男で、妻が妻でやはり同じところから出ていた。何の慰安もないところ、赤ん坊を腰にくくりつけたままで「戦死」したりもするこの人たちは、日本帝国主義と自分たちとの関係など考えてみたこともない。それだけに、日本帝国主義とその直接奉仕者たちのあいだの矛盾が、生きた人間の非常に素朴な日常生活の姿で出ていた。おれは、帝国主義のことを忘れそうになる瀬戸ぎわまで彼らに同情した。金達寿《キムダルス》の「玄海灘」から見ると、彼らは金日成[1]関係の部隊と寒気と餓《う》えとのなかで絶えず射ちあいをしていたのだったろう。

「だれが送ってくれたのだろう。お礼も出せないな……」

なかの誰かがにはちがいないが、お礼を出してその人が馘《くび》になっては困ったからお礼は出せなかった。直接それにもとづくとして、引用してものに書いて出すこともできなかった。ながい時がたって、第二大戦がすんで、ある日おれが中学生のときの図書館へ行った。そしてそこで、あれを送ってくれた当人がそこにつとめているのを知って思うところが深かった。図書館というところは、あちこちにそんな人がいるのだった。

同じ一九三五‐六年ころに、『都新聞』に中村地平という文化欄の記者がいた。ひげの濃い、美しい青年で、新しい作家として小説の世界で仕事しはじめてもいた。人にも作品にもおっとりしたところがあった。せっついて稿料を取りに行くときは記者として対し、話しあうときはおれたちは作家同士として対した。そういうある日、彼がいうには、彼は台北高等学校を出た、杉山産七先生からそこでドイツ語を教わった……杉山とおれとは高等学校で同級だったが、その後杉山は京都にきていた。すると、おれたちの――学校でいえば生徒になる人びとが新しい文学の世代として出てきてるのか。それは不思議な思いをおれにさせた。この中村地平が、おっとりとしてる上にもおとなしい人だった。やがて彼は病気になった。彼は郷里へ帰った。彼はいま宮崎の図書館にいる。このごろ再び書きだしている。こういう人が図書館にはいるのだった。

おとなしい人びと、反抗的でない人びと、破壊的でない人びと、善良で、どこかで人間の良さを信じてる人びと、しかし消極的なところのある人びと、こういう人びとが図書館にいるらしかった。考えてみると、高木武夫がその一人でなくはなかった。

杉山と同じく、高木はおれに高等学校の同級だった。三人ともそれぞれに落第したから、出入りはあったが割りに仲よかったといえる。高木の特徴は、高等学校生徒らしい衒《てら》いのないことだった。生得《しようとく》それがなかったのらしい。色白で血色がよかったが、美青年という型ではなかった。強い近目で、からだも小さかった。衒いがまるでないため、高等学校生の雰囲気のなかで、存在そのものとして皮肉に見えることさえ時にはあった。高木の書いたもので見ると、彼の家系には鼻の立派なのがいて、彼の従兄弟《いとこ》などは一人のこらず「マドロスパイプのような男らしい鼻」をしていた。高木武夫ひとりがつまらぬ団子鼻をしている。それは母親ゆずりのもので、我ながらつくづくいやになる。男はすべからくマドロスパイプのような鼻たるべし。それでも母親を見ると、ちゃんとその鼻が落ちついている。つまりそれは、高木武夫が人としてまだ出来ていない証拠だろう。そういう文章で、そこにかすかな厭人病《えんじんびよう》の匂いもあった。その匂いと、「マドロスパイプのような男らしい鼻」という感覚とがおれを引いた。おれたちは仲よかったが、何か熱情的なものはおれたちに生まれなかった。すべての熱情的なもの、それがそのことで彼にはいやなのだったかも知れぬ。

　おれたちはいっしょに東京の大学へきた。ふたりともドイツ文学科だったから、ふたりは二、三度教室でいっしょになったことがあった。しかしおれがその後教室へ出なくなったので——高木にしても出なかったろうと思うが——その後は顔をあわせなかった。そしてそのままで卒業してしまった。それからせわしないその日その日が始まった。

　一度省線[2]のなかで逢ったことがある。何をしてるときくと、図書館の仕事をしてる、といっても、図書館員の養成所のようなところの仕事をしているといっていた。

　それから長い時がたった。朝鮮の問題。満洲の問題。国内での共産主義・民主主義の弾圧。朝鮮人・台湾人にたいする民族語の禁止、日本語・日本文の強制。ドイツ・イタリヤのファシズムとの日本の結合。中国侵略と虐殺と暴行。第二世界大戦。空襲。かゆと薄い汁との食事。たばこの吸いがら集め。そしてやがて日本の敗戦。アメリカ軍による日本占領……

　そのあいだに知合いがだいぶ死んできた。互いに三十になり、四十になり、五十になったのだから仕方ない。いやに香奠《こうでん》ばかし出るな、いやに告別式にばかり行かねばならぬな、それにしても、おれ自身そろそろ危いなと思うことが続くようになった。戦争で死んだのもあり中気になったのもある。そしてそのころになって、風の便りで高木武夫が死んだという話を聞いた。病気で死んだそうだ。子供が二人とかあるそうだ。子供はかしこい子供で、細君も健気《けなげ》にやっているそうだ……しかしそれ以上は風の便りではわからなかった。何病気で死んだんだろう。

ある日おれが裁判所へ行った。知合いの大学生が裁判にかけられて、それを傍聴に行ったのだったが、学生自治委員会の代表、被告たちを教えている何人かの教授などが特別弁護人に立っていた。被告団は十人ほどで前に腰かけていた。

事件そのものは、おれは大体においてだけ知っていた。それは単純なものだった。アメリカ政府による日本の植民地化、それに伴う真面目な大学生にたいする日本政府の圧迫、大学経営者のそれへの屈服、そしてそれらすべてにたいする学生たちの反抗と抵抗。中身の中身はただそれだけだった。ただこのときは、日本警察の野蛮が極端な形で出ていた。学生たちは、それまでの苦い経験もあり、この抵抗運動では静かで落ちついていた。文部省がわのいう「過激分子」は大学から追いだされていて、おとなしい学生が残った形になっていたのだから。学生たちは実際おとなしかったのだった。しかし人というものは、悪くなるとつけあがるものだ。落ちついて、おとなしくして、ほとんど行きすぎるほど理性的だった大学生たちを、大学経営者がぺてんにかけて武装警官に引きわたしたのだった。考えられぬことが生じた。

制服を着てノートを持って、ベンチにかけて静かに大学経営者側からの返事を待っていた学生群へ、武装した警官隊がおそいかかってこれを殴りつけた。彼らは、アメリカ政府から与えられた樫《かし》の警棒を——それは銃床と同じだけ堅かった。——ラシャの学帽の上からまっすぐ脳天へ打ちおろした。学生たちが、自分のからだから出て溜りになった血のなかへ前のめりにたおれてうつ伏《ぶ》した。同じ溜りへ飛んだノートが赤黒くそれを吸った。ありさまはニュース・カメラに収まった。警察も大学も、カメラを目に入れてたじろがなかったのだった。見せしめという残酷な熱情が彼らを燃やしていた。そしてこの学生たちを、警官をでなくて、国家が告発した。それが今日《きょう》の裁判なのだった。

民国十五年三月十八日に、(3)段祺瑞《だんきずい》執政府の前で中国の青年男女が殺された。政府の軍隊が、「請願」に行った群集を小銃と拳銃と棍棒とでおそった。言いようのない、宝もののような若い人がここで殺された。この殺された人びとを、政府は命令を出して「暴徒」と名づけた。この天安門のことは、そのとき殺された胡麻《ごま》の花のようにやさしかった劉和珍《りゅうわちん》を悼《いた》む文章で魯迅が書いている。それの縮刷版のようだった。

この日の法廷は、特別弁護人たちの弁論でひとまず休憩になった。おれは人といっしょに法廷の外に出た。あの役所特有の光線のなかで、ぶあいそなベンチでおれは掛けて休んだ。仕事で帰らねばならぬ。法廷の続きも見たい……

そのおれを名で呼んだものがいた。おれは振りかえった。何年か見ぬうちに——最近に見たのからでも十年以上たっていたろう。——すっかり老人になった高木清士《きよし》教授がそこに立っていた。

「ああ、高木さん……」

それは、高木武夫の「マドロスパイプのような男らしい鼻」をした年上の従兄弟の一人だった。

高木教授はずっと長くこの大学にいた。外国文学をやっていたが、武夫に似て、やはり学問の世界でもおとなしい人のようにおれは思ってきた。武夫とちがってからだも大きいため、立派な容貌も鼻もいっそう老けを思わせた。

「高木武夫が病気で亡くなったそうですが……」

「それですよ。そのことでちょっとお話ししておきたいと思って……」

高木教授は、おれを偶然見つけて追ってきたところなのだった。法廷が再開されるらしい気配で、高木教授は端折《はしお》ってざっと話した。

日本占領アメリカ軍管轄のもとで、どんでん返しを打つような変化が日本に加えられて行った。治安維持法の廃棄というようなことがあった。国軍の解体というようなことがあった。政治活動の自由、組合組織の自由、言論の自由、検閲の廃止というようなことがあった。教育制度の基本変化というようなことがあった。それは人の目についた。中身の性格吟味にまでは目が行かなかったとしても。またそれは、それができにくいようにいろいろと工夫されてもいた。

いっそう性格吟味のしにくいことが、人目につく変化のうしろで、人目から隠して運ばれていた。帝国図書館からきた国立図書館の廃止、国立国会図書館の創立、国会図書館への主な私立図書館の吸収、国会図書館への国立図書館の支部としての吸収といったことが隠密のうちに運ばれた。高木教授も、変化にともなう法律・法令の改廃なぞは正確には知らなかった。要するに、こうやって、徳川の紅葉山《もみじやま》文庫を明治天皇の内閣が没収してきたコースの延長の上で、日本の国立図書館がアメリカ政府の調査網、宣伝網のなかへ、親近関係で組みこまれることになった。言いすぎを避ければ、私立の大図書館を含んで、日本の国立図書館網が――それは「網」としてまだ出来ていなかったが――日本をアメリカのための反アジア軍事基地にしようとするアメリカ政府の方へ、それ自身の方向で一歩踏みだしたのだった。

矛盾と摩擦となしにはそれは進まなかった。アメリカからきた、アメリカ議会図書館のクラップと図書館協会のブラウンとは、日本の図書館を私服でこっそり内偵した。いろんなことがあった。日本の図書館からアメリカへ人が喚《よ》ばれることになった。さすがに図書館関係には、アメション種属は全く見られなかった。人選がなされた。ここで、図書館人の、基本では人類を信用した、物欲のうすい、善良な、しかし性格的に消極的なところがつかまれた。高木武夫がその一人としてアメリカへ行くことになった。高木は、低い給料のなかへ家族を置いてアメリカへ飛んでいった。

半年ほどで高木の仕事はすんだ。一九五〇年五月末になっていた。どういうわけか、高木はしきりに日本帰国を急いだ。何でそんなに急いだのか、死んでしまって今となってはわからない。ともかく彼は急いだ。そのころになって、飛行機の切符が、汽船の切符が、急に面倒になったからでもあった。

軍人以外のもの、政府関係以外のもの、外国人にたいして、空の切符、海の切符がひどく制限されはじめた。飛行機そのもの、汽船そのものさえ市民にたいして欠航の形になって行った。軍用機と軍艦とだけが太平洋をわたった。それは、水上と空中とで、太平洋に黒ずんだ橋をかけるようだった。銀いろの飛行機さえ列となって黒ずんで見えた。

高木は続けて船をつかまえそこねた。彼は、日本の国家公務員として、アメリカと日本との政府間の関係でアメリカへ行ったものとして、優先的に船室が取れるはずだった。それが取れなかった。彼はいっそう急《せ》きたった。何でそんなに急いたかということが、ここまできて、ますます彼を急きたてた。とうとう彼が船をつかまえた。貨物船便の一つが、やっと高木の手につかまったのだった。高木は勇んでそれに乗りこんだ。

船はアメリカを出た。ひと握りの旅客がこの貨物船にいた。彼らに、遠く遠く出てしまってから、これが、貨物船は貨物船でも、軍用貨物船だということが明らかになった。人と貨物とは軍の管理のもとにあった。アメリカ軍将校がいっさいを指揮した。これは走る兵営だった。高木たちはそのなかへまぎれこんだ「地方人」[5]だった。しかも、これは、人以下の、外国人の、アメリカの占領している日本の「地方人」だった。海上で雨天が続いた。

ハワイを越して船は横浜に近づきつつあった。そのとき高木が急に発病した。鼠蹊部《そけいぶ》上のところで腹に劇痛がきた。からだの小さい高木は虫のようになって汗を流した。続いて高熱がきた。彼は診察を受けた。彼自身は虫垂炎を疑った。医者は、軍医だったが、肺炎を宣告した。人以下のこの外国人「地方人」は、この宣告を受けるためだけに大きな努力をしていた。高木はひととおりの肺炎の手当てを受けた。それは効き目を見せなかった。目に見えて衰弱がきた。高木のいちばん性《しょう》にあわぬこと、自分は日本の国家公務員である、日本政府とアメリカ政府との申合せにもとづいてアメリカへ行ったものである、仕事がすんで急いで日本へ帰るものである、見られる状態である、再度の診察を受けたいから診察してくれ——これを他人に申しいれるといういやな努力を高木はあえてした。

言い分は、こっちの顔をしばらく見ていてといった感じで受けつけられた。はじめて虫垂炎が宣告された。せま苦しい場所で手術がとりかかられた。外科の軍医——それを見たとき、衰弱した高木が、根拠なしに「これ、獣医じゃないかナ。」と思った。

手術はすんだ。その後の経過は思わしくなかった。船は横浜へ近づきつつあった。横浜—東京—うち。

「横浜へ迎えにこいと、時刻を入れて家族に知らせてくれ。無電を打ってくれ。」と高木は頼んだ。

「それはできない。許されぬ。いつ横浜へ着くかは、いまどこを走っているかとともに軍の機密なのだ。」

衰弱して横たわった高木をのせて船は走りつづけた。つづけて雨が降っていた。とうとう船が横浜に着いた。横浜も降っていた。さいわい小降りになっていたが、軍と政府と以外には全く秘密にして、関係者以外犬一ぴき通さぬ波止場で軍事荷役がはじまった。

波止場の端に、軍用移動組立てベッドが一つ置いてあった。小さい人間が一人、それに埋まるようになって、しかしぺしゃんこになって、寝具だけと見えるありさまでそのなかにいた。小降りの雨がそこに注いでいた。衰えきった高木武夫は、ときどき目をあいて空を見た。彼は目を横にしようとしたがそれはできなかった。あけた目に雨の粒がはいっても彼はかまわなかった。反射力がなくなっているのかも知れなかった。

波止場関係の日本人役人と、同じ貨物で来た一人の、アメリカにとっての外国人とが見かねて将校船長にかけあった。そこへ軍医も出てきた。ここは日本横浜だった。船は着いているのだった。荷役は最後へと進みつつあった。死にかけたこの日本人公務員の家族へようやく通知が出ることになった。

その場からまっすぐ、できるかぎりの注意のなかで、高木は日本の病院へそろうっと移された。できるかぎりのことがなされた。小雨のふる波止場で、すっかり風邪を引きこんでいなかったら助かったかも知れなかったがと後で細君が日本人医者からいわれた。

まもなく細君が外国関係の役所へ呼ばれた。

「高木武夫氏には全くお気の毒であった。したが、死の前後に関しては、決して口外なさらぬよう……」

こういって、細君は、高木の死を悼まれ、同時に「勧告」を受けさせられた。六月二十五日のことだった。

つづいて細君は新聞電報を知った。

「二十五日午前四時ごろ、南北鮮境界線である三十八度線にそった春川《しゆんせん》、甕津《おうしん》、開城《かいじよう》付近と東部海岸地区などで、北鮮軍と韓国軍とのあいだに戦闘が開始された。これに関して韓国政府は同日北鮮とのあいだに全面的内戦が発生したと公表したが、同日朝の北鮮側平壌放送は、韓国側にたいして正式に宣戦したと伝えている。」

細君は平壌放送を聞いていなかった。聞いていたら、そんなことが一言半句も放送されなかったことを知ったのだったろう。

ただ彼女の頭のなかで、役所でのひどい口どめ、あれやこれやからの無電が許されなかったことの想像とこれとが結びついた。それならば、普通貨物船を軍用船に仕立てて、大急ぎで秘密に日本へ送りつけた事情が、その事情でわきかえっているアメリカのなかで、武夫にそれだけびんびんひびいていたのだったろう。それで武夫が、消極的なあののんきものに似ず、貨物船にまで取りついたのだったかと思われて彼女は足ずりした。

廷丁《ていてい》が出てきて――いまは「廷丁」とはいわぬのだろうが――法廷が再開されるらしいことをベンチの人びとに告げた。高木教授は立ちあがった。おれにしても出るのが遅れていた。

「いろいろお話ししたいこともありましてね。手紙をとも思ったのですが、やはり、ちょっと、ひっかかるもんですから。いいえ、もう大きくなりました。女ですがね、父の死の意味も、娘なりに受けとめている様子です。また、何かと、お世話になるでしょうが……」

教授ははいって行き、おれは冷い階段を降りた。いまだにおれは高木の子供を訪ねてもいない。そのうちに、高木武夫の丸四年目の命日がきてしまった。子供に甘かったマルクスが、ふたりの娘から冗談に問われて答えていることがある。

「あなたの好きな仕事は何ですか。」

「本食い虫になることだ。」

こう答えている。しかし彼は、「あなたの好きな徳行は?」と問われて、「質朴だ。」と答えている。「あなたの好きな男性の徳行は?」と問われて、「強さだ。」と答えている。「あなたの好きな女性の徳行は?」と問われて、「弱さだ。」と答えている。「あなたの主な特質は?」と問われて、「ひたむきだ。」「あなたは何を幸福とお思いになります。」と問われて、「たたかうことだ。」「不幸は?」「屈従だ。」「いちばん大目にみる悪徳は何ですか。」「軽信だ。」「いちばんきらいな悪徳は?」「卑屈だ。」「ヒーローは?」「スパルタクスにケプラーだ。」「花は?」「月桂樹。」「色は?」「赤。」「名まえは?」「おまえたち、ラウラとイェンニー。」「好きなモットーは?」「すべてを疑えだ。」と答えている。おれも本食い虫になるのが好きだ。比べものにはならぬが。高木もそうだっただろう。しかし、それは、「質朴」、「強さ」、「たたかうこと」、「ひたむき」に結びついていなければならぬのだ。司書も図書館員も、日本では、これからはいっしょに大ごとというわけだろう。これを書いて、司書高木武夫のためにおれは祈ろう。

註

1 【金日成】 一三三ページの註6参照。

2 【省線】 省線電車の略。もと鉄道省（運輸省）が管理した電車および路線の通称。

3 【段祺瑞《だんきずい》執政府】 一九二四年から二六年のあいだ、北洋軍閥の軍人・段祺瑞が臨時執政として統治した中華民国臨時政府（北京政府）のこと。民国一五（一九二六）年三月、反帝国主義を掲げる学生らを弾圧した「三・一八事件」により「売国残民」と非難された。

4 【アメション】 「アメリカかぶれ」を揶揄した戦後の流行語。代議士や芸能人の渡米ラッシュを「アメリカにションベンをしに行っただけ」＝「アメション」と皮肉った。

5 【地方人】 日本軍で、軍人以外の民間人を指した語。

6 【南北鮮】 一三三ページの註4参照。

7 【三十八度線】 一三三ページの註7参照。

黒地の絵

松本清張

一

（一九五〇年六月＝ワシントン特電二十八日発ＡＰ）米国防省は二十八日韓国の首都京城[1]が陥落したことを確認した。

（ワシントン三十日発ＵＰ）目下帰米中のマックアーサー元帥副官ハフ大佐は三十日国防省で次のように語った。四万の米軍が朝鮮に派遣されるだろう。それは日本駐在の第一騎兵師団一万と総司令部直轄部隊三万である。

（大田《たいでん》特電七月一日発ＵＰ）韓国に派遣された米軍部隊は一日午後大田に到着した。さらに後続部隊も輸送途上にあるものとみられている。

（総司令部二日午後八時五十分発表）第二十四歩兵師団長ウィリアム・ディーン少将は朝鮮派遣全米軍の総司令官に任ぜられた。

（総司令部四日発表、ＡＰ）米軍部隊は三日夜、韓国前線ではじめて北鮮軍にたいする戦闘行動にはいった。(2)

（韓国基地十一日発ＵＰ）米軍地上部隊は大田北方で十一日朝、圧倒的に優勢な北鮮軍と激戦を交えたが、重大な損害をうけて十一日正午ふたたび後退した。

（総司令部十二日発表）米軍は錦江南岸へ撤退した。

（十五日発ＵＰ）北鮮軍は十五日夜、錦江南岸の公州を占領した。

（韓国基地十七日発ＵＰ）錦江沿岸の米軍は十六日北鮮軍の前線突破後、やむなく新位置に後退した。北鮮軍は強力な掩護《えんご》砲火のもとに大田に向って猛進撃をしており、米軍前線に阻止できぬほどの大部隊を投入している。

（十七日発ＵＰ）米軍は十七日大田飛行場を放棄した。

（ＡＰ東京支局長記）米国は韓国戦線にさらに歩兵部隊二個師団を投じた。

（米第八軍司令部にてＡＰ特派員二十五日発）北鮮軍は二十四日夜、韓国西南端の海南を占領しさらに東部に進撃、同夜求江も占領した。大田南方における北鮮軍のこうした動きは大田―釜山間鉄道の南部を東方にかけて切断する広範囲な遠回り作戦を可能にし、米・韓両軍の補給路をおびやかしている。

（ワシントン二十四日発ＡＰ）トルーマン大統領は米国兵力を約六十万増加し、新たにどんな戦闘が発生しても米国としてこれに対処しうるようにするため、総額百五億一千七百万ドルにのぼる追加支出案を二十四日議会に提出した。

太鼓は祭の数日前から音を全市に隈《くま》なく鳴らしていた。祭礼はそれが伝統をもった囃子《はやし》として付随していたから、祭の日の前より、各町内で一個ずつ備品として共有している太鼓を道路の端に据えて打ち鳴らすことは習慣だったのだ。一つは、それを山車《だし》にして市中を練り歩く子供たちが撥《ばち》さばきをおぼえるためであり、一つは太鼓の音を波のように全市にただよわせて祭の前ぶれの雰囲気を掻《か》きたてるためであった。暑い七月十二日、十三日が毎年の小倉の祇園祭《ぎおんまつり》の日に当っていた。

祭の日が近づくと、撥は子供たちの手から若者たちに奪われ、そのかわり、音は見違えるように冴えて活気づいてくるのであった。打ち手は二人ぐらいで、鉢巻をし、浴衣の諸肌を脱いで、台に据えた太鼓に踊りあがって撥を当てるのだ。祭の当日には、全市の各町内で太鼓叩きの競演があるから、腕を自慢する青年たちは汗をかいて撥をふるった。たたき方には、乱れ打ちなどいくつかの曲芸めいたしぐさがあるが、音は単調な旋律の繰り返しであった。どどんこ、どん、どん、どどんこ、どん、どん、というように一貫して、ほかに変化はなかった。しかし、聞く者には、この音が諸方から耳に乱れてはいり、混雑した祭の錯綜《さくそう》に浸らせた。

太鼓の音は、こうして祭のくる何日間も前から小倉の街中に充満するのであった。昼は炎天の下に気だるく響いているが、夜になるとにわかに精気を帯びて活発になった。音は街の中だけではなく、二里ぐらい離れた田舎にも聞えた。離れた所で遠く聞いた方が、喧騒な音を低くし、統一し、鈍い、妖気のこもった調和音となって伝った。そこで聞いた方が、その中心にいるよりも、よけいに祭典を感じさせた。

ジョウノ・キャンプは、街から一里ばかり離れた場所にあった。戦争中は陸軍の補給廠《ほきゅうしょう》であったが、米軍が駐留してからも、そのまま補給所に使用した。二万坪はたっぷりあった。木造の灰色の建物は白いコンクリート壁に建ちかわり、周囲には有刺鉄線の柵が張りめぐらされ、探照灯をそなえた見張台が立った。この内には米兵が何百人かいて、おもに兵士の被服の修理や食糧の製造をしているということであった。アーチ型の正門からは、コカコーラの瓶を荷造りして積んだトラックが、よく駅に向って走り出たりした。

しかし、七月のはじめから、このキャンプの内の兵士は数がふくれあがっていた。ふくれあがっては萎《しぼ》み、またすぐにふくれた。兵士はどこからか汽車で運ばれてはここにはいり、すぐにどこかに出て行くが、また同じくらいな人数がよそから来て充足した。市民たちは、その行先が朝鮮であることを知っていた。が、どこから彼らが運ばれてくるのかは知らなかった。

その何回目かの膨満をはたすために、七月十日の朝、一群の部隊がキャンプにはいった。彼らは五、六本の列車輸送を要したほどの人数であったが、ことごとく真黒い皮膚を持っていた。不幸は、彼らが朝鮮戦線に送りこまれるために、ここをしばしの足だまりにしたばかりではなかった。不運は、この部隊が黒い人間だったことであり、その寝泊りのはじまった日が、祭の太鼓が全市に鳴っている日に一致したことであった。

なぜ、それが不運か、あるいは、危険かは、日本人にはわからなかったが、さすがに小倉MP司令官モーガン大佐はその危惧《きぐ》を解していた。彼は市当局にたいして、祭典に太鼓を鳴らすのはなるべく遠慮してほしいと申しいれた。

市当局は、その理由を質《ただ》した。質問のときに、この伝統のある祭は、太鼓祇園ともいって長い間のこの地方の名物であり、太鼓はこの祭典には不可欠である、と力説することを忘れなかった。司令官は渋い顔をして、とにかく、太鼓の音は迷惑だと主張した。市当局は云った。それはどういうわけか。当地駐留師団長のディーン少将が朝鮮軍指揮官として渡鮮して留守であるから、その遠慮のためか。それとも、北鮮共産軍のために米軍が（3）南鮮に圧迫されつつある現在の戦況にたいして、自粛のために太鼓の音をやめよと命令されるのか、ときいた。大佐は首を振って、理由がそうではないことを示した。が、別に明瞭な解説を述べず、云い方が曖昧《あいまい》であった。ここで市当局は押し返した。いま太鼓をやめては、祭典ははなはだ寂寥《せきりょう》となり、ひいては市民は現在の朝鮮の戦況に結びつけて不安を感じるであろう、人心を安定し、勇気をもたせるためにも、ぜひ祭典は例年どおりに実行させていただきたい、と云った。司令官は眉をひそめて黙した。彼はそのとき危惧の理由が云えなかった——ことは、後でわかったのだ。

黒人部隊が到着した日は十日であった。彼らは岐阜から南下した部隊で、数日後には北鮮共産軍と対戦するため朝鮮に送られる運命にあった。彼らは暗い運命を予期して、絶望に戦慄《せんりつ》していたということは多分想像できるのだ。北鮮軍は米軍が阻止できぬほどの大部隊の人海で南下をつづけつつあった。大田を放棄し、光州を退却し、西南部からも圧迫をうけ、米軍は釜山の北方地区に鼠のように追いこまれていた。そこにこの黒人部隊が投入される予定だったのだ。戦地に出動するまで五日と余裕はなかったに違いない。そのことは彼らが一番よく知っていた。彼らが共産軍の海の中に砂のように没入してゆく運命であることも。

到着した十日の日も、むろん、小倉の街に太鼓の音はまかれていた。キャンプのある一里の距離は、その音を聞くのに適度であった。音は途中で調和し、遠くで舞踏楽を聞くようだった。

黒人兵たちは、不安にふるえている胸で、その打楽器音に耳を傾けたに違いなかった。どどんこ、どん、どん、どどんこ、どん、どん、という単調なパターンの繰り返しは、旋律に呪文的《じゅもんてき》なものがこもっていた。彼らはむき出た目をぎろぎろと動かし、厚い唇を半開きにして聞き入ったであろう。音は、深い森の奥から打ち鳴らす未開人の祭典舞踊の太鼓に似かよっていた。そういえば、キャンプと街との間に横たわる帯のような闇が、そのまま暗い森林地帯を思わせた。

黒人兵士たちの胸の深部に鬱積した絶望的な恐怖と、抑圧された衝動とが、太鼓の音に攪拌《かくはん》せられて奇妙な融合をとげ、発酵をした。音はそれだけの効果と刺激とを黒人兵たちに与えたのだった。遠くから聞えてくるその音は、そのまま、儀式や、狩猟のときに、円筒形や円錐形《えんすいけい》の太鼓を打ち鳴らしていた彼らの祖先の遠い血の陶酔であった。

彼らは、それでも、まる二日の間、兵営に窮屈そうにひそんで不安げに太鼓を聞いていた。二日目は、街ではいよいよ本式の祭礼の初日で、撥の音は高潮に達していた。ひそかなざわめきが彼らの間に起った。聞えてくる旋律は、肉体のリズム的衝動にしたがっていた。肩を上下に動かし、自然と掌をひらひらさせる、あの黒人の陶酔的な舞踊本能をそそのかさずにおかないものだった。

黒人兵士たちは、恍惚として太鼓の音を聞いていた。その単調な、原始的な音楽は、ここに来るまで雑多に入りまじり、違音性の統一した鈍い音階となってひろがってきた。彼らは頸《くび》を傾《かし》げ、鼻孔を広げて、荒い息づかいをはじめていた。


兵営《キャンプ》の周囲は土堤《どて》が築かれ、その上にとがった棘《とげ》の鉄線の柵が張りめぐらされてあった。見張台からは照射灯が地上に光を当てていた。しかし、これはふだんから兵士の脱出をさまたげなかった。というのは、土堤のところには、排水孔の土管がはめこんであり、兵営の庭から道路脇の溝に通じていたのだ。土管は、大きな図体《ずうたい》の人間が一人はって行くに十分な直径をもっていた。兵士たちは、夕方からこの土管を通って外出し、一夜を女のところで過ごし、早朝に土管から帰営するのであった。幸いなことに、土管の出入口は照射灯の光の届かない暗部にあったから、行動は自由であった。日本の旧軍隊の苛酷なまでに厳しい内務規律を経験した者には、すぐに納得できぬことだったが、動哨のときにも銃を肩にずり上げて煙草を口にくわえ、腰かけている懶惰《らんだ》なアメリカ兵の姿態になれてきた目には、そのような脱柵も奇異には思えなくなった。土管は兵士たちの夜の通用口であった。

七月の灼《や》けるような陽《ひ》が沈んで、空に澄明な蒼色《あおいろ》の光線がしばらくたゆたっていたが、それが萎むと急速に夜がはびこってきた。遠い太鼓の音は熾烈《しれつ》を加えて、暮れたばかりの夜の帯をわたってきた。日本人の解さない、この打楽器音のもつ、皮膚をすべらずに直接に肉体の内部の血にうったえる旋律は、黒人兵士たちの群れを動揺させて、しだいに浮足立たせつつあった。彼らは二日間もその呪術的な音を耳にためていたのだ。

風が死に、蒸暑い空気がよどんでいる九時ごろであった。兵士たちの影が《通用口》の入口にひっそりと集った。彼らは高い背をかがめ、土堤の陰にうごめいていた。一人ずつが土管の筒の中をはって膝で歩いた。土管は物にふれあって金属性の音を立てた。音は靴の鋲《びょう》ではなく、もっと重量のある音響をたてた。自動小銃の台尻や、腰の拳銃が土管を引っかく音だった。いつもの疎《まば》らな、白い顔をした兵士の陽気な《外出》ではむろんなかった。

太鼓はあいかわらず聞えてくる。黒い兵士たちは土管の入口で順番を待ちながら、肩をふるわせ、拍子をとって足踏みしていた。自動小銃と手榴弾がそれぞれの幅広い背にあった。武装は完全だった。死を回避する恐怖は、抑圧された飢えをみたす本能に流れを変えていた。見張台の照射は、土堤の草や、石ころ道や、田圃《たんぼ》の一部をむなしく輝かしていたが、その間隔の暗闇には、黒人兵士たちがしだいに黒い影をふやしつづけていた。太鼓の鈍い音律が、彼らの狩猟の血をひき出した。この狩猟には、蒼ざめた絶望から噴き出したどす黒い歓喜があった。

兵営の位置は、小倉の街の中心から南に寄っていた。東には四〇〇メートルぐらいな山脈があり、西にはもっと低い丘陵があったが、間はかなり広い平野になっていた。兵営の北側は街に近く、そのほかの側は田圃や畑の中に、聚落《しゅうらく》や村落が散在していた。農家もあり、市街の郊外をかたちづくった住宅群もあった。蒸暑い夜のために、それらの灯は雨戸にさえぎられることもなく、暗い闇の中に密集したり、はなれたりして光っていた。

黒人兵たちは、その灯を目標に歩いた。地理は皆目わかっていなかった。それは数日後の彼らの生命がわからないのと同じであった。彼らは、知らされなくても、海の向うの戦況に敏感であり、米軍の一歩一歩の敗退が、彼らの生命に直接かかっていることを知っていた。退却する味方と、追ってくる敵との隙間に、彼らは投入されるのだ。木が焼かれ、砲車の破片が散っている戦場に腕と脚とをもがれて横たわっているおのれの姿の想像は、ある確率で彼らの胸にせまっていたに違いないが、その現実までには、百数十時間か、それ以上の距離がまだあった。彼らは、一時間でも一分でも、そこに近づく意識を消そうとかかっていた。それは祈りに近いものだった。

もともと、アフリカ奥地で鳴らす未開人の太鼓には、儀式の祈りがある。彼らの祖先がアメリカ植民地開拓の労働力として連れてこられたとき、白人から教えられた神の恵みに感激し、奴隷の束縛された生活のうちに光明を見いだして創造した黒人霊歌《ニグロ・スピリチュアル》にも、アフリカ原始音楽のリズムが、神とは別な、呪術的な祈りのリズムが流れて潜《ひそ》んでいる。——

太鼓はやまずに遠くから鳴っていた。鈍い、呪文的な音だった。黒人兵士たちは生命の絶望に祈ったのかもわからなかった。彼らは、道をかまわず歩いた。靴は、伸びた草をたおし、田圃をつぶして、人家の灯を目ざして歩いた。狩猟的な血が彼らの体にたぎりかえっていた。闇は、狩猟者のはいくぐって行く森林であった。

黒人兵たちは五、六人が一組だったり、十五、六人が一組だったりした。統一はなかった。白人兵は一人もいずに、黒人兵の将校もまじっていた。彼らは兵営の西南部の広い地域にかけて、数々の村落に散った。自動小銃をにない、手榴弾を背負った兵士の群れは、どれくらいの組に分れていたか見当がつかなかった。誰が誘い誰が誘われたということでもなさそうだった。彼らは一組ずつの単位で行動していたが、組と組の間は連絡もなく、命令者もなく、ばらばらであった。云えそうなことは、彼らが戦争に向う恐怖と、魔術的な祈りと、総勢二百五十人の数が統率者であったことだった。

空は晴れ、山の上のさそり座が少しずつ位置をずらせていた。

前野留吉は、家の中にいて、遠くで人の騒ぐ声を聞いた。話し声は、はっきりしなかった。

「祭から近所の誰かが戻ったのかな」

留吉は、蚊帳《かや》の内で読んでいた本から顔を上げて耳を傾けた。

妻の芳子は、電灯の下で留吉の作業服のつくろいをしていた。留吉は近所の小さな炭坑で事務員として働いていたが、この炭坑はいつつぶれるかわからない不況にあった。

家は、六畳と四畳半の二間であった。家賃が安いのは、家が古いのと場所が辺鄙《へんぴ》なためだった。近所は五、六軒あったが、互いに畑で離れていた。前は道路で、向い側に田圃がひろがっていた。

芳子は、針をとめて声に聞き入るようにした。声はすぐに静かになった。

「大村さんとこでしょうか」

彼女はシュミーズ一枚だけで、髪の生えぎわに汗をうかせていた。蚊が耳もとで羽音を立てていたので、顔を振って、柱の時計を見あげた。十時が過ぎていた。大村という家は、一〇〇メートルぐらい離れて十五、六戸ばかりかたまった中の諸式屋《しょしきや》だった。日用品も、菓子も、果物も、酒も、日に三回通うバスの切符もその家で売っていた。

「遅くまで行っていたんだな」

留吉は雑誌を一枚めくって云った。

「もう、祭も今夜は終りごろだろう」

芳子は、そうね、と云った。もう太鼓の音は聞えてこなかった。

「表の戸は閉めたか」

留吉は云った。

「いま、閉めるわ」

芳子は云った。

「戸を閉めると、やっぱり暑い。もう少し風を入れておくか。いや、そういえば今夜は風がちっともない」

このとき、遠い距離から炸裂の音が二発起った。ずいぶん遠方からで、音は小さくてみじかかった。

「いまごろ、花火を上げていやがる」

その声の下から、もう一発聞えた。音は前よりも低く、暗い夜の底を通ってきたような感じであった。

「何だか、いつまでも騒々しいな」

留吉は雑誌を投げ出し、髪を指立てて掻いた。花火のことだけではなく、さっきのざわざわした声をまた聞いたからであった。こんどはもっと近くだったが、あいかわらず言葉の正体はさだかでなかった。

隣の小屋の鶏が羽根をはばたいて駆ける音がし、犬が吠えた。靴音が乱れて地上に響いた。口笛が低くした。

戸が鳴ったとき、留吉は蚊帳の中で起きあがり、四つんばいになって、表に来た、ただごとでない物音を判断しようとしていた。芳子は立ちあがっていた。

表の声は、騒音をやめたが、一つの言葉がはっきりと飛びこんできた。

「コンニチハ、ママサン」

声は咽喉《のど》から発音したように異様で複雑であった。

「あんた、進駐軍だわ」

芳子は夫に向って云った。まだ怖れはなかった。このあたりには、ときどき、米兵が女を連れて通りかかり、物を売りつけることがあった。

「いまごろ来て、しようがないな」

留吉は蚊帳から這《は》い出た。ランニング・シャツにパンツ一枚だけだった。彼は、表の暗いところに大きな男が五、六人かたまって家の中を覗《のぞ》いているのを見た。

留吉の背後の薄い電灯が、大男たちの目を反射していた。体全体は影のように暗かったが、目だけは紙をはったように白かった。その目がみんな留吉に向って剝《む》かれていた。

「パパサン、コンニチハ」

一人が、太くて渋い声で云った。五、六人の雲つくように高い背は、身動きもせずにせまい入口にかたまっていた。

留吉は黙ってうなずいた。

「ビール」

と、大男はいきなり注文した。

「ビール、ナイ」

留吉は手を振った。この返事を聞いて、はじめて彼らの静止した姿勢が動揺した。

「サケ！」

一言叫ぶと、大男は靴音を立てて、ぐっと留吉の前に顔を突き出した。貝殻の裏のように光沢のある白い目が電灯に映えてきらめいた。そのほかの鼻も頬も顎《あご》も真黒であった。厚い唇だけが桃いろがかって色がさめていた。その唇から酒臭い息が留吉の顔をうった。

「サケ、ナイ。ナイ」

留吉は手をあおぐように振った。はじめて彼は、相手がいつもの調子と違っているのに気づき狼狽《ろうばい》した。背中に銃を負っているのが目にはいると、不安が急激に湧いてきた。

後ろにいる男が、何か早口でしゃべった。犬が咽喉で啼《な》いているような声だった。その言葉は短く、それに応えたような三人の声はもっと短かった。

留吉は強い力で突きとばされた。大男たちは靴を畳に踏みつけ、障子を鳴らしてあがってきた。芳子は蚊帳の陰に走りこみ、立ちすくんだ。一人の黒人兵は太い指で彼女をさし、げらげらと笑った。青い蚊帳の傍で、彼女の白いシュミーズがふるえていた。黒人兵たちは口笛を鳴らした。

「カモン、ママサン」

と、一人が黒い指で下からあおぐように手招きした。彼らは暗緑色の軍服を着ていたが、それが体に密着して皺《しわ》が立たぬほど図体が張っていた。広げた胸元の皮膚は黒光りがしていた。彼らは芳子を覗いていたが、一人が畳の上で足踏みした。この小さな舞踏は、家中の建具をふるわせた。

留吉は、黒人兵たちの前に立った。彼の背はすぐ前の男の胸までしかなかった。彼は上から圧縮されながら叫んだ。

「サケ、ない。帰ってくれ」

黒人兵たちは、目を留吉に移した。彼らは肩の自動小銃のベルトに手をやり、それをずりあげた。戦闘帽をとって天井にほうりあげた。髪は焦げたように縮れていた。留吉は真青になった。五、六人の黒い兵隊からは、酒の臭いと、すえた動物的な臭いが強烈に発散していた。

二人の兵は体を折りかがめて狭い台所におりた。懐中電灯の光が揺れて移動しているのが、ここからも見えた。戸棚の崩れる音や、器物の割れる音がした。それは十分間もつづいた。

二人の黒人兵が戻ってきたとき、一人は手に五合瓶をさげて、それを友だちに高々とさしあげて見せた。青い透明な瓶の上部には、猿のような黒い指が巻きつき、瓶の底には二合ばかりの液体が揺れていた。黒人兵たちは感嘆した。

留吉は、飲み残しの焼酎があったことを思いだした。忘れていたというよりも、まったくそれは頭の中になかった。兵隊の好物はビールという考えだけがあった。彼らが、今、二合の焼酎を持ち出してきたことで、留吉は内心で多少安心した。一つは、彼らの要求をともかくみたしたことである。二合を五、六人が飲みおわるのはまたたくまに違いない。留吉は動悸させながら、黒人兵たちの様子をうかがった。

彼らは、肩から自動小銃をはずして畳の上に投げ出し、そこにあぐらをかいた。腰にはまだ拳銃のベルトが巻きついていたが、それも邪魔そうに解いた。胴が急にゆるんで腹が突き出た。留吉は気をきかしたつもりで台所から六個の茶碗を重ねて持ってきてやった。動物に餌をやって早く追いたてる算段だった。

一人がボタンをはずして暗緑色の上着を脱いだ。下にも同じような色のシャツを着ていたが、黒光りのする盛りあがった皮膚は、シャツの色をあざやかに浮かせて見せた。つぎつぎとほかの友だちがそれをまねた。巨大な六つの黒い山塊だった。

二合の焼酎は六個の茶碗に貧しげに分配された。彼らは、うす赤い唇にたちまちそれを流した。厚い唇の端からは滴《したた》りが顎に流れて光った。彼らは白い歯をむき、量感のひそんだ渋い声や、鼻にかかった声で早口にしゃべりあった。その喧騒の中から、蚊帳を吊った奥で、かすかに襖《ふすま》の閉まる音を、留吉は耳ざとく聞いた。

黒人兵は、もう以前から酔っていた。どこかで飲んできたことは、彼らがはいってきたときからわかっていた。扁平《へんぺい》な鼻は太い鼻孔を押しひろげて正面からのぞかせ、暑そうに息づいていた。

一人が空瓶をとると、そこに突ったっている留吉の方へかかげて見せ、何か云った。留吉は首を振った。自然と彼の顔には卑屈な笑いが出ていた。突然、瓶は宙をとび、留吉の立っている横の箪笥《たんす》に当って砕けた。留吉は顔色を変えた。

「ママサン！」

と、一人が膝を立てて立ちあがった。目が蚊帳の方に向い、大きな体が揺れていた。すわっていた間に、今までの酔いが出たのか、足がふらついていた。

「ママサン・ノウ」

と、留吉は云った。彼はさっきの襖の閉まる音で、芳子が押入れに這いこんだことを察していた。ノウというのは、いないというつもりだった。

「ノウ?」

黒人兵は、おうむ返しに云い、胸を張り、深呼吸するように両肩をあげた。この男の目は異様に光って留吉を見すえた。黒い、しまりのない、まるい顔にも、はっきりと日本人同士のように敵意の表情が見えていた。彼は、留吉の言葉を、正直に拒絶とうけとったらしかった。すわっている一人が、いきなり笑い声をあげ、一人が名前を呼んで声援した。

留吉は目の前の男が緑色のシャツを脱ぐのを知った。留吉は恐怖におそわれ、逃げようとしたが、芳子が押入れに隠れている理由で生唾のんで踏みとどまった。

シャツを脱いだ男は、上半身を裸体にした。真黒く盛りあがった肉が犀《さい》の胴体のようにふくれあがっていた。それは黒の鞣革《なめしがわ》みたいに、動くと鳴りそうだった。留吉の目には、正面の黒い中に桃色の一羽の鷲《わし》が翼を広げているのが見えた。鷲の首は、みぞおちの上部に嘴《くちばし》を上げ、翼を両乳に伸ばしていた。

黒人兵は、その刺青《いれずみ》を自慢そうに見せると、手をズボンのポケットに突っこみ、掌の中に握りこむように何かを取り出した。彼は留吉に向い、片一方の肩をそびやかし、背を少しかがめて、握ったものをぱちんと鳴らした。その金属性の音といっしょに、光った刃がはね出た。

留吉はその場に棒立ちになった。血が足から頭に逆流した。膝から力が脱け、頭の中が助けを求めてわめいた。体中から汗が噴いた。

すわっていた五人が騒いで立ちあがった。彼らは口々に何か云いあい、蚊帳のある次の間へ大股で行った。青い蚊帳は切れて落ち、薄い布団が靴で蹴りあげられた。留吉は無意識に動こうとしたが、目の前に立ちはだかった黒人兵は、ナイフを握った手の肘《ひじ》を引いてあげた。

襖が倒れる音がし、芳子の叫ぶ声が聞えたとき、黒人兵たちは歓声をあげた。彼らは野鳥のような声で啼き、口笛を鋭く吹いた。

「あんた、あんたあ」

と、芳子が叫んだ。留吉の立っている位置からは、芳子の姿はわからなかった。留吉は口の中に汗を吸いながら叫んだ。

「逃げろ、早く逃げろ」

しかし、芳子の体が黒人兵たちに捕獲されていることは留吉にもわかっていた。彼は無駄を叫んでいるにすぎなかった。家が地響き立てていた。芳子は悲鳴を上げつづけた。黒人兵たちは、上ずった声で笑い、きれぎれの言葉を投げあっていた。

留吉は、突然、

「エム・ピー」

と云った。MPに訴えるぞと、とっさに口からほとばしり出た言葉だった。この言葉は、予期しない効果を黒人兵たちに与えた。まず、前に仁王立ちになって留吉を見すえつづけていた男の目が、不安そうに表の方に向って動いた。

同時に、四人が次の間からぞろぞろと出てきた。彼らの顔も暗い外をさし覗いていた。四人という数は、一人だけが居残って芳子を抱きすくめているに違いなかった。

彼らは声をおとして、互いに話しあった。留吉の見張番も、彼の方を気にしながら、その話に加わった。彼らの話は、早口で、気づかわしげだった。電灯の光を受けると、胸の鷲は、翼の桃色を黒地の中に浮き出していた。

その中の一人が表に走り出た。靴音が暗い外で忙しく歩きまわった。家の中の黒人兵たちは、押しだまって寄りかたまり、斥候の様子を息をつめたふうに見まもった。

留吉は、助かるかもしれないと思った。黒人兵たちが、このまま引きあげるかもしれないという一抹の希望を逆上《のぼ》せた頭に描いた。芳子は口でもおおわれているのか、呻《うめ》きをもらしていた。そこだけが、まだ物音を激しく立てていた。留吉は、妻に声をかけるのを控えた。下手にこの場で何か云ったら、また黒人兵たちの怒りを買いそうなので、そのことだけを恐れた。

斥候が外からもどってきた。この男は、皆の中でも、とりわけ背が高く、広い肩をもっていた。彼は五人の友だちに、渋いだみ声で手を振りながら話しだした。五人は白い目をいっぱいにむいて聞き耳を立てた。斥候の話は、多分、外は暗い夜がよどんで一帯を閉じこめているだけで、MPのジープなどどこにも走っていないことを報告したに違いなかった。実際、外は、耳鳴りがしそうなくらい静かであった。

斥候の役目をした一番の大男は、また誰よりも昂奮《こうふん》していた。彼はだまされたと思ったらしかった。留吉の顔をにらみつけると、唾をとばして、火がついたようにわめいた。嘘をついたと罵倒していることは、留吉にもわかった。留吉は絶望してそこにへたへたとすわりこみそうになった。その前に、彼の顎は殴られ、彼は目まいして倒れた。

五人の黒人兵は次の間になだれこんだ。芳子の声がまた起った。黒人兵たちは、声を上げ、口笛を添え、足を踏み鳴らした。留吉は頭が朦朧《もうろう》となった。その半分の意識の喪失は何分間かわからなかったが、彼は体に縄が巻きついたことで、また正気に返った。

手が背中に回され、縄が胸から肘にかけて食いいった。飛出しナイフは目の前一尺のところで畳に突き立って光っていた。汗が留吉の目や鼻に流れこんだ。咽喉が痛いくらいに乾いた。

いつのまにか、黒人兵たちがズボンを脱ぎ、パンツだけになっていた。五人が黒い肉塊を電灯の光に輝かしていた。彼らは安心しきって、これからの饗宴《きようえん》に陶酔しようとしていた。六人のうちの一人は芳子を取り押さえているに違いなかった。芳子は、息の切れそうな声をあげ、黒人兵の妙にもの優しげな、なだめる声がまつわっていた。

五人の黒人兵たちは、白い歯をあらわして留吉をわらった。彼らは垣をするように、次の四畳半の入口の前に立っていた。立っていたが、少しもじっとしていずに、絶えず体と足とを動かしていた。彼らは苛立《いらだ》っていた。みなが順番を待っているのだった。彼らは足踏みし、互いの肩をたたきあった。足踏みは旋律的にうつった。

こうした間にも、彼らの口はちょっとの休みもなかった。げらげら笑いはとめどがなかった。笑いには、あきらかに引きつったような昂奮があった。声ははずみ、黒い顔は漆をかけたように汗で光っていた。

裸体になると、彼らの胴はふくらみ、腹が垂れていた。猿の胴体のように円筒型だった。一番の大男は、留吉の前に立ちはだかって、肩を律動的に上下させた。みんな足拍子をとって跳ねた。隣の部屋では、一人の黒人兵が呻きをあげた。彼らはその方に向ってはやしたてた。口々に名前を呼び、口笛を鳴らし、わめいた。

大男は、我慢できぬというように、ひとりで踊りだした。彼の黒い胸には、赤い色で女の裸体の一部が彫りこんであった。盛りあがった両の胸乳の凸部を利用して、赤い絵は立体的に見えた。彼は、体をちぢめたり広げたりした。その皮膚の皺の伸縮のたびに、刺青の女陰の形は活動した。彼は、そのしぐさをかねて得意としているようだった。ほかの黒人兵は腰と足を動かしながら、歯をむいて、その男の厚い胸を見物した。黒い鞣革の地肌に、女陰の形の絵は桃色がかって浮きあがり、生き物のように動いた。

隣から黒人兵が名前を呼んだ。五人の中の一人が急いでそっちに行った。彼はこのなかでも一番の小男だった。ほかの四人は彼の背中に声を送った。順番を得た小男はそれに手を振った。

四人は、また五人になった。それは番を終った男が新しくはいったからだ。彼はあきらかに白人の血が混じっていて、ただひとり高い鼻をもち、皮膚も灰色にさめていた。それだけに彼は美男であった。彼はその高い鼻を反《そ》らせて、パンツをずり上げ、皆に、にやにやと笑ってみせた。それから、目を留吉の顔にやると、ちょっとの間だが、弱々しい目つきをした。その男の手の甲には淡紅色のハートが描かれUMEKOと女の名が斜めにのっていた。

芳子の死ぬような声はやんでいた。黒人兵の声だけがあえいで呼んでいた。こちらの五人の喧騒の中に、それはきれぎれに聞えた。留吉は、体中に火を感じていた。


一時間近い暴風が過ぎた。そのあとは畳中が泥だらけになり、雑多な器物が洪水の退《ひ》いたあとのように散っていた。

留吉はひとりで縄を脱けた。障子も、襖も倒れていた。

自由になると本能的に表へ走って戸を閉めた。それは黒人兵たちがいなくなったので操作が大胆になったからだ。黒人兵たちがふたたび侵入してくる気づかいよりも、近所の誰かが忍び寄ってうかがいに来はしないかという懸念からだった。彼は、それから水を飲んだ。汗が体中に流れていた。動悸が苦しく打ち、立っていることができぬくらい足が萎《な》えていた。

留吉は這うように畳の上を歩き、隣の部屋に行った。芳子の声は長いこととまったくしていなかった。覗きこむと、青い蚊帳の波の上に、白い物体が横たわっていた。

芳子は、髪を炎のように立てて、頸《くび》を投げ出し、ボロぎれのように横たわっていた。顔が歪《ゆが》み、白い歯を出して口をあけていた。意識はなかった。下着はまくれ、頸のところに押しあげられて輪のようにかたまっていた。乳も腹もむき出し、足を広げていた。下腹から腿《もも》にかけて血が流れていた。

留吉の頭から正気が逃げた。周囲が傾き、ものの遠近感がなくなった。彼は妻の体の上にかがみこみ、両手に頬をはさんで揺すぶった。芳子の艶《つや》を失った蒼い顔は、そばかすが気味悪く浮き出ていた。

「芳子、芳子」

留吉は呼びつづけた。声が思うとおりに出ずに、かれて自分のものとは思えなかった。

やがて芳子は顔をしかめ、歯の奥から呻きをもらした。頸が動いた。彼女は自分の体の上に乗った重量を払うような恰好《かっこう》で、背を反らそうとした。

「芳子、おれだ。芳子」

留吉は声をつづけた。芳子は黒ずんだ目《ま》ぶたを薄く開いた。鈍い白い目だった。彼女は留吉を識別したようだったが、返事をしなかった。ただ低い声だけを笛のようにもらした。

留吉は、妻の傍から離れて、畳を踏んだ。足がもつれて思うとおり歩けなかった。彼は台所に降りて、小さいバケツに水を汲んだ。この単純な動作も自由ではなかった。彼は畳の上に水をまきながら妻のところにもどった。

彼はタオルを三枚ばかりバケツに漬け、水をしぼった。手に握力がなかった。それから、しゃがみこんで、ぽたぽた雫《しずく》の落ちるタオルで芳子の腹と股の間をふいた。タオルは血で真赤になった。それを取りかえてはふいた。芳子は、歯の間から呻き声をもらしながら、両足を突っぱって、彼のなすままになっていた。動物的な臭気が彼の鼻をついた。

嬰児《えいじ》が粗相したとき、母親がするような操作を彼はつづけた。あるいは、死人を棺に入れる前にする湯灌《ゆかん》を連想させた。妻の皮膚をふききよめながら、彼は現在のこの瞬間が現実とは思えなかった。少くとも現実の中に彼があるとは思えなかった。いったい、自分が何をしているのか、どうしてこの位置にいるのか、目的は何なのかわからなくなった。つまり、自己というものが、ふっと遠のき、妻との間隔すら、つながりがぼやけてきた。頭の中に狂躁が渦巻き、その遠心力が彼の思考をあらぬ方に放擲《ほうてき》して弛緩《しかん》させたようにみえた。屈辱も、醜怪も、そのぎりぎりの極限におぼれているときは、無音のようにそれを意識せぬもののようだった。

留吉は、芳子の体の上にたくれた下着をひきさげた。その下着も裂けていた。彼は彼女の浴衣をとってその上をおおった。蚊が群れてきたので、彼はよじれて落ちている蚊帳を吊った。泥が突然に落ちた。畳にこぼれるその音で、彼ははじめて現実にかえった。彼らが蚊帳にのこした兵隊靴の泥が出来事を証明させた。ふしぎだが、そこに陶器のように横たわっている彼女の実体よりも、周囲の痕跡が現実を思い知らせた。

表に走り出ると、暗い夜はいつも見なれたままで、森や畑を閉じこめていた。遠くの空がぼうと明るいのは街の方角だった。その方向にむかって彼は駆けた。息切れがし、膝の関節ががくがくした。

どこかで花火の音がした。花火が今ごろ鳴るわけはない。黒人兵たちが侵入してくる前に聞いた音と同じであった。

どの家も雨戸を閉ざして灯がなかった。右手に池が青白く浮んでいた。黒い林がかたまり、ほの白い道がその間を通っていた。

突然に横から人間の影が二、三人とび出した。留吉は、はっとなった。

「どこに行くのか？」

はっきりと日本語でとがめてきた。彼らは鉄兜《てつかぶと》をかぶり、拳銃を吊っていた。懐中電灯の光を留吉の顔の正面に当てた。留吉は目がくらんだ。心臓が破れるように打った。

「警察ですか？」

と、留吉は息を切らして云った。

「そうだ。何かあったのかね？」

警官は三人とも留吉の周囲につめよった。それは、そのことが起るのを予期したような問い方だった。

「黒人兵が来たのです。いま駐在所へ行くところでした」

留吉はあえいで答えた。

「まだ、いるのか？」

警官はすぐにきいた。黒人兵のことを知っているような口ぶりだった。

「もう帰りました」

留吉は答えた。

「何時ごろだ？」

「今から二十分ばかり前です」

「何名で来たかね？」

横の警官がきいた。

「六名でした」

「ふむ」

その警官は手帳をとり出した。別な警官は懐中電灯を手帳の上に向けた。

「あんたの名前は？」

留吉は、すぐに出なかった。答えを押さえるものがどこかに動いていた。思いがけないことをきかれたような気になった。

「名前はどういうのだ？」

警官はうながした。留吉は唾をのみこんで答えた。

「前野留吉です」

警官は、住所とその名前を二度きき返して帳面につけた。

「どういう被害があったのかね?」

警官は、留吉の顔をのぞいて云った。その声音《こわね》に好色的なものが露骨に出ていた。

「酒を――」

と彼は、相手の臭い息を避けるように、顔をしかめて云った。

「酒を、上りこんで、飲んでいったのです」

瞬間、いったい何を訴えに駆けだしてきたのか、という反省が彼の頭の中を過ぎた。こんなことを告げに駐在所に行こうとしたのではなかった。すると、反省が別な反省を呼びおこした。熱い湯に流れこんだ一筋の水に、さらに冷たい水が底から割って出た状態に彼の頭の中は似てきた。混乱が、本心を裏切った方向へ急激に凝固した。

「被害は、それだけかね?」

警官はふたたび懐中電灯の光を留吉に当てて見つめた。いかにも、それだけですむはずはないと云いたそうな口ぶりだった。

「それだけです。酒を飲まれただけです」

留吉は悲しそうに答えた。精一杯、悲しく云ったのは、それだけを強調してほかのことを悟られまいという用心からだった。勝手に、習性的な常識がおどり出て、その答弁を警固した。

「家族は？」

「妻と二人だけです」

彼は頭が鳴るのをおぼえながら答えた。

うむ、と警官は咽喉で返事し、鼻をこすった。

「奥さんに何か乱暴をしなかったかね？」

「いいえ」

と、留吉はすぐに答えた。

「兵隊が酒を飲む間に、妻は裏から逃げていました」

警官は不満そうに黙って、もう一度、留吉の名前をあらためるように見た。警官はあきらかに疑っているようだった。三人とも、互いに何も話をしなかった。

「よろしい。明日。見に行く」

と、そのうちのおもだった警官が云った。彼は甲高《かんだか》い声をしていた。

「今晩は帰んなさい。危険だから、よく戸締りをしてな。もう、外を出歩いてはいけない。街は全部、交通を遮断している」

留吉は、はじめて警官が鉄兜をかぶって、こんな場所に立っている理由を知った。

「あの黒人兵が、どうかしたのですか？」

被害は自分だけではなさそうだという奇妙な安心が、彼のどこかに押しひろがった。

「君のところにはいったのは五、六人だが、全部で三百人ぐらいの黒んぼの兵隊が脱走したのだ」

警官は教えた。

「まだ、捕まらんのですか?」

彼はきいた。

「捕まらん。奴らは自動小銃も手榴弾も持っている。われわれでは手がつけられない」

暗い空に光ったものが見えた。それが消えると、花火の音がした。

「どっちが撃ったのかな」

警官がその方向を向いて云った。

「MPが出ているのですか?」

留吉は体の中がずんとしびれた。

「MPだけじゃおさまらん。兵営から二個中隊が出動しているのだ。数十台のジープに乗ってな。ジープの先には機関砲がとりつけてある」

警官が興がって云った。

「祇園の晩だというのに、えらい余興がついた」

「ちょっとした反乱だな」

別の警官がおもしろそうに云った。

「ＭＰ司令官は、脱走兵が云うことをきかなければ、機銃で殲滅《せんめつ》すると云っている。白人と黒人は仲が悪いからな」

このとき、北の空が輝いた。

「照明弾だ」

と、警官が叫んだ。

「おもしろい。やれ、やれ。やってくれ。ああ、野戦に行った時を思いだすなあ」

銃声が、散発的に、別な方角でも起った。留吉は、はじめて、さっきからの花火の正体を知った。

彼は黙って警官の傍から離れた。足にかすかなふるえが起っていた。

「おい」

と、警官が彼の背中から云った。

「黒んぼはその辺の山に逃げこんでいるからな。気をつけて帰るんだよ」

遠くで、ジープらしい車の走りまわる轟音がようやく聞えてきた。黒い木々と畑とのあいだに、光芒《こうぼう》が動いていた。

家に帰ると、芳子は、もとのままで蚊帳の中に横たわっていた。呻きも聞えず、身動きもしなかった。妻のその布団の上に盛りあがって置かれたかたちが、青い蚊帳の色を透かせて、留吉に妖怪じみて感じられた。

空気は、彼が出て行った時の状態でよどみ、彼はちょうど、古い水槽の中に舞いもどった魚のように肺の中にそれを吸った。

彼は蚊帳をまくってはいった。芳子は耳のところまで浴衣をかけて、体に巻きつけるようにして転がっていた。藍色《あいいろ》のあじさい模様が皺だらけによじれていた。縮れた髪の毛がばらばらに立っていた。彼は妻に近よりがたいものを感じた。

何分間か黙ったままでいた。芳子は死んだようにしていたが、彼女が醒《さ》めていることは留吉にもわかっていた。蚊がうなって、彼の耳もとを過ぎた。彼は寒さをおぼえた。

彼はすわったきりで動けなかった。少しでも動くと、彼の周囲に張った空気が揺れて、その波が皮膚を刺しそうだった。だが、動作だけがかならずしもこの状態を破ったのではなかった。やがて芳子が咽喉から嗚咽《おえつ》をもらしはじめた。すすり泣きはしだいに高まり、身もだえする男の声のような号泣に変った。

「芳子」

留吉は妻の体に手をかけた。彼女の号泣がその手を誘ったのだ。うつ伏せになり、もがいている彼女の体は堅く、彼のさわった手ははじかれそうだった。

彼は、二度つづけて妻の名をよんだ。よぶというよりも、そうせずにはおかない強《し》いられた力にひきずられた。それはあきらかに屈辱の本体が妻であり、自分は連累者であるという気づかない違和感が、もっと妻の屈辱に密着せねばとつとめさせたのだ。ここには夫と妻という因縁関係よりも、実体と縁との位置関係が感情の不平等をつくったのだ。

芳子は、跳ねるように体を回転させると、両手で留吉の帯をつかんだ。ひどい力だったので彼は倒れそうになった。

「死ぬ。死ぬ」

芳子は顔中涙と汗だらけにして叫んだ。電灯の加減で顔がかげってよくわからぬが、鼻梁《びりょう》と額にだけ光が当ったり、怨霊《おんりょう》じみていた。声音も熱い息も、知っている妻とは別な人間であった。

「死ぬことはない」

と、留吉は叫び返した。

「おれが悪いのだ。おれが腑甲斐ないからだ」

この云い方に彼はおぼれた。彼は妻の上に倒れて抱いた。その腕の中で、妻は小動物のようにあがき、体温を伝えた。

「死ぬ。明日にでも死ぬわ」

「死ぬな。おまえが悪いのじゃない。おれが男として意気地がなかったからだ。ゆるしておくれ」

彼は妻の頸をひき寄せた。彼女は顎を反らせていたが、すぐに彼の顔に目をすえた。くらい影の中からその目は光っていた。彼を験《ため》すような目つきであった。彼のどこかに狼狽が起った。しかし、次の瞬間の芳子の動作は、狂って彼にしがみつき、声を上げて泣きだしたことだった。

留吉は、妻の体の上をおおった浴衣をはねのけた。彼女の脚が彼からのがれようとした。彼は自分の足でそれを押さえた。

こんな行為で妻の屈辱に同化しようというのか。留吉は激しい昂《たか》ぶりの中に、まだ妻に密着しようとする自分の努力を感じた。彼の胸板を汗が流れた。が、行為の同調はあっても、意識の不接着はとり残されていた。


昭和二十五年七月十一日夜の、小倉キャンプに起った黒人兵たちの集団脱走と暴行の正確な経緯を知ることは誰も困難である。記録はほとんど破棄された。

しかし、彼らが二十五師団二十四連隊の黒人兵であったことはたしかであった。二百五十名はその概数である。

彼らは午後八時ごろ、兵営から闇の中に散って行った。手榴弾と自動小銃を持ち、完全武装をしていた。彼らは民家を襲った。夏の宵のことで、戸締りしていない家が多かったから侵入は容易である。武装された集団の略奪と暴行が、抵抗を受けずにおこなわれた。

日本の警察が事態を知ったのは、九時ごろであった。しかし、外国兵にたいしては、無力だった。警察署長は全署員を招集し、市民に被害が拡大しないことにつとめた。市内から城野《じょうの》方面に向う一線は全域にわたって交通を遮断した。それからA新聞社のニュースカーで市民に危険を知らせ、戸締りを厳重にするよう警告した。これだけが、日本側の警察がとりうる最大限の処置だった。

暗い夜の街をニュースカーがわめいて走った。それでさえ報知には制約がある。駐留軍の集団脱走とはいえない。表現には曖昧さがあった。が、その曖昧さが、市民にかえって緊迫感を現実に与えた。戸締りをしてください、外出しないでください、とニュースカーは連呼した。

夜のふけるとともに、城野方面の民家からの被害の情報が次々にはいり、正式に小倉署に届けられたものだけでも七十八件に達した。いずれも暴行、強盗、脅迫の申立てだったが、表面に出さない婦女暴行の件数は不明である。届出の中には次のようなことがある。

会社員某の家では、二十五歳の妻と夕食中、突然、表の戸を蹴破って四、五人の黒人兵が侵入し、サケ、ビールと真黒な手を出したが、某が台所の一升瓶を差しだすと、彼らは銃を放りだして飲みはじめた。某はそのすきに妻を窓から裏の物置に隠したが、酒の後、妻を探した。部屋にいないことに気づいた一人の兵隊は、小銃の台尻で某をなぐり二週間の傷を負わせた。また、別の某の家では、妻が嬰児と二人で留守番しているところを黒人兵に踏み込まれ、泥靴で部屋を荒したあと、妻の体を飢えた目つきで眺めていたが、一人がシュミーズの上から彼女の乳房を玩弄《がんろう》した。が、表にMPのジープの音が聞えると、彼らはガラス戸を破って逃げだした。

しかし届出にはかくされた何かがある。MPのジープが来たというが、MPの活動はそれほど早くはなかった。事実、婦女がそれ以上の屈辱をうけたという申立ては一件もなかった。黒人兵が下着の上から乳房を玩弄したという言葉には、もっと奥の隠蔽《いんぺい》がある。MPのジープが到着したというのも僥倖《ぎようこう》すぎる。

MPの活動は緩慢であった。数十名が現場付近に来たが、なすことを知らない。完全武装の相手が二百五十名もうろついていたのでは、手出しができないのは当然だった。脱走兵が発砲すると、MPも応射した。しかし、彼らは自分たちではどうにもならぬことを知った。

二個中隊の鎮圧部隊が次に出動した。彼らは装甲自動車と、二〇ミリ口径の機関砲を積んだジープを走らせた。部隊の打ち上げる照明弾が夜空を照らし、両軍の射ち出す機関銃、自動小銃の弾曳《だんえい》は赤く尾をひき、銃声は森閑とした周囲六キロの地域に聞えた。

脱走部隊の二十五師団のM代将が、この責任は自分にある、反乱兵の説得は自分がしよう、と云いだして、ジープに乗ったのは十一時過ぎであった。城野の北一帯は田畑地で、その暗黒の中を黒人兵たちが彷徨《ほうこう》していた。数十台のジープがそれを包囲し、ヘッドライトを照射した。強烈な光芒の縞の交差の中に、黒人兵たちが草の茂みや、稲田の中から立ちあがった。草は光線に白く輝いたが、脱走兵たちは泥にまみれた黒い姿を鼠のようにさらした。M代将は拡声器で彼らを呼んだ。

黒人兵たちは両手を上げ、人数のほとんどがキャンプに追いこまれたのは数時間後であった。彼らの背にはジープの機関銃が銃先《つつさき》を向け、車は彼らの歩くのと同じ速さで営門までしたがった。

彼らが、翌日、どのような処罰をうけたか誰も知らない。おそらく処罰は受けなかったであろう。必要がなかったのかもしれない。彼らの姿は二日とたたないうちにジョウノ・キャンプから消えていた。小倉から港に通じる舗装された十三間道路を深夜に米軍の大型トラックが重量を響かせて快速で通過したが、そのようなことは珍しくなかったので、黒人兵たちが、いつ、どのようにして運ばれたか、市民の中で誰一人として知る者はなかった。

「この事件に悪感情を抱くことなく、今後も友好関係をつづけたい」という意味の、キャンプ小倉司令官の市民にたいする遺憾の短い声明文が、各紙の地方版だけにのった。

事件の当日から一、二日たって、付近の山の中や森林の間をさまよっている黒人兵の何人かを、MPや小倉署員が逮捕した。彼らは酒瓶やビール瓶をさげ、足をもつらせて歩いていた。疲労した白い目は哀願に光り、幼児のように無抵抗だった。

もはや、祭はすんだのだ。太鼓の音も終っていた。——

二

(仁川にて一九五〇年九月十五日発AP)米海兵隊ならびに歩兵部隊は十五日、韓国西海岸の仁川に大挙上陸し、北鮮軍を攻撃中である。マックアーサー国連軍総司令官[4]は早くからこの作戦の陣頭指揮をとった。

(米軍司令部二十六日発表)第十軍団は北鮮軍が三十八度線[5]以南に奇襲攻撃を開始してからちょ

うど三カ月目に京城を奪回した。

（第八軍司令部にて十月九日発ＡＰ）米第一騎兵師団の一連隊はすでに開城北方で三十八度線を突破している。

（中古洞十一月一日発ＵＰ）宣川から西北進した第二十四師団所属部隊は一日、満鮮国境から直線距離で二十四キロ以内の地点に進出した。

（第八軍司令部にて十一月四日発表）第八軍当局は四日、北鮮西部戦線で少くとも二個師団に相当する中共軍部隊が戦闘に参加していることを確認した。[6]

（ワシントン十一月三十日発ＡＰ）トルーマン大統領は三十日の定例記者会見で「米政府は朝鮮の新たな危機に対抗するため、どうしても必要とあらば、中共軍にたいして原子爆弾を使用することも考慮中である」と言明した。

（平壌にて十二月一日発ＡＰ）平壌駐在の国連軍部隊は二日夜同市から南方への撤退を開始した。

（ＡＰ＝東京）米第八軍は五日、放棄した平壌から南方に後退したが、その東側は依然、中共軍百万の前衛部隊によって脅威されている。

（興南十三日発ＡＰ）東北戦線の狭い橋頭陣地にあった国連軍は十三日興南港から撤退中である。しかし、これは一刻を争う問題で、長津湖地区から国連軍を押し返した中共軍は、国連軍に最後の圧力を加えようと集結中と伝えられる。問題は興南港を見おろす雪の山々から中共軍が攻撃してくる前に、国連軍が無事に撤退できるかどうかということである。第十軍団諸部隊の兵力は、六万と推定されている。前線報道によると第十軍団諸部隊は十万の中共軍の包囲を脱出して東海岸に到着したが、その中には満鮮国境に進出していた米第七師団の第十七連隊がはいっている。（米第八軍前線十二月二十九日発表）米第八軍の情報将校たちは、過去数日間の戦闘状況からみて、中共軍の一部はすでに三十八度線を突破、開城、高浪浦地区にはいっているものとみている。

一九五一年元旦の各新聞の第一面は、マックアーサーの日本国民に与えるメッセージを発表した。彼はその中で朝鮮の目下の戦局に言及し、世界平和をおびやかすいかなる侵略者をも、米国は撃破する決意のあることを語った。しかし、それから四日後の新聞は、米軍が、三十八度線を越えてきた中共軍のため、ふたたび京城を放棄して、水原、原州の線に後退した報道を掲載した。

おびただしい米軍兵士の戦死体が北九州に輸送されている噂がこの一帯に広がった。風聞は部分的だが、卑近な具体性をもっていた。それがささやかれはじめたのは、去年の秋ごろからであった。

――彦島沖に停泊した潜水艦の内で、戦死体の処理がおこなわれている。普通の人夫はいやがるので、門司や小倉や八幡の隠坊《おんぼう》たちが連れて行かれているそうな。

最初の噂は非現実的であった。が、隠坊たちが徴発されたら、火葬場の業務はどうなるだろうと思案する前に、人びとはそれはほんとうに違いないと思いこんだ。米軍の機密ということのために、すべてが神秘に聞え、合理的に思えた。

日がたつとともに、噂は少しずつ真実性を帯びてきた。

——門司の岸壁に横づけになった潜水艦からは、たくさんな兵士の死体が陸揚げされている。その作業はたいてい夜ふけにおこなわれるが、死体は船底に冷凍されているため、こちこちに凍っている。その様子が干魚に似ているため、荷揚げ人夫たちは死体のことを《棒鱈《ぼうだら》》とよんでいるげな。

《棒鱈》はすさまじい数だということだった。灰緑色の軍用トラックが数台来て、それらを積みこむのだが、死体は棺にも納められず、外被に巻かれたままを積み重ねるというのだった。その堆積の上にカバアをおおって人目をかくし、小倉の補給廠に向ってトラックは深夜の道路を全速力で疾駆するというのである。

戦死者の《死体処理》は補給廠の建物の中でおこなわれているという噂がそれにつづいた。ここでは隠坊が退場し、それに従事する専用の人夫が話にのぼった。その特殊な作業のために、法外な日給にありついていることが人びとの関心を惹《ひ》いた。それは日給ではないというのだ。死体の一体につき八百円を支払われているというのである。

八百円。すると三体処理すれば一日に二千四百円になる。話は耳に聞いた人間の目をむかせるには十分だった。高額な収入である。その高い値段は、当然に人びとに作業の陰惨な内容を空想させた。砕けた死体や、腐爛《ふらん》した肉片を手づかみする嫌らしさが想像を官能的にした。その深刻さは、高価な報酬と同じくらいな比重があった。

どんなに多く金をもらっても、そのような仕事はご免だ、というのが、たいていの人間が人前で吐く言葉であった。だが、やがて、たいそうな金になるという点に、人びとの興味から羨望《せんぼう》が、分離して凝結していった。

戦争している米軍のことだから、それくらいな金を支払うのは当然であろうと、誰もが一体八百円の金額に疑いをもたなかった。

死体をいじる労務者はすぐわかるという者がいた。彼の体からは異様な臭気が発散するというのである。たとえば、電車の中などに乗っていると、その臭いで彼が死体の始末をする人間だと識別できる。臭気は何ともいえぬ嫌なもので、それは死臭ではなく、強い薬の臭いだというのであった。聞く者は、電車の座席にはさまってうつむいている、青ざめた男の顔を想像した。この場合でも、むろん、一体について八百円の計算が誰の脳裏からも離れなかった。

日がたつとともに、しかし、その計算は少しずつ訂正されていった。給金はそれほど高くはなく、せいぜい日給六百円ぐらいだと口から伝えられた。朝鮮から移送される戦死体はおびただしい数に違いないが、死体処理所に雇用を希望する労務者の数も増加したことをそれは意味した。風聞はしだいに実体のかたちをとってきた。

ラジオが夜九時のニュースを終ったあと、ときどき、こんな放送がつけたされた。

——登録労務者の皆さま。駐留軍関係の仕事がありますから、ご希望の方は今夜十一時までに小倉市職業安定所前にお集りください。

夜の十一時すぎからどのような仕事がはじまるというのであろう。放送を聞いた市民の大部分がそれを知らなかったが、なかには、それが戦死体の運搬や処理に従う関係の仕事だとわかっている者もあった。だが、いかなることをするのか内容を知る者は少かった。

しかし、ラジオのその告知はあまり長くはつづかなかった。朝鮮戦線では、中共軍に押し返されて、米軍が撤退をつづけていた。労務者を必要とする戦死者の数がへったのではあるまい。つまり、労務者の臨時募集の告知をラジオがしなくなったということは、駐留軍の死体始末の設備が恒久化したことであった。

事実、その死体処理所は城野補給廠《キャンプ》の広い敷地の一部にある建物が当てがわれていた。旧陸軍時代も補給廠だったが、これは二階建三棟と二十棟の倉庫の古びたものが死体の処理のために使用された。

建物の入口には“Army Grave Registration Service”（死体処理班）の標識があった。この略号のA・G・R・Sを日本人労務者は《エージャレス》とつづめて呼んだ。

建物の周囲の空地には、死体を詰めて運んできた空棺がいくつもの山に野積みされ、臭気は、風のある日は近くの民家まで流れてただよい、雨の降る日は地面を滓《おり》みたいに這った。

A・G・R・Sは二重の警備で守られていた。普通の補給廠と、死体処理班との建物の中間には警備兵が立ち、さらに内側を動哨が歩いた。彼らは厚いガーゼを詰めたマスクをしていた。が、それだけでは強い臭気を防げるものではない。彼らは、死の建物にできるだけ背中を向けて呼吸し、薄荷《はっか》の強いガムを噛んだ。

A・G・R・Sの建物の区分は三つに分けられていた。それは作業の構成の必要からだった。一つは死体の外景を取りあつかうところであり、一つは内景の解剖をおこなう場所だった。あとの一つは、これらの死体を貯蔵する倉庫だったが、むろん、これが一番大規模であった。

刺激的な臭気は屍室に充満していた。死臭を消すためと、防腐の目的のために、ホルマリンガスが濃霧のように立ちこめ、目を刺し、鼻に苦痛を与えた。ここに働く日本人労務者にも、医者のような白い上っぱりが与えられ、マスクと手袋が当てがわれた。のみならず、パンツまで支給された。一日に三度である。日に三回までとり換えねば、臭気の浸滲《しんしん》からのがれることができなかった。

が、マスクはもとより、薄いゴムの手袋さえも、日本人労務者にとっては、しまいには邪魔であった。それは慣れだった。死体にも、臭気にも古い労務者たちは順応した。上品なことをしていては、仕事ができないと彼らはつぶやいた。

倉庫の冷凍室から、屍《しかばね》をかついでくるのが彼らの仕事の一つだった。それは簞笥のように几帳面《きちょうめん》に棚におさまっていたが、全体で何百体と引出しの中に横たわり、冷凍した空気を吸っていた。

屍を外景室まで運んできて台にのせるのが、労務者の第一段の仕事である。台は十二ずつ二列にならんでいた。どの台に乗せるかは軍医が突き出た顎や、長い指でそれを指図した。死体はまだ軍服をまとっていたが、どれも完全ではなかった。軍医は新しくのせられた台に向って敬礼し、人夫たちはそれにならった。

外被をとり去り、下着を脱がせるまでが、ここでの労務者たちの仕事であった。傷つき、破壊された戦死者たちに屈《かが》みこんで向うのは米軍の医者たちだった。労務者は脱がせた衣服を箱に詰めて退場した。血糊《ちのり》で真黒になって強《こわ》ばった布片は、一〇キロ離れた、もと日本陸軍の射撃場あとの山の中に運搬されて焼かれるはずになっていた。

外景室には三十人ばかりの日本人労務者が働いていた。彼らは、軍医の死体検査のすむのを待って、次の解剖室に送らねばならない。検査は精密で時間がかかった。軍医が調べ、下士官《サージャン》が記録をとった。死体は胸に真鍮《しんちゅう》の認識票をのせていた。顔面は破壊されていても、上に凹みのある首飾りは、儀式の時のように同じ位置に揃えられていた。むろん、番号《ナンバー》が刻まれている。認識票は、犬のさげ札《ドッグ・タグ》と愛称がつけられていた。番号は何千万台という長々しい数字であった。

認識票のない不幸な死体だって、むろん、あった。持主自身が、たいていはその体の原形を失っていた。身長、歯型、レントゲン検査で丹念に調査された。下士官は、死体がまだ生きて戦争に出発する前に控えられた台帳によって引きあわせた。精緻《せいち》な鑑別であった。台帳の数字が、当人が生きていた時の痕跡であり、台に横たわった物体《ボディ》が死の遺留品だった。

長い確認の仕事が終ると、下士官は死体を次の内景室に持ってゆくことを日本人労務者に命じた。ここで労務者は二、三人がかりで裸の死者を運搬車《キャリヤー》に移しかえ、次の部屋に運んだ。

この部屋にも三十に近い台が二列にならんでいた。ここは解剖室のように複雑だった。が、解剖ではない、組立てだった。

死体は、さまざまな形をしていた。弾丸が一個の人間をひきちぎり、腐敗が荒廃を逞《たくま》しくしていた。目も当てられぬこれらの胴体や四肢をつくろい、生きた人間のように仕立てるのが、この部屋の美しい作業だった。軍医はメスで切り開き、腐敗を助長する臓器をとり出した。台には水が流れ、きれいなせせらぎの音を立てた。せせらぎはいったん水たまりをつくり、それから小川となっている下水に流れた。臓器はその水たまりの中でもつれあって遊んだ。

四肢を合せるのは困難で、熟練を要する作業だった。軍属の技術者が、部分品を収集し、考古学者が土器の破片で壺を復原するように人間を創った。

死者には安らかな眠りが必要だった。平和に神に召された表情で、本国の家族と対面させることは礼儀であった。それは死者の権利だった。死者は《無》でなく、まだ存在を主張しているに違いなかった。

臓器をとりのぞいた空洞には、これ以上の荒廃が来ないように防腐剤の粉末が詰められた。それから股をひろげ、胯動脈《こどうみゃく》にホルマリン溶液にまぜた昇汞水《しょうこうすい》が注射された。上部に吊られたイルリガートルには透明な淡紅色の液体がみたされ、それが管を伝って死体の皮膚の下に注がれた。すると、青白い死人の顔はやがて美しいうす赤の生色によみがえるのである。容器の液体がへるにつれ、それはうす紅の色ガラスがしだいにずりさがるさまに似ていたが、それだけ死者は次第に生を注入された。赤味のさしてきた頬には、さらに桃色のクリームが塗られ、顔面は寝息でも立てているようにいきいきとして艶を出した。

だから解剖室は死者のよみがえる部屋だった。醜い亀裂は縫いあわせられ、傷あとはかくされた。苦悶《くもん》の証跡はどこにもない。お寝《やす》みを云って、いま横になったばかりのようだった。こうして死者の化粧の工作は完成した。

それから彼らは、寝棺に身を横たえた。函《はこ》の底にはベッドがあり、周囲の壁には銅板が貼られていた。死者は柔らかい毛布二枚にくるまり、ガーゼと脱脂綿とドライアイスが隙間を埋め、芳香をもった防腐剤の粉末がまかれ、顔の部分だけが知人と挨拶するためにガラス窓からのぞいた。三百ドルがこの豪奢《ごうしゃ》な棺の値段であった。死人はこの贅沢《ぜいたく》に満足して、軍用機に乗り、本国に帰った。

このような工作の技術は、整形と薬品の注入の工程がすんだあとは、すべて六十人ばかりの軍属の手でなされた。戦争が拡大し、戦死者のおびただしい数がこの北九州の基地に集積せられるにつれて、彼らは東京から派遣せられてここに来たのだ。だから彼らは極東軍直属だった。しかし、軍医も、下士官も、日本人労務者も、彼らを蔭《かげ》で《葬儀屋《アンダーテーカー》》と呼んだ。

しかし、《葬儀屋》がふえても、死体はそれ以上にA・G・R・Sに集中して堆積した。米軍は共産軍を押し返した時、前に敗退した際に地中に埋めて残した戦死者を掘り起して移送してきた。それらはたいていゴムズックの袋や天幕に包まれていたが、中身の物体は半ば白骨化していた。それから腹が樽のように膨満した巨人の死体も混じっていた。もちろんこれはずっと新しいものである。米軍が三十八度線を踏み切り、中共軍のためにふたたび押し戻された最近の死者に違いなかった。

死体は倉庫の整理棚に三百ぐらいしか収容できなかった。一日の処理能力は、八十体が限度だった。軍医たちは、終日、いらいらしなければならなかった。

しかし、いらだっているのは、順番を待っている死人たちかもわからなかった。外にあふれた死者は早く引出しの中におさまって凍った空気に体を冷やすことを望み、棚の中の死者は早くここから出て化粧されることを主張していた。死者はぶつぶつとつぶやき、不平を鳴らしていた。

軍用機と船は、あとからあとから、新しい死者を運搬した。

歯医者の香坂二郎は、自分と朝晩、同じ電車にときたま乗り合す一人の労務者に、いつか注意するようになった。

電車は小倉の市外を走る小さなものだった。朝夕は、勤人や学生を市中に運ぶためにひどく混む。が、混雑しない電車でも、その労務者はかならず車掌台に身をおいて冷たい風に吹かれていた。その男は草色の短い外套《がいとう》を着、裾を絞り、兵隊靴をはいていた。その服装から香坂歯科医は彼がキャンプの駐留軍労務者であることを知っていたし、のみならず、A・G・R・Sの雇員であることもわかっていた。というのは、歯科医も死体処理班の日本人医師として勤務していたからだ。が、香坂二郎がその男の顔を知っているためではなく、別な理由からだった。

その男は、三十五、六ぐらいに見え、ひしゃげた制帽の下には髪がきたならしく伸びていた。毛穴が粗く見えるほど艶のない顔色をし、笑ったことがなかった。笑う相手がないせいか、いつも孤独な姿勢でたたずみ、にぶい目でぼんやり走っている外を眺めていた。

香坂は、いつかこの男に話しかけたいと思っていたので、帰りの電車を終点で降りて、その男が背中を見せて歩いて行くのに追いついた。

「君の家もこの方角かね?」

と、香坂は道に人が少くなってからきいた。

「そうです」

男は足の速度を変えずに云った。道の端には畑が凍っていて、寒い風が渡っていた。

「君は、エージャレス勤務だね?」

と、歯科医は重ねてきいた。

「そうです。僕は先生を知っていますが、先生も僕があすこで働いていることを知っていますか?」

男はちらりと視線を動かしてきき返した。目のふちにはソバカスの浮いた皺がよれていた。

「君の顔は知らん」

香坂は答えた。

「じゃ、どうしてわかりますか?」

「死体の臭いがついているからさ」

「マスクや手袋を脱がないようにし、下着も毎日とり換えて気をつけているのですが」

「だめだ。爪の間や、髪の毛の間からはいってくる」

歯科医は云った。

「あすこには、いつごろから来ているのかね?」

「三カ月前からです」

「よく、あんな仕事をやる気になったね?」

「失職したからです。勤めていた炭坑が貧坑でつぶれたのです。僕は事務屋ですから、よそに移っても、それほど金になりません」

「死体をいじる仕事は、それほど金になるのかね?」

「月給一万六千円くれます。キャンプの労務者はエージャレスで働きたがっています」

「そうだってね。東京の失職者が話を聞いてわざわざ小倉に来たそうだ。もっとも、話というのは一日六、七千円にもなると聞いたものらしい。君は、もうあの仕事になれたかね?」

「何とかやってゆけそうです。はじめは嘔《は》きそうだったので、唾を吐いたら、下士官《サージャン》にひどくどなられました」

「できのいい方だ」

と歯科医は云った。

「死体侮辱で馘《くび》になった者がいる。おや、君はこっちの方かね?」

わかれ道に来たので彼は立ちどまった。男はうなずいた。

「この近くでは、前には見かけなかったね?」

「一ヵ月前に越してきたのです」

「その前は?」

「三萩野にいました。補給廠《キャンプ》の近くです」

「よく家が見つかったな?」

「百姓家を間借りしています」

「家族は少いの?」

「僕ひとりです」

歯科医は、男の年齢を確かめるように顔を見た。

「奥さんは?」

「別れました。一ヵ月前」

労務者は、もう草色の服の背中を見せて歩きだした。凍った雲が暮色の中に沈みかけ、それに向って彼は寒そうに肩をすぼめ、前屈みに歩いていた。

あくる日、香坂歯科医は昨日の労務者を探しだそうと思いながら、仕事に追われて容易にはたせなかった。彼の仕事というのは、死体の部分から歯型をしらべ、台帳の記載と照合して氏名を捜索するにあった。無数の顎の部品が彼の前に詰めかけていた。歯科医は汗をかいていた。

仕事のきりがついたので、彼は気がかりなことを果たそうと思った。横の《人類学者》が小さく口笛をふいた。彼は白骨の頭蓋《ずがい》の測定を終ったところだった。

「いけない、これも朝鮮人《コーリア》だ」

歯科医は、それを耳に聞き流しながら立ちあがった。この部屋にはあの男はいないのだ。次の解剖室に彼は歩いた。

三十人ばかりの日本人労務者がたち働いていた。この中からあの男を探すのは容易だ。マスクと手袋を几帳面につけている仲間から選べばよかった。

その男は、黒人の死者を解剖台から降ろし、《葬儀屋》のところへ運んでいた。歯科医が肩に指をふれると彼は目だけをむけた。目のふちの小皺に特徴があった。

「なれたものだね」

と、歯科医は小声で話しかけた。

「死人がこわくないかね?」

「こわくありません。黒人が多いですから」

労務者は答えた。この返事は少しばかり歯科医をおどろかせた。灰色じみた黒い皮膚の方が、普通には無気味であった。

「なるほど、黒人が多いね」

と、歯科医は見まわして、当りさわりのない同感をした。

「何を見ているのだ？」

「刺青です」

黒地の皮膚は色があせていたが、点描の赤い色だけは冴えかえっていた。絵は、人間だの、その部分だの、鳥だの、組み合せ文字だのさまざまだった。場所はふくらんだ胴と手首が多かった。

「外人の刺青は日本人ほど芸術的ではない」

と歯科医は云って、彼のある眼《まな》ざしに気がついた。

「君は、刺青に興味があるのか？」

「おもしろいからです」

と、労務者は目を笑わせないで答えた。

「おもしろいが稚拙きわまるね。おや、あれは踊り子だな」

歯科医は解剖台をわきから覗いた。頭を裂かれた死人は、胸から腹にかけてフラダンスを踊らせていた。股にホルマリン溶液が注入されているところだった。

「先生」

と労務者は云った。

「黒んぼの人相はみんな同じように見えて、見分けがつきませんね。けれど、刺青を見たらすぐわかりますね」

「そうだよ。刺青の鑑別方法だってちゃんとやっている。歯や、身長や、レントゲンと併行している」

「すると、台帳があるのですか?」

「ある」

答えてから歯科医は自分に向けている彼の目にふたたび気がついた。が、彼は黙って次の運搬の仕事にかかったので、歯科医は踵《きびす》をかえした。

その日の帰り、歯科医は、電車の車掌台で風に吹かれている労務者をまた見た。道で、歯科医は労務者に追いついた。

「君の名前をまだ知らないね、何というの?」

「前野留吉と云います」

と労務者は、だぶだぶの外套に手を突っこんだまま云った。

「君は黒人兵の刺青に興味がありそうだね?」

「探していいい、いるんです」

「探している?」

歯科医はおもしろがった。

「台帳に控えがあるかもしれない。どんな絵がらかね?」

「いや、いいです」

と、労務者の前野留吉は、わかれ道に来てから云い捨てた。

「僕だけでおぼえていることです」


香坂歯科医は、だんだん前野留吉と道づれになることを望むようになった。留吉は、いかにもむっつりとして愛嬌がなかった。顔色は、どす青く、皮膚がかさかさに乾燥していた。生気というものがこの男には少しもなかった。だが、それは生活の疲れというようなものでないことを歯科医はよみとっていた。歯科医がこの無愛想な男と道づれになって話したくなったのは、彼の体から立ちのぼる、正体のわからぬ倦怠感《けんたいかん》であった。

歯科医はその望みを実行に移した。電車から降りて数町の間の田舎道が、いつもの場所だった。ときには空が暗い背景だけのことがあり、ときにはオリオン座が山の端からせりあがっている時もあった。

「奥さんと別れたのは」と歯科医は、あるとき、きいた。

「間がうまくいかなかったのかね?」

「僕も妻も、別れたくなかったのです」

と、留吉は云った。

「それが、どうして？」

「そういう仕儀になったのです」

「深い事情がありそうだな。それじゃ、別れにくかったろう？」

「いや、早く別々になりたかったのです。今はどうしているかな」

留吉はつぶやいて云い、あとは黙ってしまった。歯科医は深い事情を夫婦だけの周囲の人物に限って考えていた。

「ひとりで一万五、六千円とれば、十分だろう？」

と歯科医は、別なとき、またおせっかいな質問をした。

「まあ、そうですな」

と、留吉は背をかがめて歩きながら答えた。

「何に使っている？」

「別に使うこともありません。百姓家の間借りではね。帰ったら、ごろごろと寝ころがっていますよ」

「何もしないのか？」

「寝るだけです」

歯科医は少しおどろいたように留吉を見た。彼はあいかわらず鈍い目つきをし、生気のない横顔をしていた。

「それじゃ、たまって仕方がないだろう?」

労務者は、それには答えないで、歯科医に別なことを云った。

「労働組合がね、労務者の待遇改善の闘争をやろうと云っています」

「知っている」

と、歯科医は云った。

「だが、むだだろう」

「悪い下士官が二人いるのです、日本人をいじめるね。配置替えを司令官に要求して、きかれなければ、ストまでもってゆこうと組合の役員が皆の間を説いてまわっています」

「そんなに悪い奴かね?」

「殴られた者はたくさんあります。自分が気に入らないとすぐ馘にしてしまいます」

「下士官にそんな権利はなかろう」

と、歯科医は首をひねった。

「それが、合法的にやるんです」

「どんな?」

「たとえば、品物をやるんですね、GIの。煙草だとか、毛布だとか。門《ゲート》で見せる持出証にまでサインしてやるんですから、誰でも喜んで持って帰ります。奴は、そのあとですぐMPに電話するのです。こういう日本人が官給品を持ち出したとね。MPでは日本の警察に連絡するから、刑事が占領物資不法所持で捕縛に来る、それを理由に解雇するというやり方です」

「サインをもらっていてもだめだね、うまい罠だな。勅令三百八十九条を利用したのだ」

と、歯科医は云った。

「白人は有色人種を軽蔑しているからね。日本人が兎のように罠にかかったのを見て口笛を鳴らして喜んでいるだろう。司令官に持っていってもだめだな。ストぐらいでは驚きはしない。日本人をばかにしているからね」

と、歯科医はつづけた。

「おれも日本人の歯医者というだけで給料に差別をつけられている。安いとは云わんがね。しかし、オーストラリア人だってハンガリー人だって、米国に市民権を持っているというだけで法外な高い給金をとっている。技術はおれの方が上だと思ってるがね。国籍が違うというよりも、有色人種の蔑視だ」

歯科医はここで少し声を低くして云った。

「どうだい、君も気づいたろう？　戦死体は黒人兵が白人兵よりずっと多いだろう」

留吉は目をあげて返事の代りにした。

「おれの推定では、死体は黒人兵が全体の三分の二、白人兵が三分の一だ。黒人兵が圧倒的に多い、ということはだな、黒人兵がいつも戦争では最前線に立たされているということなんだ」

いつものわかれ道に来た。留吉は何か云いたそうにしたが、口を閉じて一人で歩いた。彼が傍をはなれると、歯科医の鼻には腐臭がただよった。

翌日も、香坂歯科医は死者たちとたたかっていた。正確に云えば顎と格闘しているのだった。何十個という顎が飾りのように歯を植えつけて散乱していた。彼はそれを測量し、歯から人間の氏名に還元せねばならなかった。トラックは毎日、後から後から死者を運搬してきた。人間も死体もいらだっていた。

「なるほど、黒人兵が多いですね」

と留吉は帰り道に、疲れた歯科医に云った。

「あなたの云うとおり、黒人兵が最前線に立たされているということですか？」

珍しいことのように歯科医は留吉の顔を眺めた。だるそうな労務者のいつもの表情には、妙な活気がにじんでいた。

「そうだと思う、比率から云ってね」

と、歯科医は疲労していたので、あんまり親切をこめずに説明した。

「朝鮮戦争の米軍は黒人よりも白人が圧倒的に多いにきまっている。それが戦死体では逆の比例になっているのは、戦線の配置によるのさ。ね、そうじゃないか？」

留吉は、そうだとも違うとも云わなかった。沈黙のままに靴音を立てていた。顔を前かがみに戻していたので、彼が考えているのかどうか、歯科医にはわからなかった。

「黒人兵はそうされることを知っていたのでしょうか？」

少し時間がたっていたので、歯科医は質問の意味の念を押した。

「つまり、自分たちがその位置に立たされるということをか？」

「殺されることをです」

留吉の云い方が、激越な方に訂正されたので、歯科医は何となく不機嫌な顔になり、わざと前言と矛盾する曖昧さで答えた。

「不運だということしか考えまいね。白人だって死んでいるんだから」

「しかし」

と、労務者は強硬だった。

「殺されるとは思っていたでしょう。負け戦の最中に朝鮮に渡ったのですからね」

「さあ」

と、歯科医も不機嫌が手つだって依怙地《いこじ》になっていた。

「彼らは米軍の優勢を信じているんだから、そうも思わずに出て行ったんじゃないかな」

わかれ道に来たとき、労務者はそれ以上、押し返す様子もなく、

「黒んぼもかわいそうだな。かわいそうだが――」

と、つぶやいて、かってに背中を向けた。歯科医はその肩から、また死臭を嗅いだ。
[7]リッジウェイが、罷免されたマックアーサーに交代して極東軍司令官になってから、共産軍と

の戦線の境目はだいたい三十八度線に膠着《こうちゃく》した。二月ごろから、ちらちらと停戦交渉の噂が聞えてくるようになった。

しかし、じつはこのころが、A・G・R・Sでは一番多忙をきわめていた。というのは、それまで戦闘のため、不完全だった戦死体の収容がゆっくりとおこなわれるようになり、輸送の死体の数がまたふえたからである。むろん、釜山にも簡単な設備はあったが、本気に当人と米国市民に礼儀をつくすには、小倉のA・G・R・Sまで送らねばならなかった。高給をとっている《葬儀屋》はドクターなみの教養を自慢し、人形造り師のような熟練の技術をもっていたのであった。

この時期にくると、死体は天幕だけに包装されているというようなあわただしさはなく、粗末だが木棺に納められて送りつけられてきた。それらの空箱は、魚をくつがえした魚市場のように、いくつもの山をなして空地に堆積されていた。

七、八十人のアメリカ人と、ほぼ同数のやとわれ日本人とが、死者の大群と戦闘をつづけていた。生きている人間は単数だが、死者は無数の複数だった。もがれた頭、胴体、手、足は、寸断された爬虫類のようにそれぞれの生命を主張してわめいていた。十個の頭部には十個の胴体を求めねばならず、さらに二十本ずつの手と足との員数を揃えねばならなかった。指は百本を要する。

香坂歯科医がその日にあつかった死体はかなり時日が経ったものだった。百日以上は十分に経ていた。どこの地区の戦闘であったか彼にはさだかでないが、地の中に埋めたものが掘り出されたらしく、いたみは激しかった。あいかわらず黒人兵が多く、黒い皮膚は妙な具合に変色していた。

歯科医は胴体や腕には関係がない。しかし歯をしらべている合間には、一瞥《いちべつ》する程度の見物人になることはできた。頸のない胴体にはやはり刺青だけが完全な絵で残っていた。それは両乳にかけて翼をひろげている一羽の鷲であった。嘴《くちばし》がみぞおちの上部をかんでいた。赤い絵具があせもせず、鮮かだった。

鷲など珍しくない、と歯科医は思った。外人は刺青の絵がらに鳥類が好きである。あれは幼児的な心理なのか、それとも呪術的なものであろうか。デッサンはおさなく、点描は粗笨《そほん》であったが、カンバスが白い皮膚でなく、黒地であるところに、その絵の原始的な雰囲気の濃密さが奇妙に感じられた。

腰をひねり、両手をあげている踊り子の姿は平凡きわまった。それよりも持主が胸に彫られたこの絵を鑑賞するのに、どのような位置からするのであろうかと歯科医は考えていた。上からさし覗いて逆から眺める不便な見方しかあるまい。持主は一生その宿命を負わされている。多分、その男は自分よりも他人に鑑賞させるのが目的であろう。絵画はもとよりそうしたものだと歯科医は合点した。

低い口笛が短く鳴り、小さなざわめきが起った。歯科医は顎に櫛《くし》のように植えこんだ門歯や臼歯から視線を中断させて、わき見をした。一台の解剖台の周囲を下士官たちがとり巻いていた。《人類学者》が頭蓋骨を遺棄してその仲間に加わっていた。歯科医も歯に待ってもらうことにして、その方へ歩いた。

解剖台には大男の黒人兵が、これはあまり破壊されぬ姿のままで仰臥《ぎょうが》していた。ここにも黒地に赤い絵が貼られていた。みぞおちから臍《へそ》にかけて女の体の一部が拙劣に描写されていた。みなの視線はそれにあつまっていた。

どのような目的で、この黒人兵はおのれの体にこのような悪戯《いたずら》をほどこしたのか、歯科医には理解ができなかった。この男は低能なのか。どこか西部のさびしい農地で働き、ほとんど教養らしいものを持っていなかった百姓ではあるまいか。でなければ、あんな、ひどいものを彫るわけがないと思った。歯科医の目には、この兵士が戦友にそれを自慢して見せる様子が想像できた。まだ暑い陽が照っている、灼けるような戦線、壕の外から見ると地平まで一粒の黒点もなく、乾いた白い地塊には炎があがっている。暗い壕内に背をもたせている兵士たちも、性《セックス》の遮断された乾きに神経をあえがせ、疲労している。そのとき、この黒人兵の道化た絵は、壕の中の見物人たちに人気を得たであろう。それが熱い水になったかどうかわからない。彼は調子に乗ってさまざまな恰好を見せたであろう。

それにしても、歯科医は自分の場所にもどりながら思った。あれでは軍隊から解放されて帰郷したとき、人前に出せるものではない。刺青は、多分、彼が日本のどこかの基地にいるとき彫らせたに違いないから、無知な彼は、郷里に還《かえ》ったときの後悔まで考えなかったのであろう。

が、このとき歯科医の顔色は少し変った。そうだ、あの黒人兵は生きて本国に還ることを計算しなかったのかもしれない。彼は死を予想し、大急ぎであの絵を腹に彫刻させたかもわからないのだ。だとすれば、彼は無知ではなかった。彼の絶望はそのとおりにここに腐って横たわっているから。

しかし、数時間をおいた後、歯科医の知らぬことが別の部屋で起った。

軍医たちは朝から押しよせる死者にくたくたになっていた。彼らは解剖台の横に予備のメスをならべ、次から次に紙をさくように腹を切り開いていった。二十四個の作業台がそうだった。一方では吊りさがったイルリガートルの中の淡紅色の溶液が絶えまなく死者に注入され、一方では《葬儀屋》が桃色のクリームを塗っていた。死臭とホルマリンガスのこもった工場だった。

「ナイフ」

と、中ごろの台の軍医が云った。刃の切れなくなった骨膜刀《リオスチューム》を高々とさし上げ、かわりを要求していた。小型の円刃刀よりも軍医たちは大きなこの方を好んでいた。ここは手術室ではなかった。下士官はかわりをさし出そうとしたが、あるはずの所になかった。

「ナイフ」

と、軍医は血走った目で叫んだ。下士官は狼狽した。彼は砥《と》いだばかりの骨膜刀《ナイフ》の行方を捜索した。

一人の日本人労務者が、隅に屈みこんで何かしていた。下士官は背後から忍びよって、上から覗きこんだ。それから奇矯な叫びをあげた。人びとが声を聞きつけて寄ってきた。

前野留吉がその骨膜刀《ナイフ》を手にもって、しゃがんでいた。腕のない、まるみのある黒人の胴体だけが彼の前に転がっていた。皮膚の黒地のカンバスには赤い線が描かれている。彼の見つめた目には、翼をひろげた一羽の鷲が三つに切り離され、裸女の下部は斜めにさかれて幻のようにうつっていた。が、彼の後ろにあつまってきた人間には、彼のその尋常でない目つきがすぐにわかるはずがなかった。

留吉は後ろの騒ぎも聞えぬげにふり返りもしなかった。

註

1 【京城】 一三二ページの註1参照。
2 【北鮮】 一三三ページの註4参照。
3 【南鮮】 一三三ページの註4参照。
4 【国連軍】 一三三ページの註3参照。
5 【三十八度線】 一三三ページの註7参照。
6 【中共軍】 一三四ページの註11参照。
7 【リッジウェイ】 二〇三ページの註9参照。

孫令監

金達寿

令監　正三品、従二品以下の官員を称する代名詞。年老いた男子を称する代名詞。（文世栄『朝鮮語辞典』）

その幹線道路は海岸にそって、Y市の東はずれから、すでに戦争中、軍港の拡張にともなって合併をされたRと、それからもとは漁村であったらしいH港へとのびている。

ところでこの幹線道路がRへむかうところから、急に右のHへわかれる三叉のところに、Y市における朝鮮人部落の一つである、N部落がひくい軒廂《のきびさし》をならべてあつまっている。部落の歴史はなかなか古い。そして孫令監《ソンヨンガム》の死が、その幹線道路と切りはなしては決して考えられないとおなじように、この部落の人々の歴史もまた、その道路と切りはなしては考えられない。というのはその道路をつくったのは、この人々であったからだ。

もとはこの部落のあるところをも含めて、ここは東京湾の海であった。人々は灘組に雇われてきてそこを埋立て、さらにその埋立て工事が幹線をつなぐ新道路や防波堤にまでおよぶにしたがって、そこに飯場や部落をつくってあつまったのが、そのままそこに居ついてしまったのである。このN部落から上へむかってしばらくいったところに、M部落とよばれるところがまた一つあるが、それもおなじ事情のもとにできたものである。だからこの部落は数年まえまでは地代もなにもないかわりに、番地もなくてY市埋立部落といって手紙をやりとりした。そのために、この部落で育った子供たちは、学校の先生や友達にその住所をいわなくてはならないときなど、どんなに肩身のせまい思いをしたことであったか。――

それはさておいてそれから十数年、部落はあいかわらずひくい古亜鉛葺《ぶ》きの軒庇をあつめたきりであるが、人々の生活はいろいろと変化してきた。前の広いコンクリートの幹線道路も、夕方のひとときなどにみるとあいかわらずしろじろと横たわっているが、その上を往来するものもいろいろと変化してきた。もちろんその道路はもともと出港地としての、港をつなぐ軍用道路としてつくられたもので、一九四五年八月十五日までは日本海軍の銃をかついだ行列が通り、トラックが疾走し、砲車が地ひびきを立てて通った。二人ずつ腰を鎖でつながれて、道路脇の畑で働かされていた付近の海軍刑務所の囚人が、にやにや笑いながら立ってそれをみている。……それが一九四五年八月十五日の降伏以後は一時ひっそりとして、白い幹線道路はやたらにながながとみえはじめ、正面の青い海のむこうにはくねった房総半島の山々が迫ってみえた。人々はほっと肩をおとすようにして、いまはじめて気がついたかのように、その風景をながめたものであった。

だが、やがてその幹線道路には、さいしょはものめずらしかった小型自動車が猛烈なスピードで疾走しだした。つづいて間もなく無恰好《ぶかっこう》な、無恰好といってもまえのトヨタとかニッサンとかいった手前のエンジン装置のところが運転台にぐっと吸いよせられて蟇《がま》の首を思わせたものとはちがう、幌をかけたトラックがH港へとむかって通りはじめた。ときたま、子供を荷物のようにうしろの座席に、一人きょろきょろさせておいて、夫婦二人が運転台で肩に手をかけあい、首をかたむけあったりした流線型の乗用車も、スローであらわれて人々の眼をおもしろそうにそばだたせることもあったが、同時に困ったことには、朝おきてみるとその道路のうえに、よく轢死体《れきしたい》がころがっていることであった。轢《ひ》き逃《に》げだった。そしてかりにその現場をおさえられたにしても、その結果は必ず轢かれた方がわるいということであった。このことは全市の、いや日本中の人々のあいだに一つの伝説のようになってひろがった。そのために人間だけは左側から、右側通行になったそうである。走ってくるものと眼の前でだきあうようになるから、それだけこちらでは避けいいというわけだ。

しかしそれはそのとおりよく注意して、夜などはあまり外へでないようにすればいいけれども、それよりもなお部落の人々の気になることは、その小型自動車の疾走自体であり、幌をかけたトラックの群れであった。一九五〇年六月二十五日以後になると、H港へ、H港へとむかうその疾走はなお多くなるばかりであり、ときにはけたたましいサイレンをともなった小型車が先導をし、そのあとから何台もつらなった例のトラック隊が、〈ぶうーん——〉と一つの諧調音をなして通りすぎてゆくのであった。トラックはいまは幌をはずしていた。そしてはっきりと危険信号の赤い小旗を立て、「爆薬物」とかいたものを前のバンバーにかかげているとおり、その荷物はあらわに、裸のままいくつも重ねて積んだ爆弾であった。

トラックがもし急ブレーキをかけて停止しなければならないことでもあると、その衝撃で積荷の爆弾ががたがたっとうごいて落ちるのを注意してか、めいめい勝手なスピードはだせず、それぞれのあいだにきまった距離をおいて走ってくるために、そのエンジンの音がまとまって、〈ぶうーん——〉という一つの諧調音をつくっているのだった。

諧調音は夜、昼となくなりひびいた。そしてこの不気味な諧調音が人々の耳になれてくると、もうそれらの先導のための小型車の疾走はなくなり、もっぱらそのトラックの隊列だけとなった。そこへさらに空からは飛行機の爆音。——

おもしろそうに人々の眼をそばだたせた流線型の乗用車は、もうそこへは姿をみせなくなった。そのかわり今度は人々は、そのトラックの隊列に、ずっと眼をみはらされていなければならなかった。いまや、そのトラックに積まれたものがH港をへて、どこへどうしてはこばれてゆくものであるかということを、はっきりと知っているからである。

その故国朝鮮の農村からおししぼりだされて灘組の埋立て工事に、安い賃金の労働者としてつれられてきた部落の人々は、はじめはそのように土方として出発した。そしてその工事がおわって、ここへ居ついた人々は屑屋《くずや》になった。

人々の職業はだいたいこういう順序で、いまも「職安」などへでているのもあるけれども、その多くは屑屋であり、豚を飼ったりしているのであるが、日本の経済的進行につれてこの人々の生活もかわってきたことはいうまでもなく、世の中があげて闇経済のときには、そのあいだにこの人々も闇のカストリ[1]焼酎をつくったり、飴をつくったりしたこともある。

いまでも街の半失業労働者の日本人や、部落の人々を対手《あいて》にした大井一杯四十円の、濁酒屋《タクジュや》が一つある。これはむかしもいまもかわりないことで、ただかわったことといえば、戦後はめっきり日本人客がふえたことだ。

N部落は世帯数にして十五、六。——しかしこれらの全部の人々が、ここにはじめから居ついていたものばかりではない。長いあいだには多少の変動もあって、ことに一九四五年八月十五日を契機として三、四世帯、同時に故国へかえっていったものもあり、それに応じてまた三、四世帯新入りもあるというふうである。この八・一五の変動のとき新入りしたもののうちには、それが二世帯までも日本人であったが、これは戦後の日本人生活のなりゆきをしめしたものであろうか。

孫令監も、この新入りの一人であった。

孫令監の一家はそれまでは、神奈川県平塚市のはずれに住んでいたものである。それが戦争末期の中小都市の爆撃によって、平塚が燃え上ったときに孫令監もその老妻と、とくに老妻のおばあさんになついていた七歳になる孫の一人を殺されて、焼けだされたのである。孫令監の息子の孫命九《ソンミヨンク》は五十をちょっとこした、部落でも実直でとおっている一人であるが、このどちらもそのときのことをあまりかたるのを好まない。孫令監をも含めて命九夫婦とうえの孫娘との全家族が、老妻ともう一人の孫の道づれにならなかったのは、それはまったく偶然のことであった。

どちらかというと孫令監一家も、家の横の空地などに気休めのように掘ってある防空壕などに、そんなに信をおいているわけではなかった。それよりも多くの人々がそうであったように、ここはやられないだろう、というばくぜんとした願いの方に、なにか確信に似た信をおいていた。しかし老妻の方は、そのばくぜんとした願い自体にも耐えられなかったとみえて、警戒警報のサイレンがなると孫をだいてすぐに、その防空壕へとび込んでいった。

その夜はつづいてすぐに空襲警報がなりひびき、とすぐに〈どしん――〉と身体を放り上げられるような地ひびきがして、あきらかにそれぞれが憂えていた、どうしようもない不可抗力な空からの殺人、爆撃が現実のものとなった。

孫令監は急いで外へ出た。市内の方はもう騒然たる音響のなかに火の手がいく個所からも立ちはじめ、孫令監には大地がぐるぐるっと回転して、天地が引っくりかえるように思われた。孫令監をはじめ一家のものたちは、防空壕へむかおうとしていた。いまは、ただたのみの綱はそこだけであった。と、孫令監はぴしゃっと頰を何ものかによって手ひどく叩かれたような気がして、うしろにふっとばされた。

翌日、焼土をたずねてきて立ってみると、屋根土の浅い防空壕は直撃弾をあびて、いっそう深く大きな穴をあけられて上から広がっていた。そしてそこには老妻と孫のかげも形もなく、そこから数メートルもはなれたとんでもないところで燃えのこった孫の片腕を一本ひろい、老妻の焼けただれた胴体を発見した。

こうして孫令監の一家は、幹線道路の側の李石童《リソクドン》の一家が故国へひきあげるにともなって、同郷のとおい親戚にあたるその家をもらいうけてY市の部落に、引きうつってきたのである。

さいしょここへきたころの孫令監はまったくみるかげもなくやつれはてて、まったく虚脱した人間と同じであった。孫令監は頭は坊主刈りで白い長い立派な顎鬚《あごひげ》をたらしていたが、その顎鬚が半分ほど燃えてちぢれていたので、部落の子供たちはそのひょろひょろした恰好をもあわせて、はじめしばらくのあいだ、それをみて笑うのをやめようとしなかった。だが令監はそれを、もっている古い洋傘《こうもり》の柄の杖で追いはらおうともしなかった。

孫令監は屑屋の息子と、嫁がたてているくらしを少しでも手助けするために、仕方なく海辺を歩きまわっては、流木の炊き木などをひろいあつめてきたりしてはいたが、しかしたいていは、あてがわれた裏の方の部屋の戸をおしひらくと道路筋と海とがみえるそこに坐《すわ》ったきりで、いつまでもぼんやりしていた。それが、一年以上もつづいたであろうか。——

幸いに、家族を殺されたり、家を焼かれたりする戦災を経験しないですんだ部落のお内儀《かみ》さんたちは、この老人に同情して夫の古着をやったり、それから家で、東伝揚《ドンジヨンヤン》のところから濁酒でも買ってきて飲むときなど、こっそり一杯を台所のすみにとっておいてはあとでもってきて、

「さあ、お爺いさん。これを飲んでくださいよ。——いつまでも死んだおばあさんや、お孫さんのことなどかんがえたって、しようがないじゃありませんか」

と、豚飼いの金祥吉《キムサンギル》の母親などは叱りつけるようにいって、気がまぎれるかも知れないから、仔豚でも二頭ばかり飼ってみなさいとすすめた。

しかしながら一九四五年八月十五日以後、孫令監をも含めてこの部落の人々は、その感じ、知ることの内部においては大きくかわっていた。

人々はまず、その故国朝鮮が独立する、ということにたいしての関心をたかめて、それはどのように独立し、どのようなものにならなければならないかということを知った。しかもそれはこれらの人々を支えとして、これらの人々の支えによってできた進歩的民族団体朝連(2)の解散、学校の閉鎖、戦争という一連の事態と、それにともなうたたかいによって鍛えられた。

たとえばすでに、戦争がおこるまえ部落のお内儀さんたちは「福連《ボクリヨン》のお母さん」の家などにあつまると、こういうことをいいかわしていた。

「そうだともさ、なんといったって若い人の時代だよ。若い人にやってもらわなくてはね」

「年寄りは年寄りらしく、若いものにまかせて、うしろにしりぞいていたらいいのだよ」

「あの老いぼれはあんな七十もすぎた年にまでなって、いまからなにができるからといってあんなに、――よくもまあ、早くくたばりもしないでさ」

「とにかく、わたしはいつも思っていることだけれどね、『李の一家』はむかしから国亡《くにほろ》ぼしだよ」

年寄りといい、老いぼれといっているのは、決して部落の孫令監のことではない。

それはあのアメリカ帰りの李承晩《リスンマン》(3)のことであり、「李の一家」というのは、一九一〇年さいしょに国売りをしたものが当時の総理李完用《リワンヨン》らであり、李承晩もそれの一族であるからである。

若い人といっているのは、金日成《キムイルソン》(4)将軍をさしていることはいうまでもない。

このお内儀さんたちにたいして、その息子たちの金祥吉や、娘の福連たちはこれとはまたちがった少しむつかしいことばで、これらのことを論じていたことはいうまでもない。

そうして一九五〇年六月二十五日の戦争がはじまると、この部落の青年たちも、ここからおくられる武器や弾薬を阻止しようとして起《た》ち上ったが、たちまち日本警官によって数名が検挙され、金祥吉と李五仁《リオイン》はそれぞれ重労働（懲役）八年、五年の刑をうけて監獄へおくられた。

かわったのはこれらの青少年ばかりではない。まだ学校にも上らない子供たちも、部落の隅にあつまっては「共和国宣布の歌」をうたい、「人民抗争歌」にのどをはりあげた。

それからというもの、父親の屑屋たちは、外へでて屑を買いおわって代金をはらうと、つづいてふところから平和投票(5)の用紙をだして、それへの署名をもとめるのであった。

孫令監についていえば、令監はときがたつにつれてしだいに部落で目立ってきた。また、目立つにしたがって老人は、部落の人々からある敬いと親しみとをこめられて、令監《ヨンガム》、令監とよばれるようになっていた。

年が七十にもなると、もう鬚は生えのびないものとみえて、それから何年もたっているけれども、孫令監の白い顎鬚の半分はあいかわらず、横からななめうえにむかって燃えちぢれたままになっている。

しかし、孫令監は元気であった。孫令監は部落の青年たちのキャップである金祥吉の母親のすすめで、いまでは二頭の養豚をやっていたが、部落でも一番の早起きだった。そしてまだうす暗い海辺をひとわたりぐるっとまわって、前夜のうちに波浪によってうち寄せられた炊き木をひろいあつめたり、ときには豚の餌をもみつけてきた。

昼は昼でこれもまた金祥吉からゆずってもらった、街の近くの料理屋へ出かけていって、豚の餌の厨芥《ちゅうかい》をとってくる。

これが孫令監のだいたいの日課であったが、そのあいだじゅう孫令監は、朝から晩まで例の古《ふる》洋傘《こうもり》の柄の杖を身体からはなすことがなかった。たとえば海辺で炊き木をひろうときなど、風浪がつよいときは、用意されてある長い竹竿のさきに金具のついた棒をつかって、それをとり上げるのであるが、そういうときでも孫令監はそのために危い腰つきになっていながら、この杖だけは小脇にかかえて、はなそうとはしないのである。

だが、孫令監が部落で目立ってきたのは、その日課のためでもなければ、この杖のためでもない。といってその半分燃えかけの白い顎鬚をもった、一見、異様な風貌のためでもない。

どちらかというと背は低い方で、小柄な風貌はまたちょっとみたところでは、そのむかし科挙（李朝時代の官吏登用試験）をめざして漢学でも修めたもののようにもみえるが、事実そのとおり、孫令監はそういう経歴をもった、部落では唯一の学者でもある。それがなぜ日本へ渡ってこなければならなかったかということは、その息子の命九や、また部落のほかの人々とおなじように知れたことであるが、ただ孫令監が人々とちがっているところといえば、孫令監夫婦は慶尚北道の片田舎で一枚の火田の畑を耕しながら、早くから日本へ出稼ぎにいっていた息子、命九からの仕送りをうけてくらしていたけれども、それもかなわなくなり、転々のあげくようやくさきの平塚でとにかく家を一つもつことになった命九をたよって、比較的さいきん日本へ渡ってきたものということである。

まず孫令監は一九四五年八月十五日以後、数多くくりかえしもたれた民族集会には、必ず欠かさずでていった。彼が平塚であった空襲によって、老妻と孫を失ってからというものは、一時ふさぎの虫にとりつかれたようにぼんやりし、虚脱したものが、あたかもそれらの集会にでることによって急速に癒えてきたもののようであった。

「ああ、……長生きはするものじゃのう。長生きはするものじゃて」

そして孫令監は、その集会などからもどると、きまってこういうことをいって、顎鬚をひねりながら部落の露地を歩きまわり、ときには東伝揚のところへ駈け込んでいって、濁酒を一杯ふんぱつすることもある。

そうなればそうなったときで、孫令監はまたこの市の指導者の誰かにあわなくては気がすまない。出かけてゆく対手はいつもたいていい、上の部落に住んでいる朝連支部委員長の朴奎錫《バクギュソク》であるが、きくこと話されることはもう何度もくりかえしたことだ。

朝鮮の独立、完全独立！　朝鮮民主主義人民共和国のはなし。土地改革、耕す農民に土地を平等にわけて与えるはなし。……

「ほう、地主にものう。うむ、彼らも耕し働く限りでは、そう、彼らにも与えなくてはのう、そう、うむ」

孫令監は、年に似合わず聞きとりの早いいい耳をもっていた。その耳をかたむけて飽くことなく、いつまでも、眼を細めてきき入るのであった。その眼つきは自分の今日までの生活体験と、故国の山河を思いえがいているようであった。

金日成、パルチザン、それから中華人民共和国の誕生。大ソヴェト連邦のはなし。

「うむ、それですじゃ。それですじゃよ」

こういうふうにはなしだすと、きりがないので、朴奎錫はその辺できり上げようとすると、孫令監はこんどは南朝鮮のことや、資本主義のアメリカのはなしをしろという。

孫令監はそうした集会に欠かさずでてゆくばかりでなく、彼はまた若い青年たちが好きなのであった。部落の青年たちは娘たちをも含めて、その辺の誰かの家の部屋を借りては、しょっちゅうあつまっていた。

そこへ例の杖をひいた孫令監がこっそりあらわれて、そっと扉をひく。

「お前さんたちは、毎日のようにこうしてあつまって、いったい何を相談しているのかな」

まじめな顔をつくってきく。

「ああ、お爺いさん、もちろん僕たちの朝鮮の独立が、どうしたら一日も早くなしとげられるかということを相談しあっているのですよ」

呉万裕《オマンユ》あたりが、それにはちがいなかったが、座中からすぐに首を上げて、こう気のきいた返事をすると、

「とっほ……、そうじゃろう。この儂《ウリ》がそれを知らできくものか。それをききたかったのじゃ、それをの」

と孫令監は上機嫌で、むこうへ立ち去ってゆくのであった。

が、孫令監が欠かさずでてゆくそれらの集会も、急速に、緊張したものとなり、激化をたどっていった。民族のよろこびにあふれたものが、だんだん直接にたたかいのための姿勢となり、防衛のためのものとなっていった。

一九四九年九月八日の朝連解散につづく、同十月十九日の学校閉鎖のときには、全Y市の人々

とともに学校をまもって閉じこもった孫令監は、夜になって押しよせてきた警官隊にたいして、例の古洋傘の柄の杖をふりかざしてたたかった。

「えい！　こ奴めら。えい、こ奴めら……」

これがそのとき、孫令監の呼号したことばであったが、しかし孫令監も拳銃と棍棒とで武装した警官隊によって、棍棒で胸をつかれ、蹴倒されて、顎の鬚をつかまれて引きずりだされた。

それから、一九五〇年六月二十五日、ついにその敵によって、戦争がひきおこされたのであった。孫令監は、まるで一変してしまった。

〈ぶうーン――〉また今日も、不気味な諧調音、トラックの隊列であった。

一日の生活にとって、どうしても一時間を損失すると思われるような、奇妙なサマー・タイム(6)の午後七時がすぎると、人々は孫命九の家の裏手にあたる広い幹線道路の脇にでて、夕涼みと一日の話題のひとときをすごすのであるが、人々はこのトラックの音がきこえると、それまでのはなしはぴたりとやめてしまって、誰いうとなく坐っていたものも、眉をよせてつぎつぎと立ち上ってしまう。

以前は、みんなそこの縁台のうえに、大きな声を立てて朝鮮将棋などをもちだしたりして張りあったものであるけれども、それがいつの間にかみえなくなってからどのくらいになるだろうか。昂奮《こうふん》と焦慮の夏、――秋をおくり、ようやく憂愁と怒りが心の奥底から燃えはじめる冬、――春もすぎて、早くも一年になろうとしている。

すでに金祥吉と李五仁は、武器・弾薬輸送反対のビラをまいたということで、検挙されて、八年、五年の重労働（懲役）におくられて服役中であった。その他、多くの青年たちが、この部落と市からは姿を消さなければならなかった。孫令監は、気がふれたようになっていた。

そのあいだこの道路のうえをどれだけそのトラックの隊列が、そうして飛行機の爆弾を、大砲の弾丸をはこんで走っていったことであったか。それからさらに、それをいま眼の前にみ、きくのとおなじような確実さで、どれだけその故国朝鮮の人々を殺していることであろうか。いまそこを走ってゆくトラックのうえに、くろぐろと積み重ねられている爆弾が、明日、あるいはおそくとも明後日には、もう間違いなくそれらの人々を殺す。何十人、あるいは何百人。——その人々はいまはこの瞬間には生きているであろう。もしかすると、来月や、来年のことを、来月には、……などと考えたりしているかも知れない。

トラックの隊列はスピードをおとしているとはいえ、近づいてきて一台、一台が海のむこうにある小さな島をさえぎって、〈ぶるん——〉〈ぶるん——〉と通りすぎてゆくときは、さあっと心のうちの凍りつくような、冷たい風がふきつけてくるのだった。

福連は部落のなかへ逃げ込んでゆき、福連の母は両手で眼をふさぎながら、それでもなおそれをみようとする。

「ふん、この道路をつくったのが俺たちでよ。それで、……皮肉なことじゃないか」

いまでも「職安」へでて、道路清掃などをさせられている鄭昭致《チヨンソチ》がいった。彼のきまり文句であった。

「フューイ!」井戸端のおばあさんが、溜息をつく。

まわりで独楽《こま》をまわしてさわいでいた子供たちも、独楽を手にとりその紐を片手にだらりとたらして、眼をこらしてみている。よくみておこうとする。

孫令監は裏の戸をあけて、道路をへて風をとおしてくれる海から、暮れかかってゆく房総半島の山々の起伏をぼんやりながめて坐っていた。故郷を思いだしているのだろうか。と、またもその諧調音であった。はじめのうちは孫令監は、それに耐えようとする。長い煙管《キセル》をとってたばこをつめようとしたり、またそれをおいたりする。

しかしそれが近づいてきて、眼の前を〈ぶるん――〉と車体をふるわして一台通りすぎてゆくと、孫令監はもう立ち上ってしまうのである。眠れないために、みるかげもなく痩せさらばえていた。

孫令監は外へとびでていった。左手が古洋傘の柄の杖をつき、右手をあげてトラックの方をさししめしつつ、何となく互いによりそって固まっている人々の方へ駈けてきながら、

「アイグ、みなさん、あれを、あれを止めねば! あれを止めねばならぬぞ。あれを!」

と、あたりかまわず叫ぶのだった。

人々はそれをみると、若い男たちは部落のなかへ、あるいはとんでもない脇の方へふらふらと

避けて逃げてゆき、お内儀さんたちは涙ぐんだ。
　誰もこたえるものは、なかった。こたえることができないのである。

　孫令監は寝ている。しかし眠っているのではない。眠ることができないのだ。孫令監はてんてんと寝返りを打っていた。そして寝返りをうつたびに、眼からは涙が頬をつたってながれた。

　孫令監の白い頭は、いま想念と幻想とでいっぱいなのである。老妻の一生をつうじたさまざまな顔がうかぶ。七歳になった孫の笑顔。飛行機から何かの鳥の糞のようにそろって、すい、すい落される爆弾。ごうぜんとした接地炸裂！　ああ、人が、人間がこっぱみじんになってふっとぶ。孫の焼けただれた片腕。妻の黒こげの、よく分別のつかなかった胴体。トラックの隊列。手錠をはめられて引き立てられてゆく金祥吉のぎらぎらした顔。李五仁のきっと唇を噛んだ顔。……それらのものが順序もなくひろがって、頭をうちがわからしめつける。

「何ということか」

　孫令監は、ふとこれまでの自分の生涯をかえりみた。甲午《カプオ》の戦争。乙巳《ウルサ》条約。そして忘れもしない、あの八月二十九日の「日韓併合」。それからの学問の完全放棄。三《サム》・一独立万歳《イルドクリプマンセー》の蜂起。投獄。国内での流浪。ついに国外・日本へ、関釜連絡船。人……。

　戦争。空襲のサイレンの音。爆撃、火の海。人……

――一九四五年八月十五日。朝鮮の独立、完全独立！　売国奴どもを排した人民共和国。土地の解放。それが……、それが……。

「何ということであろうか」

こんどは、それを孫令監は、声にだしてつぶやいてみた。つぶやくと涙がでた。

たしかに、孫令監は神経衰弱気味ではあった。こうして孫令監はほとんど毎晩、眠っていなかった。ちかごろは朝、海岸へ炊き木をひろいにゆくこともあまりしなくなった。そればかりか、昼、豚の餌をとりにゆくことも忘れていた。

戦争がはじまっても、孫令監ははじめのうちはこれほどではなかった。それがあの映画、あの呪わしいニュース映画をみせられてからというもの、孫令監はこのように急に変ってしまったのである。

今年の、二月のある夜のことだった。公然とした集会はもうゆるされなくなっていたから、映画会ならばというので、夜の時間のおわった映画館をかりて、シベリアの風景が天然色で展開されるうつくしいソヴェトの古い映画をかけて、人々が動員された。もちろん孫令監も久しぶりでよろこんででかけていった。開会のあいさつにくり込んで、朴奎錫は手みじかに故国朝鮮の情勢と世界のありさまをつたえ、さいごの数分間、声をはげまして勝利を強調した。孫令監も半身立ち上るばかりにして、手を叩いた。

それから映画ははじまったのであるが、本当ならばそのユナイテッド・ニュースは上映されなくてもいいはずであったが、映画館側の、あるいは映写技師の好意であったのだろう、まずニュースがうつしだされた。背のたかい紳士たちが何やらいったりきたりしたものがあるかと思うと、衣料の布地をそのままにまとったような恰好の、きれいな数人の女がそれをみせびらかすように、ぐるっとまわってみせたり、こんどは大きな笠のような帽子をみせたりしているかと思うと、急に画面いっぱいに空をとんでいる飛行機があらわれた。とそれが、鳥の糞のようなものをつぎつぎとたくさん落して飛び去り、つぎに、画面を追ってゆくと、眼がくらっとくらむような水煙りをあげるようにして、炸裂した。しかしそれは水煙りではなかった。それが炸裂したところは人間の住む都会、街であった。

だが、はじめは映画などをそうみているはずのない孫令監は、まだそれに気がつかなかった。孫令監の映画にたいする知識としては、土台それはつくりものである、ということだけである。むろんことばも知らない。それをとなりに坐っている鄭昭致が、膝をもみながらしきりと力んでうなっていたところから、何気なくきいてみて知ったときのおどろき！

活動映画には、ニュース映画という事実を鏡のようにうつすものがあること。いまのはそのニュースで、あの爆撃はいまから十日をでないほどまえの、ほかならぬ故国の朝鮮にたいするものである。——しかもまたあの爆弾は部落の前の幹線道路から、毎日はこばれてゆくそれである。……

「いくら力んで、うなってみてもしょうがないですがね」

と、鄭昭致はいった。

それ以来であった。それ以来、孫令監の頭のなかでは、あの平塚で実際にうけた空襲の爆撃とそのニュース映画でみた爆撃、そして家の裏の道路を諧調音をひびかせて、走ってくるトラックに積んだものとの三つが、ぴったりと一致してしまった。

しかもその不気味なトラックの隊列の諧調音は、毎日、夜昼となく鳴りひびいた。

〈ぶうん！——〉夜なかでもその諧調音、心臓が凍りちぢまるようなその諧調音がひびいてくると、孫令監は悪夢からさめたように、寝床のうえにがばとはねおきた。そしてそれは悪夢ではない、現実にその諧調音は近づいてきて、〈ぶるん——〉〈ぶるん——〉と一台、また一台と通りすぎてゆく。そこへさらに、空からジェット機の噴射音が入りまじる。

「ああ！　あれを止めねばならぬ。あれを止めねばならぬ」

人が、人間が殺される。何十人、何百人、何千人、何万人！　老妻の黒こげの胴体、孫の焼けただれてころがっていた片腕。——

故国朝鮮の人々が殺される。可哀想な、いっしょに腹をすかしていた人々が、こっぱみじんにふきとばされてゆく。

孫令監は立ち上ってしまって部屋のなかを歩きまわり、そうかと思うとどしんと大きな音を立てて、ぶっ倒れるようにして坐った。そのためにとなりの部屋の命九夫婦も眠ることができず、おとなしい孫命九はその父をつれて、あの不気味な諧調音のきこえない、よそへうつれぱと思うのであるが、それはもとよりかなわないことなのであった。

一九五一年六月二十三日、ニューヨークでマリク・ソヴェト代表の休戦提案がなされてから四日目の朝、幹線道路のうえで孫令監ははねとばされて、脳を割って死んでいた。

死体は右側から、ずっとさらに右へとんでいた。例の古洋傘の柄の杖をふりまわしたらしく、それが道路のむこうにおちており、そしてそれはトラックの輪っぱのところに、ひっかけたか、ひっかかったかしてひきずられたらしく、めちゃめちゃに折れまがっていた。

そうしてどうしたものか、孫令監はその顎鬚を鋏《はさみ》できれいに刈りおとしていた。それはどうしたことなのか誰も説明はできなかったが、ただ人々は、孫令監はまえの学校で、警官に鬚をつかまれて引きずりだされたのをひどく気にし、屈辱を感じていたらしいことを思いだしていた。するど孫令監は、こんどもまた、その鬚をつかまれるとでも思ったのであろうか。

註

1【カストリ焼酎】 米や芋などを原料にした粗悪な密造酒。第二次大戦直後、盛んにつくられた。

2【朝連】 在日本朝鮮人連盟の略。敗戦後の一九四五(昭和二〇)年一〇月、全国の在日朝鮮人が、帰国者支援と生活の安定、新朝鮮の建設などを掲げて結成した民族団体。四九年九月に、GHQの指示を受けた日本政府により「暴力団体」と規定され、強制解散を命じられた。朝連が各地に設立した朝鮮人学校も接収された。

3【李承晩《リスンマン》】九四ページの註6参照。

4【金日成《キムイルソン》】一三三ページの註6参照。

5【平和投票】冷戦が激化する朝鮮戦争勃発直前の一九五〇（昭和二五）年三月、平和擁護世界大会委員会がストックホルムで原子兵器禁止のアピールを発表し、全世界に呼びかけた署名のこと。日本では六五〇万人、世界で五億人以上の署名が集まった。

6【サマー・タイム】夏の明るい時間帯の有効活用を目指して標準時から針を一時間進めておく制度。日本でも、アメリカ占領下の一九四八（昭和二三）年から五二年にかけて四年間、四月（のち五月）から九月まで実施された。

痛恨街道

下村千秋

一

隣家の親爺《おやじ》、愛吾が五年ぶりで朝鮮から帰って来た。動乱勃発後一ト月ほどした去年の七月下旬のことだ。

愛吾は、二十年の終戦直後、敗戦国の日本にさっさと見切りをつけ、独立国となった韓国へ移住したのであったが、そんなことが簡単に出来たのは、彼は九州天草の男と、南鮮(1)大邱生れの朝鮮女との中に生れた人間で、父親は既に亡かったが、母親だけは京城(2)の在所にまだ息災でいたからだった。彼はその出発の際、私へいった。

「わしは合の子だで、こんな時は大変都合がいいです」そしてまた、

「今だから話しますが、わしの両親は、九州、朝鮮、満洲を股にかけての密輸商だった。おかげでわしは九州と朝鮮を幾度かも忘れてしまったほど転々させられた。おかげでまたわしは、どっちつかずの人間になってしまったが、今度ばかりは朝鮮につく方がいいとわかったです」そういった。

私達はその一年前、この東京郡部の農村へ疎開し、さらに信州へ逃れ、終戦直後再びこの地へ戻って来たのであったが、愛吾は私達が疎開した当時、隣村の機屋《はたや》に奉公していたという彼より二十歳も若いのを女房としたのであった。しかしそれは一緒につれて行こうとせず、「おふくろの所へ行って、よく都合をつけてから呼び寄せるで、それまであの女をよろしく頼みます」と私達へいいおいたまま出て行ったのであった。

ところがそれから五年、彼は全く消息を絶ち、生死も不明にしておいて、今、突然帰って来たのである。残されていた女房のおとみは、はじめしばらくは、時々愛吾のことを口に出していたが、いつか何もいわなくなり、最近はまるで思い出しもしない風であった。ただ私達は、朝鮮動乱の報が伝わるや、すぐこの男のことを思い出し、もし無事に生きているなら、そのうち逃げ帰って来るに違いないと察していた。それだけにその姿を見た時——それはぼろぼろのシャツと半ズボン、足半分が出ている地下足袋、真黒なリュックを背負った恰好《かっこう》の、見るから物乞《ものご》いの浮浪者そのままながら、私はそれを見違えることはなかった。この時私は家の前の葡萄畠《ぶどうばたけ》の棚の下に入り、肩にかけた噴霧器で駆虫剤を撒布《さんぷ》していたが、すぐそれと認めて、そして何かほっとした。

愛吾の住み家は、隣の農家の納屋の一部を仕切った六畳ほどの部屋で、南面に僅《わず》か三尺の出入口が開いているだけ、中はいつも炭窯《すみがま》のように暗かった。時に陽《ひ》は山の端へかくれていたが、その屋根を一杯に包むように繁りかぶさってる柿の木には、油蟬《あぶらぜみ》がジンジン鳴きしきっていた。愛吾はその下まで入って行って、ふと足を止めた。柿の根元には、二つばかりの彼の知らない男の子が、まっぱだかで蟻地獄の虫のようにほこりにまみれながら、はいまわっていたのだ。彼はそれを見下し、しばらくじっと立っていた。それから踵《きびす》を返し、私のいる葡萄棚の下へ入って来た。

「旦那、申しわけありませんです」

両手をだらりと垂れたまま、前へのめりそうな恰好で彼は頭を下げた。

「とうとう戻って来たね」と私はいった。

「はい。こんなことになるとは知らなかったです」そして今度は少しおずおずと、

「旦那、あのおとみはもう家にはいないですか」とそれをきいた。前歯が何本か欠けて声がもれた。まだ五十前のはずだが、両頰が深く窪んで暗い影を宿し、五年間にその倍もの年を取るほどに老いこんでいた。

「いや、君の女房だもの、どこへ行くものか」と私はいってやった。

「では、外の男が入っているんですね」

柿の根元に這《は》いまわっている子供の方へ、彼は目をやった。

「そんなこともないが」

それきりで私はいいそびれた。愛吾は私の顔から何かをよみ取るようにして、

「ああ、もうわかりました。それでいいです。わしは何もいわねえです。ただあの家へ入れてもらえばいいですから」といい「では後でおわびにうかがいますで」と家の方へ引き返しはじめた。

私はその背中へ、

「ちょっとお待ち」と声をかけた。おとみは家の中にいるに違いないが、もし男が入りこんでいては、と思ったのだ。私は畠の端まで出て行って、

「おとみさアーン」と声をのばして呼んで見た。それを三度ばかり繰り返すと、やっと返事があって、おとみはアッパッパから大きな乳房をはみ出したまま、あくびをしながら戸口へ現れた。

「ひるねだったか。じゃ遠慮なし入って行くがいい」と私は愛吾の肩を押しやった。

二

夜になって愛吾は、女房のアッパッパを着て私の家へやって来た。家内と娘は、低い峠を一つ越えた町へ映画を見に行き、私一人縁先に涼んでいるところへ、愛吾はまた前へのめりそうなお辞儀をして、

「わしの留守中は、おとみがえらいお世話になりましたそうで」といった。

五年前、一人置いてきぼりにされたおとみは、はじめ一年ほど、以前働いていた機屋へ峠を越して通っていたが、そのうち身が重くなり、ててなし児《ご》を産んだ。しかしその児は消化不良で間もなく死んだ。おとみはそれきり元の機屋へは戻れなくなり、それからは家内のところへ、米、麦、金などしょっちゅう借りに来て、その日を送っていた。畠は一畝も持たないので、自分の家では働きようもなく、また小学校も満足に出ずに機屋奉公ばかりしていたというので、百姓仕事は半人前も出来なかった。ために春秋の農繁期にすら、誰もおとみに日当を出して働かせようとはしなかった。仕方なしその後は、何とか喰えるだけの金や食物を月々きめてやることにして、その代り私の家の畠仕事や雑用を手伝わせていた。永い年月他人の家でこき使われていたわりに、不思議とひねくれた所がなく、何をさせてものろまながら、嫌な顔をしたことのない女だった。そこには生来の善良さと、原始人的な単純さとがそのまま育っているようなところがあり、私はそこを面白く見ていたが、家内などは時々じれったがって、あれだから父《てて》なし児《ご》など産まされるのね、などといっていた。愛吾は朝鮮へ移るまでは、この女を舐《な》めるように可愛がり、私の家の風呂へ来る時は、いつもおとみを連れて来てその背中を流してやったりしていた。今彼は自分の知らない子を抱いているおとみを見て、何を感じていることか。すると彼は、

「それから、どうもあの子供まで頂きまして」と真面目くさってそんなことをいった。私はちょっと面喰《めんくら》った。子供の父親は私だというわけである。

「冗談じゃない」と私は苦笑した。が、われ知らず赤面した。幸い愛吾はそれに気づかず、

「これはどうも」と頭を下げて「するとあいつめ、相手を旦那にすりゃ、わしに叱られないで済むと思って、そんなつまらねえことを……ごめんなせえ」とさらに頭を垂れた。

おとみは、私の家へ働きに通うようになってから、半年ばかりは毎日せっせと身軽に動いていた。そのうち夏になり、おとみは何か動くのが大儀そうに見え、やがて休む日が多くなった。すると今まで見たこともないような西瓜やトマトや南瓜が彼女の家のうす暗い土間の隅に、いつも転《ころが》っているようになった。また子供が持つような真赤なナイロンの金入れなどを、さも嬉しそうにおとみは私の家内に見せた。そしてアッパッパのポケットにはいつも煙草が入っているようになった。

「あの分だと、米や麦も有り余るほど持っているかも知れないわね」と家内はいい、そしてそれらを持ち込む相手には、パンツ一つの大男と、開襟シャツで頭をてらてらに光らした小男を、よく見かけるといい「あのおとみさんにあんな手管があるとはねえ」と感心した。

しかし、おとみは手管でそういう相手を引き込んでいるのではないと私は思っていた。おとみはいつも犬ころのような単純なあどけない目をくりくりさしていて、誰か男と二人きりで出会った場合など、いかにも抱きしめられるのを待つように、ぽってりしたうなじを見せながら、その小肥《こぶと》りのからだを円《まる》っこくこごめるくせがあった。それは発情期の牝猫みたいなところがあったが、事実彼女の単純な目には、いつも発情しているような光があった。それには私自身もよく誘惑を感じ、内心では犯していた。それをクリスト教流に、事実姦したも同罪とは感じていなかったものの、愛吾から不意に今のように言われると、冗談じゃないといいながらもつい赤面したのであった。村の若い連中としては、むろんそういう女を黙って見ているだけで我慢できるはずはなかったのだ。

ともかく今二つになる男の子は、そういう間に生れたものだった。前に死んだ子については、父親が誰かあらましの見当はつく、とおとみは家内へ話したことがあるというので、今度も見当ぐらいはつきそうなものと家内がきいて見ると、おとみはしばらく考えた後、ケラケラと笑い出して「お宅の旦那さ」といったとか。今、突然帰って来た愛吾に対しても、おとみは同じことをいったのは何のつもりだったか。愛吾に叱られるのを恐れるような女ではないので、やっぱり家内をからかったように、愛吾をからかって見るつもりだったろうか。

愛吾はしかし最早《もはや》その事に就いては何の詮索《せんさく》もしようとしなかった。彼の話は朝鮮動乱のことに移ったのである。

これには私も本気になって耳を傾けた。が、私が知りたい事件や問題に就いては、彼は殆《ほとん》ど何も知らなかった。ただ北鮮[3]軍が、丁度《ちょうど》いなごの大群のように、天と地を真黒にして押し寄せて来る。来たが最後、野にも畠にも忽《たちま》ちに青いものが無くなり、女は慰安婦に、男は雑役に強奪されるという噂なので、自分は取るものも取りあえず逃げて来た、というだけであった。釜山から船に乗ったといったが、どういう手で船をつかんだかについては、私の問いには答えなかった。密輸商の子だけに、手はいくらでもあったのであろう。

「それで、今度はおふくろさんを向うへ置いてきぼりというわけだね」

「なに、おふくろは去年死にました。だが」と彼はちょっと言いよどみ「だが、女房を置いて来てしまって」

「あっちにもそんなのがあったのかえ」

「へえ」

「どうりで、行ったきり、なしのつぶてだと思った」

「いやいや、向うへ着く迄《まで》は、こっちの女房を必ず呼び寄せるつもりだったが、着いて間もなく、そいつが出来てしまって」

「とにかく両方に一人ずつ女房があると、こんな時はまた大変都合がいいね」

そういってやると、愛吾は頬をしかめて、てれくさそうにした。

「ところが今度は辛い思いをしたです。その女は二人の子を連れていたが、なかなかの働き手で、その上気持に、朝鮮女特別ののめっこい所があったので、わしはどうでも日本へ連れて来ようとしたですが、あいつは、北鮮軍だって同じ朝鮮人だ。女は慰安婦に、男は雑役に強奪するなんてことは嘘だ。それにあたしは平壌生れだから、兵隊の中には知った顔もいるにちがいないし、なんにも恐がることはない、といって、容易に動こうとしないのです」

「それほどなら、君も一緒に踏《ふ》み止《とど》まる気にはなれなかったの」

「そこがむずかしい所です。わしは考えました。迷いました。うっかり踏み止まって、女は助けられるとしても、わしはどうなることか。何にしてもそんなどさくさなどで死ぬのは真平《まつぴら》ですから、そこでわしはその女と子供を強引につれ出して逃げたです。ところが、或る所で何十人かの避難者と一緒に野宿をした夜、女は子供をつれてどっかへうせちまったです」

私はその話はそこ迄にして、さらに、そのいなご軍は、海を飛び越して日本まで押し寄せて来そうかどうか、をきいて見た。それには彼は頭をしゃんと立ててこういった。

「あの分ではやって来るです。わしの逃げ足も相当に速いつもりだったが、釜山へ辿《たど》りついた時は、もうその軍勢は、すぐそこの山向うまで寄せているという話だった。だから日本の人もみんな本気に緊張しているかと思って来て見ると、どれもこれも川向う、どころか海向うの火事と見て、たあいがないのには呆《あき》れたです」

私はそれには黙っていた。愛吾は続けた。

「いや、本気に緊張している人もあるでしょうが、つまりは諦めているのでしょう。でなければ、真剣な顔でふて寝をしているのでしょうか」といった。

「じゃ、君はその場合、どうする」と私はそれをきいて見た。

「その場合というと……」

「そのいなご軍が空と海を真黒にして、この日本へ押し渡って来た場合、もうどこへも逃げる所はないのだが」

「そうなれば、どっちかの味方となって戦うしかないというのですか。いやいや」と愛吾は強く首を打ち振った。「その場合のことはわしは考えていることがあるです。わしは戦争のどさくさは勿論《もちろん》、戦争をして死ぬなぞは絶対ごめんです。それとも旦那はどっちかの味方となって、死ぬまで戦うつもりですか」

少し興奮すると、やぶ睨《にら》みになる目を、愛吾は鋭く私の方へ向けた。

三

韓国軍をあと一歩で釜山の海へ追い落そうとした北鮮軍は、九月中旬の米軍仁川上陸に依ってその背後を衝《つ》かれ、散を乱して潰走《かいそう》し、米軍はさらにそれを追撃して一気に鴨緑江へ迫りつつあるという報が伝えられた時、愛吾の姿が不意に見えなくなった。朝鮮から逃れて来て三月ほどした十月中旬のことだった。

愛吾はその三月間を、五年前にもやっていたぼろ買いの商売の手をひろげて、金物の暴騰を見越した古金買《ふるがねが》いをはじめ、近在の村々を毎日歩き廻っていた。そして夕方になると、大きな南京袋を肩にかつぎ、亀の子のように首をのばして、いっちらいっちら帰って来た。しかし彼はそのままいきなり家の中に入るようなことは決してしなかった。家の門先《かどさき》の一丁ほど手前からせきばらいをしながら、ゆっくり歩いて来た。そして庭先の柿の木の下まで来ると、足を止め首をかしげて、家の中の様子をうかがった。大男か小男かの「お客」があるかも知れないし、その邪魔をしてはならないからだ。もし誰もいそうもないとわかると、「まア坊や」などと子供の名を呼びながら、のっそりと入って行くが、いそうな気配がすると、南京袋をその場に下して、愛吾は私の家へやって来る。そして耳にはさんだ吸いさしの煙草を取り、「ちょいと奥さんマッチを貸しておくんなさい」などと家内へいい、「お客」が出て行く時間をやりすごしていた。

愛吾は、女房のおとみに就《つい》ては、今は良くも悪くも何一つ口に出したことがなく、時々家内の方からそういう話を持ちかけても、ニヤリとしているばかりだった。しかし朝鮮へ残して来た女房のことは、ちょいちょいいろんなことをいった。

――玉姫《おくひ》という名前でね、まったくその名の通りのめっこい奴だった。

――あいつ、逃げて行っても、どこへも行きやしまい。京城の元の在所へ戻っているに違いないね。

――あいつが野宿の晩に逃げ出した時、その在所へ行って見りゃよかった。

――なかなかの利口者だったで、北鮮の兵隊をうまくもてなして、気楽に暮しているかも知れないな。

彼は、朝鮮女の頭髪にさすピイニョという銀製のこうがいみたいなものを私達に見せて、

「これが、あいつの形見となった」などともいった。

彼は、新聞は殆ど読めないため、実に熱心にラジオのニュースを聴いた。そのラジオも自分の家にはないので、毎日朝と晩に私の家へききに来た。私は静かな朝のうちは、ラジオに乱される

のを嫌っていたが、愛吾の顔を見ては、スイッチを入れないわけには行かなかった。彼は背を円めてじっと聴き入り、動乱のニュースとなると、溜息をついたり、身をよじって唸《うな》ったりした。そのうち米軍の仁川上陸、続いて京城奪還、三十八度線(4)よりどしどし北上、という報が出るようになると、

「よしよし、それでなくちゃならねえ」といっては、ひとりうなずいていた。

その彼が不意に姿を消したのはそれから間もなくの夜中で、おとみが朝起きて見ると、近頃買って来ていた古着のオーバーやセーターを着て出ているというので、その行先は言わずと解った。だが、おとみは元より驚くでもなく悲しむでもなく、

「おらよりあっちの女の方がいいとめえらア」と笑っていた。

ところが、それから一ト月もたたぬうち、北鮮軍には中共軍(5)が介入して再度の攻勢に移り、忽ち三十八度線突破、京城突入となり、年が明けたこの一月中旬には、もう今度こそ韓国米国両軍を釜山の海へ突き落そうと、南鮮深くなだれこんで来た。

「可哀そうに、愛吾さん、また逃げて来るしかないでしょうね」と家内はいった。

「無事に逃げて来られりゃいいが」と私はそれを案じた。

この前愛吾が逃げて来たのは、動乱勃発後一ヶ月ばかりだったので、今度も、もし逃げられるとしたら、十二月半ば頃にはやって来るだろうと、私達は勝手にそんな見当をつけていた。が、十二月末になっても彼は姿を見せなかった。

私は時々近くの町へ出て映画を見たが、動乱のニュースには注意して見た。いつもほんの僅かの場面ながら、私はその中から、戦争そのものより、朝鮮人達の避難の有様を特に見逃がさないようにした。持てるだけの荷物を背負ったり頭に載せたりして、群をなして逃れて行く態は、元より身につまされる思いだったがそういう中で一番私の頭に残ったのは、戦車が次ぎ次ぎと突走っている道端に、二つか三つの子がただ一人、まっぱだかで棄《す》てられている光景だった。子供はほこりで真黒になった顔を、カメラの方へぼんやりと向けているうち、仰向けにがくりと首を垂れた。その説明の声では「この子供は天に向って何かを訴えているのであろうか」というようなことをいったが、私はその子がすぐにばたりとうしろへ倒れ死ぬ姿が映るのではないかと思い、思わず目を伏せようとした。しかしそれは映らずに消えたが、この時すぐ私の頭に来たのは愛吾のことだった。どっかの道端にべったりと倒れいる彼の姿が想像されたのだ。この時は娘も一緒で、映画館を出たあとで話し合って見ると娘もやっぱり子供の姿から愛吾を思い出していた。それは大きな南京袋を背負ったまま道端に坐《すわ》り、子供のとは反対にその首を前へがっくりと垂れている態が目に浮かんだということだった。

ところがその後十日ほどしたこの一月上旬、愛吾は再び帰って来たのである。ひどい西風の吹く夕方で、一人の男が荷物らしいものは何も持たず、片手に杖をつき、片脚をずるりずるりと引きずりながら、村端《むらはず》れからだらだらに登る道をこっちへ歩いて来る。庭のあちこちに吹き溜った落葉を片づけていた私は、それを見ながら、この前の時のようにすぐ愛吾だとは気づかなかった。

村に七十近い中風の老人がいて、時々私の所へ風邪の薬などをもらいに来るので、それだろうと思っていた。葡萄畠の取っつきまで近づいてもまだ気づかず、そこでそれが例の前へのめりそうな恰好でお辞儀をした時、私はやっと解った。それほど愛吾の様子は変っていた。片脚を引きずっているばかりでなく、からだ全体が急に縮まり、顔面がひどく歪《ゆが》み、さらに、やぶ睨みの片目がすっかり潰れていたのだ。

彼は葡萄棚の下へ崩れるように腰を下した。そして私の方へ何かいった。が、その声はかすれて聞き取れない。私はそばへ寄って行った。

「きょうで七十日、きょうで七十日……」

そんなことを彼はいった。私は彼の前へ顔をつき合せるようにしゃがんで、改めてそのいうことに耳を傾けた。それではじめて解ったが、彼は朝鮮を脱出して、この東京郡部の村まで辿りつくに、今度は七十日もかかったというのであった。彼は密入国者として山口県のさる海岸へ渡ると、途中三度ばかり貨物列車に忍びこみ、三駅か五駅かを乗ったのみあとは全部歩いて、乞食をしながら一日一日をしのいで来た。京都まで来た時、脳溢血《のういっけつ》で道端に倒れ、警察に保護されて三日ばかり世話になった。片手片脚が利かなくなり、これからの旅を思うと途方にくれたが、いつまで世話にはなっていられず、また歩き出して、そこからここまで来るに五十日近くかかったという。

「その顔や目も脳溢血のためかね」ときいて見ると、彼は首を振って、

「こいつア爆風のためでさア」と吐き出すように答えた。

半身不随となり、片目を失い、しかも乞食をしながら、この厳冬七十日の寒風氷雪を、愛吾はどのようにしてしのぎ歩いて来たのか、私にはそういう愛吾が、何か恐しくも無気味にも感じたが、彼は強い声音《こわね》でいった。

「これも戦争のとばっちりだが、こんなことで死なれはしねえです」

彼は、下した腰を容易に上げようとはしなかった。ひどい空腹と、ともかくここまで辿りついた安心感とで、一時《いちどき》に力が脱けてしまったのであろう、と見ていると、

「旦那、まことに申しかねますが」と歪んだ頬に苦笑らしきものを浮かべ「あのおとみに詫《わ》びをして下さい。わしはもうあれの亭主のつもりで戻って来たのではないです。ただの居候《いそうろう》で置いてもらえばいいですから」というのであった。

「よし、わかった」と私は立って、おとみの家へ入って行った。おとみは子供と並んで炉端にあぐらをかき、焼いた芋を子供にも持たせ、自分も頬ばっていたが、愛吾が再び帰って来たことを告げ、その頼みを伝えてやると、めずらしく、

「あれまア」と喜んで「自分の家だもの、遠慮することアねえよ」といった。

去年の夏中、パンツ一つで通って来ていた大男——源助は、その後も、一人の小男の方を完全に駆逐して、近頃はチャックのついたジャンパーなどを着こみ、おとみの亭主づらをして入りこんでいた。隣部落の中農の次男で、そのうち次男の権利に依って家の田畑を分割し、新屋を建て

させ、嫁を取って独立するのだ、と源助はよくいっていたそうだが、今はトラックの助手として町の運送屋へ勤め出し、毎朝おとみの家から通っていた。こうなっては、新屋も嫁もいらないから、その分だけ田畑を余計にぶん取ってやるのだ、などともいっているという。父親不明の男の子をも、彼は自分から「お父《とう》」といって、他愛なく可愛がっていた。

このような源助をそのままにして、再び帰って来た愛吾を、おとみはどう処置するつもりか、愛吾の方ではもはや亭主のつもりではなくとも、そこには何かのいざこざが起らずには済むまい、と私達には思われた。

ところが、それは意外に簡単に解決された。源助は間もなく勤めから帰って、愛吾を見ると、すぐ村の酒屋へ飛んで行き、焼酎を一升買いこんで来て、囲炉裏《いろり》にぼんぼんと薪をくべながら、愛吾と差しつ差されつ飲み合ったのだ。そして源助はどら声で――酒は飲めどもなぜ酔わぬ、というのを繰り返し繰り返し唄い、愛吾は朝鮮の古い唄をかすれた声で唄った。(後でその唄の文句をきいて見ると、「ノジャ、ノジャ、チョルモ　ノジャ。ヌルク、ジミョン、モツノリラ」というので「楽しめよ、楽しめよ、若いうち楽しめよ、老いぼれてはおしまいだ」という意味だといい、――だがこの意味はあの源助にはうっかりいえねえ、と愛吾はいった)

私達はそれを茶の間でききながら、思わず微笑した。今度の愛吾の姿は、朝鮮動乱の惨状をそのまま背負って来ているようなものであるだけ、その和合ぶりは私達の心をあたたかくし、人間は決して争いを好む動物ではないのだ。と今さらにそんなことを話し合った。だが、あそこまではいいが、さて寝る段になって、一間しかない狭い部屋の中でどうするか、など気になった。が、それも簡単に片づいた。愛吾は、家の横手の下屋になっている一坪ほどの物置の中へ入って、ひとり寝たというのであった。

四

しかしその翌朝、私が顔を洗って茶の間へ坐ったばかりのところへ、愛吾は今度は源助のジャンパーを着こんでやって来るなり、

「ゆんべは辛かった。ひとつも眠れなかったです」といい出した。

「やっぱりね」と私は同情するようにいうと「ちがいます、旦那」と、ニヤリとした後、

「あっちで別れ別れになった女房が、ゆんべは一晩中、アイゴー、アイゴーと、わしの耳の中で泣いたのです」という。

この前彼が朝鮮を脱出する時、彼から逃げ去ったという子連れの女房の消息は私の知りたいところだった。彼はそれについてこう説明した。

「わしが今度戻って見ると、女房はやっぱり元の京城の在所の防空壕の中にいたです。北鮮軍が来た時も、わしの思った通り、その兵隊共に可愛がられて無事だったということでした。だが今度は中共軍が押して来るというので、女房も文句なしわしについて逃げ出したです。二人の子の

大きい方は、戦争以来はびこっているチブスで死んでいたが、三つになる子は残っていたので、それを連れ、三人で逃げて来る途中、ある晩女房は、二人の男に両手両足をしばられ、リヤカーに乗せられてどっかへ持って行かれてしまったのです」

全く治安を失っているこの国は、そういう人間共の跋扈《ばっこ》が、爆弾に劣らず恐しい存在となった。それは至る所に出没し、それに手向うものは即座に殺された。愛吾もその時鉄棒で脳天をなぐられて昏倒《こんとう》してしまった。彼はそれから残された子をつれて逃げた。米軍の戦車やトラックがぞくぞく後退する。子供をおぶった彼が、その道端を夢中で歩いていると、米兵を満載した一台のトラックが速力をゆるめ、一人の兵が上から手を差しのべてくれた。彼は片手でそれにつかまり、トラックの腹に足をかけたとたん、いきなりスピードが出て、そのはずみで片手でおぶっていた子供はふり落されてしまった。彼は叫んだが、スピードは増すばかりでどうにもならなかった、というのであった。

私はこの話から、ニュース映画で見た、まっぱだかで道端に棄てられていた子供を思い出し、まさかあれが愛吾のふり落した子ではあるまいか、など思った。昨夜中愛吾の耳の中で「アイゴー、アイゴー」と叫びつづけた女房の声は、二人の男に掠奪《りゃくだつ》されて行く時の悲鳴にちがいなく、それでは眠れるどころではなかったろうと思われた。

「わしの親爺は日本人だから、わしに愛吾などという名をつけたが、これは朝鮮語のアイゴー（悲歎《ひたん》の声）と同じだで、わしはそれをきくと、名前を呼ばれると一緒に泣きつかれているわけで、何ともやりきれないです」

　そういうことも彼はいった。私はさらに、最近の朝鮮国内の惨状をあれこれときいて見た。が、彼はそれは多くを語らず、

「それはもう丁度このわしのからだのようになったです。そのうちあの国は全身が利かなくなり、両眼もすっかり見えなくなるです」とだけいった。そこで彼は片目を据えて私を見上げ、

「旦那、今度は中共軍が入って来たで、もういいなご軍ではなく、人間の津浪《つなみ》ですから、わけなく海を渡って来ますぞ。旦那はどうするつもりです」と再びそれを問いかけて来た。

　それに対し、あやふやな返事をしたのでは、愛吾の苦笑を買いそうなので、私は黙っていた。

「その場合どうするか私には考えがあると、この前もいったが、今後は七十日間歩いて来ながらよくよく考えたです。山へ入りましょう、山へ」

　彼はそういい出した。そして——自分が二十歳の頃、朝鮮の金剛山で遊覧客の駕籠《かご》かきをやっていた時のこと、賭博から大喧嘩となり、三人がかりで一人の男を袋叩きにしたところ、それっきり動かなくなったので、三人はその場からずらかり、自分は一人の男と金剛山の奥へ逃げこんだことがあった。そこで洞穴を掘って住みこみ、川魚を捕り野獣を捕り山菜を摘《つ》んで、まる一年暮したが、一度もひもじい思いをしたこともなく、寒い思いをしたこともなかった。今度もそこへ行く途中が戦場にさえなっていなかったら、入って行くつもりだった。日本の山は金剛山より川魚も野獣も山菜も豊富だ。自分は九州の発電所や、信州の鉱山に働いていたこともあるので、

よく知っている。あの津浪軍が押し寄せて来てからでは間に合わない。今のうち出かけて、立派な洞穴を掘りはじめようではないか、というのである。

戦争中、私の一家は前に述べたよう、この郡部の農村へ疎開したが、そこも危険になり信州北部の町まで逃げた。しかしそこにも爆弾が落ちたので、さらにアルプスの麓《ふもと》に近い農村へ逃れたところ、その上空にも毎夜の如《ごと》く爆音がひびくようになり、いよいよ敵軍の本土上陸が近づいたことを思わせた。その時私はアルプスの山中へ洞穴を掘って住むことを本気に考えた。本土の戦場化と同時に糧道の断絶を見越し、山中で食糧を求めて生きる方法もいろいろと研究した。その場合そういう生活が可能か不可能かを考えることは問題とならず、ただ出来る限りのことをやって見るよりないと考えたのであった。それゆえ、今愛吾のいい出した山中生活に対しても、私は勿論否定する気にはならなかった。その不自由なからだで無理か無理でないかをいって見ても仕方がないと思った。といって、私一家まで今すぐ彼のすすめに従うことも出来ないので、

「僕もそれはよく考えていることだから、そのうちあちこちの山へ入って見ていい場所を見つけよう」そう答えた。

ところが、それから五日ほどして、愛吾はまたも突然姿を消したのだ。彼はその五日間を休養することもなく、以前の古金買いに出ていた。足を引きずりながらなので、ほんの近隣の部落内を廻っているといっていたが、その朝も南京袋を持って商売に出たきり、夜になっても帰らず、翌日になっても帰って来なかったのだ。この時は米軍の逆襲の報もなく、中共軍は南下するばか

りだったので、愛吾はそういう朝鮮へ再び引っ返して行くはずはなかった。

「あたし達がぐずぐずしているので、一人で山へ入ってしまったのじゃないかしら」と家内はいった。

「わたしもそんな気がする」と娘もいった。

「いかな愛吾でも、着のみ着のまま南京袋と棒秤《ぼうばかり》を一つ持ったきりで、山へ入ってしまうような無茶はすまい」と私はいい「どっかで脳溢血が再発して倒れているのじゃないか」ともいった。が、そうだとすると、この近隣の人達は皆彼を見知っているはずで、こっちへ黙ってほっとくわけはなかろうという話になり、ともかくその翌日まで待って見ることにした。しかし翌日になっても依然その姿は現れなかった。おとみは例に依って、

「また朝鮮の女のとこへ行っちまったのせ」などと、けろりとしていた。

私は山を探して見ることにした。娘も一緒に行くといい出した。私は部落の何人かに加勢を頼むことも考えたが、愛吾は、おとみを源助に独占されている上に、毎夜一人物置に寝なければならぬ辛さから、或いはどっか見知りの家へでももぐり込んでいるのかも知れぬとも思われて、この山の捜索も半信半疑だったため、そういうことに村人を煩《わずら》わすのもどうかと思い、二人だけで出かけることにしたのであった。

山は私達の家のすぐ裏手から段々と高くなって、遠くは甲信の境界に及んでいた。私と娘はこの土地へ移ってからの六年ばかりの間に、日帰りか一泊で出来る程度の所なら、あちこちの山を

可《か》なり歩いていた。愛吾もあの足では、その程度より深くは入れまいと考えて、南面のあたたかそうな尾根の麓や、風雨をしのぐに具合のよさそうな杉森や雑木林の中を丹念に探し歩いた。

私達は、人間社会の混乱と恐怖から逃れるための最後の避難所を、山奥に求めるのは、昔の人も今の人も変りがないらしい、というようなことを話し合った。

信州での疎開中にも、私と娘はよく手頃の山を歩いたが、一つの渓谷を登りつめ、すでに水源と思われる奥地に、思いがけぬ小部落を見つけ、ああこんな所に、とおどろきの目を見張ったことが度度《たびたび》あった。この東京郡部にすら、日原川の最奥にある日原部落、丹波川の水源にある落合部落、秋川の最上流にある数馬部落など、地図の上ではそれほどの所とも思えなかったが、行って見て、やっぱりよくもこのような所に人が棲《す》みついたものと思われた。

これらの部落は、少なくも三、四百年の歴史を持っているところから察すると、最初にその場所を永住の地と定めたものは、全く人跡未踏の山を越え、原始林を抜け、渓谷を渡って登りつめたわけで、その苦難は想像に余りあると思われた。当然そこでは、山の鳥獣や谷魚や山菜等に依って生きるより道はなく、当時農耕に適当な平野はどこにでもあったはずながら、しかも敢《あえ》てそういう苦難を冒し、その原始生活に甘んじたのも、ただただこの世の混乱恐怖を避けたい一心からであったに違いないと思われた。そういう部落で、平家の落人と称しているところが所々にあるというのも、皆この類であろうとも思われた。——その混乱と恐怖とが、今はさらに何十倍かの広さと深さを持って、地上から空中から迫りつつあるとしたら、この山奥の避難所もまた何の頼りともならないであろう、とまで話が来たとき、親子とも黙りこんでしまった。

そのうち正午近くになった。いつもの気楽な山歩きと違って、からだよりも気持が先に疲れた。二人は一つの渓流の岩かげの砂地で焚火《たきび》をしながら弁当を使った。と、あたりの熊笹をサラサラと鳴らして粉雪が降り出した。

私達は先へ行くことを止《や》めて引き返すことにし、隣の尾根へ移り、傾面一帯真白なすすきの穂が雲のようになびいている中を登って行った。

尾根を登り切って反対側の傾面を降りかけると、古い炭窯のある所へ出た。前にも来たことのある所だった。私は、もしかと思い、とば口の崩れている暗い窯の中を覗《のぞ》いて見た。——愛吾はそこにいたのだ。私が思わず娘の方を見ると、娘も寄って来て覗き、黙ったまま私の顔を見返した。

焚火の跡はあったが火の気もなく、暗いしめっぽい土の上に、愛吾は南京袋をかぶってごろりと寝ていたのだ。

私達は頭をこごめて中へ入った。愛吾は僅かに顔を上げて何かいった。先日の七十日の旅から帰った時よりもひどく声がかすれ辛《かろ》うじて息声を出している。私は両手をついて耳を寄せた。

「旦那たちも、やっぱり来たですか」

そんなことをいっている。正《まさ》に瀕死《ひんし》の状態と思われるのに、その苦痛を訴えようとはしないのだ。

「君を探しに来たんだぞ」

「へえ……」

「たべものは持って来たのか」

「なんにも」

愛吾は、二日二晩何も喰べずにいたわけだ。私達は弁当を喰べつくしていたので、魔法ビンに残っていたあたたかい紅茶を、愛吾の口へつぎこんでやった。彼はむせながらそれを飲んだ。

「こんなことをしていたら死ぬばかりじゃないか」と私が叱りつけるようにいうと、彼は頭を振った。

「いや死にやしねえ。死んでたまるか」

「じゃ、どうして生きて行くつもりだ」

「これから食物を捕りに行くです」

「頭も上らないのに、そんなことが出来るのか」

「わしはこないだの七十日の旅で、幾度となくこんな目に会った。だが、死にはしなかったです」

これには私も何もいえなかった。ともかくそういう彼には取り合わないことにし、すぐ村へ帰り、人を頼み、担架で運んで行くよりあるまいと私と娘は相談した。愛吾はそれをきくと、

「わしはここを動きやしねえです。どうあっても動きやしねえです」といってから、――この四、五日、毎晩空一ぱいを唸らせて、爆撃機が飛んで行くのを、旦那達は知らないのか。あれは中共津浪軍の、海を渡って押し寄せて来る日が近づいた証拠だ。旦那達はそれでもどうするつもりも

ないのか。いつまでそんなことをしていたら、それこそ死ぬばかりじゃないですか、と愛吾はあべこべに私達を叱りつけるようにいっている。

娘は首をすくめて苦笑した。私は答えた。

「そうなれば、どこへ逃げても同じことだよ」

「では、あきらめるですか。敗戦国だからあきらめるしかないというですか。今はそんなことをいっても、いざとなればあきらめきれるものじゃねえです。このわしを見ればよく解るではないですか」

息声ながらその語調は、山頂を吹く北風のように私達の胸にしみた。愛吾の胸の中には戦争のとばっちりなどで死んで堪《たま》るか、という意地が烈《はげ》しく動いていると同時に、九分九厘死んでいながら、いつか息を吹き返して動き出す蛇のような生命力が頑強に根を張っているのだと思われた。

といって、このままここに置き去ることは元より出来なかった。私達は外へ出て、枯枝を集め、窯の中へ持ちこんで焚火をしてやった。それから魔法ビンを彼の頭の所へ置いて、ともかくまた出直して来るから、それまでじっと寝ていなさい、とよく言い含めて、二人はそこを出た。

そこから村までは一時間足らずの距離、時刻は一時を過ぎたところなので、村人を頼んですぐ引き返して来れば、日一杯には連れ戻せるだろうと、二人は雪の中ながらからだがほてるほどぐんぐん歩いた。そして村へ帰り隣組の人達へわけを話すと、四人の若者が身支度を整えて出て来てくれた。私は堆肥を運ぶもっこの上にむしろを敷き、毛布を載せてそれを持って行ってもらうことにし、私が案内役に立とうとした。が、娘が私の疲労の色を見て、わたしが代って行くからと強《し》いて止めるので、私は娘に任せて家に残った。

あいにく雪はいよいよ烈しくなり、日が暮れても皆は帰って来ず、私が懐中電灯を持ち、裏山の上まで迎えに出たところへ、皆雪だるまになってもっこを下げて来た。愛吾は炭窯の中で迎えの人達を見ると、家へは絶対に帰らぬ、とまたがんばったそうだが、からだは寝たきりなのだから、そのままもっこへ載せて来たということだった。愛吾は私の声をきくと、雪にくるまった毛布の下から、かすれた声をふりしぼって、

「みんなは、あべこべのことをしてるです」といった。みんなこそ山へ逃げこむべきなのに、折《せっ》角《かく》山へ入った自分をつれ戻している、という意味らしかった。

五

さてその夜、意外な活劇が、愛吾と例の源助の間に演じられた。もっこで家の中に運びこまれた愛吾は、炉端に寝ながらおとみが用意して置いた雑炊を喰べると、そのままぐうぐう寝こんでしまったが、そこへ源助がのっそり帰って来た。源助はその愛吾を尻目に睨みながら焼酎を飲んでいるうち、不意に立ち上り、愛吾のからだを抱き上げて家の外へ持ち出し、愛吾の寝床となっている物置の中へほうりこんだのだ。愛吾はしかし何とも言わず円くなって寝てしまったが、そ

の夜中、おとみと並んで寝ていた源助は何かで脳天をガンとやられ、意識を失ってしまった。加害者は外でもない愛吾で、彼は商売道具の棒秤の分銅で、源助の脳天を打ちのめしたのであった。

翌朝、この模様をおとみから聞き、私達は愛吾の仕業《しわざ》に舌を巻いた。暴力そのものよりそういう腕力が、ああまで弱っているからだのどこから出たか、それに驚いた。では今はどうしているかときいて見ると、また物置の中に死んだように寝ているという。源助は源助で、意識は戻ったがまだ頭が上らず、寝たきりだという。

「愛吾さんもそれで命が助かったわけだな」と私はいった。もし源助が意識を取り戻すと同時に起き上ることが出来たら、今度こそ愛吾は息の根を止められてしまったろう、と思われたからだった。

とにかくこの事件で、何のこだわりもなさそうであった愛吾と源助の間には、やっぱり深い反目があったことが解った。はじめからそれがあったとは思われないが、いつか互いに無意識のうちにそれが出来ていたのだ、と思われた。愛吾が一人山へ逃げ、迎えの私達にも村人にも、ここは動かぬ、家へは絶対に帰らぬと頑張ったわけも、海を渡って来る津浪軍を怖れたばかりではなかったのだ。先日私達が、愛吾と源助の和合ぶりを見て、人間は決して争いを好む動物ではないのだ、などと話し合ったことも、今は甘い空想に思われて来た。

こうと解ると、問題はこれで片づいたのではなく、そのうち源助がしゃんと起き出した時が恐ろしかった。愛吾が助かったのは昨夜だけのことだったわけだ。私は物置へ入って行って、愛吾へいった。

「今のうち源助と仲直りするがいい。そのあとで僕が仲へ入って、源助がこの家へ出入りしないよう話をつけてやろう」

「それは無駄なことです、旦那」と愛吾はその答えをすでに用意していたように答えた。

「あいつは人間の鷲虎《わしとら》という奴です。あいつと仲直りなど出来っこねえです。人のいうことなど素直にきくような奴じゃ尚《なお》さらねえです」そういってから愛吾は、

「旦那は、鷲虎というものを知ってますか」ときいた。

「それははじめて聞くが」と答えると、彼はこういう意味のことを説明した。——それは今度の朝鮮動乱が起ってから、はじめて出て来た一つの怪物で、影のように只《ただ》黒くふわふわしているが、からだの形は虎に似た四つ足で、頭は大鷲の頭、背中には大鷲の翅《はね》がある、それで鷲虎の名がついて、地面は虎のように走り歩き、空中は鷲のように飛ぶ。人が喧嘩をはじめると、夜でも昼でも、またどんな場所にもふわりと現れて、さも嬉しそうにあたりを走り歩き飛び廻る。そうなるとその喧嘩は必ず死に生きの喧嘩となる。南北両軍の攻防戦がはじまると、無数の鷲虎が戦場の天地を有頂天になって走り、飛び、跳ねまわっている。そうなるとその戦場からは夥《おびただ》しい戦死者が出る、というのであった。その後へ愛吾は、

「その事から人の喧嘩や戦争を面白がって喰いものにしている奴のことを、鷲虎と呼んでるです」といった。

私は本物の鷲虎の真偽を正すつもりはないので、

「では君としては、その鷲虎の源助をどうするつもりか」とその方をきいて見た。

「それは今の所、他人には手は出せまいから、わしの力で奴をぶっくじいて追ん出してやるです。それより外の手はねえです」という。

それはいいとして、そういう腕力を、その独眼の半身不随の身のどこから出すつもりか。但《ただ》し昨夜と同じ寝込の奇襲を考えているのかも知れぬが、それが思う通り成功するとは限るまいと思われた。しかしそれを忠告して見たところで、彼に取っては成功不成功は論外だとすれば、どうしようもないことだった。私はそこで話題をかえた。

「どうだね。君はまだ知るまいが、丁度君が山へ入った日から、米軍、というより今度は国連軍(6)となって、再び反撃に移り、中共軍をどしどし撃退しているということだが」といって見た。今度こそダンケルク(7)の二の舞いだと懸念していたことが意外に早く逆転し、中共軍は四分五裂となって敗走しはじめたというニュースは、一応私達をホッとさせたことで、私はそれを愛吾に伝えて、だからもう一度朝鮮へ戻って見る気はないか、とその方へ彼の心を向けようとしたのであった。愛吾はちょっと考えていたが、

「今度はうっかり戻れねえです」といった。

「悪漢に浚《さら》われたという女には、もう会えそうもないから、というわけか」

「それはもう諦めている。それよりあのトラックから振り落した子供のことが忘れられないで困

っているが、また逃げて来る時の海を渡る苦労が恐ろしいです」

愛吾は今再び朝鮮へ戻っても、さらに逃げねばならぬ日の来ることを考えているのだ。最初釜山から船に乗った際の有様に就いては彼は何もいおうとしなかったが、今度の場合はよっぽど苦しかったと見え、私がそこで再びそれを問いかけると、彼はぽつぽつ話し出した。——当時釜山には何百万という避難民が、飢えと寒さの瀕死の状態で群がり溢れていた。既に餓死し凍死した者、またどれほどであったか、こういう場合、おきまりの掻《か》っ払《ぱら》い、強盗、殺人の惨状はいうまでもなく、当然例の怪物鷲虎は至る所に跳梁《ちょうりょう》していた。その恐怖と惨状は、二十年当時の日本爆撃のそれとは比較にならなかった。日本の場合は空中からの恐怖だけであり、ここでは地上一切を埋めつくす津浪の恐怖で、絶体絶命だったからだ。その中をまた日本へ突入を企てる者を喰い物にする人間鷲虎の暗躍は甚《はなはだ》しかった、五、六万の金では雑魚《ざこ》捕りの漁船に乗せられるばかりで、そんなのはすぐ日本の海上保安庁の警備船につかまり、元の釜山へ追い返されるか、どうかすると、海峡の真中で全部海中へ投げ込まれ、船だけさっさと釜山へ戻って、次の客を乗せるというようなものもあった。一番安全なのは、十ノット以上の足を持ち機関銃を備えた船で、日本の保安庁の船はようやく八、九ノットだから、見つかっても捕まる心配もなく、また先方にはせいぜいピストル位しかなく、こっちの船を見つけたらあべこべに逃げ出す始末なので、これだと悠々と渡航できた。しかしそれに乗るには最低二十万の金が必要で、そこにまた恐しい悲劇が演じられていた、というのであった。

愛吾はそこで話を切ってしまった。

「それで君はどっちの船に乗ったのか」と続けて問いかけると、

「そいつはきいてくれるな」という。しかし私は少々しつっこくそれを追求すると、彼は忌々《いまいま》しそうに舌を鳴らし、

「わしは二十万はおろか二百円の金も持っちゃいなかった。だが、何かの密輸品、とりわけサントニンなどを持っていたら、それこそ大威張りでその機関銃の船に乗れたので、そいつを手に入れることで散々苦労したです」とまでいって、「この先はもういえねえです。思い出したくもねえです」と独眼をかたくつぶり、身ぶるいするように肩をすくめた。

私もそれ以上問いつめることは止めた。

「では仕方がない。山へ入るがいい。今度は僕等も一緒に行くぞ」

最後に私はそれをいった。釜山の修羅場に対する想像は、六年前の東京の修羅場を昨日のことのように呼びさまし、私はまんざら口先ばかりでなく、そういったのであった。ところが愛吾は今はそれにも同意しなかった。

「ありがたいが、あの鷲虎の野郎と、こう取っ組んでしまっちゃ、もう後へは引かれねえです」

私はそういう愛吾の顔を見返しながら、しばらく黙っていた。結局、源助との反目を愛吾の方から解決する道はなかったのだ。間もなく私はそこを出た。

私はその足で、源助の枕元へ行って坐った。

「どうだ、君の方から仲直りする気はないか。愛吾ともう一度焼酎でも飲み合ったら、お互いにさっぱりするじゃないか」

そういって見た。源助はしかし太い首をゆすって、

「駄目だね」、と、はね返すようにいい「わっしゃ不死身だから、これぐれえのことで死にやしねえが、あいつは、わっしがこの拳固《げんこ》一つくれりゃ、ころりとまいっちまうじゃねえか。くそ、今に見てやがれ」といった。

「それじゃ愛吾さんがあんまり惨《みじ》めだぜ」

「そんならあいつが、もう一度何でもして見るがいいさ。ばかばかしい」

源助はくるりと背中を向けてしまった。私ははじめて近くにこの男を見、はじめてものを言い合ったわけだが、頬骨と顎骨がぐいと出張った四角な顔に、白い目がよく光り、なるほどこれは動物的な弱肉強食を喜ぶ本性を持った人間の型で、愛吾のいう人間鴦虎の類だと思った。私は黙って引き下るよりなかった。

こうなっては、二人に共通のおとみの気転と働きで、どっちかをどっかへ連れ出して隔離してしまうより手はないわけだが、おとみは例によって至って無邪気で、ねんねこの中へ子供をずっこけるように背負って家の中と物置の間を出たり入ったりしながら、せっせと二人の面倒を見ているばかりだった。

「よく世話をして感心だが、いつまでそうして置いたら、また二人が死ぬ生きるの活劇をやらか

すぜ」
そういってやると、おとみはハハッと笑って、
「だって仕様がねえよ」という。
「一体おとみさんは、愛吾さんと源助さんとどっちが好きなんだ」
おとみはさらにケラケラと声をあげ、
「旦那は、つまんねえことをきくでねえ」といった。

六

終戦後、日本人の運命というものを殆ど習慣的に見直し見直しして来ている私達に取って、この愛吾は、その運命がどうなるかを現実に目の前に見せつけるために現れた人物ともいえるだけに、ここでその惨めな結末を見るのは何とも不快なことだった。私は強いてこれら三人から目を離そうと努めた。がそうすればするほど反《かえ》ってその動静に強い注意をひかれるようになった。
三日ほどすると、愛吾も源助も起き出して、愛吾は古金買いをはじめ、源助は運送屋へ通い出した。おとみの、どっちつかずの無邪気な世話ぶりが、自然と二人の反目を融和さしたかにも見えたが、毎朝家を出て行く源助の歩きぶりは実に悠々と虎の如く、それはまさしく、畜生、そのうち見てやがれ、といっているように思われ、それに反し、愛吾の姿にはいかにも家を追われる

ものの暗い影が宿っていた。殊《こと》に夕方、商売から引き上げて、村外れからのだらだらの登り道を、南京袋を背負い片脚を引きずって来る恰好は、途方にくれたまいまいつぶろだった。彼は家の前へ辿りつくまでに幾度となく立ち止まり、溜息をつく。この前、源助と、もう一人の小男が通って来ていた時分には、その「お客」を邪魔しまいとして、彼はこの道を咳ばらいをしながら、ゆっくり上って来たのであったが、今はそんな生やさしいものではなかった。彼は漸《ようや》く家の前の柿の木の下まで来ると、独眼をあげて家の中をのぞき、首をかしげて聞き耳を立てた。

しかし源助は先夜の事件以来、必ず先に帰って来て、炉端に大あぐらをかいている。愛吾は首をふりふり物置の中にもぐりこみ、むしろ帳《とばり》を閉めた。

このような愛吾を、近くの村人は「おんぼ愛吾」と呼ぶようになっていた。おんぼとは亡霊の意で、この頃の愛吾を村人は生きた人間とは見なかったのだ。薄暮の野道などで彼に出会ったりすると、誰でもゾッとする、ということだった。

その、おんぼのまいまいつぶろの歩みは日毎《ひごと》にのろくなり、日はとっぷり暮れ、凍《い》てつく夜となっても、まだ家へ辿りつけないことがあった。

そういうある夜、葡萄畠の方に人のうめき声がするので、私が出て行って見ると、愛吾は地べたへ腹ばって「アイゴー、アイゴー」と唸り泣き「アーッ、ソクサンヘエ　ソクサンヘエ」というようなことを叫びつづけていたのだ。私はこの時はじめて愛吾の泣く声をきいた。またはじめて朝鮮語で何かいっているのをきいた。

それはいかにも一番自然に言い易い言葉がひとりでに吐き出された感じで、最早終りが近づき、最後の音《ね》をあげているのだと思われた。私はその肩に手をかけて引き起してやろうとした。ところが愛吾は、意外な力で地べたにしがみつき、意外な強い声で叫んだ。

「旦那、うっちゃっといてくれ。あの鷲虎の野郎をぶっくじかねえうちは、殺されても死なねえ」愛吾としては、ここで最後の悲鳴をあげているのではなく、源助に対する口惜《くや》し泣《な》きの声を力一ぱい放っているわけであった。あとでこれも解ったが「ソクサンヘエ」とはやっぱり「口惜しい」の意味だった。

何にしても、ちょっとは始末にならないので、私は一旦家へ引きこんだ。そして声の静まるのを待って再び出て行って見ると、愛吾はそこにいなかった。

物置の所へ行って、むしろの帳をめくって見たところ、彼はわらの毛布をひっかぶって円くなっていた。

丁度その夜、娘が、英語を教わっている近所のI《アイ》さんから、ニューヨーク・タイムスに出ている或る従軍記者の動乱の記事の話をきいて来た。その中に「Heart《ハート》 Break《ブレーク》 Highway《ハイウエー》」の語があり、それは京城から南鮮へ通ずる街道を指したもので、適訳語はないが「失神大道」とか「痛恨街道」の意味となる、ということだった。

幾度か後退と反撃を繰り返して、尚止まる所を知らないその街道には、どれほどの出血を見たことか、まことにその名が生れる所以《ゆえん》であろう、と私も感慨を深くしたが、その目に映ったのは、国連軍でも中共軍でもなく、やっぱりその街道を生死をかけて逃走して来た愛吾の姿だった。
しかも今彼は、この日本へ逃れながら、家を出るにも入るにも彼の歩く所はすべて同じ生死をかけた痛恨の道となったのだ。それはひとり鷲虎の源助のせいのみならず、日本のこの道路も南鮮の痛恨街道から真直《まっす》ぐつながっているのを彼は実感しているからに違いなかった。しかしそれは決して他人事ではあるまい、と私は今さらのように家内や娘と話し合った。

註

1【南鮮】 一三三ページの註4参照。
2【京城】 一三二ページの註1参照。
3【北鮮】 一三三ページの註4参照。
4【三十八度線】 一三三ページの註7参照。
5【中共軍】 一三四ページの註11参照。
6【国連軍】 一三三ページの註3参照。
7【ダンケルク】 フランス北部の港町。第二次大戦中の一九四〇年五月、ドイツ軍によって、イギリス・フランス連合軍の三四万人がここに追い詰められた。イギリスのチャーチル首相は、戦艦、輸送船、民間船などを総動員して、ドーバー海峡経由で兵たちのイギリスへの撤退を成功させた。

上陸

田中小実昌

三公が注射針を静脈にさしこむと同時に、船が大きくがぶった。両手が使えない三公は横にぶったおれ、ああ、ああ、と叫びながら床をころがっていった。目をあけていて、それを見た者は、みんな笑った。三公のからだはハッチの壁にぶっつかり、腕から血がふきだした。

「いてえ！　あ、針が折れた。ちきしょう、ポンが、ポンが……」

三公はあわてて注射器をさかさにしたが、そのとたんにまたハッチの壁に頭をうちつけた。大笑いだった。三日前に神戸を出た時から、いや、東京湾で荷役作業ということで横浜沖のこの船につれてこられて以来、こんなに笑ったことはなかった。

班長が三公のそばにかけより、その腕を床におさえつけるようにして、折れた注射針をつかみだした。

船体がきしみ、床がななめにもち上ってきた。もう、誰も笑っていなかった。

「あーあ、ポンもうてなくなったし……」

みんなのところにもどってきた三公は、どしんと腰をおろして、おおげさにため息をついた。

「まあ、いいや、おれはな、ヒロポン中毒をなおそうと思って、この船にのったんだ。おめえっちみたいによう、朝鮮の戦争でけちな金《なま》をかせごうってのとはちがうんだから」

どうせでまかせの言葉だが、実感がないわけでもなかった。

「ほんとに朝鮮につれて行かれるのかね？」

この班《ギャング》のうちではいちばん年長で、おやじ、と呼ばれている男が起き上って云った。

「この船は戦車隊をはこんでるんだよ。戦車隊がタンクをもって行くところは、きまってるじゃねえか」

「しかし横浜の職安では、東京湾の荷役作業だといって……」

「どう間違っても、ここは東京湾じゃないよ。あきらめな、おやじ、おれたちは朝鮮行だ」

「ちがう、南方だ」

船の行先が話題になるたびに、いつもこう主張するので南方というあだ名になった、自称レイテ島生残りの元陸軍軍曹が口をはさんだ。

「分らん男だな。船首はどっちを向いてるんだ？　神戸を出てから、船はずっと南下してるじゃないか。朝鮮に行くのに、わざわざ太平洋には出ん。瀬戸内海を通るはずだ」

「しかし、南方になにしに行くんだよ？　戦争をやってるのは朝鮮だぜ」

「ばか。南方でもやっとる。仏印（1）の戦争を知らんのか。やはり、共産軍との戦闘だ」

「仏印？　日本人の仲仕《ステベ》が仏印に行ったって話はきいたことがねえや」

「われわれが最初なんだ。われわれはな、奇襲上陸用員だ」

「奇襲上陸？」とおやじがさけんだ。

「この船がつんでるタンクは水陸両用だ。水陸両用タンクは敵前上陸に使うものと昔からきまっとる」

「ちきしょう、敵前上陸か！」

チンピラまでいかないというので、三公が、ピラ、と呼びだした腕にハートの入墨がある少年が、タバコの箱を床にたたきつけて云った。

「戦う意志のない者を、まさか……」

寝ころんで、天井ばかり見ている男が、そのままの姿勢で口をひらいた。まだ学生かもしれぬ、胸のうすい若い男だった。

「しかし、戦闘をやってる真中にこの船がつっこめば、われわれも、すくなくとも防戦はしなくちゃならん。もうすぐ、兵器がわたるぞ」

「おれたちにもか？」

ピラがはずんだ声をだした。

「……うん」

すこし間をおいて、自称元陸軍軍曹の南方は答えた。

「ぼくは信じられん」

胸のうすい若い男は、やはり天井に目をやったままつぶやいた。

「おめえがバカなんだよ。こんな船に乗ったのが悪いんだ」と三公が云いだした。

「だけんど、職安では、東京湾で荷役作業だと……」おやじがまた口をはさんだ。

「戦争が好きな連中や、それで金がもうかる者は、勝手にやればいい。ぼくはいやだ。どう考えたって、人殺しはいいことじゃない」

「人殺しが悪いと誰がきめたんだ、え？　人を殺しちゃいかんが、牛は殺して食ってもかまわんのかい？」三公は胸のうすい若い男のほうに向きなおった。

「牛と人間とはべつだ」

「どうちがうんだよ。牛だって生き物だ。人間の好き勝手にぶっ殺されたら、面白くなかろうじゃねえか。ま、そんなことはどうでもいいや。おれたちの後に督戦隊がいてよう、戦わなきゃ殺すと云われたらどうする？」

「トクセン隊？　それはなんかね？　いや、そんなものがほんとに……」

おやじは三公の膝に手をかけた。

「督戦隊か？　戦闘になれば、そういうことも考えられるな」南方は腕をくんだ。

「そんな非人道的なことを、まさか……」胸のうすい若い男は論外だという顔をした。

「しかし、あの野郎が海に落ちた時はどうだ？　本部のサージャン（軍曹）に報告したら、なに落ちたって、ガッデメ、そうぬかしただけで、船を停めようともしやがらねえ」三公は脣《くちびる》をまげた。

みんなだまってしまった。

しばらくして、胸のうすい若い男が云った。

「いや、助かると分ってれば……」

「助かろうが、助かるまいが、船を停めて……」

と、三公と南方は同時に云いだしたが、言葉をきった。先刻からなんどもそのことに話題がかえっていき、同じ議論をくりかえしていたからだ。

ピラがうすい脣をなめて、云った。

「しかし、ブルったなあ。タンクをいわえてた、あんなでっかいワイヤー・ロープがぶっきれるなんてよう……」

「ピンと張ってなかったからだ。だから、切れたんだよ」

タンクをつんだ仲仕《ステベ》が悪い、というような南方の口調だった。班長がめずらしく口をはさんだ。

「こう船がゆれちゃあ、ガタもくるさ」

ピラは手をふりながら、言葉をつづけた。

「あの海に落ちた奴といっしょに、ワイヤー・ロープをしめつけてたら、船がぐーっとがぶりやがってよう、そしたら、ロープが、ピン、ピン、とほつれて、細くなってきただろう、おれは、あぶない、と思って伏せたんだ」

「気のきいたことを云うな。ぶっころんだんじゃないか」

「そのとたんに、ワイヤー・ロープがぶっきれて、奴の尻《けつ》にびーんとあたってよう、野郎、そのまま海中にジャンプしやがんの。その上から、タンクがとぶんだ。助からねえよ」

「日本人が海に落ちたって、誰が助けるもんか」南方は吐きだすように云った。

「いや、ぼくは……」と胸のうすい若い男がまた云いかけた時、おやじがさけんだ。

「フォアマン、その口は……? 口から、……!」

おやじの指の方向に、みんなの視線があつまった。おやじの顔色は変っていた。

缶詰の空缶をかかえ、朝から、げえげえやっているフォアマンの口のはしから、うす桃色の細長い肉がだらんとたれ、ひくひく動いているのだ。

固定してしまったみんなの視線の前で、それが、ずるっ、とのびた。三公が、うう、と喉《のど》がつまるような声をだした。それを耳もとできいたピラがとびあがった。

だが、それが急に長くなったように見えたのは、フォアマンの口からはなれたからだった。そいつは、ぽつん、と床の上におちて、くねっ、とまがった。

「ミミズだあ!」

三公がとんきょうな声をあげた。ピラは肩をさげ、おおげさにため息をついた。

「蛔虫《かいちゅう》じゃないか」と班長は云って、ふきだした。みんなは文字通り腹をかかえて笑った。

「おやじ、どうした？　腰がぬけたのか」

だまりこんでいるおやじの青い顔に気がついて、また大笑いになった。

「フォアマン閣下、大切なミミズが逃亡したぞ」南方は、缶詰の空缶をかかえて床に長くなっているフォアマンの肩をつついた。

彼は横浜港湾司令部から、フォアマン（班長）として乗船してきたのだが、二日もいばっていただろうか、いつのまにか、今、班長と呼ばれている男が事実上の統率者になり、フォアマンという彼の正式の職名は、侮蔑的なニックネームに変ってしまっていた。

「フォアマン、てめえのミミズだ。てめえで始末しろよ」

立っているピラがませた云い方をした。その言葉が、フォアマンの耳にきこえたかどうかは分らぬが、彼は目をとじたままだった。

「おい、きこえねえのか！」

フォアマンをけとばそうとしてだした足を、班長がすくいあげたので、ピラは三公のからだの上に尻餅をついた。班長は、指先で蛔虫をつまみ、フォアマンが両手でにぎりしめている空缶の中にほうりこんだ。

「わっ、きたない！」

おやじが顔をしかめた。三公はピラの尻の下で、涙をながして笑いつづけていた。

その時、通訳がハッチの鉄梯子《てつばしご》をおりてきた。

「フォアマンは二番ハッチに集合してください」船がゆれるので、よろよろしながら、通訳は云った。

「フォアマンはノビちゃってるよ」

「じゃ、誰か、代りの人が……」

通訳はもう行きかけていた。それを南方が大声で呼びとめた。

「おい、通訳、ちょっと待て」

学生服を着たこの通訳は、乗船したその夜のうちに、『通訳さん』から『通訳』に格下げになっていた。

通訳は足をとめ、顔だけふりむいた。

「フォアマンとしての任務が遂行できん者を、いつまでフォアマンにしておくんだ。こいつがフォアマン手当をとるようなら、おれたちは働かんぞ」

「しかし、ぼくには……」

「だいたい、おまえは、なんのために通訳をやってるんだ。日本人の云うことを、毛唐に話をとおすのが仕事じゃないか」

「ねえ、この船はどこに行くのかね?」

おやじは、通訳の顔を見るたびに、この質問をくりかえした。

「南方だ、きまっとる」南方はおやじをどなりつけた。

班長は立ち上って、通訳の後から鉄梯子をのぼって行った。二人の後姿を見送りながら、しばらく言葉がとだえた。だが、誰かがしゃべっていなければ、どうしても、風と波の音をきいていなくてはならない。三公が口をきった。

「しかし、おれたちはワリをくったなあ。こんな水のドラム缶じゃ、どうしようもねえや」

三公はゲンコで床をたたいた。板をうちつけた床の下には、ドラム缶がぎっしりならんでいた。このドラム缶の中身はなんだろうというので、だいぶ議論になり、ピラが板を一枚はがして、その栓をこじあけてみると、水が入っていた。

「二番ハッチの奴等はうまくやってやがらあ。あのハッチは食料品だろ。ボカスカ、缶詰をあけてよう、パイ缶なんかも食べほうだいだ」

ふだんなら、食べ物のこととなると目の色を変えるこの連中だが、三公の言葉にも、誰もなにも云わなかった。分配された米軍の携帯食糧のCレーションが、手をつけずに、あちこち床の上にころがっていた。

「だけんど、この水をどうするんだろう?」おやじは寝ころびながら云った。

「だから、敵前上陸だ、と云ってるじゃないか。敵地に上陸しても水は飲めんからな。井戸には毒が入れてあるかもしれんし……」

南方はいきおいこんで云いだしたが、言葉のおわりは調子がぬけた。

班長が、腕いっぱいになにかかかえて、ハッチにもどってきた。

「あ、防寒衣だ」

南方が起き上って、手をだした。その手がとどかない距離に、班長は立ちどまり、三公に云った。

「クジをつくってくれ。クジで勝った者から順番に、自分の欲しいのを取るんだ」

「こんな野郎なんかには、やらんでもいい」南方はフォアマンの肩をこづいた。

三公は胸のうすい若い男から鉛筆をかり、ヒロポンの箱の裏に条《すじ》を引きだした。

「おい、インチキするなよ」

南方は三公の手もとをのぞきこんで、どなった。三公は顔をあげ、まともに南方の目を見た。

「おめえ、いつから、班長になった?」

南方の口もとがピクピク動いたが、言葉にはならなかった。

三公は、ポン、と手をうって云った。

「ほい、できたぞ。張った、張ったと。はっちゃいけないおやじの頭、張らなきゃ食えない提《ちょう》灯屋《ちんや》とね……」

毛皮の裏がついた軍用の防寒衣を着て、ジッパーをあけたり、しめたりしながら、ピラはくりかえした。

「こいつは調子がいいや」

「アメリカの物はちがうねえ。よくできてる」おやじは、防寒衣の襟《えり》を立て、両手で頬におしあてながら、子供のように顔をほころばせていた。

班長が、ふと思いだしたように、云った。

「船は北に行ってるよ」

「北?」ジッパーをいじくっていた手をとめて、南方がききかえした。

「二番ハッチに、磁石を持ってる奴がいて、それで見ると、船首のほうが北なんだ。もうだいぶ前から、北に向ってるそうだぜ」

「北か?」おやじの顔の笑いがこわばった。

「まさか……」南方は腰をあげかけたが、また坐《すわ》りこんだ。

「それで、こんなものをくれたんだな」ピラはうすい脣をまげて、云った。「シベリアに連れて行くんだろうか?」

「ウラジオかもしれんぞ。ウラジオ敵前上陸かな……」南方は腕をくんだ。

「もしそんなことなら、ぼくははっきり抗議する」

防寒衣を着たまま寝ころがっていた胸のうすい若い男が、急に起き上って云った。

「ぼくたちは、東京湾での荷役作業だということで仕事に来たんだ。人殺しをするためにやとわれたんじゃない」

「東京湾の荷役作業っていうのは、朝鮮行のことなんだよ」三公は、分りきったことのように云った。

南方は、きっ、と横目で三公を見たが、もう、南方だ、とは云わなかった。

「じゃ、あんたは、はじめから知ってたのかい？」おやじは三公のほうに向きなおった。

「うん、だから、ほかのけちな仕事にはつかんで、待ってたんだ」

「しかし、どうして朝鮮行と分った？」

「米軍から職安に来る書類がちがうんだよ。極秘の書類なんだ」

「ほう！」

おやじは口をポカンとあけた。三公とピラ、それに南方も笑いだした。おやじはみんなの顔を見まわし、せきこんでたずねた。

「みんな……、みんなも、船に乗る前から知ってたのかね？」

ピラは笑いながら云った。

「おれはなにも知らねえよ。しかし、東京湾よか、朝鮮のほうが面白いじゃないか」

笑っていない班長のほうにすりよるようにして、おやじはくりかえした。

「班長、あんたも知ってたのか？」

「……うん、まあね」

班長は左手で顎《あご》をかいた。その小指がつめてあるのに三公は気がついた。班長は三公の視線を感じたのか、自然な動作で、左手をひっこめた。

「ぼくはいやだ。戦争はいやだ。人を殺すのも、殺されるのもいやだ」胸のうすい若い男は唇をかんだ。

「しかし、船からおりて、海を歩いて帰るわけにもいかんし……」

いつものように、三公がからかって云っているのではないことは、みんなにも分った。ピラも南方ももう笑ってはいなかった。


ピラは三公をゆりおこし、耳もとに口をつけて云った。

「おい、船がとまってるぞ」

三公ははね起きて、まるで自分のいるところをたしかめるようにあたりを見まわし、ピラの手をにぎった。ピラは三公の目を見て、うなずいた。

船の動揺もほとんど感じられないくらいだった。二人のほかは、みんな眠っていた。

やがて、三公は立ちあがって、ハッチの鉄梯子のほうに顎をしゃくった。三公とピラは、注意して寝ている者をまたぎ、歩きだした。こんな芝居じみた、子供っぽいことをするのも、二人ともすっかり興奮していたからだった。

雨はほとんどやんでいた。だが、デッキのライトがあたったところはぬれて光り、風も強かった。

二人は舷側に走りよった。海面は見えなかったが、船腹にあたる波の音で、はっきり、船が停止していることが分った。遠くにぼんやり灯が見えた。その灯も動かなかった。

二人は反対の舷側にまわった。

「岸壁についてる！」

ピラがさけんだ。三公も舷側からからだをのりだした。すこしはなれたところに倉庫らしい建物が見えたが、人影はなかった。

「どこだろう？　釜山《プーサン》かな？」と三公は云った。

倉庫らしい建物の壁に横文字でなにか書いてあった。しかし、二人には読めなかった。

「おりてみるか？」とピラは低い声で云った。

三公は返事をしなかった。

「岸壁についてるのによう、おりないのかい……？」

「しかし、どこか分らんし、誰もおりてねえじゃないか」

「だから、おれたち、早いところやるんだよ」

三公は岸壁を見つめたまま、だまっていた。ピラも、もうそれ以上は云わなかった。岸壁はおりるためにある。ちょうど食物がたべるためにあるように。だが、そうだといって、やたらに手をだせば、とんでもないことになるのは、ピラにもよく分っていたのだ。

三公はハッチのほうへ歩きだした。

二人がハッチの鉄梯子をおりかけると、下から南方がかけ上ってきた。

「どこだ？　え、どこに着いたんだ？」

その後に、みんなつづいていた。三公とピラはデッキにひきかえした。

フォアマン以外の、班の者全部の顔が舷側にならんだ。

「あれ、なんて書いてあるんだろう？」

三公が、倉庫らしい建物の壁に大きく書いてある文字を指した。

「B倉庫、無用の者立入禁止……」

そう云ったのは、胸のうすい若い男だった。みんなは同時に彼のほうをふりむいた。

「で、どこなんだ？」

胸のうすい若い男は、ただ首をふった。

その時、倉庫の入口のライトに照らされた、まるい光の円の中に人影が浮び出た。

両手をひろげると、蝙蝠《こうもり》のような恰好《かっこう》になる米軍のレインコートを着た男で、肩に銃をさげていた。そして、その後から、同じような服装の男が、もう一人、光の円の中にはいってきた。

「毛唐じゃないな」と三公が云った。

たしかに、二人とも背がずんぐりして、歩き方も、白人のそれとはちがっていた。

二つの人影は光の円の中から消えた。しばらくの間、その姿は闇の中にまぎれていたが、やがて、船のほうに近づいてくるのが分った。そして、船のギャングウエイの下まで来ると、船腹を上りだした。縄梯子がさがっていたのだ。

みんなはギャングウエイのほうに動いた。

縄梯子をあがってきた人影は、ギャングウエイに出ると、一人は船首のほうへ歩きだし、一人は銃を肩からおろして、その場に立った。

「朝鮮の兵隊だろうか?」とおやじがつぶやいた。

三公はみんなのところからはなれ、ギャングウエイに立っている男のほうへ歩きだした。ピラが後からついて行こうとすると、南方がその手首をつかんで、引きもどした。

三公は男に近づき、なにか話しかけた。そのうち、「モジ!」という三公の声がきこえた。みんなは同時にかけだして、二人をとりまいた。

「門司だって?」

「門司の港かい?」

「街はどっちだ?」

日本人の警備員《ガード》の前後から、みんなが口々にいろんなことをたずねているうちに、ピラが縄梯子に手をかけた。それを見つけたガードは、荒っぽい動作で、ピラの脇腹と縄梯子の間に銃をつきだした。

「おいおい、なにをする。朝鮮行の日本人労務者はぜったい船からおろしてはいかんという命令だ」

ピラの手が縄梯子からはなれた。三公の顔色まで変っていた。分っていたことだが、朝鮮行、とはっきり云われると、ショックだったのだ。

「しかし、ぼくたちは朝鮮に行くという契約では……」胸のうすい若い男はガードにくってかかったが、三公がさえぎった。

「そんなことを、この人に云ったって無駄だ」

みんなはだまりこんでギャングウエイをはなれ、ハッチのところまで戻ってきたが、そこで自然に足がとまり、しゃがんで輪になった。だが、しばらくの間、誰も口をひらこうとはしなかった。やがて、三公が云った。

「ガードの目のとどかんところからおりよう」

みんな同じことを考えていたのだろう、反対する者はなかった。

「内地の土をふむのも、これが最後かもしれんからな」

そんな大時代がかった南方の言葉にも、誰もひやかそうとはしなかった。とにかく、みんな、ふつうの精神状態ではなくなっていた。

「どっかで、縄梯子を見なかったか?」そう云って、三公はみんなの顔を見まわしたが、返事はなかった。

突然、ピラが後をふりむいた。

「だ、誰だ！」

鉄梯子に足音がして、ハッチの入口から人影があらわれた。フォアマンだった。

「着きましたか？　どこです？」

「シッ！　でかい声をだすと、たたっ殺すぞ」とピラは低い声でどなりつけたが、すっかり気が立っていた。

フォアマンはしっかりしない足つきで、舷側のほうへ歩きだした。

「そうだ、網がある！」

南方がはずんだ声で云いだした。

「貨物《カーゴ》を積みおろしする時、デッキから岸壁にはる網だよ。あれが、下のハッチにあるのを見た」

「ちょっと、でっかすぎるな、見つかるとまずいからよ」三公は気がすすまないようだった。

「あてのない縄梯子なんかさがしてるよりましだ。さあ、早くとりに行こう」南方は立ちあがった。

三公も、みんなの顔色を見て、腰をあげた。

網を舷側からおろすのは、南方が段取をした。

班長はただ黙って、それを見ていた。

舷側に網のはしをむすびつけている時に、後で靴音がした。みんなは手をとめて、ふりかえった。近づいた人影は、戦車隊の米兵だった。不寝番なのか、手に自動小銃を持っていた。米兵は舷側からからだをのりだして、下を見た。

「すこし、レインね」

三公が笑顔をつくったが、米兵はなにも云わずに立ち去った。その時、闇の中から、声をかけた者があった。

「なにをやってるのかね？」

フォアマンだった。

「うるせえや。ちょっと、門司の街の見物だ」もう舷側によじのぼっているピラが云った。

「門司？　門司かね？　そして、みんな、おりるんですか？」

ふらふら網に近づくフォアマンを南方は突きとばし、舷側に足をかけ、ふりかえって、云った。

「やっぱり、奇襲上陸だ」

三公は班長のほうに向きなおった。

「行かねえのかい？」

班長は首をふった。

「どうして？」

「班のうち誰か船に残ってなきゃまずいだろう」

「そんなことどうだっていいさ」三公はフォアマンの顔をちらっと見た。

「上陸してよければ、そのうち許可もでる。おれはヤバいことはもうやめたよ」

三公は、小指をつめた班長の手を見て、笑った。

二人が話しているうちに、南方もおやじも網をおりかけていた。三公は、デッキに立っている胸のうすい若い男に気がついた。

「よう、行こう」三公は手をさしだした。

「いや、ぼくは……」胸のうすい男は躊躇《ちゅうちょ》していた。

「この船はまちがいなく朝鮮行だ。戦争がいやなら、ここでズラかるよりテはないぜ」

三公は相手の腕をつかんだ。三公に引っぱられ、一歩前にすすんだ自分のからだの動きに、はっ、としたように、胸のうすい若い男は一瞬足をとめ、つかまれた腕をふりほどいたが、まるでバネ仕掛の人形のように、不器用な機械的な動作で舷側にとびついた。

みんなの顔が舷側から消えると、フォアマンは班長の顔色をうかがいながら、網に近づいた。

「門司なら、あんた、ねえ、門司なら、わしも……」

フォアマンも舷側をこした。班長は舷側に両手をかけて、闇の中をのぞきこんだ。また雨がひどくなり、その手がじっぽりぬれてきた。

不意に、ギャングウエイのほうから、叫び声がおこった。

「誰だ！　おい、待て、待て！」

網はまだぎしぎしゆれていた。

上甲板で人が走る音がして、サーチライトがパッとついた。

サーチライトの光は、デッキの上で左右にゆれ、舷側からさがった網を照らしだすと、それをつたわって、岸壁の人影を追った。

「とまれ、とまれ！　とまらんと射つぞ！」

ギャングウェイの日本人警備員《ガード》は銃をかまえた。

ピラが先頭だった。おやじの足も早く、南方とならんでいた。そのつぎが三公で、胸のうすい若い男がちょっとおくれ、そして、すこし距離をおいて、フォアマンがいちばん後を走っていた。

「射つぞ！　射つぞ！」

ガードの指は銃の引金にかかっていた。

もう一人のガードも銃を肩からおろして、船首のほうから走ってきた。

「ストップ！　ヘイ、ストップ！」

戦車隊のマスター・サージャン（曹長）が舷側にかけよった。手には、軍用の四五口径の拳銃をにぎっていた。

その時、フォアマンが前にのめり、ワッ、というような声をあげた。胸のうすい若い男は走りながら、ふりかえった。そして、そのまま二三歩行きかけて、足をとめ、フォアマンのところにかけもどった。

ピラの姿がサーチライトの光の外に消えた。

「ストップ!」

戦車隊のマスター・サージャンの拳銃が火をふいた。だが、狙いは外してあった。

その音に、フォアマンをだき起こそうとしていた胸のうすい若い男が、両手をはなし、ふりむいた。

と同時に、ズンというような散弾の音がした。戦車隊のマスター・サージャンの拳銃が鳴った瞬間、銃の引金にかかったガードの指は反射的に動いていたのだ。

胸のうすい若い男のふりあげた両手と顔一面から血がとび散った。彼はフォアマンのからだの上に、あおむけにぶっ倒れ、血の流れる手で、やはり血のふき出る頭をかかえた。

班長は舷側にとびあがっていた。だが、網に足をおろしかけて、ガードと戦車隊のマスター・サージャンのほうをふりかえった。

倉庫の横手あたりで銃声がおこった。自動小銃らしく、連続した音だった。

註

1【仏印の戦争】 第二次大戦後、ベトナムの独立を求めるホー・チ・ミン率いるベトナム独立同盟（ベトミン）と、フランスのあいだで起こった第一次インドシナ戦争のこと。一九四六年一二月から、休戦協定が調印された五四年七月まで続いた。

車輪の音

佐多稲子

家は南に向っているので、裏の北側を覗《のぞ》くこともないのだが、夜更けになると私の家はこの裏側ばかり意識されるようになる。新宿を発した中央線が急にこの辺りでカーブしておもいがけないほどの近さを電車や汽車が通ってゆくからだ。昼のうちは南側の生活の音にまぎれて、電車の音も忘れている。それがあたりが静かになる頃から電車の音も聞えてくるし、十二時を過ぎると、たっ、たっ、たっ、たっ、と如何《いか》にも重量を感じさせる音とともに二階がこまかく次第に激しく揺れてきて、窓ガラスが鳴る。あるときは、揺れの方が先《さき》で、地震か、と目を据えると、たっ、たっ、たっ、たっ、と、きまった響《ひびき》が伝わってきて、それが大きく早く聞えてくるにつれて、揺れも激しくなり、揺れは響の遠のくのとはっきり一致してやんでゆく。これは貨物列車である。電気機関車の鋭い警笛を発してゆく客車にはこれほどのことはない。二年前にここに越してきた当座は、毎夜何度か目が覚めて、地震か、貨物か、と、一瞬床の中で身がまえては確かめたものだ。この揺れの激しさを、何といって人に伝えたものかとあるとき考えて、あ、そうだ、とその表現をおもいついた。巨大な重量を引きずって貨物が通ってゆくと、私の部屋は揺すられ、机の前に坐《すわ》っている私の身体がいつか傍の方へ移動している。このことを言えば、貨物に揺すられるわが家の状態が人にも分ってもらえるだろう、とおもいついたが、それは夢の中のことだった。机の前で自分の身体が移動していると感じたのは、丁度《ちょうど》通ってゆく貨物で、寝ている私の身体が揺すられていたのである。

朝鮮戦争が起るまでは、こんなに揺れなかった、と近所の人に聞いてから、貨物の響はその度《たび》に朝鮮戦争を感じさせるものになったが、休戦になって、それがすぐこの貨物の重量に影響しているとも言えないが、ただ私には、夜更けにこの貨物の響を身体に感じると、ひとつの連想が呼び起されるようになった。それは私の従弟《いとこ》の死である。

従弟の鈴木は、丁度この中央線で、彼の勤めている工場へ朝夕通っていた。私は電車の音などで、従弟が毎朝早く、ここの裏を通っていたことを、それまで一度もおもい出したことはない。が、夜更けに貨物が重く地面を揺すって通ると、従弟の通う工場をよくおもい出したものだ。今でもそれに変りはないが、それにつれて、今は彼の亡くなったことが心に浮んでくる。これは言ってみれば、それまでの私の、いいかげんさでもあり、矛盾でもある。貨物列車の響に朝鮮戦争を感じるのは、単にその、地をとどろかす重量に威圧されるだけではなくて、そこに積まれているものがどんなものであるかも、はっきり見ることだったが、だからそれが朝鮮からきてどこの工場へ運ばれ、また逆にそのあたりの工場から朝鮮へ運ばれてゆくということを、あるときは心に痛いほど感じながら、自分の従弟がその工場に働いていることまではおもい至らないでいたものである。

朝鮮戦争の最中には、中央線の駅のホームなどで、昼間でも軍需品の積まれた貨車をよく見かけた。銀色の巨大な筒が板で荷造りされて何本も積まれていた。それが何であるのかは分らない。が、ニュース映画で見る爆撃の、飛行機から何本も投下される爆弾に似ていた。あるときは、ぼろぼろに破損したジープであり、翼の曲がった飛行機であり、鉄屑《てつくず》のようになった何かの破片のかたまりであった。それは逆に、修繕されたジープやタンクであったりした。

従弟の鈴木は、これらの軍需品を作り、修繕する工場に働いていた。彼が辛い失業のあと、この工場に就職できたのも、いわばこの特需生産の拡張につれて、ひょいとつまみ上げられた、というようなものだった。

鈴木はこの工場へ入ったとき、私の家へ寄って、何かまだ不安の去らぬ顔つきで話したものだ。

「全く運がよかったんですよ。会社じゃ、進駐軍関係の注文を受ける臨時工場を別に作ったんですよ。そっちの方が条件がよいらしいんだね。本社から大分そっちへ廻ったんですよ。それで本社の方にいくらか隙ができたんですね。そんなことでもなけりゃ、とても入れるところじゃありませんよ。全く運がよかったんですよ」

彼はもう四十を過ぎていた。

作業衣の肩や袖が寸づまりになって、身体の線がくずれたように太くなっている。面長《おもなが》の鼻すじの通った顔も輪郭がぼやけてすすけていた。人前では愛想のいい目になり、それは女房の前でさえ見せる気弱な、追随的表情であったが、私は彼のこの目が不安でどろんとなる瞬間を度々見ているので、今の場合私も、彼の運のよかったというのを喜んだ。数ヵ月の失業で、鈴木は一家離散の一歩手前まできていた。戦争中は徴用工で、ある大工場にいたが、終戦の雰囲気の中で、友達の工場へ移っていったのは、何かそこには給料とりではできないうまいことがありそうな気がしたからだった。大きな工場にそのまま居残っていても、どうせ徴用で傭《やと》われた彼など、先きが見えている、という考えで、個人工場に移ったが、そこがつぶれた。終戦から四年経って、就職は困難になっていたときに、四十過ぎた彼は、女房と三人の子どもを抱えていた。そして彼は工場に勤めていたとはいっても、事務係りで、腕についた一定の何かの職があるわけでもなかった。どこの学校を出た、というのでもない多くの人間がたどるように、何度か勤め口を変えて、それで変り映えもせず、むしろ家族を抱えて、ふり出しに戻るような経歴をたどっていた。

とにかく彼はその工場の、部品係りにありついた。本社の方でも、仕事はやっぱり特需関係だったから、彼の扱う機械の部品はみんなアメリカ軍から渡った。だから横文字がよめなければならなかった。少年のとき、神田の正則英語学校の夜学に通ったから、まあ文字ぐらい読めた。

「扱うものが全部、外国製ですからね、字が読めて、よかったですよ。まあ、そのくらいなら、何とかやれますからね」

鈴木は、部品係りとして、字の読めるのを唯一の心頼みにしているふうであった。朝鮮戦争はアメリカ軍が釜山まで追いつめられる状態でつづいてゆくと、それは彼の工場にも動揺が起ったりした。臨時工場の方が何か採算がとれないというので解散になりそうだ、といううわさが本社の方にもひろがってゆく。すると鈴木は、そんな不安をどこへ持ってゆきようもなくて私のうちへ寄る。私は、東京での彼のたったひとりの身内だった。

「朝鮮戦争がこんなでしょう、臨時工場が解散になるらしいんだ。あのとき臨時工場の方が条件がいいっていうんで、そっちにするかと言われたけど、本社にしといてよかったですよ。本社からそっちへ移っていった人間もたくさんいるんですよ。結局、馬鹿をみたってことになるでしょうね。どうせ、臨時工場なんて、戦争中だけなんだから分っていたはずですがね」

彼は工場で、本社側の工員たちの話す雰囲気を、私の前にうかがわせた。本社に残ったものたちにすれば、臨時工場の条件のよさに引かれて移っていった人間が、そっちが駄目になったからといって、また元へ帰って来るのは虫がよすぎる、という考えで、自分たちの不安を隠していた。鈴木の言葉にもそれは出ていたけれど、彼の表情は、自分でもわびしげだった。

休戦のうわさが飛び、やがて板門店[1]の会談になって、また工場では縮小の話が出る。解散になるといわれた臨時工場はそれまで続いていたが、今度こそそれは実現されそうだ、という。鈴木は子ども連れで日曜に遊びにきて、今度は少し不服げに言う。

「そりゃ会社から臨時工場の方へやった人間もあるんだから、そんなのはやっぱり呼びもどすことになるでしょうね。私ももう二年近くなるんだけど、未《いま》だに臨時傭いですからね。いつでもこんなとき、臨時工がまっ先きにおびやかされることになるんですよ。そのための臨時傭いだといわれりゃ、仕様がないみたいなもんで、何しろ、臨時工は、組合員でもないんですからね」

こんな間に、貨物列車は相変らず、私たちの目の前を、巨大な銀色の筒や、タンクや、ジープや、飛行機などを運搬していた。また深夜に聞えてくる、たっ、たっ、たっ、たっ、という速度のない車輪の音は、如何にも重さに堪え兼ねて引きずってゆくような太いひびきで、地面を揺すぶっていた。

鈴木は毎日勤めていれば、日曜日に子ども連れで遊びに出ることも可能なわけだが、それは決して、彼の一家が満足に食べているということでもなかった。この場合、満足という言葉さえ、適当な表現ではない。一万五千円程度で五人が食べてゆくのは、苦っぽい空気の中で一家が始終張りつめているようなものであった。一家といっても子どもはまだ幼なかったから、女房のふじ江が内職をし、亭主は夜業をつづける、ということで、夫婦は疲れと不安でしょっちゅう衝突していた。ある夜などは、前の晩の家計の愚痴から喧嘩になって、ふじ江が起きなかった。毎朝四時に起きて亭主を工場に出してやるということは、ふじ江にとって自分の仕事なのだが、その朝は時間になっても布団を引っかぶったまま、如何にも、その引っかぶった寝方が、ちかちかと神経を発散している姿だった。

「おい、もう四時だよ。どうしたんだ」

鈴木は、女房の反抗を承知の上で声をかけた。ふじ江は果してすぐ返事をした。

「あたしだって疲れてんのよ。毎晩毎晩編物してりゃ、起きられないこともあるわよ」

そう言って彼女はまたもぐり込んだのである。

「そうか、よし、そんなら俺も起きないよ」

これで一日損だ、とおもいながら、二人とも相手に対して、ザマ見やがれ、という気持になっている。

そんな気になると、ふじ江の方はいよいよ捨てばちになって、子どもだけ学校へおくると、ぷい、と外へ出てしまった。そして彼女はその日夕方まで帰らなかった。鈴木は小さい子のお守りをさせられる羽目になり、学校から帰った子どもにふじ江を探させた。すると、彼女は、何と近所の友達と競輪へ出かけたという。

鈴木はそのあとでこの話を私にした。丁度ビール二本おごったときで、その酔いがあったから話し出したものであろう。

「いや、どうも、競輪へ行ったんですからねえ」

ぷっと、自分で吹き出すように首を縮めて、しかしね、と、もいちどおかしさを添えて見せます、というふうに、苦笑を交えて、

「ふじ江が帰ったとき、私が何と言った、とおもいますか。あたしゃ駄目なんだな。ああいうと

きでも負けちゃうんだな。奴《やっこ》さん帰ってきたとたんに、あたしゃ、こう言ったんですよ」

彼はそのときのうかがうような表情を私の前でして見せ、

「どうだい、おもしろかったかい……そう言っちゃったんですよ。失敗《しくじ》った、とおもったけど、もう、そう言っちゃったあとなんですね。おもしろくなんかないわよ、って言いやがった」

自嘲などというものではない。笑った中に妙にわびしい表情が浮んで、寸づまりの作業服の手が膝の上にだらりとおかれていた。

休戦交渉の間にも、工場には破損した装甲自動車などがたくさん送られてくる。工員たちは弾丸の無数に打ち込まれたその装甲自動車のまわりで、ほう、とさすがに嘆声を上げる。兵隊帰りも多い工員たちには、戦場が想像できた。

「こんなに弾丸が打ちこまれていちゃ、人間は大分死んでるね」

工員たちはつぶやいて、それから全身創痍《ぜんしんそうい》の装甲自動車を解体しはじめた。この自動車をもいちどここで再生させるために。鈴木は部品を出してやる。受け取りに来た工員は、鈴木にむかって、もいちど言う。

「今度のタンクなんて、よっぽど兵隊が死んでるね。ああまるで、穴だらけですよ。車は修繕できるけどさ、人間はそれっきりだね」

「そうですか。厭《いや》だねえ」

「戦争はッ、もう御免だね」

感情の切れっ端を投げるようにしか言えない。それを彼らは知っていた。

休戦会談が成立したが、工場では相変らず鈴木の仕事は忙しかった。彼は残業をし、自分の忙しさに取り囲まれていることで自分の存在を確かめた。三年間には日給の額もいくらか昇っていた。彼の首がつながっているということで、彼の一家の生計はとにかく正常に運転していた。

鈴木は、自分の職が朝鮮戦争の、特需によって保たれているということを知っていた。彼は今まで、朝夕の新聞の報道も、妙な矛盾で読んでいた。戦争の継続をのぞんでいるなんて、全くそんなつもりはない。しかし、そのあとに襲う不安を、自分には隠しようがなかった。鈴木は思想的な点などで、戦争と自己の仕事との矛盾を感じているわけでは勿論《もちろん》なかった。彼はただ戦争などは早くやまねばならぬ、と極《ご》く自然におもうだけだ。だから、そのあとに浮び出てくる自分の不安を、厭な気で見送るだけだった。だから彼は、朝鮮戦争が休戦になっても、自分の受持の場所が相変らず忙しいのにほっとしていた。彼の一家はようやくあんまり動揺しなくなる。そんな毎日の間に起った支障といえば、クリーニングに出した彼の背広が、焼けてしまったことぐらいである。暫《しばら》く洗濯屋が来ないし、日曜日に着て出かける用もあって、ふじ江が洗濯屋へ取りに行ってみると、その二階の乾燥場が焼けていた。鈴木の背広は、ズボンの裾の一片を残して灰になっていた。いつになく鈴木は強硬だった。一枚きりの背広を焼かれて、困るのは勿論だし、おもいがけない災難だったが、以前なら彼は、談判もふじ江にさせて、先方の言いなりに、まあしかたないさ、とすませたかもしれない。今度は彼は自分で洗濯屋に交渉に出かけて、向うが三千円というのを、五千円まで出させることにした。こんなことも、この頃の生活に張り合いの出てきた反映にちがいなかった。

「まあいいさ。あの洋服ももう大分つとめたよ。長年の厄払いかも知れないよ。ねえ、ふじ江、五千円を元にすれば、月賦でちょっとしたのが買えるだろう」

彼はこんな災難にも弾んでいた。彼の弾んでいるのは、この数ヵ月、家計がどうにかつじつまが合っているという最も単純な原因に根差していた。しかし家計のつじつまが合ってそれで弾んでいる彼の心情を、最も単純といえるだろうか。それを単純というのは、ただそのことが私たちによく理解できるというに過ぎない。しかし彼の家計のつじつまがどうにか合い、彼が弾んでいるとしても、彼はやっぱり臨時傭いであったし、特需工場の将来がどうなるのか、彼に見透しのあるわけではなかった。その点では、相変らず、根底に不安を抱いていたけれど、今はつじつまが合っているということで彼はいわば一層積極的になっていた。

彼が最後に来たときの機嫌のよい顔はそういう心境をあらわしていた。彼は鼻のあたりにやや気負った色を浮べて言ったものだ。

「いや、相変らず私のところは忙しいんですよ。それで助かってるようなものですけどね。しかし、会社だってどうせ何か仕事はしてゆくんですからね、ここんとこで何とか本傭いにしてもらわなければしょうがないんですよ。ま、私もそのつもりでね」

そのつもりで一生懸命、勤めをはげんでいる、という意味をにおわせた。

それから一ヵ月も経っていなかった。彼は脳溢血《のういっけつ》で一晩のうちに死んだ。電報で駈けつけると、開けっ放した玄関の向うの台所口に、ふじ江が一晩でげっそり痩せたというような、そげた顔をして坐っていた。六年生の長男は私を見ると、自分の方からにっと笑って、人の間をすり抜けていった。

ふじ江は、寄っていった私を見ると、何かを詫《わ》びるように手をついて頭を下げた。

「無理をさせたのがいけなかった、って、姉たちに言われるんですけど、私だって、何もこんなふうになってもらいたいわけはないんですから」

いつも忙しげなふじ江らしくもなく、ぺったりと火鉢のそばに坐り込んで、顔をさらしたままつづけさまに涙を流していた。

鈴木の遺骸はもう棺におさめられて、葬儀屋の作った祭壇の奥に祭られていた。二間の部屋が開けひろげられて、二つ三つ置いた火鉢の、祭壇近いそばでは、鈴木の工場の友人らしい男たちが四人、ぼそぼそと話していた。台所では、近くに住んでいるふじ江の姉や、その家族が立ち働いている。

写真もかざってない祭壇は、彼の生涯のように、もっとも安直に形だけしつらえてある。前夜も、残業をして九時に帰ってくると、銭湯へ行って、すぐ寝た、という。朝起きたとき、彼はもう脈がなかった。

ふじ江はそれを言うとき、もう何度もくり返したにちがいないことを、また私にも話した。

「そばに寝ていて、私が、お父ちゃんの息を引取るのを知らないなんて、あんまり情けないとおもうんですよ。きっと、苦しい、とおもう瞬間があったんでしょうに、どうして、私がそれを知らないでいたんでしょうかね。何とか一言ぐらい、言葉をかけられなかったんでしょうかね、あんまり、あっけなくて、それが辛くてしょうがないんですよ」

血圧が高いといわれて、半月ばかり休んでいたという話は、はじめて聞くことだった。一ヵ月は休まなければならぬ、と医者に言われていたのを、鈴木は半月だけ休んで出勤しはじめていた。そして十日経ったばかりだった。とすれば、彼の発病は、彼が私の家へ来て、やや気負って見せたすぐあとのことになる。ここでなんとか本傭いにしてもらわなければと言い、「私もそのつもりでね」と尻上りにふくませた彼の弾んだ熱意が、この直後に打撃を受けたことになる。

「お父ちゃんがもう会社へゆくっていうもんですから。私も心配したんですけど、何しろ日給だもんですからねえ。それでもやっぱり休めばよかったんですよ、ねえ」

ふじ江は相変らず、ぼんやりした目つきでぼそぼそと話しつづけた。

そのうち祭壇の前で火鉢をかこんでいた同僚のひとりが立ち上って、挨拶をして帰っていった。

「じゃ、お先き」

係長だとささやかれて、私も挨拶をし、玄関におくり出してもどると、あとの三人は、係長が帰って少し気がらくになったというように声高《こわだか》になった。

「寿命だねえ、って言やがったよ」

「なアにを言やがる。ありゃ予防線だよ」

「会社が無理をさせたんじゃねえ、って言いたいんだろう」

「しかし、鈴木さんも運が悪かったよ。丁度、検査にぶつかってね、大分、あれじゃ鈴木さんも苦労したらしいもの」

目鼻立の大きい、しかし人の善《よ》さそうな若い工員がそばに寄っていった私を見て、ちょっと改まった顔をしたが、口をあくと、ざっくばらんになって話しつづけた。

「検査ってやつが、ときどきあるんですよ。それが相手が、アメちゃんですからね、いきなり抜き打ちにやって来るんですよ。ところが帳簿を合せて見ると、品物が多かったんだね。なアに、いつだってちゃんと合うことなんかないんですよ。まあ、品物の方が多いんだから、よさそうなもんだけど、それでもいけないんだね。それが今度は少し多過ぎたんだって。これはどうしたってことになったんだね。鈴木さん、大分油をしぼられたんだってさ。なアに、兵隊がよその工場から持ってきて、そのままおっぽり出してゆくのがあるんですよ。奴ら、のんきだからね。だけどさ、検査に来た奴は、帳簿と合せるからね。一応やかましく言うわけなんだ」

「大分この二、三日、庶務へ行ったりなんかして、鈴木さん、青い顔してたね。そんなこともあるさ」

と、そばから言う。そんなこともあるさ、と言うのは、鈴木の死を早めた原因のことを指しているのだ。さっきの目鼻立の大きな若い工員がまた別のことを言い出した。

「この頃、臨時工を本傭いにするという情報が入って、鈴木さん、張り切っていたなア」

「その情報、どこからはいったんだ」

と、これは小柄できちんと髪を分けた、さっぱりした青年だった。

「なアに、組合の幹部の原とよ、俺、呑み屋で一緒になってさ。そしたら奴さん、そう言ったよ。ベース・アップの闘争といっしょにその要求を出すって。会社でもそのことは妥協的に出るだろうって。なに、うちの組合はどうせ御用組合だからさ、会社とはじめから狎《な》れ合《あ》いだからさ。会社の腹はちゃんと分っているんだろう。ツウツウさ。その話を鈴木さんにしたらさ。鈴木さん、喜んでたなア」

「この頃の鈴木さん、実によく働いていたねえ、過労だよ、やっぱり」

仲間の話のうしろに、彼はもう亡骸《なきがら》になって棺に納まっている。彼は遂《つい》に、朝鮮戦争の特需の臨時傭いのまま死んだ。休戦になって、解雇にもならず、本傭いになれそうだ、というとき、彼は張り切っていたのであろう。アメリカ将校の検査に当って、不始末が出た。彼は飛び上るように、キリキリ舞いをしたにちがいない。自分の血圧のことなんかに構っていられなかったにちがいない。そして彼は、臨時傭いのまま死んだ。自分の寝床の上で息を引取ったのだから、「寿命だねえ」と言われた。

棺の中の鈴木の顔は、この頃肥えていたので、生前のままの死顔であった。翌日の葬儀には、葬儀自動車一台に家族が同乗して、あとの五、六人のものは電車で火葬場へ行った。あとの生活をどうするだろう。そんなささやきがみんなの口に出た。するとふじ江の姉やその家族たちは、何か勢いづいたようになって、会社から下がる弔慰金の額など言い合って、ふじ江の身の振り方、子どものことなど話し出していた。みんなあからさまな暮らしだから、こんな話になると勢い込むのにちがいない。

「お前も中学は、夜学だよ、って、昨日、ふじ江が言ってるのよ、そしたら、あの子、うへェだって、ふじ江にどう？　保険会社の勧誘員っての、いいんだってねえ」

「なにしろ、子どもが小さいんですからねえ」

と、ふじ江の姉が、私を見て言った。

そして私たちが、鈴木の骨を拾って、それをふじ江が抱えて、今度はみんな電車で帰ってきたとき、仕方もないめぐり合せで、鈴木の生前に注文をしておいた月賦の背広がとどいていたのである。

ふじ江ははじめ知らなかった。骨壺を祭壇に祭って、茶の間にみんなが集まったとき、ふじ江の姉夫婦に、昨夜の同僚の三人も寄って、会社ではどのくらいの弔慰金を出して呉《く》れるだろう、という話になっていた。そのとき、ふじ江は、その洋服の箱を見つけた。ふじ江はまるで意地悪でもされたように、険《けわ》しい顔になって、

「誰が受けたの」

と、いつもの高声になった。

「受け取ったってしょうがないじゃないの、今更もう。本人、死んじゃったもの仕様がないじゃないの。これはどうしたってもう、引取ってもらわなければねえ、これだけは、しょうがないわよ」

夫が死んでから、いわばその死をたしかめた瞬間から、ふじ江の心のうちには夫が死んだということと、今後の生活をどうする、という問題が、全く表裏一体となっている。今彼女はその悲しみと不安を同時に突っつかれて、声音《こわね》が昂《たか》ぶったというようであった。鈴木の背広がクリーニング屋で焼け、その弁償金を取って、新しく月賦であつらえた背広だったのである。

月賦にしろ、あつらえの新しい背広の箱は、この頃からの鈴木の意欲を語って、しかし、もうそれは行き場を失って宙ぶらりんにそこに置かれて、誰も手を触れようとしなかった。

註

1 【板門店の会談】 二〇三ページの註8参照。

詩

突堤のうた

江島　寛

1　海

海は
河と溝をとおって
工場街につながっていた。
錆と油と
らんる　洗濯板
そんなもので土色になって
源五郎虫の歯くそのにおいがした。

海は釜山《プーサン》にもつながっていた。
破壊された戦車や山砲が
クレーンで高々とつられて
ふとうから
工場街へおくられた。

ふとうは日本につながっていた。
日本の
ふみにじられたすべての土地につながっていた。

魚のとれない海。
のりのならない海。
網の目のようなかぞえきれない
漁民の目がもえ上る海。

くる日もくる日も
岸壁から横腹へ　銃弾が

発射された。

だが
海はかがむことをしない。
海は、河と溝の血管をとおって
工場につながっている。

2　さく岩手

3　共産党

作業場の仲間は
知っていた。
共産党とは
ここにいる誰のことかを。

ふだん　むくちだった。

手まねをつかってしゃべった。
気さくだった。
一杯やで　おやじはかれに
どんなに　肺病息子をぐちったことか。
おやじは
両肩をだかれてよろめきながら
息子のがんけんだった
右腕の感触をなつかしんだ。

共産党とは
ここにいる誰のことかを　だれも
かたくなにしゃべらなかった。
しかし知っている。
ホアマンのまえで　だれが
はじめにタバコの火をつけたか。
だれが不屈に要求したか。
そして　それは

おれたちみんなが「やりたい」と思っていたことだった。それは
おれたちの結束の蕊だった。

おれたちは　タバコの火をつけて腰をおろした。
タバコを吸うことを公然化した。
だべりちらした。
そのとき　小さく折りたたまれたアカハタが
どんなにひろびろとした世界にひろがったことか。

おれたちは　よく女のことをはなしした。
港町の女郎について。
あるいは　賃金について。
おれたちは　やがて一しょに
眼前の敵をたおすことについてはなしした。
頭のあるやつは　頭のあることについて
腕のたつやつは　腕のたつことについて
考え　一しょに

一つ一つの
勝利によって敗北をのりこえていった。
おれたちと　朝鮮の労働者にかよう
同一の血液。
同一のがい歌。

裏切りのきゃたつをはねとばす
五人組
ストライキ委員会を　せっせと一しょに
コンクリでかためていった。

4　ピケ

日本全土に
ふきあげる反乱ののろしを　どうして
おさえきれるか。

内灘では　ポイントを固守して
爆弾列車をとおさない。
赤羽では戦車が炎上した。
ゲートが占拠され
銃口があつい胸はばでふさがれた。

血管は海へ
歌は万の唇から生れでる。
おれたちは　内灘　赤羽に呼応し
勝利の告知がおれたちをこぶした。

車ざきの形で　かつて
ゲートの外へ放りだされた兄弟たち！
いま
君たちのカンテラの火は
地におちてもえ拡がっている。

君たちとおれたちをさえぎったゲートは
いま
人ごろしと　犬と
売女をとおさない。
――ボーシェッ（畜生）！
星のついた将官乗用車が　フルスピードでつっかかってきた。
一人が右足を骨折してたおれた。

おお　骨折した一本の右足にかわって
おれたちは
右足を
一せいにふみ出す。
――止れ！
　ここは　おれたちの検問所だ！

5　はばたく旗

海はあふれだす。
海は　司令塔にむかってしぶきをあげている。

魚よ！　君よ！　鎚よ！
ふとうにはばたく
おれたちの旗をみてくれ！
君たちとおれたちの団結の旗を。

占領者を海にたたきおとすために
あまさず
奴らの弾薬庫をうばいかえすのだ。

〈一九五三・九〉

IV

架橋

小林　勝

こまかな霧雨が降りつづいている。朝雄少年と朝鮮人の青年が身をひそめている土手下は暗く、永い雨とその日の午後の高い気温にむれた草のにおいが重くたゆたいながら二人の体をおしつつんでいる。傘は二人とも持っているが、それはたたまれたままだった。

霧雨は朝雄の髪に音もなく降り、その蒼《あお》ざめた神経質そうな顔をぬらし、時折、小さな水玉となってきらきら光りながら頰の上をすべり落ちる。その度《たび》に、朝雄は手をあげて掌で顔をぬぐうのだが、雨に濡れた黒いビニールのレインコートはまるでとけかかっているようにべとべととして、ワイシャツをまくりあげた裸の腕になまぬるくへばりついた。

体が濡れているのに朝雄の喉《のど》は乾いていて、熱く、気味悪いほどかさかさしている。唾は出なかった。

遠く、省線(1)の駅と駅前の繁華街のあたりの上空が濁った不潔な赤い色に染まり、重苦しい霧雨の部厚な層をかすかなざわめきがゆすぶった。土手の草は濡れて輝いている。

朝雄はレインコートのポケットをさぐった。煙草は二年前、彼が十七になった時におぼえている。二年前といえば、朝鮮戦争が勃発した年である。給料の分割払いなどごく普通だった工場がいきなり忙しくなり、残業が毎日つづき、朝雄は時に夜学へ行く時間すら失った。そして彼は煙草を吸うことをおぼえた。

煙草をまさぐると、暗がりの中で、レインコートが秘密めいた囁《ささや》きのような音をたてた。

「なんだ?」

身動きもしなかった朝鮮人が低い声で言った。その声はかすれていて、殆《ほとん》ど聞きとれないくらいだったが、そのとげとげしさが朝雄をぴしっと打った。

――いやな奴だ、と朝雄は思った、虫の好かん奴だ、はじめからそうだった。

「煙草なら、よせ」

追いうちをかけるように朝鮮人の青年が言った。朝雄の右手がぴくっと動いて止った。彼は朝鮮人の顔を見あげた。表情はぼんやりしていてはっきり読みとれなかったが、青年の顔は上からのしかかるように、まっすぐに朝雄の方にむけられており、朝雄の半ばいらだたしい半ばひるんだ視線をはじきかえすように眼が光っていた。朝雄は顔をそむけて唇をゆがめた。霧雨で濡れて冷たくこわばった顔の皮膚の下で、柔かい熱い肉がひくひく痙攣《けいれん》するように感じた。朝雄の顔がうっすらと赤くなった。それは青年に対する腹立たしさでもあったがそれだけではなかった。煙草を吸う——それは場合によっては、今夜のこれからの計画をぶちこわしにしかねない不注意な行動だった。それに気付かなかった自分の迂闊《うかつ》さに腹を立てたのだった。

——いやな奴、と朝雄は思った、完全すぎるくらい完全な奴。

朝雄は、その完全さということに自分がどれほどの意味を持たせているか、はっきり考えていたわけではなかった。ただ青年に会った最初から何となくそんな言葉が浮んだのだが、それがいっそう強くなるのを感じたのだ。

朝雄がその青年に会ったのは、これで二度目にすぎない。朝雄は青年の経歴も本名も知らされていない。それは多分青年の側も同じだろう、と朝雄は思っていた。日本共産党の軍事組織のかなり重要な部署にいると思われる蜷川はその青年を本村とよんだが、青年の姓が本村などというものではないことを朝雄は知っている。青年が、本村などという姓のかわりに、月曜とよばれようが、霧雨とよばれようが、或いは三号とよばれようが、いっこうかまわないのだ。一つの計画の中の重要な部署へ、蜷川が党員ではない朝雄に信頼を置いたのと同じくらいの信頼をもって青年を据えた、ということこそが、こういう非合法の仕事の中では重要なのだ、と朝雄は思った。

蜷川は朝雄を信頼したからこそ、その計画の中へ党員ではない朝雄をひきこんだ。おれにはその信頼に応えてみせるだけの覚悟がある、と朝雄は思った、しかし、いったい、信頼とは何だろう、蜷川はおれという人間を完全に理解して、完全に掌握していると思っているが、蜷川が掌握していると確信しているおれの像とはいったいどんなものなのだろう、蜷川が掌握していると思っている朝鮮人の青年の像とはどんなものなのだろう。

青年を朝雄にひき合わせてから、蜷川は二人を前にして計画の一部をうちあけ、その政治的意義を分析してみせ、それから詳細に指令を与えたのだが、その時、朝雄は見も知らぬ朝鮮人青年を前にして、そういうことをとりとめもなく考えつづけていたのだった。

蜷川は朝鮮戦争が勃発する前は、朝雄の勤めている工場を含む小工場地帯の地区委員をしていた男である。彼の活動は精力的であり、人見知りをせず、気さくな性質で、どんな種類の会合にもよく顔を出して、パンフレットや新聞を売ったりしていた。電柱にビラを貼ったり、狭い露地をぬいながらメガフォンで政治スローガンを叫んでまわったりしている姿に朝雄は次第に親しみを感ずるようになっていき、その気持は蜷川の方へも伝わったとみえて、二人はいつか顔なじみにもなっていた。その地帯に住む大学生たちが中心になって結成された社会科学研究会に朝雄は参加していたが、その会にも蜷川は出入していた。朝鮮戦争が起るとすぐ、蜷川の姿は一時消えた。やがて研究会に加わっていた一人の学生から、蜷川は特に抜擢《ばってき》されて非公然活動にはいったが、依然としてこの地区にとどまっているという話を朝雄は聞いた。その学生は後に朝雄に日本共産党の非合法出版物を渡すようになり、自分も党員であることを打ちあけ、軍事行動の隊には党員でなくとも参加出来る旨《むね》を告げた。そして、朝雄がその組織に参加することを蜷川が非常に希望しているとつけ加えた。朝雄のような党員でない人間が、一人でも多く党の武装闘争に参加して、反戦反ファシズム戦線を拡大した時、はじめてそれは真に大衆的な実力行動といえるようになるのだ、その突破口を朝雄たちがこの地区でひらくことを期待している、と学生は熱っぽく語りつづけるのだった。朝雄は一週間ひとりで考えた結果、その考えた内容については触れずに、参加する、という返事だけをした。朝雄にとっては、その結論に達するまでの内容こそ、終戦の時からずっと彼を苦しめてきた問題なのだったが、それを大学生に言う気にはなれなかった。それはあまりにも特殊的な、あまりにも個人的な問題であるように思ったし、その苦しみもそのような体験をしない者には決してわかってもらえない性質のものである、また、今の場合は、参加するという決意とそれにつづく行動こそが問題にされているのではないか、と朝雄は思ったのだ。そして、どうやら蜷川にとってみれば、参加するという結論こそが肝腎のものであったらしい。それは蜷川の立場にしてみれば当然だったろう。彼は一人でも多くの人数を必要としていた。しかじかの苦悩のため十分考えたが参加することはやめる、などということは蜷川にとってみれば単に「参加しない」ということなのだ。その結論に踏み切った朝雄を、蜷川は心から信頼してくれた、と朝雄は思う。そして、蜷川にしてみれば、信頼する以外にどうしようがあっただろう。多分、この名も知らぬ朝鮮人の青年の場合も同じかもしれない、と朝雄は思った。結論に踏みきるまでは、人々はその個性とそれぞれの生活体験の違いによって、それぞれ異なる思考過程を経るだろう、結論に踏みきった時、そこから同一の指令と行動をおこなう共通の地盤がうまれる、蜷川はその地点から各人を掌握すればそれで彼の役割は果されるのだ、それ以前のことは彼にとってはあまり重要ではないに違いない、と朝雄は思った。

蜷川は確かにおれを掌握してはいる、しかし、彼はおれの体の中心にまで鋭くつきいってはこない、彼の指令を実行しようというおれの行動の根になるこの内なるものの正体を知らない、同じように、彼はこの朝鮮人の青年の体の最深部にまでつきいってはいないに違いない、と朝雄は考えた、蜷川だけではない、このおれにしてもこの朝鮮人の中へはいりこんでいくことが出来ない、非合法活動の場合、こういうことはあたりまえのことなのだろうか。

蜷川の話をききながら朝雄はそんなことを考えつつ青年をくわしく観察していたのだった。一つの指令のもとに組合わされた全くお互いを知らない十九歳の少年と朝鮮人の青年、それは無数にある人間関係の中の一つにすぎないが、なんと奇妙なものだろうか、と朝雄は思い、しかし、一つの指令のもとに同じ危険をおかそうとしている共通の立場から、人間らしい親しみの視線を青年に送っていた。それは親しみをこちらから表現すると同時に、確かな手ごたえを相手からもひき出して、一つの糸でお互いを結ぼうと望んでいる視線だった。が、朝雄を見た青年の眼は意外といえるほど冷淡なものだった。その冷淡さは朝雄を驚かせた。腹立たしくさせた。つい先刻までは、お互いまるきり見知らぬ間柄だったとはいえ、今は一つの指令のもとに危険な行動を共にしようとしている間柄ではないか。その冷ややかな眼、その無表情な顔つきは、どうしたことか。

青年は細い鋭い感じの眼をもっていた。その瞳は茶色で、それはまるで茶色の、すきとおる冷たい石をはめこんだように見えた。青年は人なみはずれた細い長い指を持っていた。彼は、煙草が短くなると、熱さをこらえることの出来るぎりぎりのところまで吸い、すぐ長いのをとり出して火をつけると、短いのを灰皿の中で丁寧にひねりつぶすのだ。彼はそうやってのべつまくなしに吸っていた。彼のその薄い唇には火ぶくれが出来ており、右手の拇指《おやゆび》と人さし指の先は、茶色というより、殆ど焼けこげたような黒い色をしていた。彼は無口な性質らしく、殆ど喋《しやべ》らなかった。

朝雄は、はじめて顔をあわせた時から、青年が蜷川によって本村とよばれたにもかかわらず、朝鮮人だということに気付いていた。それは朝鮮で生れ育った朝雄のいわばカンのようなものだった。どのような顔かたちをしていても、どのような服装をしていても、一つの民族には、その民族の永い歴史がうみ出した歴史の顔とでもいうべきものがある、と朝雄は思っていた。これから二人がとろうとしている行動を考えた時、朝雄は、煙草を吸いつづけている、なにかかたくなな眼をもったその朝鮮人の青年の心に、たとえどんなにささやかなものであっても人間的な親しみの糸を結んでおかなければならないと思った。

だから朝雄はいきなり、微笑と共に言ったのだ。

「ぼく、朝鮮にいたんですよ」

あなたは朝鮮の方ですね、などということを一気にとばした不用意な言い方だった。青年の眼に一瞬光が宿った。彼の体の中を強い何ものかが走ったのを朝雄は感じた。青年の眼から光が消えると、その茶色の瞳は以前よりいっそう硬くなったように見えた。彼は何も言わずに朝雄の顔から視線をはずすとゆっくり顔をまわして、蜷川の出した見取図をのぞきこんだ。

何か耳の中で鳴っているように朝雄は感じた。拒否された、拒否された、と彼は胸の中でくり返し呟《つぶや》いていた、こいつはおれの微笑も、おれの親しみを現した心も拒否した、いったいどういうことなんだ。朝雄は気を落ちつかせようとして煙草をとり出した。燐寸《マッチ》を探したがポケットの中にはなかった。朝鮮人青年の足もとに青年の燐寸がころがっていたが、青年はそれをどうしようともしないのだ。蜷川がその燐寸を朝雄に渡した。蜷川はそのすべてを見ていたのに、つまり、何にも見ていなかったのだ。彼は何事にも気が付いていなかった。そうした微妙な心理の動きに気付くことは、蜷川にとって必要なことではなかったかもしれないし、また気付くほど敏感な神経を持ってはいなかった。

かすかな屈辱めいた気持にこだわりながら朝雄は青年を見ていた。細おもての、幾分蒼白い頰や、気むずかしく寄せられた眉のあたりの感じは、知的だといえる。見取図について必要なことだけを質問する日本語は実に流暢《りゅうちょう》だし、使用する単語も、彼が高い教養を身につけていることを示している。

――まずい言い方をしたな、と朝雄は思った、もっと別の言い方をすべきだった、こういう種類の朝鮮人には、いきなり話の中心からはいっていくべきだったのだ、こういう男は、自分は朝鮮にいたなどと得々として喋る日本人が我慢ならないのだ、おれはあんな馬鹿げたことを言うべきじゃなかった、そのものズバリと言わなくてはならなかったんだ、ぼくの父は朝鮮で殺された、という具合にだ。そしてつけ加える、ぼくの父は、終戦のちょっと前、朝鮮でソ連兵に銃殺された、ぼくとぼくの母の二人だけが引揚げて来たんだ。

しかし朝雄は、朝雄をまったく無視して見取図をみつめている気むずかしげな青年の横顔を見ているうちに、再び口を開く気をなくしていった……。

朝雄は腕時計に眼を近付けて薄く光を放っている文字盤の針を見ようとした。

「あと二十分だ」

身動きもせずに青年がおさえつけるように言った。

「君、あまり体を動かすな」

今度は時間のことが先に頭にきて、青年の言葉が気にならなかった。喉がひきつったような感じがした。唾を飲みこもうとしたが、今度もうまくいかなかった。舌を出して濡れている唇をなめた。熱い舌と、驚くほど冷たい唇を、同時に感じた。

青年が言った二十分という時間は、容赦のない時間だった。それはあと十分で、警官のパトロールが土手の上を通過することを意味している。パトロールの通過後十分たったら、朝雄と朝鮮人の青年は、この雨に濡れている土手を真直《まっすぐ》にのぼって行くだろう。土手の上の道に沿って、有刺鉄線を張りめぐらした頑丈な柵がある。そして鉄条網の中には、巨大な山のように積みあげられたドラム缶があり、修理されて再び朝鮮戦線へ送りかえされる準備のととのったジープ、トラック、戦車の群がひしめいている筈《はず》だ。朝雄はそれを見たわけではない、しかし、見なくても朝雄にはわかっている。

別の班が幾週間も費して調査し、詳細な見取図と時間表を作成したのだ。見取図を暗記してから、蜷川の前で二人は別の紙にすべてを書きこみ、それが見取図の原図と完全に一致していることを蜷川に確認してもらってから、三枚そろえて焼却した。如何《いか》なる証拠も残してはならなかった。見取図には、戦車やドラム缶だけでなく、カービン銃で武装している日本人ガードの立哨地点も、照明灯や外灯の位置も明示してあった。警官のパトロールが鉄条網にそった土手上の道を通過する詳細な時刻も記入してあったのだ。

——パトロールが行ってから十分後に、と朝雄は唇をひきしめながら考えた、おれたちはこの土手を真直にのぼって行く、そして、ドラム缶の山か戦車めがけて、おれたちは火焔壜《かえんびん》を投げこむのだ、同じような時刻に、都内の数箇所で、同じような行動がおこされるはずだ。

この指定された待機地点へ来るまでに、地図は正確そのものであることを立証した。工場専用の列車引込線にそって土手の暗がりを二人が歩いた時も、翌日の朝刊に大きく報道されるにちがいない事態の一つを引き起そうとしているこの二人を見とがめた者はなかった。厳重な警備と、照明灯と、ひっきりなしのパトロールの間を一本の黒い糸がたくみに縫って待機地点に達していたのだ。その糸は幾日もの調査の結果ようやく発見された貴重な一本だった。ある一定の時間のもとにしか存在しない糸だった。蜷川と彼につながる機関が、一人の朝鮮人と一人の日本人の少年を信頼したように、朝雄と青年はその黒い糸を信頼しなくてはならないのだった。

——万事、計画通りにいくだろう、と朝雄は思った。そう思いながらも、胸苦しいものが心の底でともすれば頭をもたげようとする。

——いや、何でもないのだ、と朝雄は考える、こういう行動にはじめて参加した者は、みんなこうした奇妙な気持に捉《とら》われるのだろう。

それは恐怖ではなかった。胸の底にこびりついた不快なかびのようなものだった。朝雄は霧雨で濡れた顔を音をたてないように気をつけながらハンカチでぬぐった。ハンカチもぐっしょり濡れていて顔をいっそう濡らしただけだった。

——雨は予定外だ、いやな気持だ、レインコートはぺたぺたしやがるし。

突然、思いがけない大きさで飛行機の爆音が聞えだした。それは遠くから次第に近付いてきたというのではなくて、不意に頭上で爆発したといった具合だった。体中の細胞が無茶苦茶にひっかきまわされるほどそれはこたえた。朝雄は空を見上げたが真暗な空に機体は見えず、ただ標式灯が、真赤な二つの眼のように閉じたり開いたりしながら飛び去って行くのだけが見えた。

——びっくりさせやがる、と朝雄は思った、あれも予定外だ。

ふと母親の顔を思い出した。思いがけないほど胸が騒いだ。

——だめだよ、と朝雄は落ちくぼんだ暗い眼にむかって言った、ぼくはやめるわけにはいかないんだ、ぼくは、ぼくのために、これをどうしてもやらなくてはならないんだから。

母の暗い眼にたけだけしい光が走る。

——母さんだけが苦しいんじゃないよ、と朝雄は母親の暗く光る眼を見すえて、胸の中で呟いた、ぼくだってぼくなりに苦しんでいるよ、ぼくはぼく自身のために、これをやりとげなくちゃならないんだよ。

もし現実に、母にむかってそう言えたらどんなにいいだろう、と朝雄は思う。しかし、二、三年前、朝雄が父親の無残な終末の正体を解きあかすために、むしろすすんで、父の生命を奪ったものたちと同じ思想の圏に住む人々に接近しはじめて以来、母との話の道は絶えていた。今度の行動についても一言も洩らしていない。ここ幾年か、話が思想の問題に触れてくると、話が展開しないうちに母親は人が変ってしまう。すると母親は、ものを考えるという機能を喪失するのだ。一方的に喋りまくる。その全身から憎悪の黒い霧をふき出すかと思われるほどだ。言葉も変ってしまう。この母が、と信ぜられないようなきたない言葉がひっきりなしに歯の間からおし出されてくる。

「お前が何をどんなふうに言っても無駄だよ。お前は人殺しの仲間になるというのかい。お父さんが殺されたのは当然だったとでもいうのかよ」

眼がつりあがって、顔は蒼白《そうはく》になる。

「誰がお前に共産主義を吹きこむんだ？　お父さんは殺されたんだよ。お父さんがソ連の兵隊につれていかれた時、お前も見ていたじゃないか。あれから二人で、さんざん泣いて、憎みとおしてきたじゃないか。畜生。共産党は口がうまい、だがやることは反対だ、とお父さんが言っていたのは本当だった。お前はかたきと仲間になるつもりかい。それでお父さんに済むと思ってるのかよ。朝雄、お前は人間じゃないよ」

――いいや、おれは人間だよ、と朝雄は濡れた体を縮めるようにしながら思った。朝雄の眼が悲しそうに光った。母親の声が実際に耳もとで響き渡るようだった。

「しゃがんでもいいかね」

朝雄は青年の方を見ないで、呟くように言った。彼は今、青年の表情や反応などを考えていなかった。彼は、母親の声に重なって響きはじめた一つの音を聞いていたのだ。

――ああ、また聞えてきやがった、と朝雄は胸の中でいった。

それは気が狂いそうになるほどすさまじい蟬《せみ》の鳴声だった。

蟬の声は、高くなり低くなり、耳の中で響き渡る。耳をふさいでも、その声を消すことは出来ない。七年前、その蟬の声の中で彼は父の最後の微笑を見た。

――蟬の声、きらきら光っていた自動小銃、陽《ひ》をうけて金色に光ったソ連兵の顔、通訳の朝鮮人、そして蒼白な父親が強《し》いて浮べた最後の微笑……朝雄は眼を閉じた。しゃがみこんだ。背をまるめて頭をたれると、熱い息を吐いた。

昭和二十年の八月、ソ連の対日宣戦布告の直後にそれは起った。戸田朝雄は十二歳で一人息子だった。朝雄と両親は、北朝鮮の、ソ満国境に近い山奥の町に住んでいた。軍隊は駐屯していなかったが、国境には精鋭な（と信ぜられていた）陸軍が警備についていた。町の警察力は完備していると誰もが思っていた。硫黄島と沖縄での戦いが完全な敗北に終った後も、町の治安にいささかの変化もなかった。

ソ連の武装スパイがゴムボートで豆満江を渡って潜入したらしいという風評が流れることがあったが、人々は格別驚いたりしなかった。国境に近い地帯では、ずっと以前からそういった風評は屢々《しばしば》聞かれたのである。また、朝鮮人の抗日武装パルチザンが長白山にたてこもり、時折出没するということも事実らしかったが、町は常に安全だった。町の日本人たちにとって、すべては直接関係のない、噂話の範囲を出なかった。町にはこれまで不穏なことはなかったし、これから先もないだろうと人々は考えていた。そういう考え方には何も確固とした根拠があったからではなかった。これまで何もなかったから、という怠惰な考えであったに過ぎない。これまでは何もなかったが、しかし今は想像も出来ないような空襲と艦砲射撃に連日たたきのめされている日本内地の事態に現実感を持つことが出来ないでいた。そういう事態に不意につき落されるかもしれない、というふうに考える考え方に町の人々は無縁だったのである。

真夏の豪雨が赤茶けた大地を荒っぽくほじくりかえすのも例年の通りだった。青い空、壮大な積乱雲も何時《いつ》もと変らない。たとえ、なんとなく重苦しい気分が人々の心の底にうごめいていたとしても、町は平穏であった。警察の力は大きかった。戸田朝雄の父はその町の警察署に奉職する警部だったのである。

朝雄は、父が署長ではないにしても、それに近い地位にいることを知っていた。どういう仕事を担当していたかは知らない。官舎へは来客がひっきりなしにあった。母と朝鮮人の女中が、あわただしく台所で働き、座敷からは酒を飲んで陽気になった父と来客の笑声が聞えてくる夜が屢々あった。すると家中の空気は賑《にぎや》かに立ち騒ぎ、じっとしておれないような雰囲気となる。朝雄はそういう陽気で騒々しい空気に感染してはしゃいだ。またある時は、人々が重々しい顔つきであわただしく出入りしたり、何を話合っているのか、父の部屋は人の気配もないほど長時間静まりかえる。家中の者は息をおし殺すようにして物音をたてずに動いている。そういう時、朝雄もまたひっそりと部屋の隅で本を読んだ。

母親はその生活にすっかり満足していた。父親は一人息子の朝雄を溺愛といえるほど愛した。幼少の時から、希望した玩具はそれが高価であっても必ず買い与えられた。終戦近くなっても、来客がどこからか工面してくる菓子や砂糖は常に豊富だった。朝雄にとって、時にはうるさく感ずる程彼を愛してくれた父親に、あのような事件が起るとは想像もできないことだった。もっともそれは、父親の仕事の内容を全く知らなかった朝雄と母親の二人だけのことであったかもしれない。

町に恐慌が起った。ソ連軍が対日宣戦布告をしたのである。その翌々日、早朝に、一挙に国境を突破したソ連軍が町へはいって来た。人々の予想をはるかにこえるスピードだった。

今でも朝雄の耳の底にこびりついているのはおびただしい蟬の声である。その日も早朝から蟬が鳴いていた。町のいたるところに群生しているポプラの無数の葉すべてが蟬に化したかと思われるほどのすさまじい声だった。

親子三人が南の方へ退避するためにまとめた荷物類のわきで落着きのない朝食をとっている時、玄関の戸が開かれた。何時も来客の度に規則正しく鳴る呼びリンは無視され沈黙していた。異状な出来事の突発を直感させる荒々しい足音が聞えた。廊下に立っていた多少知能の低い女中の顔に子供のような怯《おび》えが凍りついた。それまで聞いたこともない舌を烈《はげ》しく震動させるような奇妙な外国語が二言三言聞えた。母親が茶碗をとり落とした。

廊下に三人の男が仁王立ちになって、親子三人を見おろした時、朝雄は喉をかき破ってほとばしろうとする悲鳴をかろうじて抑えながら、母親の方へずり寄った。自動小銃をかまえている二人のソ連兵と、精悍《せいかん》な顔つきをした、野獣のようにがっしりした顎《あご》を持つ背の低い朝鮮人が一人、しばらく無言で親子を見つめていた。

朝鮮人の顔は日に焼けており、眼は怜利《れいり》な犬のそれのように、力強く幾分残忍に光っていた。父親はその朝鮮人の顔をじっと見ていたが、かすかに顔色を変え、何か呟こうとして、しかし口を閉じた。そういう父親の表情を見ていた朝鮮人の眼が心持ち細くなったようだった。かすかに笑ったようだった。それまで朝雄が見馴れていたおどおどした物腰の朝鮮人たちと全くちがった、日本人と対等な、いや対等以上の、自信に満ちた、幾分傲然《ごうぜん》とさえしている朝鮮人というものを朝雄は生れてはじめて見たのだった。恐しかった。

二人の若い兵士たちの体からは朝雄がこれまで嗅いだことのない種類のにおい、荒れはてた真夏の原野をかけまわる動物のような、ひなたくさい脂ぎった異臭が立ちのぼっていた。彼等の自動小銃の銃口は、父と母の胸へむけられていた。指が引金にかけられているのが、すべてが冗談事でないことを示していた。たしかに冗談事ではなかった。それは戦争だったのだ。兵士の一人が部屋の中の荷物を見まわすと、強い朝陽の光がそのざらざらにはえている赤っぽい頬ひげにあたった。その時、兵士の顔は、赤味を帯びた金色に輝いた。恐怖が朝雄の胸をしめつけた。

兵士の一人が声量のある声で何ごとかを言った。

「調査することがあるから、我々といっしょに来るように、と言っている」

朝鮮人がたくみに通訳した。朝雄の母の体がゆれた。黒く光っている銃口から、朝雄は眼をそらすことが出来なくなっていた。自分の顔の皮がひからびたように固くなり、空気の板にはりつけられたような感じがした。その部分だけを残して、朝雄は自分の姿勢がわからなくなった。

「いっしょに来なさい」

朝鮮人がおだやかだが有無を言わせぬ口調でうながした。

「承知しました」

父親の声はかすかに震えていたが、明らかに平静であろうとする努力がうかがわれた。

「服装をととのえるから、少し待って下さい」

「服装？」

朝鮮人が兵士と喋りあった。朝雄はぼんやりした眼つきで父親を見た。父親は家でしかもちいない、半ズボンに白いアンダーシャツといった格好だった。朝鮮人がゆっくりと顔を横にふった。

「今は戦闘中で、彼等は非常に忙しい、と言っている。待っている余裕がない。そのままの服でよろしい」

兵士の一人がうなずき、父親をうながすように、かまえている自動小銃の銃口をゆっくりと上下に動かした。父親が、つられたように立ち上った。二人の兵士がその大きな体に似合わず敏《びん》捷《しょう》に、父親の両側につきそった。玄関で靴をはく時、靴ベラを持つ父親の手は小刻みに震えた。

母親と朝雄はものも言えずに玄関に立っていた。父親は玄関を出る時ふりむいた。その顔は蒼白だった。唇は色をなくしていた。父親は朝雄の顔を見ると微笑を浮べた。それは泣き笑いの表情になった。一行の姿が門から消えた時、朝雄は玄関へくたくたと坐《すわ》った。すさまじい蝉の声が朝雄をおしつつんだ。

その翌日、朝雄は父が銃殺されたことを知ったのである。

隣の青年が身動きしたらしいが、朝雄は眼を閉じて、あの七年前の蝉の声をじっと聞いていた。

——引揚げて来てから、と朝雄は思った。二度とあんなすごい蟬の大群の声を聞いたことはない。空気そのものが鳴きわめくような、あんな声は二度と聞いたことがない。あれは朝鮮の蟬の声だ。

声は高くなり低くなりして朝雄の耳の中で響きつづけた。

——おやじは青い顔をしていた、そして、おれの顔を見て笑った、それはベソをかいたようだった。

朝雄の内臓がひきつれたようだった。

——あの時、と朝雄は考えつづけた。おれは子供だった、十二歳だった、おふくろはおやじの仕事の内容を知らない人の好い平凡な妻だった、今だにおふくろはおやじが警官で地位が高いといった理由だけで殺されたと信じている、そして、ソ連と朝鮮人に対する憎悪と呪いだけがおふくろの心をこの七年間かろうじて支えてきたのだ、おれがおやじの事件を理解するため勉強しはじめて以来、おふくろはおれをゆるせない裏切者と思うようになったのだ。

今になっては、朝雄も、父親の仕事の内容を知ることは出来ない。どのような資料にもとづいて銃殺されたのか、その真相を知ることが出来ないのだ。警官だから、地位が高かったから、というだけではないことははっきりしている、と朝雄は思う。父よりも高い地位にいた人々が多数帰国しているのである。

朝雄は蜷川に接近し、社会科学研究会にも参加した。彼は植民地化された朝鮮と、それをやってのけた日本についての歴史を学んだ。植民地化された朝鮮に、永い困難に満ちた抵抗の運動があり、その運動に対する容赦のない弾圧の歴史があったことを勉強してみてはじめて知った。そして、多分父はその歴史の中でそれ相当の役割を演じたであろうことも、おぼろげに推察することが出来た。そしてそのことは、父の無残な最後に対する苦しみと同時に、母親の知らない別種の苦しみを朝雄の中に生れさせた。それは自分が自分流に愛し、今でも愛している朝鮮へのぬぐい去ることの出来ぬ深い負い目のようなものであった。また、抵抗の運動に対する理解の程度が深まるにつれて、父の「死」そのものについての苦しみは減ずるどころか一層強くなった。父の最後はあるいはやむを得ない歴史の爪跡の一つだと思う気持は、やすらぎを与えるどころか悲しみの心をいっそう圧縮させるのだ。その矛盾に彼は苦しんだ。

朝雄の肩の上に青年の手がかかり、朝雄は二、三度ゆすぶられた。

「ん？」

青年はふくらんだ革の鞄を朝雄の方へさし出した。

「持ってくれ」

青年は低い声で言った。

「パトロールが来るまで、ちょっと間がある。ぼくは上の様子を見てくる」

「だけど……」

「だけど、なんだ？」

「危険じゃないかな」

青年が声を出さずに白い歯を見せて笑ったようだった。それが、嘲笑のように見えて、朝雄は眉を動かした。

「危険って言えば」と青年は言った。「何時だって、なんだって危険だよ」

おれの言葉が臆病ととられたかもしれないな、と思うと朝雄は顔を赤くした。

——どうもこいつとはしっくりいかない、ああ、本当にいやな奴だ、何だか何もかも悪くいきそうな気がする。

青年は、殆ど足音をたてず、身をかがめて土手をのぼって行った。

——いやな雨だなあ、と朝雄は思った、長靴の底がすりへっているから、用心しないと、この土手ですべるだろう。

朝雄の体は冷えきっていた。早く、何もかも片付けてしまいたくなった。こんな暗がりで霧雨にうたれながらじっとしていることは、我慢がならないことに思えた。

土手の草がきしむような音をたてた。反射的に朝雄の体が縮み、拳《こぶし》をにぎりしめた。その眼の前へ、青年がすべり降りて来た。青年は黙って鞄を受取り、しばらくして、鋭く唾をとばした。

「どうだった?」

朝雄はうながした。

「どうもこうもあるかい」

朝雄が驚いたほど、うって変った乱暴な口ぶりで青年が言った。

「あいつ、正確な見取図だなんていいやがって……実にだらしがない……ふん……これだから……」

言いかけて朝鮮人の青年は朝雄の方をちらっと見て口を閉じた。

「だらしがない？」

朝雄はいらいらしながら言った。

「ジープや戦車はなかったのかい」

「あったよ」

青年はまた唾をとばした。

「ドラム缶は？」

「声が高いぞ、君は」きめつけるように言ってから「ドラム缶は山のように積みあげてあるさ」

朝雄は大きく息を吐いた。

「それなら何も問題ないな。あとはやるだけだな」

その時、朝雄は笑い声を聞いたように思った。気のせいではなかった。ちょっと間を置いて青年がまた短く笑った。

「何がおかしいんだ？」

殆ど朝雄を無視して、何から何まで一人でのみこんでいるような朝鮮人の青年に対する不快さがようやくはっきりした形をとりつつあることを朝雄は感じた。

――いやな奴だぞ、お前は、ほんとに鼻持ちならん奴だぞ。おれが朝鮮にいたってことがそんなに気にくわんのかね。おれも植民地でしたいほうだいのことをした日本人の一人だっていうのかい。お前はおれが何を考えているのかまるで知らないんだ。おれのおやじはソ連兵と朝鮮人につれていかれた。殺された。それを思うと苦しさと怒りで狂い出しそうだ。おれはおやじの最後を何とか理解しようとしてきた。おやじは多分銃殺にあたいする仕事をずっとやってきたのだと理解したからといって、おれの苦しさと憎しみが消えるわけじゃない。人間の心は、人間の血は、ものごとを論理的に理解しただけじゃどうにもならないってことがおれにはよくわかった。しかしおれは苦しみや憎しみにうち倒されたくなかったのだ。苦しみの中に自分を溺れさせたくなかった。だからおれはおれの論理的な理解に血と肉を与えることで、その苦しみを乗りこえようと思ったのだ。そう決心したのだ。おれは自分の苦しみにうち勝たねばならぬ、と決心した。それがおれの道だ、と思った。血と肉――それは行動だ。体をかけて論理に忠実であろうとする行動だ。この日本人の行動の意味をお前は理解出来るかよ。お前にとっては、朝鮮にいた日本人はどれもこれも生理的に不快なのだ。そういう日本人に腹の底では不信の念を持っているのだ。もうあの時代は終ったとすっかり口をぬぐっている日本人全部が不快なのだ。おれにはよくわかったよ。お前とおれの間にはかける橋がいまのところありそうもないことがよくわかったよ。

「パトロールの時間だ」

時計をのぞきこんでいた青年がいった。朝雄にとって不意に何もかもが現実になった。彼は注意深く耳をすました。見取図と時間表は正確だった。遠くから、ゆっくりと土を踏む足音が聞えて来た。それは訓練を受けた者のみの持つ、正確で緊張した乱れることのない一定のリズムを持っていた。鋲《びょう》をうった頑丈な靴底と、定まった歩幅をまざまざと想像させる足音だった。それは彼等二人の頭上を通過し、心憎いほどの自信と落着きを残して遠ざかり、やがて、消えた。

「あと十分か」

朝雄は待ちきれないように呟いた。

「ジープと戦車はたくさんあるんだ」と青年が笑いを含んだような奇妙な声で言った。「あるにはあるが、みんなぶっこわれている」

「何だって?」

「声が高いって、これで幾度注意したかね。冷静になれよ、遊びごとじゃないんだ。みんなぶっこわれだ。たしかめたんだからな」

「だけど指令と見取図じゃあ……」

「見取図なんか糞くらえ」と青年は言い、やがて、何かにじっと耐えるような重苦しい口調になった。「修理のすんだやつは、もう全部朝鮮へ送り返されたのだ」

「じゃあ……」

「破壊されたのが、また送られてきたんだろう。ほんの……一日か二日のずれだ……」

青年がうめいたように朝雄には思われた。

「ほんの一足ちがいで、また……」と青年は低い声で言った。「今ごろ、戦車は……」

朝雄は青年のその言い方が大袈裟《おおげさ》だと思った。

――朝鮮戦線でジープや戦車がたえ間なく破壊される、と朝雄は考えていた、それは日本へ送りかえされる、そして修理される、ここ二年間、それはくり返されてきたことだ、これからもしょっちゅうくり返されるだろう、一度計画がうまくいかなくたって、そんなに落胆することはないじゃないか。

「いっぺんくらい、こういうこともあるさ」

慰めを含んだ朝雄の声を、青年は烈しくはね返した。

「それは君たち日本人の考え方だ」

朝雄は頬をなぐりつけられたように感じて絶句した。

「君個人にとってこの行動は何の積りかぼくは知らん。日本の革命のためか、日本民族の解放のためか、そういうことだろう。しかし、ぼくにとっては、そんなことじゃない。これは戦争だ」

青年は間をおいてから、はっきり言った。

「これは、ぼくたち朝鮮人にとっては、アメリカ軍との戦闘なんだ。そして戦いの中では、組織全部が動きうるようなチャンスは沢山はないのだ。少ないチャンスの中で出来るだけアメリカ軍の戦闘能力をつぶすことを、ぼくは考えているんだ」

「ドラム缶はあるって言ったね」

朝雄が思い出して言った。

「ある」

「よし、それをやろう」

「ドラム缶はある」と青年はいまいましげにくり返した。「ぶっこわれた戦車の、ずっとずっと向う側に移されている」

「じゃあ……」朝雄は息をのんだ。「見取図は……」

「見取図の話なんか、もうよせ」

吐き捨てるような口調だった。

「壜を投げてもとどかないかな?」

「とどかない」きっぱりと青年は言った。「五十メートル、いや、七十メートルの距離がある」

「じゃあ、なんにも出来ないじゃないか」

青年は朝雄の顔へ自分の顔をぐっと近付けたが、かすかに頰をゆがめた。

「君は……」青年が珍らしく言いよどんだ。「君はこのまま帰るつもりなのか?」

「だって、攻撃目標が何にもないじゃないか」

青年はうなずいた。

「いいだろう。状況がまるで変ってしまったんだからな。しかし……」とちょっと言葉を切って唇をなめてから、「ぼくはやってみる。無駄かもしれないがね。破壊されているやつを完全に燃して、修理も出来なくさせることだって無意味じゃない」

「そうか」即座に朝雄は言った。「ぼくもやるよ」

青年は軽くうなずいた。

「ぼくは別にとめはしない。だけどすすめもしないよ。まるっきり無駄になるかもしれないんだからね。無駄になったとしても、やってくる危険にかわりはないんだよ」

青年は、朝雄の行動を内側からつき動かしているものが何であるか、そこへは少しも踏みこんでこようとしなかった。朝雄がどういう行動をとろうとも、青年はそのことに少しも関心を払おうとしないように見えた。青年は腕時計に眼を近付け、暗闇の中でぼうと緑色に光っている文字盤を見てから、また動かなくなった。

「君は、高校生?」

青年は顔を朝雄の方へむけずに言った。

「定時制を卒業したよ」

「定時制? 昼間は働いているの?」

「ああ、小さな工場だけど」

「何を作ってるの?」

朝雄はつまった。言うんじゃなかったと思ったがもう遅かった。

「何を作っているんだ?」

朝雄の口はしびれたようになり、言葉は出てこなかった。朝雄の沈黙から、青年は既に何かを嗅ぎとったようであった。

「そうか、わかったよ」と青年は意外に静かな口調で言った。「特需だね? 武器だろう? そうさ、何も君のところだけじゃない」

青年の口調が次第にねばっこくなってきた。

「そうだ、君のところだけじゃないよ。これはもう、常識だよね。今頃騒ぐ方がおかしいよね。現にこの上の修理工場だって日本の工場だもの。日本中の工場がアメリカ軍の仕事をしているんだから。で、君のところは何を作っているんだい」

「何って……よくわからないよ」

どもりながら朝雄は言った。

「わからない? そんなことはないだろう」

「いや、ほんとによくわからないんだ。ぼくの工場なんて下うけのまた下うけだもの。何か、羽のついた小さな……」と朝雄は拇指と人さし指で円をつくってみせた。「こんな小さな鉄片なんだよ」

「それが何だか、知らないほど君は馬鹿じゃないだろう。それはアメリカ軍の砲弾や爆弾の中へぎっちりつめこまれるんだ。そして、朝鮮人の頭の上で爆発する。君は昼間は君の工場でそれをつくっている。夜は、こんなところへのこのこやってきて、これから、こわれた戦車に火焔壜をなげる。そして、またあしたは、工場で武器を作る。なるほどな……」

ひどくにがい、荒々しいものが朝雄の喉にあふれ出してきた。

「物事をよく考えている人は少ないわけじゃないんだ」

つとめて冷静になろうとしながら朝雄は言った。

「そんなものを作りたくないと思っている人はいるんだ。だけど、作るのをやめるとクビになるのはわかりきっている。女房や子供をかかえて生活をどうするんだ。大勢の人が矛盾で悩んでいるよ。あんたにとっちゃ、日本人は我慢ならんかもしれないけどね、そういうことはどう思うんだ?」

青年は冷たい声で言った。

「立場はわからんことはない。しかし、それはあくまで日本人自身の問題だな」

朝雄は顔をぬぐった。言葉を見失ったようだった。

「日本人は」と青年は囁くように言いつづけた。「ぼくたちの祖国を植民地にした。中国をあんなめにあわせた。日本人の矛盾なんて今にはじまったことじゃないんだ。ずっと昔から、根本的に考えなくちゃならんのだ。日本人自身の問題としてね。中国人やぼくたち朝鮮人にはそれなりのはっきりした考えがあるよ。日本人は、日本人自身で考えてみる以外はない」

青年は顔をそむけた。それから、ゆっくり立ちあがって、時間だよ、と言った。意志を喪《うしな》った者のようによろっと朝雄は立ちあがった。朝雄は空を見上げた。霧雨は降りつづいている。日本人自身の問題だよ、青年の言葉が彼の頭の中を影のように通過した。その時、彼はまた耳の中に蟬の声を聞いたように感じた。それからの朝雄の行動は唐突といえるほどだった。彼はもう殆ど何も考えていなかった。彼は行動を、ただ行動だけを追い求めているように見えた。

朝雄は傾斜した土手の草の上で幾度もすべった。その度に猛然と体を起してのぼって行った。落着けよ、と下の方から言う青年の声が、朝雄をますますかりたてるようだった。

土手の上へのぼりきると、さすがに朝雄は息が切れた。荒い息をしずめながら彼は鞄のチャックをあけようとした。チャックはどこかにひっかかっているらしくなかなか開かない。下の方から青年が近付いてきた。

朝雄がようやくチャックをひらき、五百CCの薬壜を用いて作った火焰壜を引き出した時だった。彼は右手の闇の中から、人間が近付いて来るのに気付いた。

とっさに蜷川の指令が浮んだ。この土手上の道を歩く通行人は殆どない筈だった。これまた予定外のことだった。壜をにぎりながら朝雄は一本の立木のように立ちすくんだ。

人影は次第に近付き、それは闇の中にぼんやりと形を現した。朝雄は、あっと言った。自分でも思いがけないうわずった声だったし、その声にさらに気持があふられた。

「ポリだ」

朝雄はかすれた声でようやく土手の上へはいあがろうとしている青年に言った。この時、思いがけないことが起った。

五百ＣＣの壜はようやくその胴体の半分を持つことが出来るほど大きい。それは雨にぬれていたし、朝雄の掌もまた雨に濡れていた。壜は朝雄の手からすべり落ちた。朝雄は、がちっと音をたてて壜が割れたのを知った。瞬間、あたりが赤く染った。そして、土手の上にひろがった炎は驚くほどの広さと高さで闇を追いはらった。朝雄は呆然《ぼうぜん》として立ちすくんだままだった。彼は、青年が、馬鹿野郎、と叫ぶのを聞いた。炎を通して向う側に近付いてきていた人間が、棒立ちになっているのがぼんやり見えたし、青年が何かうなりながら鉄条網越しに投げこんだ火焔壜が濡れた手の中ですべってジープの上にも戦車の上にも落ちずに、とんでもない方向へ飛び、やわらかい砂地の上へ、どすっというような鈍い音をたてて落ち、発火しないのもぼんやり見ていた。すべて黒と赤に彩色された奇怪な悪夢のように思われた。

炎の向う側に立っていた人間が何か叫んだと思うとくるっと背をむけて走り去った。

朝雄は肩を鷲《わし》づかみにされたのを感ずると、思いがけない恐怖にとらわれ、夢中になってふりほどこうとした。馬鹿野郎、というどなり声に聞き覚えがあった。ふりむくと青年が歯をむき出していた。赤い炎に照し出されて、その顔が血みどろのように見えた。

「土手の下へおりるんだ」

青年は叫んだ。その声と同時に朝雄ははじかれたように土手をすべりおりた。途中でころがったが、起きあがらずに、そのままころげ落ちた。土手の下へ達すると方向も見定めずにかけ出そうとした。恐怖で喉がしめつけられ、呼吸をするのも苦しかった。

また腕をつかまれた。顔がゆがむほど青年に腕をつかまれて、朝雄は、放せ、とかすれた声で言った。

「そっちじゃない、馬鹿野郎」と青年はわめいた。「見取図通りに行動しろ」

「見取図なんて」朝雄はあえいだ「あんな見取図なんてしっちゃいねえや」

「馬鹿を言え」

青年は足ばやに歩き出した。朝雄はそれにつづいた。

「今は見取図の通り動かないと逮捕されるぞ。君はぼくから離れてはならん。君は逆上している。何をやるかわからん。すぐパクられてしまう」

「ほっといてくれ、おれのことなんか」

朝雄は青年の幅広い肩を憎しみのこもった眼で見ながら言った。

「君のことなんか心配しているんじゃないぜ」

青年は吐き捨てるように言った。

「おれたちの組織を心配しているんだ。おれたちはあそこで、人に見られているしな」

朝雄がふりむいて見ると、彼等がいたあたりの土手の上がまだ赤く染り、人や車がかけつけるらしいざわめきが伝わって来た。朝雄はふるえる手でひたいをふいた。足がひきつった。

「走ろう、な、走ろう」

朝雄はせきこんで言った。

「あわてるな」青年は嘲笑するように言った。「君はさっき、ポリだと言ったが、あれはポリではなかった。あわてやがって……」

青年は歩きながら自分のレインコートをぬいで鞄の中へしまった。それから登山帽子を鞄から出してかぶり、傘をさした。

「そこを右へ曲るんだ」と青年は言った「君もレインコートをぬいだ方がいいな。傘をさせよ」

朝雄は言われた通りにした。

「これっきり、君と行動を共にすることはあるまい。安全なところまで出たらもう少し話合って、そこで別れよう。そうだ、話合うより、飯を食おう。腹がへったからな」

青年はゆっくり歩きながら朝雄の方を見ないで言った。朝雄はべたべたになったレインコートを鞄にしまい、落着いて喋っている青年の声を聞きながら、ひどくみじめな気分になった。


繁華街の裏通りに、パチンコ屋とパチンコ屋にはさみつけられ、おしつぶされそうにみえる古い二階建の朝鮮料理屋があった。下のほうはいっぱいで、二階は八分のいりだった。油とにんにくのにおいがたちこめ、煙草の煙がゆれ動いている。人々は笑ったり喋ったりして料理を平げていた。窓からけたたましい音楽が流れこみ部屋の空気をゆすぶっている。

青年の食欲は天晴《あっぱ》れなものだった。つい今しがたああいう行動をとったとは信ぜられないくらいだった。

「どうした?」

丼に顔をつっこむようにして肉をむさぼり食い、汁を吸っていた青年が顔をあげ、唇についた油を手の甲でぬぐってから聞いた。

「蒼い顔をしているね。もう大丈夫だよ。あんなことは、大したことじゃない。君は何も食べないじゃないか。そんなことでこれからどうするんだ」

「あんたの食べっぷりが見事だから見ていたんだよ」力の抜けた声で朝雄は言った。

青年はすべてを見抜いているぜという具合に、首をふってにやりと笑った。

「こういう時に食べないなんて法はないな」と青年は漬物を口に放りこんで噛みながら言った。

「朝鮮料理が口にあわないかな」

「いや、好きだよ」

「そうだろう。君は朝鮮にいたっていうからな」

「なんだか食欲がないんだ」がっかりしたように朝雄が言った。「一番肝腎なときに、あんなへまをしたんだもの。何だか吐きそうな気分だよ」

青年の眼に笑いが浮んだ。今夜はじめてみせた好意のある表情だった。彼は何か言おうとしたがやめて、また丼に顔をつっこみ、野菜と肉を口いっぱいに頬張った。さそわれたように朝雄も箸をとり、肉を口にいれるとゆっくり食べた。

「君は朝鮮にいたと言ったね？」

「うん」そういう話をするのは、今はもう少しも気がはずまなかった。むしろ憂鬱だった。先刻までの気負いたっていた気持を、もう一度一人で静かに整理してみたかった。これからのことも、じっと考えてみたかった。

コンロの上で、じりじりと音をたて、紫色の煙を吐きながら焼ける豚の内臓を、青年は次々と食べていた。

「君は入党しているのかい？」

青年は舌のうえであつい内臓をころがしながら言った。

「党員じゃない。だけど軍事組織には加わったんだ。やるのは今夜がはじめてだったけど」

「もっとどんどん食いたまえ。で、思想的には党を支持しているんだな？」

「そういうことなんだろうかなあ。そうはっきりいわれると確信はないけど」あやふやな口調で朝雄は言った。

「そうか。ま、ひとくちに軍事行動といったって、いろんな参加の仕方があるからな、君とぼくのようにね」と青年は言い、しばらくの間いそがしく口を動かしていた。「党の立場に立っている男、昔は朝鮮に住んでいた男、おれはどうもそういう男と口をきく気にはなれなかったがね。

これは、君、理屈じゃないんだ。むしろ一般の日本人のように、朝鮮人を軽蔑して、この戦争でも、せっせと米軍の弾丸をつくったり、戦車を修理したりしている人たちの方が、おれの方だって対しやすいんだよ。おれたちの国を支持していてくれている党員たちや、特に君のように朝鮮にいた男といっしょにいると何だかとてもすわり心地が悪いんだ。わりきれない感情が胸の底でちらつくんだな」

「ぼくのおやじは」と朝雄は何の感情もこもっていない、なげやりともいえるほどの熱のない声でのろのろ言った。「朝鮮で警察官をやっていた」

「警官？」

青年の眼からは好意の光が消えた。それはみるみるとげとげしい光に満たされた。多分それは無意識であったろう。朝雄はその眼を力のない眼つきで静かに見た。

「そう、警部で、特高のような仕事をしていたと思う」

青年が箸を丼につっこんだまま意地の悪い笑いを唇の端に浮べた。

「君のおやじのつぐないをするために、君が火焔壜をつかんだというわけだね？　そうか。なるほどいい話だよ。で、ぼくに朝鮮人として感謝しろというのかね？」

朝雄は顔の表情を変えなかった。相変らず鈍い光をよどませている眼をじっと青年の顔にむけたまま、ゆっくり喋った。

「ぼくのおやじをソ連兵と朝鮮人が連れていったんだ」

「当然だろうな」即座に青年は言った。朝雄の眉がぴくっと動いたが、表情は変らなかった。

「ぼくの父は銃殺された。その時ぼくは十二歳だった。母とぼくが二人で引揚げて来たよ」

「それで?」挑戦するように青年が言った。

「それだけだよ」

青年はすっかり平げてぬぐったように綺麗になった皿や丼などを重ねて、脂でべとついているテーブルの端の方へ押しやった。

「それだけか」青年が言った。

「そう」

「ふうん……」

青年は灰皿を引きよせると、煙草をとり出し、飢えているような吸い方で吸い、また一本出して口にくわえた。

「君のおやじは銃殺された。それと君の今の行動とどう結びつくかな」

「結びつけてもらわなくてもいいんだ。あんたは同じ思想を持って、同じ行動をしている人間でも、それが日本人だと思うと、それが朝鮮に住んでいたという日本人の場合はなおさら、胸の底で割り切れない、やりきれないものがあると言ったね。ぼくはおやじではない。ぼくはおやじが特高のような仕事をしていたと思うと、あるいは銃殺もやむを得なかったかもしれないと思っている。しかし、胸の底では、ぼくの血はなっとくしきれないで苦しんでいるよ。ソ連兵に対しても、あの朝鮮人に対してもね」

青年は黙って、口から煙を吐きつづけていた。

「ぼくは党員ではないよ。ぼくは日本の革命とか、民族解放とかいうことに、はっきりした信念があるわけじゃない。ぼくはおやじの死にまつわる憎悪と苦しみと、それもあるいはやむを得なかったかもしれないと考えるようになっているぼくの思想とをなんとか結婚させて、ひとつのぼくなりの新しい境地を得たかったんだ。それがぼくの今夜の行動だった。それがあんなぶざまなことになった。あんたから見ると、そんなおれは笑止千万だろうね」

青年は煙草をひねりつぶした。

「日本人に殺された中国人と朝鮮人が何千万人もいる、ということも考えてほしいな。日本人はいつだって自分のことだけ考えて、そのことを忘れてしまっているようだな」と青年は言った。「そういう悲しみに何千万の者が泣いていることも考えてほしいな。そしてそういう記憶は時がたったからと言って忘れ去るわけにはいかないんだ。いま、そういう中国人や朝鮮人が数えきれないくらいいるということも考えてみてくれ。殺された肉親は、君のお父さんのような職業ではなかった、ということもね」

「こういう憎悪や苦しみは消えることがないんだろうかな」呟くように朝雄は言った。「同じ思想を持ちあってももし消えることがないとすれば……」

「中国人は中国人としての道を見つけるだろう」と青年は言った。「おれたち朝鮮人は朝鮮人としての道を見つけるだろう。日本人である君は日本の歴史と切り離れて道を見つけることは出来ないだろう。それが民族の歴史というものだろうな。君の今夜の行動の衝動となったところはわかるような気がするけど、おれはそれについて何も言えないよ。日本人の中には、そういう参加の仕方もあるのか、と思うだけだ。おれは違う。おれは朝鮮人だからね。おれの祖国はいま戦争をしていて、おれもまた何処《どこ》にいようと、その戦争に参加しているのだからね。火焔壜なんて、ほんの子供だましの武器だということは百も承知しているよ。しかし日本人が同じ日本人のその火焔壜をひやかして、批判して、嘲笑しても、それはおれにとっては関係はないよ。おれは戦争をしている民族の一員だからね、こんな貧弱な武器でも、これしかなければ、これでもってたたかう以外にないんだ。そこが、君と違うのだろうな」

二人は料理店を出た。雨はやんでいた。人通りはまだ激しかった。米兵が女の腰をかかえ、何か叫びながら通り過ぎたが、朝鮮人の青年の表情はそれによっていささかも変ることはなかった。二人はむき合って立った。

「もう二度と行動を共にすることはないだろうな」と青年は言った。「元気でやり給《たま》え」

朝雄は低い声で言った。

「ぶざまなことをやってしまって、悪かったね」

青年は首を横にふり声をたてずに笑った。右手を顔のところでひらひらと動かした。別れの合図だった。

手をおろした時、青年の眼に思いがけずにあたたかなものが流れた。青年はちょっとためらってから、はっきり言った。

「ぼくの父も日本人に殺されたんだよ」

息をのんだ朝雄に青年は微笑してみせてから、背をむけた。

青年の広い肩が、立ちすくんでいる朝雄の眼にうつった。その姿はやがて人ごみの中へ消えた。

註
1 【省線】 三〇五ページの註2参照。

壁の絵

野呂邦暢

きのう、買物籠をさげて農機具倉庫の前を通りかかるまで、わたしは阿久根猛がこの町に帰って来たことを知らなかった。

あの夏から五年経っていて、わたしは結婚している。阿久根とのことも忘れようと特に努めるほどのことも無いうちに、記憶は薄れてしまった。過去は黒板の文字のように、たやすく拭《ぬぐ》って消せるものらしい。

夕方であった。

わたしのまわりを裸足《はだし》の子供たちが、白い砂埃《すなぼこり》を蹴立ててかん高く叫びかわしながら、空中に舞っている白い三角形状のものをつかもうと、蚤《のみ》のように跳ねていた。空中に浮游《ふゆう》している白いものは、紙を折った飛行機で、子供たちはそれが地面に舞いおりてくるのを待ちかねてわれがちにとびあがり、奪いあうはずみに何度もその汗臭い躰《からだ》をわたしにぶつけた。

子供たちの目は、そうしてとび跳ねながらも一様にあの農機具倉庫の二階にそそがれていて、無造作に紙飛行機をほうりだす人間の白い腕を熱心にみつめているのである。土埃で不透明になった窓のうち一つだけ開かれた暗い内部から、白い腕は不規則な間隔で、しかし空中にはいつも二つか三つの飛行機が漂っていない時は無いくらいの間をおいて次々と、時には二つの紙飛行機を一度に送りだすこともあった。

紙飛行機は夏の陽《ひ》の沈んだ直後、鳥の灰色の羽毛のように柔かく膨れた空気に浮び、ゆっくりと大きく旋回しながらさしのべた子供たちの腕の列をくぐり抜けて、乾いた土の上に落ちてくるのである。

わたしは子供たちに行くてをはばまれ、仕様ことなしに立ちすくんでいて、自分の顔の方へ滑って来る一つの紙飛行機の鋭い尖端《せんたん》を避けようと右腕で顔をかばったはずみに、手が何気なくそれをつかんでしまった。次にしたことは、折り畳まれた紙片を手に入れた時、わたしがいつもする癖でその皺《しわ》を伸ばしにかかったことである。

紙片は昭和三十三年の新型耕耘機《こううんき》の広告で、裏を返してみると何も印刷していない面に細かな鉛筆書きの意味の判らない符号がならんでいる。24D・Cal・50・LH5・155H×7・12GP・MG×15・2ndRL・3i、などという記号の間に隙間無く書きこまれた指紋状の絵図や矢印や凹凸《おうとつ》のかたちは、夕暮の薄明りではもう明瞭に判別できなかった。

あたりを見まわすと、干からびた溝の底にも、倉庫わきの廃品置場の上にも紙飛行機は落ちており、その中には気紛れな子供の手で破り捨てられたのもあった。子供たちは、奪いあった紙飛行機をてんでに空中へ投げ上げるのにすぐ飽いたと見え、誰かが一声長く歌うような叫びをあげると、それを合図のように一斉に蟹の群の素早さでめいめいの家へ散って行った。わたしは、土の上に点々と白く投げ捨てられている紙飛行機を、目につく限り探しだし拾い集めた。鐵をひろげるとどの紙片も、わたしには謎めいた符号で埋められ、地図らしい絵の余白には未知の言葉が充満していた。

なぜ、この紙屑《かみくず》を無視してスーパーマーケットへ急がなかったのか、わたしには判らない。倉庫の二階の窓に、男の白い腕を見た時、どうしてそれが阿久根の腕だと直感したのかも判らない。わたしはただ、顔に当りそうな紙飛行機の鋭い尖端から自分を守ろうとして、ほとんど無意識の裡《うち》にそれをつかみ取ってしまっていたのである。

立ち去りぎわに見上げると、男の腕はもう現れず、しだいに濃くなってくる夜の闇が盲人の眼《がん》窩《か》のようにうつろな窓の内部から、黒々と溢れでてくるように感じられた。

わたしは憶えていた。

あの窓と平行に阿久根の鉄の寝台が置かれてあり、毀《こわ》れた脱穀機や籾摺機《もみすりき》のたぐいが、昆虫の死骸さながら乱雑に積み重ねられている木の床の一隅に、彼の洗面道具とわずかな衣服、ペンやインク壜《びん》をおさめた手製の木箱があった。少くとも五年前の夏、最後にわたしが阿久根の部屋を訪れた時はそうだった。

マーケットの野菜売場で、ぼんやりと思いにふけりながら胡瓜をえらんでいると、とも子が妙にはしゃいだ口調でわたしに話しかけてきた。阿久根が二日前、この売場で葱を一束買ったそうである。学生時代のクラスメイトであり、今はこの売場の係であるとも子は、両手を背中にくみ片足で子供のように跳ねてわたしの周囲をまわりながら、うきうきと告げるのだった。

「あら、あなたは阿久根さんってわたしが声をかけると、戸惑ったように瞬《まばた》きして二、三度頷《うなず》いたわ。きのう森田農機の主任さんに聴いたのよ。あの人は云いつけられない限り働こうとしないけれど、やれと云われたらそれは熱心に仕事をするのですって。ひけ時になって仕事がなくなっても帰れと云われなければいつまでも黙って事務室に残っているそうよ。変ね。主任さんはそれでもまじめに働く若い男は今時分ありがたいと悦に入ってたわ」

わたしの反応を見ようとするかのように、とも子は厚化粧の目を細め、意味あり気な含み笑いを浮べてもう一度終止符を打つように片足で跳ねた。わたしはその時、道路に落ちている紙飛行機をうつむいて拾い集めているわたしの姿を、阿久根があの倉庫の暗い窓の奥から見おろしていただろうかと考えた。

一人だけの夕食をすませて、わたしは紙片の束をあかりの下にとりだした。耕耘機の広告のほかにそれらは新聞折りこみの安売案内や肉屋の包装紙、新型噴霧器の説明書などを大判ノート大に切り揃えたもので、わたしがその順序を案じていると、蛍光燈のまわりに群がっている蛾が羽《は》搏《ばた》いて、白っぽい鱗粉《りんぷん》をふらせた。

夫が出張している留守の夜、阿久根の書いたものを読む自分に、なにがしかのやましさを感じる瞬間はあった。夫はしかし、この紙片が阿久根のものであることを知ったとしても、何も云わないだろう。無関心からである。夫に限らずこの町の住人は、たび重なる阿久根のかつての奇妙な振舞いから、彼を狂人に決めてしまっている。

紙片の右隅に記した数字が通し番号だとすれば、十七枚しかない紙片の文章から全体の内容を推測するのは不可能に近い。番号がとびとびで、ある紙片の数字が一〇一であるかと思えば、別の紙片は二七一というありさまである。判読を困難にしたのは、地図や得体の知れない符号にまざっていた多数の英単語であった。

いったいわたしは見憶えのある阿久根の角張った筆蹟に何を読みとろうとしていたのだろう。彼の狂気の正体だろうか。わたしもまた人が指でさし、もの笑いの的にした阿久根の異常を疑ってはいなかった。かといってうわべの奇態な振舞いの裏に潜《ひそ》むものの謎を知りたいと思わぬでもなかったのである。

平凡な日常生活をいとなむ者は誰しも、常軌を逸した行動には敏感で、また妙に憎しみを覚えるものらしい。人は狂人を嘲笑するか、無関心を装うか、死者のように忌《い》み嫌《きら》うか、あるいは他の惑星の生物のように扱うかがおちであろう。狂人も人間であり、彼らの病んだ魂のうちに人間性の片鱗を見ようとする者は稀《まれ》である。

ある時、とも子は云った。——父親がおかしかったから、あの人もあれなのよ——狂人には発狂せざるをえないある必然的な事情があるはずである。彼の論理は正常人には非合理であるけれども、当人には唯一の合理と考えられないだろうか。阿久根の異常は、永い間わたしにとって解けるものなら解いてみたい謎であった。

あるものは泥水がこびりつき、半分に裂けていたりする紙片の不揃いの数字を、一応番号順にそろえてわたしは読み始めた。その作業はやがて微《かす》かな昂奮《こうふん》をわたしにもたらした。考えてみると結婚以来、わたしは一冊の本も読んでいない。かつて市立図書館に勤めていた頃は、一日に三冊の割合で読みふけったものである。たとえば、朝はアフリカ探険記を、午後は蜜蜂の生態について、夜は舞台俳優の回想記といったぐあいに。

活字に飢えていたという程のことはないにしても、一つの意味を内に包んでいる文章を理解できる快い感覚はながい間わたしに無縁のものだった。阿久根の記した文字はその判り難さのためにかえってわたしを熱中させたのである。十七枚の紙片は、わたしを一挙にあの夏へ連れ戻した。あの当時、何処《どこ》からかこの町に帰って来た阿久根が時折ものにつかれたように呟《つぶや》いていた言葉、その頃は全く気にもとめなかった単語の幾つかを紙片の中に発見し、それらの言葉が急に水に放たれた魚のように生き生きとわたしの内部で動き始めたのである。わたしは、阿久根が[1]アメリカ軍二十四歩兵師団に従軍して朝鮮で戦ったともらしたのを不意に思いだした。

間もなく気づいたことだが、24D とはそうすると二十四師団（Division）を示す略語と思われる。夏物一掃のチラシの裏にその正確な綴《つづ》りが見られた。断片的な文章を繋《つな》ぎあわせて、もしかするとこれは阿久根が自分の戦いの記録を作ったものではあるまいかとわたしは想像した。彼に小説を書くつもりがあったとは考えられない。小説とはわたしの考えでは愉《たの》しいお伽噺《とぎばなし》めいた物語である。

阿久根の狂人もどきの振舞いと、安楽椅子の読者とを結ぶつながりをわたしは見出すことはできない。紙片の文章は幾つかの戦闘記録、通過した朝鮮の村落の描写の断片から成っている。たとえば——

〝烏山の悲劇〟と題した六月付のT・ランバートの記事を誇張してとる必要はないだろう。煎じつめればT34タイプのソヴィエト製戦車の装甲が、わが軍の二・七インチバズーカ砲弾をはねかえす程厚かっただけのことである。きょう出動命令をうけたわれわれは本国から多量に空輸された新型の三・五インチバズーカが、われわれと共に前線へ運ばれることを知っている。

悲劇はむしろぼくのように、自分の所属する大隊から意に反して引離されている状態をさすだろう。兵隊にとってその原隊は巣である。彼の最大の不幸は、同僚とへだてられていることである。ぼくが残されたのは単に事務上の手違いに過ぎないが、朝鮮からもたらされるあいつぐ敗北の情報には、いてもたってもおられぬ思いだった。出動準備は慌《あわただ》しかった。板付をC54が離陸したのは夜であった。滑走の振動は激しく、機体は満載した兵員と装備の重量のために浮きあがったかと思えばすぐに接地し、船酔いに似た胸苦しさが永くぼくを苦しめた。振動がやんだ時、嘔吐感《おうとかん》もかき消したようにおさまり、同時に訪れた解放感を快く味わいながらぼくは再びこの国に帰って来ることがあるだろうかと考えた。……

この紙片には五〇年七月二十三日の日付が記してある。……次の紙片の日付は五〇年十一月二十九日である。最後の紙片には日付がない。……

なぜ戦場の夕暮は美しいのか。長津湖周辺の中国軍から蠅《はえ》のように追いまくられ、夜に日をついだ撤退にあけくれた日々が思いだされる。わずか三十二マイルの道を退却するのに十二日間の血腥《ちなまぐさ》い戦いが必要だった。仆《たお》れた兵隊を仮埋葬しようにも凍土は堅く、降りしきる雪が死者達を覆い、高地に布陣した中国兵《チンクス》の正確な砲撃に怯《おび》えながら急いだものだ。雪の中から木の根と見紛うばかりのねじれた腕が硬直したまま突きでていた。二十発に満たない弾丸を持ち、飢えと不眠の疲労と凍傷に苦しみながらわれわれは先行の部隊が暖をとるために焼きはらった村落を通過した。

燃《も》え粕《かす》の黒い藁屑《わらくず》が肩に降り、残り火の燠《おき》が廃墟を明るくした。その村はずれに一本の樹が吠える獣の声で火を噴いているのをぼくは見た。記憶の中でこの燃えさかる樹の火勢はいっこうに衰えず、その後の戦場の無為にくれた夕刻、また休暇をすごす後方基地での夜、時として目の奥に赤々と焔《ほのお》の舌をゆらめかして現れるのである。ぼくは火を愛した。退却の途中まだ焼かれない無人の部落があると、進んで人の厭《いや》がるしんがり部隊に加わり、背後に急追する敵の進撃を遅らせるというより火の洪水を楽しみたいだけの為《ため》に放火したものである。……鉄兜《てつかぶと》はファラオの近衛兵《このえへい》の……ダリウスの密集陣形……筒形……鉄兜はカエサルの兵、重装歩兵は真紅の飾りをつけた……威嚇的《いかくてき》な槍状穂を持つオーストリア騎兵の鉄兜について、否、柔かいうなじとこめかみを守る合衆国軍制式の……………………。

……………………………………

阿久根猛が伊佐里市の高等学校を卒業したのは昭和三十一年の春である。朝鮮戦争はわたしの記憶では中学生時代に始まり三年あまりで終っている。敗戦の年、阿久根は特殊兵器に焼きつくされる前のN市へ満州から引揚げてきてすぐに祖父母の住むこの古い城下町へ疎開してきた。父親はある鉄道会社の高級職員で、妻子を内地へ帰した当時、その地の新京[2]に残っていたと聞いている。

彼の祖父というのは退役した陸軍大佐で、伊佐里中学の軍事教練を監督していた。貧弱な中学生が身長より長い木銃や竹槍を肩に分列行進をしたり、執銃訓練をうけたりするのを馬上にそりかえって厳しい表情で眺めていた。その意気ごみようはといえば、これらの中学生が連合軍を迎えうつ唯一の兵力で、自分こそそれを指揮する名誉の役割をになっているのだという誇りがうかがわれるほどであった。

教練が終ると老人は老いぼれ馬を駆って校庭を軽いだく足で一周するのが常だった。骨ばった背筋を伸ばし手綱を握らない左手をややうしろに引いた姿勢で、棒のように立ち並んでいる学生の見送りをうけながら、校門の外へ戞々《かつかつ》と駆け抜けてゆくのである。式典の日ともなれば、磨きあげた長靴に拍車がまばゆく、胸に飾った夥《おびただ》しい勲章が重たげに顎《あご》の下で揺れていた。

敗戦の年の夏は小学校でもほとんど授業がなかった。伊佐里市はその北にそびえる火見山から流れ落ちる多くの尾根が市街の背後を幾つもの丘陵で囲み、残る三方が海へ面した西九州の地峡の町であって、どこといって重要な軍事施設のある土地ではなかったが、N市の兵器工場へもS市の軍港へも通ずる鉄道の分岐点に位置していた。

連合軍の上陸に備えてわたしたちの校舎にはどこからか移動して来た一個旅団の兵隊が駐屯しており、彼らは日ざかりの校庭で二度三度跳躍しては模擬戦車の下に、乾いた叫びをあげながらころげこむ訓練を反復していた。声は年配の兵隊に似合わぬふりしぼるような力強い響きを持ち、わたしたちは校庭に溢れる彼らの間断ない叫び声の中にしばしば約束された勝利の歓声をききとったものである。

飢えと空襲に怯えた日々でありながら、わたしの記憶はむしろ歓《よろこ》ばしげに敗戦の夏へもどる。

伊佐里市を貫流する笹川の橋のたもとや市街の十字路では、砲弾をかかえた兵隊が将校の罵声に似た号令のまま、大砲のまわりにむらがって敏捷《びんしょう》に装填《そうてん》と発射の動作をくり返していた。弾丸は訓練用のもので砲が実際に火をふくことはなく、その砲とても今思えば旧式な小口径の山砲にすぎなかったが、当時のわたしたちは弾丸をこめる閉鎖器の精巧な仕組を、また砲身の強靭《きょうじん》な鋼《はがね》の色を、これにまさる強力な火器はないもののように感嘆してみつめたものであった。砲といえば御館山にすえつけた、これは杉材の高射砲があった。十本の丸太を砲らしく塗りたてたこけおどしの高射砲であったが、黙々とその設置に従っている兵隊を遠巻きに見物していて、わたしたちはあの木造の砲さえ時至れば正確に飛行機を狙いうつ本物に変貌することを疑わなかった。いわばわたしたちと軍隊との間には暗黙のうちに契約がかわされてあり、今は木造の戦車にしろ高射砲にしろ、そして継布のあたった軍服をまとった老兵にしろ、アメリカ軍の上陸とともにたちまち巨大な重戦車に、鋼鉄製の高射砲に、若々しく屈強な、つまり精強軍隊ならそうあるべき姿に成り変るはずであった。だから将校の部下を鞭《むち》うつような号令は実はわたしたちと結んだこの契約を暗に確認しているもののようにわたしには感じられた。

晴天が永遠に続くように思われる日々であった。郊外の急造飛行場を離陸する複葉練習機のにぶい爆音が、日の始まりであり、市街の北を馬蹄形《ばていけい》にかこむ丘陵をおりてくる演習帰りの兵隊のものうい軍歌が、日の終りであった。何という軍歌であったか、今は一つも思いだせないが、その最後の一節で耳に残っているものがある。兵隊は歌った。〝ほろぼされたるポーランド……〟。ポーランドという国がどこにあるか知らないでいて、ほろぼされたる……というリフレインが重要な意味を暗示しているように思ったのはわたしだけではあるまい。兵隊は他に多くの軍歌を、とくに夜ともなれば分宿した寺院の境内や校庭で合唱したのだが、わたしには彼らがただ一つの歌の一つの句、〝ほろぼされたるポーランド〟、というリフレインを歌ってどよめいていたように思われる。

わたしはだからこの句に不吉なものを感じてけっしてまねようとはしなかった。子供たちの間に流行したのは、支那事変や大東亜戦争のためにつくられた軍歌ではなく、〝水師営の会見〟であった。哀調を帯びている旋律では〝ほろぼされたるポーランド〟にひけをとらなかったが、旅順の戦いがわが方の勝利に終ったかたちでけりがついたいくさであった事が何よりも学童たちの心を鼓舞した。登場する白髭《しらひげ》の老将軍の優しいお祖父さんという印象も良かった。〝庭にひともとナツメの木〟、というのもナツメを知らないわたしにはかくべつ美味な果実を結ぶ木のように思えて、そこが武士道をわきまえた古風な将軍たちの会見する場処として似つかわしく思えた。

防空壕の暗闇でこのバラードを始めからひとつ残らずわたしたちは歌った。……所はいずこ水師営……歌詞がそこへくるのをわたしは胸のときめきを覚えて待った。水師営、という清音を含んだ語の感じが良かった。すういしいえい、舌がこう発音する時、口蓋《こうがい》と軽く接触するのにある昂奮を禁じ得なかったのである。

言葉について記憶を明《あきら》かにしておきたいことはまだある。

「葉桜って英語で何と云うか知ってるか」

不意の休暇を与えられて帰った兄が、城山の中腹できいた。頭上に繁る五月の桜が、青い穹《きゅう》窿《りゅう》のようにかぶさっていた。教えてやろう、グリーンチェリーといらんだ。兄は海軍航空隊の熟練した操縦士であった。英語らしい英語をきいたのはその時が初めてであるような衝撃をうけた。わたしたちは桜並木の輝く緑色の靄《もや》に包まれて歩いていた。この言葉は新鮮であった。今も新鮮である。


なぜならその後辞書を引いたところでは、葉桜にあたる英語は明治二十九年版のそれが、a cherry tree with fine, fresh leaves, after the falling of the flowers であり、昭和二十九年版のものは the post blossom foliage of cherry tree、最近のは young cherry blossom であってどこにも green cherry という訳語は見あたらない。兄は二日後、沖縄海域で戦って死んだから、グリーンチェリーが葉桜の訳であると信じていたのか、それとも口からでまかせに云ったのか確かめるすべは無いが、初めの長々しい訳語よりこの簡潔な言葉が葉桜の訳として最もふさわしく思われる。葉桜ときけば即座にあの五月、青い穹窿に漉《こ》された柔かい光のしずくを目に浮べ、それがグリーンチェリーという二音節の外国語に結びつくのである。兄はまたその頃、例年よりも雨が少くて地上に靄がかからず、天草や有明海周辺の上空からの眺めがいつになくくっきりと色鮮かに見えると語った。事情は伊佐里でも同じであった。

雨が兵隊を休ませる日は無かったように思う。丘陵地帯は多くの塹壕《ざんごう》が稲妻形に走り、尾根から尾根へ深い横穴がうがたれていた。この地方特有の代赭色《たいしゃいろ》の地肌は日ごと陣地構築のために削りとられて、皮を剝《は》がれた動物の肉のように赤く、黒い棘《とげ》のように丘に刺さっていた松も松根油(3)を採るために傷つけられ、それは地表に刻みこまれた無数の亀裂とともに、自然そのものが、隠された白い素顔をあらわにしていたように思える。

戦争が終ると自然は再び厚い膜をかぶって背後にしりぞき、その本来の姿をわたしに見せなくなった。横穴は塞《ふさ》がれ、塹壕は風雨に崩れて今は見るかげもない。

もうすぐここは戦場になる——わたしたちはそう云いきかされていた。「〝敵〟がくるのはまだなの」——軍刀をさげた士官に行きあえばまつわりついてわたしたちは問いかけた。土色にやけた顔に生気の無いふたつの目がわたしを見、小銃も十分にゆきわたっていない兵隊の群に視線はうつって答はえられなかった。それに反して事ごとに陽気な兵隊は、わたしの問いにけたたましい笑いで応ずるのが常であった。「お嬢さん、わしらとあんたと死ぬ時は一緒だよ」目前に迫っている戦争をわたしたちは待ちわびていたのである。

八月の太陽が影を濃くしている昼の町で、石蹴りをしていて、蹄鉄が舗道をならす響きにふりむくと、老人の乗馬姿が見え、その後を阿久根が息せききって駆けてきた。あの頃から彼は背丈ばかり高い痩せぎすの蒼白《あおじろ》い少年で、その特徴は成人の後も変らなかった。老人は阿久根の虚弱な体質を鍛えようとしたのだと思う。

体格については祖父自身、肉の薄い骨張った躰で、軍人らしい威厳の半ばはきらめくサーベルとその服装に由来したのだった。老人の姿は遠くからそれとすぐに見わけられた。走りながら関節炎の馬が発作的によろめくたびに、鐙《あぶみ》を踏んばり片腕を急激に振りあげて上体の均衡を保とうとする身ぶりからである。

馬の後をおくれまいと、阿久根が汗にまみれて走ってきた。彼の手は祖母の帯につかうらしい赤い細紐をつかみ、その一端は馬上の祖父が握っていた。阿久根の駆け方がにぶると紐が張り、祖父の怒声がとぶのである。前のめりに倒れた躰を急いで起す時も、彼の手は細紐をはなさなかった。それはいったん彼の手首に巻きつけておいて手に握らせたものらしく、あるはずみにころがったまま起きあがろうとしてもがく阿久根の躰を、そうと知らずに老人が白い砂埃をまきあげながら引きずっていたこともある。

土埃が汗にぬれた彼の顔を石膏《せっこう》の仮面のように白くし、彼は目を半ば閉じて苦しそうに喘《あえ》いでいた。路傍で兵隊を指揮して壕を掘らせていた将校が、突然、砂塵《さじん》を蹴たてて現れた陸軍大佐の制服に敬意を表わす身ぶりを示すと、老人はやおら細紐を持ちかえ、白手袋の右手を軍帽の庇《ひさし》にあてておうように答礼するのだった。しかし細紐が老人の手で持ちかえられた拍子に、阿久根は引き寄せられて上体を頼りなく泳がせた。走り去る馬の後に、紐でつながれた少年を見て将校も兵隊もあっけにとられたふうであった。びっこの老馬と瘠《や》せた少年は、このように市街の方々で兵隊を驚かせながら、短い休みをおいて夏の白い陽が傾く時刻まで駈けまわるのである。陽ざしがあまりにきつすぎたからか、それとも阿久根の疲れが甚《はなはだ》しかったからなのか、昼間の鍛練をやめて、夕刻、老人は阿久根を連れだすようになった。夜更け、寝しずまった家並の間をゆっくりともどって来る老人たちの足が、道路に敷きつめた細かな砕石を踏むとそれはまばらな拍手のようにきこえた。

わたしの部屋は阿久根の家の裏庭に面していたから、暗闇の中で横になったまま彼らが鞍《くら》をはずした馬を厩《うまや》に曳《ひ》いてゆく気配も、井戸端で水を浴びる気配も、そのつど察することができた。水のはねる音がひとしきり続いてやむと、老人と少年は敷石伝いに家へはいる。彼らの濡れた足の裏が滑らかに磨滅した敷石に触れる時、わたしは猫が水を嘗《な》める音を連想した。戦争が終末に近づいたある日の午後、駆足にでかけた老人は間もなく失神した阿久根を抱きかかえてもどってきた。わたしは祖母のとりみだした叫び声で気づいたのである。

老人は驚いた祖母が走りよって阿久根を奪いとろうとするのを無言で拒み、裏庭の井戸端、無花果《いちじく》の樹蔭《こかげ》に彼を横たえた。馬が脚を折って道ばたの溝に落ちたのである。老人の古びた軍服は埃で白くよごれており、ちぎれた略綬《りゃくじゅ》はコンブのように胸にたれていた。帽子もどこかに落していたからうずくまっている老人の頭髪が顱頂《ろちょう》のあたりで禿げているのも、褐色の斑点が浮いている萎《しな》びた皮膚も、ありありと老人の年齢をわたしに告げ知らせた。

一度に老人は、サーベルと白手袋の似合う軍人から、ただの弱々しい無力な人間に変身したように見えた。阿久根のすりむいて血が滲《にじ》んでいる脚や躰にこびりついている土埃を、老人は汲みあげた井戸水にひたしたタオルで丁寧にぬぐいとっていた。彼に覆いかぶさるようにしてうなだれている老人の表情は、かたわらのわたしがうかがうことはできなかったが、その唇から嗚咽《おえつ》にたかすかな呟きが、とぎれがちにもれるのはききとれた。

それ以後、戸外に老人の姿も阿久根も見られなくなった。やがて敗戦の放送があり、その翌朝、老人は辞世を残して腹を切った。

記憶とは奇妙なものである。

敗戦の夏のできごとは、あらゆるこまかな事物、たとえば老人の勲章のかたち、サーベルのきらめき、井戸のある裏庭に無花果の葉が落していた影の濃い色まで、記憶は鮮かに再現できるのだが、それに続く数年はおぼろな霧の世界のように、ぼんやりした輪郭しか見せない。

阿久根は成績は良いが目立たない生徒として成長した。シベリアに抑留された彼の父親が帰ってきたのは、わたしたちが中学校を終えようとするころだった。母親は既に彼を伊佐里市へ送った直後、N市の戦争災害で死亡していたので、彼は夏でも足袋をぬがない祖母と暮していた。

阿久根の世界の住人が祖母だけではなかったことを思いだす必要がある。記録によれば県庁所在地であるNの港に、病院船サンクチュアリイが入港したのは二十年九月十日である。六日後、ウェンシンガー大佐を長とするアメリカ軍先遣隊五百が上陸し、その一週間後、二万五千人の海兵隊が進駐している。わたしたちが中生代の怪異な巨獣を見る思いで、アメリカ軍の水陸両用舟艇を迎えたのはそのころであった。阿久根の家は古い士族の家柄とはいえ、資産が豊かにあったわけではなく、戦後たちまち生活に窮《きゅう》したようである。すすめられてアメリカ兵相手に売り始めたのは、何代にもわたって蒐 集《しゅうしゅう》された日本の武具甲 冑《ぶぐかっちゅう》のたぐいであった。

それをきき伝えて休日毎《ごと》に阿久根家へ、伊佐里市の元海軍病院に駐屯するアメリカ兵や、N市のアメリカ兵まで古い鎧《よろい》の草摺《くさずり》の一片とか鏑矢《かぶらや》の鏃《やじり》を求めてジープで乗りつけてくるようになった。まもなく彼は、そのアメリカ兵の一人と親しくなり、男はしげしげと阿久根の家へ、石鹸や菓子の包みをかかえて訪ねてきた。そう、石鹸はとも角、きらびやかな色紙で包装されたチョコレートやチューインガムほど、わたしたちの魂を奪ったものはない。アメリカ軍の宿営地にあてられた建物の塵芥捨場に群がったわたしたちは小一時間もあされば携帯口糧の五、六箇は探しだすことができた。

何かおそらく缶詰類を梱包《こんぽう》した外箱と思われる頑丈な木箱の厚板をなでながら、仲間の一人が感に堪えぬ面持《おももち》で叫んだ。

「これこそ板だ。板とは本来こんなものを云うのだ」

まさしくそれは板というものであった。木といえば、たてられる家にも魚の小骨のように華奢《きゃしゃ》なものしか知らなかったわたしたちは、ただの木箱にすら角材並の厚板を惜し気もなく使用するアメリカ的豪奢というものにたやすく感動した。そのうえここは塵芥捨場ではないか。空手の得意な中学生が、右手を振りあげて激しく木箱に打ちかかった時、胸の奥から喚《わめ》いた「やあっ」というかけ声も、わたしには豊かに富めるアメリカへの抑え難い一つの讃嘆、今はほとんど憎しみにまで高められた羨望《せんぼう》の表現と感じられた。

少年のその叫び声は、木箱を囲んで立っているわたしたちのそうした感情のほかならぬ代弁だったわけである。

伊佐里市を走りまわるアメリカ軍の水陸両用舟艇が、日ぐれがたその駐車場に落着く時、肉づきの良いアメリカ兵の一団に囲まれ、阿久根が草の上に膝をかかえて坐《すわ》っていた。そのアメリカ兵は自分たちの茶色の制服を、小学生の阿久根の寸法に仕立てなおさせ、襟章《えりしょう》も階級章もつけて彼に着せていた。

なかば妬《ねた》みと、なかば軽蔑とをこめて、わたしたちはアメリカ兵とたわむれる阿久根を遠くから見まもっていた。

植民地育ちの彼には、百姓や小商人の子であるわたしたちとは違った雰囲気があったのをアメリカ兵も感じたに違いない。わたしたちが彼を憎んだのはそのよそよそしく馴染まない態度よりも、都会の子らしく育ちの良い内気な口のきき方とか、無駄のない身ぶり動作のせいなのである。

彼はいつの間にかその兵士の故郷の、母音の多い柔かく鼻にかかったアメリカ語をかなり流暢《りゅうちょう》に話せるようになった。駐車場の草地でハモニカに和して、アメリカ兵が甘く澄んだ声で歌った。

ru–ru–ru–ru

残りが憂いを帯びた声でそれにつづけた。
ru–ru–ru–ru
六年経ってこの時の旋律が、中学の音楽教室でくりかえされるのをきき、わたしは ru–ru と聞えたものにフォスターの歌曲もあったことを知った。彼らは歌ったのである。
Carry me back to old Virginny や、
Jeanie with the light Brown Hair を。
男たちの二部合唱にひときわ高いソプラノが加わっているのは阿久根の声である。彼が笑顔を見せるのは、日曜ごとにジープで彼を迎えにくるそのアメリカ兵にだけのようであった。彼は阿久根を朗《ほが》らかな声でジョニイと呼び、自分をたしかサムおじさんと呼ばせていたと思う。朝鮮戦争が始まる大分以前に、伊佐里のアメリカ軍は北九州に移動し、それでもときおり、阿久根の家に土産の紙包を両手にあまるほどかかえて訪れていたサムも、やがて見られなくなった。移動した部隊はそこから大部分が本国に帰還したという噂であった。
阿久根には友人といえるほどの友人はなかったと思う。高等学校の三年間、わたしたちは同じクラスだったのだが、彼のまわりに級友が集まってにぎやかに宿題をうつしたり、西部劇の評判をしたりする光景はついぞ見たことはない。そうかといってわたしには、阿久根が同年輩の仲間から孤立して淋しさを一人かこっていたようにも見えなかった。彼は進んで友人を求めようとはしなかったのである。

教師の声にきき入る彼の表情には、うつろな集中としかよべぬような漠然とした放心と、あるものを思いつめた状態のないまぜになったものが感じられた。授業以外のことに全く気をとられているのではないが、他の尋常な模範生がもつ目の穏かな輝きが彼には欠けているのである。

大きく見開いた目が、ひたと教師を見つめ、指は休みなく教師の言葉を書き写してゆく。しかし、その態度の核心に茫然《ぼうぜん》とした空白の部分があるのをどの教師も感づいていたと思う。ある教師はいらだって、ことさら理由もなく阿久根を殴った。彼の成績はそうじて可もなく不可もないといったところだったが、英語だけは中学時代、首席の能力を持っていたにもかかわらず、高等学校では意識的に六十点以上をとることはしなくなった。

英語のテクストを故意にたどたどしい発音で朗読した理由をわたしは知っている。教師が彼の流暢な、時には過度にたくみなアメリカ風の抑揚を憎んだからである。彼を殴ったのは英語の教師であった。学生時代の彼について思いだされることは、サッカー部のフォワードをつとめていた男とのいきさつである。初めは故意にしたことでもなく、悪気もなかったのだ。

彼は廊下を歩く時、きまって片手の指でかるく廊下の腰板をなぞる奇妙な癖があった。教室でも休憩時間ともなれば、ゆっくりと壁に歩みよってもたれるのが習慣であった。気にとめる者はいなかったが、生徒たちのかたまりから一箇の人影が吸いよせられるように壁に近づくのを見ると、それは阿久根にきまっていた。その日も彼はうつむきがちの姿勢で、手で廊下の壁に触りながら歩いていて、フォワードとぶつかったのである。非がフォワードの男にあったというのはあたらない。駈けてきてわざと突きとばしたのではなく、彼もまた友人と静かに談笑しながらすれちがっただけなのである。普通の男だったら肩と肩が軽く接触しただけですんだだろう。

阿久根は衝突した瞬間、脚をふらつかせて二、三歩あとずさりした。驚いたのはむしろフォワードの男だった。このことを聞いたサッカー部の同僚が、次の日に企てたことは、いたずらにしては度がすぎていた。廊下を横にふさいで立ち並び、彼の通りかかるのを待ちうけて、すれちがいざま今度は故意に肩を強くぶつけるのである。

予期した通り彼は、前の日と同様たわいなくふらついてあとずさりした。いたずらはすぐにやんだと思う。相手があまりに張合がなさすぎたし、見かねた陸上競技部の委員の抗議もあった。阿久根は人に好かれる男ではなかったから、同情して彼のために抗議したのではない。他校との対抗競技が目前にせまっていたし、阿久根は棒高飛の有力な選手でもあった。フォワードの男が驚いたのは、ハードルやバーをたくみにこえるほどの男が肩をぶつけたくらいで脚をふらつかせたことにあった。

シベリアから帰された阿久根の父は、運送業に手をだしてそくざに失敗したあげく、市庁舎の一隅で伊佐里の郷土史を編纂《へんさん》する仕事を二、三人の知人の尽力でえた。家柄が家柄だけに、郷土史に提供する古文書も豊富だったわけである。

祖母が亡くなったころからたてつづけに父親は奇妙な行動をとって人を驚かせ始めた。伊佐里駅の転轍器《てんてつき》を勝手に操作したのは、事故の発生以前に職員の発見するところとなったけれども、そうでなかったら四つの鉄道の分岐点であるこの駅で二重三重の事故は避けられなかったろう。彼の父はまた満洲鉄道の運行に関する重大な〝国家機密〟と称するものを駅長にうちあけたり、ソヴィエトのスパイにつけ狙われているからというので警察へ身柄の保護を求めたりするうちに、城山の椋《むく》の木で縊死《いし》してしまった。

わたしはその年、高等学校を卒業して市街地のはずれ、城山の麓《ふもと》にある市立図書館に勤めることになった。いつか阿久根は伊佐里から見えなくなった。東京の下谷あたりで、自動車修理工の阿久根を見たという者も、新宿の酒場でシェーカーをふっている彼と話したと自信ありげに語る者も、トロール船にのって印度洋で網を引いていると告げる者もいたが、親しい友人はなかったから、誰も確かなことは判らなかったと思う。それに知りたがろうとする者も少なかったのではあるまいか。

ある日、人夫たちが太いロープを肩にトラックをおりて、声高《こわだか》に騒ぎながら無人の空家となった阿久根の家へはいっていくのを、わたしは窓格子ごしに見まもっていた。人夫たちは家の柱にロープをまきつけ、淫《みだ》らな数え唄にあわせてそれを引いた。まず、瓦が一枚二枚と古びた屋根からすべり落ち、敷石の上で乾いた音をたてていくつかの破片に砕けた。瓦の落ちて割れる音が次第にしげくなると共に屋根が揺れ動き、もうもうと埃をあげて崩れるまでそれほど時間はかからなかった。

トラックが古材木を無造作に積みあげて去ると、あとには瓦礫《がれき》の堆積の他は、裏庭の井戸と、そしてどういうわけか、からの厩《うまや》がこわされずに残ったが、それもある冬の夜そこをねぐらにしていた浮浪者の焚火《たきび》が燃え移って焼け落ちてしまった。

姿を消した時と同様、だしぬけに阿久根がわたしの前に現れたのは三年後の夏である。背の高い浅黒い人物が、図書館の入口にたたずみ、ゆっくり館内を見まわして、わたしの姿を認めると右手をあげ、頷くような身ぶりをした。

それは光を背に負っていたので、誰か判らぬままにわたしがあいまいな表情でいると、男は大股で近づいてきて――やあ、由布子さん、しばらく会わないうちに――と呟くように語りかけ、わたしの横の雑誌置場に手をのばした。閲覧室の者が顔をあげるほどぎょうぎょうしい驚きの声が、わたしの咽《のど》からもれた。もう二度と会う事はないつもりの者に会ったのである。驚きのうちには懐しさもあったと思う。

採光の悪い図書館の書庫で、失業者や年金生活の老人たちを相手に、書物の出し入れにいそしむ他は、北欧の民話やサモアのスティーヴンスンなどというものしか読まないでいると、めずらしい人間に会ったくらいのことで思わず声をあげたりする。学生の頃にはなかったことである。

阿久根は、二日まえ帰ってきて駅ちかくのある農機具倉庫の二階をかり、製材工場の夜警に就職したとやや投げやりな口調で語った。

――安い給料なのだが食べてゆける分はある――今までどこにいたの、何をして暮していたの――朝鮮に――

その口調には、人が信じようと信じまいとどうでもいいのだと観念しているひややかな響きがあった。阿久根は雑誌置場からとりあげたニューズ・ウィークを片手に、わたしの顔をまともに見つめて立っていた。三年の月日も、阿久根の例の熱をおびた放心といったものを感じさせる表情を変えてはいなかった。変化といえば少しばかり陽焼けした皮膚くらいのものだったろうか。わたしはその時なんとなくぎごちなく彼の顔から目をそむけた。彼の視線は地図でも読むようにわたしの顔の上でさまよい、何か別のものを探し求めるふうであったから。学生のころ、しばしば教師をいらだたせたのもこの焦点のおぼろな目の光であった。ひくくつぶやくような声が、朝鮮に、と云い、わたしが当惑して意味もなく笑うと彼も笑った。

その日から阿久根は午後になると毎日図書館にやってきた。

入口からまっすぐ書名目録のカードをおさめた抽出《ひきだし》へ足をはこんで、たんねんに指でカードをくり、探している図書名を閲覧票に記入してわたしに渡す。彼の読むものは、ほとんど天井裏につみあげた古新聞や、書庫のすみで廃棄処分を待っている古雑誌類が多かったので、館長は阿久根だけに書庫を開放することを許した。彼の読むものを探すために、天井裏をはいまわり、書庫の埃と小一時間もたたかうのは館長と司書補のわたししかいない図書館の業務にさしつかえるからというのであった。

時々、本の出し入れに書庫へはいると、黄ばんだ古新聞の束を解いてせわしなくその日付を調べている阿久根がいた。彼が探しているのは、昭和二十五年初夏から二十八年までの新聞雑誌で、日本の刊行物以外にアメリカのそれもしきりに手に入れたがっていた。

伊佐里市の図書館には、N市のアメリカ文化協会から定期的に送られてくる出版物が保存してあった。その読者はめったにいなかったので、英文の新聞雑誌は、一応閲覧室に陳列しておき、期限がすぎると書庫の棚か天井裏にあげてしまう。彼は梯子《はしご》をのぼっていそいそとそれらをはこびおろした。

阿久根のえらぶ読物には、先にもいったように奇妙なかたよりが見られた。朝鮮戦争の記録でなければ、ライフ、タイム、ニューズ・ウィーク、サタデー・イヴニング・ポスト、ニューヨーク・タイムズなどのアメリカの新聞雑誌に限られていた。だから閲覧室よりも書庫の中で、多くの時を阿久根は過したように思う。天窓から射す乳白色の光線をたよりに、一九五〇年版のライフにのった戦争写真を、喰い入るように見つめていた彼の痩せたうなじを憶《おぼ》えている。

図書館の近くの喫茶店へ誘われたのはそのころだった。昼食の時刻はすぎた時分だったが、彼は今起きたばかりだと云って、トーストとハムエッグズを注文し自分の魔法壜の濃い珈琲を砂糖も入れずに何杯もすすった。彼の目は充血しており、駱駝《らくだ》の絵のついている煙草をとりだすとまゆをひそめて考えこむ表情でそれをふかした。外国製の煙草はそのころ、田舎ではめずらしかった。

阿久根は一枚の紙片をわたしに見せた。朝鮮戦争の文献を、単行本といわず雑誌といわず集めたもので〝金日成の戦略〟とか〝アメリカ軍二十四師団の戦い〟といった書名が書きつらねてあり、すでに読み終えた本は鉛筆で線を引いて消されていた。

もっとも読みたいと思っている昭和二十五年当時のアメリカ雑誌がここの書庫には少くて、それはN市のアメリカ文化協会に行けば保管してあるのを見せてくれるだろうかときくのである。確かなことは判らないが、行ってみるだけのことはあるだろうとわたしは答えた。気は進まぬながらも彼のメモの裏に、アメリカ文化協会の地図を描いてわたしは与えた。目印は協会さしむかいの特殊兵器影響調査機関の建物である。

その翌日、阿久根はN市へでかけたとみえ、図書館には現れなかった。彼が姿を見せない図書館は閑散として、なんとなくものたりなく感じられ、それは数日つづいた。

ある日の閉館後、わたしは帰りを農機具倉庫の方へまわり道してみた。通りすがりに目をあげると、閉めきった暗い窓が何よりも雄弁に彼の不在を物語っているように見えた。道はそこから製材工場の方へつづいていて、町はずれの澱粉《でんぷん》工場を除けば、工場らしい建物が集っているのはこの一角だけである。

わたしは、製材工場の柵ごしに、整然と積み重ねられた白い板材がきょうは妙に新鮮に感じられるのに驚きながら歩みをとめた。まだ機械鋸にかけられる前の松の丸太の堆積の間、工場の敷地一面に生木《なまき》の破片と樹皮が鋸屑にまみれて散乱しており、そこから風が削りたての杉やヒノキのなまなましい匂香をわたしに運んできた。

わたしの意識はむせかえるような松脂《まつやに》の強い刺戟《しげき》に目ざめ、一日の単調な仕事に倦《う》んだにぶい疲労もいきなり裸体に冷水を浴びせられたようにかき消えてしまった。わたしはそこ、こ、こから立ちのぼる湿り気を含んだ黒い土と鋸屑の匂いを貪《むさぼ》るように嗅ぎ、うっとりと立ちすくんでいた。機械鋸の響きのたえた作業場はしずかであった。仕事をおえて帰りかける工場の男たちの姿が、夕闇の漂い始めた木材の堆積の向うで、影絵のように動いていた。

夜に入ると八月の昼の熱気が、あつい幕のように市街地におりてきた。眠りにくい夜のために、わたしは子供のまじないめいた一つの光景を空想することにしている。幼いころ熱中した冒険小説の一節なのである。

まず赤道付近の、とある海域、船乗りたちに無風帯として怖れられている藍色《あいいろ》の海面に一艘《そう》の帆船をうかべる。帆船は十八世紀の古風のものでなければならない。帆布は扁平《へんぺい》にたれさがり帆綱もたわみ、船あしは何日もとまったままである。海は凪《な》いでおり、船腹をあるかないかの波が洗っている。風の起るのを待たねばならない。水夫たちは幾日も甲板に横たわって雲の動きを見あげてきた。しかしやがて風が起る。初めにわずかな索具のきしり、帆綱がおもむろに緊張し、檣頭《しょうとう》の小旗が揺れはじめる。前檣の三角帆のはためきと船腹にくだける波の音、水夫たちのしだいに高まる歓声、彼らはあわただしく甲板を裸足で駆けまわる。帆が重々しく膨《ふく》れあがり、舳《へ》先《さき》がゆっくり波を切り裂き始めると帆布を掠《かす》めて飛ぶ海鳥がいっせいにけたたましく啼《な》きかわし、泡立つ海面を黒い藻が矢のように流れ去る。

わたしの耳はあほう鳥の羽搏《はばた》きと風を孕《はら》んで鳴る帆布の音をきき、そしてようやく眠りがわたしを捕えて暗い淵へ沈めるのである。数時間、眠ったと思う。誰かが窓の下で執拗《しつよう》にわたしを呼んでいる声を聞いたように思って、わたしは目醒《めざ》めた。わたしは手さぐりで乾いたタオルをとりだし、湯を浴びたように濡れている皮膚をぬぐった。腕が闇の中で白い蛇のように動いた。窓をあけて闇の底をすかしてみたけれども、暗礁のような家々の屋根と、風に靡《なび》く合歓木《ねむのき》の梢しか見えなかったから、わたしを呼ぶ声はそら耳だったにちがいない。置時計の蛍光針は午前二時をさしていた。寝しずまった町の静寂が、遠い伊佐里駅の貨車の入れかえ作業を、まぢかに聞えさせた。重量のある鉄の塊がはげしく衝突する響きの合間に、車輪が鋭くきしった。

深いトンネルの奥で叫ぶ声が、思いがけない反響をよびおこすように、それはわたしの内部で眠っていたある感覚をゆさぶった。わたしは、阿久根が出てゆき、そこから帰ってきた世界の複雑な多様さ、底の知れない深さを想像した。そうしようと思えばわたしもすべてを棄《す》ててこの町から出てゆけるのだ。決心を促すようにその時、伊佐里駅の汽笛が断続的に鳴った。風が数滴の雨の粒をわたしの唇の上、裸の肩に落した。大粒の雨滴は冷たかった。まばらな雨が軒を打っていた。

案じた通り阿久根は、わたしがアメリカ文化協会の地図を描いて渡した日から、製材工場に出勤していなかった。

現場監督は渋面をつくって云った。——あんた、奴の友達かね、もし会ったら、馘首《くび》だと伝えてくれ。わたしに無断で何日も欠勤しやがって、仕事を何だと思っているんだ——その翌日、図書館をひけて帰る途中、わたしは思いきって農機具倉庫の狭い急な階段をあがった。木造のそれは一段ごとにきしった。登りつめた所で、待ちかねていたように扉を開いたのは阿久根だった。

彼はわたしを室内へ通すと、扉を閉じて大皿ほどもある南京錠ととりくみ始めた。その錠の鍵はどこか故障しているらしく、彼の手で押し込まれた途端、弾かれたようにとびだすのである。わたしは錠の不恰好《ぶかっこう》な大きさを見、声をたてて笑った。鍵を押しこむ動作を根気よくくり返したあげく、阿久根はようやくそれを扉にかけることができた。彼は腕をあげて額の汗を拭い、わたしの笑声を咎《とが》めるような目を振りむけた。わたしの笑いは、錠のものものしさというより、実は阿久根を扉の内側に見た瞬間から用意されていたようなものだったが。西陽の直射する倉庫の二階は、暗くなってからもむし暑く、密閉された木箱の中にいるように息苦しかった。

汗がとめどもなく滲み、躰のくぼみを伝って流れ落ちる。わたしの手は阿久根の裸の背の動きを感じていた。鉄の寝台の上にわたしたちは横になっていた。

暑い、とわたしが訴えると、彼は寝返りをうって上半身をおこし、閉めきった窓に手を伸ばしかけたが、何かの折れる音を寝台の下に聞いた時、騒々しい音をたてて木の床の上にころがり落ちた。わたしといえば、とつぜん斜めにかしいだ寝台の枠にしがみついて、阿久根の躰の上にすべり落ちることからだけはまぬがれた。占領軍払いさげ寝台の脚の一つが折れたのだが、初めからそれは折れようとする寸前だったに違いない。なぜならわたしたちが横になった時以来、それはかたわの犬が走るような不規則な揺れ方をして、わたしを落着かなくさせたのだから。

彼は黙々と折れた脚に手近の木片をあてがい針金できつくしばりつけた。手の塵《ちり》を払って寝台によじのぼってきた彼の皮膚には、埃の匂いがした。わたしは、半ば開いた窓に手をかけて、彼が差しだした腕を拒んだ。こともあろうに寝台がつぶれようとは。わたしは不機嫌になっていた。

夜の窓から爽《さわや》かに流れ入る空気は、森の下生えと川の水藻の匂いを含んでいた。わたしは身動きもせず、口を開け閉じして空気の冷たさを味わっていた。風は絹糸の滑らかさでわたしの肩を包み、乳房を冷やした。急にわたしは、彼の腕をじゃけんに払いのけた最前の自分を恥じた。一度つけたブラウスのボタンをはずし、わたしは褐色の阿久根の胸の上にゆっくりと自分を押しつけた。微風が川のようにわたしたちの上を動いた。

製材工場の夜警をやめさせられた阿久根は、伊佐里市で仕事をみつけることができず、近くのO市やN市にでかけて職を探したが、それは容易に得られなかった。失業者が職業安定所にあふれていた当時としても、それは老人のことであって、若い男にふさわしい仕事はあったはずである。ただ、阿久根の場合、仕事を手に入れるのに必要な熱意が欠けていたのだと思う。

気まぐれに書き送ったわたしの手紙に、返事一つよこさない阿久根に腹をたてて、倉庫の二階を訪ねると扉の所には職業安定所からの通知とわたしの手紙が封も切らずに散乱していた。彼は例の寝台にもたれ、手に持った空《から》のグラスの底を見るともなく眺めながら、君ならわかってくれると思ったのだが、どうして信じないのかなあ、と文字にすれば恨みがましくきこえようが、実は注意深く耳を寄せていなければ聞きとれない低い声で、むしろ問いつめられて不承不承、事実を語るのだというような投げやりな口調でささやくのだったが、輸血用血漿《プラズマ》も凍るある半島の冬だの、蚤の多い柳潭里とかいう村の話だの、わたしにとってはラジオの株式市況よりも興味のうすいことだったのである。

時たま雇われて道路工事の人夫になるくらいで定職は容易に得られなかった。阿久根に異常が見られ始めたのはそのころからである。彼は倉庫の自室に居ない時は伊佐里駅の待合室で、誰を待つというふうでもなく長時間ぼんやり坐っていることがあったが、そこに来あわせたアメリカ人宣教師の鞄につかみかかり、警官に捕えられたのがことの起りだった。

彼は、宣教師を昔の知合だと主張してゆずらず、流暢なアメリカ語でしきりに話しかけていたという。運良く改札口の駅員が、阿久根は鞄を持ってやろうとしたのだと、彼の弁解を裏書きする証言をしたので、事件はそれで落着いた。

しかし、彼は人々の疑惑の視線をあびる行動をすぐにとってしまった。伊佐里市の郊外に起伏する丘陵の林の中で、中学生を集めて、二群に分け、彼はアメリカ軍に扮した子供たちを率いて丘の頂に陣取る〝北鮮軍〟[4]へ石を投げたそうである。大怪我をした者はいなかったが、額を破られた子供は双方に多かった。だいの大人が子供の遊びに加わっただけでなく、そそのかせて怪我まで負わせたのである。非難は当然阿久根に向って集中した。負傷した少年の父親は、彼の雇い主だったので、彼は即座に道路工夫の仕事も失ってしまった。わたしたちが倉庫の二階で会わなくなってから日がたっていた。

ある日、道路を弾機仕掛《ばねじかけ》の機械人形のように歩調をとってやってくる阿久根を、物蔭に避けたことがある。彼はわたしなど眼中に無い様子で、空間の一点に目をすえ、腕を前後にふりつつ足早に通り過ぎるのである。やや離れた所で、異様な声を発して廻れ右をし、木像のように直立してしまう。墨汁を流したような濃い影が、彼の足元から土の上に伸びていた。彼は以前雇われた運送会社の暗緑色の作業服の腕に、黄色い山形の布を縫いつけ、星の形に切りぬいたブリキ片を銀色に塗って胸にとめていた。子供たちが、奇怪ないでたちで硬直している阿久根の周囲をかけまわりながら、口汚く囃《はや》したてて空缶や木片を投げつけても彼は身じろぎすらしなかった。

丘陵を隔てて三里あまり離れたO市の旧歩兵聯隊《れんたい》の兵舎に駐屯する自衛隊が、伊佐里市へ行軍してくることがあった。その隊列の後尾には、小銃の形に削った棒を肩にのせた阿久根の姿がきまって見られるのである。彼は自衛隊員の水筒の水を汲み、通信班の架線作業を助け、演習の終りともなれば図書館裏の草地に野営の天幕を張るのをかいがいしく手伝うのだった。男たちは彼の労苦をよしとして、食事のとき彼を招き、飯盒《はんごう》の中身を分け与えた。彼は両手に自分のいびつな飯盒の中蓋《なかぶた》を捧げ持って男たちの間をまわり、男が缶詰のコンビーフを匙《さじ》ですくってよそってやる間は、両足のかかとをそろえて立っている。

食物を与えると男はある期待をこめて目の前の狂人を見つめる。中蓋に盛られた肉の塊に気づいた阿久根は、かかとを打ち合せて敬礼する。――どこで一体そんな芸当を憶えたんだ、おい――満腹した男の一人が、彼を野営地の中央、円陣の形でたむろする仲間の方へつれてゆき、派手な号令をかけた。彼は両手を体のわきに押しつけ、号令通り忠実にまわれ右をし、敬礼をくり返した。

――右向けえみぎっ、左向けえひだありっ、まあえっ進めっ、とまれ――

ひと通りぎっくりばったりが済むと、阿久根は男に両手を差しだし、懇願の身ぶりを示す。その男は今まで手入れの油を塗っていた小銃を後手に隠し、笑いをおさえた声で阿久根の耳に口を寄せ、ささやきかけた。

――貸してやるからよ、そのかわり何かやれ――彼は白い歯を見せてうなずき、表情を引締めると自分の木銃をかかえて草の上に勢《いきおい》良く躰を投げだした。不恰好な木銃を胸に抱き、やにわに蛇の形で五体をのたうたせて這《は》い進み始めた阿久根を見て、円陣の男たちは手を拍《う》って囃したてた。

――よう、安井見ろよ、うまいもんじゃないか。お前せめてこのきちがい並に早く蛇行匍匐《だこうほふく》できるかよ――

阿久根は野営地の一隅に叉銃《さじゅう》してあった小銃の所まで、一気に匍匐するとその一梃《ちょう》をかまえてだしぬけに立ちあがった。いびつな飯盒を腰に、胸にブリキの星を飾った彼は、誇らしげに本物の小銃をさしあげて男たちを招いた。――むうぶ　あっぷ――

声はよく通る厚味を持ったもので、それは布を拡げるように男たちの方へ届いた。彼は腕を大きく城山の森、夕闇が既に暗くしている木立の奥へふった。不意に張りつめた沈黙が男たちを支配した。数人の男が立ちあがってかけてゆき、彼の手から銃をもぎ取ろうとした。叫び声をあげてのけぞった男は、阿久根のふりまわした銃の床尾板《しょうびばん》を頬に受けたのである。再び、阿久根は叫んだ。

――むうぶ　あっぷ　ぼおいず　どおんとすていひや、れっつむうぶ――

彼の顔はその時、別人のように晴れやかに輝いた。総立ちになった男たちの向うからかけてくる上級者らしい者の姿が見え、たちまち彼は組伏せられてしまった。それでもしばらくは、男たちにくみふせられた阿久根のしわがれた叫び声が続いた。この事件以後、彼は自衛隊員にとって愛すべき狂人ではなくなった。相変らず隊列の後を、正確な歩調をとってついてくるのだったが、野営地の中にはもう入れてもらえなかった。

歩哨が木銃をかかえた阿久根に云いきかせているのを、ある夕刻、閲覧室の窓ごしにきいたことがある。――飯が欲しかったらやるからよ、あっちへ行けというのにききわけの悪い奴だな、お前には手製の木銃で沢山だ、本物でもって、むうぶ　あっぷ（阿久根の口真似をして）やられちゃいやな気分なんだ、さあ缶詰をやろう、もう来るな――

しかし、小部隊の狭い野営地を警戒できても、県外の幾つかの部隊が合同して催したその年の秋の演習から彼をしめだすことはできなかった。演習の最後の日、自衛隊の救急車で市民病院へ運ばれてきた阿久根は、脚を小銃弾で貫通されていて、傷の手当をした医師は、自衛隊員と寸分違わない服装を整えていた阿久根に驚いたという。

　運送会社の暗緑色の作業服は、形といい生地といい自衛隊員のそれとそっくりであったし、鉄帽は彼が時々雇われた道路工事の人夫としてつける安全帽に緑色の塗料で彩色したものであった。その上をシダや栗の葉で偽装すると見分けがつかなくなるのも無理はない。その日彼は賢明にもあのブリキの徽章《きしょう》をとりはずしていた。彼がまぎれこんだのは、顔を知られていない県外の部隊なのである。

　つきそいの看護婦はわたしの知人だったので、ある程度事情をきくことができた。病院の医師と警察官にことの次第を説明する自衛隊の幹部は苦りきっていたという。一般隊員は銃を持たない阿久根を、連隊本部の幹部だと思い、幹部の方は演習の混雑の中で彼を他部隊の連絡員だとかんちがいしてめいめいの任務に追われ、注意を払わなかったらしい。それほど、阿久根の動作は兵隊らしくわきまえた態度で自然に見えたのだろう。彼は演習地にあてられた伊佐里の背後のゆるやかな起伏をなす丘陵をうろついて、壕の中の隊員に、偽装が足りないとか、姿勢が大きいとか、もっともらしい注意を与えていたそうである。日ぐれがた、最後の突撃訓練が終りかけた頃、目標の台地のかげ、草でおおわれた窪地の底に仆《たお》れて呻《うめ》いている阿久根が発見された。彼は突撃の目標がこの台地で、自分が実弾の的になる可能性については、全く考えても見なかったに違いない。

彼が箸を握って仆れていた土の上には、ひしゃげた飯盒と白い飯粒がこぼれていた。演習をしばらく離れて、空腹をいやそうとしたのだと思う。この事件は表沙汰にはならなかったから、新聞で詳細を読むことはできなかった。傷はほどなく癒えたようだったが、歩調をとって歩くことは阿久根にはできなくなった。彼の右脚は負傷以後奇妙にねじれ、まっすぐ立っていても彼の上半身を不自然に右へ傾けるのである。自衛隊の行進にも訓練にも、彼は興味を示さなくなり、たまたま道路で行きあって彼らをやりすごす間、路傍に身をよせて隊員の足元にぼんやり目を落している阿久根の表情には、見知らぬ町で道に迷い途方にくれている子供の不安があった。彼は市の塵芥焼却場で半年働いた後、再びこの土地を出ていった。

きょう、阿久根の紙片の残りを手に入れた。昼間は倉庫からかなり離れた本店で、農業機械の運搬をしていることをたしかめておいて、昼すぎわたしは五年ぶりで倉庫の狭い急な階段をのぼった。扉は押されると過去そのもののようにきしみながら開き、見覚えのある南京錠がこわれたまま赤錆《あかさ》びてさがっていた。何もかも以前の位置と同じ所にあった。鉄の寝台の折れた脚は、針金と農機具の部品で更にかたく補強してあり、糊《のり》のきいた青色木綿のシーツがマットレスを包み、灰色の毛布は長方形にたたまれて足元にそろえてあった。しかし、この寝台や、洗面具を並べた林檎箱の中身が、あのころより整頓され、木の床ははき清められて埃のあともなく、万事小綺麗に片づいているのを見ても、全体としてうっすらと埃をかぶったような、たとえば古い壁土が剝《はく》落《らく》してゆくのを見るような荒廃した印象をうけたのはなぜだろう。

人間が生活している部屋に生臭くこもる匂い、着古したシャツとか牛乳の空壜、ひからびた食器も書きかけの手紙も、手紙――それは、前略、と書いたままテーブルの上にのっていて宛名は無かった。――すべてそろっておりながら若い男の住む部屋にしては生気のない雰囲気を、扉を開いて室内に足を入れた時からわたしは感じていたのである。

寝台の下にも壁ぎわにもあのころは見なかった雑誌類が百冊近く、ライフ、タイム、コリヤーズ、ルック、ニューズ・ウィーク、アトランティック・マンスリー、リーダーズ・ダイジェスト、ホリデー、ベターホームズ、サタデー・イヴニング・ポスト、ニューヨーカーなどの古いものが重ねてあり、壁によせてある木箱の中には、クラウゼヴィッツの〝戦争論〟を始めとして、フォッシュやモルトケの評伝、旧日本軍の作戦要務令、歩兵操典、〝軍事的に見た朝鮮戦争〟〝アメリカ敗れたり〟〝朝鮮戦争秘史〟〝人民軍従軍記〟〝朝鮮戦争の謎〟〝火を噴く三十八度線〟という表紙も色褪《いろあ》せ背文字は消えかけた本が埃にまみれてつめこまれてあった。そういえば埃が分厚くつもっているのは阿久根の部屋のこの一隅だけである。

わたしは、木箱の中の〝金日成の戦略〟と〝悲劇の三十八度線〟の間に、陸上幕僚監部編・新入隊員必携という小豆色の小型本を見、抜きだして何気なくページをめくった。本に付着していた埃がページを繰るにつれておびただしく舞いあがり、はさんである二つ折りの名刺大の紙片が足元に落ちた。

拾いあげてみると紫色のインクで、第〇〇九大隊三中隊給食カードと印刷してあり、阿久根猛の姓名と二等陸士の階級が楷書体で記入してあった。カードの内側には昭和三十三年七月一日から三十一日までの三食分の方形の枠が引いてあり、食事を支給したしるしに丸い朱印がうってある。阿久根がわたしの前に現れたのは、その年の七月の終りであった。朱印は七月二十一日の朝食で切れている。〝必携〟のページには、更に二枚の写真がはさんであって、その一枚は暗い空の下の広大な雪原、もう一枚は白い防寒外套《がいとう》を着こんだ十人の自衛隊員がうつっており、右端の背の高い男が阿久根に似ていないこともなかった。

わたしは窓の近くに落ちているきのう折りかけた紙飛行機をひろい、一九五二年版のライフの上にのっているハトロン紙の封筒をのぞいて、そこに阿久根の紙片の束を発見した。彼は、東京渋谷のある洋書専門の古本屋から、これらのバックナンバーをまとめて買ったらしい。ハトロン紙は雑誌を包装した用紙であった。

床のすみに落ちていた数枚の紙片を集めてハトロン紙の封筒にしまうとそれで阿久根の書いたものはぜんぶだった。その時、初めて気づいたのだが、周囲の板壁はこれらアメリカの古雑誌から切抜いた大小さまざまの戦争写真によって、隙間なく埋めつくされていたのである。それは最近鋲《びょう》でとめたものではなく、長い年月を経過した証拠に、みな色褪せて黄ばんでいた。写真はほとんど朝鮮戦争当時のアメリカ兵を撮ったものだったが、所どころにニューメキシコのスペイン風教会、サンアントニオの鼓笛隊、ルイジアナの農場を説明した色彩写真が、他の陰鬱な戦場風景とそぐわない鮮かさでまざっていた。

写真はぜんぶ上端の一箇所を鋲でとめてあったので、板壁の隙間から風が吹きこむたびにめくれあがり、いっせいにそよいだ。すると、手榴弾を投げた姿勢で静止している兵士(空中にそれらしい黒いレモン状の物体が浮んでいる)、壕のふちに身をのりだしていて煙を吐いて擱《かく》坐《ざ》している戦車、道路にひしめいている群衆をかきわけてゆく兵隊の列、炎に包まれた部落と燃える樹、丘のふもとに散開してのぼりかけた兵士たち、銃を落して仆れる寸前の男、それらの写真が隙間風にあおられ、人が呟くようなかすかな音をたてながら、葉裏をひるがえす熊笹の繁みのように壁の上でふるえるのである。その瞬間、光りのような何かが走った。わたしは写真の中ですべての影が水に落した絵具のように滲み、輪郭をぼやけさせては再び濃い鮮かな形に戻って揺れるのを見た。

ある兵士は壕の外に躍りあがり、ある兵士は地に伏せ、手榴弾は弧を描いて飛び、焔は更に高くゆらめき、砲弾は炸裂して燃える戦車の砲塔をゆるやかに噴きあげ、焔の衣でくるまれた乗員がこぼれ落ち、丘をのぼりかけた兵士たちは苦痛の叫びもなく斜面をころがりおちるのである。

戸外には夏の午後の光りが砂金の微粒子の色で氾濫《はんらん》していた。わたしの前を白い捕虫網をかついだ少年が、はずむ足どりでかけてゆき、楠《くす》の木蔭を通りぬける時、青葉を透してふりそそぐ陽ざしに染められて、つかのま、緑色の昆虫に化身したかのように見えた。ここでは、女たちの日傘に、ひるがえるスカートに、あらゆるものに色彩があった。

わたしは、阿久根をかこんでいる黒白写真の世界を思った。夜、あの切抜きが魚鱗のように壁に充満している部屋で、彼はどんな眠りを眠るのだろう。壁にとめた写真も木箱の本も、おそらく彼は自分がなぜそこにとめ、なぜ蒐集《しゅうしゅう》したか忘れてしまっているはずである。

風が吹きこむ時、写真はお互いにこすれあってかすかなざわめきを部屋に起こすだろう。それは無数の黒い蝶が、壁に休んでゆっくりその翅《はね》を開閉させている状景に似ているだろう。自分が熱心に蒐集し、今棄て去ろうとしている写真や雑誌にとりかこまれ、阿久根が電燈のない部屋の寝台の上で黙然と天井を見上げて横たわっている光景を想像し、わたしはすぐにそれを考えまいとした。

わたしの世界では、川の堰堤《えんてい》をほとばしり流れる水の音があり、泳ぐ子の周囲に銀色の輪のようにきらめいてひろがる波紋があり、水面で跳ねる魚の白い腹があり、すべてに音と光りと生命が満ちていた。無断で阿久根の書きものを持ちだしてきた以上、盗みをはたらいたわたしを正当化する理由はない。棄ててかえりみない紙片であるにしろ、他人の部屋にしのびこんでわたしの物にして良いという口実はないのだが、うしろめたさは感じていなかった。倉庫から家へ急ぐ途中、農業協同組合の建物の前で、わたしはうしろ向きに荷箱をかかえて現れた阿久根にぶつかってしまった。

彼はわたしが軽い叫び声をあげてとり落した例のハトロン紙の封筒に目をとめ、自分の荷箱を地面に置き、ゆっくりと袋を拾いあげると丁寧に埃を払ってわたしに返した。

「すみません奥さん、気がつかなかったもので」

わたしはうろたえて彼の手からハトロン紙の封筒をひったくるようにうけとり、二言三言、自分では礼のつもりの、多分意味をなしてはいないだろう言葉をつぶやいて逃げるようにその場を離れた。しばらく離れてから振りかえると、トラックの荷台に荷箱を工合よく積みこもうと工夫している彼の姿が見えた。

紙片の整理は忍耐の要《い》るものだった。右隅の数字をたよりに、紙片の順序を定めることができたが、ある時期以後、それは何年何月と正確に推定することは不可能であるけれども、多分丘陵の演習地で脚を撃たれたころと思う、彼はこの書きものから全く興味を失ったらしい。最初の数十枚は完全に脱落し、途中も百枚ほどぬけている。記述が混乱して判読できない箇所があり、英文で綴った三十二枚の報告はわたしには読解できない。

それでも残された紙片の言葉から、わたしは阿久根の生きた世界、少くとも生きようとした世界は、垣間見たように思った。彼が時々学校を休んで、アメリカ軍が朝鮮へ向う港のあるS市で発見されたことをわたしは思いだす。知合いのアメリカ人をさがすために基地にしのびこみMPに捕えられた事件は一度ならずあった。異常な行動をくり返していた彼に、小説を書くだけの余裕があったとは考えられない。おそらく彼は、自分だけに明白な想像の世界で、二十四師団の一員として自分の戦いを戦ったのだろう。

彼はしばしば文中に英語を用いている。C・company, 3 Battalion, 7 Regiment, 24 Division、とは彼の所属する部隊である。すべての言葉を解読できたとは限らなくて、GIの隠語のようなもの、朝鮮の地名をローマ字で表記したもの、兵器の名称のあるものなどはついに理解できなかった。文中に何度か登場するサムという兵士は、敗戦の年、阿久根をマスコット代りに愛した兵隊の名である。曲った鼻の下の反《そ》りのある上唇と茶色の口髭を阿久根は克明に描写している。朝鮮戦争の以前から二度と現れなかったこの人物を、彼は紙上に詳しく再現していた。

一連の物語めいた筋はここにはなくて、断片的なメモ風の記録がすべてである。アメリカ軍の忠実な兵士として、彼が活潑《かっぱつ》にかけている朝鮮の荒廃した風土描写は、どこか敗戦の夏の伊佐里周辺を思わせる。

——退却する軍隊には陰惨な詩がある。しかし兵隊はその詩を味わう立場にいない。

——という師団長の言葉に彼は反問している。

——そうだろうか、問題は戦場をどの立場から見るかということだ。

——阿久根はまたアメリカ軍小銃M1ライフルの性能を絶讃し（戦史上歩兵に与えられた最良の武器、だそうである）燃えさかる市街の廃墟を目でむさぼったとも書いている。

彼は人がそうと見なしたほど不幸では無かったのではあるまいかという疑問が、ふとわたしに湧いた。他人の幸福をはかる尺度はない以上、途方もない想像だが、ある瞬間、わたしはただ阿久根の話を信じかけていたのである。以下は彼の書いたもののうちで、筋が比較的よくたどれる部分である。

《阿久根猛のノート……一》

夜間飛行は一時間たらずで終り、釜山北方を走る汽車に乗りこむとすぐに、われわれは沿線に出没するゲリラに応戦するため、各自の火器に弾丸を装塡《そうてん》した。不用意にもこの操作中、安全装置をかけ忘れた者がいたらしい。鋭い銃声が闇に走り、悲鳴をあげて一つの黒い影が床に崩れた。誰が小銃を暴発させたかは、総立ちになった兵隊の次にひきおこした混乱にまぎれて解らなくなった。負傷者は初めのうちは大声で泣き喚いて加害者を責めていたが、その声も次第に弱々しくおとろえ、やがてすっかり途だえた。云い合せたようにめいめいの安全装置、引金部分の小突起にふれて確めはしたものの、われわれは不運な兵隊の呻き声をきき流して無言であった。ぼくは闇の中で膝の間に小銃をかかえて身じろぎもせず、床から匂う死者の体臭を嗅ぎながら眠りに落ちた。窓を板片《いたきれ》で封じた車内の暑さは耐えがたく、その上闇が床に溢れた血のために一層濃く、一層生臭く感じられた。五、六時間眠っただろうか、前触れもなく汽車は何かに躓《つまず》くように急停車した。われわれは芋畑の中を百ヤードほど離れた道路に待っている輸送隊のトラックへ走った。砂利を踏む靴音に装具の触れ合う音がまざり、点呼の鋭い声や命令を伝える緊迫した叫びが交錯して、兵隊の眠りを完全に醒ましたようであった。

大隊全員がトラックに乗り移った頃、われわれは後退してゆく汽車の吹き鳴らす汽笛が別れを告げる挨拶のように長々とこだまするのを聞いた。あけがた、トラックは金泉の二十四師団本部へ着き、大隊は大田方面から浸透してくる北鮮軍をさえぎるために休む間もなく進んで行った。ぼくは幾日も髭を剃っていない情報将校が面倒そうに地図を拡げて三大隊の位置を捜してくれるのを待った。

半島の地図は赤と青の錯綜《さくそう》した線で塗りつぶされていて、その中を三本の矢印が貫き、半島を徐々に南下している。前線の混乱は将校のやつれた頬や充血した目にあらわれていた。わが軍は圧倒的多数の北鮮軍による包囲攻撃をうけて各処に孤立しているので、正確な位置がつかめないらしい。一昨日の防衛線は金泉、成昌間にしかれていたという。三大隊からの最後の情報では、金泉北方のサンチュまで後退してそこに展開しているそうである。

ぼくは地図を研究してサンチュへ至る道路周辺の地形を暗記しようとした。その間も野戦電話は強制するように、また哀願するかのようにせわしく鳴り、憔悴《しょうすい》した表情の将校たちが早口で喚くように応答していた。ぼくは大隊へ向う補給トラックのある事を知らされ、しぶる黒人兵の運転手に無理に頼んで便乗させてもらった。それは無人の金泉を出て五分も走らぬうちに、道路を埋めている密集した避難民の群と潰走《かいそう》する韓国軍に停止させられてしまった。

黒人兵はライトを点じた。

避難民がまき起す土埃のために道路は茶色の霧にとざされ、砂塵の奥から黒い人影が現れては再び暗い土埃の幕の中へ没して行くのである。警笛をひっきりなしに鳴らし続けながら、トラックは動いたかと思えばすぐに止った。ぼくは銃口を空に向けて弾倉が空になるまで引金を引いた。逃げおくれた難民を数人轢《ひ》いたと思う。凹凸の道路をトラックは揺れながら走り始めたが、ものの百ヤードと進まぬうちに、またも前より厚い避難民の壁にさえぎられ、そのたびに黒人兵が口汚く罵《ののし》りながら新しい弾倉を投げてよこし、ぼくが威嚇射撃をし、群衆が押し合ってわずかな道を開くという事を午後二時頃まで繰り返した。これでは激流をゴムボートで遡航《そこう》するようなものである。

ぼくはトラックをおりた。鋭利な斧《おの》が枯木を裂くように、ぼくが難民の群へわけ入ると彼らは自然に左右に分れた。北へまっすぐに伸びる一筋の道が前に展《ひら》けたのである。あらゆる者が南を目指して急いでいる中で、北上するのは自分一人に思えた。群衆の中には部隊番号も師団記章も雑多な韓国軍がまざっており、注意して見ると彼らの装備は貧弱なもので旧日本軍の三八式小銃がほとんどであった。彼らを普通の難民とわかつものは、色褪せたアメリカ軍の作業服だけである。鉄兜の偽装に用いた芋の葉は七月の暑熱に萎《しお》れきっていて、彼らの沮喪《そそう》した士気の象徴のように見えた。

やがて砂塵の向うからあらわれた一団の人影が、負傷して後退してくるアメリカ兵だと判った時は救われた思いだった。彼らは二十四師団と交替した第一騎兵師団の所属もまちまちな兵隊だったが、三大隊の消息は知っていた。位置をきくと片腕を吊った伍長が、埃の中では見通しが利かないので、道路わきの土壁の上にぼくをのぼらせ、遙か右前方の見えるか見えないかの青い線である低い丘陵をさし、ゆうべまではあの丘で北鮮軍とやりあってたが今はどうかね、と肩をすくめた。

伍長は裸足だった。靴を穿《は》いているのは十三人のアメリカ兵のうち二人しかいなかった。裸足のままの兵もおれば、裸足に野戦服を裂いてまきつけている者もあった。いずれも長い悪路を急いできたらしく、足を包んだ布切に血が滲んでいる。武器を携えている兵は一人も見えなかった。その時、一人の韓国軍騎兵将校が難民を蹴散らしながらかけてき、われわれの傍で鐙《あぶみ》を踏んばると叫んだ。

——Tanks, coming——

恐怖が兵と難民の間に生じた。負傷したアメリカ兵は生気の失せた表情で、〝戦車〟を連呼して逃げまどう難民を見送り、ある者はその場にしゃがんで、北鮮軍は投降兵をどう処置するだろうかと相談し始めた。

ためらいの意味するものは死しかないだろう。伍長が教えた大隊の丘の方角を見定めておいて、ぼくは一気に道路をかけおり、にわかに背後で高まった激しい銃声をききながら玉蜀黍《とうもろこし》の葉をかきわけて走った。玉蜀黍畑はやがて芋畑に、芋畑は茅《かや》の密生した草原に、草原は黒松の疎林にかわった。疎林とはいえ黒松をぬって歩くのは気ばかりあせって一向に道のりははかどらない。地面に露出している松の根は、ともすれば足をとろうとし、ねじれた枝は敵意あるもののように顔を払うのである。林の中よりも開豁地《かいかつち》の草原は歩きやすかったが、そこでどこからともなく飛来した弾丸が、水筒をつらぬき貴重な水を奪ってしまったこともあった。結局ぼくは林と草原が境を接する所をえらんで歩く事にした。そうすれば、根に足をとられる事もないし、ゲリラの目からも比較的発見され難かろうというものである。いざとなったら林の中へ逃げこめばいい。疎林はしかしすぐに尽きて、つま先あがりの赭土《あかつち》の斜面があらわれた。

いくどか滑ったと思う。ぼくを苦しめたのは空腹よりも灼《や》くような咽《のど》の渇きだった。唇は革のように乾き、火ぶくれでもしたように舌が呼吸を苦しくした。ぼくは今朝の地図を思いだそうとした。金泉のやや東方に洛東江の支流が流れてはいなかったろうか。乱暴に書きこまれた部隊と戦場を示す網目模様の隙間に、淡青色の一筋の川の流れを見たように思う。

もしそれが情報将校の気紛れな青鉛筆のあとでなければ、この赭土の丘を登りきった頂から東の方に水を発見できる可能性もあるわけだ。粘土質の崖で時々もとの所までころがり落ち、ようやく泥まみれの躰を頂へ運びあげ、喘ぎ喘ぎまわりを見まわした時、滲みでた顔の汗が目の中に流れ入って視界はまぶしくかすみ、それでも丘の彼方、予想した地点に細長いガラスの破片状の水流が誘うように光っているのを見た。

同時に鋭い銃声を間近に聞いて、ぼくがかたわらの狭い地溝にころげこんだのは、ほとんど反射的な動作だった。狙撃者は最前ぼくの水筒に穴をあけて以来ずっと執念深く後をつけてきたらしい。銃声は再びさぐるように鳴り、頭上の栗の枝を裂いた。この狙撃が一時的にも先ほどの渇きを忘れさせ、三発目の銃声が数枚の栗の葉を降らせる前にぼくは兵隊の本能をとり戻していた。わずかに頭をもたげてぼくは四周の地形を素早く視野におさめ、狙撃者のひそんでいるらしい地点を点検した。この地溝に沿って走れば、丘の稜線に姿を露見させないで反対側の斜面におりる事ができる。地溝をかけくだるぼくの前後でつづけざまに土煙があがり、やんだ。丘の裾からかなり離れた地点まで、息の続く限り走り、つまずいて仆れた所に茶色の水たまりがあった。

ぼくは這い寄って顔をひたし、心ゆくまで水を飲みほした後、あお向けになって上空にさしかかったB29の編隊を見あげた。百機以上はあったと思う。先頭から順に数え始めて十七、八機目になると数があやふやになり、再び先頭機に戻って数え直すうち、爆撃機の群は濃い青空を背に繭《まゆ》のように白く、あるいは離れ、あるいは近づいた。

飛行機群が頭上を過ぎ去らぬうちにぼくは眠りに落ち、冷気に驚いて目醒めた時は夜であった。狙い撃ちにあってあわてふためいたために、大隊の丘の方向感覚がすっかり狂ってしまっている。ぼくはひとまず道路にでる事にした。一人か二人のアメリカ兵はそこをさがっているだろう。芋畑の中のただ一人の兵隊である自分を、心細いというよりこの上なく惨《みじ》めにぼくは感じた。月のない夜だったが、満天に輝く無数の蛍光色の斑点が、地平を仄《ほの》かにうす明るくしている。

昼、あれほど雑踏していた道に今は難民の影一つ見えず、彼らが棄てた鍋や割れた皿がころがっている。ぼくは歩きながら靴先で、嵐の朝の海辺にうち寄せられた漂流物に似ているそれら遺棄物をけとばしていた。陶器の破片やアルミニウムの皿は、白っぽい道をころがって草の中へ落ちては虫のすだくようなかすかな音をたてた。

前方で動く人影をアメリカ兵だと識別できたのは、彼らのヘルメットの形である。彼らは壕を掘っているらしく、ショヴェルが石とかち合う音が聞えた。ぼくは撃たれないように大声をあげて歩哨の注意をひき、頭に両手をのせて彼らの中へはいって行った。ぼくを捕えた歩哨は身分証明書を星明りにすかし声をあげて読んだ。

――アメリカ合衆国一等兵・ジョン・スミス、十八歳、オーライ、ジョニイ、われわれがお前の捜している三大隊だ。これでも大隊と云えればだな、C中隊は線路の方だ――

ぼくはレールに沿って黙々と壕を掘っている兵隊をかきわけ、サムの名を呼んだ。肩を叩かれて振向くと、サムがそこに信じられぬものを見た驚きの表情で立ちすくんでいた。

自分が本来所属する所についに辿《たど》りつき、身を落着けることができるのは何という深い安息を人にもたらす事だろう。二週間足らず離れていただけで、ぼくは自分の中隊が永い旅行の終りにようやく帰り着いたわが家のように感じられた。住みなれた家、坐り古した椅子のように、ここは居心地が良いのである。ぼくは涙を仲間から隠してくれる闇に感謝した。

まわりに集った彼らが口ぐちに語るのをきけば、昼間片腕を吊った伍長の告げたことは正しかった。大隊があの丘を維持していたのは昨夜までで、払暁《ふつぎよう》、T34戦車の側面攻撃をうけ、重火器を破壊する暇もなく丘を放棄したそうである。いま戦える兵隊は大隊の五分の一に満たず、この抵抗線も本格的な攻撃をうけたら半時間ともたないだろうという。しかし、眼前にさし迫った危機も、本隊に戻った嬉しさにくらべると何ほどの恐怖も感じさせなかった。

ぼくはサムの説明を上の空でき流し、ビスケットをかじっては冷えた珈琲とともにのみこんだ。自分の壕をサムの隣に掘り終えた頃、指揮班の兵が、これで全部だ、むやみに撃つな、と念を押して一人あて四箇の手榴弾と八十発の小銃弾を配って歩いた。大隊はこの三日間、まったく補給をうけていないと聞く。ぼくは壕の内側を銃剣で掘りくぼめて棚を作り、自分の弾帯からとりだした挿弾子《そうだんし》の全部を支給された弾薬と一緒にきちんと並べた。

本部の伝令が壕にうずくまっている兵隊にくどくどと、敵を確認するまで発砲するな、といましめている。この付近は払暁いらいちりぢりになって山中に逃げこんだアメリカ兵が多く落ちのびてくるそうである。ぼくは撃ち易いように、壕の前に生いしげっている雑草をなぎ払うと、壕のうしろにもたれ、満腹した獣のように満ち足りた思いで目を閉じた。夜明け前、甲高《かんだか》い笛の音を聞いたかと思うと、真昼の明るさがみなぎり、そら来た、と兵隊が喚いて狂ったように発砲し始めた。

照明弾は休みなくうちあげられ、頭上で陽気な音楽のように鳴り、二百ヤードの彼方に伏せもせず進んでくる北鮮軍の夥しい群を照しだした。ぼくは、銃の安全装置をはずして、彼らがもっと近づくのを待った。

（阿久根の紙片は、この後大部分が失われているが、とびとびに残っている断片から、そのあけがたの短い戦闘と、混乱した退却、サム軍曹の死などが判読できる。

彼はその後、洛東江を隔てて永い陣地戦を戦い、九月中旬、北上を始めて西海岸で三十八度線[5]を越え、十一月二十一日、鴨緑江上流の山間の町、恵山鎮にさほどの抵抗もうけず到達した。

その日は、華氏二十度、青空に雲も見えずかなり暖かく感じられる日であったと書いている。反撃は一週間後に始まるのであるが、戦場に現れた中国軍を、彼は憎々しげに〝チンクス〟と呼んでいた。長津湖西北岸の寒村である柳潭里では、十一月二十八日、二個連隊のアメリカ軍が三個師団以上の中国軍に包囲され、五日間のうち二昼夜は雪以外のものを口に入れずに戦ったと書いている。

比較的まとまった文章が始まるのは、三七一という数字が記された紙片からで、日付はおよそ二年後の一九五二年十月二十日を示している。三十八度線中部山岳地帯の詳しい地図が、数多く描いてあり、金化[6]、鉄原、平康、の三つの土地を阿久津は赤鉛筆の太い線でむすんでいた。彼がただの虚弱な、足元もおぼつかない人間ではなかった事は、棒高飛びやハードルごえのたくみな学生であったことから理解されるだろう。

彼が、走った——と書けば、わたしには放課後の校庭で、彼がのびのびとハードルをまたいで疾走していた姿が浮ぶのである。彼が——跳んだ——と書けば、わたしには彼がバーに挑む姿が見える。夕陽の逆光線をあびて彼の躰が何かに手繰られるようにのびあがり、バーの上で一瞬停止したかのように躰をひねり、その時棒が手から離れて落ちる、腕を喝采するように頭上に開いて着地する。

雨の日でなければ、校庭の一隅で必ず見られた光景である。一人でいる時は水をその縁までたたえている甕《かめ》のように彼は自足していた。あえていえば、一人でいる時ほど愉しんでいる時は無いようだった。彼は個人的なスポーツにすぐれていただけでなく、愛していたのだ。

授業終了後、一人で運動用具の倉庫とトラックの間を往復して、ハードルを置きならべ、ひと休みする間もなくかけだすのである。にわかに彼の筋肉は強力なばねをしこまれたかのようであった。彼は力強く土を蹴って、ハードルからハードルへ軽々と跳躍した。ひと跳びごとに激しくつきだした右手は、目の前に垂れ下っている見えない縄を払うかのように横に動く、ハードルが倒れる事は少なかったと思う。トラックは校舎と離れた位置にあったので、夕闇が漂う時、彼が波乗りを愉しむように一人きりのハードル競走にふけっているのを見ると、上下とも白い運動着に着かえた姿は、白い旗を振るように見えた。

対抗競技は彼の好むものではなかった。無理《むりじ》強いに出場させられた競技で得たトロフィーがあったが、それは新聞紙にくるまれて教室の机の中に押しこんであったのを知っている。他人から邪魔されずに一人でいる時、彼は自由であるように見えた。わたしは「戦争」を読んだのだろうか。彼の書いたものをたどりながらわたしが思い浮べていたのは、薄闇の校庭を疾走する彼の姿であり、弓なりにしなった棒の先端でバーをかすめる彼の影であった。)

《阿久根猛のノート……二》

谷間の底、中隊本部の天幕前に初めは当番兵が雨空を見上げてたたずんでいただけだったが、情報えたさに立寄る兵がふえ、指揮所から中隊長がもどるころには雨外套をつけた中隊全員が黒々と揺れていた。何度失望しても彼らは休戦会談成立の吉報を聞きたがっているのである。彼らの記憶には、昨年十一月の事件が、まだ生々しく残っている。

二十七日午後十一時二十九分、戦闘停止協定が正式に発効する。発砲は自己防衛のためのやむをえぬ場合を除いて禁止する、という師団本部からの通達なのである。兵隊は奇声を発して鉄帽を投げあげ、ウイスキーの空壜を岩に叩きつけて粉々にした。――こいよ、みんな、グックス(7)を横穴から引きずりだして乾杯しに行こうじゃないか――彼らは付近にころがっていた衛生兵用の発煙筒をほうりあげ、カービン銃で狙い撃った。

白煙がほとばしり、兵隊をその中に包み隠し、歓声がひとしきり煙の渦から高まって次第に遠のいていった。悪寒《おかん》はあながち、岩の裂目に構築した機銃座の底の冷たさだけからきたのではなかった。ぼくは急に重たく感じられた鉄帽をぬぎ、うなだれて熱病患者のように呻いた。彼らは自分の土地を持っている。彼らには帰還の日が約束されている。

いくど彼らは、夢見心地に、その日を語った事だろう。敵襲の怖れよりは厳しい寒さのために一睡もできなかった多くの塹壕の夜、彼らは帰郷の日の光景について語り、飽く事を知らなかった。ぼくもまた彼らに話をせがんだものである。どんなに不機嫌な時も自分の土地の話となると彼らは表情を和《なご》ませずにはいなかったから。

——それでは話すことにしようジョニイ、わがスプリングフィールドでは、男たちは馬の話とワールドシリーズの賭しかしなくて。……

それではきいてくれジョニイ、お前に七年まえのカンサスシティがＶＪ記念日にはどんなにわいたか見せたかったよ。ヨーロッパから帰ったばかりの兵隊が町の大通を分列行進しおれは少年鼓笛隊の一人だった。街路は一面の紙吹雪なのだ。ホーンの中に降ってきた紙くずがつまって鳴らなくなったのには弱ったね。整然とした列がいつの間にか熱狂した市民の波にまきこまれて、肩を叩くやら女たちが抱きついて接吻するやら、兵隊は女を両わきにかかえて歩いていた、ああお前に見せたかったよジョニイ……

続けてくれアル、さあそれから……

おれはこう思うジョニイ、こんなに躰をしめつけるごわごわした野戦服を、ゆったりとした軽い背広に着かえて、どこかの街角で、やあハリイ、しばらく会わないうちにふとったな、とか、やあスタン元気なんだろう、とか、そうすると相手は、やあアル、お前はコリヤにいるとばかり思っていたのにいつ帰ったのだね、と云うから銀星章はもらいそこねたがとも角《かく》一杯やる事にしよう、と誘うのさ、そうだジョニイ、重要なのはこうしたやりとりを何気なく会社の帰りに会う時のように、日常のありふれた、そうだ、どことなくもの憂い、そして気軽な口調で話すのが肝腎なんだ。何日も前からくり返しているのであきあきしたという風に。そうだ一杯やる事にしよう、何を飲むかね、と云う、俺はこのやりとりを考えただけでぞくぞくする、いつかこう云えるものならジョニイ、片手をくれてやってもいいよ。……………………

……………………………………………………………………………………………

そうだ、たとえば白い紙くずが頭上に撒《ま》かれて蝶のように舞い、花模様の晴着をつけた女たちが接吻し、子供はそのまわりで賑《にぎ》やかに踊るだろう、町の住民は教会の鐘を鳴らして朗らかに凱旋を祝福し、シンバルの音も高らかに鼓笛隊が歓迎の行進をする。しかしぼくの帰る土地、両手をひろげてぼくを迎える土地は地上にあるだろうか。あるはずがない。

兵隊が喜びさわいだ翌々日、部隊は現在地のシュガーローフヒルを離れてはならないという師団命令が伝えられ、その翌日にはヴァンフリート司令官の名で、前線部隊の指令誤解は遺憾であるという発表がつけ加えられた。お偉がたはこうしてしばしば誤りの指令を与えておきながら、それを前線指揮官の錯誤にしてしまう。

今、中隊長はジープをおりて分隊長の集合を命じた。兵隊は一切をさとって待ちうけている死の前に少しでも多くの休息の時を過すために重い足どりで散って行った。七十九名にへった未補充の中隊が、他の二個中隊と協力して一昨夜放棄したばかりのスナイパーヒル(8)をうばい返す事になった。われわれは砲兵の支援射撃を期待できる。

中隊長は指揮所で配られた空中写真をさして説明した。馬蹄形をしたスナイパーヒルの三つの主要陣地のうちエル5の写真偵察によれば最も銃座の密集したパイクトップの正面をわがC中隊が、左側のラッセルトップをB中隊が、右側の、これがいちばん手薄だと判断されているフィンガートップを、実質三箇分隊ていどのA中隊が攻撃する。われわれは質問しなかった。

午後六時、持てるだけの弾薬と食糧を携帯してわれわれは出発した。ふだんは弾薬はとも角食糧まで背負って戦うことはないのだが、雪と氷が浸蝕した複雑な地隙《ちげき》の多いこの前線は、鋸の目のように相互に嚙み合っていて、物資の空中投下を許さないのである。砲撃は出発と同時に開始された。

弾着を示す薄桃色の炎がスナイパーヒルの斜面で明滅しているのが見える。霧が夕闇を白くした。われわれはいったんスナイパーヒルを左に見て谷底の狭い河床へおりた。そこに武器修理班がわれわれを待ちうけており、出発前の点検で故障のわかった無反動砲の一つを五〇口径の機銃と交換した。槓杆《ボルト》の作動不良が気づかわれるライフルも同時にとりかえ、バズーカ班は予備の砲を一セットずつ携行する事になった。谷底に漂う乳色の霧にわれわれの吐く息が溶けた。われわれは無言であった。犀《さい》の背に似ている目標の丘は、隊列が一つの屈曲部を過ぎるたびにわずかずつその向きを変えた。われわれの頭上に迫っている山の稜線に、アメリカ兵が一列に並び、灰色の空を背に谷底の兵隊、死にゆく同僚の行進を見おろしている。空には青い旗のような裂目が所どころに残っていた。われわれの靴の下で氷が割れた。まだらに雪が残っている谷間の道は暗かった。なぜ、戦場の夕暮は美しいのか。

初めて戦闘に加わった金泉北方の壕でぼくが見たものは、照明弾に照しだされ、それ自体宝石のような光を孕《はら》んでふるえている野の草の、不思議に鮮かな緑だった。草の葉の鋭い影がマグネシウムの光のもと、突き刺すような輪郭を見せてしげっているのを異様にたかぶった意識で見つめていた。それは数秒後に近づいた戦いのもたらす昂奮にちがいなかったが。〝草の緑〟と呼んだこの快い感覚はその後かたちを変えてぼくに訪れた。それはある時は戦闘直前の異様に濃い空の青であり、廃墟の奥で瞬《また》く燠火《おき》であり、寒さが一睡もさせなかった塹壕で迎える夜明けの白い光であった。それらは女の豊かな胸に顔を埋める快感を与えるのである。

戦いと破壊は日々の糧《かて》であった。間近に迫った死の予感だけが世界を美しくする。兵隊にとって死が何だろうか。戦いから離れて休暇を後方基地ですごす日々、ぼくは濡れた靴下のように意気沮喪し、手持無沙汰になる自分を感じた。

われわれはまだしきりに砲弾が落下しているスナイパーヒルのふもとに着いた。エイブル中隊のホオ少尉とベイカー中隊のエリオット中尉が、われわれの中隊長と破壊された給水車の蔭によって、二言三言ことばをかわし、手をふって別れた。攻撃がこのように無謀きわまるものだと、いまさら相談する事も無いと見える。午後九時、砲撃の最後の一発が丘の頂で炸裂した。中隊長が手を左右に振った。われわれは散開した。三時間の砲撃の余燼《よじん》が丘の斜面にくすぶっていて、熱い土の焦げた匂いが、いがらっぽい硝煙と共に咽をせきこませる。大小の漏斗状の穴がわれわれをつまずかせる。昼の失敗した攻撃の名残りなのだろうか、三輛のシャーマン戦車が擱坐していて、その破孔から細い火の糸を噴きあげている。一昨夜、頂の壕の中に置き去りにした石油ストーヴはどうなったろう、とふと思う。ぼくは丘の頂のクモの巣状に掘りめぐらした壕の形をそらんじている。三時間の砲撃も、中にひそむ北鮮兵をいためつけはしなかったろう。たのむところは歩兵の突撃しかあるまい。

ぼくは上衣にさげた六箇の手榴弾に一つずつふれてみて、それが夜霧をあびて濡れているのを知る。掌の柔い皮膚が、紡錘形《ぼうすいけい》の黒苺《くろいちご》に似た弾体の刻み目を感じ、その重量を快く量る。前の斜面に銃をついてうずくまっている影はショオだった。苦しそうに肩で息をしている。

――なんだショオ、お前防弾チョッキを着こんでいるじゃないか――いけないいかね――そんな物役に立ちはしないぞ、ぼくを見な、ほら、着ている奴は一人だっていやしない――。ショオはぼくが上衣を叩いてみせると安心したように自分のを脱いだ。

――大丈夫かな――大丈夫だとも。身軽になった方が少なくともチョッキのせいでもたついているより安全だ。ヒューズは着ていても一発でやられたよ――

初めて自信たっぷりの照明弾が丘の頂からうちあげられ、続いて数発のマグネシウムの星が輝き、揺れながら落ちてくる。われわれはまだ丘の中腹にたどり着いたばかりである。最初の迫撃砲弾の斉射が、無反動砲班の右に落ち、左に落ち、やられる、と思った瞬間、彼らを三度目の斉射が包んだ。暗く沈黙していた丘の稜線は今や一面の火の帯である。撃たれたアメリカ兵が丸太のように斜面をころがり落ち、その後を追うように彼の鉄帽が軽くはずみながらついてゆく。中隊長の声をかぎりの叱咤《しった》にもかかわらず、弾痕の底にひそんだ兵隊は応戦すらしない。

もし防備が手薄だと判断されたフィンガートップをやすやすとA中隊が確保しているのなら、われわれもこの丘の中腹を迂回《うかい》してA中隊と共にフィンガートップからパイクトップへ稜線伝いに攻めのぼることができる。しかし丘の両端に展開したA・B両中隊の方角からは最前、散発的に銃声がおこり、すぐやんだのをわれわれはきいている。

まさかとは思うが間違った目標を攻撃しているのではなかろうか。その可能性もなくはない。複雑な襞《ひだ》をたたんだ地形だから、そんな錯誤もあるわけだ。銃火はますます激しくなり、遮蔽《しゃへい》していても一人二人と負傷者がふえてくる。間断なくうちあげられる白銀と菫色《すみれいろ》の照明弾が斜面を白昼同然にし、敵の照準を的確にする。銃眼を狙って三発目を発射しないうちにバズーカ班の周囲を、八十一ミリ迫撃砲の斉射が包み、バズーカが沈黙するとじりじりと左の機関銃の方へ弾着を修正してゆく。

晩《おそ》かれ早かれこのままではチャーリー中隊は全滅する。動かねばならない。しかも前へ。とどまってはならない。

〝むうぶ　あっぷ〟

中隊長が残り少なくなった中隊の人影をうろうろと目でさぐって喚いた。三人の兵が立ちあがり、待ちかねていたような機銃の集中射撃をうけてころがった。――わたしの部下はどこへ行った。わたしの男たちを返してくれ――仆れた男はいうまでもなく、一人として応戦しようとしない兵隊の間を駆けまわり、中隊長が叫んだ。一方兵隊は這いずって窪地を探し芋虫のように身を縮めて弾丸からのがれるのにけんめいである。敵には動く兵が恰好の標的になる。狙撃銃は正確に一発で嘲るように仕止めてしまう。

中隊長が部下を呼ぶ。

――ラッセル――

返事が無い。――マレイ――

遠くからやられた、という声がかえってくる。――ヴィッキー、ロス、アンドリュー、マリオ、グレゴリイ、ヒューズ、スタン、ウォルター、コバルスキー――

応答が無い。大なり小なり負傷はしても、多くの戦いに生き残ってきた伍長や軍曹の名を呼ぶ声が、空《むな》しく闇にのまれる。女のように甲高い声で叫びながら人事係伍長のミューラーが斜面を駆けあがろうとしたが、銃声が彼をめがけてせわしく鳴り、すぐにやんだ。

――こうなったらどうにでもなれだジョニイ、行こう、さあ――

ショオが軽機を構えて傍に立っている。右手は負傷したらしく力無くたれていた。届くかどうか判らないがぼくはありったけの手榴弾を投げた。敵の銃声がややひるんだように感じられる。

――むうぶ　あっぷ　れっつむうぶ　あっぷ、どおんとすていひや。ぼおいず――

ぼくは仆れた兵の躰から手榴弾のフックをはずして集めた。つりあがった巴旦杏《はたんきょう》の形である目の、反歯《そっぱ》の、低い鼻の黄色い東洋人をそれは砕くだろう。腕時計の針が十一時を指してとまっている。両翼の中隊は撤退したか全滅したらしいと通信兵が告げたのも十一時だった。撤退の命令は聞いていない。ぼくは中隊長がうずくまっている弾痕に這って行った。聞けば、いま連隊から攻撃を成功させるために、三十五名の予備隊が出発したという。中隊長の考えではしばらく攻撃を中止して援軍をさらに要求し、中隊を再編成の後攻撃を始めるしかないという。彼の声は犠牲の多さに動顚《どうてん》してか、ミューラーのようにヒステリックにふるえている。

臆病者の逃口上でなければ気違い沙汰だ。かりに中隊長にしたがうとしても、予備隊が着くまでには夜があけ、両中隊の撤退を、あるいは全滅を敵は確認してしまう。今のところ彼らはわれわれの次の出かたを見まもっているのである。われわれの訓練は、寝て皆殺しを待つためのものではなかった。ぼくは中隊長をゆさぶって決心を促した。残存の兵をかき集めてパイクトップの左翼瘤形陣地を奪取しよう。でなければグックスは丘をおりてわれわれの咽をかき切るだろう。

あの死角、パイクトップの左に孤立している突角地は敵も利用したものだった。一昨夜あんなにもやすやすと丘を奪われたのは、あの隙を利用して接近されたからだ。「黙れ伍長、命令するのはわたしだ」声高に中隊長は拒絶した。通信兵が中隊長の太腿《ふともも》を繃帯で巻いている。負傷はとかく人を臆病にし、臆病者ほど喚きたがる。中隊長はそれと感じられるほど怯えているのである。攻撃中止を見てとったのか照明弾は溜息をつくように間遠《まどお》になった。

分散している兵を集めなければならない。銃声のやんだ丘はいたる所、負傷兵のすすり泣き。勝利を誇る口笛の音で、空に閃《ひらめ》く照明弾が枯木のように仆れている兵たちを浮びあがらせる。軽傷の兵は鉄帽で身を隠す窪みをつくるために凍土を削っている。そうだ、鉄兜について語ろう。

ファラオの兵の円錐形《えんすいけい》のそれでなく、ダリウスの兵の筒形のそれでなく、カエサルの重装歩兵の真紅の鶏冠を飾ったそれでなく、オーストリア槍騎兵の威嚇的な剣状飾をつけたそれでなく、イギリス陸軍の鍋形のそれでなく、アメリカ合衆国陸軍の制式鉄帽について語ろう。うなじをおおい、こめかみを守り、その目庇《まびさし》が猛禽類《もうきんるい》の鋭い嘴《くちばし》の形を模して彎曲《わんきょく》し、鋼よりも硬い楕円形のふくらみは見る位置を変えると少しずつ微妙な陰翳《いんえい》を帯びてさまざまな形に変化するのを人は知っているだろうか。鉄帽を見ると気力がふるい立ち、躰が熱くなる。「不死身のジョニイ」仲間は羨望のあまりぼくをそう呼んだ。ひそかにぼくは微笑《ほほえ》んでいる。鉄兜への愛、鉄兜の魔術によってぼくは不死身になった。

手の届く所に仆れているトニイ、興南港に陸揚げされたわが軍の新式シャーマン戦車を敵手におとさないために二十輛爆破した時は、彼と一緒だった。丘のすぐ向うには南下するチンクスの大部隊がいた。ニューメキシコの農場労働者である彼の仕事は、唐辛子の赤い実を地面に撒いて乾燥させるのだという。花模様のドレスの似合う妻があって、彼は日曜の朝教会の鐘を半ば睡《ねむ》りながら聴く。午後は町をあるき、映画館のスティール写真をしさいに点検して見るだけのことがあるだろうかと迷う。

そうだ、迷う事、映画館の前で、カードテーブルで、あるいは酒場のカウンターで、ジンにしようかウィスキーにしようか、それともビールだって悪くないと迷う事は、生きている人間のあかしではあるまいか。結局、映画も見ず魚釣にも行かず、家近くの教会に戻り、誰もいない椅子の一つにもたれて眠る。祭壇にはろうそくが燃え、その焔は黄色く熟した麦の穂に似ている。

それからアル、半年前の補充兵、彼はサンアントニオからきた。異国風の人を魅する街の名をアントオニオと三拍目に強勢をおいて発音する事を彼は教えた。家々の上は曇る事を知らない空、その琥珀色《こはくいろ》の陽について彼はくり返し語った。凱旋の日、選ばれた少女がつま先だって帰還兵に花輪を捧げる。その瞬間、楽隊の指揮者がタクトをかざして演奏の合図をする。群衆のどよめきが期待をこめてしずまる。音楽家たちは吹管に一斉に唇をあてる。

シンバルのひとうち。

トランペットとコルネットにトロンボーンが加わって最初のモティーフを奏でる。ブラスバンドは金色の矢の束である。スライドがめまぐるしく往復し、金色のさざなみが波紋を描く。さざなみの中央にシンバルが輝く。ぼくは兵隊に生き残りたければあの瘤陣地をとれと云う。あれは突撃の最大の障害になっているが、側面の急峻《きゅうしゅん》な崖まで行き着けば、死角を利用してパイクトップの方も攻撃できる。

伏せている兵の一人一人に状況を説明すると彼らは納得したようである。「やってみよう、夜明けには間が無いからそれも今すぐに」と云う。照明弾が燃え落ちた短い間隙《かんげき》の闇を利用して二、三人にわかれ、瘤陣地の側面、切り立った崖の内がわにかけこむ。傷ついた者、死者と見えた者もぼくが指で触れ息を吹きかけると逞《たくま》しく身をもたげる。すべての死体に今生命が甦《よみがえ》る。彼らは力に溢れ、銃に新しい弾丸を装塡し、しなやかな身ごなしで闇を縫って走る。

硝子色《ガラスいろ》の夜明けの空気、雲母《うんも》がはがれるように闇がうすれる。鳥の短いさえずり。猶予《ゆうよ》はならない。——むうぶ　あっぷ——喊声《かんせい》をあげて中隊はかけあがる。うろたえた銃声がにわかに斜面で沸き立った。四周の丘の稜線が黒く際立ち、東方に白雲母の断片に似た雲が浮いている。火線の濃い赤が次第に桃色に褪せ始めた。みよやあさのうすあかりに、たそがれゆくみそらに、うかぶわれらがはたせいじょうきを、

シンバルのひとうち。

指揮棒のひらめき、音はそのまま金色のしずくとなり群衆の上にその飛沫をあびせる彼らの歓声勇士達は進むみよやあさのうすあかりに……花模様のドレスをひるがえして一人の少女が駆け寄りハイビスカスの花輪をかけてくれた人は窓に身をのりだして細かくきざんだ白紙をふりまき太陽は眩《まぶ》しく照り蜜色の焰でわれわれを包むそのとき楽隊はきらめく金色の矢の束であるどうどうたるせいじょうきよおおわれらがはたあるところじゆうとゆうきともにあり瘤陣地を選んだぼくの判断は正しかったうん正しかったともとショオが云う一人として敵の銃火に仆れる者はいな

い確固とした足どりで兵士らは進む屈せずくじかれず鉛のように重く不死身のジョニイとぼくは呼ばれたひそかにぼくは微笑んでいる猛禽の鋭い嘴の形である鉄兜の目庇のもと兵士らの目は夜明けの空を映して水のように澄みみよやあさのうすあかりにたそがれゆく日曜日ぼくは午後町を散歩して映画館の写真を眺め切符を買おうか買うまいかと迷う事は愉しいそれともケリイの店でビールを飲もうかそれともおいジョニイと肩を叩かれるのでやあハリイ今度のワールドシリーズにはいくら賭けるかね結局教会にはいって木の椅子のひえびえとした背板にもたれ目を閉じると祈禱室《きとうしつ》で牧師の祈る低い呟きが子守歌のように眠りへ誘う攻撃は成功するだろうひるむ事なく彼らは進み銃眼を一つずつ沈黙させる数箇の手榴弾が黒い抛物線《ほうぶつせん》を描き頂で炸裂したシンバルのひとうち奔流のように溢れる熱い音楽曇る事を知らない青空人は身をのりだしてぼくをさしジョニイが帰ってきたわまああれはジョニイが死んだと思ったのにコリアからまあという仄かな夜明けの前触れ掩蓋《えんがい》を越えて壕の中へ入る兵士らの影が鮮かに浮ぶ薄明の空のもと今や銃眼の閃光《せんこう》はたえたみよやあさのうすあかりにたそがれゆくみそらにやあジョニイとかたをたたかれるからきがるにふりかえりかえりかんじんなのはなにげないくちょうでやあハリイしばらくあわないうちにふとったなやあキースやあジョニイとまちかどでてをふるからやあロスやあとうなずくやあそこにいるのはアンドリューしばらくあわないうちにやあヴィッキーやあラッセルやあローズマリー……トニイ……アル…………やあサム。

女にとっても最も遠い関心事は戦争であろう。ある箇所で阿久根は書いていた。〝問題は、戦場をどの角度から見るかという事だ〟たしかにそうだ、視点を変えれば、どのような戦場の断片でも、巧妙な外科医のように縫合して再構成し得る。ただわたしの場合、彼の見た角度から戦場は見えなかっただけのことである。見ようとする者には昼の星さえ見えもしよう。わたしは紙片を調べて読み残したものの無いことをたしかめた。全部終った。

わたしは彼の〝戦争〟を読む時、銃声を聴かず喊声をきかず、そこからただひとつの声が立ちのぼるのを耳にしていた。

敗戦の年の秋、伊佐里にまだアメリカ軍が駐屯していた頃である。阿久根は毎晩のように占領軍の営舎から夜遅く帰って来た。上気した頬を冷やすのか、すぐ家へはいらないで裏庭の井戸に腰かけ、あるいは無花果の樹のまわりをぶらつきながら、習いおぼえた歌を果しなく口ずさんでいたのである。ru–ru–ru–ru とそれは聞えた。読み終えた時、歌声もやんだ。彼が歌うことはもう二度とないだろう。なぜかわたしにはそう思われた。あの秋の夜のように抑えかねた喜悦がその声をふるわせ、それでも声高に歌うのではなくて、人に聴かれるのをはばかるように低く、次から次へと歌うことは無いだろう、とわたしは考えた。

註

1【アメリカ軍二十四歩兵師団】 アメリカ軍駐屯地の九州から最初に北朝鮮軍との地上戦に投入された師団。一九五〇（昭和二五）年七月の烏山の戦闘、錦江・大田の戦闘で大敗を喫し、二〇日間で兵力の半分を失った。

2【新京】 満洲国の首都、新京特別市のこと。現在の中国吉林省長春市。

3【松根油】 松など針葉樹の根株を乾留して得る油状の物質。第二次大戦中、松根油を原料とする航空ガソリンの製造が試みられた。

4【北鮮】 一三三ページの註4参照。

5【三十八度線】 一三三ページの註7参照。

6【金化、鉄原、平康】 一三三ページの註8参照。

7【グックス】 gooks。アメリカ兵のアジア人に対する蔑称。野蛮人、獣、異形の人間などの意。

8【スナイパーヒル】 朝鮮戦争で、一九五二年一〇月から一一月にかけての戦闘地、狙撃稜線を指す。鉄の三角地帯で中国軍と国連軍が衝突した激戦地の一つ。

奇蹟の市《まち》

佐木隆三

1

きのう、母が怪我をした。オート三輪車の荷台に立っていて、鹿児島本線のガードをくぐるとき、頭をひっこめるのを忘れたからだ。気を失っているあいだに、額を七針縫ったというが、夜おそくイキヨさんにかつがれて帰ってきて、それからずっと眠り続けている。看病のために学校を休んだものの、ぼくには特にすることもないから、雨降りに仲間がみつかるかどうかはわからないが、戦災住宅のほうへ行ってみようと思って、帽子にラムネ玉を詰めているところへ、イキヨさんが来た。

「おう、賢い子じゃのう。……母ちゃんの具合はどげなふうか」

イキヨさんは、さっそく地下足袋を脱いで上がりこみながら、大声で話しかける。きのう初めて家へ来たときからすっかり慣れ慣れしい態度のイキヨさんだから、ぼくの頭を二度ほどたたくと、寝ている母を跨《また》いで格子窓の下へ行き、板壁にもたれて坐《すわ》った。返事をしようにも咽喉《のど》がつかえてうまく声にならないので、ぼくはただ顔を赤くして咳払いをしただけだが、イキヨさんは部屋の隅にあった『平凡』に気づいて、さっそく読みはじめた。母と同じ仕事場にいるイキヨさんのことは、人夫にしておくには惜しいほどの別嬪《べっぴん》だ、と母がいつも噂しているから知ってはいたが、きのう初めて会ったぼくも、同じ感想を持った。尖《とが》った鼻と大きな目と薄い唇……みな、ぼくの好みとぴったりだ。畳が入っていないから測れないが、だいたい四畳半ほどの床にゴザを敷いて暮らしているのだから、寝ている母をはさんでイキヨさんとぼくとの距離はわずか二メートル前後でしかなく、なんだか息の詰まる思いがして、ぼくのあそこは次第に勃起しはじめてきた。そこでぼくは、急いで勉強机に向かい、ちょうどカバンからはみ出ていた『ジャック・アンド・ベティ』を取って拡げた。伯母が選ってくれた、比較的節穴の少ないリンゴ箱に紙を貼った勉強机だから、ぼくの下半身はすっぽりおさまる。これでひとまず、ズボンがテントを張ったところをみられずにすむから、ぼくは気持を落ち着かせるために『ジャック・アンド・ベティ』に注意を向けようとした。

「バッテン、おばちゃんは、ほんなごつ生命拾《いのちびろ》いじゃったバイ。走りよる自動車に乗っとって、まともに頭をコンクリートにぶつけりゃ、どげな石頭じゃろうといちころの筈《はず》じゃが、打ちどころがよかったちゅうか、とにかく生きとるのがふしぎなくらいじゃよ」

イキヨさんは、『平凡』をめくりながら、やはり大声で言った。昨夜もそのことをしきりに言っていたが、ぼくはマキワリを手にして立ちつくしていたから、姉や伯母のように大仰《おおぎよう》な相槌《あいづち》をうったりはしなかった。包帯をぐるぐる頭に巻きつけて帰ったのをみたとき、ぼくはてっきり母が喧嘩の相手にやられたものと思いこみ、復讐に駈けつけるためマキワリを武器にしようとしたのだ。母のために復讐を考えたのは、こんどが初めてではない。あれからまだ一年たたないが、母が広島市内へ闇米を運ぶのを職業にしていた頃、終列車が過ぎても帰らず、親戚たちは、たぶん一斉手入れにひっかかって留置場に放りこまれたのだろう、と判断をくだして一番列車で貰い下げに行く相談を始めたが、ぼくは報復手段として駅前の駐在所を爆破することを考え始めていた。復讐の方法を考えるとき、とりわけ頭が冴えるぼくだから、たとえばイモアメの万引きを密告してぼくを窮地に陥れた政夫は、ブレーキに細工がしてあるともしらずにぶっとばして自転車ごと川へ突っこみ、半年近く松葉杖で歩かねばならなかった。母の商売を妨げた警察は、カーバイトを利用した爆弾でぼくの制裁を受ける筈だったが、しかし、母は手入れを予知して広島駅の二つ手前で降り、そこから歩いて明け方近く家へ帰り着いたから、駐在所は爆破されずに済んだ。こんどの怪我はイキヨさんの説明で、鹿児島本線のガードにやられたことがわかったから、相手にとって不足はなく、ぼくはレールに置石をすべきか、ポイントに木片を詰める方法をとるべきかを考えたが、だんだん事情がわかるにつれて、やはり頭をひっこめなかった母のほうに責任があることに気づいた。ぼくは、理由もない復讐をしたりはしないのである。

「それにしても、前を向いて立っといてガードに気がつかんちゃ、おばちゃんは、よっぽど考えごとをしよったんじゃろうな」

せっかちに『平凡』をめくりながら、イキヨさんは呆《あき》れたような声を出した。だが昨夜のぼくは、復讐の理由がみつからなくなった後は拍子抜けしてしまい、オート三輪車の荷台における母の心境など考えてもみなかったから、返事のしようがない。ひとまずぼくは、赤くなった顔をふだんの色に戻すことに成功したので、勃起の状態を持続させながら、『ジャック・アンド・ベティ』から目をはなして、イキヨさんのほうを向いた。そしてぼくは、自分の迂闊《うかつ》さに気づいたのだ。板壁にもたれて足を前に投げだして坐っていたイキヨさんは、いつのまにか膝を軽く持ち上げて、ほぼ四十五度くらいの角度で両足を拡げているため、ぼくの位置からは、なぜかズロースをはいていないスカートの奥がすっかり見えるのだった。

早く気づかなかった自分を叱りつけながら、ぼくは生まれつきの斜視をうまく利用して、観察をはじめた。狐格子とかいう、板をずらせて開けたり閉めたりする仕組みの窓が一つしかない部屋だから、雨のためますます暗く、視力二・〇のぼくも細かく見極めることは出来ないが、それでも密集する毛の部分が縦に溝を作っていることなどがわかる。ぼくの左手は、ごく自然にズボンの左ポケットに入っていた。ラムネ玉を詰めこみすぎて出来た破れ目が、放っておいているうちにどんどん大きくなり、いまでは手がすっぽり抜けて、清田先生の授業のとき、勃起したあそこを縮めるつもりで握りしめていたら、思いがけず身体がしびれてきて、それが初めての射精の経験だった。昭和二十五年六月二十八日三時限目のこの出来事を、たぶんぼくは一生忘れないだろう。男と女があれをやるのは、互いに珍らしいからそれぞれのものを組み合わせあうだけだ、と思っていたぼくには大発見であった。これをやると気持がいいということを知らないままだったとしたら、ぼくはどんなに不幸だったろう。ぼくは偶然の機会で摑んだ新しい事実を、平均一日二回の割合で確かめながら、その度《たび》に感動する。それをやるのがたいてい授業中になるのは、夜は兄と同じ蒲団に寝なければならず、気配を悟られるおそれがあるからだが、とにかく清田先生が教壇に立つとズボンの中に手を入れずにはいられなくなる。いまは教室ではないが、しかしイキヨさんのあそこをすぐ目の前にしているのだから、リンゴ箱の中で動かす手を止めることは出来ない。やはりせわしく『平凡』のページをめくり続けているイキヨさんは、両足を六十度近くまで拡げてきており、股の合わせめの裂けた部分が別な生き物のように蠢《うご》めくのを凝視しながら、やがてぼくの身体は燃えるように熱くなり、呼吸をやめて四肢がしびれるにまかせる、あの一瞬を迎えた。新鮮な刺戟《しげき》を受けているだけに、同じ一瞬を味わうにしても違った感覚があって、ぼくはいつもより長い時間、身体をふるわせた。

「なんか、おかしか匂いがするのう」

イキヨさんが形のいい鼻を動かして言ったのは、ぼくの左手が濡れてしばらく経ってからだったが、それを聞いたらおさまりかけていた鼓動が、ふたたび激しくなった。教室では窓際の席だからやりやすいせいもあり、清田先生の時間にはたて続けに二回はそうせずにいられないから、風向きによっては粘液の匂いが教室に拡がることがあり、小島のような経験者は、キョロキョロあたりを見渡す。清田先生のブラウスの下で大きく盛上がっている乳房を直接見つめる想像をしたり、スラックスの両足の合わせめに生じる襞《ひだ》から内側の形を推測したりしながらポケットの中の手を動かす、せっかくの楽しみを台無しにされてはたまらないから、清田先生が仕込んできたばかりの匂いをまき散らしているからだ、とぼくが説明してやったところ、たちまち一年十一組中の噂になった。だいたい、国語を教える清田先生が、増崎先生の理科実験室に行く回数が多いのは不自然で、ひょっとしたらぼくの苦しまぎれの方便は当っているかもしれない。

「確か、馬が居らんごとなったのは、一年以上も前と聞いたが、やっぱし匂いが染みついとるんかのう」

イキヨさんは、勘付いたのではなかったのだ。ぼくは安心して、頷《うなず》いた。この建物は、一年半前まで馬小屋だったのだ。この部屋を貸してくれている伯母の家は、野菜から電球から配給の砂糖までを扱う諸式屋《しょしきや》だが、一年半前までは運送屋をやっていた。馬一頭と馬車一台で運送屋というのは大袈裟《おおげさ》で、ぼくの村では馬車曳《ばしやひ》きと呼ぶのが常識だが、それを言うと伯母や従姉《いとこ》の和江がひどく機嫌を悪くするから、ぼくも馬車曳きと呼ばず運送屋という表現を用いることにしているが、その運送屋をはじめる以前の伯父は、八幡製鉄所の職工だった。大正時代からブリキ圧延工場に勤めて、戦争中は職長として空襲にびくともせず増産の第一線に立ったのだそうだが、戦争に負けてからは、同じブリキ圧延工場で海水をドラム缶で煮て塩を製造するのが毎日の仕事になったうえ、製鉄所を進駐軍が解体して全部フィリッピンに運ぶという噂が拡がったのでひどく悲しくなり、希望退職に応じて退職金を貰い、その金で馬と馬車を買ったのだそうだ。道路という道路が、焼夷弾のため穴だらけで、トラックがまともに走れなくなっていただけに、伯父の馬車にはあちこちから依頼が殺到して大儲《おおもう》けをし、わずか三年で借家を一軒買い取り、トラックによる運送屋が活気をとりもどしたころ馬と馬車を売り、家を改造して商店にした。すぐ近くに製鉄所の社宅があるため諸式屋は大繁盛で、ぼくたち一家が広島県の田舎からやって来たのも、母の姉である伯母が墓参りに来たとき大いに吹聴《ふいちょう》したことに刺戟されたからである。

だからといって、ぼくたち一家までがうまくゆくとは限らず、まず家を借りようとしても貸してくれるところがなかった。ぼくの父は戦死したから、母は後家というわけでまず信用がなく、姉は肋膜炎《ろくまくえん》を患《わずら》っているし、兄は新制中学を卒業してすぐ住込んだ鍛冶屋で大火傷《おおやけど》を負ったのが治りきっておらず、ぼくは働きのない中学一年生だし、神戸の雑貨問屋に住込んでいる上の兄からの仕送りのことを言ってもダメで、せっかく空家をみつけても入れてもらえないので、仕方なく伯母の家の裏に残っていた馬小屋に床を張って生活を始めたのだ。それでも八幡市へ引越して来てから五カ月経ち、姉の肋膜炎は金光教会(1)のおかげでだいたいよくなり、兄は自動車修理工場の見習工になっている。母のほうも、まず始めた果実を並べる露店に失敗したが、職業安定所に通っているうちに主な勤め先になった鎮西工業では、闇米かつぎにくらべれば問題にならないくらい楽なモッコかつぎで男以上の働きぶりをみせたため、まもなく常雇いになれそうだという。こんどの怪我で、年内には普通の家に引越したいという願いは実現しないかもしれないが、『太閤記』の主人公ならびに作者のように、逆境で鍛えられておけば大人物になれる可能性も大きいわけだから、ぼくにとって馬小屋暮らしはむしろ楽しいくらいだ。

「バッテン、よかよか。おまい、キリストさまをみてみんか」イキヨさんが、雑誌を伏せながら笑った。

「知っとるよ。あの神様、馬小屋で生まれたんじゃけえね」ぼくは、初めて声に出して返事をした。

「ほんじゃ、おまいはの、キリストさまにはお父ちゃんが居らんかったことを、知っとるか」

「違うよ。ヨセフいう人が……」

「ばかじゃのう、オレが言いよるのは、おまい……お父ちゃんがおらんでも子供が出来るちゅうことじゃ」

イキヨさんは、ひどくおかしそうに身体を反《そ》らせて笑ったから、両膝はますます拡がって、あの部分はいっそう細かな点まで識別出来る。だから、まだ濡れたままのぼくの部分は、ふたたびぐいぐい勃起し始めたのだ。

「済まんねえ。イキヨさんにはきのうから大迷惑をかけてしもうたうえ、休んで見舞いにまで来てもろて」目を醒《さ》ました母が、手を合わせて拝む恰好《かっこう》をした。

「なんちゅうことはなか。きょうは、雨であぶれたけん、来ただけタイ」イキヨさんは話しやすいように、母に並んで寝そべった。

「そうか、雨かね。ワシ、ひとつも知らんかった」

「土方殺すにゃ刃物は要《い》らぬ、雨の三日も降ればよか、ちゅうじゃろうがい」

「それで、模様はどがいなふうかの。晴れてくれるかのう、あしたは……」

「当分は、やまんじゃろう。起業祭が近づいたら、たいてい雨じゃもんの」

「起業祭いうたら、なんじゃいね」

「ありゃ、知らんのかい。製鉄所が、明治ナントカ年の十一月十八日に仕事をはじめたちゅうので、そのお祭りタイ。八幡市は、役所も学校もみんな休みになるバイ」

「鎮西工業は、休みゃせんじゃろう」

「やっぱし、休みになるがね。去年だっちゃ、休みになったもんな」

「イキヨさん、ワシはあんた、日曜でも働かせてもらえるけえ、鎮西工業で辛抱しとるんじゃがね。雨降りはまあ、どがいすることも出来まいが、たった製鉄所の祭りぐらいで休むいうのは、どういうわけかい」

「そげなこと言うたっちゃ、こっちじゃ製鉄所はお天道さま以上じゃけん、いうてみりゃこの日の休みは、天長節みたいなものよ」

「いや、やっぱりおかしいがね、鎮西工業は……」

母はだんだん身体を起こし、とうとう蒲団の上で中腰になると、イキヨさんに挑みかかる感じで、鎮西工業を罵《のの》りはじめた。二度目の射精を済ませてぐったりなったぼくは、ぼんやり母とイキヨさんのやりとりを聞いていただけだが、しかし鎮西工業には言いたいことがある。

ホームルームの時間に、清田先生が家族調査票というのを書かせて、回収した後で点検しながら、ふと驚いたような顔でぼくの顔を見て、あなたのお母さんが鎮西工業勤務だったら、私の父の同僚ということになるのね、と言ったので話がおかしな具合になった。鎮西工業は鎮西工業でも、清田先生のお父さんは鎮西工業高校、ぼくの母は土木負請組の鎮西工業であることがわかって、一年十一組が大笑いになったのは、オート三輪車一台に人夫二十人前後でしかないくせに、鎮西工業だなんて大仰な名前をつけた鎮西工業のせいだったのだ。だが恥をかいたからといっても復讐するほどのことはなく、反省してみればぼくも悪かったわけで、隣の席の金村のように、保護者の職業欄にははっきり〝人夫〟とだけ書いておくべきだった。金村はふつうアサちゃんと呼ばれており、広島ではチョウやんと呼ぶのを訓読みしてアサという、つまり朝鮮人である。そういえば、あのホームルームの家族調査票の、出生地という欄に、ぼくが朝鮮生まれと書いたのを素早く読んだ小島は、後でさっそく皆にそれを吹聴して、ぼくが金村と仲良くしているのはアサちゃん同士だからだ、と教室中を信用させようとした。ぼくが朝鮮北部の生まれなのは事実だが、まぎれもない日本人なのであり、父はマグネサイト工場に勤めて、鉱山で採掘の現場監督をしていたのだ。文明の香りの高いアメリカかフランスに行かず、なぜニンニクの匂いの強い朝鮮へ渡ったりしたのか、ぼくが生まれる以前のこととはいえ、両親に抗議したい気持もあるが、昭和七年頃、百姓に飽いた父は移民になる決心をして、まずハワイ行きを考えたが許可がおりず、第二志望のブラジル行きということになりかけたのを、大のヘビ嫌いの母がニシキヘビが多いという理由で反対をして、結局は父自身もあまり気乗りせぬまま、朝鮮へ行ったという事情があるのだ。

その朝鮮から引き揚げたのが昭和十七年の正月だから、四歳半だったぼくにはあちらの生活の記憶があまりない。それでも断片的に、いくつかの場面は思い出せて、たとえば、便器に跨がっていると真下でカーンカーンと凍った糞尿を鉄棒で砕く音がしたことや、防空演習で頭巾をかぶって近所の子供たちと一緒に縄につかまりハゲ山の麓《ふもと》まで走らされたことなどだ。それからもう一つ、誇らしい記憶がある。それは人力車を乗りつけて帰った父が、朝鮮人の俥夫《しゃふ》が料金をもらいながらちゃんと礼を言わなかったことに腹を立て、薪でめった打ちにし、血まみれになった相手が土下座して詫《わ》びるのも聞き入れず今度は足蹴《あしげ》にし、警官が俥夫に手錠をかけて連行するまで、それをやめなかった。父だけでなく、日本人が朝鮮人を相手に、そうして制裁を加えているのを見かけた記憶はおぼろげながらある。戦争に負けた途端、平壌に近いその小さな町に残っていた日本人の多くが、今度はひどい目にあったという話を聞いたが、ぼくたち一家は父が召集を受けた直後に内地へ帰ったから無事だった。

とにかくぼくは、まぎれもなく日本人であることを証明するために、金村に決闘を挑み、乗気でない彼を徹底的に打ちのめした。金村なら、いくら殴っても決して先生から叱られる心配がないというから、鼻血を流したくらいで殴るのをやめなかったが、そのぼくにおそれをなし、小島たちが止めた。日本人であることを認めさせればいいのだから、ぼくはそれ以上金村を殴るのをやめたが、その出来事いらい一年十一組では、人夫の息子だからといって馬鹿にされることもなくなり、決闘は一石二鳥だった。

「そうそう、忘れとったど。オレは、朴さんからのことづかりものを持って来たんじゃった」イキヨさんが、買物籠をかきまわしながら言った。

「朴さんなら、ワシにラブレエタアじゃろうがい」母が、初めて笑った。

「うんにゃ、見舞金のごたるバイ」

チリ紙に包んだ紙片を受け取ってふところにしまいかけたのを、イキヨさんがとがめるような目で見るので、母が仕方なくそれを開いたら、中には新品の百円札が一枚入っていた。モッコかつぎで日当百八十円の母に、見舞金百円とはたいしたもので、ぼくも思わずイキヨさんに合わせて、オー、と声をあげた。金がないときの母ときたら、理由もなくゲンコツを寄越したりすることがあるから、なんといっても母が金を握っているあいだは、ぼくも安全なのだ。

「やっぱり朴さんは、おまいに惚れとるんかのう」イキヨさんが、ちょっと口惜しそうに言った。

「子供の前で、つまらんことを言いんさんなや」母はちょっと考えて、百円札の折目をのばして拡げると、敷蒲団の下にしまった。

「じゃけんど、相手が朝鮮人じゃあ、どげすることもならんのう」

「余計なこと言いんさんな、イキヨさん」

母は少し尖った声を出したが、百円札一枚を働かずに手に入れた喜びがそうさせるのだろう、小さな鼻にいっぱい皺《しわ》をつくる笑いかたで、蒲団にふたたびもぐった。

田舎のときからそうだが、母は仕事から帰るとその日の出来事をいちいち家族に話して聞かせる習慣なので、ぼくも朴さんのことをよく知っている。いくらか朝鮮語をつかえる母が、冗談半分にカタコトで話しかけたところ、朴さんがひどく親しみをみせはじめたのだそうだ。日本が戦争に負けるちょっと前、朝鮮の街を歩いていた朴さんは、いきなりトラックに積み込まれて釜山まで運ばれ、今度は船に乗せられて下関で降ろされ、筑豊のヤマで石炭を掘らされるようになり、戦争が終ってからはずっと八幡市で人夫をしているという。母が二十八歳のときから子供四人かかえて苦労してきた話にも、すっかり同情した朴さんなので、見舞金百円を包んだのかもしれないが、ぼくの推測では口止め料として渡したように思える。大防空壕の出入口に爆弾が命中して、避難していた千数百人が一度に蒸焼きになったという小伊藤山を削りとって公園にする計画があり、鎮西工業もその工事を請負ったが、ある日のこと母が気を利かせて朴さんの弁当箱を洗ってやろうとしたら、明らかに工事用のものをくすねたダイナマイトが詰まっていたというのだ。だが母はぼくたち一家のものに喋《しゃべ》っただけで、他所《よそ》ではそのことを誰にも言っていない。

それはちょうど、ぼくと金村とが学校の近くの文具店で、たまたま同時に万引きをやったとき、互いに許しあった目配せを交したのが最初のふれあいだったのと同じことかもしれない。転校してきて、まず教科書が違うのにとまどい、うっかり口をきけば広島弁のアクセントを笑われそうなのでなるべく皆から離れていたぼくは、やはりぽつんと一人だけで過ごしている金村と、その万引き事件をきっかけに言葉を交すようになった。ぼくの言葉がおかしいと言って、広島弁よりよほどおかしい北九州弁の皆が笑うが、金村もいくぶんどもり気味で皆から笑われているから、ぼくたち二人だけのときは安心して喋りあうことが出来る。弁当を持って来ず、厭《いや》な匂いがする給食のミルクだけで済ませているというのに、金村はよく太っており、顔なんかテカテカ光っているのはふしぎで、痩せたぼくはとても敵《かな》いそうにない相手だが、学校にいるあいだはなにをやってもヘマばかりという金村だから、屋上での決闘だってだらしなかったのだろう。ところが一歩学校から外へ出ると、金村は別人のように活気づく。病気がちの金村のお母さんにかわって、弟と妹の面倒をみてやるだけでなく、新聞配りやクズ鉄集めにも精出しているところは、とてもぼくと同じ中学一年生とは思えない。だからぼくは、金村の機嫌をとって、働き口をみつけてもらおうかと考えているが、なかなか切りだすきっかけがなかった。

しかし、母が寝込んだことを口実にすれば、金村だって厭とは言わないだろう。実際のところ、ぼくたち一家が持っている現金といえば、たったいまイキヨさんが渡してくれた、朴さんの見舞金百円だけの筈だ。神戸に居る上の兄が送金してくれるといっても一ヵ月千円だし、自動車修理工見習いの下の兄は交通費をもらっているだけだし、金光教会に通っている姉はめったに祈禱《きとう》をしてもらえないくせに女中としての仕事は忙しく、きょうだってぼくを母の看病に残して出かけてしまったほどだが金は一円だって入らない。そこで日当百八十円の母ががんばらねばどうにもならないわけだが、八幡というところは広島にくらべて、気のせいかどうか雨がよく降り、そのぶんだけ母の休みがふえて、手袋かがりの内職をみつけてきても、四人がかりで集中して一晩六十円になるかならないかで、ロウソク代がかさんで結局は骨折り損をする感じだった。怪我が治って働きに出かけられるようになっても、頭をひっこめなかった母が悪いのだから、七針縫った手術の金は鎮西工業が立替えているため、やがて日当からいくらかずつ差引かれる。きのうの医者は入院しろと言って、こわい顔をしたそうだが、目を醒ました母がそれ以上にこわい顔をして睨《にら》み返《かえ》したため、昨夜は帰れたわけで、もしそのまま病院に居たら、どれだけ金を取られることになるかわかったものではない。いったいあしたからどうなるのかわからないが、諸式屋が大繁盛の伯母にしたところで、リンゴを五個ほど持って来ただけで、金を貸してやろうとは決して言わなかったのだ。

「バッテン、おばちゃん、これは大怪我じゃけ、焦らんで養生せにゃ、後でおおごとするバイ」

イキヨさんが、少しあらたまった調子で言った。

「イキヨさん、そがいなことを言うんなら、あんたがワシに毎日、百八十円いうものをつかあさるんかの」母が急に強い調子で言った。

「おまい、ひとが親切で言いよるんど」

「じゃけん、百八十円つかあさいや。ワシは口先だけの親切は、貰わんようにしとるんじゃ」

ぼくは、母のその言葉を、人生訓として胸の奥に刻みつけておこうと思った。ネクタイを締めた男は警戒しろ、近い親戚ほど油断をするな、というような人生訓は母が体験から引きだしたものので、たとえばフィリッピンのミンダナオ島で父と戦友だったと称して家へ来て、まだ生存している筈だからアメリカ軍に手をまわして調査してあげると言って有り金を全部攫《さら》って行った男はネクタイを締めていたし、その前に、朝鮮から母が持ち帰った金を拝み倒して借りて行った父の弟にあたる叔父は、約束どおり返すには返したが、敗戦後に金の値打ちが嘘みたいに下がってからだった。

「どこぞ、鎮西工業より割のええとこはなかろうかのう。このままじゃあ、一家心中せにゃならん」母が、また溜息をついた。

「実はおばちゃん、オレもそれを考えよるとこなんじゃ」イキヨさんが、身体をのりだした。

「とはいうても、力仕事しか能のないワシに、おいそれと他の仕事がみつかるとも思えんしのう」

「おばちゃん、よう聞くがよかバイ。これは、オレのほんなごつ親切心で言うてやるとじゃが、その気になれば一日千五百円になるちゅう仕事があるタイ。どげするな……」

「イキヨさん、子供の前でそがいなこと、言うもんじゃなあよ。言うちゃ済まんが、二十八の年から後家を張りとおして、きょうまで後指をさされるげなことは、いっぺんじゃあいうて、した覚えはないんじゃけえね」

「違う違う。勝山橋に立って毎晩マメを売るげなことするのは、春代さんが似合うとる。オレが言いよるのはの、進駐軍相手の仕事なんど」

「ほれ、みんさいや。進駐軍相手なら、いよいよあれしかなかろうがい」

「わからん人じゃねえ、おばちゃんも。オレが言いよるのは、朝鮮で戦死した進駐軍のハラワタを抜く仕事のことど」

「イキヨさん、なんでそれを早う言わんかい。その話、どこへ行きゃええんかいの」

母は、まさにガバッという感じで身体を起こすと、イキヨさんのセーターの袖口をつかみ、強く引っ張った。だが、たったいま口にしたことを後悔したように、イキヨさんは黙りこんでしまったのだ。

朝鮮での戦争が、ますます激しさを増してきていることは、新聞もラジオもない生活だがちゃんとぼくは知っている。八幡市へ出て来たばかりのとき、普通の日でも秋祭りのときのような人出の盛り場が珍らしく、ぼくは転入手続きが手間どっているのをいいことに学校へ行かず、毎日街を歩きまわったものだが、その日はあいにく雨だったから㊈デパートの地階から五階までゆっくり見物し、エレベーターで目標の五十往復をしてふらふらになって外へ出たとき、朝鮮で戦争が始まったことを報《しら》せる号外を拾ったのだ。その後の経過は、社会科の井永先生が授業にかかる前にかならず解説するから、最初だまし打ちを加えた北軍がすごい勢いで南軍と国連軍を追いつめたが、九月になって国連軍がクルミ割り作戦に成功して形勢は逆転、北軍が総退却を始めていることも知っている。

二学期が始まってまもなく、金村が電車の回数券を拾ったので、ぼくたち二人は小倉市まで行ってみた。初めて小倉市へ行くぼくとは違って、金村はかなり頻繁に出かけているとかで、さっそく八階建ての井筒屋デパートへ入ろうとしたぼくを笑って、魚町商店街のほうへ連れて行った。金村はここで、女連れのアメリカ兵をみつけると、片っ端から〝ユー・キンチャク・ベリイ・ナイスね〟とやりだした。正確に言えば、大きなアメリカ兵の身体の附属品のようにくっついているパンパン(2)に向けて言うのであり、相手は怒るか喜ぶかのどっちかで、だいたい三人に一人の割合でチューインガムか十円札を呉《く》れる。輪タクの運転手が教えてくれたというその言葉が、どういう意味を持つのかは金村にもわからないらしいが、ぼくもただ見物しているだけではつまらなくなってやり始めた。アメリカ陸軍第二十四師団のキャンプがあるので、小倉市はやたら白や黒の兵隊が多く、かならず女連れで歩いているから、ぼくも金村も忙しく、声をからした頃にはポケット一杯のチューインガムと十数枚の十円札を手に入れていた。もっとも、ツバをかけられたり、ハイヒールで蹴られたりしたから、収入を得るためにはやはりある程度の犠牲が必要なことがよくわかった。

そのうち、野球帽を横向きにかぶった、一見して不良とわかる奴がやって来て、しきりに因縁をつけ始めたので場所を変えることにし、ぼくと金村は口いっぱいチューインガムを詰め込み、アメリカの味を噛みしめながら、紫川添いに海岸のほうへ歩いた。気づいてみると、パンパン風の女たちがそれぞれ一人きりで、ぼくらと同じ方向へ歩いていた。朝鮮行きの船が出るからその見送りなのかもしれない、と金村が素早く見当をつけ、ぼくらも岸壁のほうへ急いだ。金村が言うには、ふたたび生きて帰れるかどうかわからないので、朝鮮へ出かけるアメリカ兵は、使い残した日本円の札束や高級乗用車を、ポンと気前よくパンパンに呉れてやるというから、なにかのはずみでぼくたちにも腕時計ぐらいは投げてくれるかもしれないと思ったのだ。港には、まぎれもなく黒い船体のアメリカ船が接岸していたから、とりあえず〝フレー・フレー・アメリカ〟と叫ぶことに決めて走り寄ろうとしたら、いきなり飛び出してきた警官が、ぼくたちを通せんぼした。パンパンたちを通してなぜぼくらを通さないのか、ぼくと金村は極めて正当な抗議をしたが、警官はひどく緊張していて口をきこうとせず、隙をみてくぐり抜けようとしたぼくらを捕えると、棍棒で三つずつ尻を殴った。

仕方なくぼくらは魚町のほうへ戻ることにしたが、諦めのいい金村とは違いぼくはただちに復讐の鬼となり、ちょうど留守中の交番に入ると、金村に見張らせておいて肱掛椅子《ひじかけいす》と編上靴にたっぷり小便をかけてやった。そして清々《すがすが》しい気分でもと来た道を引き返し始めたら、突然けたたましくサイレンが鳴りだして、後から白オートバイが追いかけてきた。ぼくはとっさに、紫川に飛び込んで得意の水泳で逃げることにして川岸に寄ったが、白オートバイはそのまま繁華街へ向けて走り、その後を数えきれないほどのトラックが連なって、フルスピードで行った。交番への復讐が悟られたのではないことを知ってぼくたちは安心したが、目の前を走るトラックはアメリカ兵が運転し、荷台にはホロをかぶせていて、どこか異様にみえた。なにが異様なのか、次第にわかってきて、それは川そのものが匂いのする泡をプツプツ浮かばせ、ぼくも金村もめったに風呂に入らない習慣だからそれぞれ異臭をもっているのは確かだが、その種の匂いとはまったく違う性質の悪臭を撒《ま》きちらして行ったのがトラック群だったのだ。やがて〝ジョー〟とか〝トム〟とか叫びながら、さっきのパンパンたちが涙を流してトラックの後を追いだしたから、ぼくたちは死体を乗せた船が帰ってきたということを知ったのだった。

「バッテン、なんぼ千五百円ち言われても、気色が悪かけんねえ。まだ返事をしちょらんとよ」

とイキヨさんは、墨でなぞったとわかる眉をよせた。

「じゃけん、ワシら二人なら、心強いわけでがんしょうがい」母はうってかわった、ていねいな言葉づかいをした。

「まあ、オレにしたところで、おばちゃんと一緒なら、心丈夫タイ」

「イキヨさん、この通りです……」

「オレに頭を下げるよりゃ、松本さんのほうバイ」

「松本さんいうたら、腑抜けのごといつも黙っとりんさる、あのお爺さんですかの」

「ほんなごつ言うと、あの人がこないだまで、ハラワタば抜きよったタイ。バッテン、あんまり気色が悪うて、やめたとよ。とてもじゃなかが、つとまらんち」

「イキヨさん、あんたがやめるなら、ワシ一人でも行くけえね」

「なんじゃ、おまい、オレが言いだした話ちゅうのに」

「松本さんは、ワシも世話してくれてじゃろうか」

「そりゃ、そうよ。あの人は、おまい、一週間以内にかわりの人夫を何人かみつけてくるちゅう約束でやめさせてもろたとじゃ。それを守らんかったら、朝鮮行きの船に乗せるど、ちゅうておどかされとるけ、必死タイ」

「そりゃ、願うてもない話じゃ。ワシは決めた、ワシは行きますけんの。決めたで」

「そげんなこと言うても、おまい、身許調《みもとしら》べやらなんやらがあるけえ、どうせ先の話じゃあ」

「それなればこそ、善は急げじゃ。松本さんの家は、どこか教えておくれんか。善は急げじゃけえのう」

母はしきりに、善は急げを繰返して立ちあがると、よろよろしながらモンペをつけはじめた。イキヨさんが、母を止めろとぼくにしきりにまばたきを送ったが、大きな美しい目でそれをやられると息がつまりそうで、ぼくはただその顔にみとれているだけだった。

2

焔《ほのお》　炎々　波濤《はとう》を　焦がし
煙　濛々《もうもう》　天に　漲《みなぎ》る
天下の　壮観　わが製鉄所
八幡　八幡　われらの　八幡市
市の進展は　われらの　責務

ぼくは小声で歌いながら、拍子をとって商店街を歩く。頭上では、八幡市のマークと八幡製鉄所のマークを染めた紙の旗が、風にはためいている。〝祝・八幡製鉄所創業五十周年〟という看板が、いたるところに立っている。起業祭は、いよいよあと三日後にせまったのだ。学校では、このところ朝礼できまって市歌の斉唱があるから、音楽があまり得意でないうえ、級友たちみたいに小学校当時から馴染んでいるのではなく初めて覚える歌なので苦心したが、それでもブラスバンドに合わせて歌うと勇ましい感じなのがよく、特に二番の歌詞は気にいった。

八幡製鉄所は創業五十周年にちなんで、いろいろな行事を計画しているらしいが、生徒の三分の二が製鉄社員の子弟というぼくらの中学校だから、ブラスバンドを先頭に祝賀の旗行列をする。

行列は学校が休みの十八日にあり、自由参加だというが、製鉄社員でない保護者をもつ者も行っていいらしいから、〝わが製鉄所……〟と言うのは気がひけるけれども、ぼくも出るつもりだ。怪我をした二日後に手術のあとの抜糸を済ませた母は、すぐ働きに出るようになったが、やはり鎮西工業が製鉄所起業祭には休業すると聞いて、がっかりしている。医者はまだ一〜二週間の安静が必要だと言っているそうだが、金光教の親先生が推理したとおり治療費を稼ぐためにわざと大仰な診断をするものらしく、その証拠に抜糸いらい病院通いをやめて教会から貰った御神水で湿布をしたらてきめんに効き、母の頭痛と耳鳴りはすっかりおさまった。鎮西工業では病後だという理由で、スコップですくって入れる仕事に配置がえされ日当百四十五円になったから、男に混じってモッコをかついだ当時よりは三十五円安く、おまけに治療費の立替ぶんを日当から二割ずつ引かれており、確かに起業祭の臨時休業はいたい。だが小倉のアメリカ軍キャンプで働く話は進んで、もう戸籍抄本も提出しているから、採用ときまれば一挙に十倍以上の、日当千五百円だ。めまぐるしく陽気になったり陰気になったりする母だから、ついさっきまで翌日の生活を考えて涙ぐんでいたのが、急に来るべき日当千五百円のことを思い浮かべて笑いだしたりするので、なにも知らない伯母は、鹿児島本線のガードに頭をぶつけたショックで気狂いになったのではないか、と心配をしている。いうまでもなく、日当千五百円の仕事にありつけるかもしれないということは、ぼくたち一家だけの秘密だから、いくら平素は口が軽い姉でも、そのことは洩らしていない。満勤すれば月額四万五千円という数字をうっかり伯母に洩らそうものなら、たちまちこれまでのツケを全部払うよう請求されるだろう。伯母の店では闇米まで扱っているから、さしあたっての生活に必要なものはなんでもあるわけで、ぼくたち一家はそのおかげで生きのびている恰好だ。母は尋常小学校を無事に卒業したが、伯母は尋常科中退で奉公に出たため片仮名を書けるだけなので、店の帳簿は中学三年生の和江がつけている。従姉だというのに、学校の廊下ですれ違っても知らん顔をしている和江は、ぼくたち一家がよほど嫌いだとみえて、彼女が店番をしているときは、ひどい意地悪をする。さっきだって、明らかに棚の箱に詰まっているのに、ロウソクは品切れだなんて嘘をついたから、商店街まで来なければならなくなったのだ。

「なんじゃ、これより太いやつが要るちゅうのか。どうせ停電のときだけじゃろがい」

この店でも、ぼくが欲しがっている太さのロウソクを用意しておらず、親爺《おやじ》さんは小指ほどもないやつを押しつけようとする。しかし、一本以上灯《とも》すのは贅沢《ぜいたく》だと決して許さない母だから、ぼくとしてはなるべく太目のやつを探して、せめて本ぐらい読める明かるさを保ちたいのだ。

「まさかお前、ロウソクを柱に家を建てるわけじゃあるまいが。それともなにか、お前とこには電気が来とらんのか」

親爺さんは、毒づきながら、ロウソクの箱を陳列ケースの中にしまうが、その隙にぼくの左手はスタルヒン投手ほど大きなワインド・アップこそしないが、サイド・スロー気味に風をきって走り、ちょうどそのあたりにあった歯ブラシを四本攫《さら》っている。みろ、ひとを馬鹿にした報いだ。ぼくは八幡市歌を軽快にハミングしながら、次の店を探して歩く。素早さを身上とするのがぼくの報復だから、さっきは和江と口論になっているあいだ、ばら売りのキャラメルをごっそり取ってやり、その成果がこうして口の中で甘く溶けている。

田舎に居た頃から、ぼくの万引き技術には定評があったが、八幡市へ来てからはそれが完璧なものになった。ズボンのポケットが抜けたおかげで、ぼくは性感の素晴らしさを発見する偶然の機会を得たわけだが、抜けたポケットの効用はまだ他にもあった。このごろ晴天の日でもぼくがゴム長靴をはいているのは、ズック靴を持たないせいもあるが、しかし万引きした品物がポケットの穴から滑り落ちてくるのを受けとめるためなのだ。もし怪しまれても、せいぜいズボンの上からポケットの部分を押さえられる程度だから、戦利品はゴム長靴の中で絶対安全という仕組みである。歯ブラシが四本入ったから、左足を動かすたびにくすぐられるのには参るが、しかしうっかり人目につくところで取り出しては怪しまれるから、ぼくは我慢しながら歩く。実はさっきから、いくらか気になっているのだが、制服の警官やはっきりそれとわかる私服の刑事が、商店街の路地でなにかを見張っている。たぶん、製鉄所をクビになった共産党員たちが起業祭の混雑につけこんで製鉄所を襲うらしいという噂なので、警察としては繁華街で示威行為をしているのだろうから、ぼくにとっては関係のないことだが、自重してあまり金目のものは狙わないほうがよさそうだ。

「おい、ヒロシマよ。ヒロシマちゅうたらヒロシマよ」

ぼくを呼びとめたのは、金村だった。広島県から転校してきたからそう呼ばれるわけで、一年十一組には他にもカゴシマやナガサキやエヒメやオカヤマが居る。ぼくが転校して編入された一年十一組は、こうして人数がふえるいっぽうで、いまでは六十三人になっている。

「なんじゃい、金村」

「よか話があるど」

「それよりお前、夕刊が残っとるぞ。余ったやつには、全部ワシに渡せ」

「一部だけで、よかろうが」

「うんにゃ、全部じゃ」

「なんや、お前も溜めて売るちゅうのか」

「ばか。ワシが読むんじゃい」

ぼくは金村が肩から吊った帯に残っていた、予備だという新聞を強引に取った。小学校の頃には『中国新聞』を隅から隅まで読んで、ニュースのことなら先生よりも詳しかったくらいで、たまに金村から貰う新聞を手にすると、ぼくはひどく充実した気分を味わえる。

「お前、新聞配りをしたいちゅうたのは、ほんなごつか」金村が、唇をなめながら言った。

「あたりまえじゃ、お前はまだ、主任さんに言うてくれとらんのか」ぼくは少し腹を立てて答えた。

「一人、空くごとなったタイ」

「おい、金村、そりゃ、ほんまかい」

ぼくの声は、昂奮《こうふん》してうわずってしまっていた。ラムネ玉三十個は痛かったが、しかしちゃんと筋道を踏んで依頼しておいたおかげで、意外に早くチャンスが訪れたのだ。

「それで、いつから、どこを配るんじゃ。……それから、ゼニはなんぼもらえるんじゃ」

ぼくは、せっかちに訊《たず》ねた。母がイキヨさんから日当千五百円の話をもちかけられたときも、横で聞いていていて身体を熱くしたが、しかし自分の働き口となると、いっそう落ち着けない。

「あしたから、オレについて来い。見習いのあいだは、タダじゃけんど、道順を覚えて一人で行けるようになったら、その日からお前の稼ぎで、月四百円ぐらいじゃ」

金村は、寛大な微笑を浮かべて、ゆっくり説明した。つまり金村の配達区域をそっくりぼくが引き継ぐことになるわけだから、金村は新聞配達をやめるのだろうが、彼のことだから他にいい儲け口をみつけたに違いない。

思いついたことをすぐ実行に移す性格はぼくの長所のひとつであり、通信簿にもちゃんと、積極的、と書いてあるのだが、同時に短所でもあるらしく、田舎に居たときから、親戚中でいちばんオッチョコチョイだといわれていた。配達区域に小島の家があることに気づいたぼくは、挨拶がおくれたことで厭がらせを受けてはつまらないので、金村と別れてからアパートへ立寄ったところ、いきなり地下室へ連れ込まれてしまったのだ。金村が四百円取っているというから、ぼくも当然それだけ収入を得るわけで、早く帰って母を喜こばせてやりたいし、ロウソクも買わねばならないのに、小島はなかなか帰してくれそうにもない。小島は晩御飯を済ませていても、ぼくたち一家はこれから七輪をおこして仕度をはじめる時間なのだ。

「急いで帰らにゃ、ワシ……用事があるんじゃあ」ぼくはさっきから、ほとんど哀願する調子で言っているのだった。

「ばかたれ、リンチなんかじゃなかど」小島は、ニヤニヤ笑っている。

「晩メシを喰うてから、すぐ来るよ」

「ええか、ヒロシマ。オレの親切がお前にはわからんのか」

小島がなにを考えているのかわからず、ぼくはひどく不安な思いで天井の裸電球を見上げたりした。小島のお父さんは八幡製鉄所の係長だから、今度新しく建った鉄筋四階のアパートに、まっさきに入れたのだという。先月末にまず二棟出来あがり、これからもどんどん工事を進め、何十棟というアパートが並ぶことになるらしい。空襲にやられる前はレンガ社宅といわれていた一帯で、まさに瓦礫《がれき》の山そのままだったのを、次第に片付けてきて、あちこちでコンクリート打ちが始まっている。どうせぼくたち一家に縁がないことはわかっているから、一年十一組の連中が次々と小島の住まいを見物に行っても、ぼくだけ知らん顔をしてきた。ひょっとしたら小島は、それが気にくわないから、挨拶に寄ったのをいいことに地下室へ連れて来たのかもしれない。地階は物置きになっており、階段の左右四戸ぶんずつ、合計八つが小さく仕切られて並んでいる。それぞれにドアがついていて、畳もちゃんと四枚半敷いてある。部屋のほうが二間と台所だから、子供が居る家はたいてい地下室を勉強部屋に当てているらしく、小島のところには机や本箱はもちろん、ラジオまで備えつけてある。よく考えてみると、ぼくたち一家が生活している元馬小屋と同じ広さだが、電燈はあるし、畳も敷いてあるし、物置きとはいえはるかに立派ではないか。

「ええのう、小島の家は……」

めったなことで他人を羨《うらや》ましがらないが、このときばかりはぼくも、本心からそう言った。四十ワットくらいの電球だが、ロウソク暮らしのぼくには太陽が輝いているようにみえ、ふと家族のことが気になってきた。和江が店番をしている限りロウソクを売らないだろうから、母や姉や兄は使いに出たぼくが帰らないことにはどうしようもない。ロウソクのない夜、七輪の火だけがぼうっと明かるい部屋で食事をするときは、奇妙にみんな無口だった。起きている限り、三分間以上は黙っていることが出来ない姉までが口を利かないから、明かるさと人間のお喋りとは密接な関係があるのではなかろうか。とにかく、どんなことがあっても、家族にだけは損害を与えたくないぼくだから、いくらなんでも理由もなくこんなところに閉じこめられたままで居たくない。

「ワシは、やっぱり帰るわい」

ぼくは、決心して腰をあげた。小島にさからえば、そのグループからどんな目にあわされるかはわかっているが、この際そんなことを心配していられない。それに、いくら結束が固くても、小島たちのグループだっていつも一緒に行動しているわけではないから、一対一になったチャンスをねらえば、切りくずしていける筈だ。ぼくは小島に背中を向けて、ドアに手をかけた。

「待て、ヒロシマ……」

小島はそう言うと、ぼくのズボンのベルトをつかみ、シイーッ、という仕種《しぐさ》をした。なるほど、階段を降りてくる足音がして、どうやら二〜三人のようだ。小島の子分たちだろうか。ぼくは、べつに危害を加える様子でもない小島の表情にとまどいながらも、万一のときは今後のためにもある程度の抵抗をしておくことにして、机の上にある鉄製ブンチンをいつでも掴める態勢をとった。しかし、空巣狙いのような用心深さで入って来たのは、三人とも女子ばかりだったのだ。そして、そのうちの一人は同じ一年十一組の海老谷順子だったから、ぼくたちは意外な場所で顔を合わせた驚きで、しばらく睨みあいを続けていなければならなかった。

「テツとカネが来られんごとなって、ピンチヒッターちゅうわけよ」

小島が弁解がましく説明している。だがそれにしても、一年十一組ではかなり目立つ存在の海老谷順子までが、地下室を珍らしがって小島のところへ出入りしているとは、思ってもみなかった。

「ヒロシマさんは、国語はつまらんが、社会科がまあまあじゃけ、いっちょヤマのかけかたを教えてもらおうかねええ」

教室では、ぼくなんかまるで無視しているくせに、海老谷順子のこの馴れ馴れしい態度はどういうわけだ。ぼくはすっかり狼狽《ろうばい》して、小島に目で問いかけたが、彼は他の二人になにやら小声で言っていて、ぼくの視線など構ってくれない。だが、そういえば十二月上旬は期末考査で、気の早い連中はもう準備しているわけだ。やって来た女子三人とも、風呂敷包みの中は教科書やノートや筆箱のようだから、勉強するために小島のところへあらわれたのだろう。しかし、ぼくよりは良い点数を取ってはいるが、小島の成績は上の中というところで、女子を集めて指導出来るようなやつではない。大人だけしか読んではいけない筈の雑誌から知識を仕入れたり、ずばりあれをやっている写真を教室に持ち込んだりする小島だから、せめてそのほうの知恵を授ける役目が似合っている。そう思ったとき、ぼくはある予感に身を固くした。

「おい、脱がんかい」ドアに鍵をかけながら、小島が言った。

「厭らしか、あんたたちが先よ」と海老谷順子が、ククッ、と笑った。

「おい、ボタンをはずさんかい」

小島が、自分もやりながら、ぼくに命令した。ぼくの手はすっかりふるえて、熱にうかされたときのようだったが、それでも、もともと四つあるべきボタンのうち二つまでがとれているのだから、簡単にはずれた。

「おい、急いで出せよ」

早くも勃起させて、小島は㊈デパート屋上の小便小僧のような腰つきで女子三人の前に突き出し、しきりにぼくをせきたてた。だが、ぼくの部分はせっかく膨張しかけていたのに、急に萎《な》えてしまったのだ。うっかりしていたが、きょうのぼくはフンドシで来ている。十年間暮らした村では、大人も子供もフンドシがふつうで、サルマタをはくのは、運動会のときくらいのものだったから、八幡市へ出てきて銭湯へ行ってみて、ぼくはサルマタの普及ぶりに驚いた。そして予告なしの体格検査の日に、フンドシを締めて体重計に乗ったのは、全学年を通じてぼく一人だけだったらしい。だが、フンドシが威厳をもっているのは確かで、皆は好奇心に満ちた目を向けても、決して笑ったりはしなかったのである。といってもそれは、あくまでも男子と女子が別々だったからの話で、わけもなく笑いたがる女子だったら、きっとぼくのフンドシ姿を滑稽に思うだろう。

「おい、男らしくなかぞ」

小島が、いちばん気になる言葉を浴びせたから、ぼくは思いきって左ポケットから手をつっこみ前に垂れた部分を紐からはずすと、後へ長く垂れようとするところを摑んで、ポケットの中へ引っ張りあげた。ここでもまた、抜けたポケットの効用を発見して嬉しくなったから、いくらか落ち着いて小島に習った。女子三人は互いに顔を見合わせていたが、それでもちらと横目に、ぼくたちのはだけたズボンの前を見やった。ぼくは、初めて小島の部分を見るのだったが、身体の割には小さく、毛の生えかたもまだ充分でなく、総合的にぼくよりはだいぶ劣っている。フンドシだということはわからずに済んだらしく、海老谷順子などは教室でもめったに見られない熱心な顔つきになって、ぼくの部分を観察しはじめた。

「こんどは、お前たちの番ぞ」

小島がアゴをしゃくり、女子三人の順番が来た。きょうは清田先生の国語がなかったから、まだ一度も射精していないため、勃起したぼくの部分は高い仰角を示している。地下室でこんなふうなことにならなかったら、兄が眠るのをみすましてイキヨさんのことでも思い出しながら、夜の蒲団の中でやらねばおさまりがつかないところだった。ぼくは注意深く、女子三人のほうを見た。するとまず海老谷順子がさっと立ち、ふわっとスカートを拡げ、そしてまた畳にべったり坐った。いったいなにがおこなわれたのか一瞬のうちの出来事だったから見当もつかなかったが、気がついてみると黒色のズロースが丸められ、前へ転がっていた。驚いたことに、たったそれだけの動作のあいだに、海老谷順子は脱いでいたわけで、それは彼女だけの特技ということではなく、他の二人も同じような素早さで、白色と紅色のを脱いだのだ。ズボンの前をはだけて、明かるみにさらしているぼくら男子にくらべて、そのやりかたはあまりにも不公平というもので、ぼくは女子三人を非難する視線で小島をうながした。だが小島はケロリとした表情で、自分の部分をいとおしむふうに撫でており、その落ち着きぶりをみると、相当場数を踏んでいるに違いなかった。

「一人後廻しになるバッテン、まず電気を消してやんしゃい」

海老谷順子が、ドアにいちばん近いぼくに命令した。いずれにしても一人余るのは女子のほうなのだから、ぼくとしては組合せから外《は》ずされる心配はないわけで、電燈のスイッチがあるほうへ横這《よこば》いの恰好で移動した。正直なところ、初めての体験は清田先生か副級長の沢村百合子を相手にやりたいところだが、こうなったら贅沢を言っていられない。せめて海老谷順子とやることにしよう。ぼくは相手の位置を確かめながら手を伸ばした。ところがぼくの指先がスイッチにとどく直前、電燈は自動的にすうっと消えてしまったのだ。停電なのか。ぼくは、ちょっと安心した。家ではロウソクを待って、暗闇の中で苛立《いらだ》っているだろうと考えたら後めたかったが、停電だとしたら電燈のある家もロウソク暮らしのぼくの家も、同じ条件ということになる。回数は減っているが、停電がやってくる度に、ぼくは嬉しくなるのだ。

「ちょうどええ……」

ぼくは、電燈が消えた暗闇の中で呟《つぶや》いたが、小島のものと思われる手で前に突き倒された。だが、そこには柔かい身体があって受けとめてくれ、ぼくの顔にタクワンの匂いが強い息使いで吹きつけられ、それはキッスのためとわかったから、じっとして迎えることにしたが、やがて相手が紅色のズロースを脱いだ女子であることを知り、ひどく不満だった。彼女は、ぼくがいちばん嫌いな反っ歯《そっぱ》の持主だから、暗闇の中でもわかる。キッスが未経験のぼくをいたわるように、ゆっくり口を重ねてくるが、なにしろぼくがある程度反っ歯だし、相手はひどく目立つほどだから、いたずらにカチカチ音がするだけで、『平凡』の洋画名場面集のようなわけにはいかない。しかしぼくには、反っ歯もタクアンの匂いも次第に気にならなくなってきた。キッスははかどらないが、お互いの部分を求める手はそれぞれたどりついたからだ。ところがその瞬間に、仕掛けでもしてあったみたいにサイレンが鳴りはじめたのである。製鉄所はいつもサイレンを鳴らしているから、ぼくは最初ほど驚かなくなっているが、やはり気持のいい音とはいえない。それに、伝わってくるサイレンの音は小刻みにいつまでも続いて、どことなく異常だったから、ぼくは身体をこわばらせた。

「火事じゃろうか……」小島が気になるとみえて、呟きを洩らした。

「なんでもよかけん、あんた、もう少し真面目にやらんね」と海老谷順子が言っている。

だがぼくは、とっさに起きあがった。階段のずっと上のほうで足音が入り乱れ、またアパート出入口あたりで踏みかためるような足音がし始め、それらはやがて地階めざしてせまって来て、叫び声も聞こえる。

「空襲警報、空襲警報……」

「待避、待避……」


「わりゃ、どこまで行っとったんなら」

小島の勉強部屋から帰ってきたぼくに、いきなり母の罵声が浴びせられた。怪我の治療の御神水をいただくために、金光教会へ毎日通って親先生の訓話を受け、また日当千五百円の仕事が近づいているせいもあって、ここ一週間というもの母は一度だってぼくを怒鳴っていないから、久しぶりのカミナリだった。アパートの地階で待避していた、と言おうかと思ったが、それではなぜそんな場所に居たのか説明を求められそうなので具合が悪く、ぼくは黙りこんでいることにした。

「この外道され。どこまで心配させるつもりかい」

母は手短かに、空襲警報が鳴っているあいだ、どんなに心配してぼくを探しまわったかを告げた。だがぼくにしたところで、サイレンが鳴ってから後の地下室はひどく居心地が悪くなり、なんとか脱けられないものかと試みて、どうすることも出来なかったのだ。待避のために地下室へやって来た人たちの話を総合すると、NHKが臨時ニュースで(3)〝国籍不明の飛行機が北九州方面を襲っています〟と告げた途端に停電で、どうやら停電はもっとも効果的な燈火管制としておこなわれたものらしい。新築のアパート地下室を、最も安全な待避壕として、近所の人たちがどんどん駈け込んできたから、たちまち満員になり、懐中電燈一つだけの小島の部屋でバツの悪い思いをしなければならなかったが、ズボンを完全に脱いでいたわけではないから、大人たちに見破られた気配はなかった。

「まあ、ええがな、母ちゃん……無事に戻って来たことやし」

部屋の隅から聞き覚えのある声がしたので、七輪の石炭ガラの火でぼんやり明かるい部屋の中をすかしてみると、板壁にもたれて上の兄が欠伸《あくび》をしているのだった。いつのまに神戸からやって来たのかは知らないが、母が怪我をしたことを報《しら》せた速達にはなんにも返事を寄越さず、いまごろ見舞いとはいかにも呑気者《のんきもの》の兄らしいではないか。たったいま母に怒鳴られたのでなかったら、ぼくはさっそく憎まれ口をたたいてやりたいところだ。広島市内の中学で寄宿舎生活をしていたときにピカドンにあい、たった五人だけ生き残った上の兄だが、その幸運は学徒動員の土木工事に出かける途中、ゲートルがゆるんだため指揮官の目を盗み、建物の陰で巻きなおしていたからだった。

「そやけど、いきなり空襲警報で歓迎とは、八幡いうところはえらい街やで……」

一メートル八十二センチの身体を縮めるようにして、上の兄はいかにもおかしそうに笑った。ぼくはべつに、上の兄みたいにおかしがって笑おうとは思わないが、しかしどう考えても、おかしな話ではあった。停電は約二十分間で終り、さっそくスイッチを入れた小島のラジオは〝国籍不明機は飛び去りました〟と危険が去ったことを告げたから、待避の人たちはひとまず安心して部屋を出たが、国籍不明機というのがどの方角からどれくらいの数やって来たのかについては、まるでわからなかったのだ。ただぼくたち五人は、あらためてそれまでの行為をやりなおす気にはなれず、大人たちを追って地下室の階段を昇った。

「伯父さんは見送りのとき、戦争が始まったらすぐ戻って来いよ、て言いよったけえね。ウチは、急いで疎開したほうがええ思うんよ」

お喋りの姉がそれまで黙っていたのは、ロウソクが灯っていないということのほかに、さっきのサイレンにすっかりおびえきったからのようだった。そして、ぼくが居ないあいだに、ぼくたち一家は、こんな物騒な八幡に出て来たことを後悔するような会話を交していたらしい。母がチャブ台にうつ伏せて文字どおり頭をかかえてしまったチャンスをとらえ、ぼくは土間から部屋へ上がった。

「ちょっと、あんた、これはなんね……」

たったいま、おびえきった声を出していた姉が、不意にいつもの金切声をあげて、ぼくの身体にさわろうとした。なんだ、また足が汚れていると言うのか。だがゴム長靴は爪先の部分が割れ絶えず埃《ほこり》を吸いこむから、足が汚れるのはやむをえないのであり、どうせ古びたゴザの上の生活だからやかましく言ったって仕方ないではないか。小さいときからぼくはこの姉に干渉されてばかりで、不愉快な記憶しかないが、たった一度だけ小学校に入学してすぐズボンの中にウンコをしたのを始末してもらったのが例外だ。おまけにこの頃は、金光教会の若先生の口真似ばかりでうるさくて仕方ない。だからぼくは干渉をはねかえすため無言でいようとしたが、姉が目をつけたのが左ポケットからのぞいたものだとわかり、身体中の血が凍りそうになった。

「なんでもないわい」

ぼくは、とっさにポケットにねじこんで言ったが、少しどもってしまった。暗がりの中だから、さすがに目ざとい姉にも正体はつかめなかったようで、実はそれは海老谷順子のズロースなのである。なにも、それが欲しくてわざとやったのではない。停電が終って、大人たちの視線がそこに集まる危険のあるドアのすぐ近くに放ったらかされている黒い布がズロースだとわかったから、ぼくは手がとどかない海老谷順子にかわり、店の陳列ケースから攫う要領で素早くポケットにつっこんだのだ。当然、帰りがけにそっと返してやるつもりだったが、浮足だった小島を先頭にぼくたちもすぐ地下室を出たから、海老谷順子に渡すのを忘れていたのだ。

「隠すいうことは、いちばんいけんのよ。若先生がねえ……」姉は、教会の若先生のことばかりを言い、親先生のことはあまり言わない。

「友達の、帽子じゃわい」ぼくは、とっさの機転で言った。

「なんね、道理で……」

姉は、あっさり納得した。それで危険は去ったわけだが、これが紅色か白色のぶんだったら、暗がりとはいえ誤魔化《ごまか》しようがなかっただろう。しかし、これでは爆弾を抱えたようなものだから、あしたはさっそく学校で渡してやらねばならない。

「お前も、早まったことをしたもんじゃのう。……それで、荷物はどがいしたんか」母は両手で頭を持ち上げるようにして、上の兄に向かって溜息をついた。

「チッキやったさかい、あした着くやろ」上の兄は、のんびり答える。

「ちゃんと、久造おじさんには、挨拶したじゃろうね」

「餞別《せんべつ》や言って、五千円呉れたわ。もっとも、退職金や思うたら、たいしたことないでえ」

「ワシの手紙、そがいなつもりじゃなかったんじゃが……」

そうか、上の兄は神戸の勤めをやめたのか。ぼくは、二人のやりとりを聞きながら、ようやく納得した。母は、兄の仕送りが増すのをあてにして、少し大袈裟に怪我のことを書いたのだ。すると兄は、遠縁にあたるとはいえあまり優しくない傭主《やといぬし》に前借を申し出て送金することより、自分がやって来る方法を選んだというわけだ。

「今晩から、五人か……」

居眠りをしているのかと思ったら、ちゃんと起きていた下の兄が、ぽつんと言った。ぼくとは違い、小学校のときでも一度も廊下に立たされたりしなかったこの兄は、ひどく無口なくせに、口をひらくといちいち他人の癇《かん》にさわることを言うため、親戚でも評判が悪かったが、通っている自動車修理工場で先輩から絶えず殴られているのも、そうだからに違いなかった。確かに、一メートル八十二センチの上の兄が加われば、この部屋はますます窮屈になるだろう。だからといってぼくは、下の兄みたいな不服を唱えようとは思わない。旅費がいくらかかったかは知らないが、餞別金を五千円も貰って来たのだからまだだいぶ残している筈で、ぼくたち一家にとってはまさに旱天《かんてん》の滋雨《じう》というところだ。

「よっしゃ、決めた」

母が、いきなり叫んだ。母は考えごとをして頭を抱えた後は、いつでも急に思いついて陽気な表情になり、結論をのべるのだった。八幡市へ出て来るかどうかで迷っていたときも、突然いまみたいに、よっしゃ、というかけ声で決めたのだ。そして、いったん決めると大急ぎだから、いくらボロ家とはいえ部屋数四つの家を、たった一万三千円で売り払ったりする。㊈デパートの五球スーパーが、偶然同じ値段なのを知ったとき、ぼくは身体がふるえてならず、理由は明確ではないがとにかく復讐せずにはいられなくなり、ラジオを万引きしてやることを考えたが、ゴム長靴におさまらないものはどうすることも出来ないので、真空管を五本とも抜き取って便所に捨ててやるにとどめた。

「どうせ今度の戦争じゃあ、ピカドンで皆がやられると決まっとる。いまさら広島へ去《い》んでも、どがいになるもんでもなあけえの。せめて死ぬときは、一家揃うておこうや」

母は一気にそれだけを言うと、文字にすればアッハッハ、となるいつもの笑いかたをした。

3

きょうから母は、日当千四百四十円の仕事に出かける。最初の話よりは六十円安いのは、向こうの単位できりのいい四ドルだからだ。だがそれにしても、一日千四百四十円にもなる仕事を持つ者が、いくら人口三十万の八幡市とはいえ、そうざらに居るとは思えない。母は、女でありながら、その高給取りになれたのだ。だが残念なことに、この仕事のことはぼくたち一家だけの秘密だから、伯母にさえ知らせておらず、まして一年十一組の連中に話してやることは出来ない。

「新聞！」

ぼくは洩れてくる明かりでわかる、白い息を吐いて元気のいい声をあげ、ドアの隙間から新聞をすべりこませる。金村が書いてくれた、チョークの符号があるから、間違うわけはない。アは『朝日』、マは『毎日』、ニは『西日本』、フは『フクニチ』、ケは『日本経済』というふうに、肩から吊った帯の中の新聞を配るのだが、百十八部が次第に減っていくのは楽しい。金村がついてくれたのは、きのうの夕刊までだから、ようやくぼくは一本立ちしたわけで、きょうからの働きはすべてぼくの収入になるのだ。そして偶然の一致だが、母もまたきょうが初出勤で、小倉のアメリカ軍キャンプへ行く。金村の口ききであっさり採用がきまったぼくにくらべ、母のほうは志願書を出してから決定まで十日間もかかったのは、身許調査が慎重だったせいだが、貧乏人ほど歓迎するという採用方針だったというのは、アメリカがヒューマニズムの国の証拠で、勤務時間だって九時から五時という好条件だ。ぼくのほうは、朝刊のために午前四時半にはもう起きねばならず、こんな経験はかつて一度だってなかったので、正直いってうまくゆくかどうか不安だった。しかし、遠足の当日は思いきりよく蒲団から脱け出せるようなもので、最初の朝などは家族の誰も気づかないうちに目を醒まして仕度をしたのだった。午前四時半といえば、まだ真夜中の感じでまっくらだから、いくらか気味悪い思いもしなければならないが、しかし製鉄所は三交代勤務だから早番に出かける人影があちこちの路地にみられ、新聞販売店がある電車通りまで出ると、軽快なプオーンという音を合図に動く一番電車に出会い、街の一日のはじまりを知ってぼくも元気になる。それに、神戸から引揚げて来た上の兄は、伯父について青果市場のセリに出かけるようになり、やはり四時半には起きるので、ぼくは声をかけられるまで安心してぐっすり眠れることになった。

「アとケ……」

小島の家は、二種類もの新聞を読んでいる。やつはまだ、だらしなく眠りこけていることだろう。ぼくは少し得意になって、鉄製ドアの中央に口をあけている郵便受けに新聞をつっこむ。ドアの隙間から、破れないように新聞を滑りこませねばならないふつうの家とは違って、郵便受けがあるアパートは簡単だし、階段は願ってもない足腰のトレーニングの場だ。しかし、サイレンが鳴ったあの日いらい、小島がぼくを地下室へ誘わないのは、少し気になる。小島のグループのテツとカネが、あの日来なかったための補充だったのだから、文句をつけても仕方なく、同じチャンスがまた巡ってくるのを待つよりほかない。だが今度は、反っ歯のあいつではなく、海老谷順子との組合せであってほしい。それを思うとぼくは、清田先生の授業でなくても勃起してしまい、前のほうの席の海老谷順子の後姿をみて、ズボンのポケットからつっこんだ左手をせっせと動かす。なぜ急に、あのとき触れあったわけでもない海老谷順子のことが気になってきたのか、自分でもよくわからない。ただ確かなことは、あのとき機転をきかせてポケットにつっこんだ黒ズロースが、いま右ポケットに移っているとはいえ、とにかくぼくの手元にあるということである。ポケットが不自然にふくらむから、カバンに移そうかとも思うが、いつも身体につけていないと他人にみつかる心配があるから、ぼくはやむをえず所持しているわけで、べつに好んでしているることではない。つまり返す意志があるからこそ、請求する海老谷順子にすぐ渡そうとしているのであり、そのためにも持ち歩かぬわけにはいかないではないか。

いくらなんでも教室では切り出せないから、ちょうど配達区域内にある海老谷順子の家で、なんとかしようと思っている。だが海老谷順子は、夕刊のとき顔を合わせることがあっても、素知らぬ表情なのだ。きのうまでは金村が一緒だったし、女子というやつは教室では口を利いても街で会うと知らぬ顔をしたがるものだから、海老谷順子のほうからは催促しにくいだろうが、きっかけぐらいは向こうからつくるべきではなかろうか。あの日の空襲警報が大騒ぎになりながら、それきりサイレンは鳴らないし、臨時ニュースを放送していながらNHKはその後は知らん顔で、新聞だって一行も記事にしていない。ひょっとしたら海老谷順子のズロースも、あの警報と同じように夢の中の出来事だったのか、とさえ疑ってもみるが、はっきりしているのは、ぼくのズボンのポケットに、海老谷順子のズロースがあるということだ。ぼくだって、洗濯のときの予備にフンドシをもう一本持っているから、海老谷順子もどんな色かはわからないが別なのを現在つけている筈で、女子の場合はなんというのか、要するに男子の場合のフリキンということもあるまいが、それにしてもズロースの行方を気にしてもよさそうな気がする。

「焔　炎々　波濤を　焦がし……か」

アパートの屋上で、ぼくはちょっと立ち止まって、一節を口ずさんでみる。四階の部屋から次の四階の部屋へ行くには、屋上を抜ければ近道だから、配達のときは必ず屋上へ出るのだ。十一月十八日をはさんで前後三日間、起業祭で街じゅうが賑《にぎ》わい、旗行列にはむろん参加して、ぼくは八幡市歌を声がかれてしまうまで歌った。そして行列の後は、この日だけ一般の見学を許す製鉄所構内へ団体で入った。新聞によれば当日の入場者十三万人とかで、ロープを張って守衛が懸命の整理をしていても、大変な混雑だった。新聞配達を始めたおかげで、幾種類もの新聞が読めるようになったから、八幡製鉄所にとって五十周年目は大当りの年で増産に次ぐ増産で大変な景気であることなどを知っている。もっとも新聞を読まないものでも、製鉄所の景気については詳しく、たとえば道端の釘や空缶がたちまちクズ鉄としてかなり高い値段で買い上げられるからだ。だから、これまで金村を嘲笑していた一年十一組の連中も、目の色を変えてドブ浚《さら》えを始めたり、てっとり早く他所の家の雨樋《あまどい》をはずしてきたりして、にわかにふえたクズ鉄商のところへ持ち込んでいる。そんなふうだから、工場見学で溶鉱炉工場から圧延工場までの工程を説明するスピーカーの声になど誰も興味を示さず、この鉄骨を一本はずしていってクズ鉄商へ持ち込めば何千円……という品定めに熱中したものだった。

「煙　濛々　天に　漲る……か」

ぼくは屋上の手すりからはなれて、別な一節を口ずさむ。鹿児島本線を境界線にした海岸側が八幡製鉄所でこちら側が市街地というふうにはっきりわかれており、アパートの屋上からは大きく拡がった製鉄所の全体が見える。四百本はある煙突が、焰が混じった煙を吐いて、歌詞にあるとおり、もうもうと天にみなぎっているから、いつだって人工の雲が上空をおおっているのである。金村も配達の途中、ときには屋上から製鉄所を眺めたりしたのだろうか。ぼくは、階段を降りながらふとそんなことを思った。自由参加だから金村は予想どおり旗行列には姿をみせなかったが、夕刊を配り終えたその足で、創業いらい千五百人という殉職者を祭る会場へは、ぼくと一緒に行った。

起業祭は初めてのぼくだから、小倉へ行ったときのように金村の指図するとおりに動いたが、殉職者招魂祭場で賽銭箱《さいせんばこ》からあふれ出た金をかすめ取る計画は、白手袋の守衛の警戒がきびしくて未遂に終り、会場に飾りつけてある活花《いけばな》の菊を片っぱしからちぎって腹いせをしただけだ。広場の武道館や相撲場では奉納行事がいくつもあって、製鉄所にはやたら多いという有名なスポーツ選手が演技をしているらしかったが、そんなものはつまらないから、ぼくたちはずらりと並んだ露店や小屋掛けの見世物を見て歩いた。ぼくは小遣いには恵まれていないが、器用さは持ち合わせているので、ゲームでも楽しむ気軽さで欲しいと思うものは手に入れたし、見たいと思うものは見た。むろん金は払わない。地球ゴマだって焼スルメだって、ただ足を上げるだけで身体が前に進むほどの雑踏なのだから、ひょいとつかんで人混みの中へもぐれば、追いかけるほうはどうすることも出来ない。サーカスもロクロ首も火焔《かえん》人間も、みんなお代は見てのかえりというやつだから、〝父ちゃんが後から来る〟という使い古された術で、あっさり成功するのである。だが金村はどうしたことかヘマを重ねて、たとえば風船をかっぱらったときは、証拠の品をゆらりゆらり泳がせてのんびり歩いて、ぼくが気を利かせて糸を切ってやらなかったら捕まるところだった。テカテカ光るよく肥えた赤い顔はあいかわらずだから、病気ということは考えられないが、なにか考えごとをしているのは確かだった。

「市の進展は　われらの　責務……か」

広島にくらべれば南方だから九州は南洋みたいに暖いのかと思っていたが、十一月も下旬になればすっかり寒い。ぼくも、いつまでもセーター一枚というわけにはいくまいが、しかし一走りすればすぐ身体は暖くなる。

来月に入ったら期末考査だから、たいていの連中が机にしがみついており、休憩時間になっても運動場は人影がまばらだ。ぼくには高校へ進学する意志も可能性もないから、試験勉強などには興味がない。運動場では金棒や平均台のほうへは行かず、もっぱら地面を釘で掘る遊びをする。あたりには誰も居ないから、ぼくは以前からの続きで人の名前を書くことにしたが、きょうは海老谷順子だ。よく踏みかためられた運動場の土を、彫刻するように彫ってゆき、これまで清田先生や村井百合子の名前を書きつけてきた。なぜこんなことをするのかというと、そうやって彫りあげた字を砂でかくしておき、翌日また同じところに行って、今度は地面に顔をすり寄せてフーフー砂を吹きとばすと、ぼくが念じている人の名前が少しずつ姿をあらわして来るのが楽しみだからだ。そんなときは自分が加工したことなど忘れてしまい、まるであぶりだしうらないでもやっているような厳粛な気持になる。

「ちょっと、ヒロシマさん」

背後から女子の声がしたので、掘るのを中断してみると、なんと当の海老谷順子が、すぐ後に立ってぼくを見下ろしているではないか。

ない。

「いつになったら、あれ、返してくれるんね」海老谷順子が、きつい調子で言う。

「あれ、いうたら……」ぼくはとっさのことなので、地面の字を砂で埋める時間を稼がねばならない。

「まあ、厭らしい」

「なんじゃい、はっきり言うてみい」

「この人、好かんがあ」

海老谷順子が、みるみる顔を赤くした。ぼくは彼女の名前をかくす作業を終えたので、掌についた砂をはらいのけながら、ゆっくり立ち上がった。

「あんた、きのう来るかと思うたのに」

海老谷順子は、ちょうど舞い落ちてきた桐《きり》の葉をつかもうとしながら言った。桐の葉は、しかしうまくつかめず、ぼくが彼女の名前を彫刻したあたりに落ちた。いけない、と思ったから、ぼくはとっさに落葉を足で踏んだ。すると海老谷順子は、怒ったようにぼくを見た。だが怒るのはぼくのほうで、身体は急に小刻みにふるえはじめていた。いまの海老谷順子の言葉によれば、きのうどこかでなにかがあった筈で、たぶん小島のアパートの地下室でこのあいだと同じことをしたのだろう。だから、来なかったぼくがあずかっているズロースが気になってきて、一人で運動場に居るのをみすまして声をかけたのだ。相手は……小島か、テツか、カネか。ぼくの身体は、さらに激しくふるえはじめた。このあいだだって、同じ部屋で互いに違う相手と抱き合ったのだから、海老谷順子がきのうやったことを、ぼくが責める資格なんてない。しかし、いくらそう思おうとしても、ぼくの怒りに似た感情は、どうしようもなく昂《たか》ぶるのだ。

「お前の、ズロースなら、持っとるぞ」ぼくは、かなりな大声で言った。

「やっぱり……。いつ、返してくれる」海老谷順子の表情は、切実だった。

「いつ、いうても」

「なるべく、早くね」

「うん……」

ぼくは、にわかに喜色のさした海老谷順子を見て、ますます落ち着きを失った。いま右ポケットにあるのだから、返してやればいいようなものだが、そうすればぼくが持ち歩いていたことがわかって、ひそかに匂いをかいだりしたのが見破られるかもしれない。やはり無関心を装って、あしたでもさりげなく渡すべきではないか。ぼくは、今朝とはまったく別なことを考え、海老谷順子にはつとめて冷淡な態度をとることにした。

「ほんなごつ、ちゃんと返してよ」

海老谷順子が、ぼくの顔を覗《のぞ》きこんで、念を押す。そうか、わかったぞ。ぼくの家ほどひどくはないが、海老谷順子も住まいから推測すれば、だいぶ貧乏しているようだから、ズロース一枚なくなればやはり困るのだ。かなり仔細《しさい》に点検してみたからわかったが、女子のズロースには布がだいぶ要るし、縫うにも手間がかかるから、ぼくのフンドシみたいにサラシをちょっと加工するのとはわけが違うのだ。

「心配せんでも、すぐ返してやるわい」ぼくは、思わず優しい声になって言った。

「ありがとう、ヒロシマさん」海老谷順子が、ぼくの目をじっと見て笑う。

「お前、先に教室に帰れよ」

「バッテン、あんた……いま、なにを書きよったんね」

「宝島の地図じゃわい」

ぼくは、海老谷順子の関心を外《そ》らすためにふざけて言ったが、かえって好奇心を煽《あお》ることになったらしい。海老谷順子は、さっきの落葉を拾う目的もあって、地面にしゃがみこんでしまったのだ。指先で探られたら、ぼくの彫刻が判読されてしまうから、なんとかして阻止しなければならないが、どんなことがあっても女子をいじめることだけはしないぼくだから、手を出すわけにはいかない。だが悪いことに、ぼくがどうしていいかわからず焦っているところへ、金村がやって来たのだ。

「お前、また早退《はやび》けか。大っぴらにやれるのは、お前ぐらいのもんじゃで」ぼくは仕方なく彼のほうへ行きながら言った。

「新聞のことで、ちょっと注意しとかにゃいけんことがあったんじゃ」金村は、ひどく用心深げに言う。

「ばかたれ。一人になっても、間違うたりはしとらんぞ」

「いや、そげなことじゃなか」

「オヤジさんも、はっきり言いよったが、きょうからのぶんは、ワシの働きじゃけんの」

「わかっとるタイ」

金村は、ひどく言いにくそうだったが、それは金のことではないようなので、ぼくは安心して聞いてやることにした。だから、自分に出来ることならなんでもしてやる、という意味のことを、つけこまれないよう用心しながら言った。

「全然、別な新聞があるじゃろうが」金村はようやく決心して切り出した。

「なんじゃい、たった四軒じゃなかか。なんでもないけん、やってやるよ」ぼくは海老谷順子のことが気になるから、せっかちに言った。

「あのぶんは、絶対に間違うたらいけんやつぞ」

「わかっとるわい。販売店のおじさんには内証じゃろうが」

「警察に知られたらおおごとぞ」

金村が、とどめを刺すような言いかたをしたから、さすがにちょっと心配になった。配達の途中でときどき八百屋さんが金村を呼びとめてことづける新聞は、アやマやニなどの符号とは関係なしにこっそりとどけるぶんで、活字印刷でないから読みにくく、新聞好きのぼくも『平和と独立のために』というこれだけは、読んでみたことがない。むろん共産党の新聞で、進駐軍が発行を許可していないことも知っている。共産党は好きでも嫌いでもなく、ただ警察から快く思われていないらしい点に、味方してやりたい気持がある程度だ。それにしても、なにに対する復讐なのか、列車転覆をはかったり、国鉄の偉い人を殺したり、製鉄所の通用門に爆弾を投げつけたりしているのは、ぼくなどがやることとは違って規模が大きい。

「おじさんがときどきリンゴやらミカンやらを呉れるタイ」金村は、ぼくの反応をうかがって言う。

「そがいなケチくさいものは要らんわい」ぼくは、欲しければ勝手に取る、と言いかけたがやめた。

「新聞屋のオヤジにわかったら、そりゃ、いちころでクビじゃ」

「ワシが、ヘマをやると思うか」

「警察にみつかったら、ほんなごつブタ箱ぞ」

「ふん、面白いよのう」

ぼくは胸を張ったが、しかし自分に関係のないことでつかまるなんて、つまらないと思った。だが、金村に臆病のせいと思われては困るから、なんでもいい引き受けることにした。もし面倒になったら、配達せずにドブにでも捨てればいいではないか。それにしても金村はこのことをぼくにどう伝えるか迷って、この頃無口になっていたのだろうか。ぼくは、自分の大胆さを認識させる必要もあって、金村の小心を笑ってやった。

「違わい。オレは、いまのう……」金村はムキになって弁解しかけたが、口をつぐんでしまった。

「センズリのかき過ぎなら、心配せんでも身体に害はないじゃげな」ぼくは、ぼくたち共通の悩みを解決するために言った。

「そげなことは、とうに知っちょる」

「そんなら、定期考査か。言うとくが、一年十一組は六十三人で金村が六十三番。これより下がる心配はありゃせんわい」

「違わい。オレはの、オレはいま、オレかた家がの……」

金村はしきりにどもってなにか言いかけたが、三時限目の始業サイレンが鳴ったから、ぼくたちは別れねばならなかった。


「四ドルもええが、ワシはもう……」

母は、やたら溜息をついた。ほんとうに、こんな弱音を吐く母は、初めてだ。ひょっとしたら、帰って来たとき、ぼくたちがあまりに大騒ぎしたので、それで気を落したのかもしれない。この部屋をイトコたちが臭いと言い、このあいだ来たイキョさんも馬の匂いが残っていると言ったが、すっかり慣れて、匂いなんかまるで気にならないぼくたちでも、母が入って来た瞬間には一斉に鼻をつまんだものだった。姉はクミトリ屋が持つ匂いだと言い、下の兄は魚市場のゴミ溜めの匂いだと言い、上の兄は火葬場の匂いだと言ったが、ぼくにはずばり記憶があって、それは小倉でみかけた、疾走するトラックが残した匂いとまったく同じだったのだ。きょうが初日の米軍キャンプ死体処理場で、作業を終えてシャワーだなんて洒落《しゃれ》たものを使ったのに、匂いをそのまま持ち帰った母は、くっつけてきたのが下着だとわかりさっそく着換えたがまだ臭く、こんどは頭を洗いに銭湯へ行ってきたのに、いまもまだ強烈な匂いの名残りをプーンとただよわせている。

「ウチ、母ちゃんが戻って来たとき、鼻が曲がるかと思うたけえ」姉が、またさっきと同じことを言う。

「やかましいわい。姉ちゃんのヘチャ鼻が、どがいすりゃ曲がるいうんか」ぼくは、姉が口をひらく度に、なにか言わずにはいられない。

「言うたね、このダンゴ鼻が」

「なんじゃい、コンコン教のコンコンコンチキめ」

ぼくと姉が、互いに腰を浮かせて睨みあったものだから、母はワアーッと喚《わめ》き声をあげ、チャブ台にうつ伏してしまった。これまでの母は、仕事の内容に関する隠しごとなどせず、なんでも喋ってきたが、今度だけはどうしても話したがらないから、非常に興味があるにもかかわらず、ぼくには死体処理場がどんな内容なのか、詳しく知ることは出来ない。たとえば七月には、同じ小倉市城野のキャンプから黒人兵ばかりが二百人も脱走して、カービン銃でおどして住宅街の女性を片っ端からやったという話などは、新聞にも載らずNHKも放送しなかったが、一年十一組でもさっそく話題になっていたから、この頃いよいよ本格的になったという死体処理場のことも、噂にのぼりはじめている。飛行機や輸送船や潜水艦で、小倉市へ運ばれた死体には、新しいのも古いのも混じり、バラバラにちぎれたのや何人ぶんかが肉団子になったのがあって、冷凍室へまず入れた後、首にかけているメダルの認識票で名前を調べ、わからないぶんはレントゲンにかけたり歯を検査したりで特徴をつかみ、誰がどれかがはっきりしたら処理をはじめるが、新しいやつは防腐液を注射したり色をつけたりして生きたときの表情に戻し、顔だけを残し身体中を布でぐるぐる巻きにし、ていねいに散髪やヒゲそりまでするといい、古いやつはホルマリン液のプールにしばらく浸してから似たようなことをして、仕上がったらおそろしく豪華な棺に詰めて、門司港からアメリカへ運ぶのだという。あくまでも噂だが、ひょっとしたら一年十一組の誰かの父兄がその仕事をしていて、やはりぼくみたいに口止めされているから、他所で聞いたふりをしながら話しているのかもしれない。ぼくにしてみれば母に聞けば簡単なのだが、この様子では当分、仕事のことは言わないだろうから、皆に知らせてやるのは無理のようだ。

「父ちゃんが帰ってきたときにゃ、箱の中にカマボコ板みたいな位牌がたった一つじゃったのに」姉がふと、ヒステリックに言った。

「なんで母ちゃんが、アメリカ人のために、そがいな仕事をしてやらにゃならんのか」下の兄が、姉に同調する。

どうやら姉も下の兄も、母の今度の仕事に不服のようだった。そういえば母が弱音を吐くのは、ただ匂いのせいではなく、他にも理由がありそうだった。しかし、姉や下の兄が言うことは、おかしい。アメリカ兵に殺された日本兵の遺族がアメリカ兵の遺族のために尽くすのがおかしいというふうに考えるくらいなら、その憎いアメリカ兵のハラワタを復讐のために抜き、金まで取っているのだと考えれば、なんでもなくなる。いっそ母のかわりに、ぼくが行くということは認められないのだろうか。

「母ちゃん……イキヨさんのおばさんは」ぼくは、おそるおそる聞いてみた。

「あの人は、あしたも行くじゃろう」母は顔を上げると、すぐ答えた。

「イキヨさんのおばさんが行くじゃったら、母ちゃんも……」

「じゃが、あの人はベッピンじゃけ、アメリカ人がすぐ目をつけて、同じ日当でも楽なほうへ行かされたんじゃ」

「そんで、母ちゃんは、どがいなことをしよるんね」

「それがのう……」

もうちょっとで、うまく口を割るところだったが、上の兄がすごい形相《ぎょうそう》でぼくを睨みつけたため、母までたじろいだのか、ふと黙りこんでしまった。

「母ちゃん、無理することないで。こないして、オレかて居ることや」一メートル八十二センチある上の兄が静かにものを言うと、猫撫で声に聞こえる。

「お前が偉そうな口きけるかい、勝手に神戸をやめたりして」母は、上の兄に向かって、尖った声を出した。

「それがな、後で言おうと思ったんやが、製鉄所が大々的に職工を募集しとるよって、簡単に入れるんやて」

「ばかたれ。昔から、製鉄所の職工さんには、よっぽどの人でなけらにゃなれんぞ」

「そやないて。今度は、戦後はじめての大々的採用で、三〜四千人はかたいんや」

「お前、それ……」

「伯父さんが、昔の部下やった人から聞いたんやいうから、かたい話やろ。ええっと、第四製鋼工場が再開やったか、とにかく朝鮮戦争の特需で、製鉄所は笑いがとまらんのや」

そうだ、製鋼工場というのは、溶鉱炉が出した銑鉄《せんてつ》にくず鉄を混ぜて製錬してハガネにするところだから、くず鉄の値上がりとは結びついている。金村が言っていた新聞配達の後の新しい儲け口というのは、くず鉄拾いに専念することではないのか。だが待てよ、上の兄がいま言ったのは、第四製鋼工場だったぞ。ぼくには、そこまで考えてようやく、金村の引越しがのみこめた。

アパートの屋上からみて、製鉄所構内のいちばん左側にあるのが、その第四製鋼工場だったが、この前の戦争でグラマン機やB29機から狙いうちされたとかで徹底的に破壊され、煙突は炉の数だけ五本建ってはいても、まったく煙を吐いていない。アパートの屋上から見たらよくわかるのだが、第四製鋼工場や関連する圧延工場などにいちばん近いところに西八幡駅があって、そこは貨物専用駅でやたらレールが並んでいる。製鉄所構内に入るために、母がオート三輪車の荷台で運ばれていて頭をぶっつけたような、鹿児島本線をくぐるガードがいくつもあり、それを通用門と呼んでいるが、貨物専用駅の真下を抜ける西八幡門がいちばん長いトンネルだ。ところが、第四製鋼工場などが休止しているため、その西八幡門は戦後ずっと閉鎖されている。金村の家は、その西八幡門のガード下なのだ。翌日の教室が空襲警報の話でもちきりのとき、金村がしきりに、自分の家は原爆が落ちても平気だと威張るので、ピカドンの怖《おそろ》しさを比治山で見て知ったぼくと口論になったが、新聞配達見習いの帰りがけ寄ってみて、なるほど金村の言うとおりだと思った。自動車と人間が通るためのガードだから道幅はたっぷりだし、貨物駅の真下のせいで距離は五十メートル以上あり、地下にかなり深くもぐった要塞のようだ。そしてそのガード下に、十軒ほどのバラックが並んでいるのだから、金村の家は小島の勉強部屋になっているアパートの地下室などより、はるかに安全な場所の筈だった。その金村が引越しをしなければならないのは、第四製鋼工場の作業再開でバラックがあるあたりを自動車や人間が通るようになるからで、上の兄は合格してそこを歩くことになるかもしれない。

「そうじゃったのか、そりゃよかったのう……。職工さんになれるのか」母が、元気をとりもどした。

「母ちゃん、ワシも修理工場をやめて、製鉄所の試験を受けたらいけんじゃろうか」下の兄が、弾んだ声で言う。

「阿呆かいな。製鉄所は、十八歳以上やないと、採用せんのやで」上の兄が、陽気に笑った。

「だいじょうぶ。若先生の話じゃ、朝鮮戦争はまだまだ続くいうけえ、あんたが十八になるのを、製鉄所は待っとってくれるがね」姉が、下の兄を慰めた。

それで家の中は、すっかり明かるくなり、さっきまでの陰気な雰囲気は、嘘みたいなのだ。朝鮮に親戚がある金村には悪いが、ぼくたち一家をうらむのは筋違いというもので、同じ復讐をするのなら、製鉄所構内からくず鉄を盗む方法でも考えるべきだろう。なにしろ戦争景気で第四製鋼工場は再開し、兄は製鉄社員になれるのだから、重ねて金村には悪いが、朝鮮戦争がもっともっと続いてくれたら下の兄も製鉄所に入れる。ぼくは、すっかり嬉しくなって、ズボンの右ポケットにある海老谷順子のズロースを握りしめた。運動場の地面に彫刻した文字を読んだに違いなく、始業合図のサイレンで金村と別れて教室へ向かっていたぼくに追いついた海老谷順子は、一年十一組の皆がこっちを見ているのにも構わず、映画館のパスのことを言った。配達する新聞に折り込むのは映画館のチラシが圧倒的に多く、その手間をねぎらう意味で映画館は、ぼくたち新聞配達員と家族が無料入場出来るパスを発行しているから、ぼくと彼女はたぶん近いうちに二人だけで映画を観ることになるだろう。そして、ズロースは映画館の暗がりで返すことになりそうだ。

「よっしゃ、決めた。ワシは、明日も行くでえ」

母が、突然叫んだ。そして、いつもの調子で結論を皆に告げる。

「皆で精出して働いて、電気も水道もある、それから便所もある家へ引越して、めでたい正月を迎えようでえ」

女としては大きい、五尺四寸とかいう母は、まるで男みたいにびゅんびゅん両腕を振り廻して言った。

註

1【金光教会】　幕末維新期に岡山で成立した新興宗教「金光教」の教会。金光教の創始者は農民の川手文治郎（のちの金光大神）。貧しい農民や商工民、明治以降は病気治癒、家庭円満など現世利益を謳う宗教として都市の中下層階級の間にも広まり、全国的に発展した。

2【パンパン】　一九四五（昭和二〇）年八月の敗戦直後から、占領軍の進駐とともに街頭に現れた売春婦の蔑称。語源には諸説ある。アメリカ兵専門の売春婦を洋パンと呼んだ。朝鮮戦争特需が始まるまで、この産業が外貨獲得のトップであったと推定されている。

3【〝国籍不明の飛行機が北九州方面を襲っています〟】　作中とは時期が異なるが、実際に一九五〇（昭和二五）年六月二九日夜、「国籍不明機が接近」の報で小倉、八幡、門司市などに警戒警報が発令され、灯火管制が敷かれた。

俳句

鈴木しづ子

明星に

黒人と踊る手さきやさくら散る

花の夜や異国の兵と指睦び

動乱や白き花在る枯れの中

「指環」より

昭和26年（ケリー・クラッケ篇）

6月8日付

黒人兵の本能強し夏銀河

8月24日付

夏焼けやひとまづ還り着く佐世保

朝鮮を離りきりたる銀河かな

黒人の妻たるべきか蚊遣火墜つ

11月29日付

暑さつづけば黒人軍曹昼眠る

12月19日付

さよならケリーそして近づく降誕祭

火絶え絶えやるせなきものケリーの眼

12月24日付
傲然と雪墜るケリーとなら死ねる

昭和27年（ケリー・クラッケ篇）

1月2日付
霧五千海里ケリークラッケへだたり死す

1月23日付
テキサスの雪に埋れし生家ときく

2月5日付
ケリー・クラッケ亡し葡萄の種を地《つち》に吐く

3月20日付
海の霧戦死ならざる死と知りて

6月15日付

梅雨激ちケリー・クラッケ在らざるなり

6月16日付

朝鮮へ書くこともなし梅雨降れり

7月2日付

炉火狂ほしいっそこの体も燃やさうぞ

「KAWADE道の手帖　鈴木しづ子」より

解説　海の向こうで、戦火は続く

川村　湊
成田龍一

はじめに

朝鮮戦争、韓国動乱、六・二五《ユギオ》動乱、祖国解放戦争、朝鮮南北戦争……戦争の名前はひとつではない。戦いのどちら側に立っているのか。立場、思想、イデオロギーの違いによって、戦争はその名前を変えるし、その姿も確定的なものではなくなる。

一九五〇（昭和二五）年六月二五日に勃発した朝鮮戦争は、朝鮮民主主義人民共和国（北朝鮮）の人民軍が暫定的《ざんていてき》な〝国境線〟である北緯三十八度線（三八線《サンパルソン》）を越えて大韓民国（韓国）に〝南侵〟してきたことから始まっている。しかし、長い間、逆のことが語られ、伝えられて、信じこまれていた。すなわち、大韓民国軍とそれを支援するアメリカ軍（名目的には米軍を中心とした国連軍）が、戦争の火蓋《ひぶた》を切ったのだと。

ソ連崩壊後の機密文書の公開、米軍が持ち帰った朝鮮半島の戦場での獲得文書などの緻密《ちみつ》な解読から、現在では金日成がソ連、中国からの協力、あるいは暗黙の了承を取り付け、戦車部隊を先頭に三十八度線を越えたことは明白になっている。しかし、これは朝鮮での戦闘の始まりであっても、朝鮮戦争そのものの〝起源〟ではない。

大日本帝国が、対米戦争、対ソ戦争（アジア太平洋戦争）に敗北した一九四五年の八月一五日に、「朝鮮戦争」は始まっていたともいえる。日本がポツダム宣言を受け入れ、無条件降伏した直後、ソ連軍は三十八度線の以北を、米軍は以南を分割占領して、南北分断が現実化した。それは日本軍の内部で関東軍と朝鮮駐留軍が暫定的に担当地域を線引きしたもので、その後長らく続くアメリカ合衆国とソビエト連邦共和国との、「冷戦」という名前の長い戦いにおける、最初の〝熱い衝突〟の接点ともいえるものだった。

始まりが不明だっただけではない。それはまさに〝終わりなき戦い〟であり、その戦いの帰趨《きすう》は、まだ誰にも見えていない。二〇一〇年一一月二三日、北朝鮮軍は、突如、韓国側の延坪島《ヨンピョンド》に砲撃を加えてきた。軍の施設だけではなく、民間施設も被弾し、兵士二人が死亡したほか、民間人の死傷者も出た。朝鮮戦争勃発後、六〇年目の戦火であり、戦死者である。

冷戦という名前の〝熱戦〟、それが朝鮮戦争と呼ばれる戦いの本質であるのだが、もう少し細かく、具体的な側面から見れば、日本の敗北で終わった「アジア太平洋戦争」以後の、アメリカによる東アジアの軍事的統治と政治的支配の政策に関わっている。戦後の東アジアをどう統治し、支配するか。日本軍が敗退したこの地域（日本本土、中国本土、朝鮮半島、台湾など）で、アメリカが直面したのが、〝光復《クアンボク》（日本支配からの脱却）〟に酔いしれる人々の自由と民主主義を求める〝熱い〟期待だった。

それは長い間の軍国主義、帝国主義、ファシズム的支配の下に暮らしてきた人々に、その抵抗者、対抗者としての社会主義、共産主義への期待と希望を抱かせた。民族独立のナショナリズムが容易にインターナショナリズムに同調したのである（もちろん、ソ連の後押しがあったことはいうまでもない）。

米軍は、日本本土においては、共産党の政治的策動と戦わなければならなかったし、朝鮮においては、ソ連支配の北半分の共産主義勢力のみならず、南半分の米軍政地域の、やはり共産主義を目指す人々との戦いを余儀なくされた。この戦いは、朝鮮では済州島のパルチザン勢力の武装蜂起とそれへの弾圧、すなわち一九四八年の「四・三事件」へとつながっていった。

日本では、それは一九四九年の下山事件、三鷹事件、松川事件といった、共産党の政治勢力を削ぐためにフレームアップされた事件（米軍が関与したと疑われている）として顕在化した。それ以前に、台湾では蔣介石の国民党支配に対して本省人（台湾人）が蜂起、鎮圧された「二・二八事件」が、一九四七年という日本敗北後の〝力〟の空白時に起きている。もちろん、一九四九年の中華人民共和国の建国が、東アジアの勢力分布を激変させたことはいうまでもない。こうした東アジアにおけるアメリカの軍事・政治権力の展開は、必然的に朝鮮戦争の戦火を招かずにはいられなかったのだ。

1

この巻は大まかに四つのパートに分けられる。〈I〉は、朝鮮戦争の前史として、済州島の「四・三事件」

を扱った金石範《キムソクポム》の「鴉の死」である。〈Ⅱ〉は、現地で体験した朝鮮戦争の実態を作品として描いたものであり、〈Ⅲ〉は日本を舞台とする朝鮮戦争との関わりをテーマとしたもの、これはさらに〈Ⅳ〉として、主に日本側の少年少女の視点から見たものと分類することができる。

金石範の「鴉の死」は、アメリカ占領軍と地元の民衆との衝突の、もっとも悲劇的な戦いだった「四・三事件」を背景としている。統一朝鮮として即時の独立を求める済州島人民に突きつけられたのは、韓国軍と韓国人警察官に加え、西北《ソブク》青年会のような〝北〟から流れてきた民間人による暴力組織の銃口だった。

後の長編小説「火山島」の登場人物の原型と思われる主人公の丁基俊《ジョンキジュン》は、米軍と韓国側との通訳を務めているが、パルチザン側に情報を流す、いわばスパイの役割を果たしている。狂気じみているともいえる米軍・韓国軍のパルチザンへの弾圧は、一人の「赤《パルゲンイ》」が出た家族、村民を皆殺しにするような苛酷なものだった。それは、朝鮮半島北部から南部への共産主義勢力の浸透を極端に恐れるアメリカの反共意識の強さと、旧来の地元の地主、民族資本家、買弁政治家たちの支配をはね返そうとする民主主義的勢力の台頭を阻み、日本帝国主義に替わって朝鮮半島を占領、支配しようとする米軍と韓国の守旧派との結託した暴力の発現だった。

パルチザンとなった友人の妹で、彼を慕っていた亮順《ヤンスニ》。彼女の処刑に立ち会わなければならなかった彼は、一体自分は、それほどの犠牲を払ってまで何を実現すべきなのかと迷わざるをえなかったのである。共産主義社会か、自由主義の社会か。しかし、そのいずれも、アメリカとソ連という世界を二分する巨大な政治・軍事勢力同士の角逐のなかで、とばっちりのように被害を受ける弱小民族、国家の悲劇的な選択でしかなかった。それは、民族分断という悲惨な朝鮮戦争の直接的な前史にほかならなかったのである。

2

張赫宙《チャンヒョクチュ》の「眼」は、朝鮮戦争の実際の戦闘を眼にしてきた作家のルポルタージュ的小説である。張赫宙には、朝鮮戦争の全体を俯瞰《ふかん》した「嗚呼朝鮮」という長編のやはり記録文学的な作品があるが、彼の朝鮮戦争への関わりは微妙である。日本に帰化したとはいえ、朝鮮民族を出自とする彼が、〝母国〟における戦争に無関心でいられるわけはなかった。彼は、日本からの報道特派員として現地へ行き、米軍・韓国軍の許可を受け、取材したのである。

日本の植民地時代に「親日派」と目されていた彼の立場は、「日本人報道員」という保護膜に被われていたとはいえ、危険なものであることはいうまでもなかった。こうした彼の立場が、臨場感に溢れた記録的文学を書かせたといっても過言ではない。つまり、彼は客観的に戦争を報告したのではなく、主観的に同民族が戦う戦争、無理矢理に北と南、人民軍と国軍に分割された人々の悲劇を目撃し、それを描いたのである。

作家は、一つの「眼」、視点になりきることによって、民族の悲劇を植民地責任のある日本人に伝えようとした。だが、そこには、彼自身の〝民族を裏切った〟という思いが揺曳《ようえい》していないとはいえない。「眼」のリアリティーと迫力はそこからくるものかもしれない。

北杜夫の「浮漂」は、朝鮮戦争に〝参戦〟した日本人という珍しいテーマに挑戦したものである。朝鮮戦争の勃発により、日本は特需景気によって、高度経済成長の端緒をつかんだ。これが、それまでの朝鮮戦争と日本との関わりとされてきたが、もっと直接的に、いわば韓国軍、米軍を中心とした国連軍に、日本も〝参戦〟していたことを明らかにしたのである。もちろん、この作品で描かれたことは、歴史的事実としては検証が不可能かもしれない。それは、戦後の日本社会においてタブーとされてきた領域のものだからだ。

日本の旧海軍兵士たちによる朝鮮半島の戦場における掃海活動は、一部公《おおやけ》となっており、在日韓国人の青年たちの義勇軍が玄界灘を渡って祖国救援のために参戦したことも、すでに明らかとなっている。しかし、北朝鮮側の空軍の無線傍受という非戦闘的な業務であっても、明確な軍事活動、軍隊業務に日本人が就いていたという軍事機密は、まだ公とはなっていないはずだ。


朝鮮戦争は、直接的には日本に再軍備をもたらした。占領軍の指令によって吉田内閣は、警察予備隊を組織した。在日米軍が根こそぎといっていいほど朝鮮半島の戦場に投入されたので、日本の防衛や治安維持を、日本軍を復活させて担わせようとしたのだ。朝鮮戦争が一段落しつつあった一九五二年には、警察予備隊を改編して保安隊と名称を改め、それまではあくまでも警察権の範囲にあったものを、実質的な〝軍隊〟として再発足させた(一九五四年には自衛隊と改称。二〇〇七年には防衛庁が防衛省に再編された)。在日米軍の指揮下、武器も装備も訓練も、すべて米軍に頼り切りという、はなはだ脆弱《ぜいじゃく》な〝軍隊ではない軍隊〟が出発したのである。

日野啓三の「無人地帯」もまた、珍しい舞台とテーマの作品といえるだろう。北朝鮮と韓国が対峙する北緯三十八度線の周辺には、非武装地帯という緩衝地域がある。そこに、南北それぞれは、まるで〝見本市〟のような村落を配置している（北は「平和の村」と称し、南では「自由の村」と呼ぶ）。表向きは、普通の村と変わりはないのだが、税金はなく、すべて軍によって抱え込まれている村である。もちろん、一朝ことあれば、真っ先に敵軍に蹂躙《じゅうりん》されると決まっている村に住む老若男女は、自ら志願し、軍によって認められた、いわば〝偽〟の村人にほかならない。

日本人の新聞記者が、米軍の許可を貰い、その無人地帯であるはずの村を取材することになる。しかし、帰りのトラックに乗り遅れた彼は、次のトラック便まで二、三日をその村で過ごさなくてはならなくなる。彼は、小学校を宿舎としてあてがわれ、そこにいる女教師の世話となる。

植民地時代に植民者の子供として朝鮮で過ごした日本人男性と、朝鮮戦争の戦禍で行き場を失った韓国人女性との奇妙で不思議な出会い。そこにあるのは、朝鮮と日本との、近代におけるいかにも不幸で、不条理な関係そのものだった。

「鴉の死」から「無人地帯」まで、これらの作品は、直接的に朝鮮半島を作品の舞台としていることに特徴がある。もちろん、当時の日本人が戦場に赴《おもむ》くには特殊な資格が必要だった。特派員、米軍の要員しか現場を踏むことはできない。そうした制約のなかで書かれた朝鮮戦争の実相は、この戦争が、日本の戦後と切っても切り離せない関係にあることを証明しているのである。

（川村）

3

「日本」という場所から朝鮮戦争を見るとき、戦場が距離的に離れており、「日本人」は、直接に戦闘に参加することがなかったということがいわれる。そのことに拠《よ》っていようが、現在の歴史教科書では、朝鮮戦争と日本の関係を特需景気に焦点を当てて記している。現在の「日本人」にとっての朝鮮戦争とは、ここに示されるように、経済的な復興のきっかけをもたらしたもの、とするのがおおよその歴史認識となっていよう。

しかし、実際には、また同時代の「日本人」にとっても、朝鮮戦争は決してそのような単純なものでなかった。日本は朝鮮戦争に出動するアメリカ軍の基地となり、軍事物資を提供し、壊れた武器や死者たちを持ち込む場所であり、決して部外者ではいられなかった。戦闘に加わった「日本人」が存在し、反戦の活動に従事するものもいた。

そのため、(収録作品にも見られるように)「六月二五日」という勃発の日付だけで通用するほどに深刻な事態として、朝鮮戦争が受けとめられていた。アジア太平洋戦争が終わってまだ五年もたたないのに、東アジアであらたな戦争がはじまったことへの恐怖があったのである。そのことは、一方で、あらためてアジア太平洋戦争を想起させ、他方では、戦争に巻き込まれることへの忌避の態度をもたらすこととなる。人びとは、さまざまな感慨を有していた。

中野重治「司書の死」(一九五四年)は、アメリカに渡った友人の司書(「高木武夫」)が、折悪《おりあ》しく朝鮮戦争時に遭遇したがゆえに命を落とすという物語である。ひとりの人物の理不尽な死を描くことにより、中野は、「日本」がアメリカによって、不本意に朝鮮戦争に巻き込まれているという意識を表明した。

他方、松本清張「黒地の絵」（一九五八年）は、巻き込まれたという事態を、九州・小倉で実際に起きた出来事を素材に描き出す。「前野留吉」の家が、米軍キャンプから脱走した黒人兵たちに襲われ、妻が強姦されるが、留吉はなすすべもなく、夫婦ともにいやしがたい傷を負う。この黒人兵たちは前線に送られることになっており、白人兵たちに比し、死亡率が高い。実際に戦死してしまう、その彼らが、留吉たちに手ひどい行為を行うのである。清張もまた、アメリカに対する憤《いきどお》りを有している。

また、一九五〇年七月に起こったこの事件は、（佐木隆三「奇蹟の市《まち》」でも言及されるが）十分な報道がなされず、この作品は、証言としての意味も持っている。加えて、戦死したアメリカ人兵士の死体を確認し整える、死体処理所での作業についても詳細に記している。

さて、朝鮮戦争を「日本」から描くときには、戦闘の場面が空白となる。「日本」を舞台とする場合、作品として戦闘の局面を挿入しにくい。そのため、人物の設定に工夫がなされる。また、人びとが朝鮮戦争の戦況を知るすべとして、新聞とともにニュース映画が大きな役割を与えられていく。

本巻収録の作品も、こうした試みがなされている。金達寿《キムタルス》「孫令監」（一九五一年）の主人公・孫令監《ソンヨンガム》は、「慶尚北道の片田舎」からアジア太平洋戦争の時期に日本に来た人物である。敗戦後に、Y市の幹線道路わきの地にやってきた。孫令監は「民族集会」に参加していたが、その「よろこび」が「たたかい」、そして「防衛」になるなか、ついに「その敵によって」朝鮮戦争が引き起こされてしまう事態に直面する。ニュース映画を見て衝撃を受けた孫令監は、「故国朝鮮の人々」を殺す爆弾を運ぶトラックの隊列を阻止しようとするのである――「ああ！　あれを止めねばならぬ」。

朝鮮戦争を自らの戦争として受け止め、軍需物資の輸送を阻止しようとする人物を金達寿は軸としたが、下村千秋「痛恨街道」（一九五一年）は、朝鮮人を母にもつ「愛吾」という人物を造型する。敗戦直後に韓国に移住し、朝鮮戦争時に日本に戻ってくる愛吾が、語り手の「私」に戦況を伝える。もっとも、愛吾は、「私」の知りたい事件や問題についてはほとんど知らなかったとされている。愛吾は、その後も朝鮮半島に出かけたが、「戦争をして死ぬなぞは絶対ごめんです」と繰り返す。愛吾は、ひとりの女性をめぐり、ある男性と（暴力沙汰をも含む）対立関係にあることがあわせて物語られるが、朝鮮戦争の構図を類推させるように記されている。下層の人びとを描くことをもっぱらとしていた下村は、戦時の言論に協力をしたこともあり、戦後の作品は必ずしも多くないが、朝鮮戦争は作品化した。「混乱と恐怖」がもたらされ、「他人事ではあるまい」との危機意識を感じていたように見える。

さきに指摘したように、「日本人」で朝鮮戦争に参加した人びとがいた。田中小実昌「上陸」（一九五七年）は、東京湾での荷役作業と言われ、だまし討ちのようにして朝鮮半島に送られる「日本人」たちが、門司港に「上陸」する話である。「戦争はいやだ」と繰り返していた人物（「胸のうすい若い男」）が射殺されてしまう場面に、朝鮮戦争に対する、田中のやるせなさが浮かび上がる。朝鮮半島ではなく、門司に「上陸」するという設定も、なんとも皮肉である。

また、軍需品をつくる工場に勤める従弟《いとこ》「鈴木」を描くのが、佐多稲子「車輪の音」（一九五四年）である。朝鮮戦争にともなう増産――特需生産により生活が安定し、「本傭い」への希望が出てくる一方、鈴木は戦争に対する忌避感を当然にも有している。自らの職が朝鮮戦争によって保たれているということの矛盾は、あっさりとその死によって解消し、残された家族の生活というあらたな問題へと推移していく。佐多は、鈴木の死をアメリカが早めたと記すことを忘れない。朝鮮戦争が、人びとのなかに入り込んできて生じる矛盾と葛藤をみごとに描き出していよう。「貨物列車の響《ひびき》に朝鮮戦争を感じる」とも、佐多は記している。

朝鮮戦争に対し、きっぱりとした態度を示すのは詩人たちであった。谷川雁は、アジア論を日本の構造分析と重ねて説く。労働詩人であった江島寛は若くして死去したが、代表作「突堤のうた」は「おれたち」と「朝鮮の労働者」への連帯を表明し、あらたなアジア認識へと連なる思考を力強く謳《うた》っている。長詩だが、「2　さく岩手」の部分は省略した。

4

若い世代にとっての朝鮮戦争も、向き合い方は同じである。若い頃に朝鮮戦争を体験した世代の作品は、一九六〇年代になってから発表された。彼らの作品は、朝鮮戦争時にはいまだ少年少女であったものたちを、主要な登場人物とする。さらに、本巻に収録した小林勝、野呂邦暢、佐木隆三の作品が発表される直前には、安保闘争や日韓基本条約の調印などの事態があった。

小林勝「架橋」（一九六〇年）は、「戸田朝雄」少年と（最後まで名前があかされない）朝鮮人の青年とが、朝鮮戦争下に武器を修理している工場を襲う物語であるが、二重のことが前提となっている。ひとつは、日本が朝鮮半島を植民地にしていたことであり、いまひとつは、前衛党としての日本共産党が、非合法の武装闘争を採用していたことである。この二つは、朝鮮戦争への反戦を促す要因のようにみえ（実際に、ふたりはそのつもりで参加しているのだが）、逆に問題を複雑にこじらせてしまう。

朝鮮で生まれ育ち、終戦直前に父親をソ連兵に殺された朝雄少年と、父親を日本人に殺されたという朝鮮人の青年。植民地体験をもつもの同士が、朝鮮戦争反対の局面で接点をもつものの、双方の立場の差異があからさまになる瞬間を、小林は描くのである――「それは君たち日本人の考え方だ」。大日本帝国が創り出した矛盾が、朝鮮戦争のさなかにも解消されずに残されていることの痛覚が、小林にはある。また、（この作品では論じられないものの）共産党の方針が、あっさりと変更されたことにも、小林はこだわりを見せる。この小説が「架橋」とされている点に、小林の想いをうかがうことができよう。

野呂邦暢「壁の絵」（一九六六年）は、「満州」から九州の古い城下町に疎開してきた級友「阿久根猛」の記憶と現在が、語り手の「わたし」（「由布子」）によって語られる。いつしか姿を消していた阿久根は、市立図書館に勤める「わたし」の前にだしぬけに姿を現し、朝鮮戦争時の資料を求めた。ふたりは深い関係ももつが、しかし次第に阿久根に「異常」が見られるようになる。そうしたなか、「わたし」は、彼が撒《ま》いた「紙片」から、朝鮮戦争でアメリカ軍二四歩兵師団に従軍したという「阿久根の生きた世界」「生きようとした世界」を垣間見る。このとき、阿久根の朝鮮戦争体験は、すでに精神に異常をきたした彼が記した「断片」を元に描くという手法がとられている。

佐木隆三「奇蹟の市《まち》」（一九六七年）は、性的な関心で頭のなかがいっぱいである、中学一年生の「ぼく」

の一九五〇年の日々が描かれる。「ぼく」は植民地時代の朝鮮生まれで、いまも朝鮮人の友人「金村」と親しくしているが、朝鮮戦争の開戦はたまたま拾った号外で知り、学校の先生から戦況を知らされたりする毎日である。父親が戦死し、九州・八幡市で馬小屋を改修した部屋を借りてすむ貧しい一家だが、折悪しく、人夫をして稼いでいる母親が怪我をしてしまう。そうしたなか、母親に朝鮮戦争で戦死したアメリカ軍人の死体を処理する仕事が舞い込む。「アメリカ兵に殺された日本兵の遺族」がアメリカ兵の遺族のためにつくすのはおかしい、などとの議論が家族でなされるが、一家のまわりでは製鉄所がにぎわい、クズ鉄が「かなり高い値段」で買い上げられるなどの現象が描かれる。妙に浮わつき、「朝鮮戦争がもっともっと続いてくれたら」兄も製鉄所にはいることができるだろうと思うような、幼い主人公の日々である。生活のなかに朝鮮戦争が入り込むさまが記されるが、勃発直後に、北九州の都市に「国籍不明機」の接近により、警戒警報、灯火管制がなされたことも書き込まれ、記録としての側面も有している。

歌人の鈴木しづ子は、朝鮮戦争に従軍した黒人兵を詠《うた》ったが、鈴木もまた戦争の当事者ということができよう。

朝鮮戦争をめぐって、日本語での戦争文学アンソロジーが編まれたのは、本巻がはじめてであろう。人びとは、朝鮮戦争という事態に緊張しつつ、そのもとで、あらたな事態が進行し始めていたことを感じていた。そのことが、さまざまに記されることとなった。

（成田）

著者紹介

海外の地名表記は、原則として当時の一般的な呼称に従った

金石範（キム・ソクポム）

一九二五（大一四）・一〇・二～　大阪生。京大美学科卒。四五年六月、京城から大阪へ戻り、その後、東京三ノ輪で終戦。四八年四月、日本共産党に入党。済州島四・三事件が起こり、大阪への密航者から事件の真相を聞き、衝撃を受ける。五二年二月、共産党離党。五七年八月「看守朴書房」を「文芸首都」に発表。七五年二月、編集委員として「季刊三千里」創刊。七六年二月より八一年八月まで「海嘯」（のち改題「火山島」第一部）を「文学界」に連載、八四年、大佛次郎賞受賞。九七年「火山島」第二部刊。翌年、一部二部あわせ、毎日芸術賞受賞。「万徳幽霊奇譚」「夜」「1945年夏」「金縛りの歳月」「地の影」「死者は地上に」評論「ことばの呪縛」「「在日」の思想」「故国行」など。

近藤芳美（こんどう・よしみ）

一九一三（大二）・五・五～二〇〇六（平一八）・六・二一　慶尚南道馬山府生。東京工業大建築学科卒。一九二五年、広島にある母方の祖母宅に寄宿。三一年末「アララギ」に入会。三三年四月、斎藤茂吉に会う。三八年四月、清水組（現・清水建設）に入社。四〇年九月召集、中国武昌沙湖に駐屯。四二年五月、胸部疾患のため召集解除、浦和で終戦。四八年二月、第一歌集「早春歌」刊。五一年六月、歌誌「未来」主宰・創刊。同年一一月、第四歌集「歴史」刊。五六年一月、現代歌人協会設立に参加。七三年六月、清水建設を退社。「喚声」「黒豹」（迢空賞）「祈念に」（詩歌文学館賞）「希求」（斎藤茂吉短歌文学賞）評論「土屋文明」「無名者の歌」など。

張赫宙〈野口赫宙〉（チャン・ヒョクチュ〈のぐち・かくちゅう〉）

一九〇五（明三八）・一〇・七～九七（平九）・二・一　慶尚北道大邱府生。大邱高等普通学校卒。三二年四月、「改造」の懸賞小説に「餓鬼道」が二等入選。東京での受賞式で「文芸首都」主宰の保高徳蔵を知り、翌年一月、同人となる。三六年六月から東京で過ごし、のち野口はな子と結婚、日本に

定住。三八年三月より一一月まで、戯曲「春香伝」が村山知義演出で上演される。四五年八月、長野県広丘村へ疎開、終戦。五一年七月、毎日新聞社の後援で、朝鮮戦争の取材のため米軍機で朝鮮に飛ぶ。翌年一〇月、再度の朝鮮取材の旅に出る。同月、帰化する。「権という男」「人間の絆」「開墾」「岩本志願兵」「嗚呼朝鮮」「遍歴の調書」「嵐の詩」随筆「わが風土記」など。

北杜夫（きた・もりお）
一九二七（昭二）・五・一〜二〇一一（平二三）・一〇・二四　東京生。東北大医学部卒。父は斎藤茂吉。一九四五年、松本高（現・信州大）に入学。勤労動員中、大町で終戦。五〇年四月、投稿した「百蛾譜」が「文芸首都」に掲載、のち同人となる。五四年一〇月「幽霊」を自費出版。五八年一一月、船医として欧州方面へ出港。六〇年「夜と霧の隅で」で芥川賞受賞。六六年春頃より躁鬱気質が強くなり、以後生涯悩まされる。九八年「青年茂吉」など茂吉評伝四部作で大佛次郎賞受賞。「どくとるマンボウ航海記」「船乗りクプクプの冒険」「楡家の人びと」（毎日出版文化賞）「白きたおやかな峰」「輝ける碧き空の下で」（第二部で日本文学大賞）など。

日野啓三（ひの・けいぞう）
一九二九（昭四）・六・一四〜二〇〇二（平一四）・一〇・一四　東京生。東大社会学科卒。父の仕事の関係で一九三四年朝鮮に渡る。四五年、京城で終戦。一一月、父の郷里、広島に引き揚げる。五二年、読売新聞社に入社、外報部配属。六〇年、特派員として一五年ぶりにソウルに赴き、七か月駐在。六四年、南ベトナムに派遣され、八か月駐在。七一年、初の小説集「還れぬ旅」刊。七五年「あの夕陽」で芥川賞受賞。「此岸の家」（平林たい子賞）「抱擁」（泉鏡花賞）「夢の島」（芸術選奨）「砂丘が動くように」（谷崎賞）「Living Zero《リビング・ゼロ》」「断崖の年」（伊藤整賞）「台風の眼」（野間文芸賞）「光」（読売文学賞）評論「書くことの秘儀」など。

吉田漱（よしだ・すすぐ）
一九二二（大一一）・三・一一〜二〇〇一（平一三）・八・二一　東京生。東京美術学校（現・東京芸大）卒。一九四三年、学徒動員で中国中部を転戦。中国で敗戦を迎える。復員後、区立中学校、都立芸術高校などの教師を勤め、五三年、岡山大教授となる。小林清親、河鍋暁斎、歌麿などを研究。四七年「アララギ」に入会。五一年六月、近藤芳美主宰の歌誌「未来」創刊に岡井隆らと参加、編集に携わる。五六年六月、第一歌集「青い壁画」刊。九五年「バスティーユの石」で短歌研究賞受賞。「FINLANDIA」評論等「近藤芳美私註」『『赤光』全注釈』『『白き山』全注釈』（斎藤茂吉短歌文学賞）など。

谷川雁（たにがわ・がん）
一九二三（大一二）・一二・一六～九五（平七）・二・二　熊本生。東大社会学科卒。四五年一月、千葉県印旛郡の陸軍野戦重砲隊に入隊。同地で敗戦、復員。西日本新聞社に入社。安西均を知り、四六年、詩誌「九州詩人」同人となる。四七年、日本共産党に入党。一二月、西日本新聞社争議の指導者として解雇される。四八年四月、詩誌「母音」に参加。五八年九月、森崎和江、上野英信らと「サークル村」創刊。六〇年、共産党除名。六一年九月、吉本隆明らと「試行」創刊。「大地の商人」「天山」「海としての信濃」評論「原点が存在する」「工作者宣言」「極楽ですか」など。

中野重治（なかの・しげはる）
一九〇二（明三五）・一・二五～七九（昭五四）・八・二四　福井生。東大独文科卒。二六年四月、窪川鶴次郎、堀辰雄らと同人誌「驢馬」創刊。二七年七月「プロレタリア芸術」創刊に参加、編集に携わる。三一年夏、日本共産党に入党。翌年四月、治安維持法違反容疑で逮捕され、三四年五月、転向により出所。四五年六月召集、長野県小県《ちいさがた》郡に駐屯。同地で敗戦。一一月、共産党に再入党。一二月、新日本文学会創立に加わる。六四年一一月、共産党除名。七八年、朝日賞受賞。「鉄の話」「歌のわかれ」「むらぎも」（毎日出版文化賞）「梨の花」（読売文学賞）「甲乙丙丁」（野間文芸賞）評論「芸術に関する走り書的覚え書」「斎藤茂吉ノオト」「室生犀星」「沓掛筆記」など。

松本清張（まつもと・せいちょう）
一九〇九（明四二）・一二・二一～九二（平四）・八・四　福岡生。小倉市立板櫃《いたびつ》尋常高等小学校高等科（現・北九州市立清水小）卒。四二年、朝日新聞社の正社員になる。四四年六月、召集され衛生兵として京城郊外の竜山に駐屯。四五年、全羅北道井邑で敗戦、一〇月復員。五〇年「週刊朝日」の懸賞「百万人の小説」で「西郷札」が三等入選。五三年「或る「小倉日記」伝」で芥川賞受賞。五六年、朝日新聞社を退社。五七年「顔」で日本探偵作家クラブ賞受賞。五八年二月「点と線」刊。七〇年菊池寛賞、九〇年朝日賞受賞。「小説帝銀事件」「砂の器」「けものみち」「昭和史発掘」（吉川文学賞）「邪馬台国」「二・二六事件」など。

金達寿（キム・タルス）
一九二〇（大九）・一・一七～九七（平九）・五・二四　慶尚南道昌原郡生。日大芸術科卒。三〇年一一月、兄に連れられて渡日、東京へ。四〇年八月、「位置」を大学の雑誌「芸術科」に発表。四一年「文芸首都」同人となる。四六年三月「民主朝鮮」創刊、「後裔の街」連載を始める。一〇月、新日本文学会会員となる。五七年「故国の人」他により平和文化賞受賞。六八年、金嬉老裁判の特別弁護人となる。八一年三月、三七年ぶりに韓国に赴き、ソウル・大田・光州・慶州・釜山などのほか、故郷の中里を訪ねる。「玄海灘」「朴達《パクタリ》の裁判」「密航者」「太白山脈」評論「私の創作と体験」紀行「日本の中の朝鮮文化」など。

下村千秋（しもむら・ちあき）

一八九三（明二六）・九・四～一九五五（昭三〇）・一・三一　茨城生。早大英文科卒。一九一九年一一月、浅原六朗、牧野信一らと同人誌「十三人」創刊。二〇年二月、同誌に「ねぐら」を発表。志賀直哉に認められ、以後、生涯の師と仰ぐ。二三年一月、結婚とともに東京市役所に勤めるが、関東大震災で退職。二四年九月、第一作品集「刑罰」刊。三〇年七月「中央公論」に「天国の記録」、一一～一二月「朝日新聞」に「街の浮浪者《ルンペン》」を発表。四五年三月、穂高に疎開、終戦。戦後は西多摩に移住して農村青年の指導に当り、児童ものに力を注いだ。「しかも彼等は行く」「彷徨」「中学生」など。

田中小実昌（たなか・こみまさ）

一九二五（大一四）・四・二九～二〇〇〇（平一二）・二・二六　東京生。東大哲学科中退。一九四四年一二月、高校在学中に召集、中国で敗戦。四六年七月、久里浜に復員。五六年、「ＥＱＭＭ」編集長の都築道夫に紹介され、ケインの「冷蔵庫の中の赤ん坊」を翻訳し同誌に発表。六六年二月「文学界」に「どうでもいいこと」を発表。六八年八月、第一作品集「上野娼妓隊」刊。七九年「ミミのこと」「浪曲師朝日丸の話」で直木賞受賞。「自動巻時計の一日」「ポロポロ」（谷崎賞）「イザベラね」「カント節」「アメン父」エッセイ「ぼくのシネマ・グラフィティ」「コミさんほのぼの路線バスの旅」など。

佐多稲子（さた・いねこ）

一九〇四（明三七）・六・一～九八（平一〇）・一〇・一二　長崎生。東京向島の牛島小（四六年廃校）中退。一五年一〇月、一家で上京。父の失職により、一二月よりキャラメル工場で働く。二〇年、芥川龍之介らを、二六年、中野重治、窪川鶴次郎らを知る。二八年二月、初の小説「キャラメル工場から」を「プロレタリア芸術」に発表。二九年五月、窪川と結婚。三二年五月頃、日本共産党に入党。以後、除名、再入党をくり返す。四〇年六月、壺井栄と朝鮮旅行。四五年五月、窪川と離婚。中野区で終戦。七三年四月、芸術院恩賜賞辞退。七六年「時に佇《た》つ（一一）」で川端賞受賞。八四年、朝日賞受賞。「くれない」「私の東京地図」「女の宿」（女流文学賞）「渓流」「樹影」（野間文芸賞）「夏の栞」（毎日芸術賞）「月の宴」（読売文学賞）など。

江島寛（えじま・ひろし）

一九三三（昭八）・三・一三〜五四（昭二九）・八・一九　全羅北道群山生。東京都立小山台高卒。逓信省官吏の父に従い、朝鮮各地を転々とする。四五年、京畿道で終戦。九月、山梨県南巨摩郡に引き揚げる。旧制身延中に入学するが、青年共産同盟を組織、学生運動に挺身したため放校処分となり、上京する。小山台高でも学生運動、演劇、文学に没頭。五一年に卒業後、郵便局に勤めながら、下丸子文化集団結成の中心メンバーとなり、反米抵抗運動をつづける。栄養失調による紫斑病で死去。七五年、遺作を、同志の井之川巨の編集で「鋼鉄の火花は散らないか」として刊行。

小林勝（こばやし・まさる）

一九二七（昭二）・一一・七〜七一（昭四六）・三・二五　慶尚南道晋州生。早大露文科中退。四五年三月、陸軍航空士官学校に入学。特攻要員だったが、飛行機が払底していたため、出撃の機会なく、敗戦。四八年、日本共産党に入党。四九年、早大に入学。五〇年、レッド・パージ反対闘争で停学、翌年中退。五二年六月、朝鮮戦争二周年のデモに参加、火焔びん事件現行犯として逮捕され、五九年、最高裁で懲役一年の実刑が確定。五五年五月、新日本文学会に入会。六〇年「檻」で新劇戯曲賞受賞。六五年頃、日本共産党を離れる。「フォード・一九二七年」「軍用露語教程」「狙撃者の光栄」「強制招待旅行」「チョッパリ」など。

野呂邦暢（のろ・くにのぶ）

一九三七（昭一二）・九・二〇〜八〇（昭五五）・五・七　長崎生。県立諫早高卒。五六年秋、上京し、種々の職に就く。五七年六月、佐世保陸上自衛隊に入隊。翌年六月、北海道で除隊。六二年一〇月、「日本読書新聞」の「読者の論文」に「ルポ・兵士の報酬　不安と自由への恐れ」が入選。六五年一一月、「或る男の故郷」が文学界新人賞佳作として「文学界」に掲載される。七四年「草のつるぎ」で芥川賞受賞。七八年、北九州、山口在住の作家たちと韓国旅行。「十一月　水晶」「一滴の夏」「諫早菖蒲日記」「ふたりの女」「猟銃」「丘の火」エッセイ「王国そして地図」「失われた兵士たち　戦争文学試論」「古い革張椅子」詩集「夜の船」など。

佐木隆三（さき・りゅうぞう）

一九三七（昭一二）・四・一四〜　咸鏡北道穏城郡生。福岡県立八幡中央高卒。五六年四月、八幡製鉄所に就職。六〇年六月「錆びた機械」を「文学界」に発表。この年、日本共産党に入党。六三年「ジャンケンポン協定」で新日本文学賞受賞。六四年四月、共産党除名。七月退社。七六年「復讐するは我にあり」で直木賞受賞。八五年一〇月、日朝文化交流の一員として平壌を訪れる。九一年「身分帳」で伊藤整賞受賞。「大将とわたし」「埋火の街で」「冷えた鋼塊」「ジミーとジョージ」「英雄　具志堅用高伝」「小説　大逆事件」「法廷に吹く風」ルポルタージュ「「オウム法廷」　連続傍聴記」など。

鈴木しづ子（すずき・しづこ）

一九一九（大八）・六・九〜？　東京生。淑徳高女（現・淑徳中・高）卒。三八年秋、製図学校に入学。四〇年、岡本工作機械製作所設計課にトレース工として就職。四二年、同社俳句会で「樹海」主宰の松村巨湫に出会う。四五年、終戦とともに会社が進駐軍に接収される。東芝車輌に転職。四六年二月、第一句集「春雷」刊。五〇年一〇月、岐阜で、米兵ケリー・クラッケと知りあい同棲。翌年五月頃、クラッケが朝鮮戦争に出征、八月頃アメリカに帰国。五二年一月一日、クラッケの訃報を受ける。第二句集「指環」刊。三月三〇日、その出版記念会で「それでは皆さん、ごきげんよう。そして、さようなら」の言葉を残して去る。九月一五日付で、巨湫に大量の投句稿を郵送したのを最後に、消息不明。

収録作品について

初出及び主な収録本、太字は底本を示す

鴉の死（金石範）

初出

「文芸首都」一九五七年一二月号

収録本

「鴉の死」一九六七年九月　新興書房

「鴉の死」一九七一年一〇月　講談社

「鴉の死」一九七三年一二月　講談社文庫

「現代の文学　三九」一九七四年一二月　講談社

「鴉の死　夢、草深し」一九九九年三月　小学館文庫

「金石範作品集　一」二〇〇五年九月　平凡社

「〈在日〉文学全集　三」二〇〇六年六月　勉誠出版

眼（張赫宙）

初出

「文藝」一九五三年一〇月号

浮漂（北杜夫）

初出

「文芸首都」一九五八年九月号

収録本

「夜と霧の隅で」一九六〇年六月　新潮社

「星のない街路」一九六九年一一月　中央公論社

「星のない街路」一九七三年八月　新潮文庫

「北杜夫全集　二」一九七七年五月　新潮社

無人地帯（日野啓三）

初出

「文学界」一九七二年五月号

収録本

「あの夕陽」一九七五年三月　新潮社

司書の死（中野重治）

初出

「新日本文学」一九五四年八月号
収録本
「夜と日の暮れ」一九五五年六月　筑摩書房
「新選現代日本文学全集　七」一九六〇年八月　筑摩書房
「中野重治全集　三」一九六一年八月　筑摩書房
「現代日本文学　六」一九七七年一月　筑摩書房
「石川近代文学全集　八」一九八九年六月　石川近代文学館
「五勺の酒・萩のもんかきや」一九九二年八月　講談社文芸文庫
「中野重治戦後短篇小説集」一九九四年一〇月　梓書店
「中野重治全集（定本版）三」一九九六年六月　筑摩書房

黒地の絵（松本清張）
初出
「新潮」一九五八年三～四月号
収録本
「黒地の絵」一九五八年六月　光文社
「黒地の絵」一九六一年四月　カッパ・ノベルス　光文社
「昭和文学全集　一」一九六一年一〇月　角川書店
「松本清張短篇総集」一九六三年四月　講談社
「現代の文学　二七」一九六三年五月　河出書房新社
「戦争の文学　七」一九六五年一一月　東都書房
「松本清張全集　三七」一九七三年七月　文藝春秋
「筑摩現代文学大系　七二」一九七六年八月　筑摩書房
「松本清張傑作総集　一」一九九三年一〇月　新潮社
「松本清張小説セレクション　三三」一九九五年五月　中央公論社
「松本清張傑作選　悪党たちの懺悔録」二〇〇九年四月　新潮社

孫令監（金達寿）
初出
「新日本文学」一九五一年九月号
収録本
「富士のみえる村で」一九五二年九月　東方社
「朴達の裁判」一九五九年五月　筑摩書房
「朴達の裁判」一九七三年二月　潮文庫
「小説・在日朝鮮人史　下」一九七五年七月　創樹社
「金達寿小説全集　二」一九八〇年八月　筑摩書房
「〈在日〉文学全集　一五」二〇〇六年六月　勉誠出版

痛恨街道（下村千秋）
初出
「小説新潮」一九五一年九月号

上陸（田中小実昌）
初出
「新潮」一九五七年一二月号
収録本
「上陸」二〇〇五年九月　河出文庫

車輪の音（佐多稲子）
初出
「文学界」一九五四年三月号
収録本
「心の棚」一九五六年九月　現代社
「佐多稲子作品集　一二」一九五八年一二月　筑摩書房
「佐多稲子全集　八」一九七八年七月　講談社
「戦後の出発と女性文学　九」二〇〇三年五月　ゆまに書房

架橋（小林勝）
初出
「文学界」一九六〇年七月号
収録本
「チョッパリ」一九七〇年四月　三省堂
「小林勝作品集　四」一九七六年二月　白川書院

壁の絵（野呂邦暢）
初出
「文学界」一九六六年八月号
収録本
「十一月　水晶」一九七三年二月　冬樹社
「壁の絵」一九七七年一月　角川文庫
「野呂邦暢作品集」一九九五年五月　文藝春秋

奇蹟の市《まち》（佐木隆三）
初出
「文藝」一九六七年一二月号
収録本
「大将とわたし」一九六八年七月　講談社
「新鋭作家叢書　佐木隆三集」一九七二年六月　河出書房新社

●詩、短歌、俳句

丸太の天国（谷川雁）
「谷川雁の仕事　一」一九九六年六月　河出書房新社

突堤のうた（江島寛）
「鋼鉄の火花は散らないか」一九七五年三月　社会評論社

近藤芳美
「歴史」一九五一年一一月　白玉書房
「定本近藤芳美歌集」一九七八年一月　短歌新聞社

吉田漱
「青い壁画」一九五六年六月　白玉書房

鈴木しづ子
「指環」一九五二年一月　随筆社
「夏みかん酸つぱしいまさら純潔など」二〇〇九年八月
河出書房新社
「KAWADE道の手帖　鈴木しづ子」二〇〇九年八月
河出書房新社

資料

年表
地図

年表

年	月日	朝鮮半島の動き	日本（世界）の動き
1945/昭20	8・15	朝鮮建国準備委員会（建準）発足	（8・15）日本、戦争終結の詔書を放送（「玉音放送」）
	8・24	ソ連軍の先遣隊、平壌に到着	
	9・2	マッカーサー、米ソによる朝鮮分割占領を発表	（9・2）日本、降伏文書に調印
	9・6	建準、朝鮮人民共和国の樹立宣言。米軍の先遣隊、ソウルに到着（8日、仁川に上陸）	
	9・7	米太平洋陸軍司令部、朝鮮南部に軍政を布告	
	9・9	日本軍、ソウルで朝鮮半島における降伏文書に調印	（10・15）在日本朝鮮人連盟（朝連）結成
	9・11	朝鮮共産党を再建	（11・16）日本国内で朝鮮建国促進青年同盟結成
	10・10	米軍政庁長官、朝鮮人民共和国の否認を声明	
	10・23	李承晩を中心とした独立促成中央協議会が発足	（12・15）東京朝鮮第一初中級学校（当時は国語講習所の初級部）創設
	12・27	米英ソ、モスクワでの三国外相会議で、朝鮮半島の信託統治を決定・発表（モスクワ協定）	（12・17）在日朝鮮人の参政権停止
46/昭21	2・8	朝鮮北部、北朝鮮臨時人民委員会を創設（委員長金日成）。南部、大韓独立促成国民会を結成（総裁李承晩）	
	2・15	朝鮮民主主義民族戦線結成	
	3・20	第1回米ソ共同委員会開催（5月7日、無期限延期）	
	8・28	北朝鮮労働党結成	
	10・1	反米軍政運動（十月人民抗争）、大邱で暴動化	（10・3）在日本朝鮮居留民団（民団）結成。48年10月、在日本大韓民国居留民団と改称
	11・23	南朝鮮労働党結成	
47/昭22	2・22	北朝鮮人民委員会成立	（3・12）米、トルーマン・ドクトリンを宣言
	5・21	第2回米ソ共同委員会開催（7月10日、決裂。信託統治構想の挫折）	（5・2）外国人登録令公布
	11・14	国連総会、米提出の臨時朝鮮委員団設置決議を採択	（9・22）ヨーロッパ主要共産党会議、コミンフォルム（共産党・労働者党情報局）結成
48/昭23	1・8	国連朝鮮委員団、ソウルに到着。9日、北朝鮮人民	（1・24）文部省教育局長、各都道府県知事に

		委員会、委員団の北緯38度線以北立入り拒否を表明	朝鮮学校設立不承認を通達
	2・26	国連、米提出の朝鮮南部単独選挙実施案を可決	
	4・3	済州島で南部単独選挙反対の人民蜂起（四・三事件）	(4・24) 在日朝鮮人ら、兵庫県知事に対する朝鮮人学校閉鎖命令の撤回と逮捕者釈放の要求が認められる（阪神教育闘争）
	5・10	朝鮮南部で単独選挙を実施	
	8・15	大韓民国（韓国）樹立（大統領李承晩）	
	9・9	朝鮮民主主義人民共和国（北朝鮮）樹立（首相金日成）	
	10・20	麗水・順天で済州島鎮圧命令に背き軍隊が反乱	
	12・1	韓国、国家保安法公布	
	12・12	国連総会、韓国政府を朝鮮半島唯一の合法政府として承認	
49／昭24	6・30	南北朝鮮労働党が合同し、朝鮮労働党を結成（委員長金日成）	(9・8) 朝連、団体等規正令により強制解散 (10・1) 中華人民共和国建国
50／昭25	1・10	アチソン米国務長官、「韓国は日米太平洋防衛線の外」と発言	(1・6) コミンフォルム、日本共産党の平和革命論を批判
	6・25	朝鮮戦争勃発。国連安保理、北朝鮮の攻撃を侵略とみなして撤退を要求	(6・28) 在日朝鮮人、祖国防衛中央委員会を組織
	6・28	北朝鮮軍、ソウルを占領	(6・29) 北九州の小倉・八幡・門司などに空襲警報発令、灯火管制が敷かれる。「国籍不明機が接近」との報道
	7・7	国連安保理、国連軍の韓国派遣を決議（ソ連代表欠席）	
	7・12	米韓軍の指揮権及び裁判権に関する太田協定締結	
	7・26	米軍、忠清北道老斤里で住民を無差別殺害	(7・11) 小倉の米軍基地より黒人兵脱走、米軍と衝突
	8・18	韓国、首都を釜山に移転	
	8・31	北朝鮮軍、洛東江を渡河し、韓国全域の9割を攻略	(7・24) GHQ、新聞協会代表に共産党員及び同調者の追放を勧告（レッドパージ始まる）
	9・15	国連軍、仁川に上陸	
	9・26	国連軍、ソウルを奪回	(8・8) 民団、朝鮮戦争に対し在日韓僑自願軍を結成。9月13日、第一陣が出航
	10・1	国連軍、38度線を越えて北朝鮮に侵攻	
	10・20	国連軍、平壌を占領	(8・10) 警察予備隊令公布
	10・25	中国人民義勇軍、朝鮮戦争に参戦	(10・10) 海上保安庁、朝鮮半島に掃海艇を派

年	月日	事項	日本・在日関連
	11・30	トルーマン米大統領、朝鮮戦争で「原爆使用もありうる」と発言	遣し、機雷除去を開始
	12・5	中朝連合軍、平壌を奪回	(12・28)「不法入国者」用の大村収容所発足 ★この年、日本で朝鮮特需起こる
51/昭26	1・4	中朝連合軍、再度ソウルを占領	(1・9)在日朝鮮統一民主戦線結成
	2・1	国連総会、朝鮮戦争において中国政府を「侵略者」とする非難決議を採択	
	2・11	韓国軍、共産ゲリラをかくまった疑いで居昌の住民を虐殺(居昌良民虐殺事件)	
	3・14	国連軍、ソウルを再奪回。以後、38度線付近で戦線膠着状態	(9・8)日本、サンフランシスコ講和条約・日米安全保障条約に調印
	6・23	ソ連国連代表、ラジオ放送で朝鮮休戦会談を提案	(10・4)出入国管理令・入国管理庁設置令公布
	7・10	開城で休戦会談始まる	(10・16)日本共産党第5回全国協議会、新綱領を採択。武力闘争開始
52/昭27	1・18	韓国、海洋主権宣言を発表(李承晩ライン設定)	(2・15)第1次日韓会談
	5・7	巨済島に収容中の北朝鮮軍捕虜、虐待・虐殺停止を求めて暴動(巨済島事件)	(4・28)外国人登録法公布(在日朝鮮人への指紋押捺制度、92年6月1日まで実施)
	5・26	韓国、責任内閣制改憲案阻止のため非常戒厳令布告	(6・24)吹田・枚方事件
	9・1	韓国、徴兵制を実施	(7・4)破壊活動防止法成立
53/昭28	7・27	板門店で朝鮮戦争の休戦協定調印	(3・5)ソ連のスターリン首相死去
	8・8	米韓相互防衛条約仮調印(10月1日、本調印)	
55/昭30			(5・26)在日本朝鮮人総連合会(総連)結成 (7・29)日本共産党第6回全国協議会、極左冒険主義の清算、党内団結を発表
59/昭34			(12・14)在日朝鮮人の北朝鮮への帰国船出航(「帰国事業」開始)
65/昭40	8・20	韓国ソウルで学生が日韓基本条約の批准反対デモ	(6・22)日韓基本条約調印
70/昭45			(3・31)よど号ハイジャック事件 (12・8)朴鐘碩、日立製作所に対し在日朝鮮人の就職差別の訴訟(74年6月、勝訴判決)

73/昭48	8・8	韓国、訪日中の金大中を拉致（金大中事件）	
83/昭58	10・9	ビルマ訪問中の全斗煥韓国大統領への爆弾テロ（ラングーン事件、大統領は無傷）。北朝鮮は関与否定	
87/昭62	11・29	大韓航空機爆破事件。北朝鮮のテロとされる	
94/平6	6・13	北朝鮮、国際原子力機関（ＩＡＥＡ）脱退を声明。核関連施設への査察拒否	
	7・8	北朝鮮の金日成主席死去	
98/平10	8・31	北朝鮮、弾道ミサイル発射、日本を横断し三陸沖に着弾。日本、抗議し食糧援助凍結などの制裁措置	
2000/平12	6・13	金大中大統領、韓国大統領として初の北朝鮮訪問、南北両首脳会談を行う。15日、南北共同宣言に署名	
01/平13	12・22	北朝鮮工作船、東シナ海で海上保安庁巡視船と交戦	
02/平14			（1・28）ブッシュ米大統領、イラン・イラク・北朝鮮を「悪の枢軸」と非難 （9・17）小泉純一郎首相、訪朝。日朝平壌宣言。北朝鮮が日本人拉致の事実を認める
03/平15	8・27	北京で北朝鮮核問題を扱う六者協議開催（日本・アメリカ・ロシア・中国・韓国・北朝鮮）	
06/平18	10・9	北朝鮮、地下核実験の実施を発表	
09/平21	5・25	北朝鮮、２度目の地下核実験の実施を発表	
10/平22	3・26	北方限界線（ＮＬＬ）の韓国海域付近で、韓国海軍哨戒艦が沈没。韓国は北朝鮮の攻撃と断定	
	11・23	北朝鮮軍、韓国北西部延坪島に向けて砲撃。韓国軍、応戦。28日、米韓合同演習を黄海で実施	
11/平23	12・19	北朝鮮、金正日総書記の死去を発表。後継に金正恩	
12/平24	4	北朝鮮、金正恩が第１書記に就任、式典など実施	

年表作成／酒井　晃

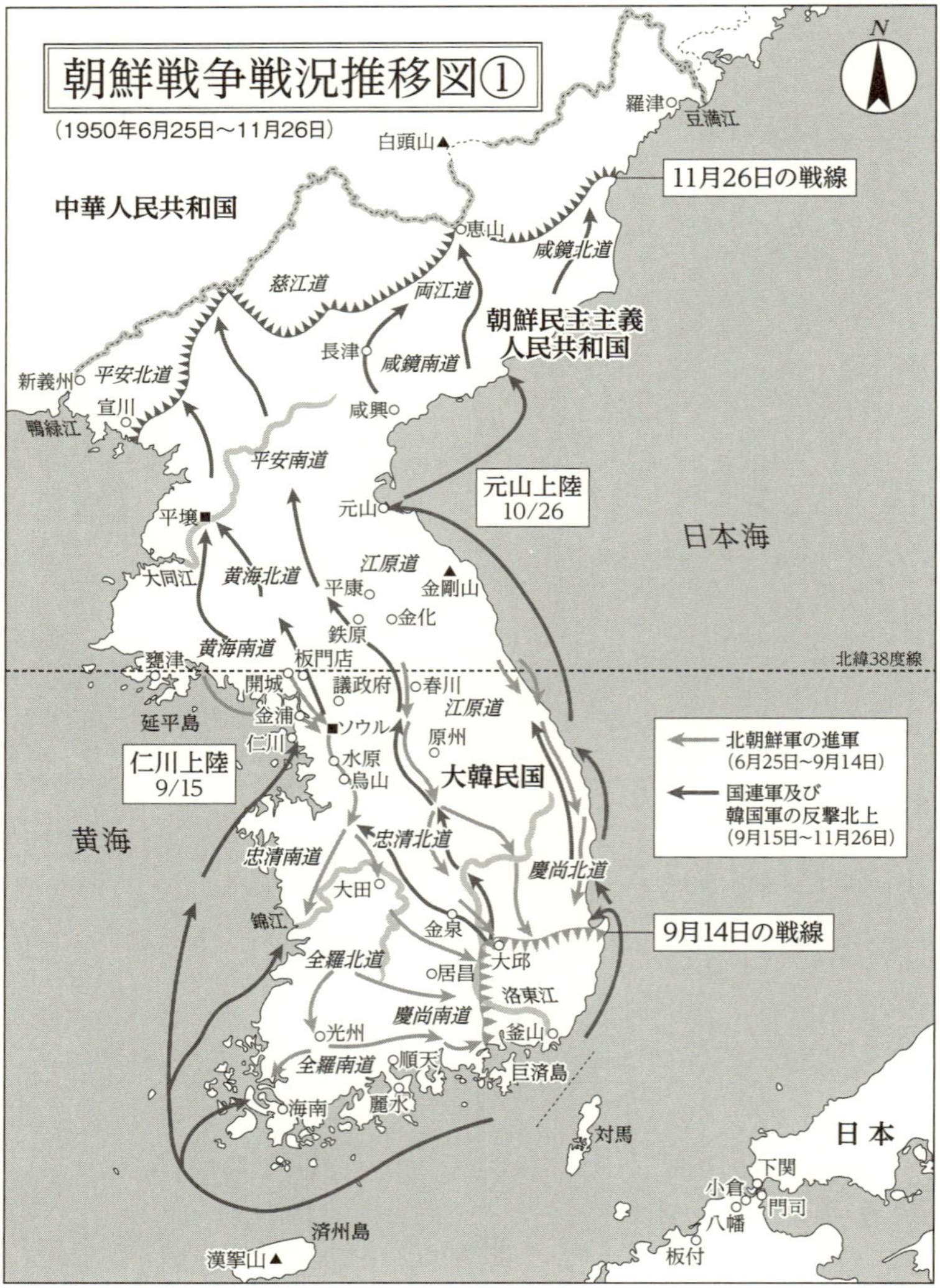
朝鮮戦争戦況推移図①
（1950年6月25日～11月26日）
N
中華人民共和国
白頭山
羅津
豆満江
11月26日の戦線
恵山
咸鏡北道
慈江道
両江道
朝鮮民主主義
人民共和国
長津
咸鏡南道
新義州
平安北道
宣川
鴨緑江
咸興
平安南道
元山上陸
10/26
元山
平壌
日本海
大同江
黄海北道
江原道
金剛山
平康
金化
鉄原
黄海南道
甕津
板門店
北緯38度線
開城
議政府
春川
江原道
金浦
延平島
ソウル
仁川
原州
北朝鮮軍の進軍
(6月25日～9月14日)
国連軍及び
韓国軍の反撃北上
(9月15日～11月26日)
仁川上陸
9/15
水原
烏山
大韓民国
黄海
忠清北道
忠清南道
慶尚北道
大田
金泉
錦江
9月14日の戦線
大邱
全羅北道
居昌
洛東江
慶尚南道
光州
釜山
全羅南道
順天
巨済島
海南
麗水
対馬
日本
下関
小倉
門司
八幡
済州島
漢拏山
板付

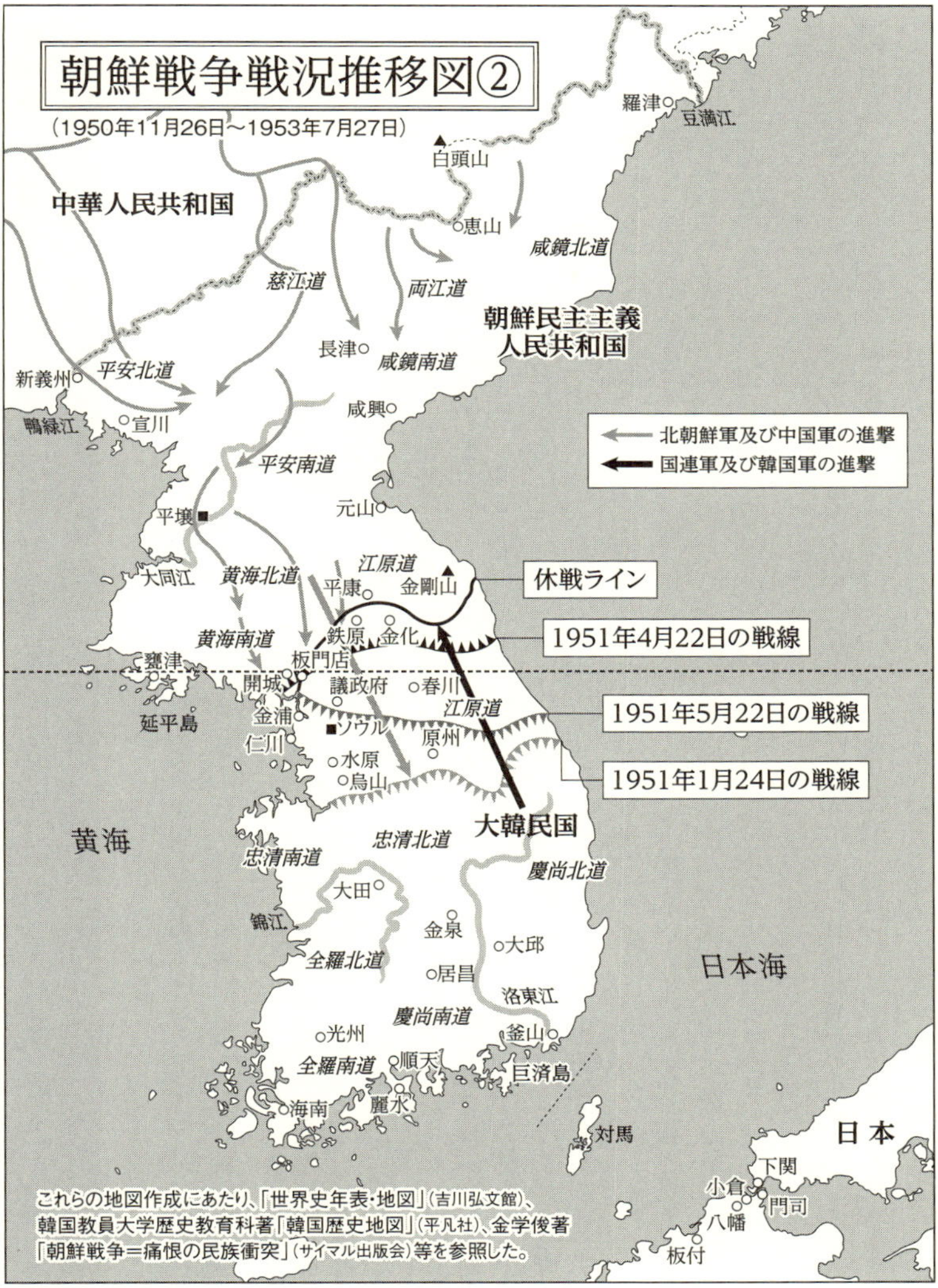
朝鮮戦争戦況推移図②
(1950年11月26日〜1953年7月27日)
中華人民共和国
朝鮮民主主義人民共和国
大韓民国
北朝鮮軍及び中国軍の進撃
国連軍及び韓国軍の進撃
休戦ライン
1951年4月22日の戦線
1951年5月22日の戦線
1951年1月24日の戦線
羅津
豆満江
白頭山
恵山
咸鏡北道
慈江道
両江道
長津
咸鏡南道
新義州
平安北道
宣川
鴨緑江
咸興
平安南道
元山
平壌
大同江
黄海北道
江原道
金剛山
平康
鉄原
金化
黄海南道
甕津
板門店
開城
議政府
春川
江原道
延平島
金浦
ソウル
原州
仁川
水原
烏山
黄海
忠清北道
忠清南道
慶尚北道
大田
錦江
金泉
大邱
全羅北道
居昌
日本海
洛東江
慶尚南道
釜山
光州
全羅南道
順天
巨済島
海南
麗水
対馬
日本
下関
小倉
門司
八幡
板付
これらの地図作成にあたり、「世界史年表・地図」(吉川弘文館)、韓国教員大学歴史教育科著「韓国歴史地図」(平凡社)、金学俊著「朝鮮戦争=痛恨の民族衝突」(サイマル出版会)等を参照した。

地図製作/テラエンジン

口絵解説　二分された戦場は、いまも。

戦争×絵画1

木下長宏

口絵の最初の頁と最後の頁は、一つの同じ場面を素材にしている。一九五〇年一二月、爆撃で壊された、朝鮮半島北部を流れる大同江の橋を、銃火を逃れ、北から南へ避難する人びとを撮影したのが［7］である。家族離散、民族どうしの激しい不信と対立は、六〇年を経た現在も消えない。休戦協定は、朝鮮戦争勃発（一九五〇年六月）から三年後に結ばれたが、いまもまだ、「休戦」中なのである。

［1］は、韓国の現代美術作家が、いつ再び戦争が起きてもおかしくはない自分の国の現代を、かつての悲惨な記憶の再構成によって、伝えようとする作品である。ピュリッツァー賞を取った［7］の写真を模写しながら、その上へ貼りつけるように描いた緑の若葉。希望の芽生えを托《たく》しているのか。しかし、その緑も、逃げ惑う人びとと、分裂した国のイメージと重なり、不安に戦《おのの》いている。

この二作品に挟まれて、何点かの朝鮮戦争をめぐる絵画と写真が、二分された国の悲しみを伝える。［2］は、戦争が始まる前、済州島で起った武装蜂起とその弾圧、民衆虐殺を知ったピカソが制作した。かつて「ゲルニカ」を描いて戦争による祖国の残虐な破壊に抗議したピカソは、遠いアジアの出来事にも無関心でいられなかったのだろう。しかし、戦争は始まり、朝鮮戦争のさなかにも、こうした虐殺事件は何回も起った。いまも、地球上の至るところ、武装権力による民衆の虐殺は続いている。

［3］と［4］は、外国から来たカメラマンがとらえた朝鮮戦争のひとこまである。兵隊と民衆は、いつも反対方向を向いている。［5］と［6］は、韓国の画家が戦場となった自分の街や、戦争で傷ついた同胞たちを描いた絵画作品。

ソウルは、戦争が始まった直後、北朝鮮の猛攻撃で廃墟となった。三か月後に国連軍と韓国軍が奪還するが、また三か月後北朝鮮軍が奪い返し、韓国軍が再び奪還したのは一九五一年三月だった。描かれた廃墟の向こうに、朝鮮総督府の尖塔《せんとう》が覗《のぞ》いている。この建物は戦火を逃れたが、日本の統治時代を象徴する忌むべき建造物として、のちに破壊された。

口絵紹介

[1]　キム・ジョンホン（一九四六〜）は、公州大学校美術教育科教授、韓国文化芸術委員会委員長も務める。農村とその土台である「大地」をテーマに仕事をつづけている。口絵作品（油彩、カンヴァス、写真）は、写真を貼りつけたり、その上に描き加えたりした六枚のパネルと二枚の絵を組み合せている。

[2]　パブロ・ピカソ（一八八一〜一九七三）が、一九五一年に描いた「朝鮮の虐殺」（油彩、合板）は、ゴヤの「マドリッド、一八〇八年五月三日」、ゴヤを下敷きにしたマネの「皇帝マクシミリアンの処刑」など、虐殺をモチーフにした絵を参照し、構図を引用している。「ゲルニカ」（一九三七年）と同様、モノクローム仕立てである。

[3]　家財道具を頭にのせ避難する女性と子ども達の列と、進軍する米軍歩兵部隊の列。一九五〇年八月一一日、朝鮮半島南東部を流れる洛東江流域で、米国人カメラマン、エド・ホフマンが撮影した。

[4]　ヴェルナー・ビショフ（一九一六〜五四）は、地元チューリッヒの美術学校で学び、写真家として独立。ファッションや広告などで活躍するかたわら、第二次世界大戦によって荒廃した都市や人びとを撮影した。写真家集団マグナム創立メンバーの一人。三八歳で交通事故に遭い死亡。

[5]　キム・ドゥファン（一九一三〜九四）は、かつて帝国美術学校と名乗っていた現武蔵野美術大学の卒業生である。二科展や独立美術協会展のほか、朝鮮美術展覧会に出展。朝鮮戦争が始まると従軍画家として服務した。口絵作品（油彩、カンヴァス）はそのときの作。

[6]　イ・スオク（一九一八〜九〇）も、帝国美術学校の卒業生である。平壌師範学校を卒業し、学校の教師をしたあと、日本に渡り、洋画を勉強した。一九四六年帰国。北朝鮮で美術活動をしていたが、のち韓国軍に従い南下。従軍画家となった。口絵作品（油彩、カンヴァス）はそのときの作。

[7]　マックス・デスフォーは一九一三年ニューヨーク生まれ。一九三三年、AP通信社に入社。米国海軍の従軍記者として日本などを取材。口絵作品は、爆破された鉄橋を渡り避難する平壌住民。一九五一年度のピュリッツァー賞を受賞。

図版提供
1 韓国国立現代美術館　2 ©2010-Succession Pablo Picasso-SPDA (JAPAN)/© Edimédia/CORBIS　3 ©Bettmann/CORBIS/amanaimages　4 ヴェルナー・ビショフ/Magnum Photos　5 韓国国立現代美術館　6 韓国国立現代美術館　7 AP/アフロ

読者のみなさまへ

人権に対する人々の意識は、時代とともに大きく変化してきました。「コレクション 戦争と文学」は、広範囲にわたる時代の作品を収録しており、その多くは、現代よりも人権に対する意識が低かった時代に成立したものです。そのため、民族、出自、職業、身体的ハンディキャップ、性等々、今日においては深い配慮を必要とする事柄に対して、差別的な語句、あるいは表現が使われている作品が複数あります。また、疾病に関する記述をはじめとして、科学的に誤った当時の認識のもとに描かれた作品も含まれています。

ことに本全集は、戦争を題材としたアンソロジーであるため、差別表現が頻出する作品もあります。

しかし私たちは、この全集を刊行するにあたって、文学者が描いた戦争の姿を、現代そして後世の読者に正確に伝えることが出版に携わる者の責務と考え、あえて全作品を底本のまま収録することにしました。作品の成立した時代背景を知ることにより、作品もまた正しく理解されると信ずるからです。

もとより私たちは、差別や、それを生み出す社会の状況に反対するものです。そして、あらゆる差別や差別意識がなくなるよう努めていく所存です。

読者のみなさまには、この編集方針をご理解のうえ本全集をお読みくださいますようお願い申しあげます。

集英社「コレクション　戦争と文学」編集室

本巻スタッフ・協力者一覧

●編集
倉林徹夫
忍穂井純二
久保庭大助（整理）
芳賀瑛典（校閲）
高橋　至
和田夏生
福江泰太
小山　晃
根岸由希

●編集協力
阿部　勉
大日方公男
岡　邦彦
岡本和樹
柿谷浩一
川上隆志
久米　勲
椡沢　健

真田幸治
羽矢みずき
原　健一
深野明子
森山聡平
水谷達朗
創美社

●制作
島田雄一郎
●資材
髙橋勇人
●販売
沢田　剛
集英社サービス
●宣伝
平あすか
●広報
杉原麻美

本書に収録しました詩「突堤のうた」、また俳句の著作権者（および著作権継承者）の連絡先が不明です。お心当たりの方は編集部までご連絡いただければ幸いです。

JASRAC　出1204513-201

コレクション 戦争《せんそう》と文学《ぶんがく》 1 朝鮮戦争《ちょうせんせんそう》

二〇一二年 六 月一〇日 第一刷発行

著 者 金石範《キムソクポム》 他
発行者 堀内丸恵
発行所 株式会社集英社
〒一〇一-八〇五〇 東京都千代田区一ツ橋二-五-一〇
電話 〇三-三二三〇-六一三六（編集部）
〇三-三二三〇-六三九三（販売部）
〇三-三二三〇-六〇八〇（読者係）
印刷所 凸版印刷株式会社
製本所 加藤製本株式会社
Printed in Japan
ISBN978-4-08-157001-0 C0393

定価はカバーに表示してあります。

造本には十分注意しておりますが、乱丁・落丁（本のページ順序の間違いや抜け落ち）の場合はお取り替え致します。購入された書店名を明記して小社読者係宛にお送り下さい。送料は小社負担でお取り替え致します。但し、古書店で購入したものについてはお取り替え出来ません。本書の一部あるいは全部を無断で複写・複製することは、法律で認められた場合を除き、著作権の侵害となります。また、業者など、読者本人以外による本書のデジタル化は、いかなる場合でも一切認められませんのでご注意下さい。

集英社　創業85周年記念企画

コレクション　戦争《せんそう》×と文学《ぶんがく》　全20巻＋別巻1

《全20巻の内容》

近代編
日清・日露の戦争から敗戦まで！
戦争文学の中核

現代編
「戦後の戦争」を題材に！
新しい文学を収録

❶ 断　朝鮮戦争　解説＝川村 湊・成田龍一
敗戦からわずか五年、隣国で勃発した戦争に日本人作家は何を見、在日作家は、民族の悲劇をいかに描いたか。

❷ 泥　ベトナム戦争　解説＝奥泉 光
ペンとカメラを携え、戦場に駆けつけた作家やカメラマン。銃弾が飛びかうなか、彼らが伝えた戦争の現実。

③ 謀　冷戦の時代　解説＝奥泉 光
米ソの対立、核戦争の恐怖。大国の論理に翻弄される人間模様。そして「平和日本」に誕生した自衛隊とは？

❹ 崩　9・11 変容する戦争　解説＝高橋敏夫
9・11以降、イラク、アフガンと今も戦争はつづく。冷戦後、変わりつつある戦争の姿をとらえた新しい文学。

❺ 幻　イマジネーションの戦争　解説＝奥泉 光
空想された時空や寓話のなかの戦争。戦争の本当の姿をとらえるために、作家たちが描く「もうひとつの戦争」。

❻ 攻　日清日露の戦争　解説＝川村 湊
近代国家の成立とともに大陸へと侵攻をはじめた「帝国日本」。ここから長い「戦争の時代」の幕が開く。

❼ 曠　日中戦争　解説＝浅田次郎
一九三七年七月、盧溝橋からはじまった日中戦争。次第に泥沼化する戦争のなかに生きる兵士と住民たちの悲劇。

❽ 夥　アジア太平洋戦争　解説＝浅田次郎
開戦の高揚から一年を経ずして、戦いは、転戦、玉砕、特攻へと急転。凄惨な戦場があばく「聖戦」の末路。

⑨ 夏　さまざまな8・15※　解説＝成田龍一
日本人は敗戦の日をどう迎えたか。困難を極めた抑留・引揚げ。捕虜そして復員。混乱のなかの「新生日本」。

⑩ 敗　オキュパイド　ジャパン　解説＝成田龍一
焼け跡のなかに闇市が生まれ、街には進駐軍のジープが走る。激変する「占領下日本」で逞しく生きる人々の姿。

絶賛刊行中

単なる「過去」ではない。遠い国の「ニュース」でもない。
戦争は「文学」となって、新しい世代の中で生き続ける――。

テーマ編

戦争の非人間性をあばく！
銃後の生活と軍隊の諸相

⑪ 兵 軍隊と人間 解説＝浅田次郎
徴兵を忌避する若者、兵営内で吹き荒れる私刑、軍隊への死を賭した反抗。兵士たちの深い嘆きと隠された肉声。

⑫ 闇 戦争の深淵 解説＝高橋敏夫
住民虐殺、毒ガス、捕虜の生体実験。人間はいかなる状況のもとで獣と化すのか。戦争の非人間性の極みを直視。

⑬ 冥 死者たちの語り 解説＝高橋敏夫
戦いで無念のうちに死んだ者たちが、生者たちに訴える癒されぬ魂の叫び。戦争が生み出した幻想文学の精髄。

⑭ 命 女性たちの戦争 解説＝川村 湊・成田龍一
銃後に生きる女性や子どもたちは戦争とどう向き合ったのか。戦争を支えつつも、踏みにじられていく悲しい姿。

⑮ 炎 戦時下の青春 解説＝浅田次郎
内地に残る若き兵士、動員される学徒、疎開する家族、空襲に逃げまどう人々。戦争末期の生活の諸相を描破。

地域編

都市、島、植民地、新国家！
それぞれの場所に刻まれた戦争の傷痕

⑯ 儚 満洲の光と影 解説＝川村 湊
五族協和を謳い「建国」された満洲国。内地から押しよせた人々はいかにして夢を追い、その崩壊を体験したか。

⑰ 哭 帝国日本と朝鮮・樺太 解説＝川村 湊
皇民化を強いられ、戦争に巻きこまれていく朝鮮の人々、朝鮮を故郷とする日本の子ら。日本支配の深い傷を見る。

⑱ 滄 帝国日本と台湾・南方 解説＝川村 湊
反乱を起こす「蕃社」の人々、志願兵となる台湾の若者たち。南方や南洋の島々に残された支配と戦争の傷痕。

⑲ 閃 ヒロシマ・ナガサキ 解説＝成田龍一
原爆投下の言語を絶する惨状。さらには水爆、原発へと拡大する現在の核状況を直視した被爆国日本のメッセージ。

⑳ 闘 オキナワ 終わらぬ戦争 解説＝高橋敏夫
住民に多大な犠牲を強いた沖縄戦、戦後は基地の島として苦難を生きる。沖縄の「戦争」は今もつづいている。

別巻 戦争文学年表・資料

白ヌキ数字は既刊 ※印は次回配本